警察官の心臓

増田俊也

KODANSHA

虫だって光の好きなのと嫌いなのと二通りあるんだ。
人間だって同じだよ、皆が皆明るいなんて不自然さ。
（フィンセント・ファン・ゴッホ）

目次

装画　安藤巨樹
装丁　ハイ制作室　ゴトウヒロシ
渡辺優史

警察官の心臓

第一章　佐々木豪の章

肺のなかが焼き付きそうだ。太陽が炎を吹きあげている。その下で新聞社名の入ったヘリコプターがバリバリと熱風を切り裂いて旋回している。

「ここからは立入禁止です！　下がってください！」

野次馬から規制線テープを守る佐々木豪《ささきごう》の制服は汗でずぶ濡《ぬ》れだ。横並びで声を張りあげる先輩警官たちが制帽を脱いではそれを使って顔の汗を拭っていた。

東海地方の今年の梅雨明けは七月八日とやや早めだった。しかしこれは気象庁のフライングで、その後も天気がぐずつき、一旦「宣言取り消し」となった。そして今朝あらためて梅雨明け宣言がなされた。地球温暖化で今年も猛暑になるという長期予報が出ており、ここ岡崎《おかざき》市ではすでに気温三十八度を超えて水銀柱の上昇はまだ止まらない。

「なあおい、佐々木――」隣の先輩が鼻の前で手を扇《あお》いでいた。「暑いのも勘弁だが、池の汚水のこの臭い、なんとかならんか」

違う、と佐々木は思った。堤防の向こうから這《は》い上がってくるこの臭いは池の臭いなんかではない。死体の腐臭に違いない。高さ六メートルから七メートルほどの堤防を越えてくるのだから相当な臭いである。その堤防を《刑事課》の腕章をつけた岡崎署の刑事と《機捜》の腕章をつけた愛知県警察本部機動捜査隊の刑事たちが忙しく登り降りしている。現場は警察官だらけになっていた。その上に桜の樹から蟬《せみ》の声が降っている。

「おいそこ！　まだ作業終わっとらんぞ！」

紺の活動服姿の本部機動鑑識班の連中が刑事に厳しい声を飛ばしている。規制線テープの内側で歩けるのは幅五十センチほどのビニール歩行帯と鑑識作業が終わったエリアだけで、判別できるようにトラロープで仕切られていた。

小中高の夏休み初日の今日午前十時前。地蔵池でザリガニ獲《と》りをしていた二人の小学生が池に浮かぶ女性らしき死体を見つけ、親を通して一一〇番通報、すぐに近くの交番から二人が駆《か》けつけた。そのあと警邏《けいら》中の岡崎署地域課員、岡崎署刑事課、本部機動捜査隊、本部自動車警ら隊の順に臨場したという。

近辺の溜池《ためいけ》でこのところ入水《じゅすい》が続いているため今回も自殺処理で終わると思われたが、検分の岡崎署刑事課強行犯係長から「多数の刺創《しそう》、ないし切創《せっそう》のようなものがある」と連絡が入った。午前十一時半過ぎのことだ。昼時の岡崎署内はばたつき、刑事課員の八割以上、地域課や交通課、生活安全課も出せるだけの人を出した。当直明けで書類整理をしていた留置管理係の佐々木豪も、つい数週間前まで在籍した地域課の先輩たちと一緒に現場入りしたのだ。

滴る汗を手のひらで拭いながら堤防を振り向いた。向こうで何が起こっているのかはわからない。

眼《め》の前の野次馬は増え続け、テレビカメラや一眼レフを持つマスコミも目立ってきた。

野次馬の後方にタクシーが数台続けて入ってくる。ドアを蹴り飛ばしてスーツ姿の男たちが二人三人、四人五人と走り出てきた。両手で捜査帽をかぶりながら人波を肩で割ってくる。

「通してください――」

規制線テープをまたいでは堤防を駆け上がっていく。その腕には《捜一》の腕章。強行犯捜査のエリート集団、本部捜査一課だ。初めて見るその凜々《りり》しさに佐々木豪は武者震いした。

それからさらに三十分。佐々木の頭は暑さで朦朧《もうろう》としていた。鑑識係の若手が「水分補給してください。熱中症に注意してください」と触れまわっているのは上司からの命令に違いない。

「佐々木！」

振り向くと、地域課時代の先輩が堤防から革靴で滑り降りてくる。太陽光に手をかざしながら後ろへ顎をしゃくった。

「交代しよう。見てこい。勉強になるぞ」

いつもふざけているこの人には珍しい物言いだなと思いながら、佐々木は傍らに並ぶ段ボールから頭髪カバーと靴カバーを手にした。それを着用して堤防を登っていく。向こう側からざわめきが聞こえた。上まで登って理由がわかった。腐乱死体を抱いて池から上がってくる小柄な男がいた。まわりの者たちは服の袖で鼻と口を押さえながら、二歩、三歩と下がっていた。

よく見ると鴨野次郎《かものじろう》である。ウェットスーツのようなものを着て、頭髪カバーをかぶっているので一瞬わからなかった。顎や唇の辺りまで汚泥にまみれ、首筋に死体の長髪が貼りついている。インクに浸したように変色した死体は、腐敗ガスで膨張し、見るにたえない状態だ。一人だけ鴨野次郎に寄り添っているのは神子《かみこ》町交番の上司、稲田《いなだ》巡査部長である。彼もウェットスーツを着て胸のあたりまで泥だらけだった。

腐臭に咳《せ》き込《こ》みながら佐々木は堤防を駆け降りた。

鴨野次郎が地面に両膝をついて、灰色のビニールシートに死体を横たえた。指先で死体の長髪を整え、ゆっくりと手を合わせると、まわりの者たちも倣《なら》って合掌していく。

しばらくすると鴨野次郎が立ち上がった。その場でゴム手袋を外し、ウェットスーツを脱いでいく。外廻《そとまわ》りの地域課員らしく首から上と肘から先だけが陽焼けして、そのほかの部位は魚の腹のように生白い。その白さが死体遺棄現場で妙な凄《すご》みがある。ブリーフ一枚の姿になると地面に脱ぎ捨ててある制服のズボンを手にした。それをはき、上半身裸のまま制服の上を持ち、拳銃や手錠の提《さ》がった腰ベルトを拾って、上司の稲田巡査部長と堤防のほうへ歩いていく。

「鴨野さん！」

佐々木の大声で立ち止まり、眩《まぶ》しそうにこちらに手をかざした。

猫背になって近づいてくる。

「大丈夫ですか、泥だらけで……」

佐々木が臭いに噎《む》せながら言うと、鴨野は白髪の頭を振った。

「誰かがやらないかん仕事ですからね」

頬から顎、そして首にかけて白いものがたくさん付着していた。動いたと思ったら蛆《うじ》だった。鴨野がそれを払いながら頭を下げた。

「稲田部長と交番に戻って、体洗ってからもういっぺん来ます」

歩き去るその背中を見ていると「君、ちょっと手を貸してくれ」と声。数メートル先で屈《かが》みこんでいる本部の鑑識、靴跡痕の採取のようだ。言われるままバケツを持ち、横で片膝をついた。空のヘリコプターは三機に増えていた。池には二人乗りのゴムボートが七つ八つ浮かび、鑑識や消防が長い棒で水底を探っている。

岸辺では《捜一課長》の腕章を巻く本部捜査一課長と岡崎署刑事課長代理が向き合って話し込んでいた。そのまわりに捜査一課の刑事と岡崎署刑事が十五人ほどいて、二人の話を聞いていた。

刑事課長代理の篭谷《かごたに》がこちらに向かって手招きした。

「おい佐々木！　佐々木君！」

佐々木は鑑識員に黙礼してバケツを置き、ビニール歩行帯を走った。篭谷代理が紙切れを差しだした。《伊賀《いが》町３ノ６、葵《あおい》マンション４０４》と走り書きされている。

「ガイシャが割れた。いま当たらせとるがおそらく間違いない。何年か前までデリヘル経営しとった土屋鮎子《つちやあゆこ》っちゅうてな。六十何歳かの婆《ばあ》さんだ。ワンピースの内側にローマ字で『AYUKO TSUCHIYA』っちゅう刺繡《ししゅう》があるでまず間違いないわ。うちの斉藤《さいとう》君が春に職質《しょくしつ》した女じゃないかっちゅうて、ワンピースの模様がチベットか何かの珍しい紋様で、それが記憶に残っとるらしい。鑑識さんが口んなかの写真撮って、いま岡崎市内と幸田《こうた》町の百五十二の歯医者に照会しとる」

篭谷代理はそう言って、地面に座る男の背中をちらと見た。

「おまえ、捜査一課の湯口《ゆぐち》係長を、ガイシャが昔経営しとったデリヘル事務所へ案内してくれんか。経営者が代わって今も営業しとるらしい。場所はその紙に書いたる。湯口係長――」

声をかけても男は気づかない。板を二枚か三枚重ね、その上に尻を載せ、片膝を立てて池を見ている。板は泥の上を歩くために鑑識が敷いたものだろう。

「湯口係長」

篭谷代理がヘリの爆音に抗《あらが》うように大声を出した。

男が気づいて振り返り、篭谷を見上げた。

「係長。こいつがさっき話した留置管理の佐々木豪です。夜まで自由に使ってやってください」

男がズボンの土を払いながら立ち上がった。乱れた黒髪、その下で切れ長の眼が光っている。

篭谷代理が続けた。

「今回はこの佐々木に御茶汲《おちゃく》みさせたろうと思っとるんです」

佐々木が驚いていると、篭谷代理はにやけながら手の甲ではたいた。

「刑事にしたるとは言っとらせんぞ。御茶汲みやれ言っとるだけだ」

「ありがとうございます！」

留置管理へ異動したばかりなのに早くもチャンスが巡ってきた。

湯口が白手袋を外して右手を差しだした。

「本部の湯口です」

「あ、岡崎署留置管理係の佐々木です」

手のひらの汗をズボンで拭い、その手を握り返した。佐々木の慌てぶりに湯口が白い歯をこぼした。三十代半ばか。肩や胸が分厚く、腹回りなども含め全体に恰幅《かっぷく》がいい。一七五センチの佐々木より少し背が高い。

篭谷代理が鍵の束を手のひらに乗せ、ジャラジャラと転がした。

「こいつを使え。堤防の下に駐《と》めたるで」

青いプラスチックプレートの付いたキーを摘まみあげた。青は刑事課の捜査車両である。プレートには『スバルレガシィ』と手書きされ、ナンバーらしき数字が刻印されたテープが貼ってある。

佐々木は湯口に向き直った。

「マンションまでご案内させていただきます」

湯口が肯《うなず》き、遺体に向かって手を合わせた。十秒ほどそうしていて、ようやく眼を開いた。両手をポケットに突っ込んで堤防へ向かって歩いていく。その後ろから佐々木は従った。地域課のかつての先輩や後輩がこちらを見ている。佐々木の抜擢《ばってき》を察したのかもしれない。

「捜査員は五時召集！　岡崎署の訓授場！」

背後で濁った大声。振り返ると《捜一》の腕章の年配刑事が指を五本たててぐるりと報《しら》せていた。それを見て岡崎署や捜査一課の刑事たちがみな指を五本たて「会議は五時！　訓授場！」「五時召集！　署の訓授場！」「五時に訓授場！」「五時訓授場！」と順繰りに声をあげていく。

「よし！　捜査員ここに集まれ！」

先ほどの捜一の年配刑事がまた濁声《だみごえ》をあげた。角刈りにサングラスのいかにもの現場幹部だ。

「早くしろ！　五時までの仮ペア組むぞ！　本部三係、機捜、岡崎刑事課！　おいそこ！　早く来んか、馬鹿たれ！」

スーツ組が歩行帯の上をバラバラと小走りに集まっていく。五十人、いや七十人から八十人くらいか。中心で角刈り刑事が篭谷代理と二人で大きな紙を開いた。そして赤マジックで線を引いては「ここ。おまえとおまえ。二丁目」と胸をさして一枚ずつ渡していく。地図のコピーのようだ。地取りと呼ばれる聞き込み地区の割り当てに違いない。

「おい、佐々木君。早く来んか」

堤防の向こうから湯口らしき大声が聞こえた。

佐々木は急いで堤防を駆け登っていく。一番上に立って素速く視線を巡らせた。野次馬が増えていた。スバルレガシィはその野次馬の右側にあった。横で湯口がこちらを見上げている。佐々木は堤防を靴で滑り降り、頭髪カバーと足カバーを脱いでゴミ箱に捨てながら走った。

「係長、すみません！　いま開けます！」

ロックを解除して運転席へ乗り込んだ。湯口も長身を屈めるようにして助手席に入ってくる。そしてシートをいっぱいまで下げ、そのままドアを閉めず、手のひらで顔を拭った。ピーカンにさらされた車内はサウナ状態だ。エンジンをかけ、すべての窓を全開にし、冷房を最大にしたところで湯口がドアを閉めた。

佐々木はカーナビをセットし、パーキングブレーキのボタンを解除した。クラクションをひとつ鳴らして人混みを開き、ゆっくりと車を出していく。

湯口は現場で渡された資料をめくっている。国道に入りながら佐々木は横目で観察した。険しい表情で資料を読む横顔は硬派の不良高校生のようだ。数日分伸びた無精髭《ぶしょうひげ》がその印象をいや増している。

大きな交差点を右折した。前方のアスファルトに陽炎《かげろう》が延々と湧き上がっている。湯口が顔を上げ、陽炎の中の看板を指さした。

「そのスーパーに寄ってくれ」

言われるまま駐車場へ入っていく。湯口は一人で車を降り、二分もすると袋を提げて店から出てきた。そのまま店の脇へ行き、袋を下に置いて水道の蛇口を捻《ひね》った。手でも洗うのかと思ったら蛇口の下に頭を突っ込んで水をかぶりはじめた。しばらくそうしたあと両手で毛髪の水を払い、コンビニ袋を摑《つか》んで戻ってくる。

助手席に座ると髪も顔もぐっしょり濡《ぬ》れていた。その顔を上着の肩で拭いながら袋に手を入れた。出したのは食パン二斤とプロテインバー四本。ミネラルウォーター二本。牛乳の一リットル紙パックひとつ。

「おまえも食え。俺は昼を食ってない」

食パン、プロテインバー二本、そしてミネラルウォーターと、ひとつずつ佐々木の膝に置いていく。そして自分の食パンの袋を犬歯で嚙《か》みやぶり、二枚を重ね、二つ折りにしてかぶりついた。何もつけないで食パンを食べる人間を佐々木は初めて見た。

「すみません。あとで頂きます」

頭を下げて車を出した。気温の上昇は止まらないようで、歩道を行く人たちは眼を細め、頭にハンカチなどを載せていた。湯口はまた資料をめくりはじめた。十五分ほど走ったところで湯口の電話が鳴った。歯科医への治療痕照会で死体が土屋鮎子のものであることが判明したという連絡だった。

そこで佐々木はスピードを落とした。

「左の茶色いマンションです。四〇四号室です」

湯口がフロントガラス越しにマンションを見上げた。そして残りわずかになったプロテインバーを口に放り込み、牛乳を飲み干した。車を駐めて二人で外へ出る。ここも大量のアブラゼミの声が四方に響いている。エレベーターに乗ってドアが閉まると湯口が襟元をつまんで熱を逃した。そして両サイドへ上着を開いて「別の事案から直接来たから今日は脱げないんだ」と言った。ショルダーホルスターに拳銃が差してあった。小型の自動拳銃。見えたのはほんの寸瞬。ベレッタだろうか。銃なら自分もいま腰に帯びている。しかし水死体を見た直後だからなのかあるいは初めて殺人捜査に携わっている緊張からか、胃のあたりが重くなった。

四階でエレベーターを降りた。建物の真ん中が空まで抜ける中庭式マンションである。中庭に面したその廊下で男と女の制服警察官が二人で立ち話していた。ともに地域課時代の先輩だ。佐々木は湯口の後ろに隠れて頭をたれた。

先輩のひとり、平松《ひらまつ》がにやつきながら佐々木の脛《すね》を蹴った。

「おい、本物の刑事みたいだな。手伝いには見えんぞ」

早くも伝わっていた。捜査本部の御茶汲みを任じられた所轄の若者はあらゆる雑事を手伝わされ、働き如何《いかん》によって捜査本部解散後に捜査専科講習に推薦される。いわゆるデカ講習、刑事志望者の登竜門だ。御茶汲みの前に警務課留置管理係へ分掌異動しておくのが特急コースだが、佐々木はまさにそのコースに乗ったことになる。

「本部の湯口です。どんな具合ですか」湯口が軽く敬礼すると平松が返した。

「三十分前にうちの刑事課が来て、そのあと機捜さんが来て、ついさっき帰られました」

湯口がドアの上の部屋番号を確認し、呼鈴を押した。しばらく待った。応答はない。もう一度、今度はゆっくりと長押しした。

（はい……）

インターフォンから女の小さな声が漏れた。

「愛知県警の湯口と申します。少しお話を聞かせていただけますか」

（あの……先ほども刑事さんたちが来ていろいろお話ししたんですが……）

かなり声を落としている。

「岡崎署と機動捜査隊の者が先にお話をうかがったとは聞いていますが、私は本部の捜査一課です。これから本格的に捜査に入ります。少しだけ話を聞かせてください。すぐに済みます」

インターフォンの向こうで戸惑っている気配があった。しばらく無言のあと受話器が置かれた。待っていると鍵を外す金属音。ドアがほんの少し開き、六十年配の女が顔を覗《のぞ》かせた。眼のまわりが黒ずみ、憔悴《しょうすい》しているのがわかった。

湯口が内ポケットから警察手帳を抜き、巻いてある紐《ひも》をぐるぐると解いた。開いて提示した。

「愛知県警の湯口です」

女は観念したように背中を丸めた。ゆっくりとドアを押し開いた。そのノブを湯口が力強く引いた。

「失礼します」

玄関へ入った。革靴を脱ぎ、女を先に行かせて廊下を奥へいく。玄関で話を聞くものだと思っていた佐々木は慌てた。

「僕もですか――」

湯口が立ち止まって振り向いた。

「刑事になりたいなら自分から動け。ぐずぐずするな」

奥へ入っていく。女の叫び声が続けてあがった。

「ちょっと待ってよ店長！」

「ありえないでしょ！」

靴を脱ぎ捨てて佐々木も部屋へと走り込んだ。二人の中年女が肩で顔を隠しながら奥の和室へ這っていく。二人ともタンクトップとパンツだけの下着姿だ。襖《ふすま》が音をたてて閉められた。「馬鹿店長！」と中から声が聞こえた。煙草《たばこ》と化粧のにおいだけが残っていた。

「お騒がせしてすみません。どうぞお座りください」

部屋の中央に座卓が二つ。潰れたクッションが散らばっている。食べかけのコンビニ弁当ふたつは先ほどの下着女二人のものだろう。店長と呼ばれた女がその弁当と灰皿をキッチンへ持っていく。湯口が室内を観察しながらあぐらをかいた。佐々木は一メートルほど空けて横に座った。

エアコンの風が煙草臭い空気をかきまわしている。壁紙が古いが、ごく普通のマンションである。この居間は十二畳ほどか。事務机が二台。それぞれにパソコンが置かれ、大量のファイルやノートがブックスタンドで挟んである。固定電話も二台。オフィス用の大きなコピー機もある。壁のホワイトボードはカレンダーと出勤名簿を兼ねているようだ。

女が向かいに座るのを待って湯口が手帳を開き、ペンのキャップを歯で引き抜いた。佐々木も胸ポケットから手帳を出した。

「あなたが現在の店長ですか」

湯口の問いに女は下を見たまま肯いた。

「お名前を伺えますか」

「先ほどの刑事さんたちにも話しましたけど……」

湯口は黙ってその顔を見ている。

しばらくして女が息をついた。

「はい……近藤《こんどう》といいます」

「下の名前を」

「……漢数字の『千』、登山の『登る』、その下に『勢い』で、千登勢《ちとせ》と読みます」

湯口が手帳に書いている。

「年齢を。それから失礼ですが既婚ですか」

「六十二歳です。……二十年ほど前に離婚してます」

「一人暮らしですか」

「いえ、三人で。娘が離婚して孫を連れて戻ってきてます」

「自宅住所を教えてください」

千登勢が慌てた。

「あの……娘も孫もこの仕事を知らないので……知られないように……。先ほどの刑事さんたちに店の電話番号と携帯番号はお伝えしたので」

「あなたが犯人なら、いずれ娘さんたちは一切合切知ってしまいます。でも、もちろん犯人じゃないですよね」

佐々木は驚いた。殺人と断定されたわけでも捜査本部が立ったわけでもないのだ。佐々木は手帳をそれとなく机の下に隠した。そして『いきなり迫る』『焦りを促す』と走り書きした。

千登勢は片手を胸に当てて視線を泳がせている。暗い眼で立ち上がり、事務机の上のバッグを手にした。膝を揃《そろ》えながら座卓前に座り直す。バッグの中から携帯電話を抜き、いくつかボタンを押して湯口に差し出した。湯口が住所と電話番号を書き留めていると玄関のほうでドアを激しく開け閉めする音がした。「どうして外に警官がいるのよ！」と大声。荒々しい足音をたてて小太りの女が居間に入ってきた。そして佐々木たちを見て眼を剝《む》き、尻を床にどんと落とした。

「なにこれ！　中にまで入れてるの！　もう終わり！　だから早く店じまいしようって言ってたじ

ゃない！」

「あなたが？　言ってないわよ」

細い声で千登勢が返すと「言ったわよ！」と女が座卓を叩《たた》いた。

「こんな仕事、女だけでやるのが間違ってるのよ！　あんたたちに乗せられた私が馬鹿だった！」

頭を掻《か》きむしった。白髪まじりの縮れ髪があちこち跳ね上がった。

「私はもう関係ないから！　さよなら！」

立ち上がって部屋を出ていく。しばらくすると玄関ドアを閉める音が響き、しんとなった。

千登勢が頭を下げた。

「友人です。この店を起《た》ち上げたときから一緒にやってるんです……」

「彼女の名前と住所、電話番号も教えてください」

「待ってください……彼女、あの性格ですから刑事さんから電話があったら怒ってほんとに辞めてしまいます」

湯口がペンで手帳を叩いた。

「彼女が辞めるか辞めないかより殺人犯を挙げることのほうが重要でしょう。被害者の土屋鮎子さんもあなたの友達だったんですよね。だったら協力してください」

千登勢は表情を歪《ゆが》めた。そしてしばらく考え、静かに携帯電話を操作し、湯口に差しだした。湯口は手帳に書き留め、すぐに返した。

「では土屋鮎子さんが経営者としてここにいたときの話を」

「あの……さっきの刑事さんにも言ったんですが彼女がいたのは八年も前のことですから……」

「八年ほど前というと、彼女はいま何歳なんですか」

「誕生日が過ぎていれば七十六歳かと」

湯口が少し驚き、ちらと佐々木を見た。

「さっき現場で六十代だと聞いたんですが」

「いえ。私の十四歳上ですから」

湯口は首を捻りながら手帳に書き記した。

「この店を起ち上げたときの経緯は」

「八年ほど前に鮎子さんに誘われて。こういう店を一緒にやりませんかって。私は性風俗なんて当時まったく知らなくて……だから驚きました」

「八年前というと、デリヘルはまだあまり聞かない頃ですね」

「はい。鮎子さんが『名古屋や東京で流行《はや》ってる性風俗の形態がある』って。岡崎にはまだ二軒しかありませんでした。鮎子さんが『これは画期的な風俗だから』って。『絶対にやらなければいけない』って」

「どこで誘われたんですか。もともとの知り合いですか」

「岡崎市に読書会があったんです、女性だけの。そこで知り合いました」

「どんな読書会ですか。会の方向性とか本の種類とか」

「週に一度の集まりで。方向性は……男中心社会に女性がいかに立ち向かうかという。ですから選ぶ本は哲学書とか歴史書とか、そういったものが中心で。鮎子さんが会のリーダーだったんです。彼女は東大出身で……」

湯口が眉を寄せ「自称とか、そういうのではなく?」と聞いた。

「いえ。そもそも彼女は名古屋の女子大卒だってみんなに言ってたんです。でも私、彼女の大学時代の知り合いという方にたまたま会って、そのとき東大出身だって聞いて。あとで鮎子さん本人に確かめたら苦笑いして『嘘《うそ》言っててごめんなさい』って認めてましたから」

「どうして嘘を?」

「浮いてしまうと危惧したのでは。いくら読書会といっても、岡崎にあの世代の東大出身の女性はあまりいませんから」

「彼女が店を辞めてから会ったことは」

「いえ……。あ……一度だけ会いました。図書館で」

湯口が片眼を細めた。

「それは先に来た岡崎署や機動捜査隊の刑事には話しましたか」

「いえ。いま思いだしたことですから。岡崎の中央図書館です」

「いつのことですか」

「一昨年の夏だったと……クーラーがよく効いていたのを覚えてますので」

「そのとき何を話しましたか」

「立ち話で、ほんの一分か二分です。まわりに人もいましたし。仕事の話になって、彼女は『私は今もそういう仕事をしている』と言ってました」

「そういうとは?」

「性風俗のことです」

「彼女自身が『性風俗の仕事をしている』と言ってたんですね」

「その言葉そのものではないですが、『そういう仕事』という言葉の他に『デリバリー』という単語も出ましたので……。そのあとのやりとりの流れからも間違いありません。どの店でやってるんですかと聞いたんですが、微笑《ほほえ》んでいるだけで」

「隠したと」

「いえ。隠すというより、話すほどのこともないという感じでした」

「いえ。反対です。胸を張って。……刑事さんは彼女のこと知らないから。彼女はこの仕事に命がけでしたから。私が『性風俗を卒業された方ですからね』みたいなこと言ったら、むっとされて『いや、現役なのよ』みたいな感じです」

湯口が唸《うな》りながら手帳にメモし、一枚めくった。

「現役の風俗嬢だったら金回りは良かったでしょうね」

「それは……貧乏してる感じに見えたので」

「貧乏というと？」

「読書会やこの店にいるころの颯爽《さっそう》とした服装ではなくて、こう言っては何ですけど、ちょっと薄汚れたといいますか」

「年齢的なものではないですか」

「いえ。違います。お金が無いというか、無くなったんだと思いました。昔は服にすごく気をつかってましたから。ここにいた頃は髪は美容院でいつも最先端のカラーを入れて、ストレートパーマをかけて。月に二度は美容院に行ってたと思います。ネイルにもすごく気をつかわれていて、それこそ女子大生のような指をしてました」

「八年前というと、もう七十歳に近いのに？」

「鮎子さんはちょっと別格といいますか――。大学時代にサークル関係で東大の人と接点を持ちましたが東大の女性たちは野暮ったくて、ファッションに興味がない人ばかりだと思ってました。でも鮎子さんに会って印象が変わりました」

「あなたも大卒なんですか」

「そうです」

「どちらの」

「私の……ですか？」

「はい」

「青山学院《あおやまがくいん》です」

　頭を下げ、小声で言った。

　湯口が溜息《ためいき》をついて中空を見た。そして手帳に何か書いた。

「さっき怒って帰った共同経営者の彼女も大卒ですか」

「はい。そうです……読書会からの流れなんで……」

「この業界の経営者は高学歴が多いんですか」

「そういうわけではないんですが、たまたまこの店は……でも近頃は一般企業を脱サラして始める男性も多いそうです。店舗型よりずっと開業しやすいので」

　言い訳するように早口で言った。

「被害者がここを辞めた経緯は。もともと彼女が経営トップだったんですよね。どうして辞めたんですか。何か揉《も》めたんですか」

　千登勢が「それは――」と言いかけ、下を向いた。

「正直に言ってくれないと必要のない疑いがかかりますよ。事は殺人です。容疑者になりますよ」

　千登勢が驚いて顔を上げた。湯口は静かに見ている。千登勢はまたうつむいた。

「金ですか？」

「………」

「いずれどこかから出てきます。そうしたらあなたが疑われます」

　千登勢が下を向いたまま両肘を抱えた。

「……いまから言うこと、刑事さんのところで止めておいてもらえますか」

指先が震えている。

「それは無理です。捜査会議で全員が共有します。一刻も早く犯人を挙げるべきです」

「でも、もうみんな忘れてることなんで……」

湯口が手帳にペンを挟んだ。それを座卓に置き、両手のひらを座卓に伏せた。

「これから捜査本部が立てば捜査員が何千人という人たちに話を聞いていく。そのなかであなたが隠している事実も必ず詳《つまび》らかになる」

「…………」

「警察には守秘義務があります。外には絶対に漏れません。犯人逮捕には何よりスピードなんです。専門用語で初動捜査といいますが、まだ証拠が残っているうちに動くのが必要です。できるだけ早く証言も取りたい。被害者を成仏させたいという思いは俺もあなたも同じはずだ」

千登勢が後ろを振り返った。襖の向こうの女性従業員たちに聞かれたくないのかもしれない。

「ほんとに警察以外には洩《も》れませんか?」

「ええ」

「絶対ですか?」

「信じてください」

千登勢が正座する膝を揃えた。

「……実は……私も先ほどの友人も、それから当初あと二人いた別の経営参画者も、店がオープンしてしばらくは客を取ってたんです……」

細い声だった。

湯口は動かずに見ている。

千登勢がその表情を覗《うかが》うようにして続けた。

「まず二人が『こんなのありえない』って辞めて。………鮎子さんは私たちにこう言ってたんです。『事務所に座って利益をかすめていてはだめだ。それは男たちが過去の歴史で弱者にやり続けてきたこと。現場で働いてこそ、理念をもって女だけでこの仕事を起ち上げた正当性がある』って。だから彼女が先頭に立って客を取ってたんですが、私とさっきの友人の二人も途中でどうしても嫌になって経営に専念したいと言ったんです。それで喧嘩《けんか》になって……」

湯口が手帳に何か書いた。ペンを立てたまま、また顔を上げた。

「他に仕事について彼女が言ってたことは」

「性風俗の理想のようなことをいつも。何も持たない女の経済的自立の第一歩だと。男社会に対して二千年のビハインドがあるんだから普通のやり方では追いつけない。学歴もお金も持たない女が自立するための橋頭堡《きょうとうほ》になるシステムを作り上げるまでは死ねないと繰り返してました。彼女は性風俗とは言わずに、必ずセックスワークと言ってました。風俗嬢のことはセックスワーカーと」

湯口が手帳に書いていく。

「その言葉は最近ときどき新聞なんかで目にしますね」

「でも当時まだ私はその言葉を聞いたことがありませんでした。鮎子さんは愛知大学の図書館に通って海外論文でいろいろ読んでいたようです。正確にはコマーシャルセックスワーカー、略してCSWと呼ぶんだよと言ってました」

「他の業界の労働者と同じくしろということでしょう」

「ええ。基本的人権や労働基本権があってしかるべきだと。それを作るんだと……ですが一緒にやってる私たちでさえついていけないと思うことが再々で。それで何度か口論になって――」

湯口は眼を見てじっと聞いている。

千登勢が続けた。

「鮎子さんは『原点を忘れてはいけない』といつも怒ってました」

「原点？」

「はい。『私が原点なのよ』と」

「そいつは凄い言葉だな」

湯口が上体を起こしながら佐々木を見た。佐々木も唸らざるを得なかった。

千登勢は両手のひらで頬を包み、座卓に視線を落とした。

「でも鮎子さん自身も自分を鼓舞してる部分もあったと思います。ここの経営も儲《もう》かっているとか自慢できるようなものではなかったですから。男性の会社経営者と伍《ご》してなんていう理想はとてもとても無理でした。それでも自分で客を取り続けて……」

「人気はどうでしたか。彼女の指名客はどれくらいいましたか」

「殆《ほとん》どの月でトップでした」

「でもその頃はもう六十代半ば過ぎでしょう」

「でもリピート率が高くて。本当に別格でした」

「そのほか彼女が言っていたことで、記憶に残るようなことは」

「売春防止法が施行されて赤線が廃止された一九五八年から、セックスワークの現場で体をはる女性たちと机上の空論を言うインテリ男性の間に乖離《かいり》ができたんだと」

「歴史的なことですか」

「ええ。赤線時代からすでに娼《しょう》婦《ふ》の何割かは『売春は自分の職業であって、縛られているわけじゃない』と主張していたそうなんです。だから『解放』ではなく労働現場として『整備』してほしいと主張していた女性も少なからずいたそうなんです。そのずれは現在の性風俗でますます顕著になっていると」

話しながら千登勢の頬は染まっていた。

「でも……」と言い継ぎながら手のひらを胸にあてた。

「鮎子さんはやっぱり古すぎるんです。時代に合ってないと私たちは感じていました。自分も客を取るべきだとか、とにかく話が突飛すぎます。ボーヴォワールを持ち出したり、昔の人権運動の話とか。とにかく考えが古くて。さっきも言ったように最初は鮎子さんも含めて五人での共同経営として始めたんですが『鮎子さんはいろんな意味で古すぎる。十年か二十年遅れてる』って、すぐに二人辞めちゃって。ついていけないって」

少し激していた。

湯口が困ったように佐々木を見た。

そしてまた千登勢に向き直り「客の名簿は？」と聞いた。

湯口が聞くと、千登勢が立ち上がってデスク上の紙の束を手にした。湯口に渡しながら座った。

「さっき来た刑事さんたちにお渡ししたのと同じものです。パソコンのデータをプリントアウトしたものです。電話番号と紐付いていて、電話がかかってくるとパソコン画面にこのデータが映るようになっています。何月何日にどのコンパニオンを呼んだとか、ホテルの名前であるとか」

「何人分くらいありますか」

めくりながら湯口は聞いた。

「正確にはわかりませんが五百人くらいかと」

「そんなにいますか――」

湯口が訝《いぶか》しげに顔を上げた。千登勢が手を振った。

「いや、でも開店して八年以上になりますから……。お客さんの入れ替わりもありますし、携帯電話を複数台持って別名で指名してくるお客さんも多いんです。それに昔はＭＮＰ――番号ポータビリティっていうんですか、あの制度が無くて、携帯のキャリアを変えると電話番号が変わったんです。だからデリヘルのお客さんを正確には把握できないんです」

「岡崎市の人口は四十万人くらいでしたか」

「三十八万弱だと思います」

「ざっくり数えますよ。男が十九万人とすると――」

湯口が手帳に書いて計算している。

「四百人に一人がこの店を利用してることになりますね。ちょっと多くないですか？　子供や年配者はデリヘルを使いませんからもっと率が高い。二百五十人に一人とか二百人に一人とか」

「こういう店は地元を避けて市外からもたくさん客は来ますから……」

「逆に市内から市外の店へも行くでしょう。プラスマイナスゼロになりますよ」

「でも……若い女の子たちがコンパニオンをやってる大規模店の客はもっと多いですよ。千人単位の客を抱える店もあると思います」

湯口が眉間に皺《しわ》を寄せていく。

「そんなに盛況なんですか。俺は性風俗がらみの殺人が初めてなんでよくわからんのですが」

言いながらまたファイルをめくっていく。

「電話番号と苗字《みようじ》だけで下の名前はないですが、そもそも苗字も偽名なんでしょうね」

「はい。先ほどの刑事さんにもお話ししましたが、本名を名乗る人はほぼいないと思います。プリペイドや飛ばし携帯使ってる人も多いですし」

湯口がファイルを閉じて「こいつは大変な作業になりそうだ」と息をつき、上着の腰ポケットからペットボトルを引き抜いた。ミネラルウォーターである。一口二口と含んだ。

「従業員の名簿はありますか」

言われて千登勢がまた立ち上がった。本棚に差してあるファイルを持ってきた。湯口はそれをめくり、また水を一口含んだ。

「こいつも分厚いですね。何人分ありますか」

「百三十人を少し超えるくらいです」

「百三十人？」

「八年間のトータルですし、数日で辞める人がかなりいるので……」

「ここから後ろ、紙が白から青に変わっているのは」

「白い紙のところがコンパニオンさんで、青い紙は事務所スタッフと運転手さんです」

「コンパニオンのここに付箋があって、前後に分けてあるのは」

「それは現在も働いているコンパニオンと辞めた女性の区切りです。辞めても三年間の名簿保管義務があるんです」

「風営法で？」

「いえ、労基法です」

湯口が肯き、さらにめくっていく。

「店名の昭和堂は」

「超熟女というのがコンセプトですから」

「コンパニオンの女性従業員の年齢層は」

「いま一番若い女性が四十一歳で、一番上が七十一歳です」

湯口が顔を上げた。

「七十代？　被害者が特別というわけではないんですか」

「はい。岡崎には超熟女店はうちだけですけど、名古屋や東京へ行ったらこういう店はたくさんあって、八十代の人もいて人気があるそうです」

湯口が眉間に皺を寄せた。

「一番若い人は四十一歳だと言いましたが、いまの時代、四十一歳は超熟女とはいえませんよね」

「あくまで設定なので。普通のデリヘルが十八歳から二十代前半まで、人妻店が三十五歳くらいまででしょうか。熟女店が四十五歳くらいまでですので、他の超熟女店も、だいたい四十代の半ばくらいからだと思います。でもやっぱりうちの人気は五十代や六十代に集中してます」

「客の年齢層は」

「同じ年代の男性客もいますし、歳上《としうえ》が好きという若い男性も意外に多いんです。うちの一番若い四十一歳のコンパニオンさんは四十七歳と言ってるくらいです」

「それは詐欺的な客寄せですね」

「でも若さを売りにする店は、逆に二十歳の女の子が十八歳って名乗ったり、二十五歳の子が二十歳って名乗ったりしてます。人妻を売りにする店は独身女性を人妻と名乗らせてますから」

湯口がテーブルに視線を落とし、無精髭を撫《な》でた。そしてつと顔を上げ「ここには主婦もいるんですか」と聞いた。

「半分くらいがそうです。シングルマザーの女性が三割くらいでしょうか」

「じゃあこの店だけで今まで七十人近い主婦が働いていたんですか。夫も子供も知らないところで」

「ちょっと待ってください。違法なことをやってるわけじゃないですよ。許可をとってるんですから」

「もちろんわかってます」

「刑事さん。いま日本にシングルマザーがどれくらいいるか御存知ですか。男女の賃金格差が幾らあるか知ってますか。主婦だって離婚して収入が断たれる不安のなかで生きてるんです。男社会のなかで必死に戦ってるんです」

「わかりました。とにかく犯人を挙げます。この仕事は時間勝負です」

湯口が話を制し、片手をついて立ち上がった。そしてそのまま廊下へと出ていく。

佐々木も立ち上がると千登勢がすがるように見上げた。その眼を見てしばらく躊躇《ちゅうちょ》したが、急いで湯口を追った。外廊下へ出て地域課の先輩二人に礼を言い、走っていって湯口の後ろからエレベーターに乗った。

湯口がしかめ面でネクタイを締め直した。

「このまま署へ行くぞ」

「会議はたしか五時からです」

「霊安室だ。そろそろ運び込まれてるだろ。もう一度会って彼女の無念を聞いておきたい」

第二章　刑事、湯口健次郎

1

俺が布団にあぐらをかいて夏目直美《なつめなおみ》にメールを打っていると「おい湯口。おまえ資料も読まんで、誰にメールしとる」と声が飛んだ。

顔を上げると、三人ほど向こうの布団の嶋田実《しまだみのる》である。肘枕になってこちらを見ている。

「大学の恩師だ」

咄嗟に俺は取り繕った。

「ほんとかよ」

嶋田実が声をあげて笑った。俺の直属部下だが捜査一課三係のなかでただひとり気を許している友人でもある。

俺はスマホを布団の上に伏せ、コンビニで買った安物のタオルで裸の上半身の汗を拭いながら柔道場内をぐるりと見た。壁の大時計は午前一時二十五分。地蔵池で死体が発見されてから十六時間が経とうとしていた。七十四枚の貸布団、その上に座る男たちが渋面で団扇《うちわ》を使っている。まるで映画で観る大日本帝国陸軍の南洋諸島前線基地のようだ。かなり古い岡崎署の無骨な造りもそのイメージを補強している。

捜査幹部の目論見《もくろみ》どおり短期解決となればいいが。なにしろ最上階四階のこの柔道場にはエアコンがない。こんなところに何日も泊まり込んだら体調を崩す者が続出するだろう。俺だけではなく全員が上半身裸だ。その汗の臭いにプラスして、仕事中に革靴内で蒸れた七十四人分の足の臭いも酷《ひど》い。

「サウナのほうがよっぽど涼しいがや……」

「多治見《たじみ》で三十九度超えたって中日新聞の夕刊に出とったら」

「あっこは日本一暑いのを街興しに使っとるくらいだでな」

道場のあちこちで捜査員たちがぼやいている。名古屋弁の多くは本部の三係、三河弁は岡崎署の刑事であろう。

「冷房代わりとか言ってこんなもん配られてもしょうがねえわな」

岡崎署の中年刑事が団扇で自分の頭を叩いた。その表には愛知県警のシンボルキャラ『コノハ警部』が敬礼するイラストが、裏には『交通安全』の文字が印刷されている。コノハ警部はコノハズクという梟《ふくろう》がモデルで漢字では木葉梟《このはずく》と書く。字面どおり木の葉ほどのサイズしかない日本最小の梟、愛知県の県鳥だ。警視庁の「ピーポくん」や大阪府警の「フーくん・ケイちゃん」のあと一九九一年に制定された愛知県警のシンボルキャラである。

誰かがパチンと自分の体を叩き、舌打ちした。全開の窓から大量の蚊が入っていた。

「うちは日本最悪のブラック企業だ。こんな蛸壺《たこつぼ》みたいなとこで仕事させられとるのに『楽《らく》しとる』とか民間のやつらに言われるで余計に腹たつ」

下の道路の排水溝からまともに悪臭が上がってきて、それが蚊の大群を引き連れてくるのだ。蚊は四階以上には上がってこないと聞いたことがある。それなのにこれだけ大量に上がってくるのだから排水溝附近では雲のように湧いているのだろう。窓の近くで煙を揺らす五つの蚊取り線香では多勢に無勢で、俺の隣で水虫薬を塗る岡崎署中年刑事の背中にも五匹ほどの蚊がとまっている。

今日の昼、死体遺棄現場で組まれた仮ペアによる地取り捜査のあと、午後五時から岡崎署訓授場で短いプレ捜査会議があった。そこで正式ペアに組み直された捜査員たちは犯人の遺《のこ》した臭いを追って夜の岡崎へ再び飛び出していった。

その間に署の霊安室で警察医による死体検案が行われ、明朝《みょうちょう》一番に名古屋市立大学医学部へ搬送して司法解剖されることになった。

署内に特別捜査本部が正式に立ち上げられたのは午後七時半だ。一時借り上げだった捜査員たちがこれで正式に名を連ね、さらにプラス五十八名の指定捜査員を吸い上げた。これで今回の特捜本部は百四十四名。いつもより人員が少ないのは四ヵ月前に起きた「3・11東日本大震災」のためだ。愛知県警からも広域緊急援助隊員五百名以上が派遣されている。

午後十時半。全捜査員を集めて初の本格的な捜査会議が始まった。まずは警察医による死体検案書が捜査一課三係の警部キャップ、等々力《とどろき》によって読み上げられた。

「損傷が激しいため手間取ったようですが、以下のことが判明しております。まず――」

捜査員たちがペンを走らせる音が訓授場内に響く。死後推定経過時間は「四～五日間程度」、凶器は「片刃で柳刃包丁のような細身」だという。

「その凶器による背中の刺創は四十ヵ所以上確認できました」

捜査員からざわめきがあがった。異常殺人にカテゴライズされる完全なオーバーキルである。膣《ちつ》や肛門《こうもん》に暴行の痕は無いようだが断定はできず、明日の司法解剖の鑑定を待つ。

等々力が遠近両用眼鏡の位置を下げ、訓授場内を見まわした。

「いいか。遺体の状態はあくまで情報のひとつだ。予断を持つな。他の情報も併せて、広く深く考えるように。浅く広くではない。狭く深くでもない。君らは刑事だ。広く深く、脳味噌《のうみそ》が軋《きし》みをあげてオーバーヒートするまで考えろ。ガイシャのために早く犯人を挙げるんだ」

そして「次、鑑識」と言って座った。鑑識員が立ち上がり、手帳を手に話しはじめる。堤防内外で、靴痕跡が三十二種類、素足痕跡が二種類、タイヤ痕跡が十四種類、ほかの種類の痕跡が十七種類確認され、遺留品の可能性がある十六点のブツと合わせて県警科学捜査研究所で精査中だという。

鑑識が座ると、等々力が資料をめくりながらマイクを握った。

「次。地取り。岡崎署強行犯、木野下《きのした》君」

捜査員は二人一組になり担当別にグループに分かれる。区画を割り当てて虱《しらみ》潰《つぶ》しに目撃情報などを聞き込む地取り担当、被害者や容疑者の人間関係を洗っていく鑑取《かんど》り担当、証拠品の出所などを洗うブツ担当などだ。それぞれきめ細かく情報の断片を集め、それを会議を経てデスクたちがまとめ、特捜本部幹部たちが分析する。

地取り捜査では、被害者の足取りが六月三十日の夕方に住居アパート前で自転車に乗るところで途絶えていた。死体検案書の死後経過時間『四～五日間程度』が正しいとすれば被害者は六月三十日から死亡推定日の七月十六日前後まで二週間以上も誰にも見られていないことになる。湯口はメモしながら、自分の推理も素速く横に書き込んでいく。この二週間の空白期間に被害者が監禁など何らかの事件に巻き込まれた可能性もある。幹部たちから「重点的に洗うように」と指示が出された。等々力の指示で岡崎署の若手がホワイトボードに何か書きはじめた。

・6月30日　被害者がアパート前で目撃される
（2週間の空白）
・7月16日辺り　殺害

・7月21日　被害者の死体発見

死体遺棄現場周辺ではここ一ヵ月、不審な声や物音を聞いた者はいなかった。別の場所で殺害してここまで運んだ可能性があり、死体を運ぶ自家用車所有者を中心に据えることになった。

池の堤防は低いところでも五メートル半、高いところでは八メートル以上あるそうだ。流しの犯行なら苦労して堤防内へ死体を運ぶ理由はあまりないので顔見知りの犯行に八割方しぼられた。

堤防を越えるためのスロープがひとつあるが、そこには車止めの鉄製ポールが二本立っている。おそらく死体は人間が抱えて堤防を越えたと推量された。単独犯であれば十八歳から六十歳程度までの男盛りの体力が必要だ。そうでなければ二人以上の複数の男か、女であれば三人ないし四人以上の複数犯も推定される。

今回の事件が面倒なのは地蔵池のまわりにまったく防犯カメラがないことだ。それを知って捜査幹部は愕然《がくぜん》としていた。各都道府県警で防犯カメラの設置が急ぎ行われており、街中の事件ではこれが大きな力を発揮していた。それが使えないとなると昔ながらの足を使った地取りしかない。

鑑取り捜査担当の報告で、俺が先ほどデスクに伝えておいた「経営者時代に本人も客をとっていた」「昭和堂を辞めてからも風俗嬢をやっていたようだ」という情報があがると捜査員たちがどよめいた。

ホワイトボードに捜査の眼目が列挙されていく。

1、易怒性《いどせい》があり残忍な性格の犯人像。
2、顔見知り、ないし性風俗の客筋の可能性。
3、概《おおむ》ね18歳から60歳の男。

4、年配者や女の犯行ならば複数犯。
5、自家用車所有者、免許所有者。
このなかでも幹部たちは刺創四十ヵ所以上というオーバーキルから、特に『易怒性』があり『残忍』な犯人像を強調した。

深更《しんこう》零時四十分、等々力キャップが左右の幹部を見た。幹部たちが背筋を伸ばして手元の書類を整えていく。

「起立！」

等々力の号令で全員が立ち「礼！」「散会！」の声で会議が終わった。俺たちが最上階四階の柔道場へ上がると、大量の貸布団が運び込まれていた。七十四名の男性宿泊所である。内訳は捜査一課三係の男九名と、岡崎署捜査員のうち自宅の遠い者四十一名、近隣他署からの応援捜査員のうち自宅が遠い者二十四名である。捜査一課の夏目直美と岡崎署刑事課の自宅が遠い女性の合わせて八名にはキャパシティが二十四名分ある署の男性仮眠室が充てられた。

かつて愛知県警では特捜本部が立ったときでも所轄署に泊まる捜査員はほとんどいなかった。これは他県と較《くら》べて高速道路網が発達し、どの署へも自家用車で通うことが可能だからだ。愛知・岐阜・三重・静岡の名古屋圏四県には、東名高速、名神高速、中央自動車道、東海環状自動車道、東名阪自動車道、名古屋第二環状自動車道、第二東名高速、新名神高速など、無数の高速道路が蜘蛛《くも》の巣《す》のようにびっしりと張り巡らされている。

この高速道路網で愛知県警の捜査員たちは県内各地からあらゆる所轄署へ自家用車で往復できる。ただでさえ過酷な仕事だ。自宅で質の高い睡眠を得たい。だからかつての愛知県警では特捜本部が立っても所轄に泊まる者が少なかった。

その慣習が変わったのは七年前、地元大手建設会社の社長殺害事件である。深夜に事件が動き、特捜本部内の情報が錯綜《さくそう》し、現場で種々の命令系統の大混乱が起きてしまった。ために当時の愛知県警本部長名で「今後、捜査員はできうるかぎり特別捜査本部が設置された所轄署内に宿泊するように」という強い達しが出た。しかし宿泊所の冷暖房設備や浴室などが貧弱な署も多く、今回のこの柔道場にもクーラーが無いので捜査員たちのストレスは相当に溜《た》まりそうだ。

「暑気払いに明日あたりみんなで三河湾で素《す》っ裸《ぱだか》で踊るか」

誰かが言うと笑いが起きて馬鹿話が始まった。

俺はそれらの会話には加わらず、汗を拭いながら夏目直美にメールの続きを打っていた。「湯口」と声をかけられて顔を上げるとまた嶋田実である。布団に肘枕になってにやついていた。

「おまえいつまでメールしとるんだ」

「しつこいぞ。大学の恩師だ。暑中見舞いだ」

嶋田は大学ラグビー部でプロップを務めた偉丈夫だ。醜く潰れた耳をぴくぴくと動かして「ミミガーの活《い》け造《づく》り」と笑わせるのを酒席芸とし、最近ではミミガーという渾名《あだな》が定着していた。上司は湯口だが年齢は嶋田実がひとつ上、かつて所轄の刑事課時代に同階級で一緒だったこともあり、互いにため口をききあっている。まわりはそれを不快視しているが二人は許しあっていた。

その嶋田実が声のトーンを上げた。

「ほんとは警察学校の同期たちと勉強会の連絡でもして、俺ら出し抜いて昇任試験受けようとしてんだろ」

あまりに大きな声なので道場全体から爆笑があがった。どこかから「おいおい、湯口警部の誕生か！」と嘲った声が飛んだ。主を探すと思ったとおり榊 惇一《さかきじゅんいち》である。両側に部下二人をはべらせ、片膝を立ててこちらを見ている。その瓜実顔《うりざねがお》を俺は睨《にら》みつけた。

・榊惇一（四十七歳、警部補）
・神崎進《かんざきすすむ》（四十四歳、警部補）
・湯口健次郎《けんじろう》（三十五歳、警部補）

三名が県警本部刑事部捜査一課三係の係長だ。それぞれ巡査部長の部下を二名ずつ持ち、その九名を警部キャップの等々力が統べる十名態勢である。

この係長三人の人間関係は太平洋の真ん中に浮かぶ小さな漁船のように不安定で危うく、常にギシギシ音をたてて縦横斜めに揺れている。年齢は榊惇一が一番上だが、一課に異動してきたのは神崎進、榊惇一、俺の順である。三人ともに一課内では実力者と目されているため癖が強い。神崎進は疑問点を徹底的に潰していく堅実な仕事で評価を得ている。だがこの神崎より湯口は戦歴で上回り、瞬発力と強引さでのし上がってきた。

二人から頭ひとつ抜けているのが榊惇一である。捜査一課の刑事六十余名でナンバーワンの呼び声高く、若手から〝カミソリ榊〟と崇《あが》められている。この榊と俺はとにかく反りが合わない。酒席での怒鳴り合いが四度、そのうち一度は暴力沙汰となった。俺が榊の顔面を殴り、榊が殴り返そうとしたところを何人かに羽交い締めにされた。それ以来、榊は殴り返す機を窺っていた。

その榊惇一グループの態度をにやつきながら見ていた嶋田実が、俺に視線を戻した。

「おまえ、ガチで警部試験狙っとるんか？」

おどけた声だが、その眼にはいつもの快活がない。俺は平静を装って布団の上であぐらをかきなおした。

「冗談でもやめろ。他のもんが信じちまうだろ」

「またあ、おまえはそういうの上手《うま》いからな」

ゲラゲラと笑って「先週おまえが鶴舞《つるま》図書館の自習室で勉強してたの、四課の誰かが見たらしいぞ」と、ぞっとすることを言った。

「湯口が英会話習っとること一課じゃ俺しか知らへんで警部試験とかいう話になっちまうんだ。坊さん出のおまえと英語じゃ誰も結びつかねえ。なにしろ一休さんだろ、おまえんちは」

「一休は臨済宗《りんざいしゅう》、うちは曹洞宗《そうとうしゅう》だ。何度も教えたろ」

「本部一たわけの俺がそんなもん覚えられるわけねえだろ」

また爆笑が起きた。おそらく嶋田は今日、誰かに噂《うわさ》を聞いたのだ。それを多くの前で伝えて陰口を払拭しようとしている。豪放をよそおいながらの細やかな配慮は彼らしい。

嶋田実が立ち上がり、たるんだ裸の腹を力士のように二度叩いた。

「よしと。ヒンズーと腕立ても終えたし、俺は先に寝るぜ」

ズボンを無造作に下ろし、白いブリーフ一枚で布団に大の字になった。常人の二倍近くありそうな太腿《ふともも》は先ほどまでやっていたヒンズースクワットでパンプアップしたままである。

誰かが両手をパンパンと叩いた。

「まもなく消灯します！　就寝準備お願いします！」

壁際に制服姿の若者が立っていた。俺を昼のあいだサポートしてくれた佐々木豪である。眼が合うと会釈した。

「おいおい、初日くらい夜更かしさせてくれよ」

「また合宿の始まりですか……」

気怠《けだる》い声がいくつかあがり、男たちが捜査資料を閉じはじめた。寝間着用にジャージや短パンをはいているのは岡崎署の刑事たちだ。本部の九人はまだ着替えがないので、みなパンツ一枚になって寝転がった。警察手帳や財布などの貴重品はそれぞれ布団の下か枕の下に隠している。警察内部だからこそ仲間内で嫌疑がかからぬよう互いに厳しく律している。

「若い衆。おまえ刑事になりたいんか」

　等々力キャップが佐々木豪に投げた。角刈りと度付きサングラスの強面《こわもて》だが、一課のなかで人情派幹部として知られ「俺たちは家族だから」といつも必ず一緒に泊まっている。

「はい。早く専務になりたいと思っています」

　佐々木豪は頬を赧《あか》らめた。交番勤務の地域課ではなく、刑事課や生活安全課、交通課、警備課などのスペシャリスト部署のことを専務という。新人はまず地域課に配属され、そこで成果を挙げながら専務部署からのスカウトを待つ。専務になれるのは半分程度だ。

「専務うんぬんじゃねえ。刑事になりたいのかと聞いてるんだ」

「はい。父は地域課をまわってますが、僕は刑事志望です」

　あちこちから「ほう」「ジュニアか」「二代目か」と声があがった。

　等々力が眼鏡の奥で眼を細めた。

「ほんなら自己紹介しとけ。誰かが引っ張ってくれるかもしれんぞ。ここで蔓《つる》つくっとけ」

　蔓とは人脈のことである。年輩の警察官がよく使う言葉だ。

　佐々木豪は緊張しながら直立した。

「岡崎署、留置管理係の佐々木豪です。二十四歳です。今回、特別捜査本部の仕事を手伝わせていただけることになりました。本部の捜査一課の方々に会えて光栄です。よろしくお願いします！」

　警察礼式どおり十五度に腰を折った。拍手がぱらぱらと起きた。

「腰抜けのくせに、よう言うわ」

　険しい声がひとつ飛んだ。

「金玉ぶら下がっとるのか。腰抜け」

　別の場所から別の声が飛んだ。道場内が緊張して皆が声の主を探している。佐々木はうつむいて顔を引きつらせていた。「情けねえ男なのは間違いないだろ」今度はすぐにその主が特定できた。壁の近く。四十歳くらい。横に座る五十年配が「やめんか」と叱りつけた。四十歳はあからさまに溜息をついて大の字になった。

五十年配が険しい眼で道場内をぐるりと見た。

「もうやめたれ。佐々木も後輩だろ」

所轄にありがちな小さな人間関係だろうか。

「おい、もしかして——」

嶋田実が半身を起こした。

「おまえ、親父《おやじ》が地域課の佐々木って……北署の地域課にいた佐々木仁《じん》さんの？」

「あ、はい。そうです。父はいま瀬戸《せと》署の地域課におります」

佐々木豪が強張《こわば》った顔で答えると、嶋田実は相好を崩した。そして太いふくら脛《はぎ》を一本ずつ両手で抱え、あぐらをかいた。

「そうか。俺はサーさんに仕事教えてもらったんだ。あの人には本当に世話になった。息子は中学生だって言っとったけど、それがおまえさんか？」

「そうだと思います。一人っ子なので」

佐々木が照れながら頭を下げた。

「早いな……たしか剣道やっとるとか言っとったけど」

「はい。中京大の剣道部出身です」

「すごいな。なんで特練に行かんかったんだ」

「特練に行くほどの力はとても……大学ではレギュラーにまったく届かない部員で……」

佐々木が頭を掻いた。たしかに強豪大学の体育会にしては線が細すぎる。

嶋田実が陽気に笑った。

「気にするな。特練行っちまったら仕事覚えられんから剣道引退してからが大変だ。そうか、刑事志望か。頑張れよ。ひとつずつステップアップだ。親父さんに世話になったから俺はおまえにそれを返さにゃいかん」

上機嫌で言い、嶋田はまた布団にごろりと寝転がった。

「よし佐々木。子守唄代わりに新妻との夜の生活について語ってくれ」

二十代後半の若手刑事が言うと、どっと笑いが起きた。

佐々木が赧くなりながら頭を下げ、姿勢を正した。

「消灯します。皆さん、準備をよろしくお願いします」

そう言ってから大きく息を吸った。

「消灯ォ――――！」

語尾を警察学校式に長く伸ばし、蛍光灯をひとつずつカチカチカチと消していく。最後のスイッチを切った瞬間、道場内が黒一色となり、窓から夜蝉の声が大きな塊になって流れ込んできた。その後ろからどこかで啼《な》くウシガエルの声が寂しく響いている。

俺も枕に後頭部を載せ、眼を閉じた。道場全体がゆらりゆらりと揺れていた。柔道場の床がこんなに揺れると知ったのは刑事になって寝泊まりするようになってからである。投げられたときの衝撃を最小限にするために、柔道場というのはコイルスプリングを幾つも置き、その上に巨大な床板を載せて畳を敷く構造になっているらしい。

耳元で羽音をたてる蚊を手のひらで払っては寝返りを繰り返し、ようやく脳内が鎮まってきたときだ。遠くで道場の引戸がガラガラと開く音が聞こえ人が入ってくる気配がした。しばらく入口で誰かとぼそぼそ話している。足音が畳の上を歩きはじめた。あちこちから「うるせえ」と小声があがった。いよいよ足音が大きくなってきたと思っていると俺の枕元で止まった。顔に光を当てられた。眼を細く開けると、屈《かが》み込《こ》んだ人影が逆手に持ったペンライトを向けていた。

「本部の湯口係長ですか」

「そうだ」

「うちの係長が呼んでます」

逆光になっているので顔が見えない。

「わかったからそれを消せ。眩しい」

俺は強く言った。しかし相手は動じず「外で待ってます」と立ち上がった。一人で歩いていく。うちの係長とは岡崎署刑事課の係長の誰か。なぜこんな時間に俺を呼ぶのか。上体を起こした。布団の下からスマホを出して液晶画面に触れた。その淡光が消える前に立ち上がる。ズボンをはき、ポケットに財布や手帳を突っ込んだ。シャツを羽織り、ネクタイと上着を摑んだ。そこで液晶の光が消えた。道場のスプリングが揺れないように静かに歩いた。しかし寝ている者には響くのかあちこちから舌打ちがあがった。

2

廊下へ出ると若い男が立っていた。ジーンズに黒いTシャツ。片手にニューヨークヤンキースの帽子を握っている。

「岡崎署生安の緑川《みどりかわ》です。係長が一階で待ってます」

名前を聞いて驚いた。夏目直美が組む緑川以久馬《いくま》という男だ。彼女からのメールに名前とプロフィールが書かれていた。年齢は俺と同じくらいか。身長も同じくらい。柔らかそうな髪をサイドに流している。細身だがTシャツの下で大胸筋と三角筋が盛り上がっている。襟元には銀色のネックレスが光っていた。

俺はシャツのボタンを留《と》めながらその横をすり抜け、ネクタイを首に掛けて先に廊下を行った。緑川は黙って後ろからついてくる。廊下にもひどい温気《うんき》がこもっていた。

上着を羽織って階段を一階まで駆け降りた。そこはしっかり冷房が効いていた。ロビーへ向かう廊下を歩く。左手奥『地域課』のプレートが下がる一角で三十人ほどがパソコンやプリンタ相手に働いている。明朝の捜査資料を作っているのだろう。本部捜査一課の庶務担当が俺に気づいて軽く片手を上げた。他はみな岡崎署員のようだ。佐々木豪の顔もあった。

若者たちの横で五人の年配者が立ち話をしている。背広姿は先ほど捜査会議で挨拶した岡崎署刑事課長。あとの制服四人はおそらく生活安全課長、交通課長、警備課長、地域課長だろう。岡崎署はA級署なので階級はみな警視、大幹部である。彼らはしばらく休日ゼロになる。それぞれシャツのボタンを三つほど外し、昼の汗を襟元から逃がして腕を組んでいる。その後ろの大テーブルでは背広組と制服組、合わせて十名ほどがカップ麺を啜《すす》りながら書類をめくっている。年齢的に係長クラスの連中だ。

俺を呼びつけた係長とはどの男だろうと立ち止まった。すると緑川が追い抜いていく。

「違います。こちらです」

しばらくついていくと、玄関ロビーのビニールソファに中年男が寝そべっていた。肘枕でテレビを観ている。今日の事件のニュース特番のようだ。

「係長、連れてきました」

緑川が言った。

「待ちんさい。最後まで観さしてくれ」

名古屋弁でも三河弁でもない強い訛《なま》りがある。視線をテレビから動かさない。五十代前半か。一昔前のアメリカのヒッピーのようだ。肩まで伸ばした長髪にはウェーブがかかり、鼻の下に髭《ひげ》。派手なアロハシャツを羽織って靴下なしの素足。口がゆっくり動いているのは手元の袋からベビースターラーメンをつまんでいるからだ。しかし視線はずっとテレビにあった。

番組は犯罪評論家とキャスターの対話形式で進められているようだ。被害者の土屋鮎子が東京大学文学部卒の元テレビアナウンサーだったこと。それだけの経歴がありながら高齢になるまで性風俗業の経営者をやっていたこと。この特異な状況にマスコミは食いついていた。

現在の郡上《ぐじょう》市、かつて郡上郡八幡町《はちまんちょう》と呼ばれた長良川《ながらがわ》上流地域出身の七十六歳。八年半ほど前、六十七歳時に友人たちと超熟女デリヘル「昭和堂」を設立したが、一年半後にひとりだけ独立して新たに「美悪女」を起ち上げた。しかしそれが資金難になり七ヵ月で頓挫、その後は風呂無しの古い長屋アパートへ引っ越して独り暮らしをしていた。その彼女が今日七月二十一日午前、岡崎市内の地蔵池で死体になって発見された。背部を刃物で滅多刺しである。昭和堂時代に本人も客をとっていたこと、そして昭和堂を辞してからも風俗嬢をやっていたらしいという証言はマスコミに漏れていないようだ。

テレビがＣＭに変わると、ヒッピー男がゆらゆらと上半身を起こした。そしてベビースターラーメンの袋をアロハの胸ポケットに突っ込み「参考にならんのう」と素足でソファにあぐらをかいた。

長髪を片手でかきあげながら緑川以久馬を見上げた。

「犯罪評論家じゃいうて偉そうに出てきたけ、面白い話する思うて見ておうたが芸のない男じゃ。昔は松本清張《まつもとせいちょう》が下唇を突き出して推理したり、ユリ・ゲラーが透視で解決しようとしたり、恐山《おそれざん》のイタコに被害者が憑《つ》いて喋《しゃべ》ったり、いろいろ面白かったんじゃがの。日本のジャーナリズムも堕《お》ちてしもうた」

鼻の下の口髭を蠢《うごめ》かし、ビーチサンダルをつっかけた。立ち上がりながら俺の顔を見た。値踏みするように視線をゆっくり足もとまで下げていく。そしてぎろりと眼を上げた。

「あんたが湯口君かい」

「そうですが」

「蜘蛛手《くもで》じゃ。わしが蜘蛛手洋平《ようへい》じゃ」

右手を差しだした。相棒表に俺の名前に並んで《蜘蛛手洋平》とあった。明日から組む相手だ。生活安全課保安第二係の係長である。手を握り返した。ざらついて分厚い。この年代以上の警察官はみな同じ手をしている。

「親戚の葬儀で広島に帰っとったけ会議に出られんじゃった。悪かったのう」

尻ポケットから青い帽子を引っ張りだし、ばさりと振って長髪の頭に載せた。中日ドラゴンズの帽子だった。平日の昼間に競輪場でカップ酒を飲んでいる中年男の風情だ。

「いまから飯食いに行くけ、あんたもついて来んさい」

顎をしゃくった。その物言いにむっとしていると、蜘蛛手が俺の後ろを見てにやにやしはじめた。

「城長《しろなが》君が来たで」

振り返ると、相撲取りのような巨漢が歩いてくる。短パンにTシャツ、サンダル履き。麦藁帽子《むぎわらぼうし》をかぶって首にタオルをかけている。会議のとき大男が座っていることに気づいてはいたが、立ち上がると想像以上の大きさだ。

「あんた象みたいにのそのそ歩きなさんなや。はっははは」

蜘蛛手が腹を抱えて笑うと、やってきた大男は眠そうに首の後ろを掻き、蜘蛛手に向かって上体を屈めた。

「生安のソファでさっき起こされたばかりなんで。今日は豚足《とんそく》ですか、くるくる寿司《ずし》ですか」

「あんたみたいな象男には、豚足じゃのうて象の足がお似合いじゃ」

蜘蛛手が突き放すような言い方をして「この象男が。象男が」と大男の腹を両拳で殴りはじめた。しかし大男は痛そうな顔もせず「なんだ、また豚足ですか」と呟《つぶや》いた。サンダルのサイズは三十二センチくらいはありそうだ。

蜘蛛手が俺に向き直った。

「こいつは城長君じゃ。城長じゃのうて城長君と君付けで呼ぶのがこの署の習わしじゃ。あんたもそうしんさい」

城長が照れくさそうに頭を下げた。

「よし。行こうで」

蜘蛛手が歩きかけ、すぐに止まって振り向いた。そしてソファの上の団扇を手にした。

「いかんいかん。コノハ警部を連れてくのを忘れるところじゃった。警部も豚足が好きじゃけえの」

それから俺に向き直って「あんたコノハ警部はどうしたんじゃ。一緒に連れていかんのかい」と聞いた。

「団扇のことですか」

「あたりまえじゃないか」

蜘蛛手が怒ったように口もとを歪めた。

「あんた、コノハ警部が実在すると思うちょるんかい。あれは想像上の生き物で」

一緒に連れていくなどと実在するかのように振ったのは蜘蛛手ではないか。しかし俺がどう思お

う と気にもしていないようで、サンダルをペタペタいわせてガラスドアを押して外へ出ていく。

振り返ると、緑川も城長も、俺が出ていくのを待っている。戻るのも大人げないのでしかたなく外へ出た。蒸した夜気で背中と胸がべとりと汗ばんだ。立番の制服の肩を軽く叩いて歩きだすと「湯口さん！」と暗闇から声。ぱらぱらとスーツ姿の男が三人走ってくる。先頭の男は本部詰めの時事通信社だ。

「少しだけ――」

時事の記者がショルダーバッグからノートを引っ張り出した。残りの二人は他社か。あるいは時事の岡崎支局の記者か。俺は黙って首を振った。そして上着を脱いで脇に抱え、そこを離れた。

すでに蜘蛛手は署の前の道を右方向へと歩いていた。少し離れて緑川と城長が続いている。俺はさらに十メートルほど後ろを歩いた。マンゴーのような甘ったるい香りは街路樹の花か。その甘さと暑さで東南アジアの夜を歩いているような気分になってくる。街路樹から夜蟬の声が大量に降っている。昨年テレビで解説していたが地球温暖化が夜蟬の増加の原因だという。

前を行く緑川が何か言いながら城長の大きな尻を蹴った。

城長が蹴り返した。緑川がするりとよけ、飛び上がって城長の麦藁帽子を取った。フリスビーのようにそれを投げた。二人は追いかけ合いを始めた。巨体の城長が息をあげて両手を膝についてぜいぜいと息をした。そして緑川に向かって「おまえなんて死ね」と叫び、蜘蛛手と一緒に歩きはじめた。緑川は笑いながら十メートルほど後ろから続いた。

コンビニがあった。さらに歩くとファミレスがあった。そこを過ぎて大きな橋を渡っていく。水が流れる音が聞こえた。配付地図の記憶では乙川《おとがわ》といって矢作川《やはぎがわ》二番目の支流だ。水面に夜の灯《あか》りが反射し、その上に熱い空気が蟠《わだかま》っている。

橋を渡って二つ目の角を蜘蛛手と城長が折れた。その後ろから緑川も曲がっていく。俺も続いて曲がるとそこは古いアーケード商店街だった。

緑川が立ち止まって待っており、俺に笑いかけた。

「他の地方と同じく、この商店街も寂れてほとんど廃業してます」

「リヤカーはなんですか」

閉まった店舗のシャッター前にずらりと何台も並んでいる。

「いま岡崎農業祭の最中なんです。七月十五日の盂蘭盆会《うらぼんえ》から太陽暦の盆の八月十五日まで一ヵ月やるんですが、その間ここでバザーやってるんです。荷台に商品を並べて売る『リヤカーバザー』という催しです。もう五十年以上も続いてるらしいですよ。農産物だけじゃなくて土蔵から出した骨董品《こっとう》とか古本なんかを売ってる人もいます。夜は商店街の倉庫に商品をしまうそうです」

リヤカーの鉄製の柄に鎖が通されていた。隣のリヤカーと繋《つな》げてあり、ところどころ電柱や消火栓へその鎖が伸びている。盗難防止だろう。先を歩く蜘蛛手と城長がいつの間にか視界から消えていた。辻《つじ》を曲がったようだ。

緑川もその辻を折れていく。仄暗《ほのぐら》く細長い路地がまっすぐ続いていた。

「昔の遊郭街の一部です。岡崎には何ヵ所かに分散して残っています」

両側に古い木造二階建てが並び、どの窓にも木製の縦格子がある。昼間も陽が当たらないのか路地全体が湿って苔《こけ》や黴《かび》の臭いがした。灯りが漏れるのはほんの数軒でほとんどが空家のようだ。

路地の先から大型犬の鎖を引く男が歩いてくる。そして蜘蛛手と城長の二人とすれ違うときに頭を下げた。蜘蛛手たちは軽く片手を上げてそのまま行く。大きな犬だ。ラブラドールやゴールデンの二倍はある。土佐犬のようだ。体重百キロ近くあるだろう。緑川が立ち止まり、その男と言葉を交わしはじめた。手持ち無沙汰の俺は土佐犬の顎を撫でた。

「指を食い千切られるぞ！」

男が顔色を変えて鎖を引いた。しかし土佐犬は湯口の手をベタベタと舐《な》めていた。緑川が「本部の刑事だ。捜査一課の湯口係長だ」と説明した。男は険のある眼を緩めずにこちらを睨《ね》めつけている。俺は先に五メートルほど行き、土佐犬の涎《よだれ》を拭いながら緑川を待った。すぐ左に『御休憩』と書かれた小さな電飾看板がひとつ灯《とも》っている。遊郭を修築した連れ込み宿か。壁板が腐って土壁が覗き、そこから雑草が伸びている。

男が土佐犬を連れて行ってしまうと緑川がやってきた。

「地廻りの極道です」

小声でそう言い、俺と歩きはじめた。

「実は今回の被害者も最近このあたりにときどき立ってたんです。そのことは捜査会議で言ってなかったでしょう。俺たち保安係の人間しか知らないんです。蜘蛛手係長が広島から電話してきて『会議でまだ出すな』って言うんで」

殺人事件である。所轄の生安がこのような重要情報を独占するのはさすがにまずくはないのか。

緑川がさらに声をひそめた。

「建物の陰をよく見てください。女たちが立ってます」

たしかに暗がりにぽつぽつと人影がある。

「みんな年齢がいってますよ、ここの立ちんぼは」

「そんな年寄りには見えんですが」

「明るいところで見たらびっくりしますよ」

緑川が一人の街娼《がいしょう》に手を上げた。街娼は黙って頭を下げた。

「いまの人も六十代です」

驚いて振り返った。四十代くらいだと思った。

緑川が苦笑いしている。「何十年も体売ってるうちにみんな化粧が上手くなる。若いときは名古屋や東京の風俗店で鳴らして店を転々とするうちに歳《とし》くって、最後はこういう田舎に来る。いくらだと思いますか。このあたりに立つ女性たち」

「さあ。一万円くらいですか」

「千円から二千円が相場です」

俺が驚くと、緑川は力なく笑った。

「それでもほとんど客にありつけません。毎晩立っても一週間に一人……。月に四、五人の客がつけばいいほうです。俺たちのおふくろより歳上の人たちが千円で体を売っている」

いったいどうやって生活しているのか。緑川が溜息をつき、小石を蹴飛ばした。硬い音をたてて暗がりへと転がっていく。

「殺人事件が報道されたばかりで彼女たちも怖いはずです。でも少しでもお金が欲しいから立たざるをえない。それくらい日々の生活に困窮しています」

泣いているのだろうかと思うほど小さな声だ。「俺は生安畑だからずっとこういうのを見てきた。辛《つら》いですよ、俺は。ほんとに辛いです……。暗い場所で生きる人間にも生活があるんです」

こんなに繊細では警察官としての仕事がやりづらいのではないか。

二十メートルほど先で蜘蛛手と城長が辻を曲がっていくのが見えた。しばらく遅れて俺と緑川も曲がった。少し先に小さなネオン街があった。三階建てや四階建ての鉄筋飲食店ビルが間を詰めて建っており、派手な看板が上下左右に並んでいる。ティッシュを配っている若い女たちはガールズバーか何かだろう。

「緑川さん、お疲れさまです」

客引きの男たちが頭を下げるたびに緑川は片手で応える。

「この辺りがそこそこ賑《にぎ》わってます。岡崎はこういった小さな飲屋街がぽつぽつと分散してます」

名古屋の繁華街を二十分の一、いや五十分の一くらいにミニチュア化したような並びである。

「ぼやぼやしなさんな。早よ来んさい」

大声があがった。前方で蜘蛛手と城長が立ち止まってこちらを見ている。ビルの谷間、トタン葺《ぶ》きの小汚い木造平屋の前だ。剝げかけたペンキ看板に《豚足の豚平《とんぺい》》という文字と豚のイラストが大きく描いてある。冷房がないのか引戸が開け放たれ、そこから入道雲のように白煙が上がっている。蜘蛛手と城長が暖簾《のれん》を分けて店内に入っていった。俺は、緑川と一緒に汗を拭いながら店まで歩いた。入口横に紐で繋がれた雑種犬が寝そべっていた。眼を閉じたまま尻尾でアスファルトを叩いている。俺が屈み込むと犬が眼を開けた。耳の後ろを掻いてやると気持ちよさそうに首をこすりつけてきた。

「ここのマスコット犬です。いつも寝てますよ」

緑川が笑いながら暖簾を分けた。俺も後ろから入っていく。大声で話すサラリーマンたち。袖まくりして豚足にかぶりついている。豚肉とビールのにおいが混じった煙が立ちこめていた。その煙と喧噪《けんそう》の奥、テーブルで手を振っている巨漢がいた。城長である。向かいに蜘蛛手が座っている。緑川とともにそこへ行き、二人で腰掛けた。

蜘蛛手が壁のメニューに眼をやった。

「湯口君。ここのメニューは豚足だけじゃ。じゃが、ほんまに美味《うま》い。西署におるときも中署におるときも豚足に通ったが、名古屋の有名店に負けん。しかも安いけえの」

たしかに《豚足一本３００円》とあるだけで他のメニューはない。チープなテーブルや椅子は錆《さび》だらけだ。天井も壁も床も脂で光っている。

「みんな生でええかい。湯口君もいいかいね」

「ええ。じゃあ生ビールを」

蜘蛛手が城長に向かって指を四本立てた。

「生中を四つと豚足じゃ。あんた頼んでくれ」

城長が片手を上げて「女将《おかみ》さん、すんません」と奥へ声をかけた。

割烹《かっぽう》着姿の太った中年女が煙の中から出てきた。そして首のタオルで両手を拭いながら城長の頭を肘でどんと突いた。

「一週間ぶりくらいかしらね、お久しぶり」

城長がげらげらと笑った。

「そりゃないすよ。一週間来ないだけで『久しぶり』ですか」

「あなたの場合は久しぶりなのよ。上司が上司だから。クモさんは五日ぶりくらいかしら」

「太りすぎじゃいうて娘が怒るけ、外食ばっかりできんのじゃ」

「あら、娘さんお元気?」

「愛子《あいこ》かい。元気すぎて困っちょる。じゃが最近は勉強ばかりしちょる」

「司法試験は大変みたいですからね」

「家におると口うるさいけ、ずっと図書館におってくれればええんじゃがの」

それを聞いて、城長がまた大きな口を開けて笑った。その城長を緑川が顎でさして俺を見た。

「こいつは愛子ちゃんのことが好きなんですよ」城長が「言うなよ」と真顔になって怒った。

「殺人のニュース、テレビで観ましたよ。大変ねえ」

女将の言に、蜘蛛手が顔をしかめた。

「風俗がらみじゃけ、わしらも忙しうなります」

「私もテレビ観ながらクモさんの顔を思い出してたんですよ。いつも酒だ女だって遊んでるけど、これは大変なことになるなって」

蜘蛛手が笑った。「わしら遊んどるわけじゃないですよ。ひどいこと言わんでください。情報集めるために、しかたなく酒飲んじょるだけですから」

そして眼をぎょろりと剝いて城長を人差し指でさし、その指をぐいと調理場へ向けた。

「あんた早よ注文しんさい。女将が困っとるじゃないか」

城長がすんませんと頭を下げ「じゃあ生中四つで。それから豚足を四十本」と頼んだ。

ひとり十本も豚足を食べられるのか。しかしいつものことなのか女将はにこやかに伝票に書いて厨房《ちゅうぼう》のほうへ戻っていく。厨房では痩せぎすの小男が汗だくになりながら網の上の豚足を炭ばさみで引っ繰り返していた。おそらく旦那だろう。

「城長さんはずいぶん身体《からだ》が大きいですが、何かスポーツを？」

俺が問うと、蜘蛛手が腹を抱えてゲラゲラと笑いはじめた。

「なにが城長さんじゃ。初見のあんたまで城長じゃ言うてからに。しかもさん付けまでしなさんなや」

「…………？」

「ちゃんと鷹野大介《たかのだいすけ》いうて、へんてこな名前があるんで。城長はニックネームじゃ。はっははは」

鷹野も巨体を揺すって笑っていた。

「係長が勝手につけた渾名なんです。シロナガスクジラから取ったんです。体がでかいっていうだけでずっと言われてるんすよ」

蜘蛛手が真面目な顔に戻し、鷹野を睨みつけた。

「あんたもシロナガスクジラも体長三十四メートルで体重百九十トンもあるんじゃ。一番でかい恐竜でも百トンしかなかったんで。あんたは地球史上最大の生物なんじゃ。その邪魔さ加減を自覚しんさい。署のなかを歩かれると邪魔でかなわん」

怒ったように言った。

緑川が名刺を出したので、三人と名刺交換をした。緑川以久馬も鷹野大介も保安係で蜘蛛手の直属部下、ともに巡査部長だった。

「湯口君だけコノハ警部が付いておらんじゃないか」

名刺を手にした蜘蛛手がなぜか小声になった。愛知県警では名刺にイラストを付けるか付けないかは本人が選ぶことができる。

そこに女将が両手にジョッキを二つずつ持ってきて「はいよ」とテーブルに置いた。蜘蛛手が表情を輝かせてジョッキを握った。

「さあ飲むで。今日は暑かったのう」

三人がそれにジョッキを合わせるとゴツンと音がした。一斉にあおった。半分ほど飲んだところで俺が息をつくと、他の三人はまだ飲み続けていた。一人ずつ空にしてはジョッキを置いていく。女将は横で待っていて、空ジョッキ三つを手にサーバーのところへ戻っていく。一人だけペースを遅らせるわけにもいかない。俺も再びジョッキを手にし、一気にあおった。

蜘蛛手が俺に向き直り、鷹野大介を親指でさした。

「こいつはもともと柔道の特練におったんじゃ。腰の手術して特練辞めた。強かったんで」

そういえば愛知県警の選手が全国警察柔道選手権の体重無差別個人戦を連覇して特進で巡査部長になったとずいぶん前に噂になっていたが、生安の現場にいることに驚いた。警察日本一を獲ったくらいだからそのまま特練の教官をやっていると思っていた。よく見ると両耳が餃子《ギョーザ》のように変形している。太っているわけではなくTシャツの下は巨大な筋肉なのだろう。

「優しい男じゃが本気になったら喧嘩でこいつに勝てるやつはおらんで。包丁持っても日本刀持っても無理、拳銃持っても無理じゃろ。二、三発撃ち込む間にこっちが殺される。こんクラスの柔道家はそんくらい強い。五輪候補にも挙がったんじゃが大事な試合で勝てんかった。鈴木桂治《すずきけいじ》と石井慧《いしいさとし》に合口が悪うての。腰を手術する前の若いときにやらせてやりたかった」

「弱いから負けただけです」

鷹野がかすれた声でつぶやいた。蜘蛛手が溜息をついてジョッキをあおった。

「詮《せん》ないことを言うてすまんじゃった。怪我はどうしようもないけえの」

ふと、思った。

「柔道場のバーベルに二百キロ分のプレートがついてましたが――」

「そうです。こいつのベンチです」

緑川が言った。プレス台のラックに二百キロのバーベルが掛けてあり、本部三係の面々は「悪戯《いたずら》で付けたものではないか」と話していた。

「デッドリフトではなく？」

「ベンチプレスです。こいつはノーギアで二百三十キロ、フルギアで三百五十キロ挙げるんです」

「ほんとですか……」

「あの三土手大介《みどてだいすけ》がこいつのトレーニング見て『パワーリフティングに専心したら世界を獲れる』と太鼓判押したらしいですからね。山本義徳《やまもとよしのり》さんに指導受けたときはボディビルダーへの転向を勧められたそうです。腹が出てるんで服着てるとただのデブに見えますが脱ぐと凄いですよ。オフ期のマッスル北村《きたむら》みたいなバルクがある」

三土手大介は世界に名を轟《とどろ》かすパワーリフターで、山本義徳とマッスル北村は伝説のボディビルダーである。

「お、来たようじゃ」

蜘蛛手が帽子の鍔《つば》を後ろに回した。視線の先には大皿を抱えてやってくる女将がいた。豚足が盛られた皿をテーブル中央に置いた。薪のように積み上げられているが、おそらくこれでも二十本くらい。まだ出てくるはずだ。蜘蛛手が一番上の豚足を鷲《わし》づかみして小皿の塩をこすり付け、皮のゼラチン部分に齧《かぶ》りついた。

「荒塩だけで食うんが通なんじゃ」

豚足の爪先を両手でバリバリと引き裂いた。そして中にある赤い腱《けん》を食いちぎった。鷹野と緑川も大口でかぶりついているので俺も皿に手を伸ばした。女将がまた大皿を持ってきた。これで合わせて四十本か。俺も高校と大学で鍛えられているが、豚足をひとり十本は無茶である。しかし鷹野も緑川も平然としている。

「よし。そろそろ岡崎署名物の豚足の暴れ食いといくで。誰がいちばん早う食えるか競争じゃ！」

蜘蛛手が二本目をつかむと緑川と鷹野もペースを上げた。三十分も経つ頃には俺が四本しか食べていないのにすべて無くなってしまった。俺のぶん六本も誰かが食べたわけだ。ポケットティッシュを指先で引き抜いていると鷹野がガタンと立ち上がった。

「この店ではみんな古新聞を使います。そっちのほうが脂が取れます」

壁際へ行き、そこに積んである古新聞の何枚かを手に戻ってきた。鷹野があまりに大きいので他の客が驚いて見上げている。その視線のなかで古新聞を半分に裂き、さらに半分に破って三人に配った。そして両手で丸め「こうして拭うんです」とやってみせた。俺も拭いてみた。たしかに脂がきれいに取れる。しかし新聞のインクで手が黒くなってしまった。

蜘蛛手は口と鼻のまわりを真っ黒にしていた。

「湯口君もええ図体《ずうたい》しちょるが、なんか運動やっとったんかい」

「野球をやっていました」

「野球にしては少しばかり身体がゴツいのう」

「もともとピッチャーだったんで少し太っても問題ないんです。高校でも大学でもウェイトトレーニングを真面目にやってましたんで」

「いま、目方はどれくらいあるんじゃ」

「九十キロ位ですかね」

「むかし阪神や広島で活躍した江夏豊《えなつゆたか》っちゅうピッチャーがおっての。その江夏の体型に似ておる。ちょっと腹も出ておって」

「それは言われたことがあります。江夏とか江川《えがわ》とか」

「どこの大学でやっとったんじゃ」

「東京六大学です」

「ほう。六大学のどこじゃ」

「もう野球の話はやめましょう」

「野球で入ったんじゃろ」

「いや。俺の場合、高校で実績がないんで」

「普通入試かい」

「そうです。公立高から浪人して。ですから大した選手ではないんです」

いい加減に面倒になってきたところで蜘蛛手はそれ以上聞かず、緑川をさした。

「この緑川はボクシングやっとったんじゃ。プロライセンスも持っちょる。ええ男じゃやけ、仲良うしちゃってくれ」

「プロだったんですか――」

俺が驚くと、緑川は頭をかいた。

「いや、プロっていってもライセンス持ってるだけで。特練の鷹野とか東京六大学の湯口係長みたいな人たちとはレベルが違うんで……」

頬を赧らめて頭を下げた。いいやつだなと思った。

「湯口係長はもう野球はやってないですか」

「やってないです。大学出てから名古屋に戻ってきて中堅実業団で少しプレーしたんですが、愛知県警を受け直してその会社を辞めました」

ジョッキを傾けた蜘蛛手が俺を見た。

「湯口君は何歳になる。緑川も鷹野も三十五じゃ。同じくらいかいね」

「俺も三十五歳です」

「なんじゃ、みんな同い歳かい。ドリーは高卒じゃし、鯨君は大学からそのまま入って、あんたは実業団行ったりしちょるけ、警察学校が重ならんのじゃな。わしんとこには体自慢ばっかり集まりよる。頭で勝負するやつは来んのかい」

そう言いながらも蜘蛛手は嬉《うれ》しそうだった。「わしゃ、中学が科学部で、高校で将棋部じゃけえの。あんたらみたいに体育会じゃったら面白い話もできるんじゃが」と新聞紙で口髭と手の脂を拭った。口のまわりがさらに黒くなった。

横から鷹野大介が身を乗り出した。

「湯口係長。蜘蛛手係長は工業高校卒なのに大学はなぜか哲学科なんですよ。工業高校から立命館の哲学ですよ。すごいでしょ」

大声で言った。そして「二浪したし、一年で中退ですけどね」と笑った。

「それは黙ってろ」

緑川が頭をはたいた。そして俺に向き直って「鷹野は大学が関西だったんで、ときどきエセ関西弁を使うんです」と説明した。蜘蛛手はそれらの話にまったく無関心だった。

「ちょっとションベン行ってくるで」

立ち上がって奥へ歩いていく。そして《便所》とマジック書きされた扉を引いた。その間も緑川と鷹野は冗談を言ったり頭をはたいたりして戯れあっていた。

しばらくすると蜘蛛手が戻ってきてポケットから折りたたまれた紙を出した。

「今回はうちの署も人員が少ないけ人を出すのが大変じゃろ。あんたらは誰と組むんかいね」

ガサガサと紙を広げた。遠ざけながら眼を細めていく。

「このごろ小さい字が見えんようになってのう。そろそろ老眼鏡作らにゃいかん思うちょるが時間がないんじゃ。鯨君は……ほう。海老原《えびはら》かい。ドリーの相手は誰じゃ」

「本部の女性です。好みのタイプだからちょっと楽しみなんです。すごくシャープな空気を持って て」

緑川が嬉しそうに「車の助手席でこうして親指の爪を噛んでるんです。その横顔がすごくいい感じで」と親指を口に持っていった。早くも彼女の癖をつかんでいるその感性に驚いた。

「湯口係長、あの夏目直美っていう子、どんな子です？」と緑川が聞いた。

「優秀ですよ。東署の強行犯時代にけっこうな戦果あげて引っ張られた。課長の覚えもいい」

「やっぱりそうですか。媚《こ》びがない。いい女ですね」

「彼女も運動部出身ですよ。中学でも高校でもバスケット部の主将だったそうです」

「それも気が合いそうだ」

「でも『子』とは言わないほうがいい。あれでも我々より三つ上の三十八歳です」

「へえ。そうは見えないな。若く見えます」

蜘蛛手が唸りながら腕を組んだ。

「わしも女子《おなご》と組みたいのう。婦警とコンビなら勇気百倍じゃがのう」

本部だったら間違いなくセクハラ認定である。そもそも婦警という言葉自体、もう使ってはいけない。メールが鳴ったのでスマホを出すと蜘蛛手が「お、あんたもアイフォンかい。わしもじゃ。来年、5が出たらすぐ買い換えるで」と嬉しそうに自分のものを見せた。

生ビールを四杯五杯と飲むうち、皆それぞれ被害者について語った。八ヵ月ほど前、三人で遊郭跡の通りを歩いているとき、立ちんぼをしている鮎子にばったり会ったという。そのとき緑川と鷹野は蜘蛛手に紹介され、その後、それぞれ数回あそこで会ったという。同じように三人でいるときに会ったこともあるし、一人でいるときに会ったこともあるようだ。鮎子はかなり金に困っていたのではないかと三人は言った。

「プライドの高い人でしたね」

緑川以久馬の言葉に、蜘蛛手と鷹野が同時に肯いた。

昭和堂の近藤千登勢が俺に話した証言――二年前に「今も風俗嬢をやっている」と言っていた――という件については三人とも「立ちんぼのことではないか」と言った。俺が「いえ。デリバリーでやっていると言っていたそうです」と捜査会議で故意に伏した詳細を言うと、三人は「どこの店だろう」と首を傾《かし》げた。昭和堂を辞めて美悪女を畳んでからの彼女の動きは、蜘蛛手もわからないという。そもそも彼女が元女子アナだったことも三人は知らなかったそうだし、岐阜の郡上八幡出身だということも今日知ったという。

「だから鮎子という名前だったのかと繋がりました」

鷹野大介がぼそりと言った。その匿名性が欲しくて彼女は岡崎へ流れてきたのかもしれない。

ジョッキを空けた蜘蛛手が腰を浮かせた。

緑川と鷹野が黙って立ち上がり、外へと出ていく。

俺も上着をつかんで立ち上がった。

「俺も払います」

「わしが払うけ、外へ出とりんさい」

「いいんですか」

蜘蛛手は肯きながら尻ポケットから財布を抜いた。いくら安い店とはいえ四人であれだけ飲み食いしたのだから結構な額だろう。しかし初見だ。呼吸を読まねばならない。頭を下げ、丸めた上着で汗を拭いながら外へ出た。鷹野と緑川は店先で「ミルコだ」「ヒョードルだ」などと言ってローキックを蹴り合っていた。

俺が店の犬を撫でていると蜘蛛手が出てきた。

「湯口君はわしと来んさい。いくつか当たりたいところがあるんじゃ」

「いまからですか」

午前三時をとうに過ぎている。

「風俗担当の仕事はこれからじゃ。昼間はみんな寝とるけえの」

第三章　老巡査長の仕事

1

　耳元で腕時計の甲高いアラーム音が鳴りはじめた。俺は眼を閉じたままゆっくりと五つ数え、気合いを入れて上半身を起こした。アラームを止めて柔道場内を見まわす。やはり誰もいない。開け放たれた窓全体が白く光っているのは外の強烈な陽光だ。外でアブラゼミの大合唱が響いている。午前十一時半に蜘蛛手洋平とロビーで待ち合わせているのでアラームは十一時に設定してあった。

　汗で濡れた顔を手のひらで拭い、枕もとのペットボトルをつかんだ。キャップを捻ってミネラルウォーターを口に含んだ。温《ぬる》いどころか熱いといってもいい温度になっている。

「柔道場が暑いのはクーラーがないことだけが理由じゃないんです」

　緑川以久馬が昨夜笑っていた。「最上階だから屋上のコンクリートが昼に吸収した太陽熱を常に下に向けて放射してるんです。だから二十四時間ずっと暑い。炬燵《こたつ》の原理と一緒ですよ」

　昨夜は豚平《とんぺい》を出たあと蜘蛛手と二人で性風俗人脈に当たりを繰り返し、署に戻ったのは午前六時過ぎだ。軽く横になって朝七時半からの会議に出た。それが終わって他の者たちが捜査に出ていくなか、九時半から一人で眠っていたのだ。

　スマートフォンを確認した。新着メールは特捜本部からのもの十数通だけで夏目直美からのものはない。眠る前に〔今夜どこか外で会えないか。話しておきたいことが幾つかある〕とメールを打ってあった。二ヵ月半前に愛知県警の職員全員のスマホと携帯に特殊なメールソフトがインストールされていた。機密性が非常に高く、かつ十時間後に文面は自動消去される。外部の友人に対しては別の汎用ソフトを使っているので、愛知県警の人間はふたつのソフトを使い分けている。もちろん俺と夏目直美は汎用ソフトで連絡を取り合っている。

手首に腕時計を付けながら時間を確認した。そして肩と大胸筋を軽くストレッチし、急いで布団の横で腕立て伏せを始めた。特捜本部が立って所轄に泊まるときは就寝前に必ず腕立て伏せを高速で八十二回やることにしている。数ではなくスピードでパンプアップさせる。『二分間で八十二回』というのは自衛隊の体力テスト一級ラインだ。これプラス、ぶら下がれるところがあるときは懸垂十七回も加える。これも自衛隊一級ラインだ。どちらにしても蜘蛛手と組む今回は朝やっておいたほうがいい。

腕立て伏せを終え、汗を拭い、立ち上がってズボンをはいた。ワイシャツを羽織ってボタンを三つだけ留め、《柔道場》とマジック書きされたサンダルをつっかけて廊下へ出る。階段を降り、二階の廊下を奥へ行くと《警務課》のプレートがあった。中を覗いた。五十人以上はいそうだ。

「すみません」

乱れた息を整えながら声をかけるとカウンター近くの若い女が顔を上げた。

「本部の湯口健次郎です。荷物が届いてると思いますが」

「あ、はい。お待ちください」

慌てたように立ち上がり、急ぎ足で奥へ歩いていく。

華やかな顔立ちのかなりの美人である。そういえば昨日三係の連中がこそこそ話していた。今年の県警カレンダーの女がここの警務課にいるらしいと。彼女に違いない。愛知県警は毎年女性を一人選んで一枚タイプの大きなポスターカレンダーを制作している。実質的なこの〝ミス愛知県警〟選びに最近は反発する女性職員も多く、問題になっているそうだ。

そのミス愛知県警が段ボールやボストンバッグが積んであるところで一つひとつ伝票をめくっている。捜査本部が立つと本部から全員のバッグが車で運ばれてくる。捜査一課の者は刑事部の物置につねに着替えや日常品を入れたバッグを置いてある。

しばらくすると俺のスポーツバッグを両手で重そうに提げてきた。

「身分証の提示と、捺印《なついん》か署名をお願いします」

バッグをカウンターの上にどさりと載せた。シャンプーらしき柑橘《かんきつ》系が香った。俺は警察手帳を見せ、サインした。その間ずっと彼女は俺の顔を見ていた。そしてぽつりと「あの……」と言った。

「私のこと覚えてますか……」

「どこかで会いましたか」

「蒲郡《がまごおり》で独居老人が殺されたとき、私も蒲郡署にいました。一年半前です」

たしか四日でスピード解決した事件だ。しかし彼女に記憶はない。

「君も捜査を?」

「いえ。ずっと警務課ですから」

「ああ。なるほど」

たしかに警務と刑事でそうそう異動はない。

「湯口さんて早稲田の野球部出身なんですよね」

その言葉で〝ああ〟と思った。野球マニアだ。こんなところで女性問題でも起こしたら一生冷飯食いだ。

黙ってバッグを手にし、部屋を出た。

柔道場へ戻ると、壁際に並ぶ他のバッグをずらしてスペースを作った。自分のバッグを置いて中身をすべて出す。タオルで顔と首筋の汗を拭い、衣類などを検めていく。下着や靴下のほか、夏用スーツが上下セットアップで三着、ネクタイも三本、洗面用具など。折畳式ハンガーを広げて三着のスーツを壁に掛ける。高いスーツを大切に着る刑事もいるが、俺は量販店で一万円代のスーツを何着かまとめて買い、それを頻繁にクリーニングに出して着まわしている。

洗面一式、スポーツタオル、そして新しいトランクスを手に廊下へ出て階段を走り下りていく。

地下一階まで下りると刺激臭が鼻をついた。高校の化学実験室のような棘《とげ》のある臭い。天井や壁に走る鉄管の赤錆と壁のコンクリートの臭いか。ウォータークーラーの水を飲み、シャワー室を探して奥へと入っていく。

化学臭に噎せながら右へ折れると《シャワー室》と手書きされた紙。その鉄扉を引いた。手探りで壁の電灯のスイッチを入れる。シャワーブースが二つ並んでいるが、共に《ボイラー故障中。水しか出ません》という手書きの紙がビニール紐で下げられていた。洗面用具を床に置き、全裸になってひとつのブースに入った。水栓を全開し、火照った身体を水で冷やしながら固形石鹸《せっけん》を頭に塗りたくる。眼を閉じて髪を洗いながら昨日の地蔵池と遺体回収作業の光景を思い出した。そして被害者と犯人像についてさまざま考えた。

被害者の土屋鮎子についての判明情報は昨晩と今朝、二度の捜査会議で突き合わされ、全捜査員に共有されている。

七十六歳の彼女は、岐阜県の郡上八幡でサラリーマン家庭に生まれた。兄弟姉妹はおらず、彼女が八歳のときに父親が癌《がん》で早逝、その後は母が温泉旅館の酌婦《しゃくふ》をしてひとりで鮎子を育てた。鮎子は小学校中学校を通して成績が良く、地域のトップ校である岐阜県立関《せき》高校へ進学、三年後には東京大学文科三類に現役合格した。

大学卒業後、名古屋の民放テレビ局にアナウンサーとして就職したが、このときの倍率は三百五十倍を超えていたというから、彼女の能力がいかに傑出していたのかわかる。

しかし時代はまだ働く女性を歓迎していなかった。彼女も二十九歳のときに見合い結婚で寿退社し、専業主婦となった。しかしこの結婚が数年で破綻。三十五歳で離婚。子供はいなかった。その後はそのまま名古屋で一人暮らしを続け、地元ラジオを中心にときどきフリーの仕事をする程度で、主な収入源は結婚式やイベントの司会業だったようだ。

最終的にどのような経緯で名古屋から岡崎に流れてきたのかまだ不明だが、八年半ほど前、六十七歳のとき、岡崎市内で「女の経済的自立」を掲げて知人たちと超熟女デリヘル店『昭和堂』を起ち上げた。彼女が社長兼店長である。しかし設立の数ヵ月後、他の発起人たちと揉めて代表を辞め、独立して『美悪女』を起ち上げる。その美悪女が資金難で四ヵ月後に閉店。すべてを失った彼女は家賃千円の古い長屋で独り暮らしするようになった。六十八歳のときである――。

俺はシャワーを浴び終えてブースから出た。スポーツタオルで、顔、胸、背中、腹の順に拭き、トランクスをはいて歯ブラシをくわえた。歯を磨きながら隣にあるトイレに入った。すると独特のあの臭いが鼻腔《びこう》にむず痒《がゆ》く貼りついてきた。

誰かセンズリかいてやがる――。驚かしてやろうと思い、個室のドアをひとつずつ蹴り飛ばしていく。しかしすべて中は空だ。朝の会議の前か後に誰かが抜いたのだろう。この地階は換気が悪すぎる。俺は一階か二階を使おうと思いながら小用をたし、柔道場へ戻った。

ズボンをはきワイシャツのボタンを留めていると「急ぎんさい」と声がした。

振り向くと、蜘蛛手が道場入口で手招きしている。

「玄関にコノハ警部が来ちょる。早よ来んさい。あんたも会いたいじゃろう思うて呼びに来た」

返答に窮していると、蜘蛛手の顔色が変わった。

「愛知県警におってコノハ警部を大切に思わんやつは、わしゃ許さんで」

背中を強張らせて廊下へ出ていく。重要案件だった場合に面倒だ。急いで上着とネクタイを摑《つか》み、革靴を履いて廊下へ出た。一階まで駆け降り、ネクタイを結びながら大股でロビーへ歩いていく。すると署の玄関前、ガラス扉の向こうで小学生の集団が跳ね回っていた。その中心に確かにコノハ警部がいた。

俺は苦笑いしながらガラス扉を押した。炎天下の外へ出て手をかざした。蜘蛛手がコノハ警部の着ぐるみと満面の笑みで握手している。小学生たちも競うようにコノハ警部を触っている。

教師らしき女性が手を叩いた。

「じゃあみんな、御礼を言いましょう。『コノハ警部さん、ありがとう』」

小学生たちが「コノハ警部さん、ありがとう」と大声で復唱し、頭を下げた。蜘蛛手も一緒に頭を下げている。

教師がコノハ警部と顔を寄せて話し、笑顔で何度か肯いた。そして子供たちを連れて一列になって帰っていく。コノハ警部は手を振ってそれを見送り、スキップで署内へ入っていった。こんな暑い日にあの中に入っている人は大変だ。

「愛知県警に入って、わしゃぁ本当によかった」

蜘蛛手がしみじみと言った。頰が赤いのは興奮しているようだ。昨夜は「あれは想像上の生き物で」と俺に突っかかってきたくせに彼のなかで折り合いはついているのだろうか。昨夜の風俗関係者への捜査では鋭い質問をする姿にさすが専門家だと思ったが、摑み所のない男である。

駐車場に入って蜘蛛手が立ち止まったのは、古い軽トラックの横だ。ジーンズのポケットを探っている。軽トラの荷台には《発酵牛糞《ぎゅうふん》》と書かれたビニール大袋がいくつか積まれ、そのまわりに牛糞だか土だかわからない茶色い塊が散乱している。まさかこの車ではあるまい。しかし《捜査》と印字された捜査車両認定証がダッシュボードに置いてある。蜘蛛手がキーを差し込んで蝶番《ちょうつがい》の軋むドアを引いた。

「派出所寄ってから遺棄現場へ行くで」

運転席に乗り込み、左手を伸ばして助手席のロックを開けた。

俺はそのドアを強く引いた。

「待ってください。割り当ての鑑《かん》はどうするんですか」

車内を覗きこんで強く咎《とが》めた。二人は柔軟に動く特命班に属している。いわば遊軍だ。しかし今日は被害者の面識者に話を聞く鑑取《かんど》り捜査もやらなければならない。朝の会議でかなりヘビーな数を割り振られていた。

「鑑は後じゃ。スケジュール組み直した」

「どうして蜘蛛手係長がそんなことするんですか」

「いかんかい」

「本部が主導するのが通例だ」

「通例だか幽霊だか知らんが、あんたとわしは同じ警部補じゃ。じゃがわしのほうが何十年も先輩じゃ。黙ってついてきんさい」

言いながらイグニッションキーを差し込んだ。

「待て、こら！」

言葉が乱れた。

蜘蛛手がじろりと見上げた。

「人が二人以上集まりゃ、誰かが船頭せにゃいかんじゃろ」

「船頭はうちの課長だろが！」

「ありゃダメじゃ。ボンクラじゃけ。丸富《まるとみ》の馬鹿が一課長になるんじゃけ、うちの会社も終わりじゃ。早よ乗りんさい。派出所行くで」

蜘蛛手がエンジンをかけた。軽特有の安っぽいストロークで車体が揺れはじめた。

俺は軽トラの天井を上から両手で思いきり叩いた。

「俺は了解してないぞ！」

蜘蛛手がまた俺を見上げた。

「わしゃ、あんたの指揮で動く気はないで。そうなると二人はこの場で死ぬまで立ち往生じゃ。それでもええんか」

俺は上体を起こした。腕時計を見た。遊んでいる時間はない。

舌打ちし、二回深呼吸した。そしてまた車内を覗きこんだ。

「鑑はあとから廻《まわ》るんですね」

「あたりまえじゃ。岡崎署には『蜘蛛手に二言はない』という有名な言葉がある。遺棄現場見てから鑑は廻る。ボンクラの言うことも聞いとるふりはしちゃらんと。やつも三級職に挟まれて苦労しとるようじゃけ」

丸富とどこかの署で一緒に働いたことがあるようだ。

「早よ乗りんさい」

しかし助手席にはコンビニ弁当の空容器や汚れたTシャツ、古い音楽カセットテープなどが散乱している。足もとにはスナック菓子の空袋、グローブや金属バット、軟式ボールも転がっている。

「盆過ぎに豊田《とよた》署と刈谷《かりや》署との三署対抗朝野球があるけ、いま練習しちょるんじゃ。荷台に置いといてくれ」

俺は五つ六つあるカセットテープをシートの後ろの隙間に突っ込み、弁当の空き容器や金属バットなどをつかんでは荷台へ放り投げた。

「早よ乗りんさい。行くで」

身体を縮めて横滑りにシートに座った。天井が低く横幅も狭いので頭も肩も窮屈である。

「あんた、煙草吸うかい」

湯口が首を振ると、蜘蛛手がサイドブレーキを落とした。

「そいつはよかった。こいつは禁煙車じゃ。汚したくないけえの」

勝手なことを言って、署の前の道を出ていく。シートのクッションが普通車より薄いので地面の凹凸が直《じか》に尻に伝わってくる。屋根の断熱材も薄いのか、熱いフライパンを頭に載せているようだ。エアコンのスイッチを探したが付いていない。窓を開けようとしたがハンドルが回らない。

「そっちの窓は壊れちょる」

前を見たまま蜘蛛手がげらげら笑った。

湯口は無視してシートに背中をあずけた。二人のメール音が同時に鳴った。ポケットから抜くと特捜本部からだ。被害者が四十四歳から一年半ほど勤めていた店舗型ファッションヘルス店が判明したという連絡であった。読んで「くそ!」と俺が苛立《いらだ》つと、片手運転で読んでいた蜘蛛手が不思議そうにこちらを一瞥《いちべつ》した。名古屋市内まで出向いてその情報を取ったのは一課の榊《さかき》惇一と岡崎署巡査部長のコンビだった。

朦々と陽炎の湧く市街地をしばらく走り、大きな交差点を曲がった。右前方にコンビニが見えた。

「あのローソンに寄ってくれないですか」

「なんか買うんかい」

「食パンです。朝飯です」

「そんなもん食わずに、あとでマクドナルド行こうで」

「その前にパンを腹に入れておきたい」

「ビッグマックのほうがええじゃないか」

「朝飯は食パンを食べるようにしてるんです」

「ビッグマックのほうが断然美味いで」

「パンを買いたいんでローソンに寄ってくださいと言ってるんです」

強く言うと、蜘蛛手が溜息をついた。

「子供みたいなやつじゃのう」

それは貴様だろうと怒鳴りつけたかったが我慢した。

「ダンプが多いけ、駐車場には入れんで路肩で待っちょる」

先ほどからひっきりなしに反対車線をダンプカーが走っていた。すれ違うたびに道路が揺れるほどの大型ダンプである。ハザードランプを点《つ》けて軽トラを左へ寄せていく。路上の土埃《つちぼこり》がひどいのはダンプが積んでいる大量の土だ。俺は軽トラを降りて太陽に手をかざし、ダンプが途切れるのを待った。しかし渡ろうとするたびに大型船舶のようなクラクションを鳴らされる。

「危ねえだろ！」

ダンプを怒鳴りつけた。その隊列は遥《はる》か斜め前方の高台から断続的に走ってくるようだ。おそらくあれがマスコミを賑わせている例の公園拡張工事だ。森と山をいくつも崩し、以前からある県営公園をメガパークに拡張する工事だ。拡張分だけでドーム球場六個分という巨大なものである。愛知県と民間企業の第三セクターで、岡崎駅裏の二つの巨大タワーマンション建設とセットで進められている。この岡崎市を名古屋市のベッドタウンとしてより強く機能させるための工事というのが旗印だ。

五十メートルほど先の信号が赤になり、ダンプがようやく途切れた。急いで横断した。熱で溶解したアスファルトが革靴の底でぬるりと滑った。今日も既にかなり気温が上がっている。コンビニ入口のマットで靴底についたアスファルトを拭った。タールの強い臭いがした。

散々な夏になりそうだとうんざりしながら、食パン一斤とプロテインバーを二本、ミネラルウォーター一本と牛乳の一リットル紙パックを手に取ってレジで金を払った。外へ出て道路を走って横断した。助手席に乗り込むと大学ノートをめくっていた蜘蛛手が顔を上げ、サイドブレーキを落とした。運転席の窓は全開なので額の汗に土埃が貼り付いている。

俺は袋を噛みちぎり、食パン二枚を二つ折りにして食いついた。

「小学生の給食みたいなもんを食いなさんなや」

蜘蛛手の言葉を湯口は無視して牛乳の口を開いた。

「わかったで。あんた蛋白質《たんぱくしつ》を摂《と》って身体鍛えておるんじゃろ。緑川もそうなんじゃ。じゃがの、フォアマンだってハンバーガー食って復活したんで。あとでマック行こうで。のう。決定じゃ」

軽トラを出し、咳き込みながら運転席の窓を閉めていく。

「こんところ、赤土の埃が酷くてのう」

また咳き込んだ。「田舎道じゃけ以前から土埃はあるんじゃが、畑や田圃《たんぼ》の香りがしてわしは嫌いじゃない。じゃが、ダンプは赤土積んじょるじゃろ。赤土のこの油っぽい臭いは好かんのじゃ。あのあたりの山を崩すと下から赤土の地層が出てくるらしい」

その工事現場を遠く右前方に望みながら走った。そのうち建物が減り、田畑ばかりの景色になってきた。ときどき大きな樹木が固まっている。そこはたいてい池だった。地蔵池と同じく堤防まわりをぐるりと巨木が囲んでいるため、離れたところからは小さな森のように見える。

「池が多いですね」

「ほとんどが江戸以前に作られた農業用の溜池じゃ。じゃが昭和四十年代から米が余って政府が生産調整はじめたじゃろ。どんどん休耕田になって溜池は必要なくのうてしもうた」

「今ではただの大きな水たまりに」

「多くがそうじゃ。昔は年にいっぺん田植えの前に水を全部抜いて田圃に行き渡らせよった。そんときに空になった池の底に溜まった一年間の泥を取り除いて、粘土質のその泥で屋根瓦も焼いておったという話じゃ」

　車窓に映る古い民家の瓦屋根はどれも艶消しの同じ色をしている。

「このあたりの粘土は質が良うての。大昔は天日で干しただけで硬い瓦を作っておったそうじゃ。江戸時代どころか奈良や鎌倉時代から瓦を作っておった」

　そういえば三河地区の産業のひとつに瓦があり三州瓦とよばれていることを中学で習った覚えがある。他に八丁味噌や花火の製造などが有名だが、蜘蛛手によるとかつては農業でも栄えたという。尾張《おわり》名古屋が豊臣秀吉《とよとみひでよし》と織田信長《おだのぶなが》の生誕地であるように、三河岡崎は天下人徳川家康《とくがわいえやす》の生誕の地である。尾張と三河を合わせた現在の愛知県は昔から豊饒《ほうじょう》な農業立国だったという。

「それが今では農業が細り、こんあたりの溜池で入水自殺が増えてきての。みんな独り暮らしの老人じゃ」

「寂しいと気力も落ちますか」

「それもある。じゃが生活苦もリアルに酷いんじゃ。超高齢化社会が現実のもんになってきて、わしら公務員が実感せんところで社会構造に地割れが起きておる。堅実にやってきた民間サラリーマンでさえ定年後に食えんようになってきた。連れ合いが死ぬと二人分貰《もら》っておった年金がひとつ止まる。ただでさえ少なかった収入が半分になる。貧困独居老人が激増じゃ」

俺はプロテインバーの袋を嚙み破った。

「名古屋市内みたいな都市部より郡部で傾向が強いそうですね」

「とくに農家じゃ。専業農家も兼業農家も青息吐息じゃ。肥料使えじゃの機械使えじゃの言われて昭和時代に借金ばかりさせられた。じゃがここにきて農業の跡を継ぐ者がおらんけ、腰の曲がった老人になっても自分でやらにゃいかん。連れ合いも死に、老人一人で必死に畑仕事しても毎月の借金を返すことすらできん。しかたなく田畑売って借金を返す。そうすると収穫量が落ちるけ、借金がさらに返せんくなる。また田畑売っての繰り返しじゃ。貧困と孤独に絶望してバンザイじゃ」

蜘蛛手は軽く両手を上げ、その手でハンドルを叩いた。

「じゃけ、今回も地蔵池で死体が見つかったとき、署の者は『また入水か』と思うたらしい」

「それで初動が遅れたんですか」

蜘蛛手の横顔に大量の汗が滴っている。窓を開けてほしいが、このダンプカーの多さと土埃では無理だ。

田圃や畑の合間に郊外型の書店やレンタルDVD店、ファミレスなどがぽつぽつあり、ときどき農具を積んだリヤカーを曳《ひ》く老爺《ろうや》とすれ違った。老婆たちはリヤカーではなく古い乳母車を押しているがこれも孫が乗っているわけではなく中身は農具や農作物だ。ダンプカーが通るたびに老人たちは倒れそうになっている。みな腰が曲がり、痩せ細り、九十歳を超えている者もいそうだ。人口三十八万の岡崎市に百歳以上の老人が百人以上いることを昨夕の三係小会議で聞かされ、捜査員はみな驚いた。日本全体の超高齢化はそれくらい進んでいるのだ。

大きな交差点を曲がったところで蜘蛛手が再び窓を開けた。ダンプが通る道とは違う道に入ったのだ。ようやくの外気にほっとした。

「風俗嬢の収入は相当いいんですよね。今回の被害女性はインテリですから計画的に預金できなかったんですか」

「風俗店も風俗嬢も過密状態になって風俗嬢たちの収入がどんどん減ってきよる」

「風俗嬢ってどれくらいの数いるんですか」

「概算で全国に三十万人くらいかいね。もしかしたら今年あたり四十万人いっちょるかもしれん」

「待ってください。四十万人といったら岡崎の人口より多いですよ」

「日本の性風俗がわかっておらんの。年に四兆円から五兆円が落とされる巨大産業なんで」

「五兆円といったら防衛費ですよ」

「あんたが殺しの捜査をしておるとき、わしらは風俗の取締をやっとる」

顔は真剣である。事実なのだろう。

「この数字は正規店だけの概算じゃ。インターネットの出会い系の個人売春、立ちんぼ、極道がやりよるもの、顕在も潜在もすべて含めりゃ二倍じゃきかん。少なくとも防衛費の二倍の十兆円がザーメンになって、栗《くり》の花の匂いをぷんぷんさせて毎年日本列島に撒《ま》かれとると思っていい」

「国税局は？」

「アンタッチャブルじゃ。例えばソープの個室では法律で禁じられとる売春が行われちょるが、わしら警察はそれを知らんことになっておる。じゃけ、もし国税局が風俗嬢一人ひとりに課税するとなると、警察と国税局という二つの大組織が仕事の整合性を無くして大混乱することになる」

「そんな状況なんですか……」

「それにじゃ。飲み屋で会社名で領収書を貰う客も風俗では貰わんじゃろ。そんなかでもデリヘルは店舗がないけ、さらに特殊じゃ。密室での現金の手渡しのやりとりじゃけの。国税局はまったく捕捉できん。しかも数が多い。正規に届けられたデリヘルだけで全国で二万店に迫る勢いじゃ」

「デリヘルだけで、ですか」

「マクドナルドが全国で三千店、ミスタードーナツが千店くらいじゃ。デリヘルの二万店がいかに多いかわかるじゃろう。しかも従業員の数も違う。デリヘルは一店で二十人三十人、多いところじゃと五十人六十人と抱えちょる」

「でも、ほんとにそんなにいるなら、街は風俗嬢だらけですよ」

「実際にそうじゃ。見えんだけじゃ。わしら風俗担当はステルス型風俗じゃ言うたりしちょる。ソープランドや箱ヘルみたいに店舗を構える風俗は看板が見えるんじゃが、デリバリー型の店は待機場所としてマンションの一室を借りるだけじゃけ、人の眼に触れんのじゃ。客もホテルや自宅に呼んで女と一対一で会うだけじゃけ、店がどこにあって、どんな人間が経営しちょって、どんな形で派遣されちょるかが見えん。知っちょるのは、わしら風俗担当だけじゃ」

　俺は唸った。蜘蛛手がちらりと見た。

「そんなにおるわけないと、まだ思うちょるようじゃの。紙に書いて細こう計算してみんさい。名古屋じゃ東京じゃいうて都会の街を普通に歩いちょる年頃の女の二十人に一人は現役風俗嬢か風俗経験者じゃ」

「それはさすがに言い過ぎでしょう」

「おるんじゃて。風俗で在籍が一番多い二十歳代の女で人口比から計算してみんさい」

　言いながら蜘蛛手はゆっくりと左へハンドルを切った。軽トラの正面に、山々が近づいてくる。緑に濃淡が混ざっているので里山と呼ばれる雑木林だろう。その山にぶつかったところを左へ折れ、麓に沿って細い道を蛇行しながら走っていく。山側から樹々《きぎ》の枝々がかぶさり、まるで緑のトンネルの中を走っているようだ。蟬の声がドップラー効果でうねりながら後ろへ流れていく。

　やがてスピードを落としたのはひときわ古い建物の前である。

「この派出所じゃ」

一九九四年に名称は交番に変わったが今でも古い警察官は意識せず派出所と呼ぶ。キャリア警察官を指す三級職という言葉も先ほど蜘蛛手が使っていたが、現場ではこういった化石のような言葉が飛び交っている。奉職したときすでに変更されていた名称も先輩たちが使っているので世間に遅れたまま残ってしまうのだ。警察社会はそれくらい閉じた世界である。

軽トラを降りると蟬時雨《せみしぐれ》に包まれた。そして鳥の声。樹皮の香り。交番入口には《愛知県岡崎署・神子町交番》と墨書された木製看板が掛かっている。その下にブリキ製のタライが置いてあり、泥で汚れたタオルや靴下などが水に浸してあった。

2

蜘蛛手が木製の引戸をひいた。真鍮《しんちゅう》製のドアベルがガランガランと長閑《のどか》な音をたてた。

初老の制服警察官が机から顔を上げ、破顔した。

「おお蜘蛛手係長！　待っておりました。ご無沙汰しております」

立ち上がり、両手で蜘蛛手の手を握りしめた。顔も腕も陽焼けした骨太だ。

「暑かったでしょう。いま冷たい麦茶を出します。どうぞどうぞ」

声が大きい。パイプ椅子を開いて机の横に二つ並べている。胸の階級章は巡査部長。正確に七三に分けた髪が整髪油を香らせていた。

「彼は今回の殺人事件で来ちょる本部の湯口係長です」

蜘蛛手が紹介すると眼を見開いた。「そうですか。本部の偉い方にこんな田舎の交番を見せるのは気がひけますなあ」と頭を下げた。

「いえ。こちらこそ」

俺が言うと、大きくかぶりを振った。

「私たちみたいな下々の者には雲上の人ですよ。係長ということはもう警部補になられとるんですね。失礼ですが、まだ三十代の――」

「三十五歳です」

「それはお若いのに。本物のエリートですね」

巡査部長は小さく首を捻って嘆息した。俺は視線をそらした。古狸《ふるだぬき》が鉄面皮を隠すための皮肉には答えないことにしている。

「稲田部長、昨日は大変じゃったみたいですね。今朝も上の連中がべた褒めしちょりました」

蜘蛛手がそう言ってパイプ椅子に腰を下ろした。俺も座りながら室内を観察した。

稲田部長がハンカチで額を拭った。

「いやいや。違うんです。私じゃないんです」

白髪染めの根元が二週間分ほど白くなっている。五十代半ばくらいか。

「大変だったのは鴨野さんだけです。鑑識さんのＯＫが出て、消防がロープで遺体を引き揚げようとしたんですが、びっしり生えた葦《あし》が邪魔で上手くいかんのです。それで誰か池の中に入ってロープをコントロールできんかと。蜘蛛手係長もご存じだと思いますが、あのあたりの溜池は擂鉢《すりばち》型といって途中から急にズドンと深くなっとるんです。泥も堆積してるんで身体が埋まって危ない。私と鴨野は昔あそこで魚を捕っておりましたからどこから深くなっとるか大体は予想がついたんです。それで私らが入りますと」

稲田部長は棚からコップを降ろして机に並べていく。そして冷蔵庫のドアを引き、麦茶の入ったプラスチックケトルを出した。

「それで二人でパンツ一枚になって、ドライスーツという、ウェットスーツに似てますが水がスーツの中に入ってこないやつ、それを着せられて池に入ったんですが、想像以上に深くてですね。メガパーク工事の排水が流れ込むU字溝ができたでしょう。それで赤土の泥も堆積して、数歩行くうちに泥にずぶずぶと埋まって水が胸の辺りまできた。どんどん水が深くなって泥も深くなって『こりゃ危ない』と思ったんですが、とにかく死体を上げなきゃいけない。結局、びっしり生えた葦が邪魔でロープは使えなくてホトケさんを抱いて上がるしかないということになって。鴨野さんは背が低いもんだから口のあたりまで水に浸《つ》かってしまったんです」

コップに麦茶を注ぎながら、溜息をついた。

「遺体が腐っておって、臭いもすごくて息ができんかったです。でも鴨野さんが全部やったんです。私と鴨野さんの美談にされとりますが、鴨野さんが大丈夫ですって一人でホトケさんを抱いて。自分の顔をホトケさんの頬にこうして寄せるように抱いてですね。それはもう――」

「鴨野さんはほんとに優しい人ですけ」

蜘蛛手の言葉に、稲田部長は嚙みしめるように肯いた。

「ホトケさん、郡上八幡の生まれなんですってね。今日もそのニュースをテレビで見ながら鴨野さんが涙をこぼしてるんです。あんなに川の綺麗《きれい》なところで生まれたのに、ずっと郡上に住んでいればよかったのにって」

稲田部長は冷蔵庫に麦茶を戻し「奥から鴨野さん呼んできます。いま休憩中です」と裏の引戸をひいて奥へ入っていった。

しばらくすると六十年配の制服を連れてきた。たしかに昨日、遺体を抱いて池から上がってきた人物である。小柄な身体は、おそらく当時の警察官採用試験の最低身長ギリギリだったに違いない。白髪は染めず整髪料もつけていないようで、ぱさぱさに乾ききっている。

「蜘蛛手係長、ようこそいらしてくださいました」

その男が頭を下げた。階級章は巡査長だ。

蜘蛛手が立ち上がり、腰を折った。

「鴨野さん。ご無沙汰しております。今日は現場に案内してもらおう思いましてお邪魔させていただきました。彼は本部捜査一課の湯口係長です。よう顔を覚えてやってください」

鴨野次郎が少し怯《おび》えたように俺を見て、頭を下げた。

蜘蛛手が微笑んだ。

「鴨野さん、今回は大変じゃったですね。来年三月には定年というのに、最後の最後に大変な目におうてしまって。本来なら勇退までのんびり仕事できるところを」

すると鴨野は大きくかぶりを振った。

「蜘蛛手係長、それはまったく反対です。定年前にこんなに誇りの持てる仕事をさせていただいて感謝しかありません。私は高校を出て四十二年間ずっと派出所をまわって、凶悪犯を逮捕したとか事件を挙げたとか、そんな経験は一度もない落ちこぼれです。気も弱いですし、仕事ものろい。書類つくれと言われてもいつまで経ってもできやせんもんで、若い頃からいつも怒られてました。市民から税金泥棒と怒鳴られたことも再々です。そんな私が最後にこんな仕事をさせていただいて、警察官として誇りをもって引退することができます。本当に警察官になってよかったと、心から思いました」

鴨野の後ろに立つ稲田部長が目頭を押さえていた。彼は古狸などではない。誤解したことを俺は心の内で謝った。

その稲田が手のひらで涙を拭いながら椅子を動かした。

「どうぞお掛けになってください。田舎の交番ですから何もありませんが井戸水だけは美味いんです。どうぞ一服してってください」

四人で座った。麦茶を飲みながら昨日の現場の話をした。足場が悪い池の岸ということもあり保存が大変で、最初から鑑識勢が殺気だっていたという。

「ほういえば蜘蛛手係長」

鴨野が白髪の頭を上げた。

「さっき留置係の佐々木豪君が捜査本部の手伝いさせてもらえることになったって電話してきました。彼の父親の佐々木仁君と私は警察学校の同期なんです。私は子宝に恵まれんかったもんで、小学生だった豪君を借りて二人で釣りや潮干狩りへ行ったり、ラジコンで遊んだりしました」

「ほう。そんな縁があっちゃったですか。佐々木は不器用じゃが、気持ちのええ子じゃけ、伸びしろがあるとわしは思うちょります」

蜘蛛手が言うと、稲田部長が溜息をついた。そして「あの子は去年、ちょっと失敗したんです」と小指で髪を掻いた。

「少し聞いちょります」

「あのときは鴨野さんと一緒に心配しましてね。でもそのあと留置管理に引っ張られて私らはほっとしました」

蜘蛛手が肯いた。

「わしも心配しちょりましたが留置係でいい仕事しておるそうなんで。それに――」

「蜘蛛手係長。そろそろ行きませんか。仕事がタイトです」

湯口は横から言った。このままでは話が終わらない。

蜘蛛手が眉間に皺を寄せている。怒っているようだが実際に時間が詰まっているのだから仕方ない。

鴨野次郎が壁に掛けられた制帽を手にした。

蜘蛛手が俺を睨みつけた。気づかぬふりをして鴨野の後ろから外へと出た。

太陽が高くなっていた。蟬の声も増えている。陽射《ひざ》しに眼を細めて助手席のドアを引こうとすると「あんた、なにしちょる」と尖《とが》った声。イグニッションキーを手に蜘蛛手が睨んでいた。

「助手席は鴨野さんじゃ。あんたは後ろじゃ」

土と牛糞にまみれた荷台を指さした。言い返そうとすると「年輩者を大切にせん男は、わしゃ好かんのじゃ」と強い口調で言った。

そこに鴨野次郎が自転車を引いてきた。

「私はこれで行きますからいいですよ」

蜘蛛手が不機嫌そうに「馬鹿が」と吐き捨てて運転席へ入っていく。湯口はその姿を睨みつけたあと一呼吸おいて助手席に乗り込んだ。これでは仕事にならない。

蜘蛛手は鴨野が自転車で出ていくのを待ち、ハザードランプを点滅させて車道の左端をついていく。やがて前を見たままぶつぶつ言いはじめた。

「風俗嬢もランクがあって値段が違う。三十万円の女と三万円の女と三千円の女の違い、あんた、わかるか。年寄りのほうが安いとは限らん。警察官にもいろいろおる。前を自転車で走りよる鴨野さんは三億円の警察官、あんたは三十円の警察官じゃ」

この暑さのなかでこんな男と一緒に仕事をしなければならない不幸を呪った。

「三十円のくせに偉そうにしやがってから。小便垂れのくせして」

俺はそれをうっちゃって窓外に眼をやった。稲田部長や鴨野次郎のような不器用な先輩たちと仕事をした新人時代をぼんやり思い返した。当時の俺は野球に戻るか戻らないか、頭のなかでそれだけが堂々巡りしていた。警察学校を出て着任したばかりの若者が心ここにあらずの仕事ぶり、交番の先輩たちが扱いに困ったことは想像に難くない。

蜘蛛手が「稲田部長」と呼んでいた「部長」とは警察官の階級のひとつで巡査部長のことだ。三井物産《みついぶっさん》でもトヨタ自動車でも民間企業の部長といえばいずれ重役就任も視野に入る大幹部だが、警察でいう巡査部長は職位ではなく階級だ。平《ひら》である巡査や巡査長のひとつ上で、つまり主任でしかなく、部下はせいぜい二人か三人である。千人単位の部下を持つ愛知県警察本部の刑事部長や交通部長らと同じ「部長」の字を当てるが、巡査部長は階級であり、刑事部長や交通部長は職位である。本部の部長の階級は警視長なので、その差は五階級もある。

警察組織は階級と職位の二重構造を持つ特殊な社会だ。

階級とは喩《たと》えれば顔の刺青《いれずみ》のようなもの。職位は係長や課長、部長などのことである。

階級に対する警察官の思いは特別なものがある。制服には軍人と同じく階級章が付く。そして名刺でも例えば右側に《愛知県警稲沢《いなざわ》警察署交通課長》と書かれ、名前の真上には《警部》と階級が記される。あくまで階級が主であり職位は従である。階級は、下から巡査、巡査長、巡査部長、警部補、警部、警視、警視正、警視長、警視監、警視総監と上がっていく。日本全国の都道府県警察のうち一般職を除いたいわゆる警察官は二十五万人ほどいるあらゆる警察官はこの十階級のどれかにある。愛知県警の所轄署における警察官たちの階級と職位はごくざっくりと、巡査や巡査長が係員、巡査部長が主任、警部補が係長、警部が課長だ。

映画やテレビドラマでは互いに「警部」とか「警部補」などと警察官同士が呼び合っているが、実際には現場警察官たちが階級名で呼び合うことはない。誰も湯口のことを「湯口警部補」とは呼ばず「湯口係長」と呼ぶ。蜘蛛手のことを「蜘蛛手警部補」とは呼ばず「蜘蛛手係長」と呼ぶ。しかしなぜか巡査部長のことだけは「稲田部長」と階級名で呼ぶ。だから巡査部長という階級名は警察社会におけるガス抜きのためにわざと名付けられたものではないかとも噂される。たしかに酒場などで「部長」と呼ばれれば気分は悪くないだろう。

ちなみにいま自転車で前を行く鴨野次郎の「巡査長」は、この巡査部長のひとつ下である。実は巡査長だけは正式な階級ではなく法的には「階級的職位」というもので、昇任試験になかなか受からぬベテラン巡査への功労的職位として特別に作られたものだ。これも階級社会のガス抜きのひとつであろう。

そんなことを考えながら窓の外を見ていると、左前方に昨日見た濃緑の木立が見えてきた。地蔵池である。軽トラは自転車の鴨野に続いてT字路を左折し、その緑へ近づいていく。未舗装道になり、さらに空地へと入る。堤防の手前、桜の巨樹の下で鴨野次郎が自転車を降りた。蜘蛛手はその後ろへゆっくりとつけ、エンジンを切った。街中のように音を遮るものがないので蟬の声が滑らかに流れ広がっている。二人で車外へ出て立入禁止の規制線テープをまたいだ。堤防下に百合《ゆり》の花が手向けられ、半分ほどになった線香が煙を揺らしている。

鴨野に続いて堤防の石積み階段を登っていく。途中で何度か息をつかねばならぬほど気温が上がっている。一番上に立って三人で汗を拭いながら地蔵池をぐるりと見た。サッカーグラウンドが三面くらい入りそうな大きさがある。昨日と同じく水面全体が一枚のガラス板のようにぴたりと凪《な》いでいる。異様なまでの暑さは、この無風も原因だろう。

右岸の四分の一ほどが葦原《あしはら》に覆われている。

「あそこにうつ伏せになって浮いとりました」

鴨野が指さした。葦が四方八方に倒れている。三人で堤防を降り、岸辺まで歩いていく。昨日、湯口は水際のラインに小さな木の棒を刺しておいた。水際がそこから少しだけ退がっていた。屈み込んで右手の中指を当ててみると、退縮距離は指先から第一関節までの長さより少し短い。二センチほどだ。

昨日は警察官でいっぱいだったが、こうして誰もいないと池の汚さがわかった。岸辺にはペットボトルやビニール袋などの生活ゴミの他、鯉《こい》の死骸や犬らしき肋骨《ろっこつ》の残骸もあって、その上を銀蠅《ぎんばえ》が飛び廻っている。あらゆる臭いが赤土の油臭と混じりあい、無風の堤防内に重く淀《よど》んでいた。被害者の屍臭《ししゅう》も混じっているにちがいない。

「赤い水はニュータウンの工事ですかいね」

蜘蛛手が右手のU字溝をさすと、鴨野が肯いた。

「そうです。工事現場からのものです」

幅一メートル半ほどの巨大なコンクリートU字溝が堤防の上から顔を出し、五～六メートル下の池に赤水を落としていた。そこだけ水面が騒いで不潔な泡がたっている。その赤水で枯れるのか、着水する附近十メートルくらいには葦が生えていない。

蜘蛛手が陽光に手をかざし、別の方向をさした。

「あのへんの水は綺麗じゃの」

U字溝から百五十メートルほど右前方へ行ったところに流れ込む小川があった。そこだけ池の水が澄んでいるのは俺も昨日気づいていた。草むらを割って森林から流れてきているようだ。その澄んだ水とU字溝からの赤水が池の中央あたりでぶつかり、銀河系のように渦巻いている。しかし回る速度が遅いので、紋様が見えるだけで水面は気味が悪いほど静かだ。

鴨野がそれを見ながら悲しげに息をついた。

「私には工事関係者の言うことがもう信じられないです。工事をすること自体が目的のように思えてしかたないです。メガパークの工事が終わるまでという約束で一年半前にこのU字溝は設置されたんですが、本当でしょうか。ほかの人たちも便乗してゴミを捨てるようになってしまいました」

「来年には池自体が無くなることになってしまいましたしのう」

蜘蛛手の言葉に、鴨野が顔を赧らめた。

「県にしても工事業者にしても自分の保身のために動いてる人ばかりです。岡崎市民は蚊帳《かや》の外じゃないですか」

蜘蛛手がU字溝の方を見た。

「あの上に上がってみますけ、少し待っておってください」

一人で岸を歩いていく。そして堤防に手をついて息荒く登りはじめた。ビーチサンダルなので何度も足を滑らせている。ようやく上まで登り、息を弾ませてU字溝の横に立った。赤水が落ちて泡立つ水面を見下ろしている。その泡にゴミが巻き込まれては隠れ、浮いては巻き込まれしている。しばらくすると眩しさに眼を細めながら池全体を見わたした。

「鴨野さん。水が流れ込むんは、U字溝と山から流れるあの小川の二つしかないですかいね。他からはいっさい入ってこんですか」

大声で聞いた。

「間違いないです。この池のことはよう知っております。U字溝ができる前は稲田部長と一緒にときどきシラハエを獲って天麩羅《てんぷら》にしとりましたから。あの綺麗な川は蓬川《よもぎがわ》といって、あっちの山系の湧き水が流れてくるんです」山岳地帯を指さした。「U字溝ができて池の水質が悪くなって、シラハエもタナゴも何もいなくなってしまったんで私らは別の池に行くようになりました」

「池の一番深いところは何メートルくらいですかいね」

「ここ何年も抜いておらんそうで私にもわかりません。深いのはたしかです。十メートルか二十メートル位あるんじゃないでしょうか」

蜘蛛手が額に指を当て、何か考え込んでいる。

しばらくして池の対岸を指さした。

「池から水が出ていくのは、あそこ一ヵ所ですかいね」

「そうです。出ていくのはあそこだけです」

自動車のガレージくらいのサイズのコンクリート建造物が見える。水面が一定以上になると溢れた水が外へ出ていくようになっているのだ。日本語で洪水吐《こうずいばき》、英語でオーバーフローという。人造池には必ずあると、名古屋市内での水死体発見時に関係者が教えてくれた。

蜘蛛手が首を傾げ、帽子の鍔《つば》を後ろにまわした。そして「今から池を一周してきますけ、鴨野さんは先に帰っちょってください」と堤防を降りてくる。

「そういうわけにはいきません。ここで待っとります」

鴨野が制帽をかぶり直し、岸辺の大きな石に腰を下ろした。

「炎天下で待っておったら倒れてしまいますけ、派出所に戻っておってください」

蜘蛛手が近づいていく。

「性分ですからおらせてください」

「鴨野さん、ほんとに――」

「お願いします。おらせてください」

両拳を膝の上で握りしめている。

蜘蛛手が恐縮しながら二度三度と頭を下げた。そしてジーンズのポケットから黒い物を出した。小型のデジタルカメラのようだ。それを持って岸を左方向へと歩きはじめた。

「本当に一周するつもりですか」

苛つきながら湯口は近づいた。

「落ち穂拾いじゃ」

地面をビーチサンダルの底で均《なら》しながら蜘蛛手が言った。

「もういいじゃないですか。鑑に行きましょう。割り当てを廻りきれんですよ」

「初動は鉄火場じゃけ、鑑識さんも小さなミスをすることがある。わしは落ち着いてからもういっぺん見ることにしちょる。現場は泥刑の基本じゃ。わしは生安より泥刑が長いんじゃ」

泥刑出身だということに少し驚いた。泥棒刑事、つまり窃盗犯担当刑事のことである。殺人捜査を扱う強行犯担当や政治犯を追う知能犯担当などと違い、刑事のなかでは華のない部門である。

「だったら急いで。ゆっくりやってたら時間がなくなる」

「さっきも言うたが、こんあたりの泥は細かくて質がええけ、天日だけで瓦ができるほど硬くなるものもある。じゃけかなり以前の足跡なんかも残っておる可能性がある」

視線は地面に落としたまま顔も上げない。

俺は溜息をついた。

「一周したら鑑取りに廻るのは約束してください」

「ああ。行くで」

上の空で答えた。これ以上喧嘩がエスカレートすると一日が完全に無駄になる。この池だけは付き合うしかない。蜘蛛手の十メートルほど後ろをメモを取りながら歩く。明らかに堤防外から持ち込まれたものだとわかるゴミや小石を拾っては角度を変えてスマホで何枚かずつ写真を撮った。また池のまわりの立地を見るためにときどき堤防に上がって辺りの写真を撮影した。

アブラゼミの金属質の声が大量に降っている。静かな水面にときどき大きな魚が口を突き出した。汚水に強い鯉のようだ。俺もときどき空を仰いで新鮮な酸素を求めた。快晴の高い空はぐるりと青く飛行機雲がふたつ弧を描いているだけだ。上からの陽射しと池からの照り返しで、服を着たまま日焼けマシンのなかにいるようだ。

午後二時を過ぎたところでメール音が鳴った。特捜本部からの一斉送信、名古屋市立大学法医学教室による午前九時半からの司法解剖の中間報告である。死因は背部および腰部の四十七ヵ所の刺創による出血性ショック。死亡後に水に放り込まれたものだと推定され、凶器は片刃のナイフ状。推定死亡経過時間は死後三日から七日の間だという。この報告を受け、特捜本部は殺人事件と断定、本部の名称は『岡崎市における元性風俗店経営女性殺害及び死体遺棄事件特別捜査本部』と正式に決まった。

　蜘蛛手も十五メートルほど先で眼を細めてスマホを見ている。しばらくすると納得したように水辺の精査を再開した。

　陽射しはますます強くなり、下着どころかスーツまで汗でぐっしょり濡れて重くなっていた。俺は堤防に登って外の自販機を探し、降りていってスポーツドリンクを二本買った。自販機横の民家の塀に《地蔵池埋め立て反対》というポスターと《横田雷吉《よこたらいきち》市長／岡崎の自然を守ろう》というポスターが交互に七枚か八枚貼ってある。梅雨前から貼ってあったのだろう、色褪《いろあ》せて傷んでいる。

　堤防を登り、再び岸へと降りていく。蜘蛛手のところへ行ってペットボトルを差し出すと「おう。休憩するかい」と受け取った。汗が眼に染みるのか片眼ずつ閉じたり開けたりしている。鴨野次郎はと見ると、遠く池を挟んだ向こう岸で同じ石に同じ姿勢のまま座っていた。

　蜘蛛手が岸辺の倒木に座り、ペットボトルの栓を捻った。俺も五メートルほど離れて腰を下ろし、ペットボトルを首の頸動脈《けいどうみゃく》に当てた。こうすると冷たい血流がまず脳へ行き、それが心臓へ戻ってきて全身に広がる。野球部時代の知恵だ。しばらくそうして体全体の血液を冷やしたあと一気に半分ほど飲んだ。蜘蛛手は大学ノートを開いて何か書き込んでいる。フットワークが要求される仕事なので小型のメモ帳を使っている捜査員が多いが蜘蛛手は大学ノートを使っていた。

「水は溢れておらんの」

　横にあるコンクリート製オーバーフローを見ながら言った。オーバーフローの五センチほど下に水面がある。

「ここ数日の水位の変化がわかったらええがの。例えば昨日と較べたらどうなんじゃろ」

「一センチくらい下がっています」

蜘蛛手が少し驚きながらこちらを見た。

「なんでわかるんじゃ」

「昨日の昼間、水際に小さな棒を刺しておいたんです。そこから水の位置が二センチほど後退していました。岸は斜めに下がってますから、ざっくり勾配が三十度だとすれば『1対2対ルート3』の関係です。つまり水位は一センチ程度下がっていることになります」

蜘蛛手が肯きながら大学ノートに書いている。

「結構な量の水が入ってきておるはずじゃが、蒸発量のほうが多いんじゃな。晴天で一日一センチというところかいね」

ポケットでまたメール着信音。引っ張り出すと液晶に《RDN》の符丁。夏目直美だ。《朝刊によると今日は昨日より暑くなるそうです。襟元を開けて熱を逃すように》と書いてあった。

素早く返信を打つ。

〔どうして午前中に返信しない。今夜、捜査会議の後どこかで30分くらい会えないか。上司として少し話したい〕

しばらく待ったが返ってこない。スポーツドリンクの残りを飲みほして蜘蛛手を見ると、彼も誰かにメールを打っていた。スマホの画面を遠ざけて不器用に両手で操作している。その顔は陽焼けで真っ赤になっている。しばらくするとスマホをしまい、手をかざして池全体を見渡した。

「犯人は遺体を捨てるのに、なんでこの地蔵池を選んだんじゃろう」

「とくに理由はないでしょう」

「理由はあるで」

「どうして」

「岡崎に溜池がいくつあるか知っちょるかい」

「十個。いや十五個くらいですか」

「大小合わせて八十三もある」

「そんなにあるんですか」

「わしも今朝詳しく調べて驚いた。じゃけ理由があるはずじゃ」

「なら犯行現場から近いか遠いかのどちらかでしょう」

殺したあと動転して近いところに捨てたか、あるいは犯行現場からできるだけ遠くへ運んだか。

「ところで蜘蛛手係長。さっき鴨野さんに『来年この池が無くなる』と言ってましたけど、あれはどういうことですか。堤防の外にも《埋め立て反対》のポスターが貼ってありましたが」

「岡崎市内の五つの溜池が埋め立てられることになっておる。メガパーク工事の山を削った残土じゃ。今回、残土処理も大きな問題じゃった。残土には反社が知らぬうちに関与してしまうことがあるけ、慎重に進めておった。それで市内の五つの溜池を潰して順に埋めていくことになった。いま別の池を埋め立てておる最中じゃ。この池が三つ目で、来年の年明けくらいから埋める予定になっておる」

「池が五つばかりで残土捨てるのに足りるんですか」

「こんあたりは深い溜池が多いんじゃ。溜池には二種類あっての。平地に作られる皿池《さらいけ》というタイプと、まわりより低い土地を利用して深く掘ってつくる谷池《たにいけ》っちゅうタイプじゃ」

山を指さした。

「この地蔵池はあの山とあの山の狭間《はざま》を利用して作った谷池じゃ。谷を上手に使ってそのまわりを堤防で囲ってある。そこをさらに擂鉢状に深く掘り下げてあるけ、かなりの深さがあるはずじゃ。江戸時代の造成じゃろう」

「随分詳しいですね」

「生安じゃけよ」たしかに環境問題も生安の事案である。

「三セクが八十三個の池から五つを選んだ基準みたいなのがあるんですか」

「水の持主はそれを使っておる地区の農業寄合会じゃ。じゃが土地の持主がわからん池も多い。なにしろ四百年も五百年も前のもんじゃけ。埋め立てが決まった五つは土地の持主がわかった池じゃ。メガパークに反対する市民団体の眼を盗んで騙《だま》し討ちのように買い取った」

蜘蛛手は飲みかけのペットボトルを飲み干した。そして「行くかい」と立ち上がり、また地面を見て歩きはじめた。オーバーフローのコンクリート建造物を越えてさらに岸を歩いていく。その歩く遅さにいらつきながら俺も不審なゴミなどを探して歩く。

U字溝のちょうど向かいあたりまで来ると、捜査会議で写真紹介されたスロープが設《しつら》えられていた。アスファルト舗装され、途中でいちど鉤《かぎ》型に曲がって堤防の上へ続いている。身障者マークの立看板があるが景勝地でもないこの池に車椅子で入ろうとする者はいまい。御役所仕事だ。

蜘蛛手と二人でスロープを上がって、堤防の上に立った。会議で説明されたとおり外側の登り口に自動車が入れないように二本の鉄柱が立っている。二人でそこまで降りた。

蜘蛛手が「あんた、紐かなんか持っておるかい」と聞いた。俺が首を振ると、近くに落ちている植物の蔓を拾った。そして一方の端を差し出した。

「そっちの鉄柱の内側につけてくれ」

言われるまま蔓を引っ張った。先端を鉄柱につけた。蜘蛛手が蔓の反対側をもう一本の鉄柱の内側まで強く引き、そこを手で千切った。鉄柱の間の幅を知りたいようだ。あとで蔓の長さをメジャーで測るつもりだろう。

　蜘蛛手はその蔓を丸めてポケットに突っ込んだ。再び二人でスロープを登り、岸へと降りた。そしてまた泥の地面を見て歩いていく。しばらく行ったところで、蜘蛛手が立ち止まった。長髪をかき上げて腰を屈めた。険しい表情で地面にスマートフォンを置き、ポケットからデジカメを出して地面の写真を撮りはじめた。後で鑑識が目的物のサイズを測れるように横に何かを置くのは証拠写真の基本である。

「何かありましたか」

　湯口が近づいていくと指でさした。

「これじゃ」

「犬の足跡――」

「猫じゃ」

「ガイシャの遺体の損傷部分は野良猫が食したと？」

「そういうんじゃない。わしの飼っておるミイちゃんがもう一ヵ月も前から帰ってこんのじゃ。じゃけ官舎の前でミイちゃんの足跡を撮って、それらしき猫の足跡を見つけるとうちの署の鑑識係に調べてもらっておる」

　湯口が呆《あき》れて溜息をつくと、蜘蛛手がきつい眼で睨め上げた。

「人にはそれぞれ大切なものがあるんじゃ」

　そしてスマホの位置を動かしては何枚も続けてシャッターを切る。しばらくすると長髪をかき上げて立ち上がった。そして後ろを振り返ってオーバーフローの方を見ている。

「ここの地面とあの水が溢れるところ、どっちが高い位置にあるかいね」

　地面にひざまずいた。そして両手をついて頬を地面ぎりぎりまで下げ、オーバーフローを見た。

「二十センチくらいこっちのほうが高いじゃろうか」

手に付いた土を払いながら立ち上がった。

「梅雨時もこの足跡んところは水をかぶっておらんかったはずじゃ。じゃけ、この猫はこの辺りをぐるりと歩けたんじゃな」

ようやく蓬川に着いたときには池を廻りはじめて二時間ほどたっていた。幅が百五十センチほどの小さな川だが上から覗くと底で繁茂した水草が揺れ、かなり水深がある。高層ビルの窓から上半身を乗り出しているような不安感があった。

蜘蛛手がそこに屈み込み、両手ですくった。

「森の水は夏でも冷たいのう」

一口啜って感嘆の声をあげた。立ち上がり、顔を池へ向けた。透明な水と赤水が渦になっている辺りをじっと見ている。しばらくすると合点がいかぬように首を捻り、蓬川の小さな橋を渡った。

俺も川に手を入れてみた。思った以上に冷たい。まるで氷水のようである。

池を一周するのに結局二時間半かかった。鴨野次郎はその間、同じ石の上に同じ姿勢で座っていた。驚くべき実直さだ。鴨野に礼を言って帰ってもらってから、二人で軽トラに乗り込んだ。蜘蛛手はエンジンをかけず大学ノートをめくって何か書き込んでいる。

「蜘蛛手係長――」

声をかけても顔を上げない。図表やら数字を書いていた。何かの計算をしているようだ。

「鑑の割り当てを廻りましょう。もういい時間です」

蜘蛛手がようやく手を止めた。だが湯口の言葉に反応したわけではないのは視線が虚空を見ていることでわかった。しばらくすると大学ノートを丸めて尻の脇に置き、エンジンをかけた。

「少し付き合うてくれんかいね」

ギアを入れ、来た方向とは逆へハンドルを切った。

「さっきドリーと鯨にメールして、わしらの鑑の割り当ての分を頼んじょいた。やつらの組がそれぞれ半分ずつやってくれる」

「それでは話が違う」

俺がハンドルに手をかけると「危ないじゃないか」とその手を払った。左折してギアを繋ぎながら「署を出るときにその話は終わったはずじゃ」と言った。

「どの話が」

「人が数人でも集まれば猿山ができる。じゃけ、ボス猿が必要じゃ。わしら二人のボスはわしじゃと昼に言うて、あんたも納得したじゃないか」

「俺が妥協しただけだろが！」

「そん話は後じゃ。ＮＨＫニュースが始まる」

蜘蛛手がカーラジオのスイッチに手を伸ばした。

俺はダッシュボードを思いきり殴った。蜘蛛手がボリュームを上げた。浪曲番組をやっていた。電波が悪いのか雑音が多く、音が不安定に揺れている。すぐに客席の拍手とともに番組が終わり、ＮＨＫらしく淡々とニュースが始まった。トップは国会報道。二番手で今回の殺人事件を報じはじめた。蜘蛛手はスピーカーのほうに首を傾けるようにして聴いている。しかしとくに警察が握る以上の情報はなかった。ラジオを切りながら交差点を折れた。

「鑑を廻りましょう」

「ドリーと鯨君に任せたけ大丈夫じゃ」

「自分の耳で証言を聴きたい」

「ガイシャが昔経営しちょった『昭和堂』っちゅうデリの事務所へ行きたいんじゃ」

「昨日行った」

「わしは行っとらんで」

「行く必要はない。あそこは今日は別の組がやっている」

「ボンクラの部下が行くんじゃろ。信頼できるわけないじゃろ」

これでは俺は能力の半分も発揮できない。等々力に言って相棒を代えてもらおう。信号を越えたところで蜘蛛手が思い出したように急ハンドルを切った。どうしたのかと思ったらマクドナルドのドライブスルーへと入っていく。

窓から顔を出し、マイクに顔を近づけた。

「岡崎署の蜘蛛手じゃ。ビッグマック十個とストロベリーシェイクを四個じゃ。凶悪犯を追跡中じゃ。急いでくれ」

大声で言って軽トラを前へ出した。しばらくすると窓口から年配の女が顔を出した。含み笑いしながら大きな紙袋を差し出した。蜘蛛手は「ここはいつも早いのう」と受け取った。そしてビッグマックを出しては俺の膝に置いていく。

「五個ずつじゃ」

「そんなに食えるわけない」

「でかい図体してなに言いよる。鯨君なんて二十個でもペロリで」

今度は袋からストロベリーシェイクを出して膝に載せていく。軽トラを出し、片手運転でビッグマックにかぶりつき、口いっぱいに頰張りながら歌をうたいはじめた。

「おいしい笑顔、マクドナルド、ウェイウェイウェイウェイ！」

昔のCMソングだろうか。何度も歌い、リズムに乗せてハンドルを軽く左右に切るので軽トラがガタガタと揺れた。車内はケチャップとピクルスの匂いで噎せ返ってきた。

3

蜘蛛手が五個すべてを食べ終えるころ昭和堂の事務所があるマンションに着いた。俺は二つだけ食べ、残り三個には手をつけなかった。駐車場フェンスの近くに軽トラを駐め、エンジンを切った。蜘蛛手が「暑いのう」と炎天下の外へ出て歩いていく。その背中を車の中から見ていると蜘蛛手がそれに気づき、般若《はんにゃ》のような顔で戻ってきた。助手席のドアをぐいと強く引いた。

「これからずっと三十円と呼んでほしいんかい。わしゃ、ふてくされるやつが一番嫌いなんじゃ」

俺は蜘蛛手から視線をそらさずそのまま座っていた。蜘蛛手はしばらく睨みつけていたが「ばかたれが」と吐き捨て、またマンションへ歩いていく。そしてチンピラのような風情で一度振り返ってからエレベーターに乗った。

俺は開け放たれた助手席のドアをそのままにしておいた。閉めたら余計に暑いだけだ。片脚と首を出して空を仰いだ。先ほどの飛行機雲は乱れて薄く広がっていた。この捜査はいつ決着がつくのだろう。「三日以内」と幹部たちは言っているが大丈夫だろうか。

懐から手帳を抜き出して、情報を細かく整理した。ときどき手帳の上に顔の汗が落ちる。ストロベリーシェイクを飲みながら、さらに手帳の隙間に情報を足していく。先ほど蜘蛛手から聞いた全国の性風俗嬢の数であるとか街を歩く妙齢の女性の二十人に一人は風俗嬢経験者だとか、忘れないうちに書いていく。そして地蔵池で気になった細かいこと。こういった空き時間に新しい斬り口が浮かび、方針の突破口が見えてくることが多い。

シャツの肩で顔の汗を拭いながら手帳の整理を続けた。刑事はみなこういった作業が好きだ。湯口も例外ではない。自分のこういった能力は捜査一課六十余人のなかで上位数人に入るという自負がある。没頭しているとシャーというアブラゼミの声が宇宙空間の異音のように聞こえてくる。

「ずいぶん精が出るのう」

顔を上げた。蜘蛛手が近づいてくる。腕時計を見ると一時間ほど経っていた。

「何か新しい情報は出ましたか」

運転席に乗り込んだ蜘蛛手に、助手席のドアを閉めながら聞いた。

「従業員の女子《おなご》が一人しか来ておらんそうじゃ」

「事件の影響ですね」

「この仕事は知らん男と密室で二人きりになって裸にまでなるけえの。ＯＧが殺されたと知って怖くないわけがない。じゃけ、店長に店名を変えてみたらどうじゃと言うておいた。店名は認可制じゃのうて届出制じゃ。変更して十日以内に公安委員会に届け出るだけでええ。わしが受け付けりゃ、すぐに通るはずじゃ」

「ちょっと待て。係長、いい加減にしてくれ」

手帳を閉じて内ポケットに入れながら咎めると、こちらを見た。

「また文句かい。うるさいやつじゃの」

「遺棄現場を見てから鑑を廻るという約束を破った。ここに来たいというので重要なことがあるのかと思ったら相談員みたいなことをやっている」

「状況ちゅうんは生き物じゃ。じゃけ、一日のうちで流れが変わってくる」

「いまは犯人を挙げることにストレートに注力すべきだ」

「迂回路《うかい》にヒントが隠されておることが往々にしてある」

「まずは幹だ」

「いや。今日はとくに傍証の積み重ねも並行してやるべきじゃ。それがわしの考えじゃ」

「蜘蛛手係長の考えなんてどうでもいい。殺人捜査は捜一の担当だ。今回は殺人事件の捜査本部が立った。その捜査本部が所轄から百何十人か借り上げた。俺たち捜査一課三係十人の事件だ」

「だったら十人だけで捜査しとれや。ばかたれが、わしらもう知らんで」

「極端な話をされても困る」

「本部は所轄より偉い、刑事だけが偉いと思うちょるんかい」

「思ってない」

「そうかいね。あんた、階級章の棒っこの数ばかり見ちょりゃせんか」

「しつこいぞ」

「うちの警務課長なんかがまさにそういうグロテスクな俗物じゃ。出世だけ考えて生きる警察官にはならんほうがええで。そんなことしちょると――」

湯口は両拳を槌《つち》にしてダッシュボードを叩いた。

しかし蜘蛛手は黙らない。

「あんた三十五歳じゃったかいね。まだこれからじゃ。少しずつ人生の機微も覚えていきんさい」

〝てめえ俺の親父か！〟という怒声を喉元で抑えた。蜘蛛手も怒りの表情で見返している。

そのとき、二人のメール音が同時に鳴った。共に睨みあいながらポケットからスマホを出した。

特捜本部からだ。〔新資料配付のため各組一旦特捜本部に戻るように〕という一斉メールである。

蜘蛛手が黙ってエンジンをかけた。

第四章　遊郭跡の人影

1

署の駐車場には車と人が溢れ、空きを見つけるために一周しなければならなかった。玄関ロビーもスーツ姿の捜査員で混雑し、三階へ上がるとさらに多くの喧騒《けんそう》である。

訓授場への廊下二十メートルほど手前に《関係者以外立入禁止》という赤いプラスチックコーンが何本か並び、若い制服二人が木製警杖《けいじょう》を手に立番していた。そのさらに手前で手持ちぶさたの男たちが十五人ほど壁に寄りかかってこそこそやっている。記者連中だ。四人の女性記者たちも男性記者を牽制《けんせい》し、通りかかる捜査幹部をつかまえては鋭い眼で話しかけている。

俺たち二人はその横をすり抜け、立番に警察手帳を提示して廊下奥へと入っていく。すると丸富《まるとみ》捜査一課長が岡崎署の若手たちを顎で使っていた。

「おい。おまえ。こっちだ。なんべん言ったらわかる」

若手たちが戸惑いながら机やホワイトボードを運び込んでいるのは訓授場と廊下を挟んだ向かい、小会議室である。入口横に《捜査幹部控室》と貼ってあるので、ここが等々力キャップ以上の待機所兼戦略会議の場になるようだ。警視庁と違って愛知県警の場合すべての捜査員が出席しての全体会議は朝七時半からのものだ。夜の捜査会議は係長級以上が出席しての上級幹部への報告会の色が濃い。この係長級会議のあと上級幹部だけで戦略会議を行い、翌日の捜査方針を決める。

丸富と一瞬だけ眼が合った。黙礼だけ返しておいた。本来なら会場設営に携わる必要などない大幹部だ。それが岡崎署の若手にまで声をかけているのは、会議に上がってこない小さな情報を一人で集めているのだ。大きな黒縁眼鏡の奥でギョロギョロと蠢《うごめ》く眼球。痩せて首が細く、顔色が悪いため、陰で〝ＥＴ〟と渾名される。押しの弱いこの風貌は警察社会を泳ぐには大きなハンデだったはずだ。それを撥《は》ねのけて中署刑事課長、春日井《かすがい》署長など赫赫《かくかく》たる椅子を歩き、現場の全警察官が憧れる捜査一課長にまで登り詰めたのは異常な権勢欲と粘着質の性格が与《あずか》ってある。一課の部下の多くが彼を嫌っているのは失敗時に部下に責任を押しつける凡庸さからだ。部下と個別に話しては人間関係をかき回す厄介な男でもある。

蜘蛛手が訓授場入口前で立ち止まった。

「行書とは洒落《しゃれ》とるのう」

脇に貼られた縦二メートルほどの紙だ。《岡崎市における元性風俗店経営女性殺害及び死体遺棄事件特別捜査本部》と流れるような字で墨書されている。

「おそらく交通課の新美《あらみ》部長じゃ」

その巡査部長は書の段持ちだろう。所轄の書道達者は何かと重宝される。

訓授場内からは殺人事件特有のギスギスした響《どよ》みが溢れていた。

蜘蛛手に続いて俺も訓授場の中へ。

入ってすぐの机に佐々木豪が座っていた。

「これをお持ちください」

資料の束が積んである。受取のサインをして一部ずつ貰った。場内は男女の汗の臭いで満ち、固定電話の音が喧《やかま》しく鳴っている。書類を持って走りまわっているのは伝令の若手たちだ。

クーラーの吹き出し口に近い椅子に二人で並んで座った。

資料をめくりながら蜘蛛手が興奮しはじめた。

「ずいぶん情報が増えとるじゃないか」

細かい情報がびっしり羅列されている。

俺はシャツのボタンを外しながら訓授場内を観察した。長机などのレイアウトが朝と変わり、大人数での本格的な会議仕様になっている。そこに現場から戻ってきたばかりの捜査員たちがばらばらに座り、二人組で資料をめくってこそこそ小声で話している。

訓授場の後方には資料室のような場所が設えられていた。壁に鉄製棚が並び、大量のファイルが種類分けされている。机にはずらりとパソコンが並び、脇に十台ほどのコピー機がある。昨夜は一階の地域課の隅でやっていた資料関連の作業はこれからすべてここで行われるのだ。

一方、会議時に幹部たちが座る上座後ろの扉上には《通信指令室》と書いた紙が貼ってある。普段は長机や椅子などが保管してある訓授場の倉庫だろう。そこへ昼間のうちに本部の無線技術者たちが警察無線ほか各種電気機材を運び込み、臨時通信指令室が設えられたのだ。特捜本部が立つと、潜水艦の艦内のようなこの通信指令室に二十四時間態勢で誰かが詰める。

捜査本部とは、都道府県警察本部ないし所轄警察署内に作られる臨時組織である。事件規模などによりいくつかの種類があるが、基本的には二種からの派生型だ。
一、捜査本部
二、特別捜査本部（特捜本部）
通常の「捜査本部」は所轄警察署だけで解決できる管内連続窃盗事件などで組織され、責任者はその署の署長である。一方、殺人事件や政界汚職などで立ち上げられる「特別捜査本部」——略称「特捜本部」は都道府県警察本部の刑事部長をトップに据える大規模なものだ。これもたいてい所轄署内に設置されるが、本部から捜査員が合流し、近隣署からの借り上げも含めると合計百五十名から二百五十名で組織される大きなものになる。

今回の殺人事件の特捜本部は岡崎署三階奥にあるこの訓授場に設けられた。字面どおり平時は署員たちが上級幹部から訓授を受ける場所、つまり学校や民間会社でいうところの講堂である。

配られた新資料の後ろのページに幹部の名前が並べられていた。

特捜本部長は県警本部の刑事部長。副本部長は捜査一課長の丸富善行《よしゆき》と岡崎署長の伊藤啓二《いとうけいじ》、そして一課強行調査官の吉中義政《よしなかよしまさ》。現場の捜査指揮班長には捜査一課三係をまとめる等々力太志《ふとし》キャップ。分掌主任指揮と指揮班には岡崎署の刑事課長ら警視六名が就き、デスクやサブデスクに岡崎署刑事課長代理ほか数名の警部と警部補が名を連ねた。この下にそれぞれさらに分掌副班長らが就く。

・特捜本部長　花田竹太郎《はなだたけたろう》（県警本部刑事部長、警視長）
・特捜副本部長　伊藤啓二（岡崎署長、警視正／広報責任兼務）
　　丸富善行（県警本部刑事部捜査一課長、警視）
　　吉中義政（県警本部刑事部捜査一課強行調査官、警視）
・庶務責任者　長谷川庸《はせがわよう》（岡崎署副署長、警視）
　　南雲一郎《なぐもいちろう》（岡崎署警務課長、警視）
・捜査指揮班長　等々力太志（県警本部捜査一課三係班長、警部）
・分掌主任指揮　柏原《かしはら》　博《ひろし》（岡崎署刑事課長、警視）
　　澤《さわ》　義信《よしのぶ》（岡崎署生活安全課長、警視）
・交友捜査班長　今仲陽司《いまなかようじ》（本部捜査一課次長、警視）

・指揮班

連城《れんじょう》弘毅《ひろき》（機動捜査隊方面隊長、警視正）
山邑《やまむら》権衡《けんこう》（岡崎署警備課長、警視）
二本松《にほんまつ》勝成《かつなり》（岡崎署交通課長、警視）
新渡戸《にとべ》元《はじめ》（岡崎署警備課長、警視）
三郷《みさと》幸司《こうじ》（岡崎署地域課長、警視／地取責任兼務）

・デスク

榊　惇一（県警本部捜査一課三係長、警部補）
湯口健次郎（同右、警部補）
神崎　進（同右、警部補）

・サブデスク

篭谷《かごたに》忠司《ただし》（岡崎署刑事課長代理、警部）
佐藤《さとう》昌夫《まさお》（同右、警部）
遠藤《えんどう》静太《せいた》（同右、警部）
餅月《もちづき》省三《しょうぞう》（岡崎署刑事課強行犯係長、警部補）
木裏《きうら》昇多《しょうた》（岡崎署刑事課知能犯係長、警部補）
野村《のむら》博文《ひろふみ》（岡崎署刑事課暴対係長、警部補）
宮島《みやじま》浩一《こういち》（岡崎署刑事課盗犯係長、警部補）
林《はやし》　毅史《たかし》（岡崎署刑事課薬物銃器係長、警部補）
蜘蛛手洋平（岡崎署生活安全課保安二係長、警部補）
嶋田　実（県警本部捜査一課三係主任、巡査部長）
安斉《あんざい》光義《みつよし》（同右、巡査部長）
夏目直美（同右、巡査部長）
安藤《あんどう》久嗣《ひさし》（岡崎署生活安全課保安一係長、警部補）

田中好一《たなかよしかず》（岡崎署交通課交通捜査係長、警部補）
村上善夫《むらかみよしお》（岡崎署交通課取締係長、警部補）
菰田慎一《こもたしんいち》（岡崎署警備課警備係長、警部補）
辻村《つじむら》　孝《たかし》（岡崎署地域課地域一係長、警部補）
吉長敬次《よしながけいじ》（岡崎署地域課地域二係長、警部補）

俺と蜘蛛手係長は新資料の事項をすべて確認し合い、再び二人で署外へ出た。そして蜘蛛手の知る風俗店関係者を四人廻って話を聴き、夜九時半過ぎに再び署へ戻った。途中で何度か言い争いになったが、結局、特捜本部の鑑の割り当ては一つも廻らなかった。

2

夜十時半からの係長級会議が始まる直前、蜘蛛手は緑川以久馬と鷹野大介の二人を一階ロビーに呼んだ。辺りを窺いながら一番隅のビニールソファに座り、猫背になって声をひそめた。

「わしらの鑑取りの分、どうじゃった。だいたいでいいけ教えんさい。細かい重要なことは後でわしだけに言いんさい」

聞きながら大学ノートにメモしていく。二十分後、訓授場に上がった蜘蛛手はメモをそのまま係長級会議で読みあげた。抑揚をつけ、身振り手振りを交え、情感をこめて。

「天気予報によると明日も暑うなるようですけ、熱中症に注意して持ち場で頑張りましょう」

飄々《ひょうひょう》と締め、椅子に座った。俺は鮎子が遊郭通りで立ちんぼをしていた事実を共有すべきだと今日何度も進言していたが、最後まで伏していた。呆れてその横顔を見ていると、蜘蛛手が資料の余白にボールペンで走り書きして俺の前に滑らせた。《何でわしだけカードを見せにゃいかんのじゃ》と書いてあった。情報の所有権は蜘蛛手なのでそれ以上は言えなかった。

今日は全捜査員の七割にあたる百六名を投入して徹底した地取《じど》り——地区を割り当てての聞き込みが行われた。しかし被害者の生前最後の目撃情報は「六月三十日夕方」で止まったままだった。遺体発見日は七月二十一日で、名古屋市立大学での司法解剖では推定死亡経過時間が「三日間から七日間」と鑑定されている。つまり殺害日は七月十四日から七月十八日。一番早い七月十四日に殺害されたとしても、六月三十日夕刻から二週間、どこかで生きていたことになる。この期間の足取りを幹部たちは「強く洗え」と繰り返し言った。

一方、人間関係などを捜査する鑑《かんど》取り担当たちは男関係と性風俗歴を中心に捜査にあたっていた。そして三係の榊惇一と岡崎署強行犯のベテラン小俣《おまた》巡査部長のコンビが午前十一時半過ぎ、鮎子が四十四歳から店舗型ファッションヘルスに在籍していたという情報を電話で上げたのだ。名古屋市内にあったこの箱ヘルは十五年ほど前に閉店しているが、当時の経営者および従業員二名からの確度の高い情報である。この時期、鮎子は結婚式の司会業をしていたが、それをこなしながらのダブルワークだ。特捜本部はすぐに鑑取り担当の大半を魚影の濃いそこへスライドさせた。一時間半後には四十七歳のときに名古屋の別の箱ヘルに在籍していたことを別組が確認。さらに別の組が五十五歳時の別の箱ヘル勤務歴を探しあてた。

この三つの報告が終わった段階で蜘蛛手が唐突に挙手した。

「わしからも新しい情報があります」

立ち上がり、遊郭通りでの立ちんぼについて報告していく。他捜査員から先に上がった三店舗での箱ヘル勤務歴情報が思った以上に詳細だったのでここはカードを切ったほうがいいと判断したようだ。他の組も使って立ちんぼ仕事時の詳細を早く調べようという魂胆か。捜査員たちが驚いたようにペンを走らせている。俺は手帳に時系列で彼女の動きを整理していく。まだ穴だらけだが、この事件のごくおおまかなジグソーパズルの図柄が見えてきた。

　捜査員たちが個別に取ってくる情報は時系列順ではない。警察の捜査においては、新しい情報が入るたびに時系列をはっきりさせねばならない。その上で各々情報の相関を見極めていく。

・二十九歳　結婚
　　　　　（専業主婦）
・三十五歳　離婚
　　　　　（ここから結婚式等の司会業を始める）
・四十四歳　名古屋市内の店舗型ファッションヘルス勤務
・四十七歳　名古屋市内の別の店舗型ファッションヘルス勤務
・五十五歳　名古屋市内の別の店舗型ファッションヘルス勤務
・六十一歳　携帯電話を使いはじめる
・六十三歳　名古屋市から岡崎市へ転居
・六十七歳　デリヘル昭和堂起ち上げ
・六十八歳　デリヘル美悪女起ち上げ
・六十八歳　美悪女を畳む
　　　　　（マンションから長屋へ転居し携帯電話を手放す）
・七十四歳　図書館で会った昭和堂の近藤千登勢に「いまでも性風俗で働いている」と発言。
・七十六歳　蜘蛛手らによって街娼をしていた目撃あり
・七十六歳　地蔵池で死体見つかる

土屋鮎子は「結婚式の司会業をする元女子アナウンサー」という表の顔とは別に、予想以上に早くから性風俗嬢として働く顔を持っていた。

殺人事件というのは被害者が話すことができない唯一の犯罪である。逆にいえば「被害者が生きていれば犯人を名指しできる可能性が高い犯罪」でもある。だからまず目指すのは被害者をこの世に蘇《よみがえ》らせることだ。散らばった大小の骨を化石発掘の要領で掘り当てる。そして余分な土を刷毛で払ってそれを集め、研究室で組み上げる。そして肉を付け、皮膚を張り、皺や黒子《ほくろ》まで再現し、毛髪や体毛を植える。そうすればその〝復元〟された被害者が犯人を語ってくれるはずだ。

ここまでの復元は特捜本部がつかんだ先ほどの性風俗歴、私的交友関係の一部、そして金の流れである。

金については被害者が東海銀行時代から使う三菱東京ＵＦＪ銀行普通口座の動きを調べた。すると民放アナウンサー時代の七年間で預金額は漸増して六百万円を超えていた。これは現在の貨幣価値で二千万から二千五百万円ほどになる。わずか七年でこの額をためた被害者の真面目で几帳面《きちょうめん》な性格がわかった。

問題は寿退社して主婦となってからである。

サラリー収入が無くなったにもかかわらず結婚一年目の二十九歳からいきなり預金が増え始める。出自不明の金がシルクハットからウサギを出すようにぽんぽんと入金されていた。この入金は四十四歳までの十五年間続き、そのすべてが三つの額であり、端数はまったくない。すべて現金預金したものかＡＴＭで現金入金したものなので正体がさっぱりわからない。

入金額　　入金回数

▼五万五千円　　（三十七回）

▼八万円　　　　（三十二回）
▼十五万五千円　（百二十四回）
この三つの額だけで合計入金回数は実に百九十三回にも上り、四十四歳の十月の入金を最後にピタリと止まっている。始まりも終わりも唐突である。ラーメンや蕎麦《そば》が百円、大卒初任給が三万円から五万円位の時代だ。「五万五千円」「八万円」「十五万五千円」は現在の二十万円から七十万円ほどにあたる結構な額である。性風俗勤務店でも一日ではここまで稼げないはずだ。

最終的に鮎子の預金残高は二千七百万円を超えた。現在の貨幣価値にすれば四千万円位か。

「まったくわかりません」

元夫はそう驚いた。鵜呑《うの》みにするほど警察は純情ではないが彼が持つ三つの口座の動きには鮎子の口座との連動はなかった。

この二千七百万円超の預金に手を付けたくなかったのか、土屋鮎子は同じ銀行に新しい口座を作ってそちらを生活費と普段使いの口座としている。四千二百万円の預金が崩されるのは性風俗経営に携わりはじめてからである。デリヘル『昭和堂』時代に二千万円弱にまで減り、その後一人で起こしたデリヘル『美悪女』時代の七ヵ月間で二万円を切るところまで減らしていった。その時点で『美悪女』を畳んで1LDKのマンションから古い長屋へ引っ越した。

家賃わずか千円。内部写真が訓授場のプロジェクターに映された瞬間、あまりの哀れさに捜査員たちからざわめきがあがった。このざわめきには、部屋の半分近くを占める彼女自作の風景ジオラマの存在もあった。

等々力キャップがホワイトボードにペンで列挙した。
一、風景ジオラマ
二、覚書手帳、全十九冊

三、物語本、全二十六巻

「手帳の記述内容解明がカギになります。全力を」

等々力キャップが何度も力説した。覚書手帳は特捜本部が最も強く注目しているブツだ。長屋に引っ越してからの七年間、彼女は手帳十九冊におよぶ生活記録を几帳面に書き続けていた。

黒表紙の立派な手帳ではない。葉書の半分ほどの小型ノートだ。百円ショップチェーンでかつて四冊百円で売られていたものだと既に特定されていた。まだ使われていないものが二十一冊部屋に残っているので百円四冊セットを十揃え購入したようだ。表紙に丁寧な字で《覚書手帳1》《覚書手帳2》と書かれている。特捜本部はこの十九冊を持ち帰り、鑑識によって指紋採取後、デジタルカメラで全ページを撮った。原本は付着物のDNA型判定などのために科学捜査研究所へ持ちこみ、内容は専従捜査員八人で徹底的に洗いはじめていた。手帳は罫線《けいせん》の間に定規で二本の線を引いてキャパシティを増やし、細かい文字で大量に記述してある。とくに多いのは図書館で借りた本と古書店で購入した本の記録である。これには短い要約と感想が添えてあった。詩も幾つか記されていた。特捜本部は一つひとつこの感想や詩の〝解読〟を試みていた。

怪しいのはアルファベットである。ところどころ日付の後に一文字のアルファベットがランダムに記されていた。

《B・E・H・I・K・M・O・S・T》

九種類である。等々力の「会っていた男のイニシャルでは」という指摘に異論は出ない。事件に関わる人間は被疑者被害者に関係なく符丁を使う傾向が強い。二重丸で囲んだそのアルファベットの横には《3~7》《5~9》と数字が記されている。これは会っていた時間帯ではないかとも推測される。特捜本部は客筋などで挙がってくる大量の名前とイニシャルを照らし合わせはじめた。

ほかにブツ担当組は風景ジオラマ、そして自筆して綴《と》じて作った物語本二十六巻などをプロジェクターに映しながら報告した。

「ネズミを登場人物として据えた二十六巻におよぶ自筆の物語本については筆跡鑑定によって被害者自身が書いたものと断定されましたので、現在、覚書手帳とともにこの物語本の中身についても精査している最中です」

巨大なジオラマと二十六巻の物語本は普通の感性のものとは思えない。この二つの制作物の意味解明には大きな意義があるだろう。みな真剣な表情でメモを続けている。

「では――」

等々力が壁時計を見上げた。

「今日は最後に係長級以上の皆さんに性風俗についての知見を共有していただきます。担当は岡崎署生活安全課保安二係、性風俗の取締が専門の蜘蛛手係長です」

蜘蛛手が立ち上がり、丸めた大学ノートを手に前へ出ていく。どうやら事前に決まっていたことのようだ。

等々力がマイクを渡すと、蜘蛛手はそれを手にホワイトボードの横に立ち、口髭を毛虫のように動かした。

「ご紹介にあずかりました蜘蛛手です。まずは日本の性風俗産業の歴史と特質を話しますけ、じっくり聞いておってください」

ホワイトボードにチャート図を描いていく。

「日本における産業としての性風俗は起源を江戸時代の遊郭にもとめることができると言うてもよいでしょう――」

縷々《るる》説明していく。遊郭とは公許、つまり江戸幕府公認の売春宿を集めた地域のことを指す。これ以前にも遊郭はあったが、本格的なものは一六一七年、治安目的で江戸市中の遊女屋を一ヵ所に集めた吉原《よしわら》遊郭が嚆矢《こうし》だ。このときすでに吉原の郭《くるわ》の数は三百軒に近かったと蜘蛛手は言う。それ以外にも、例えば大阪の新町《しんまち》遊郭、京都の島原《しまばら》遊郭など、全国の大都市二十数ヵ所に遊郭は作られていく。

しかしこの世界にはつねに暗さがつきまとっていた。地方農村の貧困と切っても切れない存在で、家族を食わせるために年季奉公という名の前借金で身売りされた者が多かったからだ。しかもどれだけ頑張って稼いでもそこから化粧品代や衣装代として店に天引きされるので、借金がなかなか減らないシステムになっていた。年季明けと呼ばれる引退は数えで二十九歳であり、この年齢が近づくと「借金を帳消しにする代わりに店に残って掃除婆《ばば》や飯炊婆《めしたきばば》になって経営側の手伝いをする」か「良い客に身請けしてもらう」か、そのどちらかだ。しかし年季明けまでつとめられる遊女はかなり幸運なほうで、堕胎手術で体を壊したり、私娼窟《ししょうくつ》に流れたり、ソフトランディングは難しかったという。

明治時代になっても遊女は減らなかった。蜘蛛手が言うには日本の総人口がまだ六千万人だった大正時代、公娼《こうしょう》遊女が五万人、酌婦とよばれる非公認の娼婦が十万人以上、合わせて少なくとも十五万人は売春を生業にする女がいたという。これは当時の十五歳から三十五歳の女性のうち七十八人に一人が娼婦だった計算になるらしい。他に七人に一人が女工になっていた現実もあるので、「娼婦になるか女工になるか」この二つしか、何も持たない女が自分の身ひとつで現金を稼ぐ道がほとんど見つけられない時代が続いた。

そんななかで公娼施設は政府公認で繁栄を極めていく。明治から大正、昭和にかけて、さまざまな名称で全国五百ヵ所以上に遊郭は増えた。この状況は実に太平洋戦争が終わるまで続いた。

一九四六年（昭和二十一年）、ＧＨＱによって公娼制度は廃止されたが、政府や警察の黙認のもと、通称「赤線」の名称で存続していく。この赤線が廃止されるのは売春防止法が完全施行される一九五八年（昭和三十三年）である。しかしそれ以降も彼女たち赤線ＯＧは、私娼を抱える違法店やヤクザが仕切る組織的売春、立ちんぼの個人売春に流れ、若い世代の流入が絶えぬこともあって、数を減らすことはなかった。蜘蛛手によると、こういった流れのなかで、赤線時代から現代まで、政治家や学者たちは「娼婦を解放してやれ」という〝上から目線〟の論陣をはってきた。

「じゃが、解放という言葉は本当に正しいんじゃろうか」

蜘蛛手はホワイトボードに《自主》《自立》《自由意志》と書き、その下に『売春は警察官と同じく職業のひとつ』と二行に分けて大きく書いた。

「遊郭の時代と違うて、現代の性風俗は一部の女性たちにとって自身が選んだ仕事になっておる。セックスワークっちゅう立派な職業じゃ。じゃけ、まずはこの仕事を社会がきちんと認めるんが大切じゃ。そうすれば現在でも経済的貧困や知的貧困などでこの仕事の搾取構造に組み込まれておる一部の女性たちも社会的保障を受けることができるようになる」

丸富捜査一課長が「ちょっと待て」と声をあげた。

「売春は悪に決まっとるだろ。社会が認めるなんてありえんぞ」

蜘蛛手の眼が光った。

「悪と決まっとる？　どうしてそう言える」

「体を売って金儲《かねもう》けすることが、いいわけがない」

「大学教授は知識を売っておる。サラリーマンは時間を売っておる。キャバクラ嬢やホストは甘言を売っておる。どうして体は売っていけんのじゃ。自分の体じゃ。自分の肉体じゃ。自分で決めて自分で売るのがなぜ悪い」

丸富が口を開きかけて止まった。

「普段から考えておれば、すぐに言葉が出るはずじゃ」

「性病の危険があるじゃないか」

「なんで性感染症だけ特別扱いするんじゃ。通勤電車のなかで感染する病気は風邪やら何やらいくらでもある。それはええんかい。相撲やレスリングなんかのコンタクトスポーツやっとりゃ皮膚真菌症に感染することもある。でも誰も鉄道を廃止せよとも日本相撲協会を解散せよとも言わんのに、なんで売春ばかり悪う言われにゃいかんのじゃ」

「楽して金を稼ぐのはよくないだろ」

「あんた売春したことあるんかい。わしがいま一万円渡したらわしのチンポ舐めれるんかい」

蜘蛛手がジーンズのベルトに手を掛けると丸富が顔をしかめた。

「やったこともないくせに売春が他の職業より楽だと決めつけなや。そもそも資本主義社会はどうやって金を稼げるかを競うシステムじゃ。商社だって銀行だって一番楽に金が稼げる方策ばかり考えておる。そういったサラリーマンは『一流会社に勤めておっていいですね』と崇められるのに、なんで売春はいかんのじゃ」

蜘蛛手の語気が強くなっていく。

「あんた、パターナリズムちゅうんを知っちょるか。パトロンの語源ともなった、ラテン語の『父親』からきた。立場上の強者が弱者に対して『そいつはやめんさい』ちゅうて、いい方向へ導いておる気で干渉することじゃ。じゃが倫理じゃどうじゃいうて成熟した人間に対して主観を押しつけるんは、自己決定権を奪う過度な父権主義じゃ。現代のセックスワークはあくまで個人の自由意志じゃ。本人が決めて本人の意志でやっておるのに売春をやめろと言うんは、ただのお節介じゃ」

「売春は人間が前近代的な生活を送っていたときの野蛮な名残《なご》りだぞ」

「そりゃ違うで。ドイツでもオランダでもギリシャでも、売春は合法化された職業じゃ。経済活動のひとつじゃ。みんな先進国じゃないか」

口ごもった丸富に対して蜘蛛手が畳みかける。

「あんた、ミルの愚行権は知っちょるじゃろ」

「ああ」

「だったら、どうして売春を否定できるんじゃ」

「倫理があるだろ」

「何の倫理じゃ。哲学の倫理かい。そもそも哲学ってなんじゃ。どの哲学のことを言うておるんじゃ。定義はどこに置くんじゃ。カントかい。ハイデガーかい。それともウィトゲンシュタインかい。イスラム圏の倫理か。ヒンドゥー教か。ユダヤ教か。どれじゃ。ここにおるみんなにわかるように説明してみんさい」

蜘蛛手は興奮して赭《あか》くなっていた。

「それぞれの宗教から枝葉がのびて無数の教派がある。どの倫理じゃ。新興宗教も世界中に何千何万とある。そんなかには一夫多妻や一婦多夫制どころかフリーセックスや動物とのセックスを奨《すす》める宗教もあるで。どの倫理じゃ。言うてみんさい」

「おまえな。現代のモラルハザードの――」

蜘蛛手が手のひらで止めた。

「衒学《げんがく》で誤魔化すなや。倫理は一人ひとりの心のなかにあるんじゃ。それを外からすべて規定すると、人間そのものを否定することになるで。あんたは結局のところ何も考えずに生きてきたんじゃ。自分の頭でとことん考えたわけでもなく、耳学問で『売春は悪い』と単純に思いこんでおる。大事なことはなんも知らん。単純人間の単純思考じゃ」

「単純なおまえに単純とか言われたくない」

「ＥＴのくせにうるさいやつじゃ。このクソ馬鹿たれが」

丸富は眼鏡を外し、ハンカチを出して拭いはじめた。これ以上エキサイトすると損だと踏んだようだ。おさまらない蜘蛛手は強い口調でさらに続ける。

「あんたみたいな馬鹿のせいで問題が複雑化してしまう。法的に問題があるのは売春行為ではなく管理売春じゃ。それを管理してきたのは歴史的にずっと男たちじゃった。じゃけ、彼らが責められるべきなんじゃ。それは今も変わらん。日本社会は構造的に女性たちを虐げてきた。平均給与も半分しかない。そこを逃げ出すために性風俗やＡＶ業界へ行った女を男たちは下に見ちょる。じゃが男たちが追いやったことでその世界に行かざるを得なくなった女も少なくないことを忘れておる」

そう言って丸富を睨みつけた。

「自分の意志で自分の責任で女たちが売春をするのは、わしは全然ええと思うちょる。人間は自分の意志で生きる権利があるけの。いかんのは、男たちが歪んだ現在の社会システムを使って女を売春や売春類似行為でしか食えん状態にする差別社会なんじゃ。追い込んでおいてそれをやったら『だめじゃ』とか言いなや。あんたみたいな馬鹿やマスコミはすぐに『売春の是非』『性風俗の是非』なんかを議論しておる。学者たちもそうじゃ。じゃが現場は変化し続けてそこを突き抜けようとしちょる。被害者の土屋鮎子さんはそれを世間に知らせたかったが、志半ばで殺された。無念はかりしれん。ええかい、警察の仕事は犯人の検挙だけじゃない。被害者のケアも大切な仕事じゃ。たとえその者が死んでおってもじゃ」

3

係長級会議が終わったのは午後十一時五十分過ぎである。集まった情報をまとめる書類担当デスク三名を残し、参加者たちはガタガタと訓授場を出ていく。廊下は夜食を兼ねた打ち合わせに出ようとする捜査員でごった返した。

「係長、ここです！」

「係長！」

あちこちで声があがるので係長たちは背伸びしながら部下を探している。愛知県警に何千人係長がいようと部下たちは自分の係長しか見えていない。警部補とは警察内でそういう位置にある。

俺は十五分後に蜘蛛手とロビーで待ち合わせていた。

「みんなで飯に行くで。そんあとに深夜の濃鑑じゃ」

そう誘われていた。飯は一人で食い、夜の捜査から合流する予定でいたが、夏目直美も来ると聞いて急遽《きゅうきょ》行くことにした。しかし捜査会議の前に彼女にそれを確かめるメールを打ったがまだ返信がない。

〔直美が行くなら俺も行く。どうする〕

訓授場前の廊下の雑踏で追記メールを打ち、カップ式自販機でアイスコーヒーを買った。そこに等々力キャップが人混みをかき分けて近づいてくる。少し左脚を引きずるような歩き方をするのですぐにわかった。「おい湯口」と袖をつかみ、柱の陰まで引っ張っていく。そして振り返るや煙草くさい息で「調子良さそうじゃねえか」と鳩尾《みぞおち》に拳を入れた。戯れにしては力が入っていた。後ろをちらと見て声をひそめた。

「以下保秘。実は今回の本当のエース指定はおまえと蜘蛛手係長だ。榊では蜘蛛手係長とうまくやれんだろうということになった」

混乱した。コンビ解消を申し出るつもりでいたからだ。捜査一課では二年前からエース指定をしている。特捜本部が立ったときキャップ主導で捜査一課長や所轄刑事課長らの意見を聞いて、捜査の中心となるエースコンビを作る。今回は榊惇一と岡崎署強行犯係の小俣政男《まさお》巡査部長だと聞かされていた。しかし本当のエースは湯口と蜘蛛手だと等々力は言う。このところ四連続で榊に持っていかれていたので指定は嬉しい。だがこれでは補欠の繰り上げではないか。

俺が黙っていると等々力がコーヒーカップを奪い取った。そして「タマを挙げろ。早期解決はおまえら二人にかかっている。今回はとにかく人が足りない。岡崎署も他部署含めてギリギリの状況で回しとる。長引くと本部も含めてあちこちがパンクしちまう」と言った。

俺の眼を見たまま舌先で唇を舐めた。そして後ろをちらりと見て頰を寄せ、囁《ささや》いた。

「それから夏目のことだ。聞いとるな」

「チャカですか」

「ああ」

「課長から概要だけ」

「あの馬鹿、昨日の夜の会議が終わってから警務に持ってってたんだぞ。捜査本部初日で警務課に人が残っとったからよかったが、本来なら懲戒ものだ。預ける時間がなかったとか言っとるそうだが事《こと》は拳銃だ。そんな言い訳は通用せん。俺からも注意したが、おまえからも厳しく言っとけ」

ひとつ鼻息をついた。そしてコーヒーは返さず、そのまま雑踏のなかへ戻っていく。関東の警察では犯人を「ホシ」と呼ぶ。関西では「太夫《たゆう》」と呼ぶ。しかしここ愛知県警では「タマ」と呼ぶ。特捜本部上層部はそのタマを挙げるには蜘蛛手の存在が必要だと考えているようだ。

＊　＊

俺はアイスコーヒーをもう一度買い直し、柔道場へ上がった。クーラーがないので一気に汗が噴き出してくる。しかし横になって寛《くつろ》げるのはここだけなので仕方がない。布団を広げ、アイスコーヒーの氷を奥歯で嚙《か》み砕《くだ》きながらあぐらをかいた。歯の丈夫さは、小さな頃から歯磨きを無理やり朝晩させられた恩恵である。住職の伯父の躾《しつけ》は厳しくて嫌だったが、丈夫な歯だけは今でも感謝している。

柔道場内の布団は昨夜より三割ほど増えた。酒類、乾物やピーナッツ、そして男の体臭で噎せ返るほどだ。アウェイの本部捜査一課三係九名は変わらないが、昨日は見なかった岡崎署の中年刑事たちがあちこちに陣取っている。下着一枚の姿で車座になり、禁煙の貼り紙も気にせず咥《くわ》え煙草で缶ビールやカップ酒を手にしている。広い三河地方全体を統べるA級署だけあって、岡崎署の刑事たちは能力が高く、そして誇り高い。

壁際に並ぶクーラーボックスは二つとも空だ。捜査会議が始まる前は氷とダイエットコークの缶がぎっしり詰まっていたが氷まで無くなっている。刑事部長からの差し入れだという。他にも《署長》の熨《のし》がついた日本酒一升瓶が三本、《交通課長》の熨がついたウイスキーが二本、《警備課長》の熨がついた缶ビールの大箱がある。《地域課長三郷より》とマジックで書かれた紙袋からは大きなスルメの足が覗いていた。

談笑に加わらない者は布団に寝転がって捜査資料を読んだり窓枠に肘をついて署の裏の夜闇を見つめたりしている。髪を濡らして道場へ入ってくる連中は地下で水シャワーを浴びた者たちだ。

それらの姿をぼんやり眺めながら俺は先ほどのことを反芻《はんすう》していた。仕事に厳しいあの等々力が蜘蛛手に対する高評価を前提とした話をしてきた。話しぶりだと性風俗に関する知識だけが理由ではない気がする。

もういちどスマートフォンを確認した。夏目直美からの返信はない。しかたなく上着をつかんで立ち上がった。革靴を履いて廊下へ出る。廊下にも異臭があるのは片隅にラーメンやカツ丼などの店屋ものの食器が重なっているからだ。特捜本部が立ったので店員たちは一階受付までしか入れない。空いた食器はここに置いておくと署の若手たちが一階まで運ぶ手筈《てはず》になっているはずだ。

上着を羽織りながら壁の貼紙に眼を通していく。昨日は数枚だった掲示が二十枚ほどに増えていた。多くが団体生活の注意事項である。そのなかに警務課からの《拳銃の取り扱いについて》という紙が目立つように三枚並べて貼ってある。夏目直美のことでピリピリしているようだ。

ネクタイを締めながら一階まで階段を駆け降りた。廊下を歩いていると壁際のソファに座る女二人のうち一人が俺に会釈した。昼に会った〝ミス愛知県警〟である。私服に着替えているので一瞬わからなかった。会釈を返すと二人は女子高生のように手のひらではたきあった。零時を回っている。警務課の女性をこんな時間まで残しているのは少し気の毒だと思った。しかし殺人事件だ。ただでさえ全署態勢で、しかも岡崎署だけで東日本大震災復興支援へ四十名以上が派遣されているらしい。

ロビーへ行くと捜査員でごった返していた。数人ずつ固まり、立ったまま談笑している。待ち合わせて夜食やコンビニへ行く連中だ。ショートカットの夏目直美の背中が見えた。女としては背が高いのですぐわかる。緑川と何やら話し込んでいる。

先に俺に気づいたのは緑川のほうだ。

屈託のない笑顔をこちらに向けた。

「今日は廻転《かいてん》寿司です。蜘蛛手係長たちは先に行ってます」

夏目直美も振り返って俺に黙礼した。汗で前髪が額に貼りついていた。

「夏目も行くんだろ」

歳上の部下には多少の丁寧語を心がけるが彼女にはあえて使わない。隠れて付き合っているので少しぞんざいなほうがいい。

「係長に挨拶だけしようとお待ちしてたんです。いまから訓授場へ上がります。捜査書類整理の手伝いがあります」

階段のほうへ眼をやった。

「寿司食ってからでもいいだろ」

「今日は作業がかなり多いそうですから」

軽く頭を下げ、大股で階段へ歩いていく。俺は黙ってその背中を見送った。バスケット部で脚に筋肉がつきすぎていると気にしていつもワンサイズ上のパンツスーツを着ている。

「行きましょうか」

緑川が人混みを分け、二人で外へ出た。上着を脱ぎ、ネクタイを緩め、シャツの第三ボタンまで外した。緑川の横顔にも汗が玉となっている。こうして肩を並べて歩いていると昔からの友人のような気がした。

「少しだけ待っててもらえますか」

緑川が横のコンビニへ走り込んでいく。煙草でも買うのかと待っていると、袋を提げて出てきた。

「今日はいるはずだから」

何の話か、そんなことを言った。乙川の橋を渡り、昨夜と同じ角を曲がって、リヤカーが並ぶ商店街を歩いた。しばらく行って辻を折れ、遊郭跡の暗い通りに入っていく。そこでメール音が鳴った。液晶に《RDN》。夏目直美だ。歩きながらスクロールした。

《以下相談。緑川氏は特捜本部の指示を逸脱し過ぎ。しかも内容については上にあげるなと言う。すべてが強引。私が何か言っても強い口調で制止される。本部がここまでなめられる筋合いはない。まだ2日目だから黙ってたけど、私から明日強く注意してもいいだろうか》

数秒考えた。

〔まずは黙ってろ。後で連絡する〕

殺人捜査で本部刑事と所轄の者がコンビを組んだ場合、年齢階級に関係なく本部刑事が主導する。しかし蜘蛛手が俺にあの態度なのだ。部下の緑川が女相手に強引なイニシアティブを執ろうとしてもおかしくない。だが蜘蛛手に対する上の高評価を聞かされたばかりだ。ここは暫《しばら》く見《けん》だ。

遊郭通りを二十メートルほど行ったところで、緑川以久馬が右の建物へ近づいていく。電柱の陰に人影。化粧した顔だけが白く目立つので幽霊のようだ。その白い顔がふわりと動いた。

「緑川さん――」

言いながら近づいてくる。薄暗い街灯に全身がぼんやり照らされた。六十歳くらいだろうか。スカートから枯枝のような細い脚が二本覗いている。膝頭の骨の形がわかるほど病的に痩せていた。

緑川がコンビニ袋に手を入れ、何かを取りだした。サンドイッチである。

「これ、昼に買って夜食用に取っておいたんだけど、蜘蛛手係長に飯誘われて食べれなくなっちまった。よかったら」

女が顔をほころばせながらそれを受け取った。

緑川がさらに袋から二つのお握りを出すと「こんなに貰えないわ」と両手で押し返した。その手を包むようにして緑川は持たせた。

「俺たち今からくるくる寿司だからまた大食い競争やらされる。うちの係長の性格、映美《えいみ》さんも知ってるでしょ。今日も暑いから、これ、早く食べないと傷んじまう」

「そう……いつもありがと」

映美と呼ばれた女は少女のように上目遣いになった。そして「こんど御礼に尺ったげる」と笑った。目尻のファンデーションが罅割《ひびわ》れていた。

「いやあ、俺、手コキがいいな。映美さんの眼に見つめられながらイキたいな」

映美が照れて緑川をはたいた。

「鮎子さんの事件で仕事が減ってるかもしれないけど頑張ってください。すぐに犯人挙げるから」

映美が真顔になった。

「あのババアのせいでこっちは大迷惑だわ」

鼻のまわりに皺を寄せ「あいつは言うことは立派だけど中身がない」と吐き捨てた。

「あの人だってここの住人だったんだから。仲間じゃないですか」

映美が赤眼を剥いて詰め寄った。

「あなた、あのババアの味方なの？」

「違うよ。もちろん映美さんの味方だよ。これからもずっと」

緑川が背中を抱くと、映美は懐で小さく身体をすぼめた。

「じゃあ。係長たちが待ってるから」

緑川がゆっくりと映美から離れた。そして笑顔で片手を上げ、俺と歩きはじめた。並んでしばらく行き、後ろを振り返ってからささやいた。

「彼女、八十歳なんです」

驚いて後ろを見た。

「見えないでしょう。尾田《おだ》映美といって、この界隈《かいわい》のいちばんの有名人です。昔は映画の脇役としてそこそこ出てた人らしいです。鶴田浩二《つるたこうじ》とか若山富三郎《わかやまとみさぶろう》とか、そういう人たちが出てた頃だと聞いてます。生まれる前のことなので僕はぜんぜん知らないんですが」

「そんな人がどうして……」

「こういった地方には訳ありの人が流れてくるんです。映美さんも元々は東京にいて、名古屋に流れてきていろいろあって、十五年くらい前からここにいるみたいです」

「何か病気なんですか。あんなに痩せて」

「肝硬変が進んでるみたいです。何年か前まではもっとふっくらしてたらしいです。あんなに痩せてはこの商売もね……。最近は鬱病《うつびょう》にもなったりして大変みたいです」

俺はまた後ろを振り向いた。映美はまだこちらを見ていた。

緑川が暗いアスファルトに眼を落とした。

「駅前のホームレス何人かが『あの女は握り飯ひとつでやらせてくれる』って触れまわってるんです。俺も二人のホームレスから別々に聞きました」

「土屋鮎子のことを滅茶苦茶《めちゃくちゃ》言ってましたけど、どういう関係なんですか」

「年齢が近くて戦前生まれ。二人とも若い頃から美人。そこまでは同じです。でも決定的に違うことがひとつあります。鮎子さんが東大卒っていうのは殺害後に出た話ですけど、大卒だっていうのはこの辺りでもみんな知ってました。でも映美さんは中卒なんです。彼女たちの頃は高校進学率がまだ半分くらいの時代だったそうなんで、映美さんが低学歴というわけではない。でも鮎子さんはそんな時代に東大を出たんですからとんでもないエリート女子です。一方の映美さんは映画全盛時代の女優でしょう。二人ともプライドが高い。うまくいくはずがない。鮎子さんが『昭和堂』の店長のとき、面接に来た映美さんを落としたらしいですから」

「それは意地悪で?」

「そうでしょう。十年くらい前で映美さんもあんなに痩せてなくて、まだまだ魅力的なときだったそうですから」

「そんなあからさまな嫌がらせしますかね」

「こういう仕事してると人間の本音が垣間《かいま》見えてときどき嫌な気分にさせられます」

4

寿司屋は繁華街から少し外れた暗い一角にあった。『海海寿司《うみうみ》』という変わった名前の店である。辺りが暗いのは横が鬱蒼《うっそう》とした竹林だからだ。屋根の上にその竹が大量にしなだれて、電飾プラスチック看板に虫の死骸が溜まっている。

緑川以久馬が引戸をひいた。中に入ると、狭い店内にベルトコンベアが矩形《くけい》に流れ、その中で七十年配の大将が細い腕を組んでいた。カウンターには客がおらず、ひとつだけある奥のテーブル席に蜘蛛手と鷹野大介が向き合っている。

近づいていく俺と緑川部長を、蜘蛛手が交互に睨みつけた。

「遅いじゃないか。わしら食わずに待っておったんで。お腹《なか》と背中がくっついてしもうたら、あんたら責任とってくれるんかい」

しかし蜘蛛手の前にも鷹野の前にもすでに十枚ほどの空の皿が積んである。俺たち二人が座るやすぐに生ビールが出てきた。

乾杯した。蜘蛛手が口髭の泡を手のひらで拭い、手のひらについた泡をぺろりと舐めた。そして三人の顔を意味ありげに見た。

「誰が一番食えるか競争じゃ！」

コンベアから皿を取った。鷹野大介と緑川以久馬も皿を手にして口に放り込みはじめた。俺もやるしかなかった。

寿司を頬張る蜘蛛手が傍らの陶製壺《つぼ》を皿の上に引っ繰り返した。ゴルフボールほどのわさびの山ができた。そのわさびに寿司をこすりつけて両手のひらで交互に口に押し込んでいく。鷹野と緑川

も ペースが速い。大将も必死に握ってカウンターへ流していく。鷹野が大きな手で寿司をつまむと消しゴムくらいのサイズに見える。

満腹になった者から脱落し、鷹野が最後の寿司を食べたときには三十分近く経っていた。鷹野が七十四皿、蜘蛛手が三十九皿、緑川が三十三皿、俺は三十五皿である。しかしこの競争の前に、蜘蛛手と鷹野はすでに十皿ほど食っていた。

蜘蛛手が生ビールを半分ほどあおって、大きく息をついた。

「よし、そろそろ仕事の話といくで。どうじゃ、みんな。犯人の思考が複雑で、動機の輪郭がぼやけておる感覚があるじゃろ。わしは今回のタマはかなり頭のええやつじゃと思う。難しい事件じゃ」

鷹野が片眉を上げた。

「殺して捨てただけなのに?」

「事件全体が見えてこんのじゃ。深いプールで足が底につかん感覚がある」

「でも逃げる被害女性を追って背中から四十七ヵ所も刺してます。そして汚い池に捨てた。わかりやすい気がします」

蜘蛛手がコピーをテーブルに置いた。

「彼女は刃物見たくらいで怯《ひる》んだり逃げたりせんと思うで」

「刺創は全部背中です。どうして前にはないんですか。怖がって逃げ続けたからでしょう」

蜘蛛手が溜息をついてジョッキを置いた。

「わしにもよくわからん。ただ、これだけは言える。彼女は逃げてはおらん。そういう女ではない」

「被害者の両膝についた擦過傷《さっかしょう》はどうですか。後ろから刺されて前に倒れたときのものです」

「違うかもしれんで」

「右手にも擦り傷らしきものがあります。これも転んだときのものです」

「手の甲だったじゃろ。人間は前に転ぶとき手のひらを突くはずじゃ」

「もつれて倒れて手の甲が着いたんですよ」

「こんなふうに倒れたんかい」

蜘蛛手が右手を前に伸ばし、手のひらが上を向くように外側に捻った。

「斜めに倒れればあり得ます」

「片手じゃのうて両手の甲に傷がある。不自然じゃと思うがの」

「ワンピースを着てたから逃げるときに脚がもつれて――」

食い下がる鷹野を、蜘蛛手がジョッキを持って遮った。

「ちょっとわしにも考える時間をくれ」

生ビールの残りを飲み干した。「今日の情報交換じゃ」と尻ポケットから大学ノートを引き抜いた。鷹野大介と緑川以久馬も自分の手帳を出した。店の大将がカウンターから出てきて皿の数を数える。手の甲が皺とシミだらけだ。その手でカウンター内に積み上げ、手際よくテーブルを拭いて中へ戻っていく。奥のテレビをつけてボリュームを不自然なほどに上げ、椅子を引っ張っていって座った。蜘蛛手たちが仕事の話をするときは話の内容が聞こえないようにしているのかもしれない。

鷹野大介が手帳をめくり、両手でパソコンのキーボードを叩きはじめた。一般人の二倍ほどある太い指でタッチタイピングしている。そういえば高校時代にクラスに巨漢がいて、彼も手先が器用だった。

鷹野が手帳とパソコン画面を見ながら声を抑えて話しはじめた。

彼は岡崎署生活安全課少年係の二十代若手、海老原誠《まこと》と組んでいる。二人は昼までに地取りを切り上げ、蜘蛛手の指示で岐阜市や名古屋市内まで足を伸ばしていた。被害者の小学校や中学校、高校の同級生のなかで特捜本部がまだ捕捉していない者たちに会って話を聞いた。年齢的にすでに多くが鬼籍に入っており、生きていても携帯電話を持っていない者が多く、探すのに苦労したそうだ。年配者が関わる事件では急がないとリアルタイムで証言者が死んでいく。

「係長の言うとおり、客を取ってました」

昨夜の会議であがった鮎子の亡母、土屋芳子《よしこ》の郡上八幡《ぐじょうはちまん》での酌婦《しゃくふ》時代だ。

「そうじゃろ。当時は多くの酌婦が今の金で一万円、あるいはその半額位の額で客を取っておった。都市部よりかなり額が低かった」

「一緒に酌婦をしていた老婆が三人見つかりました。二人が九十代、一人は百歳を越えていましたが記憶ははっきりしてました。その置屋《おきや》では当時、五十人ほどの酌婦を抱えていたそうです」

「温泉芸者がまだ光芒《こうぼう》を放っておった時代じゃ」

「被害者は母親が酌婦だというのを相当に嫌がっていたみたいで、『その仕事やめて』と子供の頃から泣いて訴えていたようです。賤業《せんぎょう》と言われて陰口や嫌がらせが多かったみたいです。母親は置屋の仲間に『鮎子に悪い、鮎子に悪い』といつも愚痴っていたようです」

蜘蛛手が腕を組んだ。天井から下がる電球を見つめている。しばらくするとその視線を下げ「きつかったと思うで。子供にとっては」と鷹野に言った。

「でも彼女の学校の同級生たちに聞くと『彼女は母親が大好きだった』『優しいお母さんだといつも自慢していた』らしいんです」

「アンビバレンツな感情じゃ。子供時代にありがちじゃ」

俺は何だか居心地が悪くなってきて「生ビール、追加いらないですか」と皆に聞いた。緑川が

「俺もお願いします」と頭を下げた。

「すみません。生中ふたつお願いします」

大将がジョッキを持ってくるまで、みな話を中断していた。

大将がテレビの前に戻ると、鷹野が少し声を落とした。

「母親が酌婦だという引け目があったのか、あるいは生まれつきのものなのか、あるいはその両方なのか、子供のころの被害者はちょっと変人の部分があったみたいです」

「どう変人なんじゃ。具体的な例は聞いたろうの」

「もちろん。五十年も六十年も前のことなのに、みんなが彼女のことを覚えてるのは小さなときから奇矯な行動が多かったからです。たしかに今回も自宅の雨戸を何年間もたてたまま大きなジオラマ模型を作り続けていたり、ちょっと異常ですよね。だから子供時代を知る人たちのなかにはあからさまに『頭がおかしい』とか『狂っていた』とか言う人もいました」

蜘蛛手が大学ノートに走らせていたペンを止め、顔を上げた。鷹野が手帳をめくった。

「ではメモをそのまま読みますよ。被害者と国民学校で同じクラスだった女性の証言です。『四年生のときに学校で飼っていたウサギが死んだんです。そしたら私のせいだって泣きじゃくって大騒ぎになって保健室に運ばれていきました』」

「世話係をしておったんかい」

「違います。それなのに『ウサギが元気なかったのを私が気づかなかったのがいけなかった』と、そのまま一ヵ月くらい学校を休んで問題になったそうです」

「たしかに繊細じゃな」

「ええ。正義感が強すぎるんだと思いますね。以下は別の男性の証言です。『中学三年の合唱大会の歌の練習をしているとき、女子何人かの笑い声が聞こえたと言って、女性教師が女子を全員並べて一人ずつビンタしていったんです。みんなうずくまって泣いてしまったのですが、鮎子さんだけは泣かずに〝理不尽です！〟と抗議してました。そこを何度も何度も女教師がさらにビンタです。鼻血が出て唇が切れても〝理不尽です！〟と言い続けてました』」

「そういう部分があるけ、わしはナイフに怖《お》じ気《け》づいたりせんと思うんじゃ」

「ビンタとナイフは違いますよ」

「彼女に関しては一緒じゃと思うで。この分《ぶん》に関してはまた議論しようで。続けてくれ」

鷹野が肯いた。

「県立関高校時代に交際していた同級生の男性はこう言ってました。『時代が時代ですからプラトニックな恋愛だったのに、私の父が脳梗塞で倒れたとき、彼女は下校後に私の家に来て下の世話までしてくれて、私はさすがに驚いてしまって。大学が違ったので別れてしまいましたがあんな女性にはあれ以後会ったことがありません』」

蜘蛛手がノートに書きつけ、顔を上げた。そして鷹野を険しい眼で見た。

「奇行云々《うんぬん》のエピソードは会議に上げなや。他の刑事にも絶対に言うな」

そして、今度は緑川以久馬を見た。

「ドリー。あんたはどうじゃった」

鑑取り班に所属する緑川&夏目直美組も捜査会議の指示をかなり逸脱して手を広げていた。蜘蛛手が「あん男には聞いたかいね」と名前を挙げるたびに緑川は「当たりました」と手帳をめくった。相手と話した内容だけではなく、そのときの瞬きの具合や指先の動きまで詳細に手帳に書いてあるようだ。

「もっと詳しく話しんさい。更質《さらしつ》になるけ、もっと具体的に」

更質とは「更に質問」の略で更問《さらとい》と同じ意味。愛知県警内でよく使われる。

俺は自分もメモを取りながら三人のやりとりを見ていた。はじめ異様なものに見えたが、観察するうちに三人が何をしているのかわかってきた。

「全部わしに話しんさい」

蜘蛛手は繰り返しそう言った。そして「何も隠しなや」と念押しした。彼は自分への情報の一元化に拘《こだわ》っていた。つまり「わしだけに話しんさい」ということだ。「だけ」が重要なのだ。すべての情報を得たうえで自分だけで考えたいのだ。とくに汗と紅潮については詳しく聞いた。女性に関しては、化粧の乗りや、髪や爪の手入れについて知りたがった。

緑川も鷹野も蜘蛛手の能力に絶対の信頼を置いているようだ。手帳に書いてないことを聞かれても一つひとつ思い起こしながら詳述していく。蜘蛛手はそれらの情報をイラストも交《まじ》えて大学ノートにびっしりと書いている。ノートには書籍や雑誌、新聞などのコピーが大量に糊《のり》で貼ってあるため、ぶかぶかに分厚くなっている。すでに二冊目で、先の一冊は軽トラの運転席脇の紙袋のなかに突っ込んであった。ボロ車なのにいつも施錠するのは大学ノートが置いてあるからだろう。

蜘蛛手がペン尻で鷹野を指した。

「うちの刑事課長はそれについてあんたに何と言うておった」

蜘蛛手は、捜査一課長、三係キャップ、岡崎署長ら、特捜本部の幹部だけが知る情報まで緑川と鷹野に近づかせて探らせていた。組織全体として警察はこの一元化の手法を使い、現場情報は幹部たちへ吸い上げられるようになっている。しかし実際には仲間を出し抜いて首級《しゅきゅう》を狙う捜査員同士の権謀術数があり、幹部たちの保身があり、派閥争いがあり、本当に誰かに情報が一元化されているとは言い難い。それを蜘蛛手は一人でやろうとしている。今回が初めてではないことは、今のやりとりを見れば明らかである。普段からこの仕事のやりかたを取っているのだろう。

「しょんべんしてくる。ビール飲みすぎた」

蜘蛛手が立ち上がり、店の奥へと入っていく。

その背中を見ながら鷹野がにやにやと声をひそめた。

「湯口係長。知ってますか。去年、地元の主婦たちが祭のときに御食事券《おしょくじけん》を使った汚職事件を起こしてですね――」

自分で言って自分で吹きだした。緑川が「つまらんギャグを本部の人の前で言うな」と頭をはたいた。

小用から戻った蜘蛛手を中心に今日の捜査のこぼれ話になった。

何度か緑川から夏目直美の名前が出た。

「彼女、気が強いんです。気が強い女、俺すごく好きだから。ベンツのSクラスに乗ってるらしいじゃないですか」

俺は苦笑いした。

「十三年落ちの中古で二百万くらいだったらしいですよ」

「でもかっこいいですよね。女性がでかいベンツに乗ってる姿は」

「車が好きなんですよ。とくに大きなセダンやクーペが好きだと言ってます。ベンツの前はマスタングに乗ってたらしい」

「そいつはすごい。助手席に乗ってデートしたいもんです」

緑川がジョッキをあおった。「今日も昼飯で男並みの量を食ってたんですけど、それが逆に抱きしめたくなるほどキュートなんです」

当の夏目直美は緑川を嫌っているのに、緑川は随分気に入っているようだ。店の大将が「らっしゃい」と声をあげた。入ってきたのは署長の伊藤啓二である。制服からスーツに着替えていた。その後ろから副署長の長谷川庸《よう》と捜査一課長の丸富善行が入ってきた。三人ともこちらを見て驚いている。

そのままカウンター席の向こうに並んで座った。署長が瓶ビールを頼み、瓶とグラスを受け取った。丸富が黒縁眼鏡を外し、ハンカチで拭きながら視線をくれた。

「遅くまで仕事かね、クモさん」

「上がヘボじゃけ、兵隊は大変なんじゃ」

「ヘボなのは兵隊だろ」

「くだらんことばかり言いよると、うちの鷹野大介をけしかけるで。ティラノサウルスよりでかいんで。あんたなんか内股一発でカエルみたいに潰れてしまうで」

そう言ってコンベアに手を伸ばした。「丸富に食われてしまわんうちに食おうで。やつは食い意地が張っとるけえの」と皿を取った。そして二貫を一緒に鷲づかみして口に押し込んだ。

丸富はそれを無視してカウンターのなかの大将に軽く手を上げた。

「すみません、ホタテを握っていただけますか」

「はいよ」

大将が答えてシャリを握り込んだ。

蜘蛛手は生ビールで寿司を流し込み、どんとジョッキを置いた。

「あんた相変わらずじゃの。世の中んこと、もっと勉強しんさい」

丸富がこちらを見た。

「どういうことだ、蜘蛛手君」

「あんたに君付けされる筋合いはないで、丸富君」

「俺に喧嘩売るつもりか」

「今度は恫喝《どうかつ》かい。わしゃ脅されるのが一番嫌いなんはあんた知っとるよの。ホタテはベルトに流れちょるじゃろが。先に流れとるもんを食うてから新しい寿司を握ってもらうんが筋じゃ。ちょっとは勉強せい」

そう言って天井を指さした。

「自転車買《こ》うちゃるけ、自分の星へ帰りんさい。ET、ゴーホームじゃ」

丸富が額に筋を浮かせた。冷徹な彼がここまで乱されているのを湯口は初めて見た。

「まあ丸富課長、まずは一杯――」

署長がとりなすようにビール瓶を持った。丸富はそれをコップで受け、今度は瓶を持って署長と副署長に注ぎ返した。階級でいうと伊藤署長が警視正、副署長の長谷川と本部捜査一課長の丸富は警視である。

署長が大将に指を二本立てた。大将が冷蔵庫からビールを二本出して栓を抜いた。そこからはカウンターの管理職たちも、テーブル席の蜘蛛手たちも、互いの連れとぽつぽつ話すだけだった。一度だけ俺は長谷川と眼が合った。長谷川は虫けらでも見るように鼻先を上にあげた。

「腹もいっぱいになったし、そろそろ行きましょうか」

気をきかせて言ったのは緑川以久馬である。

「そうじゃの。丸の顔見て、寿司が不味《まず》うなってしもうた」

蜘蛛手が財布を開いた。ちらりと中が見えたが万札が束になって入っていた。そこから二枚を抜いた。昨日も今日も彼の奢《おご》りである。よく金が続くものだ。蜘蛛手が金を払っているあいだ、その横で幹部三人は居心地悪そうにしていた。

外へ出て引戸を閉め、蜘蛛手が言った。

「今日はよう働いたけ、帰って寝溜《ねだ》めしちょこう。明日以降に備えるで」

ビーチサンダルを鳴らして歩いていく。緑川以久馬と鷹野大介が続いた。俺が一緒に帰るか迷っていると蜘蛛手が立ち止まった。くるりと振り返った。そして指先で頬を掻きながら一人でこちらへ戻ってくる。うつむき加減に顔を寄せた。「ちょっと頼みたいことがあるんじゃが」小声で言った。下を見たままである。

「どうしましたか」

　こちらも小声になった。

「変なお願いじゃ思わんで聞いてほしいんじゃが、いいかいね」

「もちろんです」

　蜘蛛手は迷っている。そして唐突に踵《きびす》を返《かえ》し「やっぱり今度でええ」と署の方へ歩いていく。背中を見送りながらやはり変な男だなと思った。そしてビル街をぐるりと見まわした。五十メートルほど先に《マンガ喫茶ヨーデル　24時間営業》という看板があった。

「俺、ちょっと買い物があるんで先に行っとってください」

　三人の背中に大声で言った。蜘蛛手は振り返ることなく手だけを上げて歩いていく。緑川と鷹野はこちらを見て軽く会釈した。俺は三人が辻を曲がっていくのを確認してからすぐ横のコンビニに入った。しばらく週刊誌を立ち読みし、後ろを注意しながら夏目直美にメールを打つ。

〔酒席終了。緑川部長が直美相手にイニシアティブを取ろうとするのは悪意はない。おそらく蜘蛛手係長の命令だ〕

　送信して、また雑誌の活字を追おうとしたところでメール着信音が鳴った。液晶には《RDN》。珍しくレスポンスが早い。

《悪意はある。あの男は捜一をなめてる》

〔彼はそういう人物ではない〕

《私に対する態度を見てないからそう思うだけ。私は受け入れられない》

〔少し話そう。三十分後くらいに外で会えないか〕

夏目の側にも問題がある気がした。彼女は適当な嘘でその場を取り繕うことができない。少し不器用なところがある。

雑誌を読みながら返信を待ったが、今度は五分待っても十分待っても返ってこない。雑誌を棚に戻し、店外へ出た。冷房で涼んでいた身体がすぐに汗ばんだ。電話をかけてみた。留守電に繋がる寸前に切った。もう一度かけ直しながらビルが立ち並ぶ方へと歩く。

漫画喫茶が入ったビルは、一階にラーメン屋などの飲食店が、二階にガールズバーが入っていた。三階から五階が漫画喫茶である。ビルのエントランスに片足を載せ、また夏目にリダイヤルした。留守電に繋がる前に切った。エントランスの階段に座ってもう一度電話をかけた。

黒いスーツを着た男が近づいてくるのが視界の端に映った。爪先が尖ったクロコ柄の革靴だ。カラーチラシを俺の顔の前に差しだした。「粋なお兄さん――」そう言って少し声を落とした。「ピンサロ、時間で閉めたけどまだ裏営業してるよ。ワンセットロクキュッパ。軽く遊んでってよ。綺麗な子ばっかりだから」

俺は電話を耳に当てたまま手のひらを向け、意志がないことを伝えた。

「あれ？　お兄さん、俺の言うこと信じてない？　ほんとに可愛《かわい》い子ばっかりだから。昼間のストレス発散しようよ。ねえ」

ゆっくりと電話を切った。男を睨め上げた。

「しつこいぞ」

男が驚いたように上体を起こした。舌打ちし、首を捻りながら歩き去った。不愉快な気分で立ち上がり、エントランスの奥へと上がっていく。エレベーターで三階へ上がる。ドアが開くと、そこがそのまま漫画喫茶のフロントになっていた。

「いらっしゃいませ」

カウンターのなかで初老の男が立ち上がった。六十代後半か。無理に高い声を作っていた。名古屋市内なら大学生や若い外国人がやっているこの種のバイトを、地方ではこのところ年配者がやっているのをよく見かける。

「当店のカードはお持ちですか」

「ない」

「割引チケットは――」

「ない。早く入れてくれ」

男の顔が引きつった。俺は頭を下げた。

「すまない。ちょっと外で嫌なことがあって当たってしまった。個室は空いてないかな。後で知人が来るかもしれない。二人入れる部屋を」

男が緊張したままパンフレットを開いてシステムの説明を始めた。我慢して聞いた。

「わかった。二時間パック……いや、三時間パックで」

「税込み九百八十円になります」

財布から千円札を抜くと、男が釣り銭を出した。

「四階の四十七番の部屋です。ひとつ上の階になります。奥の階段で上がってください」

数字の書かれたプラスチック札をレシートと一緒に差しだした。受け取って階段を駆け上がった。ぐるりと見た。ブース外に人はいない。サーバーでアイスコーヒーを入れ《47》というドアを引いて中へ。壁で仕切られた一畳ほどの個室である。ソファは二人掛けだ。

施錠して上着を脱ぎ、椅子に座りながらパソコンの電源を入れた。電話をマナーモードにして机に置き、コールバックを待つ。彼女と膝詰めで三つのことを話さなければならない。ひとつは昨夜の拳銃のこと。ひとつは緑川以久馬に対する誤解。そして三つめは五日ほど前から湯口との間で燻《くすぶ》っている彼女の昔の不倫相手についてだ。煙のうちに消しておかないと大火事になる。

パソコンでしばらく今回の事件を検索した。ニュースサイトはどこも同じようなもので警察が把握している以上の情報はない。逆に掲示板やツイッターは根拠のないゴミ情報ばかりだ。

ふと思いだして上着の内ポケットのボタンを外し、折りたたまれた紙を引き抜いた。警部昇任試験の短答式予備試験問題集のコピー二枚である。非番の日に公立図書館で勉強していたとき、誤答を繰り返している部分をコピーして内ポケットに放り込んだのだ。地下鉄乗車時などに一分でも二分でも見返そうと思ってである。このところ事件が続いて勉強スケジュールが遅れていた。昔は警部試験には予備試験がなかったらしいが、いまは巡査部長試験や警部補試験と同じく課されるようになった。ここで篩《ふるい》にかけ、論文受験者数を十分の一までしぼる。

警察の昇任試験は外部者の想像以上に厳しい。ここ数年の愛知県警でいえば、巡査から巡査部長への昇任試験は四千人が受けて合格は三百人程度、警部補試験も四千人が受けて三百人程度、実質倍率が十三倍だ。警部試験はさらに難関で四千人が受けて合格者六十人程度、倍率は実に七十倍に近い。この難関に現場警察官たちが激務をこなしながら毎年大挙して挑戦する。

しかも予備試験問題はすべての専門を網羅している。刑事部門の俺も交通や生安の法律まで細かく勉強しなければならない。上を目指す者はみな帰宅後の睡眠時間をぎりぎりまで削り、早朝三時四時まで何年も勉強を重ねる。湯口は、モチベーション維持のため、自宅の机の前に陸軍の階級と警察官の階級、そして職位を対照表にまとめて貼っている。

【陸軍階級】	【警察階級】	【警察での職位】
▽二等兵	巡査	係員

▽一等兵　巡査長　係員
▽下士官　巡査部長　主任
▽少尉　警部補　係長
▽中尉　警部　B級C級署の課長・A級署の課長代理
▽大尉　警視　県警本部の課長・B級C級署の署長・A級署の課長
▽佐官　警視正　小中規模県警本部の部長・A級署の署長
▽少将　警視長　小中規模県警の本部長・大規模県警の部長
▽中将　警視監　大規模県警の本部長（愛知県警・大阪府警など）
▽大将　警視総監　全警察官のうち一人だけ（警視庁）

全国に三十万人いる警察職員のうち警察官二十五万人はすべてこのどこかの階級にある。陸軍の階級に当てはめると巡査と巡査長が兵隊で、巡査部長が軍曹や伍長《ごちょう》などの下士官、警部補が少尉、警部が中尉、警視が大尉、警視正が少佐・中佐・大佐の佐官クラス。警視長と警視監が少将以上の将官だ。警部補は部下の数から下士官とする向きもあるが、現場での権限と仕事内容から考えれば尉官だろう。

中学や高校のころ、俺はアメリカのテレビドラマ『刑事コロンボ』を再放送でよく観たが、コロンボが遅れて現着すると他の警察官たちがかしこまる場面を見て笑っていた。日本語版ではコロンボは警部と訳されているが、本当は警部補なのだそうだ。翻訳するときに警部補ではインパクトが弱いので警部と訳されたのだという。そのコロンボ警部補でさえ現場であれほど立てられるのだ。警察社会における階級の重みがわかる。

陸軍の階級で部下の数を挙げると見えやすい。陸軍少尉は小隊長として三十人から四十人の部下を率いる。その小隊をまとめた中隊を、中尉ないし大尉が中隊長となって二百人程度率いる。その中隊の集合体である大隊を、少佐が大隊長として数百人規模で率い、その上の連隊を中佐ないし大佐が連隊長として千五百人程度率いる。その上が四千人から五千人を率いる旅団長で、これは少将が率いる。そしてその上の師団七千人から一万人を、少将もしくは中将の師団長が率いる。警察の中堅幹部は基本的に陸軍ほどの部下の数を持たないが権限は同等である。上級幹部になると陸軍並みの部下数になってくる。

　愛知県警の本部でいえば全職員一万四千五百人のトップに立つ県警本部長の階級は警視監、その下にいる本部刑事部長や交通部長などが警視長ないし警視正、その下の捜査一課長などが警視である。ただし県警本部といっても県民の人口に応じて警察官の数も違うので、少しずつ階級と役職のずれがある。例えば愛知県警や大阪府警の場合は本部長を警視監が務めるが、滋賀県警や長野県警など多くの県警では警視長がその職に就く。また所轄署でも規模によって管理職の階級が違う。A級署と呼ばれる大規模な岡崎署などでは署長が警視正、副署長や課長が警視、課長代理が警部である。しかし多くを占める中規模のB級署になると署長は警視で課長は警部が務める。

　ここまでは法的な決め事なので可視化されており、ある意味で簡単だ。厄介なのはここからになる。警察官は階級というひとつの世界観だけで生きているわけではない。各部門の専門性が非常に高いので、それぞれの専門捜査に己のプライドをかけて昇進を考えぬ者たちが大勢いるのだ。警視庁の平塚《ひらつか》八兵衛《はちべえ》や小山金七《こやまきんしち》などが有名だが、他の地方県警にも同じような名物警察官が綺羅星《きらほし》の如《ごと》く名前を残している。

　だから警察官たちのヒエラルキーには三つある。一つは昇進して階級を上げたいと思っている者たちのヒエラルキー。二つめは刑事捜査や交通鑑識、銃器や薬物、白バイ隊やSPなどで職人的なエキスパートとして誇りをかける者のヒエラルキー。そして三つめがごくごく少数のキャリア採用警察官たちが全国転勤のなかで争うヒエラルキー——つまり国家Ⅰ種試験と呼ばれる国家公務員総合職試験で警察庁に入庁した者たちの特殊なヒエラルキーである。

警察社会ではこの三つのヒエラルキーが縦横斜《たてよこ》めに複雑にからみあい、憧れと嫉妬、欲望と保身、それらが水面上でも水面下でも激しく争われている。誰に敬意を持たれ誰に蔑まれているのか、さらには腕力そのものに至るまで、警察官たちはとことん拘泥している。その拘りを外部の者たちは「時代錯誤だ」と眉をひそめる。しかし、どう言われようと、どう思われようと、その渦に巻き込まれて働き続けるか、尻尾を巻いて辞職するしかないのが警察官である。

俺は刑事を目指す者なら誰もが憧れる捜査一課のメンバーに抜擢され、刑事捜査のエキスパートとしてひとつのヒエラルキーを登ってきた。自分にこの仕事は合っていると思う。不完全燃焼のままの野球の渇きを癒してくれた。野球には努力のほかに才能という別のものが必要だったが、刑事の仕事は才能より執念がものをいう。そもそも捜査一課では「刑事の仕事に出世は邪魔でしかない」という考えも幅を利かしている。しかし昨年の夏、寺を訪ねて久々に伯父と会ったとき「上が馬鹿なんで捜査がうまくいかない」とこぼしたら厳しく叱られた。

「だったら自分が指揮を執れるように勉強して昇任しろ。ペーパーテストで昇任できる警察は他のサラリーマンより公平だろう」

問題集のコピーを眺めていると、机の上でスマホのバイブレーターが震えた。音声着信。《RDN》の文字が点滅している。

深呼吸して、小声で出た。

「いまどこだ」

（外。署の裏の暗がり）

「緑川部長たちは？」

（戻ってきた。さっき三階の刑事部屋の前でかち合って、明日の打ち合わせしようって言われたから、いま話してる最中。明日以降また揉めないための打ち合わせで逃げるわけにはいかない）

「メールの返信くらいできるだろ」

（眼の前で話してるのに打てない）

「トイレ行ってくるとか言えばいいだろ」

（だからいま出てきたでしょ。下に降りて外にまで出てきた）

むっとした物言いに、湯口も苛ついた。

「昨日の夜、拳銃抱えて離さなかったらしいな。ETと等々力キャップの両方から注意された。俺を巻き込むな」

（預ける時間を逸しただけよ）

「長く持っていたかったんだろ」

（何が言いたいわけ？）

「まあいい。漫画喫茶ヨーデル、四十七号室だ。店名検索して来てくれ。いくつか話しておきたいことがある」

（一宮《いちのみや》のときみたいに漫画喫茶でエッチしようとしてない？　そういうの私もう嫌だから）

「違う。二課の某《なにがし》の件も含めて話したい」

電話の向こうで夏目直美が絶句した。

「苛々しながら仕事するのはお互い疲れる」

（だめ。今から出るのは無理）

「緑川部長に『疲れたから寝ます』って言って出てこい」

（そんなこと言って外で誰かに見られたら言い訳がきかない）

「大丈夫だ。漫画喫茶のブース内で話して別々に帰ればいい。こっそり出てこい」

（行くならこっそりはおかしい。仕事だと言って出たい。見られたらどうするの。昇任目指してるのは健だけじゃない）

彼女は警部補試験を受けている。そろそろ警部補に受からないと後がない。

「おまえの試験のバックアップもしたいと思ってる」

（絶対に嘘。あなたは自分を中心に世界を回してる。そういう身勝手なところは本当に嫌いだわ）

「くだらん。いらつかせるな」

（だからそういうところが嫌いなのよ。いい加減にして）

「いいから来いって。緑川部長の件も理解しておいたほうがいい。彼は悪いやつじゃない。蜘蛛手係長の捜査手法と部下たちの関係をおまえにきちんと話しておきたい。少しは無理しろ。仕事の話だぞ」

電話の向こうで乾いた溜息が聞こえた。

（……わかった。距離は）

「速歩で二十分強」

（待って。無理。遠すぎる――）

「漫画喫茶ヨーデル。四十七号室」

強引に電話を切った。空になったアイスコーヒーを汲みに行ってブースに戻った。問題集に取りかかった。しかし三十分たっても彼女はやって来ない。電話をかけても出ない。苛々した。しばらくするとメールが来た。《やっぱり行けない》とあった。

上着を羽織った。ブースを出て階段を駈け降りた。受付カウンターの中で先ほどの初老の男が週刊誌を読んでいた。

プラスチックの札を音をたててカウンターに置くと、驚いて男が立ち上がった。

「帰ります」と言ってエレベーターのボタンを押したが一階に止まったままだ。階段を走り降りてビルの外へ出た。暑い。歩きながらまた夏目直美に電話をかけた。コール十回。留守電に繫がった。「ふざけるな！」と言いながら切った。夏の繁華街特有のアンモニア臭が眼に染みる。顔と首筋の汗が玉となってシャツの中へ、胸から腹まで流れていく。こんなに暑い夏は初めてだ。ネクタイを抜いてポケットの中に捻じ込んだ。縁石の適当な場所を探して座り、温気《うんき》と悪臭に咳き込みながら電話をかけ直した。電話を耳に当てながら襟元のボタンを二つ三つと外していく。

「あれ、お兄さん——」

見ると、先ほどの客引きが寄ってくる。

「やっぱ遊びたいんでしょ。いい娘つけるよ」

「鬱陶しいぞ。失《う》せろ」

電話を切りながら睨み上げると客引きが顔色を変えた。

「俺に言ったのか」

「おまえ以外に誰がいる」

俺が言うと、男がアスファルトに唾を吐いた。

飛沫《ひまつ》がズボンの裾に跳ねた。

俺が立ち上がると、男が俺の襟首をつかんだ。

「なんだ兄ちゃん。やるのか」

眼を吊《つ》り上《あ》げて粋《いき》がった。俺はゆっくりと左手で男の襟首を握った。男は爪先立ちになり、顔を強張らせた。摑まれるまで腕力差に気づかなかったようだ。俺はその顔に向かって唾を吐きかけ、右手で男のベルトを前褌《まえみつ》のように握って一気にビルの壁に押しつけた。

「てめえ離せ！」

我に返った男が叫んだ。

近くの別の客引きが「喧嘩だ！」と声を張りあげた。

「どうした！」

「喧嘩らしい！」

大声があちこちから聞こえた。足音が無数に聞こえてくる。

「喧嘩だ！　こっちだ！」

男たちが走ってきた。客引きを壁に押しつけたまま彼らを牽制した。一人の男が俺に体当たりした。踏みこらえた。二人目、三人目と体当たりされたところで横転した。立ち上がろうとしたところを靴で蹴られた。そのズボンを摑んで引きずり倒した。ぐるりと睨みつけながら立ち上がった。十人以上の男たちに囲まれていた。みな客引きだろう。その後ろからさらに別の男たちが走ってくる。大柄な客引きが凄《すさ》まじい形相で前に出てきた。その鳩尾を革靴の先で蹴り上げた。男はカエルのような声をあげて両膝をついた。横から別の男が殴りかかってきた。その拳を左手のひらで受け、右拳を鼻面に叩き込んだ。男は仰向けに吹っ飛び、後頭部をアスファルトに打ち付けた。ゴツリ、と低い音がした。

懐から手帳を抜いた。

「警察だ！」

全員の動きが止まった。

「客引き行為の注意だ！　面倒だ！　失せろ！」

舌打ちがいくつも聞こえた。溜息が聞こえた。遠い者から背中を丸めて去っていく。「ポリ公かよ」「クソめ」「情けねえやつだ」小声で言いあっている。まわりには通行人の人だかりができていた。湯口はその野次馬をかきわけ、急いで裏道へ入った。警邏中の制服でも来たら面倒なことになる。

顔の汗を肩で拭いながら速度を緩めず裏道をいくつも回った。そのうち気づくと遊郭跡の細い道に出ていた。暗がりで深呼吸して息を整える。ベルトを緩め、シャツを入れ直した。民家の屋根の向こうに繁華街の光が見える。その光は上空二十メートルほどのところでグラデーションとなって夜空に溶けている。その向こうにも同じような光が小さく見えた。眼を凝らすとぼんやり《HOTEL》というネオンが小さく読めた。二キロほど先だろうか。ラブホテル街のようだ。

汗を拭いながら署の方へ向かう。大学時代に一人で東京の繁華街をうろついては喧嘩を重ねていたことがある。毎日練習で鍛え込んでいる人間が、酒や煙草、クスリにまで手を出している不良連中に負けるわけがなかった。格闘技のほうが自分に向いているのではと思ったりもした。いま考えれば逃げ道にしていた。野球で認められない劣等感をそこにぶつけていた。

「刑事さん――」

後ろからかすれた声が聞こえた。驚いて振り返った。暗闇を人影が近づいてくる。客引きの一人か。身構えた。しかしあまりに小柄である。立ちんぼの映美だった。

「お願いがあるんだけど……」

私を買ってくれという話か――。緊張した。

「緑川さんのことなんだけど……」

ハイヒールの先でアスファルトを撫でている。

「あの人、いま彼女とか、そういう人、いるのかな」

ちょっと待て。彼女は八十歳ではなかったか。言葉を返せずにいると、怒ったと勘違いしたのか、悲しげに眼を翳《かげ》らせた。

「俺は本部の人間で、昨日初めて緑川部長に会っただけで私生活は知らないんです」

「県警本部って名古屋城の近くの？　お堀のそばにあるあの建物？」

肯くと、映美が小さな笑みをこぼした。

「私が名古屋にいるころ中署に菅原文太《すがわらぶんた》に似た防犯の係長がいたの。その人が本部に転勤したから一度遊びに行ったことがある。そしたら物凄く怒られちゃった」

そこで肩をすくめた。

「あなたも本部の人なのね。じゃあ昨日から殺人事件の聞き込みしてる人たちと同じ――？」

「そうです。本部の捜査一課です」

「緑川さんと一緒にいたから、私、岡崎署の新しい生安の人かなと」

俺が首を振ると、映美はまたアスファルトに視線を落とした。

何か考えている。そしてふと上目遣いに俺を見た。

「緑川さんに彼女がいるか聞いてくれたら、私、あなたに少し情報提供する」

「情報？」

「うん。あの殺人事件の」

懐に手を入れて手帳を探った。映美の眼が険しくなった。

「いやよ。聞いてくれたらっていう条件つきよ」

しかたなく手帳をそのままポケットに戻した。

「お願い。緑川さんに彼女がいるのか、こっそり聞いて。そしたら話すから。だめ？」

「でも、緑川部長とあなたはすでに――」

言い澱《よど》むと、映美の頰がゆるんだ。

「彼と私がやったことがあるかってこと？」

「そうです」

「そんなこと、いい男が聞いちゃだめよ。うぶな人なのね。そういう男、私、嫌いじゃないわ」

言いながらしなだれかかってきた。俺は反射的に一歩下がった。

「なんで逃げるのよ。ほんとに可愛いわね」

手を伸ばして頭に触れようとした。俺がさらに下がると映美が笑った。

「今はお婆《ばあ》ちゃんだけど、昔は女優だったのよ」

「知ってます」

「誰から聞いたの？」

「緑川部長からです」

映美が、ついと眼線をそらした。しかしすぐに真剣な表情になって俺を見た。

「いいこと教えたげる。私、二十代や三十代のころ、最低でも百万だったのよ」

「映画の出演料ですか」

「違う。一晩の私の値段のこと。百万から二百万円だった」

三秒ほど黙って湯口の眼を見て「裏のね。偉い人たちの接待で」と続けた。そんな頃の百万円といったら現在の三百万とか五百万に相当するのではないか。

「嘘だと思う？」

「そういう世界があるということは聞いたことはあります。相手は政界とか財界の人たちだったんですか」

映美が顔を暗闇へ向け、首を振った。

「そういうことは言わない。それを言ったら私はこの世界じゃ生きていけない。この世界の女のプライド、墓場まで持っていく」

名前を尋ねたわけではない。政財界の男たちが相手だったのかと問うただけである。一般社会の者が眉をひそめるようなことがプライドなのか。そもそもあなたはその世界にすらいられなくなった痩せぎすの老女ではないか。

「さっきの緑川さんのこと、それとなく聞いてみて。そしたら情報をあげるから」

十五分ほども緑川への想いを聞かされ、やっと解放されたときには胃に鉛を詰められたように腹の辺りが重くなっていた。署のほうへ歩きながら何度か振り返ろうとしては思いとどまった。国道へ出て辻を折れる直前に振り向いた。薄暗がりで映美はまだこちらを見ていた。

第五章　隠されていた一本の煙草

1

捜査三日目となる翌七月二十三日。朝の全体会議は予定を過ぎても延々と続き、いつまで経っても終わらなかった。捜査方針について幹部たちに乱れがあり、進行が無駄に蛇行していた。その空気をよそに、俺の横では蜘蛛手が大学ノートを開いている。そこには被害者鮎子が若いころ自らの口座に繰り返し入金していた例の三つの金額が書かれ、ボールペンで何重にも囲ってあった。蜘蛛手はこの数字に拘泥していた。

✓5万5000円
✓8万円
✓15万5000円

まわりに計算式がびっしりと書かれている。

「ブツ担当の今日の計画を説明します。資料をめくってください」

司会の等々力キャップが渋面で言った。他幹部も一様に不機嫌そうだ。短期一挙解決を目論んでいたが予想以上の苦戦を強いられている。鮎子の携帯電話の発着信履歴解析、そして電話相手との面接に時間を取られ、鮎子が携帯電話を所持する前の馴染《なじ》み客たちも足で探し続けなければならない。他の捜査に充分な人員をまわせないので、あらゆる捜査が滞りはじめていた。

特捜本部はこの二日間だけで被害者の性風俗の客筋八十一人と面接した。しかし最初の性風俗勤務と目される箱ヘルの四十四歳が初めてのものだと仮定しても、八十一人の客などごくごく一部だ。年間労働日数を仮に二百五十日とする。一日に平均四人の客を取れば、一年間に延べ千人の男を相手にしたことになる。三十年をかけて三万人。リピートを含まぬ実数にしても三分の一の一万人はいるのではないか。判明分すべてを記載した『性風俗店鑑リスト』は、面接してチェックを終えるより増える数のほうが多く、これではいつになったら終わるのか算段すらつかない。

隣では蜘蛛手が長髪を掻きむしっていた。そして足もとの汚い紙袋をごそごそしはじめた。輪ゴムでくくられたカラー写真の束を出し、二つ机に積んだ。全部で三百枚はありそうなその写真を一枚ずつめくって顔を近づけてルーペで見ている。どこで手に入れたのか被害者の遺体写真だ。遺棄現場のものもあれば解剖中の生々しいものまである。

蜘蛛手は重要な情報を俺に開示していない節がある。コンビでもすべての情報を共有しないのはよくあるが、上層部の蜘蛛手に対する高評価を聞いているので俺は少し焦《じ》れていた。しかししつこく聞けば蜘蛛手は俺の媚びと取ってマウントし、捜査をさらに主導しようとするだろう。

「全員起立！」

等々力キャップの濁声が響いた。ガタガタと全員が立ち上がる。

「礼！　散会！」

皆が捜査へと出ていくなかで蜘蛛手は写真や大学ノートを紙袋に突っ込んでいる。

「今日も十一時半にロビーじゃ」

片手を上げ、その紙袋を抱えて廊下へ出ていった。すでに午前九時を回っていた。

＊　　＊

午前十一時。腕時計のアラームで眼を覚ました。朦朧としながら急いで上体を起こした。腕立て伏せ八十二回をこなして洗面用具を手にし、柔道場を出る。パンプアップした大胸筋と上腕三頭筋を揺らしながら地階への階段を走り降りた。水シャワーを浴び、髪と身体を拭き、新しい下着をつけていると電話が鳴った。液晶画面に警察学校同期の豪傑の名前が明滅していた。今は緑署の交通課にいるはずだ。

出ると「湯口、元気か」と太い声が響いた。同期の父親が亡くなったという。何人かが葬儀に出席するが「いくら包もうか」という相談である。

洗面用具と着替えを抱え、話しながらシャワー室を出た。そのまま地下廊下で電話を左右に持ち替えてトランクスをはき、ジャージをはきTシャツを着た。そしてウォータークーラー横のベンチに座って同期生たちの近況を聞いた。しばらく話しながらふと時計を見ると知らぬうちに十一時半になっていた。

「悪い。あとで電話する」

五段跳びで階段を駆け上がっていく。柔道場へ走り込んでスラックスにはきかえ、シャツを羽織って上着とネクタイをつかんだ。廊下へ飛び出したところで、両手に椅子を提げた佐々木豪とかち合った。

「あ、係長。話が――」

何か言い継ごうとするのを「またにしてくれ！」と廊下を走った。シャツのボタンを留めながら階段を一階まで駆け降り、大股でロビーへ向かう。

「湯口係長！」

左手から声があがった。地域課長の三郷が手を上げて、コノハ警部の団扇を振っていた。その横で蜘蛛手が白髪の誰かと向かい合って座っている。俺は息を整えながら机の間を縫っていく。

「遅れました。すみません」

しかし蜘蛛手はこちらを見ず、笑顔で話し続けている。相手を見て驚いた。岡崎市長の横田雷吉である。衆議院議員を八期、通産大臣や郵政大臣も務めた超大物だ。数年前に隠居宣言して地元に戻り、市長に就いて二期目。すでに八十歳をいくつか超えているはずだ。だが白髪でこそあれ、肌には艶があり、年齢より随分若く見える。

三郷課長が「クモさん、湯口係長が来ましたよ」と言った。しかし蜘蛛手は横田市長と話し続ける。横田も気にして俺に会釈した。蜘蛛手は明らかにわざと無視していた。

「蜘蛛手係長――」

俺が背中に触れると蜘蛛手がゆっくりと顔を向けた。

「わしに手ぇ掛けなや、三十円」睨め上げた。「先に挨拶じゃろが。三郷課長も市長も人生の大先輩じゃ。このあいだ言うたばかりじゃろが。同じこと何遍も言わせなや」

「まあまあ、クモさん」

横田市長が組んでいる脚をほどき、俺に向き直った。

「私は花火大会の警備について聞きにきただけですから。もう帰ります」

肩から斜めに掛けている襷《たすき》には《岡崎観光夏まつり花火大会》と染め抜かれている。市長の後ろに鞄を抱えた秘書らしき若者が立ち、俺を見ていた。二十代前半くらいのようだが眼が陰鬱だ。若者らしい快活さがない。

俺はその青年と市長に黙礼し、また蜘蛛手に向かった。

「警察学校の同期から不祝儀の電話を受けていて遅れました」

「些末《さまつ》なことはええ。先に挨拶せい」

「係長に謝罪してからお二人に挨拶するつもりです」

蜘蛛手は怒気で赭らんでいた。俺も眼をそらす気はない。彼の機嫌をそのたびに容《い》れれば歪《いびつ》な関係ができあがってしまう。

「クモさん、まあいいじゃないですか」

今度は三郷が執りなした。

蜘蛛手が帽子を後ろ向きに被《かぶ》りながら立ち上がった。

「わしゃそろそろ行きます。事件が解決しましたら、また一局」

市長に頭を下げ、俺を無視して玄関へ歩いていく。肩まで伸ばした髪が帽子からはみだして揺れている。その後ろ姿にうんざりした。

駐車場へ行くと軽トラックの荷台に昨日はなかったカボチャや瓜《うり》が転がっている。いったいいつ畑へ行っているのか。『発酵牛糞』に加えて『鶏糞《けいふん》』という袋も三つ増えていた。朝野球用の金属バットはその鶏糞の下に半分隠れている。

「ガイシャのヤサ行くで」

蜘蛛手が不快そうに運転席に乗り込んだ。今日も割り当て無視だ.俺は天井を上からドンッと叩いて中に入った。天井がまともに凹《へこ》んだ。

駐車場を出て県道へ入った。交差点を曲がって右前方にメガパーク建設現場、左方《さほう》にタワーマンション、ふたつの工事を遠くに見ながら道なりに走っていく。大きな交差点を右折し、左右に田畑の続く道路を走った。骨と皮に痩せた老人たちがリヤカーを曳く横を今日も大型ダンプカーが轟々《ごうごう》と行き交っている。恐怖と戦いながら歩いているのではないか。見ているだけで危ない。

メール着信音。スマホをポケットから出すと夏目直美だった。

《緑川氏やっぱりマズイ。全部仕切ってくる。捜査一課員として厳しくクレームつけたい。上司としての指示求む》

いつもの夏目ならおそらく前振りなく切れているが、今年に入ってから二度、所轄刑事相手に喧嘩して問題になったので抑えているのだ。

〔やめてくれ。俺も我慢してるんだ〕

《健も緑川氏と揉めたとか？》

〔違う〕

《蜘蛛手係長と揉めた？》

数秒考え、返信せずにスマホをポケットに戻した。昨夜話せなかったことを後悔した。早急に時間を作らねばならない。

蜘蛛手がウインカーを出したのはさらに二十分近く走ってからである。道路脇に五十軒ほどの集落が固まっている。その横の空地へ入り、アブラゼミがかしましい大きな広葉樹の下でエンジンを切った。二人で車外へ出た。眼を開いているのが辛くなるほど陽射しが強くなっていた。今日も風が無く、巨大な太陽がゆらりと炎を揺らしている。

蜘蛛手が手をかざしながら手書きの地図をガサガサと開いた。細くくねる道を二人で入っていく。古い民家が隙間なく建ち、生ゴミを漬け込んだような生活臭が辺り一帯に蟠《わだかま》っていた。しばらく行ったところで蜘蛛手が止まった。捜査会議で何度もスライドに映された木造長屋だ。手前から二つめの玄関に《立入禁止》の粘着テープが貼られている。空襲を免れた戦前の建物で、築およそ八十年。外にプロパンガスボンベと汲み取り便所の臭突《しゅうとつ》が世帯の数だけ並んでいる。

玄関扉の粘着テープを二人で一枚ずつ剝がしていく。横に二本、斜めに二本貼られていた。蜘蛛手が鍵を差しこんで解錠した。扉を引いた。中は洞窟のように真っ暗だ。

白手袋をはめ、ペンライトを点け、順に入っていく。強烈な悪臭。何匹かの蠅が顔にまとわりつく。呼吸を止めてそれを必死に払った。急いで窓のスクリュー鍵を外す。ガラス窓と雨戸を開けて蠅たちを外へ追い出した。

蜘蛛手がかちりとペンライトを点けた。それをゆっくり回していく。

「これが家賃千円の世界じゃ……」

四畳半一間。畳はあちこち腐って黒ずみ、壁も半分ほど崩れている。開けたばかりの窓から陽光が差し込み、一抱えほどの光の筋を作っている。その光のなかで無数の埃が深海のプランクトンのようにゆらゆらと揺れていた。会議での報告によると、鮎子は生前、理由はわからないが常に雨戸をたてて暮らしていたという。

俺もペンライトを点けた。テレビアナウンサーとして光のあたる場所にいた彼女が、六十八歳から七十六歳までの八年間、なぜ洞窟のようなこの暗い部屋に籠もっていたのか。部屋のなかにあるあらゆる物が異様である。

真ん中に巨大な風景模型——いわゆるジオラマがある。畳二畳半ほどもあり、部屋の半分以上を覆っている。生活スペースは片隅の卓袱台《ちゃぶだい》と薄汚れた布団のところだけだ。卓袱台の横の空の段ボールはゴミ箱として使われていた。中の様々なゴミは鑑識が持ち帰っている。窓辺にブリキで作り付けられた古い流し台。その脇に便所があって、傾いた扉の隙間から和式便器が見える。先ほどの蠅は汲み取りの便槽でわいたもので、悪臭は臭突のモーターが止まっているからだろう。

蜘蛛手が床のジオラマを踏まぬよう注意深く移動し、本棚に手を伸ばした。

「確かに原書が多いの」

一冊抜いて開いた。本棚は五つ。びっしり詰まった書籍の半分以上が外国語だ。英語のほかフランス語やドイツ語、ロシア語らしきものもある。市内に二つある大型古書チェーン店を彼女がたびたび訪れていたという証言が地取りグループによって複数あがっていた。こういった店は既存の地元古書店にとって厄介な存在だが、鮎子には宝の山だっただろう。素人のアルバイト店員が値をつけるので既存古書店で何万円もする専門書が百円で売っていたりする。市立図書館にも頻繁に本を借りた記録が残っており、学術書から小説まで、その数は岡崎市に転居してきてからの十三年間で五百六十二冊にものぼっていた。

「こいつかい、服やハイヒールが入っておったんは」

　振り向くと、蜘蛛手が部屋の隅でひざまずいている。柳の枝で編まれた長方形の衣装ケース――行李《こうり》の前だ。俺はこの柳行李《やなぎごうり》というものを今回の捜査で初めて知った。蜘蛛手が注意深く蓋を外す。饐《す》えた臭いがたちこめた。蜘蛛手は肩に口を当てて咳き込んでいる。湯口は近づいて後ろから照らした。中は空である。すべて差押許可状で特捜本部が持ち帰った。

「そのまま照らしておってくれ」

　蜘蛛手が小型デジタルカメラを出した。角度を変えて何度かシャッターを切る。ここには数少ない衣類が入っていた。ほとんどがハイブランドのもので、どれも綻《ほころ》んで何度も補修してあるのが零《れい》落《らく》をまさに表して、痛々しかった。

　しばらく行李の中を撮影していた蜘蛛手が慎重に蓋をかぶせて立ち上がった。そして天井をぐるりと照らしたあと、床にある巨大なジオラマにライトを当てた。そこにしゃがみ込み、顔を寄せてジオラマをじっと観察している。しばらくすると溜息をついて立ち上がった。

「やっぱりこいつは事件と関係ない。故郷を想像しておっただけの遊びじゃ。これ以上調べるのは時間の無駄じゃ」

「それは違うでしょう」

「ただの遊びじゃ。関係ない」

「根拠は」

「警察官としての直感じゃ」

「そんなものは捜査じゃない」

「あんたまだ経験が浅い。丸富から優秀な男じゃと聞いたが、まだまだじゃな」

「ちょっと待て！」

俺が怒鳴ると、蜘蛛手が「どうした」と言った。

「あんたたちジジイは何かというと経験年数が云々というが、そんなことばかり言うからいつもおかしな舵を切って捜査が蛇行しちまうんだ」

「じゃあ何が必要なんじゃ。警察官に大切なのはふたつだけじゃ。経験とハートじゃ」

「ハート？　何だそれは」

「やっぱりあんたにはまだ心臓がないようじゃの。わしにはあるで。ここにでっかい心臓がの」

拳で自分の左胸を叩いた。そして「捜査しているとこの心臓が脈打って、ここを見ろ、これが大切じゃと教えてくれるんじゃ。若手のうちはただの心臓じゃ。じゃが経験を積むうちに、警察官の心臓になってくる。警察官だけが持つ心臓じゃ。その心臓は捜査の勘を教えてくれる。警察官としての勇気を持たせてくれる。警察官としてのプライドを持たせてくれる。その心臓があんたにはまだない」と言った。

「いい加減にしとけよ、ジジイ！」

俺は巨大なジオラマにライトの光を振った。

「八年もかけてこんなにでかい物を作った。遊びという一言で片付けられるわけがないだろ。こんな暗いところに丸八年も閉じ込もってたんだ」

正方形のこのジオラマは岐阜県郡上八幡の一九五〇年代の街並みを再現したものだということが

捜査二日目に既にわかっていた。ジオラマ下面のベースはベニア板二枚を並べてジョイントしたものだ。その上に紙粘土やセメント、木切れや紙を使って、山や樹木、家屋などが作り込まれ、アクリル絵具で彩色されている。真ん中の川は長良川だ。流れる水は藍色や水色を使って再現してあり、岩は本物の石、川砂も本物の砂が使われ、偏執的な作り込みがしてある。『覚書手帳』にときどき制作過程がメモされており、作り始めたのは引っ越してきて一ヵ月ほどのことであり、つい最近も樹木に彩色したという記録があった。八年間ずっと彼女はこのジオラマを制作し、今もまだ制作途上なのだ。

奇異な制作物はジオラマだけではない。書棚には『美しい川の畔《あぜ》に住む鼠夫妻とその娘である麗子の真実の物語』と題された手製の書籍が二十六冊も並んでいた。Ａ４コピー用紙の右端にパンチで四ヵ所の穴を開け、表紙と裏表紙はボール紙で作った手製、それをコクヨ製の漆色の紐で綴じてあった。一冊当たりの頁《ページ》数は少ないもので四百二十六頁、多いものでは八百九十二頁もあった。この二十六冊に手書きで長い物語が縦書きに綴《つづ》られていた。鮎子は擬人化したネズミの小学生〝麗子〟の一人称で家族の物語を設定していた。家族や友人もネズミで、それぞれ名前が付けられている。この物語もジオラマと同じく執筆途中であり、半端なところで中断していた。

特捜本部はこの二十六冊も持ち帰ってコピーを取り、『土屋鮎子覚書手帳』と同じように内容の解読を進めていた。現物は科捜研へ回してある。

ジオラマの横の土壁には鮎子のスナップ写真が画鋲《がびょう》で留めてある。全部で三十三枚。これも壁にあるままカメラで撮影したものを捜査会議のプロジェクターで見せられていた。大学の階段教室らしき場所で本を読んでいる姿や卒業式のもの。《郡上おどり》の幟《のぼり》の横に立つ浴衣姿は高校時代か。若いときの佇《たたず》まいには妖精のような透明感がある。カヌーに乗る五十歳代の写真も三枚。このうち二枚は著名なカヌーイストとアラスカのユーコン川で撮ったものだ。もう一枚は二十四艇のカヌーが川を下っているもので、長良川河口堰《ぜき》建設反対で自然保護団体と一緒に抗議活動したときのものである。

写真を一枚一枚眺めていると「湯口君」と蜘蛛手が呼んだ。小さな木箱を持って下から見ている。宝石類を入れるジュエリーボックスのようだ。

「二重底ですか」

「そうかもしれん」

箱を棚に置き直し、上から手を入れた。ガサガサとやって一枚の板を抜き出した。下が隠しスペースになっているようだ。ペンライトで照らした。煙草が一本。他には何も入っていない。蜘蛛手がデジタルカメラを出して何度かシャッターを切った。そして注意深く煙草をつまみ上げ、遠ざけながら眼を細めた。銘柄を確認しているようだ。

「ハイライトじゃ」

言いながら鼻に近づけた。

「枯れ草みたいな匂いがするで」

「変色してますし、かなり古いようですね」

「彼女は非喫煙者じゃったよの」

「二十年ほど前にやめてます」

「だったら付き合うておった男のもんじゃ」

「禁煙後に二度と吸わないように、自分の意志を試すために一本だけ置いていたとかかもしれません」

友人にそういう人物がいる。

「いや。惚《ほ》れておった男のもんじゃ。男が見ておらんとき、たとえばシャワーを浴びておるときに煙草の箱から一本だけ抜いて大切にしておった」

「またですか。それはただの想像だ。そんなものは捜査じゃない」

「どういうものが捜査なんじゃ」

「論理的な筋道です」

「ミスター・スポックみたいなこと言いなさんな」

「誰ですか」

蜘蛛手が「知らんならええ」と顔をしかめた。

「ええかい。事件捜査ちゅうのは論理より情が大切じゃ。犯人や被害者の感情を注視しんさい」

「そんなことはわかってる。だからこそジオラマについては、そのメッセージ性に着目すべきだ。それからネズミの物語」

「二つとも関係ない。あんたまだ場数が足りんけ、わからんのじゃ。この事件はもっと古くからの何かがある。ここに引っ越してからのこの部屋での云々は刷毛で払っておくべきじゃ」

「係長はなんでも決めつけ――」

言い継ごうとする俺を蜘蛛手は無視した。土間に降り、サンダルをつっかけた。そして陽射しの下に出てこちらを振り向いた。

「次行くで。窓に鍵かけて出てきんさい」

ポケットから玄関の鍵を出した。

俺は足元にあるゴミ箱を蹴り飛ばした。それは壁に当たって跳ね返り、二度ほど転がったあとジオラマの横で止まった。蜘蛛手が「早よせい。行くで」と言った。俺は大きく息をついてから雨戸と窓を閉め、外へ出た。蜘蛛手が鍵をかけ、立入禁止テープを二人で貼り、軽トラへ戻った。

「次は遺棄現場じゃ」

軽トラのエンジンをかけ、蜘蛛手が言った。

「鑑でしょう」

「それは鯨組に頼んである。緑川にはさっきメールしといたけ、現場で待ち合わせじゃ」

俺はまた溜息をつくしかなかった。

右折して県道に入った。しばらくＣＭソングらしき歌をうたっていた蜘蛛手がカーステレオに左手を伸ばした。

「キョンキョンのテープ聴いていいかいね」

その手を俺は押さえた。

「係長は映美さんのことはご存じですよね」

「彼女がどうかしたかい」

「実は昨日の夜遅く、彼女と二人だけで話す機会があったんです。虚言癖とかないですか。『今回の殺人事件の情報を提供する』って言うんです。話がストレートに過ぎるんで会議に上げる前に蜘蛛手係長に聞いておこうと」

蜘蛛手は前を見たまま黙っていた。表情が険しくなっている。

「参考人として引く手もありますが」

「引かんでええ。会議でも言うな。わしがいっぺん本人と話してみる」

テープはかけぬまま、黙ってハンドルを握っていた。

2

堤防下の百合の花は昨日の倍ほどに増え、誰が持ってきたのか二つのブリキバケツの水に挿してある。その前で線香の灰が倒れ、粉っぽい匂いを残していた。

桜の巨樹から蟬時雨を浴びながら二人で堤防を登っていく。一番上に立つと、葦原の手前でカラスが魚の死骸をついばんでいた。それを見ながら下まで降りていく。風がないため堤防内にはいつもの汚臭が濃度高く籠もっていた。

岸辺へ近づいてしばらく水面を見ていた蜘蛛手が帽子をかぶり直して右の堤防へと歩いていく。そして堤防の急坂を這うように登っていき、昨日と同じようにU字溝の横に立った。赤水が落ちる水面で浮きつ沈みつしている大量のゴミを見ている。ポケットから大学ノートを抜き、何かを書きはじめた。五分ほどたってからようやくペンを止め、キャップを閉めた。

「お、ドリーが来たようじゃ」

堤防の外に手をかざしてそう言った。

「外の樹陰でみんなで話そうで。あんたももういっぺん外に出てきんさい」

言われるまま俺は堤防を登った。すると軽の四輪駆動車スズキジムニーが空地に入ってくるところだった。車体に派手なステッカーが何枚も貼ってある。堤防下に駐まり、運転席から緑川が降りてきた。夏目直美は助手席に座ったままこちらを見ている。

堤防を降りていくと、緑川はヤンキース帽の鍔をつまんで会釈しながら近づいてきた。汗でTシャツが貼り付き、ウェストの細さが際立っている。

「蜘蛛手係長から被害者のヤサに寄るというメールが来ましたが」

笑顔でそう言った。俺が長屋の内部の様子を話すと、緑川は手帳を出してメモしはじめた。額に掛かった前髪が頭を動かすたびに小さく揺れている。たしかにいい男である。付き合ってる女はいるんですか——映美に託された問いをいま投げたらどう答えるだろう。そんなことを考えながら車のなかの夏目直美に眼をやった。スマートフォンを触っている。俺のポケットでスマホが鳴動した。緑川に見えないようにメールを確認。やはり《RDN》である。

『緑川氏から海に誘われた。事件が解決したら一緒に行こうと』

車の中からこちらをうかがっている。俺は無視してスマホをポケットに放り込んだ。緑川はそのやりとりには気づかず、ジーンズの尻ポケットから捜査資料のコピーを引き抜き、ペンで線を引いている。

「ドリー、昨日言うたんはあたってくれたかいね」

眩しさに顔をしかめながら蜘蛛手がやってきた。

「ええ。いい話が聞けました」

蜘蛛手が桜の下の大きな丸太に腰を下ろした。俺と緑川もその近くに座った。昼夜違わず鳴きつづけるアブラゼミの声が今回の捜査のBGMのように響いている。

夏目直美がジムニーから降り、頭にハンカチを載せて歩いてきた。そして俺と蜘蛛手に会釈して近くの大石の土埃を手で払って座った。

蜘蛛手がポケットから財布を引き抜いた。

「これでみんなの飲みもん買うてきてくれ」

小銭を手のひらに受け、緑川に渡した。緑川が立ち上がって自動販売機の方へ歩いていく。その背中が陽炎《かげろう》に揺蕩《たゆた》い、まるでプールの底を潜水しているように見えた。

蜘蛛手がドラゴンズ帽を脱ぎ、それで顔の汗を拭った。またそれを頭にかぶりながら「あんた、まだ帽子を手に入れておらんのかい」と俺に言った。「早よ現調しんさい。ほんまに倒れてしまうで」

たしかに陽焼けで額から頬までひりひり痛んでいた。

夏目直美がちらりと俺の表情を窺って、蜘蛛手に話を振った。

「女からするとわからない部分があるんですが、日本の性風俗の店はどうしてこんなに多くなったんですか」

「そりゃあんた、ある産業が大きくなっていくのは需要があるからじゃ。ゲイ専門のデリヘルもぎょうさんあるんで」

驚いて俺は聞いた。

「男が来るんですか」

「あたりまえじゃないか。ダッチワイフのデリヘルもあるんじゃ」

今度は夏目直美が反応した。

「人形の？」

「そうじゃ。顔から乳首から性器まで本物そっくりのダッチワイフが流行っておっての。精巧なもんじゃと百万円近くする。そいつを店員が運んできて一時間あたり幾らじゃいうて貸してくれる」

夏目が怪訝《けげん》そうに眼を細めた。

「でも精巧といっても人形だから喋らないんですよね。何が面白いんですか」

「性癖は千差万別じゃ。本物より人形が好きな者もおる。太った女だけを集めたデブデリや、ブスだけを集めたブスデリも増えてきよる。女向けで男が派遣されるホストデリやレズビアンが派遣されるレズデリも最近は出てきておる」

そして「あんたもいっぺん男を買《こ》うてみんさい。捜査の勉強になる。店を紹介しちゃろうかい」と言った。

夏目直美は鼻に皺を寄せて横を向いた。陽焼け止めファンデーションが汗で剝げ、頰の小さなホクロが見えかけていた。捜査一課の男たちは陰で彼女を「ロバート」と呼ぶ。それはこのホクロがロバート・デ・ニーロと同じ位置にあるからだ。湯口がスマホの登録名を《ＲＤＮ》としているのは一人で面白がっている小ネタである。彼女は仲間たちにロバートと呼ばれていることを知らない。ちなみに夏目はスマホで湯口を《Ｄ》の符丁で登録している。デブの略だ。警察官は渾名を付けることが好きだ。そういう意味で大学の運動部に似ているかもしれない。

緑川が戻ってきて三人に缶コーヒーを放り投げ、熱い息をつきながら座った。缶コーヒーは凍り付きそうなほど冷えていた。蜘蛛手が何口か飲み、ポケットから錠剤シートを出して二錠を口に放り込んだ。

俺にそのシートを差し出した。

「カフェインじゃ」

俺は黙って首を振った。緑川と夏目にも勧めたが二人も「いえ」と断った。カフェイン錠を常用している警察官は多い。恒常的に睡眠不足なのだ。

缶コーヒーを飲みながら情報交換となった。緑川＆夏目組は独自ラインからデリヘル昭和堂時代の客の情報を得て、午前中にその客と会っていた。蜘蛛手は大学ノートを開き、前のめりになって緑川の話を聞いている。横から夏目直美が情報を補足した。すると鋭い視線が彼女へ移り、「わしに隠すなや」「全部話しんさい」と執拗《しつよう》に質問を繰り返しはじめた。先ほど下ネタを振ってきた男の厳しい質問に夏目直美は気圧されたように答えている。ときどき俺を見るのは〝この男はどういう人間なの〟と眼で問うているのだ。

ノートにペンを走らせていた蜘蛛手が顔を上げた。

「ところであんたらどう思う。岡崎には溜池が八十三もある。犯人はなんでこの池を選んだんじゃや」

緑川も夏目直美も昨日の俺と同じく「とくに理由はないのでは」と答えた。蜘蛛手は納得がいかないように左方を指でさした。

「地蔵池の横には大きな住宅街がある。岡崎には人気《ひとけ》のないところに溜池は何十個もあるのに、なんでわざわざここなんじゃ」

「半年後にこの池が埋められるのを知っていて、死体をそのまま埋めてもらおうと思ったんじゃないですか」

俺が朝から考えていたことを言うと「それは違うで」と蜘蛛手が反駁《はんばく》した。

「埋め立てるといっても水を張ったまま土を放り込んでいくわけじゃないんで。水を抜いてから埋めていく。じゃけ、池の水を抜いたときに死体が見つかる可能性がある。見つかりたくなければ埋め立て予定のない他の池に捨てるはずじゃ。今回の犯人は頭のええ男なんじゃけ」

「頭がいい云々というのは蜘蛛手係長の想像ですよ」

蜘蛛手がむっとして俺を見た。

「あんたさっきも文句言いよったよのう。三十円のくせに偉そうにしてから。二十円に値下げしちゃろうかい。馬鹿たれが」

「うるせえジジイ」と言い返したかったが緑川や夏目直美の前で喧嘩をしたくない。

蜘蛛手が「ええかい」と三人の顔を順に見ていく。

「完全犯罪が難しいのはどんなに計画的であっても途中で不測の事態が幾《いく》つも起きるからじゃ。殺人となればなおさらじゃ。誰にとっても人生初の、予行演習ができん行為じゃ。細かく細かくしつこくしつこく観察していけば必ず小さな綻《ほころ》びが見つかるはずなんじゃ。その綻びの近くに糸屑《いとくず》が落ちておる。その糸屑を集めて織りあげて、大きな絨毯《じゅうたん》をつくる。そして『どうじゃこの絨毯、綺麗じゃろ。じゃがの。ここをルーペで拡大してみんさい。こことここの模様が綻んでおる』と事件の筋読みを見せるのが警察捜査じゃ」

途中から緑川も夏目直美も手帳を出してメモしていた。

「わしは上が言う『易怒性のある犯人像』を否定しておる。この事件にはもっと冷静な人物の奥ゆきと重さがある。その冷静な犯人でもこの池に死体を捨てたとき、脈拍は十や二十は上がっておったはずじゃ。じゃけこの池を選んだという事実のまわりにも必ず何本か糸屑が落ちておるはずなんじゃ」

蜘蛛手の言《げん》はたしかに真実の一部を衝《つ》いている。殺人とはそういうものなのだ。俺は土手をぐるりと見上げた。日傘をさして歩いている母子が不審そうにこちらを見ている。ピーカンの真っ昼間に四人の大人が座り込んで話をしているのだから異様に見えるのだろう。

蜘蛛手が缶コーヒーを飲み干して緑川に向き直った。

「こんあいだ市長と久しぶりに一局やったんじゃが、また負けてしもうての」

「いま係長は忙しすぎて疲れてるだけですよ。万全なら係長の将棋は誰にも負けません」

夜食会のときから思っていたが、蜘蛛手と緑川以久馬、鷹野大介の関係には、言葉では表現できない温かさがある。親子の関係に喩えるのは違う。兄弟とも違う。しかし深い愛情がある。

蜘蛛手が横田雷吉《らいきち》市長と相識《あいし》ったのは六年前だそうだ。市民行事の後の酒席で意気投合してから将棋仲間になったという。緑川以久馬と鷹野大介も蜘蛛手に相伴してときどき酒席を共にしているらしい。

夏目直美も横田と話したことがあるという。特捜本部の女性捜査員全員が署長室に呼ばれて幹部訓示を受けているときたまたま横田が訪ねてきて、皆に声をかけてくれたらしい。

「あの人は、女から見ても魅力がありますよ」

彼女が初見の男をこのように評すのは珍しい。

「中央にも地方にも政界に女が少ないことを嘆いてたんで三十分くらいディスカッションしまし

た。男くさいイメージがあったからギャップが興味深かったですね」夏目直美にここまで言わせることに俺も興味を持った。

蜘蛛手と緑川以久馬が交互に語りはじめた。現在八十二歳の横田雷吉は、四度入閣した大物なのでもちろん全国区の知名度がある。しかしそれ以上に地元岡崎では別格の存在で、年配者たちは親しみをこめて「雷吉っつぁん」と呼ぶ。

若いときから自民党内で独自の地位をしめたのは〝俠気《おとこぎ》の雷吉〟と賞賛された性格に依《よ》る。常に弱者の眼線に立ち、共に泣き、口にしたことには責任を持ち、後輩たちの失敗をすべてかぶった。時代遅れと言われようとその往《ゆ》きかたを通した。

畳職人の三男坊だった雷吉だが小学生時代から成績はつねにトップ、神童の誉れ高かった。その雷吉を大地主だった横田家の当主が欲しがり、両親が嫌がるのをかき口説いて小学六年で養子とした。当時は口減らしに三男坊などくれてやるといった世相だったが、実父は「雷吉は堪《こら》え性《しょう》がある。長男ではなくこいつに畳屋を継がせたい」と小学校入学時から技術を叩き込んでいた。その実父を口説き落としたのだから、いかに義父が惚れ込んでいたのかわかる。

「彼は天下人になるべき男です。岡崎に収めてはだめです」

そこまで言って、名古屋市内の名門旧制東海中学へ遠距離通学させた。期待に応えた雷吉はこの旧制東海中学と旧制八高で首席を通し東京大学へ入学、法学部を卒業した年に司法試験に合格した。さらに東大農学部農業経済学科へ学士入学し、卒業後は農林省に四年間勤めたあと政治家へ転身した。首相に就くべき力がありながら叶《かな》わなかったのは、実力云々ではなく、進んで名を顕《あらわ》そうとする穢《きたな》さを持っていないからだと地元では言われていた。

愛妻が癌で逝ったあと、十年ほど前に隠居宣言して岡崎へ戻り、畑仕事と趣味に興じていた。そこへ後援者たちが日参して市長選に引っ張りだしたのだ。当初「すでに引退しているので」と断り続けていた横田が最終的に出馬したのは、後援者たちが必死に訴えてきたメガパーク拡張計画の阻止にあった。しかし横田の中央とのパイプをもってしても、地元権益にしがみつく者たちのスクラムに押し込まれた。

横田は既得権益者がことあるごとに言う「ベッドタウンとしての岡崎の機能を強化するために大きな公園を作って名古屋市からの移住を促すべき」という論に憤っていた。

「岡崎市が名古屋市のベッドタウンであっていいわけがない。もとよりこの地は尾張藩とは別の国、三河藩の中心であり、なんといっても徳川家康が生まれた城下町である。岡崎ならではの文化を守って復活させることを第一義とすべきだ」

もうひとつの反対理由は環境破壊だ。とくにメガパーク拡張のために山を削った建設残土を別の山林へ持っていって捨てるという愚策に激怒し、徹底抗戦の構えをみせた。

「命を賭してでも岡崎の自然を守る」

だが一年ほど前、突然、メガパーク建設工事は強行スタートした。第三セクターが残土処理のために岡崎市内の五つの溜池を購入したのである。溜池を残土で埋め立てて、その溜池跡地も地元の小さな公園にするからいいではないかという論理である。

横田市長を中心とする反対派はさらに反駁した。

「そんな公園がなくとも、溜池そのものが自然公園としての機能を持っている。池を中心として繁《しげ》る樹々や葦原など、まわりの自然も大変に貴重なものだ」

しかし推進派は「人工溜池なのだから自然保護の対象ではない」と御用学者を使って無視を決め込み、半年前からメガパーク拡張工事を再開。残土を使って市西部の溜池を埋め立てはじめた。

横田は緑豊かなこの土地で幼少時から育った。これ以上環境を壊されるのは我慢ならないと行動に出た。地元権益のない東大と九大の学者を招いて調査させ「人工物であってもそれぞれ三百年から五百年前に造られた溜池である。湿生遷移で繁る草木や、特有の魚類の亜種など、天然の自然環境と変わりはない。周辺の森林や草地でヤマネやカヤネズミなど貴重な哺乳類の繁殖も多数確認され、鳥類でも絶滅危惧種のものが少なくとも四種生息している」と強くクレームをつけた。しかし進行する工事を止めることはできなかった。

蜘蛛手が缶コーヒーを飲みほした。

「わしも生安じゃけいろいろ事情聞いちょるが、こん開発には反対じゃ。市長はなんとか故郷を踏みにじられんようにしたいといつも言うとる」

「でも岡崎市民も建設に前向きになってますよね」

緑川が言うと蜘蛛手が寂しそうに下を見た。緑川によると二週間ほど前に中日新聞が岡崎駅前でアンケート調査をしたところ、この一年間で賛成反対のパーセンテージが逆転してしまったようだ。六割以上が「賛成」になってしまい、横田市長に対して「考えが固い」「昭和の遺物」と詰《なじ》る意見まであるという。

そこからまた捜査についてしばらく情報交換し、緑川以久馬が立ち上がった。

「それじゃ、俺たちは先に仕事に戻ります」

会釈してジムニーへと歩いていく。夏目直美が険しい顔でその背中を見た。平然とイニシアティブを執り続ける緑川が気に入らないのだ。眼に険を込めたまま立ち上がり、ズボンの尻についた土埃を強く払った。

車へ向かう彼女を見ながら俺は思った。緑川に対する彼女の誤解もそうだが、なによりあのことを早く話し合わなければならない。昨夜やはり外で会ってゆっくり話すべきだった――。発端は一週間ほど前のことである。俺は県警本部七階の刑事部フロアで寛いでいた。隣に陣取る一課四係の連中が「ロバートは体にケロイドがあるらしい」などと囁き合い、彼女の性癖まで話しはじめた。

驚いた俺は平静を装って話題に加わった。たしかに夏目直美には大きなケロイドがある。子供のころにコンロの薬缶《やかん》に手を掛けて落としてしまったらしい。その火傷痕《やけどあと》は左脇腹から左腰にまで拡《ひろ》がっている。初めて抱いたとき薄暗がりで刺青だと思って驚いたほどだ。

俺はそれとなく話に加わりながら糸を手繰り、捜査二課から出ている噂だということがわかった。そこから二日かけて二課の係長、雉尾伸一《きじおしんいち》の名前に行き当たった。背が高く口髭を整えた気障《きざ》っぽい男だ。知能犯担当に居がちなタイプである。異動歴を調べてみると名東署時代に夏目直美と重なっていた。間違いなく夏目直美の初めての男だ。彼女は男を知るのが少し遅く、初体験は彼女が二十七歳のときに同じ所轄の妻子持ち刑事との不倫だったと聞いていた。

次の日、俺は雉尾伸一が帰るのを待った。午後六時過ぎ。彼が鞄を持って帰り支度を始めた。俺は急ぎ廊下へ出て、エレベーターで一階へ降り、そこで彼を待った。三分ほどあとにエレベーターから出てきた彼に近づいた。「話がある」と顎を振った。雉尾は一瞬驚いたようだったが、すぐに刑事らしい厳しい眼を作った。本部の建物横にある小さな公園へ行った。

「おまえ、夏目直美の火傷痕がどうのこうのと陰で言ってるらしいな。あいつは俺の部下だ」

予想外の話だったのか、雉尾は一瞬呆《ほう》けたあと、すぐににやけ顔になった。

「なんだ、そんなことか。汚い体だが感度はいいぞ」

その瞬間、俺は殴り倒していた。上から二度三度と革靴で蹴り、踵《かかと》で顔を踏みつけた。雉尾がうめき声をあげて俺を見上げた。

「一度は惚れた女の悪口を言うんじゃねえ！」

怒鳴りつけて道路へ戻っていく。建物の陰から何人かの私服が覗きこんでいた。俺はその私服たちを肩で割って地下鉄の駅へ向かった。これがつい数日前、七月十七日のことだ。その日の深夜、夏目直美から俺に電話があった。

「なんでそんなことするの！」

雉尾伸一が夏目に電話をかけてきて怒りをぶちまけたという。

「おまえのためにやったんだ」

「私は頼んでない！」

「どっちの味方なんだ！」

それ以来、二人はギクシャクしている。恋人の元不倫相手が同じフロアにいることがわかったのだ。セックスの内容まで聞かされている。最悪の気分だった。

「よし。わしらも行こうかい」

蜘蛛手が立った。俺も我に返って立ち上がった。軽トラに近づいたところで蜘蛛手が唐突に立ち止まった。

「頼みがあるんじゃが……」

蟬の声にかき消されそうな小声だ。下唇を噛んで地面を見ている。先日の夜も寿司屋を出たところで同じようなことがあった。何か悩みを抱えているにちがいない。金のことだろうか。あるいは女か。

蜘蛛手は下を見たまま唇を堅く結んでいる。しばらくすると「また今度にする」と言い、軽トラのドアを引いた。その寂しげな横顔を俺は黙って見ているしかなかった。何を悩んでいるのかわからないが話してくれればいいのにと少し可哀想《かわいそう》になってきた。

エンジンをかけた蜘蛛手がひとつ溜息をついた。

「いま思い出したんじゃがナスビを買うてくるよう娘に頼まれちょる。鑑の前に五分だけバザーに付き合うてくれんかい」

3

西へ傾きはじめた太陽を背に軽トラは走る。沈み込んでいた蜘蛛手もハンドルを握るうち少しずつ元気を取り戻してきた。彼が車の運転がかなり好きなのはすでに俺は気づいていた。

途中でガソリンスタンドへ寄った。蜘蛛手が給油している間に俺はスタンドの従業員に頼み、助手席の窓を直してもらった。窓のトラブルは中古車によくあり、工具さえあれば意外に簡単に直せることを友人と車で遠出したときにＪＡＦの係員に聞いていた。

「ほう。五年ぶりに開いたんかい」

蜘蛛手が感心したように言って乗り込んだ。市道を走り出すと窓から熱風が吹き込んで髪が乱れた。冷房がなくとも窓が開くだけでストレスはほとんどなくなった。十五分ほど走ったところで交差点を曲がった。

アーケードが見えてきたと思ったら小さな渋滞があった。太鼓や笛、鈴の音が聞こえてくる。しばらく行くと《農業祭駐車場》という看板があり、白手《しろて》をはめた交通課の若者二人が車を誘導していた。蜘蛛手は路肩に寄せてエンジンを切り「ちょっと待っちょってくれ」と外へ出た。

気付いた交通課の若者一人が白い歯を見せながら近づいてきた。

「蜘蛛手係長じゃないですか」

長身で陽に焼けている。

「今年は去年より賑わってますよ」

そしてアーケードを振り返って「一時間半後にトークライブが始まります。〆ボイノリオと水谷《みずたに》ミミも来ますよ。〆には『金太の大冒険』と『もうすぐ30』の大合唱をやるそうです」と言った。

蜘蛛手が顎で軽トラをさした。

「それよりあんた、しばらくここに軽トラ駐めさしてくれ」

「それはだめですよ。並んで駐車場に入れてください」

「商店街にメキシコの麻薬カルテルの大物が逃げ込んだんじゃ」

若者が俺のほうを見た。

蜘蛛手が拳を握って、強く言った。

「さっきＤＥＡ《アメリカ麻薬取締局》から緊急協力要請があった。一刻を争うんじゃ」

若者が唸って腕を組んだ。

「搬入トラックとかも来るんで邪魔になるんですよ」

「十分かそこらじゃ。すぐに悪いやつを逮捕して戻ってくるけ。もし邪魔になったらあんたが移動してくれ」

キーの束を若者の手に握らせた。

「いや、僕は仕事しなきゃいけないんで」

「こんど豚足十本、いや二十本奢っちゃるけ、頼む」

若者の手をさらに握り込んだ。困惑する若者の尻を叩いて商店街のほうへ歩いていく。車に残ると移動を手伝わされそうなので俺も降りた。

アーケードの屋根はところどころ半透明の波トタンで採光してあり、そこから光が雫《しずく》になってぽろぽろとこぼれ落ちている。横十メートルはありそうな《8月15日、いよいよ盆踊り》という横長の垂れ幕がある。しかし出店しているリヤカーの数に較べ客が少ない。蜘蛛手が最初のリヤカーの前で立ち止まった。トウモロコシを積んでいるリヤカーだ。高校生くらいの女の子が五、六人いて、「いらっしゃいませ」と唱和した。揃いの黄色いTシャツを着ている。

一人の女の子が一歩前へ出た。

「いかがですか、穫れたての新鮮なトウモロコシです」

「甘いかいね？」

「試食があります」

女の子が後ろを振り向くと、別の子が走り出てきて蜘蛛手に差しだした。四分の一くらいに切った茹《ゆ》でトウモロコシだ。蜘蛛手がかぶりついた。女の子たちが両手を合わせて見ている。

「こいつぁ美味い。十本ばかり包んでくれるかい」

女の子たちが跳びはねて喜んだ。

金を払った蜘蛛手がデジカメを出した。

「代わりといってはなんじゃが写真を撮らせてくれんかい」

「あ、いえ。そういうのはちょっと……」

女の子たちがスカートの前を両手で押さえた。

「間違えなさんな。あんたたちの写真じゃのうてリヤカーの写真じゃ。わしは中洲産業大学の教授で、リヤカーを研究しておる」

「そうなんですか。すみません」

女の子たちが赧くなって頭を下げると、蜘蛛手は本当にリヤカーの写真を撮りはじめた。長髪をかきあげては上から撮ったり横から撮ったりタイヤを撮ったり、自動車修理工のようにリヤカーの下に潜り込んだりしている。しばらくすると女の子たちに片手を上げ、茹でトウモロコシを嚙り、ナスを探して歩いた。立ち止まってはリヤカーの写真を撮って冷やかしている。何か考えているのは確かだが、聞いても湯口には言うまい。

蜘蛛手は一台ずつリヤカーの写真を撮影して歩いていく。縦から横から斜めからと次第に枚数が増えていく。しばらく行ったところで老婆が畳の上に正座し、野菜を売っていた。

「ほう。こいつは立派なナスじゃ」

蜘蛛手がしゃがみ込み、手に取った。

「おかげさまで今年はよう育っとります」

「どうやったらこんなに太うできるんじゃ」

「愛情もって育てれば誰でも大きくできるじゃん」

「爺《じい》様のナスビと一緒かいね」

蜘蛛手がにやつくと老婆が顔を皺くちゃにして手ではたいた。

「ナスビ十本と、そっちのキュウリも五本くれんかいね」

蜘蛛手が財布を出して支払った。そしてさらに奥へと歩いていく。

「係長、仕事に戻りましょう」

俺は言った。しかし蜘蛛手はリヤカーの写真を撮っては歩いていく。途中でキュウリを何本か買い、しばらく行ったところで立ち止まった。

荷台に置いてある古いラジカセに手を伸ばした。

「こいつはええ。軽トラに乗っておるときは聴けるが、家じゃとカセットテープが聴けんけえの」

リヤカーの横に立つ青年に「いくらじゃ」と聞いた。

「千五百円ですけど、千円でいいですよ」

「ええで。千五百円払う。ずっと欲しいと思うとったけえの」

財布から金を出し、若者に渡した。

「あんたら大学生かい」

「そうです。愛知学院大の三年生です。こいつとは小学校から大学までずっと一緒なんです」

隣の若者へ横眼をつかった。

「それにしても古いリヤカーじゃのう」

蜘蛛手がしみじみ言いながらカメラを出した。

「正確にはこれはリヤカーじゃなくて大八車《だいはちぐるま》なんです。大八車が進化したのがリヤカーなんです。昭和の中頃まではまだたくさんあったそうです」

「よう見たらタイヤもゴムじゃないんかい」

「ええ。大八車は車体だけじゃなくてタイヤも全部木製なんです。その木が磨《す》り減《へ》らないように馬の蹄鉄《ていてつ》みたいな金属が付いてます」

蜘蛛手が感心しながらタイヤに触れた。

「実はわしはロンドンのベーカー街にある農業研究所の教授でカトーっちゅうもんじゃ。爺《じい》さんの代からイギリスに住んじょる日系三世で、今日は学会で久しぶりに日本に来た。世界各国のリヤカーを研究しておる。珍しいけ、写真を撮らせてくれ」

蜘蛛手がアスファルトに片膝をついた。そして様々に角度を変えては立ち上がって撮影する。前や横にまわり、また膝をつく。二十枚ほどの写真を撮ると、若者が「やっぱり研究者ってすごいですね」と爽やかに笑った。

「今回のバザーで七十九台のリヤカーが出てるんですが、大八車はこれしかないそうですよ」

「そうかい。わしは古いもんに眼がないんじゃ」

蜘蛛手が眼を細めて大八車を見た。そして「ありがとう。これで古いカセットを聴ける」とラジカセを軽く上げ、さらに奥へ歩いていく。

「蜘蛛手係長。そろそろ。軽トラも邪魔だと思います」

「ええじゃないか。もうちょっとだけ奥へ行こう」

リヤカーを撮影しては店番をからかい、ときどきアニメのフィギュアなどを購入した。さらに奥へと歩き、デジカメでリヤカーを撮影し、松田聖子《まつだせいこ》の若いときの水着ポスターや相撲取りの錦絵が描かれた湯飲みなどを購入している。

結局、バザーの終点まで行ってようやく「そろそろ鑑を廻ろうかい」と来た道を戻りはじめた。

軽トラは白黒パトの横に移動してあった。捜査車両として扱ってくれたようだ。蜘蛛手は交通課の若者に「食いんさい」とキュウリを一本放り投げた。キャッチした若者は参ったなという風情でそれを囓った。

「あの女子《おなご》、わしにむかついておるんかいね」

軽トラに乗り込みながら蜘蛛手が聞いた。

「トウモロコシ売りの女子高生ですか」

「違う。あんたの部下じゃ。さっき会《お》うた夏目とかいう」

「何かあったんですか」

「わしが『あんたも男を買《こ》うてみんさい』と言うたら機嫌が悪うなった」

「どうでしょうね。大丈夫じゃないですか」

怒っていたのは確かだが、いま緑川以外に敵を作ると彼女が損をする。それにしても適当に喋っていると思った蜘蛛手が意外に人のことを見ていて少し驚いた。

4

夜の係長級会議では鑑取り担当グループから大量の情報があがった。しかし地取り担当からの成果はなく生前最後の目撃は「六月三十日夕方」で止まったままだった。そのため関係すると思われる各地域に八組十六人の捜査員を増やして投入することが決まった。

「次。ブツ。宮島係長」

等々力の指名で岡崎署の盗犯係長が立ち上がった。四十歳前後。パンチパーマで額が前へ出ている。盗犯係の直属部下と組んでいる警部補だ。デコッパチというのが渾名らしく、夜の柔道場でときどき岡崎署の先輩にそう呼ばれていた。

「ブツの宮島です。柳行李の中にあった被害者の十九着の衣類について報告します。科学捜査研究所から『被害者の毛髪や皮脂など以外、とくに有用な付着物は出なかった』と午前中に連絡がありました。おそらく着用するたび、念入りに洗っていたのではということです。ブランド鑑定店に持っていきましたところ、イヴ・サンローランやグッチ、プラダなど、多くのものが高級なものでした。ただ、製造年がどれも古く、四十年近く前のものもありました。郡上八幡の街を模したジオラマにつきましては本部鑑識によって現場で精査され、今日の午後、鑑識が科学捜査研究所へ運びこみました。私からの報告は以上です」

他の者はみな手帳にペンを走らせている。

宮島が座ると等々力が「次。ブツ、神崎係長」と指名した。

神崎進が立ち上がり、視線を巡らせて湯口と榊惇一の場所を確認した。

「本部一課三係、ブツの神崎です。今日は愛知医大の精神神経科を訪ね、郡上八幡のジオラマ制作と二十六巻の自作物語本について聞いてきました」

そこで咳払《せきばら》いをひとつ。上座の幹部たちに会釈し、また湯口と榊を見て手帳をめくった。

「被害者には統合失調症や認知症の精神科通院歴はあるかと尋ねられたので『ありません。あるのは鬱病の通院歴だけです』と言うと『奇行のエピソードは』と聞かれました。『目立つ情報は今のところ入っていません』と答えました。矢庭《やにわ》准教授の意見を以下、読み上げます。『物を集めたり、ジオラマのようなものを造ったり、人形などによるドールハウス遊びは世界中の国で文化としてあり、幼児から成人まであらゆる年齢層に見られる代償行為であり、正常なものです。ですから病気かもしれないし病気ではないかもしれない。どちらにしても本人を診察していないので私には判断が下せません』とのことでした。以上です」

「ありがとう」

　等々力が言って「精神疾患などの可能性については普段の生活ぶりから判断するしかありませんが、皆さんの見立てはどうでしょうか」とぐるりと見た。それぞれが自分の手帳や資料をめくる音がした。

　等々力がマイクを握り直した。

「私自身は異常だと推察しています。殺害犯のオーバーキルと重なる部分がありますし、犯人と被害者は、精神科通院などで何かの繋がりがあるかもしれません。彼女の鑑について新情報を得て補助線を引いていけば、ブツと殺人が繋がる可能性があります」

「ちょっといいですかいね」

　蜘蛛手が挙手した。視線が集まったところで等々力の許可を得て立ち上がった。

「特命担当、岡崎署生安の蜘蛛手です。あのジオラマや自作本にそこまでの意味を持たせたら捜査が遅滞してしまいます。あれは遊びです。わしも小学校の図工の時間にジオラマを作って、家に持ち帰ってカナブン何匹かを住人にして遊んだことがあります。夏休み中ずっと遊んでおった。何より作ること自体が面白い。細かく地道な作業を真剣にやって色をリアルに塗るほど楽しくなる。おそらく芸術というんは、みんなそうじゃないかいね。ラスコー洞窟の壁画とか、原始の時代から人類はみな身近な物に興味を持ちました。二十六冊の自作本もそうじゃ。誰でも子供時代に物語を考えるもんです。ですからジオラマと自作本は、どれもただの刷毛です。最初から除けて、別の筋に人員を割くべきじゃ」

　蜘蛛手が座るのを等々力が苦々しそうに見ている。他の幹部たちは横の者と小声で話している。

　蜘蛛手が最後に言った「刷毛」とは捜査全体を化石発掘に喩えたときに骨に付いた土を最後に刷毛で払う作業を指している。つまり「刷毛」とは「捜査に関係ないどうでもいいこと」をさす。数年前から愛知県警で流行っている隠語だ。

　俺が挙手すると等々力が不機嫌そうに「湯口君」と指した。

　立ち上がった。

「本部捜一、特命担当の湯口です。彼女の精神が異常かどうかは医者ではないので俺にはわかりません。ですが、このジオラマとそれに紐付いたような内容の自作物語本は今回の殺人に間違いなく大きな関わりがあります。皆さん、よく考えてください。八年間ですよ。八年間もあんなことを続ける執拗さは普通じゃない」

「違うで。湯口君」

　隣の蜘蛛手が見上げていた。俺はうんざりしながら座った。

「昼間も言うたじゃろ。事件とは関係ない。ただの遊びじゃ。そこを追うのは時間と人員の無駄じゃ。そこではなく彼女の過去をもっと洗うべきじゃ」

「その意見の理由を教えてくださいと俺は何度も聞いてます」

「直感じゃとわしは答えたで。あんただってメッセージ性を感じるとか言うておるが、それは直感じゃないいんかい」

「蜘蛛手係長はただの空想ですが、俺のは七年間という彼女の費やした時間と労力から導き出した推論です」

　視線が二人を交互に見ていた。相棒同士が上手くいっていないことを曝《さら》け出《だ》してしまっている。

等々力が隣の丸富と何か話している。しばらくするとこちらに向き直った。

「郡上八幡のジオラマと自作本については初日から諤々《がくがく》の議論がありますが、特捜本部としては湯口君の意見を採用し、引き続き当殺人事件に関連があると思量し、詳しく追っていく方針です」

「わしはやめたほうがええと思うで。時間と人員の無駄じゃ。刷毛もいいところじゃ。本件とはまったく関係ない」

等々力が表情を険しくした。

「あらゆる可能性を潰していくのが捜査の本道です」

「ある程度はフォーカスを定めて動いていかんと百年かけても調べられやせん。そういうことじゃけ未解決事件が堆積していくことになるんじゃ」

等々力が顔を赭くして隣の丸富を見た。そして「では係長級会議を終わります。起立！」と言った。

頭を下げて散会した。蜘蛛手は座ったまま自分の資料を汚い紙袋に突っ込んでいる。それを見ながら俺は気が重くなった。幹部が評価している人物だから我慢してきたが、この我慢は無駄な気がしてきた。

5

ジオラマの件については翌二十四日の捜査に十七組三十四人が充てられ、様々な角度から情報を追った。夜の係長級会議では、等々力はいつもの順番を違え、ブツ担当たちから指名した。

ジオラマの底のベースに使われているベニヤ板のメーカーが判明したため、メーカーへ行って製造年を調べた。二枚とも一九八七年のものであり、どこかで拾ったのだろうと結論づけられた。使用された紙粘土やアクリル絵具は岡崎市内のデパートの文房具屋で購入されたものと推定され、鮎子の写真を見せると「記憶がある」という店員が二人いた。しかしそれ以上は何もわからなかった。

「次。ブツ。宮島係長」

等々力の指名で岡崎署の宮島係長が立ち上がった。宮島は衣類について細かい捜査をしたが、有用な情報はなかった。

それよりもやはりジオラマと自作本に拘りがあるようだった。

「ジオラマの解説本として自作本を捉え、ネズミに模して本のなかに登場する人物のモデルを徹底的に洗っていくべきではないでしょうか」

宮島がそう締めて座ると、蜘蛛手が挙手した。

等々力が「蜘蛛手係長」と指名した。

「昨日も言うたが、ジオラマや自作本の捜査については人を減らすべきじゃ思います。あんなものすべて刷毛じゃ。容疑者の過去について洗っていくべきじゃ。どうじゃ湯口君」

隣の俺にわざわざ振って座った。

「普通の女は意味もなくあんな大きな故郷のジオラマを作らない」

「それが異常じゃ言うんなら、わしだって異常じゃないか。捜査に入るといつもしつこく調べてしまう。あんたなんかもっと異常じゃ。なんで朝飯に食パンなんか食うんじゃ。異常じゃ。そもそも警察官はみんな異常じゃ。暴走族の専門、拳銃の専門、薬物の専門、みんな自分の分野で執拗な仕事をしておる。みんな異常者じゃと言うんかい」

蜘蛛手の言葉は止まらない。

「別の事件でリカちゃん人形で遊んでいた殺人被害者がおったとして、そのリカちゃん人形に似た女が殺人犯だとして捜すかい。ジオラマを作っておったからジオラマに関することばかり捜査するのは同じような愚じゃ。よう考えんさい。馬鹿たれ。三十円の洟《はな》たれのくせしてから」

「八年もかけてジオラマを作ることとリカちゃん人形で遊ぶこととは違う」

「一緒じゃ。あんた、子供んときにプラモデル作るのが下手じゃったんじゃないか。じゃけジオラマにコンプレックスがあるんじゃろ」

「意味がわからない。いい加減にしてくれ」

俺が等々力を見て首を振った。察してマイクを握った。

「次。鑑取りグループの報告に移ります」

鑑取り担当は毎日細かい情報を大量に上げていた。確かな容疑者こそ浮かばないが、土屋鮎子の人生年表は日々埋まっていく。

新しく判明したのは、鮎子が初めて性風俗に勤務したことが確認されている四十四歳の箱ヘルの後、五十六歳まで五店舗の箱ヘル勤務があったことなどである。

・岐阜県立関高卒　（18歳）
・東京大学入学　（18歳）
・テレビ局に入局　（22歳）
・結婚して寿退職　（29歳）
（※名古屋市内のマンションで専業主婦を6年間）
・夫と離婚　（35歳）
（※以後結婚式の司会業などで生計をたてる）
・名古屋市内の店舗型ヘルス勤務（44歳）

（※このあと56歳まで5店舗の勤務歴が判明）
・岡崎市へ転居　（63歳）
・岡崎市内の店舗型ヘルス2店で勤務（63歳～64歳）
・「昭和堂」起ち上げ（67歳）
・「美悪女」起ち上げ（68歳）
・「美悪女」を畳む（68歳）
・1LDKマンションから長屋へ転居（68歳）
・鮎子が千登勢に「今でもそういう仕事をしている」と発言（74歳）
・死体で発見（76歳）

捜査員たちはそれぞれこういった年表を手帳に整理して書いており、新情報が上がるたびに書き足していた。さらに余白には自分の推理もびっしり埋めてある。

等々力キャップが資料を手に立ち上がった。遠近両用の度付きサングラスを上下にずらしながら男関係のまとめをホワイトボードに列挙していく。恋人関係にあったと思われる人間五名と夫、合わせて六名である。

◎被害者の男関係（判明分）
一、結婚前、2名
✓中村洋太《なかむらようた》
✓阿部芳雄《あべよしお》
二、婚姻関係（29歳～35歳）

✓宇《う》野《の》夏樹《なつき》

三、離婚後、3名

✓雪村《ゆきむら》則明《のりあき》

✓西山《にしやま》領《りょう》太郎《たろう》

✓上原《うえはら》純一《じゅんいち》

「以上の六名。外せる人物はいないと考えてください」

等々力が強調して席に座った。

難しいのは鮎子が『覚書手帳』に残していた九つのアルファベット《B・E・H・I・K・M・O・S・T》に、この六名は苗字も下の名も合致していないことだ。いくつかが合い、いくつかが見つからないというなら説明のしようがある。しかしひとつも合わないということは、あのアルファベットは姓名ではないのではないかという意見も出ていた。

結婚前の恋人は中村洋太と阿部芳雄の二人。ともに「別れてから一度も彼女には会ってない」と主張し、その後の彼女のこともまったく知らないと言った。任意聴取はそれぞれ三度ずつ計十四時間以上にわたって行われ、内容の裏取りもしつこく行われたがやはり何も出ていない。

二十九歳で結婚し六年間一緒に暮らした宇野夏樹は岐阜県立関高校の二年先輩で、高校時代の面識はない。鮎子が結婚相手を探していた二十八歳のとき、関高校のOGから紹介されて見合いし、その翌年に挙式をあげた。結婚当時は彼はガス会社のサラリーマンであった。現在は別の女性と再婚している。本人によると離婚後は鮎子とは一度も連絡をとってないと言い、今のところ洗っても何も出てこない。

三十五歳での離婚後、鮎子の情報はまだらに欠落しはじめる。把握できた男は今のところ三人。

一人目はアナウンサー時代のテレビ局元上司で鮎子三十六歳から四年半の付き合いだった。二人目は友人の紹介で知り合い、鮎子四十二歳から三年間付き合った鉄鋼関連のサラリーマン。三人目は九歳下の銀行員で鮎子四十六歳から一年弱の付き合い。この三人はすべて向こうに妻子がある不倫である。三人への聴取は何度も繰り返された。過去と現在の身辺もさらに徹底的に洗っていた。犯罪と不倫はもっとも相性がいい。しかしこの地層からもまだ何も出ない。

俺は、この六名のうち、テレビ局不倫上司の雪村則明のことが気になっていた。老人ホームに入っている雪村は半年ほど前から何度か外泊していた。死んだ兄が住んでいた限界集落の空家に泊まって座禅を組んでいることになっているが、空家の近くには誰も住んでいないので真偽の確認ができていない。

＊　＊

翌日、いつものように午前十一時半に軽トラに乗り込んだところで俺は資料を開いた。

「この雪村則明という元上司に会ってみんですか」

蜘蛛手が片眉を動かした。

「どうしたんじゃ」

「証言があまりに筋道だっていて論理的すぎる。二組四人の捜査員が複数回話を聞いているのに、いつも答が筋道だっている。答を用意してあったかのようです。頭がいいから整理しながら話してるんじゃないのかと上は言ってますが、俺は腑に落ちない」

「刑事の直感というやつかい。あんたにしては珍しいのう」

むっときたが蜘蛛手が高速インター方面へハンドルを切るのを見て、嫌味に気づかないふりをした。蜘蛛手も何かあるのだ。

「高速に乗る前にマックで昼食を買うていくで」

「マックはもういい。コンビニへ入ってください」

「またウンコ棒を買おうという算段かい。あんな不味いもん二度と食いとうない」

蜘蛛手は俺から一本貰ったプロテインバーをひとくち嚙ってから「ウンコ棒」と小学生のようなことを言っていた。

結局、マクドナルドのドライブスルーへ入っていく。

「ビッグマックを十個、バニラシェイクを四個じゃ」

マイクに向かって大声をあげ、軽トラを前へ移動した。しばらくして大きな紙袋を受け取ると、ビッグマックを五個、シェイクを二個、俺の太腿に載せた。

「毎日これはさすがに厳しい」

「でかい図体して文句言いなさんな。鯨君なんか二十七個もビッグマック食うたことがあるんで」

高速道路に上がった蜘蛛手は片手運転で次々と口に押し込んでいく。

「こんな美味いもんを、よう発明してくれたもんじゃ。アメ公に感謝せないかん」

ご機嫌でマクドナルドの歴史を語りはじめた。なぜ知っているのか、学者のような話しぶりである。すべて平らげると今度は小泉今日子のテープを鳴らして歌い始めた。

一時間二十分ほどかけて俺がようやく食べ終わるころ、ちょうど名古屋に着いた。時間はかかったが胃が大きくなってきたのか初めて五つすべてを一度に食べきることができた。一昨日も昨日も、三つ食べて、夕方になってから残りの二つを食べていた。

インターを降りて十五分ほど走り、目的の老人ホームに着いた。白塗りの外観。辺りを圧倒する豪奢《ごうしゃ》な建物である。椰子《やし》の樹があちこちに植えられているのはリゾートホテルを模してのものだろう。蜘蛛手がアロハシャツを着ているのでセブ島にでも来たような気分である。入居料は他と較べて一桁か二桁多いに違いない。

ロビー受付で警察手帳を提示して用件を告げる。スタッフに案内されてエレベーターで三階へ上がった。介護士詰所のカウンターで説明を受けた。

「雪村さんは昨日の夜から体調を崩して、少し熱があります。あまり時間を取らないでください」

介護士の後ろから蜘蛛手と廊下を歩く。

「俺が先に怒らせます」

小声で言うと、蜘蛛手は黙って肯いた。《雪村則明》という名札の掛かった部屋に入った。個室の病室のようだ。普段暮らしている部屋から臨時で移されたのだろう。

雪村則明はベッドで点滴を受けていた。

「警察はいつもこんなにしつこいのか。これで四度目だぞ」

いがらっぽい声で言い、上体を起こした。この年齢にしては肉付きがいいが、たしかに顔色が悪く、やつれているように見えた。

俺はちらりと介護士を見た。察した介護士が「何かありましたらナースコールを押してください」と出ていった。

「わしらも座らせてもらいます」

蜘蛛手が折り畳み椅子をふたつ開き、俺にも促して座った。

「愛知県警の湯口といいます」

雪村に名刺を渡し、腰を下ろした。雪村は俺たち二人の名刺を持って持って顔を見比べている。テレビ局で最後は重役までいっており、サラリーマンとしては成功した男である。

「しつこいやつらだ」

雪村が吐き捨てた。

「これからも何度でも来ますよ」

俺の言葉で、雪村の顔が紅潮していく。

「警察官というのはＩＱが低いのか。何度話したら理解できる」

「あなたが容疑者かもしれないんで来てるんです」

「話すことはもうない！　帰れ！」

女性介護士が廊下からぱたぱたと走り込んできた。

「ちょっと、あなたたち何してるんですか！」

俺は警察手帳を提示した。介護士が驚いて頭を下げ、急ぎ足で廊下へ出ていって、すぐに紙コップを手に戻ってきた。

「レキソタンです。安定剤です」

錠剤シートを見せ、雪村則明の手のひらに出した。飲むのをじっと確認し、背中をさすって囁きかける。しばらくすると俺たちに頭を下げて病室を出ていった。

俺が手帳を開くと、隣の蜘蛛手も大学ノートを開いた。雪村は手に持つ紙コップを見ながら何か考えている。

機をみて俺は聞いた。

「彼女のことは愛していたんですよね」

「それは……まあ、そういうことになるだろうな」

濁した言い方をして、視線を床へ落とした。

「だったら協力してください。彼女の情報が多いほど犯人に迫ることができます。先の刑事たちに話したことと重複してもかまいません。聞く者が変われば別の局面が見えるはずです。犯人を挙げたい。俺たちは本気です」

雪村が顔を上げた。眼が合うと、居心地悪そうにまた下を見た。

「私はね、刑事から聞くまで彼女が死んだことすら知らなかった。新聞も読まないしテレビも観なくなったんでね」

特捜本部の共有情報では雪村がここに入ったのは八年前の八十一歳だ。忙しいマスコミ現場にいたので残りの人生は自分だけの世界に浸りたいと一切を断ち、時間はすべて区立図書館を利用しての読書に費やしているという。

「女房が死んでしばらくは一人でいたんだが、二人の息子に頼る気もないんで自分の意志でこの施設に入った。近ごろは自分から施設に入る老人が増えてるんだ。まあ俺の場合は息子たちに嫌われてるのもあるけども」

皮肉げに口元を歪めた。

そして「局時代だったら『企業戦士たちの寂しい末路』なんていうドキュメンタリーを企画したりするんだろうな。どうだい、面白くないか、そんな番組」とにやついた。

俺はペン尻で手帳を叩いた。

「被害者と出会った経緯と別れた経緯、両方を」

「そいつは何度も話した」

「もう一度」

「よくある不倫だ。とくに語るほどのことじゃない。昨日来た刑事にもその前に来た刑事たちにも話した。すべて話し尽くした」

「上司部下の関係だったんですよね」

「ああ。私がアナウンス局の課長のときに彼女が入局した」

「年齢はいくつ違うんでしたか」

知っていたが聞いた。

「十三だと思う。おそらく。だから私が三十五歳だな」

間違えなかった。

「三十五歳で課長というのは早い出世ですね」

「ああ。まあそうだな。少し早いかな」

言いながらまた咳《せ》き込んだ。そして紙コップの水を一口含んで荒い呼吸を繰り返した。

しばらく待ってから俺は尋ねた。

「その五年後には局次長にひとつ飛ばしで昇進しています」

「いや。四年後だよ。三十九歳だ。三十九歳で局次長になった」

「局長になったのは?」

「四十八だ。これは早かった」

「重役も見えてくる位置ですね」

「だから後に重役になっただろ」

出世組特有の少し不遜な言い方だった。

「被害者がアナウンサーとして入社してきたころの印象は?」

「それまでに入ってきた女子たちとはちょっと異質だった」

「異質とは」

「それも前の刑事に話した」

「もう一度」

俺が強く言うと、雪村は舌打ちした。

「若いときから、はしゃいだりということをあまりしない女だった。いつも静かなんだ」

「飲み会なんかでも？」

「そう。部局の飲み会でもそうだった」

「そのころ二人だけで食事したことは」

「もちろんあるさ。直属の上司と部下だから。昭和だからな」

「二人だけの食事は、彼女が在社中に何回くらい？」

「七、八回はあったと思う」

「彼女が会社を辞めて結婚したのは二十九歳でしたね」

「ああ。他の刑事たちと何度も時系列で話して覚えてしまったよ」

「二十六歳から退職する前年の二十八歳まで二人で不倫していたと」

「ああ。まあそうだ。刑事に聞かれたんで正直に答えた」

「雪村さんが答えたんではなくて、当時テレビ局にいた他の男性局員が『噂があった』と証言したので刑事が質したと聞いてますが」

「そうだな。たしかに」

「雪村さんは隠してたんじゃないですか？」

「不倫だから基本的に隠すだろう。いまの時代だって隠すだろうが、昭和時代だからな。不倫というのはセンセーショナルなものだったから社内で知られていいことはない。だから隠した」

「それで最初の刑事二人が来たときもその話はしなかったと」

「そうだ」

「そして二組目の刑事二人が来たときに『噂があったそうですが』と質されて渋々答えた」

「渋々ではないよ、君。隠したわけではなくて、彼女のプライバシーだからとくに言う必要はないと思っただけだ」

「そういうプライバシーほど教えてほしいのが殺人捜査なんです。できるだけ細かく話してほしいので、今日はそうしてください」

　俺の言葉に、また咳き込みながら雪村が肯いた。

「詳しければ詳しいほどいい。小さな情報が大切なんです」

「だがね、君。昭和三十年代から四十年代の話なんだ。さすがにもう忘れたことも多いんだ。テレビがまだモノクロでカラーへ移行している最中の話だ。どれだけ昔のことか考えてくれ」

　雪村はそう言って紙コップの水を飲んだ。

「被害者が何歳のときから付き合い始めたんですか。そして何歳のときに別れたんですか」

「それはこれまでの刑事たちに繰り返し話してる」

「もう一度。雪村さんの口から直接聞かせてください」

　雪村が溜息をつき、しばらくゴホリゴホリと咳き込んだ。

　そして「彼女が二十六歳のときから付き合いはじめて、彼女が二十八歳のときに別れた。彼女が退社するときにね」と言った。咳で酸欠になったのか顔色が蒼くなっていた。

　俺はまた彼の呼吸が戻るまで数秒黙って質問した。

「最初は雪村さんが好きだと告白したと聞いてますが」

「ああ。そうだ。綺麗だったからな」

「それで四年間付き合って別れたと。別れた経緯は雪村さんが『いつまでも不倫では君が歳をとってしまうから、若い結婚相手を探しなさい』と諭して、雪村さんから離れたと。そう前の刑事たちに話されましたね」

「ああ。そうだ。その通りだ」

「彼女は素直にすぐ別れてくれたとも前の刑事に聞きましたが」

「ああ。そう話した。もういいだろう」

雪村はむっとしながら紙コップの水を一口飲んだ。

「もう一度」と俺は言った。

「もういい加減にしてくれ。帰ってくれ。帰れ」

雪村が手の甲で払うようにして「帰れ帰れ」と言った。

「いい加減にしろ！」

俺はボールペンを床に叩きつけた。「好きだった女が殺されたんだろ！　犯人をこのままにしておくのか！　俺は池で彼女の死体を見た！　腐って蛆が這ってたんだぞ！」

雪村は頬を強張らせている。その眼をじっと見返した。雪村が眼を逸らして下を見た。しばらく考え「すまない。わかった。話すよ」と言った。

そしてそこから十五分ほどかけて、鮎子との出会いから付き合うまでの経緯、別れた経緯をもういちど順に説明した。さらに俺は付き合っているときのエピソードなどを詳しく聞いていく。そしてメモを取りながら、先に来た刑事たちに話した情報と齟齬《そご》がないか確認していった。

四十分ほど話を聞いて、蜘蛛手を見た。

蜘蛛手は肯いて軽く手を上げた。

「わしから雪村さんに聞きたいのはひとつだけです。もしですよ。もし自分がずっと付き合《お》うておれば、鮎子さんは今回のように殺されなかったのではと思わんかったですか。当時あなたが奥さんと別れて、不倫ではなく彼女と一緒になっておればと」

雪村はしばし考え、大きく溜息をついた。

「たしかに殺されたと聞いたとき『ああ』と嘆いたよ。人生は一度きりしかない。一度の人生の、たった一度の老後を誰と過ごすか。それは人間の最後の最後に残された、たった一つの自由だったんだなとその時に気づいた。あの子といま一緒にいる自分を想像して……」

言葉を詰まらせた。蜘蛛手はじっと観察している。雪村が涙をこぼしはじめた。そしてティッシュをまた一枚抜き出して洟をかんだ。

落ち着くのを待ってさらに質問をいくつかした。蜘蛛手は返答をメモしていき、しばらくすると大学ノートを閉じた。

「参考になりました」

二人で頭を下げ、立ち上がった。廊下へ出て介護士詰所に礼を言い、肩を並べて廊下を歩いた。

「彼じゃないですね」

「わしもそう思った。じゃが何か抱えておるようじゃ」

「そうですね。また来ましょう」

6

県警本部全体の四パーセント強が東日本大震災の復興支援へ行っている。この四パーセントがボディブローのように効き、特捜本部全体がじわじわと疲弊してきた。よく考えてみれば二十四時間の四パーセントは約一時間だ。ただでさえ少ない睡眠時間が毎日それだけ削られるのと同じである。

鮎子が風俗嬢になってからの男関係をすべて洗うには相当な労力が必要だった。それなのに捜査員は増やしてもらえない。

通常の殺人捜査ではそれまでの人生で肉体関係のあった者全員を一度は容疑者として俎板《まないた》に乗せる。しかし被害者が風俗嬢の場合、同じ基準――つまり肉体関係があった男をピックアップすれば全ての客が該当してしまう。

何をもって情夫とするのか線引きが難しい。捜査会議ではこれについて幾度か議論がなされたが答を出せなかった。店を介して会ったセックスは無機質で軽く、生活のなかで出会った者とのセックスは体温があって重いものだと誰が決めることができるのか。店内で会っても二十回指名すれば私生活で三回会った恋人より情が移るのではないか。そもそもセックスの回数でそんな線引きができるのか。倦怠《けんたい》した夫婦間の義務的なセックスより、リピーターとして風俗嬢を五回指名した客の性的行為が軽いものだとはいえないのではないか。しかも鮎子の場合、性風俗歴がおそらく三十年以上ある。ここまで男女関係で捜査遅滞が起こる事件を俺は初めて経験した。

特捜本部が設置されている三階訓授場の廊下を挟んだ向かいに第一会議室と第二会議室が隣りあってある。第一会議室が等々力キャップ以上の捜査幹部の戦略会議室、第二会議室が携帯電話発着信履歴の持ち主を特定して面接する専従捜査員三十二名の作業場である。警察の仕事はどんなに細かく煩雑で地味な仕事でも民間企業のように外注やアルバイトに任せられない。だから自分たちで地道にひとつずつ潰していく。

刑事だけではない。どの部署もそうである。例えば大雨の深夜、ずぶ濡れになって交通検問をしている警察官たちを目にしたことは誰でもあるだろう。

「雨が降っているから明日にしよう」

「寒いと風邪をひいてしまう」

「昼にやればいいではないか」

そうはならない。どんなに辛い仕事であっても、汚い仕事であっても、必ず自分たちの手でやらねばならない。鮎子の腐乱死体回収で鴨野次郎が汚泥と蛆にまみれたのもそのひとつである。警察官たちは山奥で藪蚊《やぶか》に襲われながら土中の死体を検土杖《けんどじょう》で捜し、下水処理場の糞尿《ふんにょう》に胸まで浸かって証拠品をさらわねばならない。一般人だったらおかしくなりそうになる仕事を農耕馬のように黙々とこなす。今回の発着信履歴のような細かくて地道な作業も結果が出るまで延々と続ける。

俺が刑事課に引っ張られたばかりのころ、先輩から一九六八年の三億円事件捜査の詳細を聞いて驚いた。犯人が遺したメガホンに付着していた僅か四ミリの新聞紙片を辿《たど》っての執念の捜査についてである。時の捜査本部はこの新聞を特定するために全国紙から地方紙まで数百紙の一般紙すべての朝夕刊バックナンバー、そして数千紙ある業界専門紙バックナンバーを、遡って約二年分一ページずつ、一記事ずつ、一文字ずつ、漏らさず細かく拡大鏡で調べていった。そしてその新聞紙片が一九六八年十二月六日付産経新聞朝刊十三版の十一面見出し、《品》という文字の一部分だということを突き止めた。紙片の紙質も精査し、愛媛県の大王製紙工場で作られたものであることまで調べあげた。この工場で印刷されて配布された産経新聞当該紙は一万三千四百八十五部であり、捜査員を大量投入して遂《つい》に販売店も特定する。紙片を見つけてからここに辿りつくのに要した時間は実に二年間であった。

今回の電話の発着信履歴も必死の捜査が続いていた。担当捜査員たちは睡眠時間を極限まで削って机にかじりつき、飛ばし携帯こそ譲渡経路の割り出しに難航していたが、全体の八割弱の持主を特定することができた。

これによって箱ヘル時代の後期とデリヘル時代の馴染み客のうち携帯電話で鮎子と直接連絡を取ることができた計二百六十九人と面接を繰り返していた。そして、元夫を含めた六人の情夫とは別に「恋人とはいえないが時々店外で会っていた」と判断された三十三人を任意同行して合意のもとポリグラフ――嘘発見機で虚偽をはかった。そのうち二人の男が非常にエキセントリックな反応をして捜査線上に乗せられた。ともに自家用車を所有し、仕事場と生活区域周辺への聞き込みで「易怒性」という噂を聞きつけていた。

▼野沢陽源《のざわようげん》（私立大学教授）
▼梅田豊《うめだゆたか》（中学校教諭）

野沢陽源は鮎子の十二歳下。妻子がある不倫だった。鮎子が名古屋市内の箱ヘルにいたころ二年間ほど付き合った。

彼は聞かれもしないことを蒼白《そうはく》になって話した。

「たしかに毎回、彼女に私を殴らせました。でもそれと今回のこととは関係ない。そもそも何年も会ってないんだから」

性的倒錯の入った関係だった。電話の発着信回数も全体のなかで四番目に多い。しかし彼の言うようにかなり以前のことであり、また電話履歴以外では繊細なまでに足跡を残していないので、特捜本部としてはそれ以上突っ込むこともならず、灰色のまま泳がせることになった。

もう一人の梅田豊という二十九歳下の中学教師は、鮎子が六十七歳、梅田豊が三十八歳のときに昭和堂の客として知り合い、個人的に一年半ほど外で付き合っていた。

「清廉を求められる仕事なんで連絡されたら困ります」

そう繰り返し、家や職場に来られないよう何度も自分から出頭して任意聴取を受けた。

「彼女を愛していた。殺すなんてありえない」

両手で頭を抱えてその一点を強調したが内偵捜査で彼が銀行とノンバンクに合わせて千二百万円を超える借金を抱えていることがわかり、こちらも泳がせる方針となった。しかし野沢陽源も梅田豊も例の九つのアルファベット『B・E・H・I・K・M・O・S・T』に苗字も下の名も合致しない。

この日も夜の係長級会議にこれといえる情報は上がらず、特捜本部の空気は重たくなっていた。そんななかで捜査員の各コンビはそれぞれ独自の筋読みを並行して捜査し、時にトリッキーに動いていた。今回のように混乱した捜査ではあらゆる組にチャンスの目が出てくるため、全体の動きの振幅が激しくなる。こうなってくると各組同士の捜査攪乱《かくらん》も目立って増えてくる。例えば「ドブネズミの肉を購入していた男がいるという情報を捜査幹部は摑んでいる」という噂があったが、どこかの組が流した偽情報の可能性が高い。

俺は蜘蛛手と捜査方針で揉め、口論が絶えないようになっていた。

蜘蛛手は強く俺に言っていた。

「特捜本部がマークしちょる者はみんなシロじゃ。もっと深く長く付き合《お》うた男がおるはずじゃ。十回二十回外で会うたとか三年や五年付き合ったとか、そんなレベルじゃない関係の男がおったはずじゃ」

「だからその理由はと俺は聞いてるでしょう」

「四十七ヵ所の背中の傷じゃ」

「それはもういい」

「よくないで。わしには彼女が逃げる姿がどうしても思い浮かばん。そういった感覚っちゅうんは大切じゃろ」

「もういい。聞く気はない」

特捜本部はあのジオラマと自家製書籍二十六巻の内容精査に多くの捜査員を充てていた。

7

鮎子の四十四歳以前の性風俗店勤務歴はいまだ摑めないでいた。気配はあるがどこまでいっても尻尾が見えない。

理由は店の開廃業の激しさにある。オープンして一年も続けば成功店とみなされる業界だ。もうひとつは風俗嬢同士の関係の希薄さも原因だ。同じ控室を何年も使っていながら一度も会話したことがなかったり、互いに経歴を騙《かた》りあうのがあたりまえの世界だった。

迷走する捜査に特捜本部内の空気は日々悪くなっていく。そんななかテレビ番組で犯罪評論家が「東電ＯＬ殺人事件の二の舞になって迷宮入りする可能性がある」と発言した。幹部たちは「冗談じゃない！」と激怒し、テレビ局にクレームをつけた。しかしこのままでは本当に迷宮入りではという悲観が現場捜査員たちの間でも拡がっており、上層部と現場捜査員たちとの間に隙間風が吹きはじめていた。

「電話履歴に人を割きすぎだろが」

「こんな人数でどうやって追えってんだ」

電話発着信履歴の解析と面接に多くの労力を割かれて人が不足していた。十年も十五年も前の客筋を必死に掘り起こして三百名近い者の面接をしていたが、携帯を使わずに連絡していた頃を含めれば大河の一滴ですらないだろう。鮎子の性風俗歴はあまりに長すぎた。しかも彼女が六十歳くらいまでは携帯電話があまり普及していなかったので、鑑取り担当の捜査員たちは足を使ってそれ以前の交遊を洗っていた。みな睡眠時間を極端に削って捜査を続けていた。そこに記録的な猛暑が重なり、酷い消耗戦となっていた。

四十四歳以前の性風俗勤務店が判明したのは特捜本部六日目、七月二十六日である。情報を上げたのはまたしても榊惇一と岡崎署強行犯の小俣政男のコンビだった。小俣は五十六歳の巡査部長。固太りで前頭部が禿《は》げ上《あ》がっている。蜘蛛手によると刑事課ナンバーワンの実力者で、その薄い髪から署内では〝岡崎署のショーン・コネリー〟と呼ばれているという。

「被害者は離婚した三十五歳の秋から岐阜の金津園《かなづえん》のトルコ風呂で働いていたことがわかりまし

た」

小俣の言葉に、訓授場内は大きなどよめきに包まれた。四十四歳からという性風俗歴が九年もスライドする場外ホームランである。そのトルコ風呂はいまでは店名が変わって新しいソープランドになっているが、当時の男性従業員の一人に会うことができ、彼が現在、そのときのトルコ嬢の一人を内縁の妻にしている幸運も重なって、多くの情報を得ることができた。

当時、鮎子はほぼ週一のペースで名古屋駅から岐阜駅へ電車通勤していたという。源氏名は小鴨《こがも》である。鮎子が元テレビアナウンサーであることも当時名古屋市内で結婚式の司会業などをしていたことも、元男性従業員と元同僚トルコ嬢は知らなかった。

現在六十八歳のその元同僚トルコ嬢はこう証言したという。

「小鴨さんは名古屋の自動車関連の下請工場で組み立て作業員をやってると言ってました。当時の金津の嬢なんて訳ありばかりだったからみんな適当なこと言ってた。でもまさか東大出てるなんて思いもしませんでした」

鮎子はこのトルコ風呂がよほど合っていたのか、三十五歳から四十二歳まで、丸七年間も勤めていた。人妻トルコと銘打ったこの店で鮎子は八歳ほど若くサバを読んでいたが客は誰もそれに気づかぬほどの美貌だったという。

老人ホームの雪村則明が急死したのは翌日である。八十九歳、急性肺炎だった。この報を等々力がマイクで話した瞬間、隣の蜘蛛手がドンッと机をたたいた。俺も目の前が昏くなるほどのショックを受けた。明日また二人で話を聞きに行く予定だったのだ。これで闇に消える情報が幾つもあるかもしれない。

第六章　青い自転車の女

1

特捜本部は迷走していた。そのためこの日、夜の係長級会議は全捜査員を集める臨時全体会議に変更されることが通達されていた。蜘蛛手の性風俗講義が行われるためだ。

これまで二度にわたり係長級会議で行われた蜘蛛手の講義は絶賛されていた。その内容を岡崎署の係長たちは夜の柔道場で若手刑事たちに話し聞かせていた。今回、全体会議で行われることになったのは、若手たちが「俺たちも直接それを聴きたい」と幹部に直訴したからである。幹部がそれを受け、遅滞する今回の特殊な殺人捜査の打開をするために企画したのだ。

百四十余名が席につくなかで蜘蛛手が前へ出ていく。幹部席の横で長髪をかきあげ、マイクを手にした。

「岡崎署生安の蜘蛛手です。まず、みなさんには性風俗産業や風俗嬢を別世界のもんじゃいうて遠ざけたり蔑《さげす》んだりせんでほしいのです。経済的階層の上のほうにおる者はどうしてもそうなりがちなんじゃが、その陥穽《かんせい》にわしら捜査員がはまってしまうと事件が見えんくなります」

ぐるりと訓授場内に視線を巡らせた。

「景気が落ち込んでおる現在、相対的にわしら警察官はけっこうな暮らしと安定を手に入れちょります。じゃけ、しっかり想像してほしいんです。警察官ではなく、大学に行きたかったけれども母子家庭で金がなくてパン屋でバイトをしながら今の歳になった自分を。中学を出てすぐに町工場に勤め、油まみれになって今の歳になった自分を。少しずつ日本も変わりよる。じゃが、なかなか変わらんこともある。例えば経済格差。例えば女に対する差別じゃ」

　蜘蛛手が最前列の若手男性刑事を指した。

「あんたはどう思う？　女性に対する差別なんて現代においてはもう無いと言う者もおるが、そうかいね」

「私は依然として残っていると思います」

「そうじゃの。なんといっても所得の格差が大きい。平均年収が男の半分しかない。それをしっかり受け止めたうえで、女の立場から今回の殺人事件を見んといかん」

　一課の者も岡崎署の者も真剣にメモをとっている。

「セックスっちゅうんは不思議なもんじゃ。どうでもいいことであり、どうでもよくないことでもある。ふたつの面を表裏にこれほど色濃く持っておる事象は他にありゃあせん。風俗嬢と客は金で関係をもっておるだけじゃけ大したことなかろう――知らん人はそう言います。じゃが、性風俗の現場をよう考えてみてください。表向きは夫婦か恋人としかせんとされておる性的行為じゃ。しかし性風俗では初めて会《お》うた見知らぬ男女が全裸になって密室で睦《むつ》み合《あ》う。ディープキスを繰り返し、乳首や性器を舐め合い、愛液と精液を口で啜り合う。気に入れば客は繰り返し指名するリピーターとなる。行為の前後に腕枕で身の上を互いが話す。繰り返し会うておるうちに過去の生い立ちを知っていく。お互い情が移っていつも一緒にいたいと思いはじめ、相手が他の異性と何かあれば嫉妬するようになる。どうじゃ、この流れは。普通の恋愛の芽生えと同じじゃないか」

　皆が聞き入っているところで蜘蛛手が人差し指を一本立てた。

「ええかい。ここが大事じゃ。肉体が金で買えるということはそういうことなんじゃ。向き合うと苦しいことじゃが、詰めて考えていくと、それが人間という生き物の哀《かな》しい側面であり、怖ろしい側面であり、いまわしらが生きる経済優先社会の醜い姿でもある。わしら生安の風俗担当はそういった辛い現場を毎夜見ておる」

蜘蛛手の眼は潤みをおびていた。

そこから性風俗の現場の説明になっていく。

まず話されたのは〝キング・オブ・フーゾク〟といわれるソープランドだ。札幌《さっぽろ》ススキノから福岡中洲、そして沖縄まで、全国に千二百店ほどあるらしい。膣への男性器挿入、つまり本番ありのこのソープがなぜ存在し続け、検挙もされないのか。それは売春防止法に抜け穴があるからだ。管理売春には罰則があるが、個人がやる単純売春には罰則がないという。

だからソープランド店は小部屋を女性従業員に「貸している」という言い訳を持っており、入店者から入浴料という名目で半分の金を貰い、小部屋に入ってからソープ嬢がサービス料という名目で残り半分の金を取る。店側は「個人事業主であるソープ嬢が個室のなかで何をやっているかは知りません。恋が芽生えて恋愛関係になってるかもしれません」という立場だ。石鹸やローション、コンドームなどを女性従業員たちが自分の収入のなかから購入しているのは、こういった事情があるからである。

「マット洗いや泡踊りの説明はないんですか」

誰かが小声で言った。訓授場内に小さなざわめきが起きた。

誰かが机をバンッと叩いた。

夏目直美だった。顔を赭《あか》くしてまわりを睨みつけている。

蜘蛛手が彼女をちらりと見てソープランド以外の性風俗について解説を始めた。膣への男性器挿入はなく、手淫や口淫などいわゆる性交類似行為を使っての営業形態である。

はじめにピンクサロンと呼ばれる一九六〇年代からある風俗。略してピンサロ。サービスは本番行為以外のすべて。ソープなどと違って個室ではなく、大きな部屋、つまりサロンにソファが並んでおり、客一人に女性一人が付く。建前上は飲食店のため、シャワー室や個室を設置することができないのでおしぼりで代替する。もともとあった「お触りＯＫ」のサロン店が「フェラチオあり」になるかたちで出てきた店だという。

「蜘蛛手係長――」

三列目に座る男性捜査員がペンを握る手を上げた。二十代の半ばか。

「ではデリヘルの源流には、ファッションヘルスとは別に、そのピンクサロンが発展して出張版となったという理解もできるのでしょうか」

「それはちょっと違うの。ピンサロはかなり古式の形態じゃ。対してデリヘルは別ルートから発展した形態じゃ。順番に話してくけ、きっちり頭んなかで整理していってくれ。まず、ピンサロは他の客たちと同じ大部屋でサービスを受けるが、箱ヘルは狭い個室に入ってサービスを受ける」

そう言って《箱ヘル》とホワイトボードに書いた。

「被害者土屋鮎子が箱ヘルに勤めはじめたのは四十四歳じゃ。この箱ヘルちゅうんは一九七〇年代末から現れてきた店舗型の店で、ファッションヘルスというのが正式名称じゃ。通常『ヘルス』と言う場合、このファッションヘルスのことを指しちょるんじゃが、最近ではデリヘルと区別するために『箱ヘル』と呼ぶようになった。個室は二畳から二畳半くらいの広さで、ソープと違うてバスタブはないが、狭いながらもシャワー室がある。そして小型簡易ベッドで本番以外、つまりフェラチオやシックスナインなどのサービスを受け、射精は基本的にヘルス嬢の口のなかで行われる。この箱ヘルの出張型として出てきたのがデリバリーヘルス、略してデリヘルじゃ。客の自宅やホテルに女の子が派遣される」

そこまで話すと炭酸飲料を一口二口含んだ。一息ついて話を続ける。

「このデリヘルは一九九九年の風営法の改正が契機になって生まれ、爆発的に増えておる。女の子たちの待機場所として普通のマンションの部屋をひとつ借りれば事足りるけえ起ち上げ時の金銭的負担が小さいこと。認可が簡単におりること。そして深夜零時までしか営業できん箱ヘルと違うて何時まででも営業できること。こういったことが理由で瞬く間に店数が増えたんじゃ」

言いながらホワイトボードにチャート図を描いていく。

「そして店舗型と違い、客の自宅とかラブホテルとか普段の恋愛感覚に近い場所で仕事ができるけ、主婦やOL、女子大生などがバイト感覚で大量に流れ込んできた。それがまた素人感があるということで男性客たちを呼び寄せ、店が増え、客が増えという好循環を呼んだ。今ではソープや箱ヘル、ピンサロなんかを抜いて、デリヘルの数は全国に二万店近くになった。これはマクドナルドの店舗数の七倍くらいになる」

訓授場内にざわめきが起きた。

「現在、現役風俗嬢だけで日本に三十万人はおると言われちょる。ネットの出会い系なんかを介しての援助交際、極道が裏で仕切る裏売春、飲食店の陰で行われている組織売春、そういうんは含まれておらん。すべて含めりゃ五十万人や六十万人じゃきかん。規制が強まると地下へ地下へと潜っていき、違法なものも増えてくる。アメリカの禁酒法時代のようになってきて、そういった地下風俗を取り締まるのに、わしら風俗担当の捜査は相当厳しいもんになっておる」

蜘蛛手は板書しながら話し続けた。

「一方ではもちろん合法の性風俗も際限なく膨らみ続けておる。世界で最も性産業のジャンルが多いのは日本、人口あたりの従事者数が多いのも日本じゃとわしは思う。最近では性別を越え、女性用やゲイ用、あるいはレズビアン用の風俗も増えて、年配者の性風俗従事者の数も増えておる。今回の被害者もこうした流れのなかにいたことをまずは皆さん、押さえておいてください。鮎子さんがぽつんと年配の性風俗嬢として現れたわけではない。性風俗の歴史の線上に必然的に出てきた人なんじゃ。不思議なもんで、下は十八歳以上と法律で決まっておるが、上には制限がない。六十歳でも七十歳でも風俗嬢ができる。わしらのような生安の人間はよう知っておるがそれ以外の捜査員は『そんな年配者が風俗嬢をやってるなんて異常なこと。ごく一部だけのことでしょう』などとわしに聞いてくる。じゃけ、ここでちょっと実際の店を見てもらいます。いまパソコン画面とこのプロジェクターを繋いでもらいましたけ、ネット検索します」

蜘蛛手が横の席に座った。そしてキーボードを叩きカーソルで何度かボタンをクリックする。するとホワイトボード横の巨大スクリーンに白い割烹着を着た年輩女性の写真がずらりと出てきた。腕や指先をポージングして性的な色気を演出している。訓授場内がざわつきはじめた。

「これは名古屋市内にある超熟女デリヘル店のホームページじゃ」

女たちの写真は横に三列、蜘蛛手が下へスクロールしていくとそれが延々と下へ続き、何十人と出てくる。驚いたことに何割かの女は顔にモザイクがなく素顔をさらしている。

「この数字が年齢じゃ」

ざわめきの中で蜘蛛手がカーソルで指し示したところには『68』と書いてある。つまり六十八歳の女である。『B82W78H96』とスリーサイズも記されている。『ふみこ』というその女の写真を蜘蛛手がクリックした。訓授場内が大きくどよめいた。『ふみこ』の全裸写真がたくさん並んでいた。両手で胸の谷間を強調する写真、四つん這いになって尻をこちらに向ける写真。バナナをくわえている写真はフェラチオを想起させるためのものだろう。

「こういったあからさまな性的ポーズは一昔前は二十歳前後のグラビアアイドルやAV女優がやっ

ておった。それを近所にいそうな普通の六十代や七十代といった女性たちが顔を出してやっておる。表情やポーズを見てみんさい。堂々としておるじゃろ。客たちに指名され、ファンのリピーターがつき、甘いキスをされ、『ええ女じゃ』と褒められ、大切にされるうちに、若い頃の自信を取り戻しておる。これを見てどう思うかはそれぞれ勝手じゃ。じゃが、十八歳から七十代八十代まで、女性たちが電話一本で実際に眼の前にやってくるという事実があることだけ頭に入れてほしい。この会議が終わったら家からでもホテルからでも電話してみてくださない。指名して三十分もすりゃ、ここに映っておる本人がやってきて裸になってフェラチオじゃ。そしてシックスナインに移って、最後は精液を口のなかに受け、オプション代を払えば飲んでもくれる。二人で盛り上がれば店に内緒でその場で挿入じゃ。ええですか。街のあちこちにあるラブホテルや自宅のカーテンの向こうで、いまこの時間も現在進行形で数十万人のデリヘル嬢と客が唾液と精液と膣分泌液にまみれて組んずほぐれつしちょる」

訓授場内はざわついたままだ。

蜘蛛手がパソコンを閉じて振り返った。

「これはSF映画の一場面じゃない。現実じゃ。眼をそらさんことじゃ」

強く言った。そして蜘蛛手がホワイトボードに《性風俗の価格帯》と書いた。様々な風俗の価格を列挙していく。

✓ソープランド　1万数千円〜5万円
✓箱ヘル・デリヘル　1万5千円〜2万5千円
✓手コキ付き出張マッサージ　1万円〜2万円
✓ピンサロ　3千円〜9千円

「このように性風俗の種類によって価格はまちまちじゃ」

蜘蛛手がこちらを向くと岡崎署の女性刑事が手を上げた。

「係長。いま料金を聞いて、思った以上に安いことに驚きました。私たちのような業界外の人間からすると、このような価格で性的サービスが行われていることに驚きます。現実の話とは思えないんですが、私たちにもわかるように説明願えませんか」

すると、彼女の近くの男性刑事が小声で「政治家だって利用してるやつもいるらしいぞ」と言った。一人か二人の小さな笑いが起きた。誰かがガタンと立ち上がった。

「これは何のための会議ですか！」

夏目直美だった。笑いが起きた辺りに視線をやり、それから蜘蛛手を睨みつけた。蜘蛛手は困ったように頭を掻いている。

「おい、夏目座れ」

丸富が片手を伸ばし、その手のひらを下へあおって着席を命じた。その丸富を夏目直美が人さし指でさした。

「課長！　あなたが会議の責任者ですよね！　責任所在をはっきりさせてください！」

「いいから座れ。会議を壊すな」

強く言う丸富の眼を、夏目直美は睨み返した。

「座れとはどういうことですか！」

捜査書類一式を手にしてドンッと机で揃え、それを抱えて出口へ歩いていく。会場がざわついた。夏目がドアに肩をぶつけて出ていった。

「係長。すみません」

等々力がそう言って立ち上がった。強張った顔で蜘蛛手からマイクを奪った。二人でぼそぼそと話している。蜘蛛手が首を捻りながらこちらの席に戻ってくる。講義はそこで終わったが、訓授場内はざわついていた。皆の視線は夏目直美が出ていったドアを向いていた。

2

長い会議が終わったのは午後十一時四十五分過ぎである。蜘蛛手が幹部席に呼ばれ、立ち話を始めたので、夜食会を待つために俺は廊下へ出た。自販機でアイスコーヒーを買った。それを啜って氷を嚙み砕いていると、女性署員の何人かが廊下の隅に集まって何やら談義している。もちろん夏目直美のことだろう。

食事をしながら夏目がこう言ったことがある。

「柔道をもっと練習すれば男に勝てるだろうか。それとも空手やボクシングみたいな打撃技の習得も必要だろうか」

はじめ犯人制圧の話かと思った。しかしよく聞くとそうではなく生活すべての場での腕力を言っていた。職場での男性刑事との摑み合い、路上での不良相手の喧嘩、それらすべてのシミュレートだ。俺が「格闘技をやって中途半端な自信を持つと、かえって危険に巻き込まれる。技術では越えられないサイズ差や体力差がある。シェパードや秋田犬がいくら訓練を積んでもライオンや虎には勝てない」と言ったら、三十分以上にわたって議論を挑んできた。

これらはこの警察社会が外の世界の何倍も男中心社会であることへの怒りからきている。

「理論では勝ってる。肉体的な戦いでも負けたくない」

ショルダーホルスターで拳銃を携行しているとき、俺たち男性刑事は絶対に上着を脱がない。市民を威圧しないように行動しろと先輩たちに厳しく教えられてきた。しかし夏目直美はときどき上着を脱ぐ。

「いまならどんな男の凶悪犯にも負けない」

高揚したように呟くのを見て驚いたことがある。しかしいつも拳銃を持って歩けるわけではない。だからこの頃ではドライバーやルーペなども付いたビクトリノックス社製アーミーナイフを入れたケースを「刃渡りが五・五センチだから銃刀法違反にはならない」と言って腰のベルトに付けたりした。

「正当な理由がなく携行すれば軽犯罪法に触れるぞ」

俺の言に、彼女は顎を突き出した。

「警察官だから何らかの被害者を助けるためにロープを切ったり、いろんな緊急時に必要になる。正当な理由でしょう。路上で地域課に誰何《すいか》されたらそう言う」

そして「そもそも体格が小さい女性警察官が治安を守るには各種の武器を複数携行する必要がある。法律のほうを変えないといけない」と言った。海外警察におけるスタンガンや催涙スプレーなどの制式採用状況を小論としてまとめ、本部の女性警察官たちと勉強会を開いたりしていた。彼女の主張は真実をついている。しかし男社会である警察が変わるには現在の成員がすべて入れ替わるまで、つまり半世紀必要なのではないか。男の俺が時に息苦しくなる社会だ。

俺はアイスコーヒーを啜り、どう話そうか考えを巡らせてから電話をかけた。上司部下の関係だ。この事態に電話をかけるのは当然だ。それでも内容を聞かれない程度に人混みから離れた。

「どちらが正しいかの問題じゃない。課長に直接会って謝罪しておけ。あとあと面倒になる」

だが夏目直美は何を言っても聞かない。そして会議中に男性捜査員たちから笑いが起きたことの下品さと、蜘蛛手の話し方の下品さ、警察組織の男性優位のありかたへの怒りを言った。そのうち電話を一方的に切って出なくなり、メールで話を続けるしかなかった。やがてメールの返信も来なくなった。

警察組織では、今日の丸富と夏目のようなトラブルを放置しておくと定年まで何十年でも後《あと》を引く。どこの署にも窓際でぼんやりしている年嵩《としかさ》の警察官が何パーセントかいる。そして小声で「あの人がゴンゾウになったきっかけを教えてやろうか。二十五年前にな——」などという陰口を幾度も聞かされた。〝働かないやつ〟という意味のこの警察隠語は英語のＧＯＮＺＯからきている。国を越えてゴンゾウという言葉があること自体、警察という組織のありかたが強い矛盾を孕《はら》んでいることを表している。このままだと夏目は丸富に刑事部門を外される可能性もある。

3

翌七月二十九日。夜の係長級会議で岡崎署暴対係長が報告中、訓授場のドアが静かに半分ほど開いた。佐々木豪が顔を出した。腰を屈めて中へ入ってくる。俺のところまで来て片膝を突き、小声で告げた。

「警務課の女性が係長を探しています」

「どうした」

「用件はわかりません。廊下にいます」

要を得ないまま立ち、佐々木と共に静かに廊下へ出た。そこには〝ミス愛知県警〟が立っていた。数枚の紙を差し出した。

「これ、湯口係長のものでしょうか」

受け取った瞬間、血の気が引いた。昇任試験問題集の二枚のコピーである。

「漫画喫茶の遺失物として交番に届けられたそうなんです」

「知らないな」

無表情を装ってそれを返した。あの翌日、スーツの内ポケットになかったので自分でも知らぬうちにスポーツバッグの中にでもしまったのだろうくらいに考えていた。疲れが溜まって集中力が切れていた。

「みなさんが湯口係長のものだと仰《おつしや》るみたいで、うちの課長が聞いてこいと……」

胸の名札を見た。喜多美雪《きたみゆき》という名前だった。

「みなさんて誰だ」

強く言うと、喜多が身を縮めた。

「本部の人たちみたいです」

「俺の物じゃない」

警部の予備試験問題集である。岡崎署の係長か本部三係の警部補、つまり湯口か榊惇一か神崎進しかいない。地域課員が聞いてまわって、三係の何人かが俺を名指ししたに違いない。

「どういたしましょうか」

喜多は肩をすぼめながら少し震えている。

「俺に聞かれても困る。地域課でなんとかしたらいい」

「地域課さんは持ち主を見つけるか、見つからなかったらシュレッダーで断裁してくださいと……」

「だったら君の判断で処分しろ」

メモ書きがある。断裁してくれたほうがいい。筆跡を合わせられたら俺のものだとわかってしまう。こじれれば漫画喫茶の防犯カメラを見られる可能性だってある。名目がたてば警察は何でもやる。俺は「失礼」と一言いって会議室のドアを引いた。ゆっくりとした所作で一番後ろの席に座った。あれだけ否定したのに喜多は俺のものだと信じきっていた。よほど連中が強く吹きこんだのだ。数列前に座る榊惇一の背中を見ながら怒りが収まらなかった。

会議が終わったのは午後十一時二十分過ぎである。書類をまとめる担当デスク数人を残し、他の者は訓授場を出ていく。蜘蛛手が顎をしゃくった。

「ドリーとシロナガスは女子何人かと一緒に刑事課長代理に拉致されてどっか食いに行ったけ、今日はわしらだけじゃ。豚足食うて少し鑑を回ろうで」

そのまま二人で一階へ降りて夜の岡崎へ出た。アスファルトの輻射熱《ふくしゃねつ》に炙《あぶ》られて一気に汗ばむ。歩きながら俺は夏目直美にメールを打った。

〔もしかして直美も岡崎の代理と一緒か。終わったらメールをくれ。会って昨日の会議の対応を考えよう。ETはしつこいぞ。このままだと誰も得をしない〕

送信してポケットに放り込んだ。すぐにメール音が鳴った。取り出すと《RDN》である。岡崎署の女性刑事たちとファミレスにいるという。

《今日も緑川氏と何度もぶつかった》

〔いつものマウント合戦か〕

《茶化さないで》

〔指揮を執れないおまえも悪い〕

《ブチ切れる寸前》

〔やめろ。上司の俺が迷惑する。飯が終わったらメールをくれ。二人で少し飲もう。そのあと数日中にETも含めて三人で話そう〕

スマホをポケットに戻しながら乙川の長い橋を渡っていく。普通なら川の上は風が吹き抜けるが、まったくの無風なので生ぬるい空気が重く漂っている。ここ数年、地球温暖化で異常気象が続いているが、それにしても今年はあまりに暑い。今日も全国で三百人近くが熱中症で救急搬送され多くの老人が死んだというニュースが流れていた。いまだ続く東日本大震災の復旧作業はこの猛暑で困難を極めているようだ。とくに遺体回収作業は腐敗損傷が激しく大変な状況だという。

遊郭跡の狭い路地へ入った。歩きながら左右の暗闇を注意深く見て映美の影を探す。緑川さんに恋人がいるか聞いてほしいと言われたあの夜から一度も会っていない。蜘蛛手の横顔には映美を探しているふうはない。

辻を折れてネオン街へ出た。スーツ姿のサラリーマンや大学生風カップルのほか、高校生らしきグループも歩いている。遊郭跡の暗い道を来た後だけに、余計に明るく賑やかに見える。

「今日は人が多いのう」

蜘蛛手が周囲をぐるりと見ながら汗に濡れた長髪をかき上げた。

ポケットでメール着信音。スマホを抜き出した。《ＲＤＮ》。長文をスクロールしていく。

《疲れてるから食べ終えたら一人で署に戻る》

メールはそう締めてあった。俺のメールには一切触れていない。電話をかけて怒鳴りたい感情を抑えて返信を打った。

〔ところで俺の問題集のコピーの件、噂になってないか〕

しばらくスマホを手に持って返信を待ったが返ってこない。ポケットに戻した。左前方から視線を感じた。先日喧嘩の発端になった例の客引きである。近づくにつれ彼は俺から視線を外した。そして腰を折って蜘蛛手に揉み手をはじめた。

「クモさん。仔猫《こねこ》女子大、本当はもう終わりなんすけど、クモさんなら特別に今からでも入れますよ。特別に花びら回転も付けます」

「わしは豚足を食いにきた」

「いいじゃないですか。すっきり抜いてから食べましょうよ」

そう言ってにやつき「このマッポ、新しい部下ですか」と俺を顎でさした。

「違うで。本部の人間じゃ」

「へえ、偉い人なんですね」

「偉くなんかないで。わしと同じ警部補じゃ」

「それにしてはこの間はずいぶん偉そうなこと言ってましたよ」

「なんじゃ。あんたら知り合いかい」

「いや、腰抜けなんでね。てっきり岡崎署の一番下の部下なのかと」

「おい――」

肩に手を掛けると一瞬ひるんだが、鼻息を吐いて嘲るような顔を作った。蜘蛛手が俺の手首をつかんで離させた。そして財布から一万円札を一枚抜いて男に差しだした。

「二人分じゃ。こいつと向きおうてパンツ下げるんは嫌じゃけ、別ボックスにしてくれ。わしゃいつもの理彩《りさ》ちゃんでの」

男がへいへいとその札を押し頂いて、巾着からお釣りを渡した。本当に入店するつもりなのか。俺は焦った。

「蜘蛛手係長。これは生安の立ち入りですか」

「違うで」

「捜査ですか」

「そいつもちょっと違うの」

「だったら遊びですか」

「あんた、わしをなめとるんかい。話を聞くんじゃ。生安の情報はこういうところで集めるんじゃ」

そして客引きの肩を叩いた。

「こん男はKじゃいうて名乗うとる。本名はわしが言うわけにはいかんけ、自分で聞きんさい。こんあたりの何軒かの店の客引きをしちょる。使える男じゃけ、仲良うしんさい」

そう言って勝手に歩いていく。

Kは俺を一瞥して蜘蛛手を追った。帰ったら何を言われるかわからないのでついていくことにした。十五メートルほど先のビルの地下一階に店はあった。看板には少女漫画風のイラストが桃色や黄色を多用して描いてある。《仔猫の女子大学》という店名と《ニャンニャンしちゃうぞ》《憧れのお嬢様がいっぱい》というキャッチが丸文字で書かれていた。Kがドアを引いた。「お二人さま、ご案内！」と大声をあげた。店内から「いらっしゃいませ！」と複数の男の声が唱和した。暗い店内に洋楽が大音量で流れている。無数の小さな光が明滅している。プラネタリウムのようなその中へ蜘蛛手が入っていく。Kが振り返った。そしてはっきりしろとばかりに顎をしゃくった。その眼を睨みつけて俺も中へ入る。入れ替わるようにKは出ていった。

「どうぞ、こちらへ」

蝶《ちょう》ネクタイの男性店員が大声で言い、インカムで誰かと話しながら導いていく。あらゆる角度から鳴る洋楽の爆音で顔の皮膚が小刻みに震えた。ピンサロに入るのは初めてだ。眼を細めて闇を探った。二人掛けソファが前を向いて並んでいる席と、テーブルを挟んで二人掛けソファがふたつ向かい合わせになっている席がある。

男性店員に導かれ、ずらりと並ぶ前向きソファのひとつに座らされた。別の男性店員が瓶ビールを持ってきて栓を抜き、コップに注いでくれた。それで口を湿らせていると、斜め前のソファの男が振り向いた。蜘蛛手だった。「今日は楽しむでぇ」と大声で言い、膝の上に乗る女のスリップをたくしあげた。そして乳房の谷間に顔を埋《うず》めた。

話を聞くだけと言ったではないか――。

「お待たせしましたあ」

高い声がして、俺の横に小柄な女が座った。丸めたおしぼり何本かとピンクの名刺をテーブルに置き、両手を膝に揃えた。

「双葉《ふたば》です。はじめまして」

上はブラジャー無しのスリップ一枚、下はパンツだけの下着姿だ。おしぼりを一つ取り、俺の手を拭いはじめた。爪のまわりを痛いほど強くしつこく拭ってくる。自分の身体を触られるので汚れが気になるのか。

「遅いですけど、どこかで飲んできたんですか」

手を拭いながら双葉が聞いた。洋楽の爆音のなかでの会話なので顔が近い。甘い匂いは香水か。いや息そのものが甘いのか。判別できない。双葉がおしぼりをテーブルに戻し、くるりと廻った。そして俺の膝に乗り、俺の両太腿を自分の腿《もも》で挟んだ。対面座位の体勢である。眼前二十センチに顔。甘い香りが強くなった。犬のチワワをさらに前から潰したような顔だ。まだ二十歳そこそこではないのか。

「君は何歳だ」

「君って、なんかおかしい。あはは」

双葉はのけぞって笑った。そして急に真面目な顔になり、俺の首に両腕を巻きつけてきた。

「面白い男の人って好きよ」

腕の感触が絹のように滑らかだ。暗い部屋。明滅する光。鳴り響く洋楽。そして甘い匂い。頭がくらくらしてきた。

　俺の両太腿をはさんでいた双葉が尻を横へずらし、左太腿だけをはさみ直した。パンツ越しに彼女の性器の熱と湿りけがわかった。反応を気づかれぬように俺は下半身を少しずらした。

「君は本当に大学生なのか」

　聞くと、双葉がまた「君っておかしい」と笑った。前歯の中央が二ミリほど空いたすきっ歯である。唐突に笑うのをやめ耳元に顔を寄せた。「薬学部の二年よ」と囁いた。そして名古屋市内の有名大学の名を言った。

「嘘を言うな」

「どうして？」

「こんな店で本当のことを言うわけがない」

「お兄さん、若いくせに古すぎ。悪いことしてるわけじゃないもの。気にするほうがおかしい」

　双葉がぐいと俺の肩を押して距離を取り、眼を合わせた。

「お兄さんも教えて。なんのお仕事？」

「言う必要はない」

「じゃあ当てる。私、仕事当てるのが得意なの」

　俺は黙った。飲み屋でも同じようなことを言う女は多い。

「さっきからなんとなく感じてるの。外見は三十代半ばに見えるけど落ち着きが五十歳くらい。大学の先輩に同じ空気の人がいる。麻薬取締官みたいな仕事じゃない？」

　俺は視線をそらしコップのビールを一息に飲み干した。おそらく本当に薬学部の学生なのだ。だから麻薬取締官の知り合いがいる。しかしそうだとしても驚くべきアンテナ感度だ。

「いや。麻薬取締官ではない」

俺が言うと、双葉がスーツを撫でて手触りを確かめはじめた。

「ではないってことは近い仕事？」

「さあな」

「否定しないってことは——」

「大人のことを詮索するな」

「わかった。刑事でしょ」

指先で無精髭に触れた。俺が黙っていると「図星でしょ？　刑事でしょ？」と笑った。

「もしかしてこのあいだの殺人？」

「違う」

「嘘。ぜったいに刑事。そうでしょ？」

表情を殺したまま目線を横へやった。壁に貼り紙があった。《本店はコンプライアンスを遵守しています。未成年のコンパニオンには酒類や煙草を与えないでください》とある。性風俗で働けるのは十八歳から、酒や煙草は二十歳からだ。法律や条例が社会についていけていない典型である。それにしても《与えないでください》とは動物園のようだ。

「何を笑ってるの？」

「なんでもない」

軽く答えると双葉がふくれっ面を作った。ペースを取り戻したと思ったところへ唐突に唇を合わせられた。抗う間がなかった。重ねられた唇も、差し込まれた舌も、いままで味わったことがないほど甘くて柔らかい。香水ではない。やはり彼女の息そのものが甘いのだ。双葉はゆっくりと唇を離し、首に抱きついて頬をすり寄せた。そして耳元で「お口でしていい？」とささやいた。一瞬何のことかわからなかった。彼女が下へ滑り降りて床に座り込んだ。俺のズボンのベルトに手を掛けたところで理解した。

双葉の肩を押し返すと、下から見上げた。

「どうしたの？」

「しなくていい」

「なに言ってるのよ。楽しみましょ」

俺のジッパーを下ろそうとした。

「やめろと言ってるだろ」

強く双葉の両肩を押した。

「痛い！　何すんの！　いい加減にして！」

彼女が怒って立ち上がった。

「俺は帰る」

俺は席を立った。「ちょっと」と後ろから双葉の声が聞こえた。渦巻く洋楽のなかを男性スタッフたちをかき分けて出口まで行く。肩でドアを押し開けた。酸欠になりそうだ。こめかみを押さえて立ち尽くしていると「どうした、あんた」と声がした。見ると先ほどのKだった。驚いた顔をしている。

「仕事で呼ばれたんだ」

言い訳し、ポケットからスマホを出して歩いていく。背中に視線を感じた。劣等感に似た感覚があった。闇に埋まった小路に入り、民家の壁に背中をあずけて気持ちを落ち着けた。俺は恋人がいるときは風俗にも行きたくない。大学野球部の同期に話して笑われたことがある。

孤独を感じて胃の底が痛んだ。緩んだネクタイを襟から引き抜いてポケットに押し込んだ。しばらくそこにしゃがみ込んで胃の痛みが消えるのを待った。アスファルトの輻射熱で下から炙られている気分だ。岡崎署へ戻るしか行く当てもない。立ち上がって汗だくになりながら歩いた。

署の玄関に着いたとき、ポケットで電話が鳴った。夏目直美だ。急いで引っ張り出した。しかし液晶に表示されたのは《ＲＤＮ》ではなく《蜘蛛手洋平》だった。腕時計を見た。店を出てから二十五分ほどたっている。明日に持ち越されるのが嫌なので出た。

「すみません。いま署の前です。早く終わったんで先に出てきました」

（早くって、あんたそんなに早いんかい）

電話の向こうで蜘蛛手がげらげら笑った。

「若くて可愛い子だったんで」

湯口が言うと、蜘蛛手は爆笑した。

（まあええ。今日は先に休みんさい。疲れが溜まっとるじゃろ）

「そうします」

（わしも今日は帰ることにするで。じゃあの）

電話が切られた。

立番の若い制服が黙って見ていた。彼の腰を叩き、警察手帳を提示して玄関を入った。

せっかくだから洗濯して寝よう。妻帯者は汚れ物を宅配便で家に送れば洗濯されて戻ってくるが独身はそうはいかない。署の地下に一台だけ洗濯機があったが足りないので捜査員みんなで金を出して家電量販店で一台購入し、即日届けてもらった。しかし二台でもまったく足りず、毎日奪い合いがひどかった。ある日、洗濯が終わった他人の衣類を備え付けの専用籠ではなく床に放り出して自分の洗濯をした者があった。これが後で殴り合いの喧嘩になったため「洗濯が終わっていても本人以外は洗濯物を出してはならない」というルールが決められた。これによって皆と時間差で眠っている俺のアドバンテージはなくなってしまった。

近くのクリーニング店も使っていたが、下着や靴下は店にぶつぶつ言われるのでできればここの洗濯機で洗いたい。この時間ならさすがに誰も使ってないだろう。しかしその前にもうひとつやりたいことがあった。双葉の性器の湿りが太腿に残っていた。

4

翌三十日の朝、会議開始五分前に訓授場へ入ると全体がざわついていた。

「何かあったのか」

斜め前に座る岡崎署の若手に聞くと、立ち上がって他の机の上からコピーを持ってきた。

「週刊ポストです」

差し出した。鮎子の顔写真と大きな見出し。

《総力特集・東大卒元女子アナ風俗嬢殺人事件／76歳で現役の街娼だった！／犯人は客筋か／嗚呼《ああ》転落人生／30代からソープランド勤務／その後も風俗店を転々》

被害者が死の直前まで遊郭通りの街娼として立っていたこと。若いころ岐阜金津園でソープ嬢をしていたこと。さらには巨大ジオラマを作っていたことネズミを主役とした長大な小説を紡いでいたことまで書き、猟奇的な空気を煽《あお》っていた。

「漏らした者を徹底的に調べる」

会議が始まるや幹部たちは口々に厳しい言葉を吐き、何らかの処分が下るだろうと言った。だが殺人事件で情報漏れを完全に防ぐのはかなり難しい。百人を超える捜査員がいる。さらにいえば渋面を作っている幹部のうちの誰かが夜討ちの記者に漏らした可能性もある。後々そう判明したことが俺が知るだけでも過去に五度はあった。情報漏れが一番多いのが所轄刑事、二番目が特捜本部幹部、一番堅いのが捜一の刑事だ。所轄刑事は数が多いのと全体の状況が見えていないので仕方ない部分もある。しかし幹部からの情報漏れは厳しく糺《ただ》されるべきだと俺は思っている。

週刊ポストのこの報道で、頑《かたく》なに変更しなかった《岡崎市における元性風俗店経営女性殺害及び死体遺棄事件特別捜査本部》の《元性風俗店経営女性》を《街娼》と変更せざるをえなくなった。今日中にすべての書類を書き換えること、週刊ポストの報道前から現役風俗嬢だと認知していたことはマスコミに漏らさぬこと、そして報道に追従したとも思われぬよう一切この名称問題については緘口《かんこう》を貫くことが厳命された。

「警察官として厳しく保秘の徹底を」

何度も幹部たちは同じ言葉を吐いた。隣に座る蜘蛛手はそれらをまったく聞いておらず、いつものように虫眼鏡を手に被害者の遺体写真の束をめくっている。机の上には『法医学大全』と『検視官ハンドブック』という分厚い二冊の専門書があり、それをめくっては大学ノートに細かい文字を連ねている。

俺も鑑識から手に入れた鮎子の部屋の風景ジオラマの様々な角度の写真五枚を財布から出した。蜘蛛手はジオラマは事件に関係ないと結論づけ、昼食や夕食の際、俺がこの話を持ち出すと嫌な顔をした。しかし俺はどうしても気になっていた。写真を見ながら推論を手帳に書いていく。その作業に没頭した。

会議が終わるといつものように蜘蛛手と午前十一時半の玄関ロビー待ち合わせを約束し、夏目直美に「とにかくいちど二人で話し合おう」とメールを打ち、柔道場へ戻って仮眠した。

＊　＊

十一時半。蜘蛛手と二人で軽トラに乗り込んだ。ラジオは日本各地で今夏最高気温を記録し、岡崎市もすでに三十九・二度まで上がっていることを報じていた。暑いだけではない。遺体発見日からずっと晴天が続いているため街全体が砂漠のように乾ききっていた。

蜘蛛手が土埃に咳《こ》き込みながらコンビニ駐車場へハンドルを切った。

「ガリガリ君を買うてくるけ」

軽トラを降り、店内へと入っていった。俺も降りて、外の水道で寝不足の頭に水をかぶった。コンビニ袋を提げた蜘蛛手が店内から出てきて「涼しそうじゃのう」と言った。

「わしにもやらせてくれ」

アロハシャツとTシャツを脱ぐと、裸の胸に《成田山《なりたさん》》と筆書きされた木札が下がっていた。蛇口の下に頭を突っ込んで両手でバシャバシャと長髪を濡らしはじめた。しばらくすると体を起こし、転がっている水道用ホースを蛇口につけた。

「こいつも暑いじゃろう」

軽トラへ水を飛ばしていく。終えるとアロハシャツをタオルがわりにして髪と顔を拭き、Tシャツだけ着て軽トラに乗り込んだ。

「八丁味噌味のガリガリ君じゃ。今日から愛知県限定で発売されたらしい」

コンビニ袋からガリガリ君を出して俺の膝に置いた。たしかに赤い色をしていた。食べてみると冷たい味噌汁のようだ。しかしコクがあり、意外に美味い。二人で囓りながら軽トラを出した。三件目の鑑取りに廻ったところで、蜘蛛手が青紫蘇《あおじそ》が欲しいので商店街のバザーへ寄らせてくれと言った。

「冷や麦に使うんじゃ。旬じゃけ、ぎょうさんあるはずで」

そうは言ったが、何か別のことを考えている気がした。本音がわからないので俺は黙っていた。

バザー会場の駐車場には先日と同じ交通課の若者がいた。苦笑いしながら近づいてきた。

「またＤＥＡからの要請ですか」

「今日はＣＩＡじゃ。ロシアのスパイが逃げ込んだらしい」

若者が肩をすくめた。

「ビッグマックを十個奢っちゃるけ。頼む」

蜘蛛手はそう言ってエンジンをかけたまま軽トラを降りた。俺も降りると、若者は仕方なさそうに運転席に乗り込んだ。

アーケードに入っていくと青紫蘇はすぐに見つかった。それで帰るものだと思ったらデジタルカメラを出して奥へと歩いていく。

「農作業用にリヤカーを一台買おうと思うての。軽トラで行くほどじゃない距離にも畑をひとつ借りたんじゃ」

途中で薬師丸《やくしまる》ひろ子《こ》のカセットテープを買い、しばらく歩いたところで今度は古い手動式鉛筆削りを買った。「そろそろ」と俺が咎めると、蜘蛛手が立ち止まった。前回来たときカセットデッキを買った青年のところだ。

「なんじゃ、新しうなったじゃないか」

青年が「どうも」と椅子から立ち上がった。大八車だったのが新品のリヤカーに替わっていた。

「こいつぁ金属製リヤカーかい」

「ええ。柄《え》も荷台もアルミでできたリヤカーです。軽いですよ」

蜘蛛手がしゃがみ込み、アスファルトに手をついて下を覗き込んだ。そしてリヤカーの下で仰向けになって何かしている。

「折りたためるんじゃの。待機宿舎でも置き場所に困らん。どこで買うた」

手のひらを払いながら立ち上がった。

「借り物なんでわかりません」

「借り物？　あの古い大八車はどうしたんじゃ」

「返しました」

「だったら、わしが大八車を借りたい。娘が古着を売りたい言うちょるんじゃ。まだスペースが空いとるけ大丈夫じゃろ。その農家の人に借りることはできるかいね」

「あれが誰のものなのか、僕ら知らないんで」

「どうしてじゃ」

「持ち主から実行委員会が集めて、それを抽選で貸すようになってるんです」

「大八車は元の農家のところに返されたということかい」

「はい。実行委員会さんが言うには、大八車が必要だからって言って、この新しいリヤカーをわざわざ持ってきて古いのを持ち帰ったそうです」

「なんで大八車が必要なんじゃ。これを使えばええじゃろ」

「大八車と一緒に親戚で記念写真を撮る予定があるそうです。先祖から代々、何十年も使った想い出が詰まってるんでしょう」

　蜘蛛手は何かを考えるようにして腕を組んだ。

「蜘蛛手係長、戻りましょう」

　俺が言うと、蜘蛛手は珍しく素直に戻っていく。二人で白黒パトの横に駐めてある軽トラに乗った。蜘蛛手が交通課の若者に片手を上げて市道へと出た。

　四件目の濃鑑を廻るために走り出したところで二人のメール音が同時に鳴った。捜査員への一斉メールである。夜の捜査会議が係長級ではなく臨時全体会議になったこと、時間は零時スタートという異例の遅さになることが書かれていた。

「なんかあったんかいね」

赤信号で停《と》まっていると、また二人のメール音が鳴った。会議は零時ではなく午後七時スタートに前倒しするという内容だった。会議の時間がこうして二転三転するのは幹部たちが慌てているのだ。

5

俺たちが訓授場に入ったのは午後六時五十分過ぎである。しかし午後七時スタートのはずの会議が七時半を過ぎても始まらない。幹部がやってこないのだ。捜査員たちは文句を言いながら訓授場を出たり入ったりしはじめた。いつもなら訓授場の斜向《はすむ》かいの小会議室で打ち合わせする幹部が、今日は署長室に集まっているという。よほど大きなことが起きたようだ。

途中で岡崎署の刑事課長代理が「いつでもスタートできるように君たちはここで待つように」と係長級に通達に来たので俺たちは動くこともならず、それぞれ長机で資料をめくった。その間にも数人の伝令が通信指令室に出たり入ったりしていた。

幹部たちがやってきたのは午後八時四十分過ぎである。

それを見て佐々木豪が走り出ていく。やがて柔道場や刑事部屋、あるいは生安部屋や地域課、一階ロビーなどへ散らばっていた捜査員たちが早足に続々とやってきた。百四十余名が席につき、エアコンの冷房能力を超える人いきれで汗ばんだ。等々力キャップが立ち上がり、マイクを握って起立と礼の挨拶をした。

「では、まず捜査一課長から一言お願いします」

丸富が立ち上がった。内容はいつもの激励であり、とくに変わったものではない。次に立った署長も、次の捜一調査官も、いつもと同じ話である。いったい署長室で何を話し合っていたのか。それがわかったのは捜査員の報告が始まってからである。等々力はいつもの順番を飛ばし、一課三係長の榊惇一と岡崎署の小俣政男巡査部長のコンビを指名した。横の蜘蛛手が「いきなりボンド君かい」と呟いた。俺はまたやられた——と目の前が昏《くら》くなった。

小俣部長が禿げた前頭部をハンカチで拭いながら立ち上がった。

革手帳をめくり、ひとつ咳払いした。

「被害者土屋鮎子らしき年輩女性が、自宅から十九キロも離れた他の集落で何度か目撃されていました」

室内が大きくどよめいた。あまりにそのどよめきが収まらないので等々力が「静かに」と三度四度と注意した。

ようやく収まったところで小俣が報告を続ける。

「その女性はいつも青い自転車に乗っており、麦藁《むぎわら》帽をかぶり、タオルないし手拭いで頬被《ほおかむ》りしていました。青い自転車ということと背格好から被害女性である可能性が高いと思料されます」

山間にあるその集落でここ五年ほど、その年輩女性が複数人によって目撃されていた。タオルの頬被りをしていたので顔は確認できていない。これまで目撃証言を拾えなかったのは自宅から十九キロという距離にあった。いくら自転車でも七十代女性には厳しすぎるので地取りの盲点になっていた。

確かに鮎子は「青い自転車」を所有している。七年前に市民バザーで五百円で購入した古い自転車で、それに乗ってたびたび出掛ける姿を見たと長屋近隣の住民たちが証言していた。ただ、近所では麦藁帽子の話は出たが頬被りの話は出たことがない。図書館や古書店へ行くときはそのままで、身元がわかるのがまずいときだけ自宅近くを離れてから頬被りしていたのではないか——これが榊惇一と小俣政男、二人組の推理だった。もしこの青い自転車の女が鮎子であり、十七キロ先の集落の誰かと会っていたのなら、その人物は重要参考人である。自供とともに緊急逮捕という可能性が強くなってきた。

「明日からこの集落と近隣集落に捜査員を集中投下します」

等々力が強張った声でそう告げた。

会議が終わると幹部も捜査員たちも顔を赧らめて立ち上がった。椅子がガタガタと鳴るなか「よし！」と、運動部員が試合前にあげるような気合いがいくつもあがった。

6

翌七月三十一日。朝の全体会議は通常より一時間半早い午前六時から始まった。デスクたちが徹夜で作成した資料の束と地図のコピーが全捜査員に配られ、細かく地取りの割り当てをしていく。午前八時半。丸富捜査一課長の檄《げき》で捜査員たちは一斉に現地へ向かった。このローラー作戦には総員の八割強にあたる百二十四名が充てられ「青い自転車」「麦藁帽子」「頰被り」の年輩女性について徹底的に情報を拾っていく。俺と蜘蛛手も遊軍として割り当てなしで捜査に加わった。午前のうちは情報がなかったが、特捜本部が焦りはじめた昼過ぎ、目撃された集落から東へ三キロほど離れた別集落で同様の目撃情報が上げられた。

翌八月一日にはさらに別の四つの集落で目撃されていたことが報告され、捜査本部は沸きたっていく。六つの集落はそれぞれ情報が入った順に『第1集落』『第2集落』『第3集落』『第4集落』『第5集落』『第6集落』と名付けられ、訓授場の壁に貼られた大きな地図上に異なる六色のペンを使って斜線で色づけされた。そして被害者の自宅アパートからこの六地点への自転車最短ルートが太い黒マジックでなぞられた。夜の会議は臨時全体会議となり、タマに近づいている空気が漲《みなぎ》り、幹部も捜査員も肩をいからせていた。

八月二日からさらに二日連続でローラー捜査が行われた。しかしここから風が止《や》んだように目撃情報がぴたりとなくなった。さらに問題は、特捜本部が最も知りたい六つの集落でその女が会っていたであろう人物の情報がまったく上がらないことだ。捜査員があちこち出入りするうちに田舎特有の排他性が住人たちの口を貝にしてしまった可能性が高い。こうなると〝檀家《だんか》〟を持つ地元捜査員は強い。この場合の檀家とは普段から友人関係を築いている人物のことである。八月四日から岡崎署の刑事主導でそれぞれの檀家を個別にまわることになった。

翌朝、会議が終わると各組が争うように外へ飛び出していく。

「湯口君。待ちんさい」

蜘蛛手が座ったまま上着の裾を引っ張った。会議中から自分の檀家を大学ノートに書いて熟考している。そのノートを少し遠ざけて見た。

「第5集落を狙おうで。戌井《いぬい》イトさんちゅう九十幾つかの婆さんがおる」

「俺は第3だと思う。第5はいくらなんでも距離が遠すぎる」

特捜本部も期待薄とみていた。失敗すれば時間をロスし、他の組に大きく遅れをとる。

「今日はわしの勘を信じてくれ。明日はあんたの論を信じるけ」

蜘蛛手が大学ノートを閉じた。俺はしばらく考えて肯いた。軽トラでいつもとは反対方向へと駐車場を出た。途中でスーパーに寄り「饅頭《まんじゅう》を買《こ》うてくる」と車を降りていく。戻ってきたときにはビニール袋を大小二つ提げており、小さいほうの袋を俺に手渡した。

「梅屋《うめや》の饅頭じゃ」

小さな箱が入っている。その箱の中に饅頭が二つあるのだろう。

「いまの爺婆はほんとうに金を持っておらんけ、茶菓子も買えん。貧しさと孤独に震えながら暮らしておる」

イトとは二年前に公民館の行事で知り合ったという。それ以来、集落近くを通るたびに挨拶へ行っているらしい。

「こいつがわしらの飯じゃ。長丁場も予想されるけ腹ごしらえしておくで」

大袋からスーパーの弁当四個とペットボトルの緑茶二本を出した。他にお握り、シュークリーム、杏仁豆腐《あんにんどうふ》が入っていた。駐車場に車を駐めたまま二人で分けた。食べながら事実関係の確認をした。

イトの家はまるで馬小屋に見えた。全体が大きく右へ傾き、軒に使ってある古い材木は乾いて白く変色し、シロアリに食われた痕もある。玄関へ入ると漬物のような臭いがした。

「婆さま、わしじゃ。蜘蛛手じゃ」

声をあげた。奥でガタンと音がした。しばらくすると腰の曲がった老婆が壁に手をつきながら出てきた。裸足《はだし》の踵が鏡餅のように罅《ひび》割れている。蜘蛛手が笑顔で帽子を脱いだ。

「近くに来たもんで寄らせてもろうたで」

イトは怪訝そうに俺を見ている。皺に埋もれた細い眼に大量の目脂《めやに》がこびりついていた。湯口が会釈すると何も言わずに蜘蛛手へ視線を戻した。

「あの女子《おなご》のことかん。殺された」

「わかっておったかい。かなわんのう、婆さまには」

イトがまた俺を見た。そして怒ったように踵《きびす》を返して中へと戻っていく。

俺と蜘蛛手は顔を見合わせた。

「ついてきんさい」

蜘蛛手がビーチサンダルを脱いで上がっていく。俺はその後ろから廊下を奥へとついていった。突き当たりが居間になっていた。イトは卓袱台の向こう側に座っている。その向かいに俺は蜘蛛手と並んで座った。

二ヵ所の窓が全開されているが、外が無風なので意味がない。古い扇風機が異音をたてて室内の臭い空気をかきまわしているが、屋外で太陽に炙られているほうがましだと感じるほどの暑さだ。イトの後ろの茶簞笥《ちゃだんす》の上に亡夫らしき遺影があり、小さな白い花が数本供えてある。

「これ、召し上がってください。饅頭です」

俺はビニール袋から饅頭の箱を出し「先月頭に岡崎署に転勤してきた湯口です」と偽った。イトは俺を見ないで箱を見ていた。そして唐突に俺の手から奪い取った。

蜘蛛手が満面の笑みで卓袱台へと身を乗り出した。

「山北《やまきた》スーパーで買うた梅屋の饅頭じゃ。湯口君がぜひ婆さまにと言うんじゃ」

イトの皺だらけの喉元が動き、震える手で包みを解いていく。箱を開けると桃色の饅頭が二つ並んでいた。イトはその箱を素速く自分の後ろに隠した。そして眼が痒《かゆ》いのか何度か手のひらでこすった。目脂の小さな塊が二つ三つと卓袱台に落ちた。

「遠慮せんと、どうぞ食うてください。わしらは飯を食うたばかりですけ」

蜘蛛手が言うと、我慢できなくなったのか後ろ手に箱を取り、卓袱台に載せた。震える手で野良猫のようにせわしく饅頭を口に押し込んだ。入れ歯が鳴る音が何度か響き、すぐに飲み込んでしまった。

「婆さま。あんたも女じゃ。女子が殺されたんを悔しい思うじゃろ。何か知っておったら教えてほしいんじゃ」

鮎子の生前の写真と、青い自転車のイラストをテーブルに置いた。

「こん人じゃ。亡くなったのは七十六歳で、写真は六十五歳のときんじゃが、雰囲気はそれほど変わっておらんと思う。ここ何年かの間に、この集落の近くで自転車に乗っておるのを見かけたという情報がある。覚えはないじゃろか。自転車はこんな感じの青いものじゃ。麦藁帽をかぶって頬被りをしておったはずじゃ。見たことないかい」

　イトは覗き込んだあと横を向いたが、細い眼のなかで黒眼がこちらを見ている。

「この集落に好きおうた男でもおったんじゃないかと、わしら警察は思うちょる。心当たりはないですかね」

　しばらくすると唐突にイトが皺だらけの手で右方向をさした。

「ほこに秋太郎《あきたろう》っちゅう、どもならん爺《じい》さまが住んどるじゃんね」

　首が小刻みに震えている。

「どんな爺さまかいね」

「伊東《いとう》秋太郎ちゅうてな。若いときからえらい女癖が悪いでな」

「そいつは許せんのう。わしもそういう男は好きじゃないで」

「クモさんもそう思うかや。どもならん男だ」

「神様がそのうち鉄槌《てっつい》を下すで。もしかしたらわしら警察が下すかもしれん」

「あたしが言ったっちゅうことは内緒にしてくれるなら話すわ」

　眼は合わせぬまま入れ歯を鳴らした。

「ほりゃあもう、婆さまの名前は絶対に出しやせん。警察は良い市民を守って悪い市民を捕まえるのが仕事じゃけ」

　イトの首が大きく震えた。

「秋太郎んとこの近くに青い自転車が駐まっとったのを何遍か見た」

蜘蛛手が俺にちらりと視線をくれ、すぐに質問を続けた。

「それはいつくらいのことですかいね」

「今年の春に二へん見た。去年の夏にもいっぺん見た」

そして猫背をさらに丸め「あたしが言ったちゅうことは内緒な」と声を落とした。

「大丈夫じゃ。わしを信じてください」

それでもイトは「内緒な内緒な」という言葉を五回十回と繰り返した。蜘蛛手は素知らぬふうに聞き、世間話をした。そして座卓の下で何かごそごそとやり俺に大学ノートを渡した。《鮎子手帳に記されたイニシャルのIは伊東ではないか》と走り書きしてあった。俺もそう思った。世間話を二十分ほど続けて外へ出た。夜気が漆色《うるしいろ》に融《と》けていた。夜七時半を過ぎ、辺りでたくさんの虫の声があがっている。

俺は特捜本部デスクに電話して状況を話した。そして今からその伊東秋太郎を訪ねるので張り込み要員を寄越してくれと頼んだ。二人でペンライトを出し、老婆に聞いた秋太郎宅へ向かった。

「次は俺が先鋒《せんぽう》で」

俺は小声で言った。

秋太郎の家は腰丈の雑草に埋もれていた。辺りを照らすと農具がいくつも外壁に立てかけてある。

俺が玄関の引戸をひくと、建て付けが悪くレールから外れてしまった。苦労してガタガタと入れ直し、もういちど慎重に開けた。

「伊東さん、おりますか」

奥からテレビの音が響いている。しばらくするとステテコとランニングシャツ姿の伊東秋太郎がのそりと出てきた。後頭部と耳の上だけに長さ二十センチほどの白髪が不自然に残り、あとは禿頭《とくとう》である。警察だと名乗ると激しく動揺した。

「少し上がらせてもらいます」

俺は秋太郎の返事を聞かずに革靴を脱いだ。後ろから蜘蛛手も上がってくる。秋太郎は押されるように奥へと入っていく。男のひとり所帯なのでイトの家以上に汚れ、玄関から廊下、居間にいたるまで、古い段ボールや衣類が山積みになっていた。動物園の檻《おり》のような酷い臭いである。

居間の座卓に向き合った。扇風機さえないため室温は確実に四十度を超えているだろう。八十八歳だと言った。市内の建設業孫請け会社で五十五歳の定年まで働いて兼業農家を続け、その後は農業専一。老妻に先立たれてから十六年、八十八歳の今日まで一人でここにいるという。前歯が何本も抜けているので滑舌が悪い。

俺が鮎子の十年ほど前の写真を座卓に置くと秋太郎は斜め下に黒眼を逸《そ》らした。

「ほんな女、知らん」

「思いだしてください。彼女が何度かここの庭に自転車を駐めて家に入っていくのを見た人がいるんです」

イトは近くに青い自転車が駐めてあったと言っただけである。引っかけだ。秋太郎が焦るのが見てとれた。

俺はあぐらをかいた脚を組み直し、上半身を乗りだした。

「話してくれませんか。彼女が成仏できない」

写真を胸ポケットから出して卓に置いた。鮎子の遺体である。一枚。二枚。三枚。四枚と並べていく。

秋太郎は眼を見開き、立ち上がったり座ったりを繰り返しはじめた。痛風なのか姿勢を変えるたびに体のあちこちが痛むようで呻《うめ》いたり表情を歪めたりする。そして床に落ちている物を蹴飛ばして怒りをアピールした。俺がそれとなくジオラマについて話を振ったが表情は変わらない。

　午後十時過ぎ、俺は「今日はこのあたりでお暇《いとま》します」と言った。秋太郎の消耗が激しかった。蜘蛛手が「また来ますけ」と立ち上がった。外に出た。二人の男が街灯の下に立っていた。会議で見かける岡崎署刑事課の二人である。家の裏にも二人いるという。俺は状況を詳細に伝え、蜘蛛手と共に軽トラに乗り込んだ。

7

　翌八月五日。この日も朝から凄まじい猛暑となった。特捜本部は伊東秋太郎宅を訪ねて、重要参考人として任意同行を求めた。秋太郎は「帰れ！」と捜査員たちに怒声をあげ続けた。しかしのたりとして動かぬ警察の牛歩戦術に疲れはて二時間後ついに自ら家を出た。自宅前に白黒パト二台を含む五台の警察車両が駐まっている状況に、地元生まれとして耐えがたい苦痛を感じたようだ。背中を丸め、サンダル履きのまま捜査車両に乗り込んだ。

　取調官には一課三係の榊惇一があたり、「繊細な状況判断をしたい」と小俣政男巡査部長が補助官についた。この二人は相当に馬が合うようで勢いづいていた。秋太郎が高齢なので警察病院に依頼して嘱託医を臨席させた。

　同じころ、第1集落から第6集落に百数十人の捜査員が再び投入された。人数でプレッシャーをかけ、さらに「伊東秋太郎さんが警察に連れていかれた」という噂を故意に流して不安を煽った。午前九時から集中して始められたこのローラー作戦によって、午前十一時半に一人、午後二時二十分にもう一人の男が割れた。

　一人は第6集落の江藤傳吉《えとうでんきち》という九十一歳の老人で、もう一人は第1集落の村城伯吉《むらしろたけきち》という八十四歳の老人である。ともに老妻に先立たれての独り暮らし。任意同行を求め、車で署に入ったときには二人とも消耗していたため、さらに二人の嘱託医を呼んだ。別々の取調室に入り、江藤傳吉は三係の神崎進係長が、村城伯吉は岡崎署刑事課長代理が担当し、それぞれ話を聴き始めた。

その間、榊惇一の聴取を受けている伊東秋太郎は「その女との面識はない」と強く否認を続けた。ジオラマの話題を振っても興味は示さなかった。しかし別の集落から二人の老人が任意同行されてきたこと、その二人の家を鮎子が同じように訪ねていたことを教えると蒼白になって身体を震わせた。そしてついに鮎子に会っていたことを認めた。

しかし彼はおかしなことを言った。

「たしかに金は払っておったが、彼女はその最中ずっと楽しそうにしておったんだから商売じゃないだら」

恋愛だから問題はないという主張である。しかしこれは殺人捜査であって売買春の捜査ではない。警察が彼から聞きたいのは殺人事件に関する秘密の暴露だ。つまり犯人しか知らないこと、たとえば凶器の種類やそれを捨てた場所などである。

榊惇一は根気よく聴いていく。秋太郎は時に一時間も緘黙《かんもく》し、時に三十分ほど饒舌《じょうぜつ》になり、また黙ったりを繰り返した。以下は榊惇一によって録取された供述調書に依る。

「土屋鮎子と知り合ったのは四年前、リヤカーを曳いて畑へ向かおうと家を出たところでした。彼女が自転車から降りて話しかけてきました。内容はたわいのない世間話でした。

刑事さんが言うとおり、鮎子さんはそれからときどき家に来てくれるようになりました。彼女は『私は性風俗の世界にいた。トルコやデリヘルというところで働いていた』とはっきり言っておりました。そして『私はセックスが仕事だから、お金を払ってくれるならいつでもここに来て、あなたと睦みます』と言いました。最初に会ったとき彼女は七十二歳、最後は七十六歳でした。世間から見たらお婆ちゃんですが、九十歳にもなる私からしたらまだまだ若い娘です。しかもあんなに綺麗でしとやかで、夢のような四年間を過ごさせてもらいました」

榊惇一が問うた。

「土屋鮎子さんは携帯電話を持っていなかったでしょう。あなたも固定電話も携帯電話もない。どうやって連絡をとっていたんですか」

秋太郎によると一度目の逢瀬《おうせ》のあと鮎子が『私に会いたくなったときの合図を決めておきましょう』と言って二人で外へ出たのだという。

「それで近くに落ちていた拳《こぶし》の半分くらいの大きさの石を拾って私に渡し『この石を使って連絡を取り合いましょう』と一緒に県道へ出て、大きな松の樹の根を指さしました。『会いたくなったらこの松の根のところに石を置いておいてください。そうしたら私は訪ねることにします』と約束事を決めたんです。ただし月に二回までですよと。『いくらですか』と私が怖々聞くと『一回五百円です』と彼女が言いました。それなら年金暮らしの老人にも払えます。彼女は優しいから私の窮状を考えてくれたのでしょう。

その石を松の根に置いておくと彼女は約束どおり数日のうちにここに来てくれて抱き合ってセックスしました。そして帰る前に必ず夕飯を作ってくれました。私は何度も『ここに住んでくれ』と言いました。『結婚してほしい』と求婚もしました。彼女は『これは私にとっては仕事です。それに私は結婚制度は女を奴隷にするものだと思ってます。その制度に反対しているからこそ、こうしてお金を稼いでいるんです』と言ってました。

でもどんな悪天のときでも約束を違えずにやってきました。『会いたかった』と抱きついてキスしてきました。今日みたいに暑い日も、雪の日も雨の日も来てくれました。お互い愛し合ってましたから。そして来るたびに新聞のチラシなんかを使って折り鶴を折ってくれて『これを私だと思って待っててください』と置いていきました。だから私の家には大きいのや小さいの、全部で二十九羽の折り鶴がいます」

聴取を終えた榊惇一と小俣政男は放心して取調室から出てきた。二人が最初に皆に話したのは「石」であった。このようなことは昭和時代に思春期の若者たちがやっていたことではないのか。二十一世紀の時代に、これほどアナクロの色恋が、これほど年齢のいった老人同士で交わされていた。

残り二人の老人も、ほぼ同じような話をした。彼女はやはり五百円を要求したという。そして「これは私の仕事です。だからお金は必ず払ってください」と。こんな仕事は辞めればいいんだと言うと眉間に皺を寄せ「人の仕事を否定しないで」と首を振った。二人とも伊東秋太郎と同じく彼女にプロポーズしたが肯いてもらえなかったという。そして「どんな天候でも約束どおり来てくれました」「私たちは愛し合ってました」と同じように言った。そして「キスをするのが好き」で「いつも何度もせがまれた」と言った。別々の取調室であるからもちろん互いに話を合わせたわけではない。

特捜本部は丁重に三人を家へ送り届け、合図に使っていたという拳大の石と、石を置いた場所などの引き当たりをし、それぞれの自宅に老人たちが大切に持っていたたくさんの折り鶴を確認。万が一のことを考えて数日間は二人ずつ外に監視をつけることになった。そのあいだに特捜本部幹部と係長級以上が集まって情報を突き合わせた。結果、三人の老人は「限りなくシロ」とした。ただし今後も行動は追うようにすることも合意した。それを受けて午後十一時四十分から遅い会議が始まった。係長級ではなく臨時の全体会議である。

三人の老人の取り調べ内容が報告されると、捜査員たちから大きなざわめきがあがった。もちろん「石」の話が出たときである。そのざわめきのなかに「時代錯誤」という言葉もたしかに混じっていた。しかし本当に相応《ふさわ》しい語彙を誰も持たず、ただ生温《なまあたた》かい溜息をついた。俺も何と言っていいのかわからなかった。

横で小さな嗚咽《おえつ》がひとつ。見ると蜘蛛手が手のひらで眼の辺りを拭っている。泣いていた。

「あんたどう思う……。鮎子さんは本当に古いんじゃろうか。わしにはもうわからんのじゃ」

「俺にもわかりません。判断できない」

二人が繰り返し訪ねている『昭和堂』の店長たちはたしかに何度も二人に「鮎子さんは考えが古いんです」と訴えていた。

蜘蛛手が、鼻水を啜った。

「時代が変わりつつあるのはたしかじゃ。わしたちは今、大きな川にゴムボートで浮かんじょる。そのゴムボートの百メートル先に、たくさんのゴムボートが流れていて、大きな滝から次々と落ちていくのが見える。わしにはもうわからん……」

そう言って、また手のひらで顔を拭った。

捜査幹部たちも上座でじっと俯《うつむ》いている。

赤い眼をした等々力キャップがマイクを握りしめた。

「明日からの捜査、とにかく頑張るしかありません。ジオラマの件については誰も反応を示さなかったので意見は分かれそうですが、大きな収穫としてはイニシャルの符合がありました。メモ帳に残された例の九つのアルファベットです。先ほども言いましたが、伊東がI、江藤がE、村城がMと判断してもいい。明日からは残り六つのアルファベットの人物がいると仮定した上で、そこを重点的に狙うことにします。これは弔い合戦です。タマをあげることこそが最大の供養です。私たちは警察官です」

8

翌八月六日は前日以上に気温が上がっていく。集団躁状態《そうじょうたい》になったアブラゼミが騒がしく鳴き、熱い空気を震わせている。そんななか「第四の男」を求めてまた第1集落から第6集落に大量の捜査員を投入し、徹底した地取り捜査が始まった。

まず情報が上がったのは第4集落だ。昼過ぎ「あの家に来ていた人かもしれない。自転車に乗っていました」との証言があった。しかしその家の老人は二年半前に老衰で死んでいた。夕方、第3集落で情報があったが、その老人も三年三ヵ月前に死んでいた。次の日に第2集落・第3集落・第4集落の三つの集落で証言を得られたが、どの老人もやはり老衰で死んでいた。

どうやら鮎子が個人売春で接していた男たちは、彼女と関わっているあいだにリアルタイムで亡くなっていったようだった。みな独居だった。麦藁帽子をかぶって頬被りで顔を隠した彼女は、青い自転車に乗り、おそらく連絡には石を使って、一回五百円の個人売春を続けていた。そしてその男たちの最期を順に看取《みと》っていたようだった。

継続捜査は翌日も翌々日も続けられたが、ここから情報がぴたりと止んだ。特捜本部はこれがほぼすべての個人売春相手ではと考えた。なぜなら鮎子のノートに遺された九個のアルファベット《B・E・H・I・K・M・O・S・T》のうちの八個に八人のイニシャルが一致していたからだ。現在も生きている伊東秋太郎らに尋ねると、『土屋鮎子覚書手帳』に残されたイニシャルの日に会っていたようなのだ。

（B）伴昭吉《ばんしょうきち》…………第3集落（死去）

（E）江藤傳吉《えとうでんきち》………第6集落
（H）春田媛太郎《はるたひめたろう》……第3集落（死去）
（I）伊東秋太郎《いとうあきたろう》……第5集落
（K）木田洋吉《きだようきち》………第4集落（死去）
（M）村城伯吉《むらしろたけきち》………第1集落
（O）大館六郎《おおだてろくろう》………第4集落（死去）
（T）田茂悠仁《たもゆうじん》………第2集落（死去）
（S）対応者なし

もちろん鮎子と違って老人たちは記録をつけているわけではないのでだいたいの日にちである。しかし鮎子は彼らの誕生日には必ず訪ねていた。彼らもそれを覚えており、鮎子の手帳にも誕生日にその男と符合するイニシャルがあった。もしこの八人のイニシャルとの対応に意味があるなら、『S』だけが見つかっていないことになる。

一方、この個人売春の檀家回りの途中で緑川以久馬と夏目直美が二度三度とまともにぶつかり、険悪になっていた。俺は夏目直美からそのたびにメールで聞き、緑川以久馬からは夜食会のときに聞いた。

緑川の話を腕を組みながら聞いた蜘蛛手は困ったように唸った。

「なんとか二人で解決しんさい。外野がいろいろ言うと余計に混乱するじゃろ」

「俺はなんともないんです。彼女が牙剝いてくるんです」

緑川は眉を曇らせた。

俺は署に戻ってから夏目にメールを打った。

〔ＥＴのことも含め、適当なところで手を打て〕
それに対しての返信はなかった。

第七章　蜘蛛手の熱情

1

蜘蛛手の性風俗講義の全体会議以来、俺と夏目直美のメールのやりとりは捻《ねじ》れたままだった。俺から〔外で詰めた話をしよう〕と何度誘っても夏目は避け続けている。僅かな間にさまざまな人間関係に軋みが生じ、精神的に参っているだろう。彼女はああ見えて繊細だ。

〔一つずつ解決しよう。後になるほど面倒になる〕

俺のメールに彼女は《面倒を起こしているのは私じゃない。すべて相手》と反駁した。

〔こじらせているのは直美だぞ〕

何度か提案した。しかしそのたびに《こじらせているのも相手です》と反論してくる。

そのうち緑川以久馬も夜食会で彼女を批難するようになった。

「あの女は生意気だ」

彼らしからぬ激しい言葉だった。俺は困惑した。このままでは夏目が孤立していく。心配していたある日、夜の係長級会議が始まる直前に彼女からメールが入った。

《緑川部長から話し合おうと言われ、これからファミレスへ行って決着をつけます》

メールを机の下で見た俺は〔喧嘩するなよ。穏やかにやれ〕と返した。

会議はジオラマ捜査への人員割り振りについて大揉めしていた。何組かが強硬に増員を主張した。俺も一緒になってその論を強く推した。しかし否定する組も同じくらいの数まで増えていた。机を叩きあって喧嘩腰の激論となった。捜査員の数が足りていないことがストレスを高めていた。結局「五組十人を専従でその筋にシフトする」という折衷案でその話は決着がついた。

しかしそのあと上層部が犯人像を「易怒性」に戻して大舵を切ったためまた紛糾しはじめた。老人宅売春で容疑者が浮かばなかったので「易怒性」「四十歳前後」「低学歴層」などと上がフォーカスしたのだ。これには何人もの捜査員が食ってかかったが、丸富捜査一課長を中心に幹部が頑迷になっていた。結局、上の方針をもとに捜査の見直しをすることとなった。午前零時過ぎ、ようやく会議は終わった。皆が立ち上がって最後の礼が終わっても隣の蜘蛛手は気付かず『法医学大全』と『検視官ハンドブック』をめくっていた。

「蜘蛛手係長——」

俺の二度目の呼びかけで顔を上げ「ジオラマの馬鹿話は終わったかい」とまわりを見た。集中しすぎて白眼が充血している。鮎子の遺体写真を束ねて輪ゴムでくくり、二冊の分厚い本と一緒に汚い紙袋に突っ込んだ。そして「今日の夜食は二人で行こうで」と立ち上がった。

「さっきドリーからメールがあっての。いま飯食いながらあんたのとこの女子と話し合いしちょるらしい。シロナガスも海老原と二人で駅裏のベトコンラーメンへ行ってしもうた」

知らぬふりをして俺は肯いた。夏目たちがファミレスへ行ってすでに二時間半近く経っている。喧嘩になっていなければいいがと少し心配になった。

豚平に着くと二人でいつもより多めに豚足を十二本ずつ頼んだ。すべてを食べ終え、何杯目かの大ジョッキを傾けながら蜘蛛手が「ところであんた」と言った。口のまわりはいつものように脂を拭いた新聞紙のインクで黒くなっていた。

「あんた伯父さんに育てられたんじゃて？」

「誰に聞いたんですか」

「本部のやつじゃ。午前中に署のロビーでばたばたしておるときに、わしが叔父貴に金出してもらって大学まで行った話を横で聞いておって『湯口もそうですよ』と言うておった」

呼び捨てで「湯口も」と言うということは榊惇一の可能性が高い。陰口を言われたようで嫌な気がしたが、蜘蛛手の表情は柔らかかった。

「わしも小学三年で親父を亡くしての。愛知県警に奉職しちょった叔父貴から援助を受けて大学受験では浪人までさせてもろうた。十年くらい前に死んでしもうたが、肚《はら》の太い男じゃった。わしが大学中退して不動産会社で燻りよったのを『警察官になれ』ちゅうて引っ張ってくれた」

「俺は小学二年のときから曹洞宗の寺で住職の伯父に育てられたんです」

「両親は亡くなったのかい」

「いえ。そうではなく離婚して」

蜘蛛手は深くは聞かずにジョッキをあおり、口のまわりの泡を手のひらで拭った。俺も一息で残りを空け、女将に生を頼んだ。

「あんたたしか大学に入るとき浪人したと言うておったの。伯父さんはよう許してくれたの」

「許してくれたわけではないです。俺が野球やるために大学行くって言ったら怒りましたよ。伯父は京大出てるんで、大学行くならきちんと学問をやれと」

「昔は京大出や東大出の坊さんが多かったけのう」

「喧嘩になって、もう金を出さないと言われて。それで俺は自宅浪人しながら昼はアルバイトして入学金を貯《た》め、夜は寺で勉強して。まあ、勉強だけじゃなくて夜中に外へ出て壁に向かってボール投げてる時間が多かったですけどね」

蜘蛛手が眼を細めた。

「謙遜せんでええ。よう頑張ったじゃないか。大学はどこじゃったんじゃ」

「早稲田です。推薦なしで入れる東京六大学の野球部は早稲田と慶應と東大、この三大学だけなんです。東大は十年浪人しても学力が届かないだろうし、慶應は俺の柄じゃない」

「普通入試で早稲田入ったなら大したものじゃないか」

「いや。野球やりたくて浪人してやっとです。野球も勉強も中途半端で。とにかくゴミですよ。自分の分際がわかっただけでもよかったですが」

「野球部時代のことはあまり話したくなさそうじゃが」

「いいですよ。蜘蛛手係長には話しておきたい。俺の背骨、バックボーンですから。自分なりに全力で四年間やったんですが、レギュラーなんてとてもとてもの落ちこぼれです。早稲田には一学年三十人、全学年で百二十人いるんです」

「その一学年三十人のうち野球推薦組は何人じゃ」

「四人です。それから系列の早実野球部から七人から九人くらい。他に一般推薦、つまり全国の進学校の野球部員が学力の指定校推薦枠で入ってくるのが十人くらいいます。もちろんこいつらも野球部に入るために入学してくる実力者です」

「しかし、あんたピッチャーだったんじゃろ」

「いや。入って数日でピッチャー諦めて外野手になりました。俺なんて話にならない。ゴミのなかのゴミです」

「そんなに違うかい」

「ええ。話にならない。だから四年間必死にやってもだめでした」

「一軍の試合には出とらんのかい」

「最後の四年生の消化試合のときに一イニングの三分の一だけ守らせてもらいました。球は飛んでこなかったし、もちろん打席も回ってこなかった。何もしてないんです」

「グラウンドに立たせてもらったんなら、それだけでも野球やった甲斐《かい》があったじゃろ」

口を開きかけて止めた。なんと答えていいのかわからなかった。しかし蜘蛛手が叔父の話をしてくれたこと、自分も伯父の話をしたことがなんとなく嬉しかった。互いに酒の力を借りたとはいえ、初めて気安く話せた気がした。

しんみりしながら中ジョッキをもう一杯ずつ頼んだ。それを飲み干してから二人で深夜の捜査に廻った。途中で幾度か〔話し合いは終わったか〕と夏目直美にメールしたが返信はなかった。

朝五時半過ぎ、捜査を切り上げて署へ戻り、玄関前で蜘蛛手と別れた。すでに明るくなっていたが駐車場には緑川のジムニーが駐まったままだ。まだ話し合っているのだろう。

メールしてしばらく待ったが返信はない。二人とも警察官だ。まさか殴り合いにはなるまい。柔道場へ上がるとすでに五人ほどが起きて捜査資料をめくっていた。人を起こさぬように注意深く歩き、自分の布団に横になった。二度ほど耳元の蚊を払っているうちに一気に眠りに落ちた。

七時二十分にいったん起き、朝の全体会議に出た。夏目も緑川も顔がなかった。会議終了後〔まだ話し合ってるのか〕とメールを打って柔道場でまた眠った。いつものように午前十一時に腕時計のアラームで起きると、夏目からメールが入っていた。

〔今まで13時間徹底的に話し合った。互いに誤解していることがわかって無事解決。なかなかいい奴《やつ》だった〕

受信は午前十時十八分になっていた。とにもかくにも大きな問題にならず解決し、上司の俺も漸《ようや》く安堵《あんど》した。

しかしこれが解決しても、次の日には別の煩わしいことが起きた。警務課の〝ミス愛知県警〟喜多美雪が俺に好意を持っているという噂が聞こえてきたのだ。気になった夏目直美が喜多と仲のいい交通課の女性にそれとなく確かめ、事実だということがわかった。喜多は高校時代に野球部のマネージャーだったそうだ。蒲郡署時代に他の刑事から俺が早大野球部出身であることを聞き、ずっと再会を待っていた。今回、三係が出張ることが決まった三十分後には捜一庶務係にいる学校同期からメールで報されたというから、いかに追っかけているのかわかる。高校野球や大学野球ではこういったマニアックなファンがぽつぽついて珍しくないが、あの世界を知らない者にニュアンスは説明しづらい。

夏目直美はメールでそれとなく何度か茶化してきた。内容は喜多美雪が「湯口さんはスーツが似合う」と言っていたとか、そんな程度の噂話である。さらに蜘蛛手と鑑取りをしている最中に、ぞっとするメールを送ってきた。

《喜多さんが健の警部昇任試験問題集のコピーをシュレッダーにかけたってまわりに喧伝してるらしいです。『湯口係長が困ってると思って』と言ってるそうです》

驚いた俺は蜘蛛手から少し離れて夏目に電話を入れた。出ない。何度かかけ直したがやはり出ない。メールが来た。

《捜査中です。電話には出られません》

「なんかあったんかい」と蜘蛛手に聞かれた。「いえ。大丈夫です」と答えた。だがこんな噂が拡がれば榊惇一たちに足を引っ張られるのは目に見えていた。

2

ここ数日、東海地方では毎日三十九度を超え、一度は四十度を超えた。

蜘蛛手は運転席でぶつぶつ言っていた。

「雨でも降ってくれれば、ちっとは涼しうなるんじゃがのう。江戸時代じゃったら大飢饉《だいききん》じゃ」

本当に酷い暑さだ。鮎子の遺体が地蔵池から引き上げられたあの日から、岡崎で雨は一度も降っていない。二人で日に何度もコンビニに寄り、外で水道を借りた。蜘蛛手に倣って俺も上半身裸になり、交代でホースの水を浴びた。そうして店の縁石にしばらく二人で座って捜査について議論を重ねた。身体が乾くとシャツを羽織って店内に入り、八丁味噌味のガリガリ君アイスを二本ずつ買い、それを囓りながら鑑取りに廻った。エアコンの無い軽トラでは、腹のなかから冷やすのが一番効率的である。

《熱中症に注意！》

岡崎署警務課は大きな見出しをつけて署内各所に貼紙をしていた。その見出しの下には暑さへの対処法が事細かに記されているが、柔道場で寝泊まりする特捜本部の捜査員たちは「書いてあることはわかるが柔道場をなんとかしてくれよ。死者だって出かねない」と全員で話し合った。そして隣の西尾《にしお》市の氷問屋に掛け合って、重さ三十キロの巨大な氷柱を毎夜五本届けさせることになった。さらに家電店で扇風機を五台、ホームセンターでタライを五個購入し、タライの上に置いた氷柱に扇風機を当ててその冷気を柔道場全体に循環させるようにした。本物のクーラーほどの涼しさは得られなかったが、それでも皆ありがたがった。この氷柱の管理は佐々木豪に任されていた。ロビーに届けられた氷柱を台車で毎夜運んでくる佐々木は「汗だくになって氷を運ぶ人間を初めてみたぞ」と先輩刑事たちにからかわれていた。

＊　＊

榊惇一と小俣政男巡査部長のコンビが伊東秋太郎を内密に追っているという噂が俺たちに聞こえ

てきていた。老人宅を廻っての売春で一番最初に割れたあの伊東秋太郎だ。特捜本部も俺たち二人も「シロ」と結論づけていたが、榊たちが眼を付けているとなると看過できぬところがあった。ためにもういちど秋太郎宅を訪ねた。しかしあれ以上の空気はつかめない。

「大丈夫ですかね」

心配になって聞くと蜘蛛手は「ここまできたら自分たちの感覚を信じようで」と言った。そして「ちょっと喫茶店で涼もうかい。休憩も必要じゃ」と珍しいことを言って道路脇の喫茶店へ入った。いつもならマクドナルドかケンタッキーである。窓際の席に二人で向き合った。他に客は奥に一人いるだけだ。

「アイスコーヒーでえぇの」

蜘蛛手が言ってカウンターの中へ「レイコーふたつ！」と声を飛ばした。珍しく大学ノートは開かず、マガジンラックにさしてある週刊少年サンデーを引き抜いた。俺は自分の手帳を開いて事件の流れについて整理した。しかしなぜか蜘蛛手の様子が落ち着かない。窓の外を見たり、店の奥の客を気にしたりして、漫画を読んでいる気配がない。

しばらくするとテーブルの上に前屈《まえかが》みになった。

「あんたに頼みがあるんじゃ」

囁くような小声である。思い詰めたような表情である。これまで何度か言いよどんでいた相談事にちがいない。俺は蜘蛛手が緊張せぬよう表情を柔らかくして手帳を閉じた。蜘蛛手は奥の客とカウンターのマスターをちらりと見て、さらに声を抑えた。

「佐々木に聞いたんじゃが、あんたベレッタ持っておるんじゃて？」

そういえば初日に見せた覚えがある。

「たしかに自動拳銃を使ってますがベレッタじゃないです」

「シグかい」

「いえ。グロックです」

「17かいね」

「俺のは19です」

蜘蛛手が身を乗り出した。

「『ダイ・ハード』に出てくるやつじゃ」

その知識に俺が驚いていると蜘蛛手がさらに声を落とし、前のめりになった。

「警視庁のＳＡＴも少なくとも二人がハンドガンとして使うちょる」

「そうなんですか」

「この間の浅草《あさくさ》駅前ビル突入のとき一瞬だけじゃがテレビに映っておった。うちのＳＡＴはほとんどヘッケラーＰ８じゃが、わしは19のほうが絶対ええと思う」

「どうしてそんなに詳しいんですか――」

蜘蛛手はそれには答えず、また後ろの客の位置を確認した。

「うちの捜一は今、みんなグロックなんかい」

「隣の二係にはシグが四人いるみたいですよ。三係は九人のうち七人がグロックの17で俺が19、夏目だけはＳＡＫＵＲＡです」

「なんであの女子だけリボルバーなんじゃ」

「もしかしたら女だから取り回ししやすい小型のＳＡＫＵＲＡを貸与したのかもしれません」

「たしかにＳＡＫＵＲＡは四百十九グラムじゃが、グロック19は五百九十五グラムもあるけえの」

蜘蛛手が得心したように肯いた。

「詳しいですね……」

「あんたのグロックはもう本部に持って帰ってしもうたんかい」

「岡崎署の拳銃倉庫に預けましたよ。特例で。三係はみんな」

「しばらくわしに貸してくれんかいね」

「何をですか」

「グロックじゃ」

「ちょっと待ってくれ――」

あまりの馬鹿らしさに俺は上体を起こした。

「わしゃ拝命以来ずっとニューナンブなんじゃ」

蜘蛛手は表情を歪めた。「何度転勤してもニューナンブじゃ。重いし古いし可哀想じゃ思わんかい。わしもいっぺんくらい自動拳銃を持って歩いてみたいんじゃ。三日間でええ。貸してくれ。その間、わしのニューナンブを貸しちゃるけ」

「そんな馬鹿なことが許されるわけがないでしょう」

「絶対に撃ったりせん。約束する」

懸命に頼み続ける蜘蛛手を前にさすがに俺も参った。

3

その夜、係長級会議が終わったあと俺が資料を取りに柔道場へ戻ると隅の方で佐々木豪が数人にからかわれていた。岡崎署の刑事たちだ。

「毒盛ったんだろ。刑事になりたいからって先輩を殺すなよな」

佐々木は下を向いて赤くなっている。三十九度を超える熱を出した岡崎署知能犯の刑事がインフルエンザだと判明して捜査を外されたのだ。それで幾つかの玉突きと組み替えがあり、佐々木豪が新たに加わって捜査一課の嶋田実とペアを組むことになった。通例なら本部の刑事と所轄の新人は組まないが、嶋田が強く上に進言したようだ。

その嶋田が「おい佐々木」と笑いかけた。

「おまえ明日から俺の相棒なんだで今日はしっかり寝とけよ。俺の指導は厳しいで寝不足じゃ付いてこれんぞ」

遠回しに、しかしカドが立たないように岡崎署の刑事たちに伝えた。彼らはにやにやしながらそれぞれ自分の布団へ戻っていく。嶋田は流し目で彼らに礼を言い、頭をぼりぼりと掻いた。そのとき一瞬だけ俺を見た。そして携帯を手にして画面をいじっていると思ったら、はたして俺のスマホメールが鳴動した。

《ちょっと外へ付き合え》

それだけ書いてある。嶋田は立ち上がってさっさと道場を出ていく。

三十秒ほど間をおいて俺は窓の近くへ行き、氷柱の前に屈んだ。手のひらで氷を撫で、首筋に冷たい水をこすりつけながら背中で道場全体を窺《うかが》った。視線はないようだ。自然な動きで立ち上がった。署備品のサンダルをつっかけた。廊下を行き、一階までの階段をゆっくりと降りていく。ロビーには待ち合わせて飯へ行く捜査官が何人かずつ固まって立ち話をしていた。俺も十五分後に蜘蛛手と約束している。その人混みに嶋田はいなかった。

彼らを肩で割って玄関を出る。国道へ向かって歩きはじめたとき、左から小石が転がってきた。振り返ると光が届かないあたりに黒い影が立っていた。その影が署の裏手へと消えていく。俺はまわりに人がいないのを確認して方向転換し、影を追った。署の裏手へ回っていくと下水溝の悪臭が鼻をついた。黄色い月が建物の壁にもたれる人影を薄っすら照らしている。四角い体型。太い首。

　ポケットに両手を突っ込み、近づいていく。

「どうした。センズリの場所の相談か」

「湯口はどこでしとる」

「一階の奥の便所だ」

「やっぱりな。おまえのにおいがすると思った。キャベツみたいな青いにおいだ」

　そう言ってから、嶋田が声を抑えた。

「おまえ、漫喫に忘れてあった例の警部試験問題集のコピー、本当に違うのか。みんなその話で持ちきりだぞ」

「なんだ。そんなことか。違う。俺じゃない」

「本当のこと言ってくれんと俺も守りようがないぞ」

「俺じゃないと――」

　嶋田がグイと俺の胸倉をつかんだ。そのままの姿勢で俺は首を振った。嶋田の表情が月明かりのなかで歪んだ。視線はそのままに、襟だけを離した。

　俺は溜息をつきながら小刻みに二度肯いた。

「それからもうひとつ」とさらに声を抑えた。

「あいつは相当なプレイボーイらしい」

「何だって?」

「夏目と組んどる男だ。蜘蛛手係長の部下だ。知っとるだろ」

　嶋田が頬をさすりながら下を見て、すっと眼を上げた。

「今年のカレンダーの例の喜多っていう警務課の女がいるだろ。彼女とも春まで付き合っとった」

「ほんとうか？」

「他にもいろいろ醜聞や艶聞がある。上司として夏目にもひとこと言っておいたほうがいい」

闇のなかで嶋田の眼球がフクロウのようにぎょろぎょろと動いている。もしかしてこいつは多くを知っているのではないか。夏目直美と俺の関係を話しておいたほうがいいのではないか。しかし去年二人で飲んだとき嶋田から「夏目が好きなんだ」と相談を受けていた。だからやはり話せない。嶋田の意図が何か俺ははかりかねた。夏目が好きだから緑川を警戒しているのだろうか。

「また情報が入ったら知らせる」

嶋田が言って夜闇へ歩き去る。その背中を見ながら俺はぼんやりと夏目の顔を思い浮かべた。

4

土屋鮎子が個人売春で廻っていた老人の一人、村城伯吉の独占インタビューが週刊現代の八月十五日号に掲載された。幹部たちは「こんなときに」と蒼《あお》くなって善後策を話し合った。刑事捜査では二十日間が一単位だ。成果の出ぬままその第一期が終わろうとしていた。運転手付きのレクサスで毎日顔を出していた本部の刑事部長もここ数日は姿を見せなくなっていた。

通常ならここで人員の大幅縮小がなされるが、その刑事部長に丸富が前夜直訴したらしい。

「愛知県警の威信がかかってます。この難局に私たち幹部も捜査員も結束を堅くしています。あと一週間ください。解決の端緒はつかんでるんです」

三係の部下連中は容赦ない陰口を叩いた。

「端緒だって？　ふざけるな。何もないだろ。県警の威信じゃなくてＥＴの出世がかかってるだけじゃねえか。だからみんなに嫌われるんだ」

週刊現代の報道でマスコミがさらに過熱した。テレビでも新聞でもネットメディアでも扇情的な見出しが立った。

『愛知の76歳風俗嬢殺人で新事実』

『ワンコイン、わずか500円で体売る』

『76歳東大卒元女子アナ、老人たち相手に個人売春』

丸富は毎日午前十時から県警本部で定例会見があり、他にも各種の幹部会議があるため、岡崎署に一日中いることはできない。トヨタアルファードで日に二度三度と往復し、運転手である本部捜査一課庶務係の若手刑事を従えては階段を駆け上っていく。訓授場向かいの小会議室で他の幹部たちと激論している金切り声が廊下まで響いた。彼ら上層部の筋読みは悉《ことごと》く空振りに終わっていた。

特捜本部は近隣の豊田署、西尾署、豊川《とよかわ》署などから指定捜査員を借り上げており、それぞれ自署の事案処理が大量に滞っていた。そもそも岡崎署だけではなく近隣署もみな東日本大震災の復旧支援に人員を遣り、ただでさえ仕事が過密だ。岡崎署刑事課にいたっては課長代理一人と庶務係長など計八名のみを残して特捜本部に吸い上げられたため、全事案をその八名で引き継ぎ、休みをすべて返上するのみならず毎夜三時四時まで仕事している。限界がきていた。ついに特捜本部の人員が約四割減らされ、九十二名にまで縮小された。

＊　＊

警務課の喜多美雪が俺に好意を持っていることについて、夏目直美は明らかに苛々していた。メールの文面でそれはわかった。もともとそういう性格ではない。疲れているのだろうくらいに湯口は思っていた。

そんなとき嶋田実がまた俺を署の裏に呼びだした。緑川に関することかと思ったら、まったく別の話だった。

「湯口、説明しろ。蜘蛛手係長はなんであんなこと言っとるんだ。口裏合わせとるなら俺も合わせるぞ」

「どういうことだ」

「問題集のコピーだ」

「意味がわからん。どういうことだ」

きつく言うと、嶋田は暗がりのなかで眉を寄せた。

「蜘蛛手係長が『漫喫に問題集のコピーを忘れてきてしもうた』とか『わしは警部になりたいんじゃ』とか、あちこちで吹聴しとる」

「俺は知らんぞ」

「なんだ。これだけ噂になっとっても本人には聞こえとらんのか」

「蜘蛛手係長がどうして」

「さあな。知っとるかもしれんが、あの人はもともと泥刑で職人肌の仕事をしとったらしい。特進で警部補になってここの生安に昇任異動してきた。それで『わしは泥刑がいい』と上と大喧嘩して懲戒寸前までいって七年も塩漬けにされとるらしい。あれじゃ、この世界で上にはいけんな。それに――」

嶋田の小声を聞きながら、俺は不思議な感覚を覚えていた。

その日も豚平へ行って男四人で夜食をとったあと、蜘蛛手と二人で深夜の捜査に廻った。何度か横顔に問おうと思ったが、言い出す機会を得られなかった。

5

翌朝。全体会議のあと柔道場で二時間ほど仮眠し、いつものように午前十一時に腕時計のアラームで起きた。急いで腕立て伏せ八十二回をこなし、水シャワーを浴びた。柔道場で着替え、上着とミネラルウォーターを手に一階ロビーへ走り降りた。しかし蜘蛛手の姿がない。ぐるりと探すと玄関を出たエントランスの日蔭《ひかげ》でコノハ警部と並んで座る背中が見えた。

ガラスドアを押して外へ出ながら「蜘蛛手係長」と声をかけた。

蟬時雨のなかで蜘蛛手が振り返った。

「おう。三十円かい。せっかくコノハ警部と遊んじょるのに今日にかぎって早いやつじゃのう。空気よめや、あんた」

帽子を脱いで、額の汗を手のひらでぬぐった。特捜本部が立って数日間は真っ赤になっていた顔や腕が、いまではチョコレートのような色になっていた。俺たち他の捜査官も皆そうだ。ここまで長引くとは誰も予想していなかった。

「あんたも座りんさい。少し休憩じゃ」

蜘蛛手がコンクリートを叩き、ポテトチップスの大袋を差しだした。躊躇していると「食いんさい。豚足やファストフードばかり食っておると成人病になってしまうで」と言った。俺は受け取って隣にあぐらをかいた。

「警部がくれたんじゃ。残りは全部食べんさい」

コノハ警部は両手を差しだしてどうぞどうぞという仕草をした。子供番組の着ぐるみが喋らないようにコノハ警部も一言も発しない。袋にはまだ半分ほどポテトチップスが残っていた。つまんで食べはじめるとコノハ警部が拍手して喜んだ。

「このお握りも警部が作ってくれたもんじゃ。後で一緒に食べよう」

紙袋を俺に差し出した。中にはラップに包まれたお握りが幾つも入っていた。蜘蛛手がプロ野球のペナントレースについてコノハ警部と話しはじめた。コノハ警部は黙って首を傾げたり肯いたりしている。

俺がポテトチップスを食べ終わるのを待って蜘蛛手は立ち上がった。蜘蛛手が「ごちそうさん」と右手を差しだすとコノハ警部はその手を両手で握って上下に振った。

「あんたはここにおって、しっかり本丸を守っておりんさい」

そう言って駐車場へ歩いていく。コノハ警部はかしこまって立ち上がり、蜘蛛手の背中に向かって敬礼した。

二人で軽トラに乗り込んだ。蜘蛛手は窓を全開にしながら大きな欠伸《あくび》をした。そしてポケットからカフェイン錠を出して二錠まとめて口に放り込んだ。

「蜘蛛手係長、昇任試験の問題集、自分のものだと言ってるそうですが、どういうことですか」

俺が聞くとミネラルウォーターを飲みながらこちらを見た。

「警部になりたいけ勉強しちょるんじゃ。なんか変かいね」

不思議そうに言った。そしてもういちど欠伸をしながらエンジンをかけた。本当にこの人が問題集のコピーを忘れてきたのではと思ってしまうほどの自然さである。

「それよりあんた、あそこに行ってみたいと思わんかい」

「あそこ？」

「テレビ局に鮎子さんと同期入社した女子アナんとこじゃ。会うてみたい」

「なるほど。例のイニシャルのSは男とは限らない」

「あんたも気づいておったか」

これまで特捜本部は鮎子の客筋でイニシャルSの男二十二人を何度も洗い直しているが、酒井侑子《さかいゆうこ》もSだと気づいている捜査員は俺たち二人だけではないか。男だという予断を持っているから気づかないのだ。俺は鑑取り班の岡崎署刑事に情報交換を持ちかけて二日前に携帯電話番号を手に入れていた。

電話すると上品そうな女の声が出た。「どうぞいらしてください」と機嫌よく応じてくれた。

軽トラを飛ばしながら二人で詳細な情報を確認しあった。酒井侑子にはこれまで二組四人の刑事が数度にわたって話を聞いている。年齢は鮎子と同じ七十六歳。この年度、女子アナ採用は二人だけだったのでかなり親しい間柄だ。出身大学は慶應《けいおう》で、鮎子とともに二十二歳で入局、鮎子より二年先に二十七歳で寿退社した。二人の子供が中学生になってから名古屋大学大学院で修士号を取得し、市内の女子大教授として六十七歳の定年まで教えていた。夫は十四年前に癌で逝き、子供たちは結婚して独立しているため現在は名古屋市内に一人で暮らしている。

そのタワーマンションは名古屋駅にほど近い高層ビル街にあった。軽トラを来客用駐車場に入れ、二人で降りた。

入口脇の金属製インターフォンの部屋番号を押した。

「愛知県警の湯口といいます。先ほど電話でお話しさせていただきました」

ドアが解錠されて入っていくと大理石造りの広いロビーにグランドピアノが置かれ、噴水まである。分護価格は二億円とか三億円とかそのレベルだろう。エレベーターで三十八階まで上がった。

酒井侑子は自室玄関前まで出て待っていた。

「お待ちしておりました。どうぞ」

身体を中へと開いた。伸びた背筋。黒のレギンスとハイブランドTシャツ。知らぬまま会えば六十代半ばだと思うだろう。

「どうぞこちらへ。お紅茶を用意してますの」

すすめられるまま広いリビングへ入っていく。二人で赤い革製の巨大なソファに座った。侑子がキッチンへ消え、ティーカップを載せた盆を手に戻ってきた。対面に座って、香りのいい紅茶を淹《い》れてくれる。

「豪華なマンションですね。天井も高くて気分がいい」

俺が上を見ると彼女は胸の前で手のひらを振った。

「古いのであちこち傷んできてますのよ。バブル期の建物で柱や床のつくりは頑丈ですけども」

「この居間は何畳なんですか」

「一人では広すぎて使いづらいの。四十八畳もあるから」

「四十八畳……そいつはすごいな」

「部屋も多すぎて６ＬＤＫもあるの。四人家族が揃っていたときは楽しく暮らせたんですけど今では寂しいだけね」

俺はあらためて嘆息し、名刺をテーブルに置いた。

「湯口といいます。何度か別の刑事が詳しくお話を伺っていますが、俺たちの組もいろいろお聞きしたいと思いまして」

蜘蛛手も横から名刺を差しだした。酒井侑子はその二枚をテーブルに並べ、老眼鏡をかけた。

俺は手帳を開き、ペンのキャップを引き抜いた。

「まず最初にお聞きしたいんですが『被害者の土屋鮎子さんが性風俗関係の仕事をしていたことは知らなかった』と先に来た四人の刑事に複数回証言しておられますが、間違いありませんか」

酒井侑子が肩をすくめた。

眼を見たまま俺は続ける。

「警察官をやっていると様々な人に会います。そういうなかで俺は人間には共通する行動パターンのようなものがいくつかあるのがわかってきた。例えば夢中になっていることがあると人間は自分だけの心に留めておくことが難しくなる生き物なんです。彼女と関わった性風俗業界の人たちに聞くと、彼女はこの仕事に自分の人生のすべてを懸けて取り組んでいた。だったらなおさらあなたには言っていたんではないですか。だって会社のたった一人の同期でしょう。彼女の人生における数少ない親友だった。それに――」

「それに?」

「あなたのような人物には言ったはずです」

酒井侑子が眼を細めた。

「初めて会ったのに、どうしてそんなふうに思うんですか」

「警察官だからですよ」

「それだけじゃないでしょ。あなたは何か特別な感性をお持ちだわ」

「俺はそのあたりにごろごろいる普通の男です」

酒井侑子は口に手を当てておかしそうに笑った。

「その普通の男の子がこのごろ滅多にいないのよ。あなたがたみたいなお子様は珍しいわ」

笑いながら俺の横を見た。蜘蛛手が絨毯の毛を引っ張って抜こうとしていた。毛足が七センチか八センチくらいある。

俺は苦笑いして酒井侑子に向き直った。

「もし隠しておられるなら本当のことを話してくれませんか。被害者の鮎子さんは四畳半一間の長屋で、こんなものを作っていたんです」

財布を出し、中から五枚の写真を抜いて酒井侑子の前に並べた。郡上八幡を模した巨大なジオラマの写真である。酒井侑子はそれを手に取り、驚いたように見ている。

「理由は俺にはわからない。でもこんなものを作るほど疲弊して生きていたのは確かです。分厚い手書きの小説も二十六冊書いていました。小説に出てくるのはすべて擬人化したドブネズミです。主人公は仲のいい両親のもとで育った小さなドブネズミの女の子です。彼女はおそらくその世界に逃げ込んでいた」

酒井侑子が引《ひ》き攣《つ》った顔を上げた。

俺は続けた。

「遺棄現場で俺は彼女の遺体を見ました。腐って酷い状態で、蛆がわいて身体中を這っていました。人間はそれぞれ自分のペースで生きる権利がある。それを犯人は踏みにじった。俺は犯人を許せない。本当のことを話してください。被害者はあなたに性風俗経験について本当に話してなかったですか」

酒井侑子は眉をしかめながら写真をテーブルに戻した。そしてしばらく壁に眼をやって考えている。

「わかったわ。お話ししましょう」

そう言って俺に視線を戻した。横で蜘蛛手が大学ノートを拡げる気配がした。ボールペンのキャップを抜く音がした。

酒井侑子はそれを待って話しはじめた。

「性の問題は人間の尊厳に関わることだから死んだ後であっても鮎子は人に知られたくないかもしれないと思って黙ってたの。それに半世紀も昔のことだから捜査に関係ないと思った。でも彼女は仕事にそんなに誇りを持っていたのね。だったら話すわ。あなたたちなら悪くはしないと信じます。湯口さんが仰るとおり、私は彼女がそういう世界で働いていることを知っていました」

「鮎子さん自身が『風俗をやっている』と?」俺は聞いた。

「風俗という文言は使っていなかったと思いますが、そういう世界に入ったと言ってました」

「言っていたのはいつですか」

「ずいぶん昔のことだから。ええと……そう。三十歳のときよ。名古屋駅前にあった行きつけのバーでマスターが誕生日を祝ってくれたの。私たち同じ月の生まれだからバースデーケーキに二人分の六十本の蠟燭《ろうそく》を立ててもらって。そのときに彼女が小声で『そういう仕事を始めた』と私に囁いたの」

横の蜘蛛手を見ると眼を光らせて侑子の顔を見ている。これまでの情報では離婚後の三十五歳の秋から岐阜金津園《かなづえん》のトルコ風呂で働いたのが鮎子の性風俗歴の最初である。

俺は侑子を見て、ゆっくりと聞いた。

「その日が三十歳の誕生日ということは、鮎子さんは二十九歳のときすでに性の仕事に携わっていたことになりますね」

「そうね。そういうことになるわ」

「彼女が働いていたその風俗店の名前はわかりますか」

「具体的な店名などについては聞いていません」

「ちょっと女性には聞きづらいのですが、それはどんな形態の風俗だったんでしょう。いわゆるセックスそのものをする風俗なのか、手や口を使って――」

「気になさらないで。彼女がやっていたのはセックスをする風俗です」

「どうしてわかりますか」

酒本侑子は視線を床に落とした。そして五秒ほど考えて顔を上げた。

「はっきり言ってましたから。夫以外のペニスが入ってくるときに、生きている実感を得ると」

俺は空唾を飲み込んだ。

「テレビ局時代のあなたの最初の上司は雪村則明さんですね」

「ええ。はい。どうして？」

「鮎子さんの上司ですから侑子さんの上司でもありますよね。つい最近、お会いしてきました」

「あら、そうなの？　警察ってすごいのね」

侑子は驚いたように上体を起こした。

「それで、その雪村則明さんが警察に話しているのは、雪村さんと鮎子さんは不倫関係にあったと。それは聞いていましたか」

「鮎子本人から聞いてました」

「雪村さんによると、彼女が二十六歳のときに付き合いはじめて、二十八歳で別れたと。いつまでも自分が引っ張っていたら鮎子さんが婚期を逃してしまうからと彼女の背中を押して見合いさせたと」

侑子が手のひらを胸に当て、訝しげに眼を細めた。

「ほんとうに雪村さんがそんなことを？」

「はい。そうです。他の刑事たちに証言して、僕たちにも間違いないと言いました」

「馬鹿な……」

侑子が横を向き、首を振った。

何を言いたいのかそのまま横を向いている。

「どうされたんですか」

「あの男はどうしようもないわ」

「どういうことでしょう」

「彼は私たちが入社してすぐ、鮎子が二十二歳のときに手を出して、そのままずっと、鮎子が局を辞めるまで付き合ってたのよ。気持ちを弄んで、利用して捨てた」

「そんな情報は初めてですよ」

驚いた俺は、横の蜘蛛手を見た。大学ノートにペンを走らせていた。俺は「そのことは他の刑事には話してないですか」と確認した。「もちろん。初めて話すことよ」と言った。

「他の同僚たちも不倫を知っていたんでしょうか」

「いいえ。一部で噂にはなっていたでしょうが、男女が働く職場ではそういう噂は誰にでもたちますからね。警察だってそうでしょう？」

「ええ。たしかに」

「知っていたのは私だけです。知ったのは二十六歳のとき。鮎子から相談を受けたんです」

「不倫していると？」

「違います。雪村さんの子供を身籠もったんだけれど産めないだろうかと。しかも妊娠は初めてではなく二度目だと言いました」

俺は上体を起こした。そして「そうですか」とひとこと言った。

侑子は表情を強張らせている。

「私のアドバイスは、雪村さんが奥さんと別れてあなたと結婚するつもりなら産みなさいと。そうじゃないなら遊ばれてるだけだから堕ろしなさいと」

「それで鮎子さんは堕胎したんですね」

侑子は黙って肯いた。俺は手帳に記した。数秒の間があった。

「でもね」と侑子が言った。「本当に許せないのはこの話ではないの」

「他に何かあったんですか」

「雪村は鮎子を道具に使ったのよ」

「どういうことですか？」

「専務の接待に使ったの」

「接待というのは酒席ですか？」

「そう。酒も含めて。私があとで専務本人に聞いたら『おまえは勘が鋭いな』とニヤニヤしてましたから。あの笑い顔を思い出すと虫酸が走ります」

「どういうことでしょう」

「直属上司の雪村に頼んだのよ。『土屋鮎子を気に入ってるから俺と三人の酒席をもうけられないか』と。それで当日、雪村は『用がある』と中座して帰った。おそらく最初から織り込み済みの計画で」

「鮎子さんをその専務に貢いだということですか？」

「そう。そのとおり」

「でもそのときまだ雪村さんは鮎子さんと付き合っていたんですよね」

「それなのに貢ぎ物として献上したんです」

これは大変なことだ。俺は手帳にメモした。

「鮎子は何日かあとに私に話して、ディテールははっきり言わなかったけど『悔しくて悲しい』と泣いていました」

「会社側に、つまり総務局や管理局のような部署に言うことはできなかったんですか」

「昭和三十年代だからそんな時代じゃなかった。私たち女子アナウンサーはＣＭスポンサーの酒席に頻繁に呼ばれては酒を注がされた。なぜ私たちが酌婦みたいなことしなきゃいけないのって不満だった。でも、今でも日本はひどいけど、あのころは本当に未開の国だった。だから専務と鮎子の件を、私は何とかしようとしたんだけど、もし会社の人に言ったら逆に鮎子に報復人事の怖れがあった」

「なるほど」俺はそれもメモした。

「彼女はアナウンサーの仕事に誇りを持っていて、生涯の職とすることを決めてたの。入社したときから『この仕事で私たちで女の地位を上げましょう』って言ってたから。だから彼女がお見合い結婚して辞めるとき『仕事を続ければいいじゃない』ってアドバイスしたんだけど辞めてしまった。そのとき私にはわからなかった。あんなに懸けていたのにって。でも、さっきあなたが仰った言葉で理解した。五十年前の私には理解不能だったけど、さっきわかった。彼女の言葉の数々が繋がった」

「繋がったとは?」

「彼女が性風俗をやった理由よ。その意味が理解できた。彼女のなかにはマグマのような怒りがあった。雪村や当時の社の体制、そして男社会そのものに復讐したかったのよ。お金を手にして、いずれは事業を起こすつもりだったんだと思う」

「まさに化石の発掘になってきたのう」

隣で蜘蛛手が呟いた。見ると大学ノートにペンを立てたまま顔を上げていた。半世紀も前の話なのだ。専務は存命なのかと聞くことも馬鹿げてる。そのとき重役だった年齢の男が生きているわけがない。

「雪村の出世が早かったのはすべて専務の引きだと思うわ」

侑子が言った。

「鮎子さんは、あなたが結婚して社を辞めた二十七歳のときから二年間ひとりでテレビ局にいたわけですよね」

　俺が聞くと侑子は肯いた。

「私たち局を辞めても年に二度か三度、一緒にお酒を飲んでた。それでさっきお話ししたように、三十歳のときに『そういう世界にいる』って言われた。性の仕事のこと。そのときに鮎子がその仕事の意義について語ってたのが当時よくわからなかったけど、さっき理解できた。『私たちの世代の教育を受けた女は、次世代の女たちのために旗を持って走らなきゃいけない』とか『何かあったときのために夫の知らないお金を、夫並みの収入レベルで貯めなきゃいけない。そのブレイクスルーのためには何も持たない今の日本の女にはこれしかない』と言ってた。そして『これはあらゆる女が、いつでも離婚できる状態に近づける仕事なの。まずは女たちの経済基盤を作るのよ』と。それで『侑子もやったほうがいい』と」

「で、酒井さんは何と答えていたんですか」

「あなた頭おかしいんじゃないのって。エキセントリックにすぎるって反論した。それでそういった話は、三十一歳、三十二歳になるころは私が嫌がるからもう話さなくなった。それでも鮎子の信念は変わらなかった。今日それが私にもわかった。男たちの手の上で遊ばれるのではなく、自分の意志で能動的に動くべきだと、そういうことだと思う。男に性の仕事をさせられるのは絶対に嫌だけれど、女が自主的にやるのは今は仕方ないんだと。泥のなかを這ってでも差別社会を変えようとしていた」

　俺がメモしていると、隣の蜘蛛手が手を上げた。そしてしばらく質問を続け、侑子の言葉をメモしていく。二十分もそういうことを続けて「ありがとうございました。いろいろ仰ってくれて助かりました」とノートを閉じた。

　蜘蛛手が頭を下げながら立ち上がった。俺も立ち上がろうとすると「ああ、そうじゃ。こいつも聞いておかんと」と蜘蛛手がソファに座り直した。そしてまた大学ノートを開いてペンを抜いた。

「この部屋に鮎子さんが来たことはありますかいね」

「ええ。一度だけですが」

「一度来てからは、誘ってももう来なくなった？」

侑子がゆっくりと肯いた。

「年賀状はどうですかいね？」

「その後もやりとりしてました」

「六十七歳が最後ではなかったですか？」

「たしかにそれくらい。どうしておわかりになるの？」

「いや、なんとなくですが」

蜘蛛手が大学ノートを閉じた。鮎子は六十八歳のときにあの長屋へ転居している。

蜘蛛手が頭を下げながら立ち上がると侑子も立ち上がって思い出したように聞いた。

「そういえば雪村さんはいま何をなされているの？」

「亡くなりました」と俺は答えた。

「え……」

「つい先日、肺炎で亡くなりました」

侑子は体の動きを止め、硬い表情で「ご家族は？」と聞いた。

「八年前から一人で老人ホームにいました」

「そう。そうなのね」

床に視線をやりながら小さな声で言った。

一階ロビーまで送られて建物の外へ出た。二人で軽トラに乗り込んだ。蜘蛛手がエンジンをかけて「今日の侑子さんの話は会議で共有はせんで」と言った。

「わかってます」

「話は変わるが、あんた、あれから映美さんに会《お》うたか？」

「いえ、探してるんですが会えてません」

「黙っちょきんさいよ、彼女があんたに話したがっておるという例の情報んことは。少し状況を見たいけ」

　言いながらバックギアに入れ、軽トラを転回させた。

6

　酒井侑子の件――鮎子が二十九歳から性風俗業界にいたという情報を電話で等々力キャップに上げたので、夜の係長会議は臨時全体会議となった。

　いつもは情報を抱えてコントロールしようとする蜘蛛手だが今回の「二十九歳」という年齢情報については「全体で共有すべきじゃ」と積極的に開示した。携帯電話がない時代のことだ。この頃の鮎子の行動はアナログで追っていくしかない。それには訓練された鼻を持つ大量の捜査員が必要である。

「件《くだん》の酒井侑子によると、被害者土屋鮎子は結婚してすぐ、二十九歳の頃から性風俗業界で働いていたようです。そして――」

　俺が報告を始めると、大きなどよめきが起きた。みな急ぎ筆記していく。

　俺は続けた。

「被害者は挿入のある風俗と酒井侑子に話していたようです。ソープランドでのことなのかピンサロのような風俗でのアクシデント的な挿入なのかはわかりませんが、まずは店を特定することが肝要かと思います。以上です」

俺が座ると丸富と等々力キャップが頬を寄せて何事か話しはじめた。そして丸富がそれを横の署長に、署長が捜一調査官に話している。

等々力がマイクを持って俺にいくつか質問した。そして皆に対し、名古屋で働いていたのか岐阜金津園なのか、ソープランドなのか別の形態の風俗なのか——それを洗う方針を示した。明朝までに担当捜査員を何人充てるか幹部で話し合い、重点的に洗っていくと言った。

榊惇一は能面を取り繕っている。その横で小俣巡査部長も両腕を組んでいる。自分たちが追う伊東秋太郎の筋に確信があるのか、あるいは俺たちの情報に動揺しているのか。その表情からはうかがえない。他の捜査員たちもやはり表情を押し殺していた。水面下での捜査員同士の争いはこれからさらに複雑に絡《から》みあってくるのは間違いない。

第八章　映美との夜の約束

1

翌日。特捜本部は鮎子の結婚前後からの性風俗歴捜査に九割以上の組を一気に投入した。しかしなにしろ半世紀も前のことである。現在営業している店はほとんど無く、捜査員たちは当時の経営陣と女性従業員を探すのに難渋した。

特命の俺と蜘蛛手係長はあえて割り当てを断った。そして蜘蛛手の独自人脈の風俗店経営者たちを訪ねて名古屋市内を廻った。酒井侑子から情報を得ながらあえて会議で共有しなかったこともある。専務、そしてスポンサーなどに対する接待あるいは上納問題である。それも含めて車内で情報を細かく分析しあった。

「必ず足跡があるはずじゃ。一番槍は取らせてもらうで」

ハンドルを握る前腕に血管が浮いていた。一通り訪ね廻った午後四時半過ぎ、蜘蛛手が「地域課で確認したい資料があるけ、少し署に寄らせてくれ」とハンドルを切った。

高速に乗る前に小さな渋滞に遭ったが一時間半ほどで岡崎署に着いた。駐車場に軽トラを駐めて二人で玄関エントランスへと歩いていく。蜘蛛手が「おっ」と道路の方に手をかざした。

「市長の車みたいじゃや。何しに来たんかいね」

古いトヨタクラウンが署の敷地に入ってくる。ぐるりとまわって玄関前に横付けした。運転席から若い男が降りて左後部座席へと廻った。ドアを引くと、出てきたのはたしかに白髪の横田雷吉市長である。市長も既に蜘蛛手に気づいており笑顔で近づいてくる。両手にビニール袋を提げている。

蜘蛛手がドラゴンズキャップを脱ぎ、口髭を動かした。

「こんな時間にどうしちゃったですか」

「街作り協議会の会合があると聞いて陣中見舞いです」

「そいつは暑いのに大変じゃ」

「うちのお手伝いさんがぼた餅をつくってくれましてね。協議会の人たちの茶請けにと思って持ってきました。ちょっと多すぎるんで、よかったら蜘蛛手さんたちも」

ビニール袋をひとつ持ち上げた。

「そいつはありがたいです。わしは甘いもんには目がないですけ」

「知ってますよ。誰よりも私が」市長がにこやかに差しだした。

蜘蛛手は渡されたビニール袋を覗き込んで、顔を上げた。

「わしは今から地域課で一時間くらい調べものせにゃならんのです。そのあとこのぼた餅で御茶でも飲みますか」

「だったら地域課の皆さんに分けて食べてください。このあとすぐ予定があるので」

「では、こん事件が終わったら、また一局お願いします」

「三郷さんも交えて頂上決戦といきたいですね」

三郷地域課長のことだろう。

「わしも三郷課長にはなんとか雪辱したいけ、雀刺《すずめざ》し対策をずっと研究しとるんです。市長に負けが続きよるんも悔しうて、夜も眠れん。ぜひ市長宅でお願いできませんかいね。山羊《やぎ》のヘイスケと猫のジローにも会いとうてときどき夢に見ますけえ」

「ヘイスケもジローも蜘蛛手さんが来るのを楽しみにしてますよ。動物の言葉を理解してくれるのはこの三河国で蜘蛛手さんだけですから」

「ところが市長。わしもびっくりしたんじゃが、このあいだアメリカの映画を観ておったらエディ・マーフィという俳優が動物と喋っておってですね。わしはびっくりして――」

市長が肩を揺すって笑い、二人で並んで署内へ入っていく。思った以上に昵懇《じっこん》の間柄のようだ。クラウンを運転してきた若い男が片手を玄関へと向け、俺に道を譲った。先日も市長に付き従っていたのでやはり秘書なのだろう。二十代前半か。美少年といってもいい若者だが、この間の印象どおりやはり暗い感じがする。

「どうぞ。先に行ってください」

俺の言葉で、若者はとくにこだわるでもなく会釈して入っていく。頭を下げたときにシャツの襟元から首の痣《あざ》が見えた。陽光の下で肌が白く光っているので、その痣が青く目立つ。何か障害があるのか動きが少しぎこちない。

横田市長はロビーを歩きながら交通課の女性や地域課の年輩者たちに丁寧に頭を下げている。車がレクサスやベンツではなく、三代前の古いクラウンだということに俺も好感を持った。

蜘蛛手は階段の下に立ち、秘書を連れて二階へ上がっていく市長の背中を見つめていた。

「しっかりした爺さんじゃろ」

「八十歳過ぎているようには見えませんね。背筋も伸びて」

「旧制東海中学と八高でラグビー部だったそうじゃ」

強い体幹が内側から老体を支えているのだろう。

「わしは地域課で資料を確認してくる。一時間くらいかかると思う。時間がもったいないけ、あんたは他の仕事しときんさい。終わったら携帯に電話する。すまんの」

蜘蛛手が長髪を掻きあげ、急ぎ足で奥の地域課へと入っていく。

俺はこのあいだに洗濯を済ませようと思い、地階へ下りた。しかし洗濯機には二台とも誰かの洗濯物が残っていた。しかたなく最近見つけたコインランドリーへ行くことにした。

柔道場へと階段を上っていく途中、二階の自販機に寄った。廊下で二人の男がこそこそ立ち話していた。本部でもしょっちゅう見る光景だが、一人の背中が誰かに似ている。こちらの気配を感じて振り返った男は、はたして佐々木豪だった。

「係長――」

慌てたように頭を下げた。

俺はポケットの中でジャリ銭を握りながら自販機へ近づいていく。もう一人の顔が見えた。意外な男だ。副署長の長谷川庸《よう》である。無表情に視線を壁へ遣っている。違和感のあるこの空気。そう。まるで陰口を言っているときに当の本人が現れたかのような。

俺は自販機に金を入れ、ダイエットコークのボタンを押した。カップが満たされるのを待ちながら視線を流した。

「長谷川さん。そいつは将来ある若者なんで、お陽様の下を歩かせてやってくれんですか」

一杯になったカップを取り出し、ゆっくりと踵を返した。溜息をつきながら階段を上っていくと三階への踊り場に警務課の喜多美雪が立っていた。表情を強張らせた喜多が不自然に半歩動き、階段を駆け降りていく。呼び止めようと思って躊躇した。問題集のコピーの件など幾つか釘《くぎ》を刺しておきたかったが藪蛇になる可能性がある。一万四千人もの大組織にいると仕事そのものより人間関係に煩わされることも多い。

柔道場へ入り、張り巡らされた洗濯ロープから垂れるパンツや靴下をかき分け、自分の布団に辿りついた。スポーツバッグの中から汚れものを引っ張りだしてコンビニ袋三つに押し込んだ。それを束ねて肩に担ぎ、また洗濯物のあいだを縫うように道場を出た。

一階への階段を降り、炎天の署外へ出たところで軽トラが眼に入った。ふと近づいた。洗濯物の袋を地面に置いて荷台の金属バットを手にした。軽く二度振った。三度目、思いきり振った。鋭い音が風を切った。続けて四回、五回と振った。署から出てくる者たちが驚いて見ている。十五回ほどフルスイングし、呼吸を荒らげながらバットを荷台に放り投げた。

このくそ暑いのに馬鹿に見えちまう。長引く捜査でストレスが限界まで溜まっていた。コンビニ袋を担ぎ直して肩で汗を拭った。しばらく歩き、右の小路へ折れ、黴臭いコインランドリーへと入った。一番奥の洗濯機が空いていた。汚れ物を引っ繰り返し、自販機の洗剤を入れ、スタートボタンを押した。腕時計を見た。終了まで四十分である。

西陽《にしび》に眼を細めながらコンビニまで歩いた。酷い暑さだ。手のひらで顔と首の汗を切って店内に入る。雑誌棚の週刊誌を立ち読みした。週刊現代、週刊文春、週刊新潮、週刊ポストと眼を通したが、捜査本部がつかんでいる以上の情報はない。さらに週刊実話、週刊大衆、アサヒ芸能と読んでいく。見出しはどれも扇情的だがやはり中身は薄い。

弁当でも買って署のロビーで食べようかと棚を物色していると誰かが左下から顔を覗きこんだ。若い女。ジーンズにTシャツ姿である。

「私よ。わからない？」

小首を傾げながら腕を絡めてきた。その腕の柔らかさで記憶がつながった。

彼女が大きく背伸びし、耳打ちするように顔を寄せた。

「うん。双葉よ」

甘い香りにはさらに強い記憶があった。

「やっぱり刑事さんでしょ。このコンビニに弁当買いに来る男の半分以上は岡崎署の人。しかもスーツ着てここで弁当買ってるっていうことは刑事しかないわよ」

あの夜も思ったが、このアンテナの感度はいったいどこからくるのか。しかし夜のピンサロで会ったときのような妖しさはなく、陽光の下ではすきっ歯の目立つ十人並みの女である。

地域課員らしき制服が二人で入ってきた。腕を振りほどこうとすると双葉が力を入れた。

「今日お店に来てよ。このあいだ何もしないで帰っちゃったでしょ」

声は落としているが、こんなところを見られたら立場がない。弁当を棚に戻し、双葉の手首を引いて店を出た。西陽に射《さ》されてすぐに背中が汗ばんでいく。

「どうしてこの間は帰っちゃったの」

「恋人がいる」

「風俗は浮気じゃないわ」

「俺のことは俺が決める」

「だったらどうして店に入ったのよ」

「先輩に無理やり引っ張っていか――」

言いかけて言葉を止めた。向こうから榊惇一と小俣政男巡査部長が歩いてくるのが見えたからである。榊惇一がこちらに気づいた。小俣に何か言った。小俣が困ったように頬を掻き、明後日の方角を見た。

「湯口警部さま、お疲れさまです」

すれ違いざまに榊惇一が敬礼し、そのままコンビニへと入っていく。

双葉が横目でこちらを見上げている。

「なんだか大変そうね」

「わかったような口をきくな。子供のくせに」

コンビニ内の榊たちをちらと見て、双葉が顎を突き出した。

「刑事さんたちも子供にしか見えないけど」

彼女の言うとおりだ。高校、中学、いや小学校時代から何も変わっていない。人間という生き物はすぐに派閥を作り、異端者を作って排斥し合う。

「そうだ。刑事さん――」

双葉がバッグから手帳を出して何か書き、それを破った。

「これ、私の携帯番号。本名は双葉と同じ葉っぱの葉の葉子《ようこ》。店に来れないなら電話かショートメールして。終わってから御飯食べたい。御飯だけならいいでしょ。定時なら十二時に終えられるから」

俺が抱えている上着のポケットにその紙を捻じ込んだ。

そして黙って署のほうへ歩きはじめた。

「お弁当は買わないの？」

後ろから双葉の声が聞こえたが振り返らなかった。

2

夜の係長級会議では、鮎子の若い頃の性風俗歴洗い出しに明日以降も多くの捜査員を充てることに榊惇一が疑義を唱えた。

「二十九歳から風俗嬢をやっていたとしても、その期間の犯人の魚影が三十五歳の金津園トルコ嬢以後の風俗勤務時より濃い理由はありません。彼女は半世紀も風俗嬢だった。そのなかの五年か六年のことだけに捜査員をこれほど集中投下し続ける意味を感じません。他にやらなければならないことは山とあります。震災支援でただでさえ人が足りない。プライオリティをつけるべきです」

等々力が肯いた。

「私たち幹部も戦略会議でその方針を立てていたところです」

蜘蛛手が「反対じゃ」とまっすぐ挙手した。

「ここを攻めるべきじゃ。一気にいくべきじゃ」

「もちろんここを掘ることもやめません。しかし重点的には狙わず、戦力の二割で掘削します」

「反対じゃ。ここ一点で掘るべきじゃ。被害者の三十歳前後の時期から四十歳前後まで、このあたりをしっかり掘り返すべきじゃ。わしの勘だとこのあたりに何かある」

等々力が咳払いした。度付きサングラスをずらしながら手元の資料をめくっていく。

「反対じゃ」

蜘蛛手がまた手を上げた。

等々力はちらりと見て、再び資料をめくっていく。

蜘蛛手があからさまに溜息をついてボールペンを机の上に放り投げた。他の捜査員たちが蜘蛛手と等々力の顔を交互に見ている。しかし等々力も頑固な男だ。会議を進行させはじめた。

蜘蛛手はふてくされたようにまた溜息をつき、足元の紙袋を漁《あさ》った。いつもの『法医学大全』と『検視官ハンドブック』を出し、大学ノートを開いた。そしてルーペを出してレンズの曇りをアロハシャツの裾で拭ってから、鮎子の遺体の解剖写真を一枚ずつチェックしていく。会議などまったく聞く気はないようだ。

会議が終わったのは二時間半後。みな椅子をガタガタいわせて立ち上がり、疲れを滲《にじ》ませて訓授場を出ていく。

蜘蛛手が「ニャア」と言いながら猫のような伸びをして立ち上がった。

「あんたと一緒にボンクラに呼ばれとるけ、夜食行く前にちょっと顔出すで」

「俺も？」

蜘蛛手は大学ノートや本、写真などをひとつずつ紙袋に突っ込んだ。それを抱えて訓授場を出ていった。何の用件だろう。考えながら書類をまとめ、廊下へ出た。蜘蛛手はすでにそこにいなかった。階段を下りていくと署長室の前でポケットに片手を突っ込んで立っており、俺を確認すると中へ入っていく。俺は遅れて入り、後ろ手にドアを閉めた。警察の幹部室特有の消毒薬のような臭いがした。

部屋の中央に長い会議用テーブルがあった。それを挟んで肘掛け付きの椅子が五脚ずつ、全部で十脚向かいあっている。その片側に丸富捜査一課長と岡崎署副署長の長谷川庸が並んで座っている。伊藤署長は老眼鏡をかけて奥の執務机で書類仕事をしていた。殺人の特捜本部が立つとほとんど署長は帰ることができない。大変な仕事である。

丸富が向かいの席を顎でさした。蜘蛛手は深々と腰をおろして署長室を見まわした。湯口もその横に座った。

丸富は俺を一瞥し、すぐに蜘蛛手に視線を移した。

「どうして呼ばれたかわかってるな」

きつい口調で言った。

「ピンサロのことかいね。あれは捜査じゃ。のう、湯口君」

蜘蛛手が俺を見た。

「なんのことか知らんが、そんなことはどうでもいい。問題になっとるのは昇任試験の問題集だ」

蜘蛛手が炭酸飲料のキャップを開け、音をたててそれを飲んだ。

「このあいだ言うたじゃろ。あれはわしのもんじゃ。警部になりたいけ、いま猛勉強しちょるんじゃ。忘れてきたのは申し訳なかった。まさか民間の手に渡るとは思わんじゃった。すまんすまん」

あからさまに大きなげっぷをした。

丸富が顔をしかめた。

「おまえじゃない。湯口に聞いとる」

「湯口は勉強なんてする男じゃないで。こいつはただの馬鹿じゃ。三十円かそこらの男じゃ。せいぜいあんたの三倍の値段しかつかん」

丸富が睨みつけると、蜘蛛手が睨み返した。

「いまやるべきことは捜査じゃ。昇任試験の問題集がどしたいうんじゃ。わしが今日呼ばれるままここに来たのは、特捜本部の頑迷さを正そうと思うてじゃ。捜査員を分散させすぎじゃ。集中してだめだったら次の対象に移る。それくらい覚悟を持っていくべきじゃ。そしてここまできたらフォーカスを当てる男の種類を変えるべきじゃ」

「どういうことだ」

「被害者の背中の傷じゃ。四十七ヵ所はオーバーキルじゃとか言うて捜査本部はずっと振り回されちょるじゃろ。犯人が逆上して襲ったとか残忍な性格じゃとか。じゃけ、フォーカスを若い男に当て直したり迷走ばかりじゃないか。ただでさえ地震で人が少ないのにええ加減にしんさい」

「だったらお前の話をしっかり聞こうじゃないか」

「易怒性とか残忍じゃとか、まったく逆じゃ。冷静なインテリも考えてみたらどうじゃ」

「そんな話はもういい」

「犯人は逆上なんてしちょらん。冷静に行動した。鮎子さんは刃物を怖れて背中を見せて逃げるような女じゃないけえよ」

「またそれか。そんなのは考えですらない。おまえの想像だろ」

「あんたも想像想像と言うやつかい。これは鮎子さんを知っておればわかることなんで」

「いつも通り聞かせてもらうが背中の傷をどう説明する。後ろから刺したのは明らかだ。被害者が逃げたから後ろから刺した。それだけのことだ」

「後ろから刺したとは限らんで」

「どういうことだ」

「交通課取締係に松澤《まつざわ》ちゅう若い衆がおるんじゃが、先日、そいつと一緒に下のロビーでいろいろシミュレートした。こいつはなかなかの理論家でいつも知恵を借りておる。二人で模造ナイフを使うて試行錯誤してみた。そうしたら後ろからではなく、背中に多数の傷を付ける別の体勢がもうひとつあった」

「どういう体勢だ」

「前から抱きつく。そして刃物を逆手に持って背中を刺したんじゃ」

「なんで被害者は逃げんのだ。殺してくれとでも言ったというのか」

「そのとおりじゃ」

丸富が馬鹿にするように溜め息をついた。

「面白い推理だ。だがさっきの質問に答えてもらうぞ。どうして被害者は逃げない。女の力では逃げられなかったとしよう。しかし少しは体勢が乱れて、四十七ヵ所もあれば刃が別の場所に刺さってもおかしくないだろ。肩とか尻とか」

「犯人と被害者には信頼関係があった。じゃけ被害者は死ぬことを怖れておらんかった」

「おまえは想像力がありすぎるんだ」

「そうかいね。犯人は痛がる彼女を早く楽にしてやりたくて刺し続けた。彼女は痛くても逃げずに男に抱きついておった。易怒性があり残忍な犯人と絞っちゃいかん。四十七ヵ所刺すあいだも被害者が逃げんように落ち着かせておった。彼女は東大卒のプライドの高い人間じゃ。それをおそらく会話で落ち着かせた。冷静な男、インテリ、年配、このあたりに方針を一本化すべきじゃ。そして被害者と長く付き合うておって深い信頼関係のある男じゃ。じゃけ三十年前、四十年前、五十年前を、もっともっと洗い直すべきじゃ」

「膝の擦り傷は。相撲の引き落としみたいにしたのか」

「それはいま考えておる。こういうものは一度には繋がらん。ビーズに糸を通すように一つひとつ繋げていく」

「だったら全部の糸が繋がってから主張しろ」

蜘蛛手が立ち上がって「湯口君、行くで」と言った。そのままドアを引いて本当に出ていった。

「逃げるな蜘蛛手」と丸富が強く言った。俺は軽く黙礼して外へ出た。蜘蛛手は廊下で待っていた。ドアを閉め、俺は頭を下げた。

「ありがとうございます」

一度はきちんと言わねばならないと思っていた。

「何のことじゃ」

「昇任試験の問題集のことです」

「なんであんたが礼を言うんじゃ」

顔をしかめた。この年代の警察官たちの口の堅さは異常なほどだ。喋っていい相手に対してさえ、いや喋らなければならない相手にさえ緘黙を貫く。

「ところであんた、副《ふく》を知っちょるんかい」

微妙な空気を見ていたようだ。

「瑞穂《みずほ》署で一緒でした」

「上司だったんかい」

「いえ、むこうが警備課長で俺は刑事課の巡査部長でしたから」

「やつはまだ四十代じゃろ。四十八か九か」

「俺よりちょうど十歳上なんで四十五です」

「四十五で警視か。そいつは高速エレベーターじゃ。マサに届くのは間違いなさそうじゃの」

警察内では警視正のことをケイシセイではなくケイシマサと言い、縮めて「マサ」と呼ぶ。聞き間違いを防ぐためだ。

「気色の悪い男です。蜘蛛手係長の喩えどおり、シマヘビかもしれんですよ」

蜘蛛手は口髭を動かしながらにやついた。署長は交通畑出身で高卒叩き上げの朗らかな人物だが、長谷川のことは〝シマヘビの天麩羅〟と評していた。いつも縦縞《たてじま》の入った伊達《だて》者風のスーツを着ているのを皮肉っていた。

二人で一階へ降りると、左側から歓談の声が沸いていた。今日の当直長である地域課の係長のまわりに若い男女二十人ほどの輪があった。缶ビールや御茶のペットボトルを手に笑いあっている。先ほどまで捜査会議に出ていた岡崎署の刑事も何人かいた。女たちの多くが濃紺のTシャツ姿になっており、胸には《REMEMBER SHIZUE》と二行で大きくプリントされている。夏目も何枚か持っている。《SHIZUE》とは先の東日本大震災のとき津波から市民を守ろうと誘導していて殉職した瀬谷《せや》志津江《しずえ》警部補のことである。日本の警察史初の女性殉職者で、三十七歳だった。二階級特進し、墓碑銘は警視である。

ロビーまで出ると、ソファに嶋田実と佐々木豪のコンビが並んで座っていた。その向かいに神子町交番の鴨野次郎が座っており、こちらに気づいた。制帽を脱いで会釈した。

蜘蛛手がにこやかにその鴨野次郎へ寄っていき、横に座って何か言った。鴨野次郎が恐縮したように白髪の頭を下げた。俺も座ると、俺にまで平身低頭した。申し訳なくなるほどだった。

嶋田実が太腿をさすりながら革靴を脱ぎ、ソファの上にあぐらをかいた。

「さっきまでこいつの親父さんが来てたんですよ」

平手で佐々木豪の背中を叩いた。

佐々木が照れくさそうに頭を下げた。

「そうかい。息子が仕事するん見て喜んじょったろう」

「ええ。今日非番だったみたいで、こいつが刑事になれるかもしれんちって、各所に挨拶に来たんです。なあ、佐々木」

嶋田は佐々木の背中を先ほど以上の強さでバチンと叩いた。交通課カウンターの向こうで何人かが立ち上がってこちらを見るほどの音だった。

「佐々木はええ男じゃろ」

「そうですね。ちょっと不器用ですが、この仕事は不器用なくらいのほうが伸びますからね。ちょうど忙しくなってきたんで、こいつがいてくれて助かりますよ」

「嶋田君も暑いなか家に帰れんけ、大変じゃろう」

「いえ、どうせ家にいてもセンズリ生活ですから湯口と一緒ですよ」

大声で笑った。そして「洗濯だけは大変ですけどね。その点、こいつが羨ましいですよ。奥さんが取りにきてくれるんだから。めちゃくちゃ美人の奥さんなんですよ。なあ」と佐々木を見た。

「美人っすかね……」

「あんないい女つかまえておいて何言ってんだ。蜘蛛手係長、こいつ、妊娠三ヵ月なのがわかって幸せ進行中なんです」

「ほう。そいつぁ頑張らんといかんのう。しっかり働いて奥さんを安心させてやりんさい。どうじゃ、刑事の仕事は。慣れたかい」

「思ってた以上にハードで……」

照れくさそうに頰を赧らめた。

蜘蛛手が軽く右手を上げ、ぐるりと見た。

「わしらこれから豚平《とんぺい》へ行きますが、みなさん一緒にいかがですか」

鴨野次郎が申し訳なさそうに頭を下げた。

「すみません、今日は女房が晩飯を作ってくれてますのでご無礼させてください」

佐々木豪も頭を下げた。

「僕も妻からさっき電話があったので」

「みんなええのう。わしなんか女房に逃げられてしもうたけ、外で食うしかないけえの」

蜘蛛手の言葉にみなが爆笑した。

結局、蜘蛛手と俺の二人が先に行き、あとから嶋田実も来るということになった。

蜘蛛手と外へ出て夜の蟬時雨の降る道を並んで歩いた。

「嶋田君にもこのあいだ言うておいたが、佐々木は前のめりになっちょるけ、ちょっと注意して見とってくれんかいね」

「前のめりといいますと」

「失地回復に焦っておる。大きな失敗したんじゃ、去年」

「何度か署の連中が『腰抜け』とか言ってるのを聞きましたが、何かあったんですか」

「交番時代に先輩と一緒に職質した。そんとき職質相手が角材を拾って先輩を殴った。先輩が倒れておるときに相手が逃走した」

「佐々木は?」

「足がすくんで無線連絡もできん状態じゃった。近くにおった市民が一一〇番通報して大事には至らんかったが、角材で殴られた磯部《いそべ》が言うたんか、あるいは誰が広めたか知らんが、とにかく署内でそういう話になっておる。役立たずじゃいうて、剣道部出身なら腰の警棒を抜けよと。そんまま『腰抜けの佐々木』じゃいうて渾名になった」

警察組織はいまだ男社会であり、軍隊的倫理で動く。怯えたり、逃げたり、卑怯《ひきょう》であったり、そういった者は人間関係でリンチのように排斥される。それで辞めていった男を俺は身近な者だけで二人知っていた。一人は同僚の失敗を上司に密告したことで。一人は団体責任を問われたとき自分だけ言い訳したことで。佐々木豪の場合はもっと厳しい状況だ。この仕事で最も勇敢にならなければならない場面、仲間を守らねばならぬときに羊のように臆病を曝してしまったのだ。

蜘蛛手とともにコンビニの前を通り、橋を渡った。国道を右に折れ、遊郭跡の路地へ入っていく。誰かが水を打ったようでアスファルトが蒸していた。

「あら、クモさん――」

暗がりから人影が出てきた。

映美である。

「なんじゃ、今日はまだお茶挽《ひ》いちょるんかい」

「挽くしかないわよ。やることないもの」

蜘蛛手が帽子の鍔を後ろに回し、尻ポケットから財布を抜いた。そして中を確認しながら一枚の札を抜いた。一万円札である。

「いいわよ……」

映美がその手を押し返した。

「なんか美味いもんでも食いんさい」

「でもクモさんのチンチン、触りたくないもの」

「そんなことはええ。美人はこうして拝むだけでええ気分になれる。見物料じゃ」

手を包み込むようにして札を握らせた。映美は先日より明らかにやつれていた。頬から首にかけてまるで幽鬼のように痩せている。

あれから映美に会うのは初めてだ。彼女が言っていた殺人事件の情報について聞くなら今、三人が顔を合わせているこの場ではないのか。いや、もしかしたら俺がいないとき、すでに蜘蛛手は映美に質《ただ》しに来ているかもしれない。状況が読めない――。

「今晩も暑いけ、体壊さんようにの」

蜘蛛手が片手を上げて歩いていく。俺も行こうとすると映美が強く腕をつかんだ。

そして辺りを気にしながら声を落とした。

「ねえ時間作って。殺人事件のこと。あれからまたちょっとあって……怖くなってきて……。話を聞いてほしいの……」

虚言の可能性も先日は考えた。しかし目の前の彼女は間違いなく怯えている。落ち着かない様子で、俺の腕を強く握り直した。

「ほんとに時間作って。おねがい」

「いつがいいですか」

「夜なら……夜ならいつでも」

「このことは蜘蛛手係長に話してもいいですか」

蜘蛛手はすでに十五メートルほど行って、辻を右へ曲がるところだった。

映美は二秒ほど下を見て、すぐに顔を上げた。

「いいわ……でも……私と会って私の話を聞いてからにして……頭がこんがらがってて……」

自分の髪を片手で鷲づかみにした。読めない――。

「明日の夜はどうですか。午前三時でどうでしょう。遅すぎますか」

「いいわ。大丈夫」

「場所は」

「ここ。ここにいる」

「わかりました。じゃあ、俺はいまから蜘蛛手係長たちと飯なんで」

握っている手に映美が力を込めた。

「絶対に来てよ……」

俺が肯いて立ち去ろうとすると、また腕をつかんだ。そして「絶対に来て」と繰り返した。俺は背中を軽く叩いて蜘蛛手を追った。

角を曲がると、豚平の店先で蜘蛛手が犬と遊んでいた。

二人で店に入った。いつものように客で一杯だった。白煙が朦々と立ちこめ、豚肉の甘い香りで満ちていた。煙の奥で緑川以久馬が手を上げた。向かいには夏目直美と鷹野大介が座っている。まさか夏目が来ているとは思わなかった。眼鏡をかけているのでコンタクトレンズを外してから急遽来ることになったのだろうか。テーブルを二つくっつけてから俺たちも座った。夏目直美は俺と蜘蛛手の二人とは眼を合わせようとしなかった。

そこへ嶋田実がばたばたと入ってきた。

「走ってきたぞ」

嘘でないことは息の乱れと大量の汗でわかった。

「ここ、生ビール三つと豚足三十本追加お願いします」

緑川が大声をあげた。

嶋田実は嬉しそうに俺たちを見た。

「人気店っていうのは佐々木に聞いてたが、本当に混んでるな。名古屋の店なんかと比べてどうなんだ、やっぱり美味いのか」

「ああ。美味いぞ」

俺が明るく言うと、夏目直美が眉間に皺を寄せた。

空気に気づいた鷹野大介が彼女に向き直った。

「夏目部長、その眼鏡よさげですね。俺、眼鏡には目がねえんです」

そのジョークに皆が苦笑いした。しかし夏目直美は無表情に立ち上がった。

「捜査書類の整理がありますので先に失礼します。勘定は明日、割り勘で請求してください」

店を出ていく。困っているところにちょうど生ビールが三つ運ばれてきた。救われたようにジョッキを持ち、乾杯しなおした。

緑川以久馬が残りを飲みほしてジョッキを置いた。

「そういえば蜘蛛手係長。昼にファミレスで飯食ってたら地域課の連中が三郷《み》課長と市長との三つ巴《どもえ》戦の話をしてましたよ」

「また将棋の話かい。最近わしは自信喪失しちょるけ、将棋の話は辛いんじゃ」

鷹野大介が「いけますよ、大丈夫です」と言った。「なんといっても係長は高校選手権で全国三連覇ですからね」

俺は驚いてジョッキを下ろした。県警の大会で二連覇して強いとは聞いていたが、全国高校三連覇といったらとてつもない頂ではないか。

嶋田が身を乗り出した。

「高校はどこだったんですか。まさか灘《なだ》とか開成《かいせい》とか——」

「それがですね、実は工業高校出身なんですよ」

鷹野大介は自分のことのように自慢した。「工業高校で高校名人を獲ったのは空前絶後のことなんです。しかも三連覇。でも横田市長は東大時代に大学団体日本一に二回なってるんです。そういう意味で化物《ばけもの》対決なんですよ。こんな田舎に化物が集まってるんです」

「でもさっき地域課長が云々と——」

「そうです。三郷課長はその二人を破るんだからもっと強いんです」

鷹野が言うと嶋田が「うへ」と上体を起こした。警察官にはプロ並みの趣味人が多く、将棋や囲碁だけではなく盆栽や錦鯉《にしきごい》、骨董など、様々なことにのめりこんでいる。とくに地域課にそういう粋人がいる。

豚足を頬張りながら嶋田実はときどき緑川に視線を遣って人物を測っていた。

俺は居たたまれず、いつもより何杯か多く生ビールを飲み、さらに酎ハイを二杯三杯と頼んだ。しかし今日は飲むほどに気持ちが乱れた。疲れが溜まっていた。

「一本もらえますか」

俺が煙草の箱を手にすると緑川が驚いたように肯いた。鷹野大介がちらちらと見ている。先ほどから俺の酒のペースがいつもより速いことに気付いていた。ふざけているようで、彼は人の行動を見ている。

すべての豚足が無くなったところで、今日の捜査の情報交換となった。いつもの蜘蛛手への情報集中作業である。

蜘蛛手が大学ノート片手に厳しい表情で質問を続けるので嶋田実が驚いている。しかし頭のいい彼はすぐに蜘蛛手がやっていることの意味を理解し、自分も手帳を出してペンを走らせた。

散会したのは午前一時半過ぎである。店先に出た蜘蛛手は隠し持っていた豚足の骨を犬に投げ与えながら「湯口君。新規開業のデリヘルがあるけ、その事務所に寄りたい」と言った。ほかの者たちは署へ帰っていった。

3

翌日はさらに猛烈な暑さになった。カーラジオから流れるニュースは全国で連日二桁の死者が出ていることを伝えていた。

そのなかで俺たち二人はまた鮎子の長屋アパートを訪ねた。これで六度目である。様々な事件でベテラン捜査員たちと競い合ってきた俺だがここまでしつこい男を見たのは初めてである。

蟬時雨の下でいつものように立入禁止テープを剝がし、白手をはめながら暗い部屋へ入っていく。郡上八幡のジオラマも二重底に煙草が入っていたジュエリーボックスも差押許可状で押収されて既にない。蜘蛛手はあの一本の煙草に今もこだわっており、ときどき話題に出した。しばらく部屋のなかをチェックし、首を捻りながら外へ出た。鍵を掛け直しながら振り向いた。

「どうじゃ。自転車で廻ってみんかい」

「どこをですか」

「老人宅を廻った道を、彼女と同じようにじゃ」

面白そうだ。民家の玄関をいくつかノックし、在宅者がいた二軒で警察手帳を提示して一台ずつ自転車を借りた。それにまたがり、二人で炎天下の県道へ出た。上着とネクタイを自転車の前籠に突っ込み、走りながらワイシャツも脱いだ。しかしTシャツはさすがに脱げない。公序良俗のためではない。火傷が怖いからだ。ダンプカーが通るたびに道路が揺れ、数秒間は土埃で視界が遮られるので何度も危険を感じた。

すべての老人宅を廻って長屋前に戻ったときには午後四時を過ぎていた。自販機で冷たい缶コーヒーを二本ずつ買い、広葉樹の下に二人で座り込んだ。頭髪から靴の中まで汗でぐしょ濡れである。幾度か途中で水分補給をしたが、それでも脱水症状を起こしそうだった。消耗しきっていた。

「よくこんな道程を彼女は行けましたね。しかも週に何度も」

「男のわしらでもこれだけきついんじゃ。七十六歳の女子《おなご》じゃけ間違いなく命がけじゃ」

切れぎれの息で二人は話した。炎熱の夏の日も、凍える雪の日も、彼女は約束を守って老人たちを訪ねたという。

「じゃが、いま廻ってみてわかった。自転車で走りながら彼女は完璧な自由を感じておったんじゃないかいね。貧乏じゃが自分がやりたいことだけをやる。誰にも命令されん人生じゃ。家に戻れば制作中のジオラマがあり、執筆中の小説がある」

たしかにそうかもしれない。

呼吸が落ち着いてから軽トラに乗り込んだ。

山脈の向こうに巨大な入道雲が湧き上がっているのが見えたのは一件目の鑑を廻り、交差点を曲がったときだ。白い雲に鼠色が混じり、捻れて動いていた。

「夕立ちになるかもしれませんね」

俺が言うと蜘蛛手はちらと窓外を見た。

「待望の雨かい」

三件目の鑑取りを終えた頃には入道雲は空の三分の一を覆うほどになっていた。やがてその上から墨汁のような黒雲が凄まじいスピードで広がり、岡崎市全体を上から包み込んで夜のように暗くなっていく。雲のなかでドロドロドロと不気味な音が響きはじめた。
　フロントガラスに大粒の雨が一つ落ち、二つ落ち、三つ落ちた。一気に土砂降りになった。雨の飛沫をかぶりながら蜘蛛手が窓を閉めていく。光が真横へ走った。一秒遅れて雷鳴が空気を切り裂いた。軽トラのワイパーが雨に追いつかず、ほとんど前が見えない。
「ちょっと待ったほうがええのう」
　蜘蛛手が注意深く車を左へ寄せていき、強くサイドブレーキを引いた。アイドリングしたまま紙袋から『検視官ハンドブック』を出して大学ノートを開いた。大学ノートはすでに十五冊ほどになっている。『検視官ハンドブック』はページごとに幾重にも角が折られ、大量の付箋が貼ってある。
　左右の側溝が溢れ、道路が冠水しはじめた。他の車も次々と路肩に停車していく。近くで閃光が瞬き、ドーンッという音とともに落雷した。あちこちで稲妻が光っては砲弾が炸裂《さくれつ》するような音が連続している。
　メール着信音が鳴った。内ポケットから抜くと久々の夏目直美だった。
《雨は大丈夫ですか》
〔いま車の中だ。路肩に寄せて蜘蛛手係長と二人でいる〕
《警務課の喜多美雪さんが健のために手作りのお握りをコノハ警部に頼んで届けてると噂になってます》
　驚いた。
〔そんなことは俺は知らない〕
《健がミズノのスポーツバッグを使ってることまで知ってるそうです。私より詳しいみたい》
〔荷物の管理してるから知ってるんだろ〕
《健がピンサロに行ったという噂も聞きました》

〔捜査で行ったが何もしてない〕

そこで返信は止まった。何度メールを打っても返ってこない。外へ出て電話をかけたかったが、この雨ではそれもできない。

しかたなくスマートフォンをポケットに放り込んだ。財布を開き、写真を出した。鮎子が作っていた郡上八幡のジオラマの写真五枚である。蜘蛛手が長考に入ると手持ち無沙汰になるので、そういうときは俺もこの写真でイメージを膨らませて一歩ずつ推理を進めていた。

「あんた、ショーン・コネリーと組んどるやつとライバルなんじゃろ」

唐突に蜘蛛手が言った。視線は『検視官ハンドブック』に落としたままである。他人に肚を探られたくないが蜘蛛手には言っておいたほうがいいかもしれない。

「因縁が少し」

「あれは優秀そうじゃないか」

道路上を流れる水は深さを増していた。アイドリング中のエンジンを蜘蛛手が軽くふかした。マフラーに水が入ることを心配しているようだ。俺は写真を財布に戻し、今度はポケットから手帳を出した。朝の捜査会議でのことをまとめていく。数ヵ所あるミッシングリンクはボールペンで黒く囲ってある。その前後の推理を小さな文字で余白に書いていく。

ようやく雨脚が弱まってきたのは三十分近くたったころだ。

蜘蛛手が道路の水量を眼で測っている。やがて小糠雨《こぬかあめ》になり、前方の雲の切れ間から太陽光が一筋こぼれた。光が割れ、ナイトクラブのミラーボールのように幾筋も地上を走りはじめた。

蜘蛛手が右ウインカーを出した。

「遺棄現場へ行ってみようで。岸が沈んでしまっておるかもしれん」

4

地蔵池の堤防の雑草が雫を垂らし、ガラスのように光っていた。そのガラスに足首を濡らされながら二人で堤防を登った。一番上に立つと、いつも歩いている岸辺はすべて水に沈んでいた。五十センチ、あるいは七十センチくらい水面が上がっているようだ。U字溝から噴き出す赤水が大きな音をたてている。いつもの十倍量はある。

「池の真ん中で回っておった渦巻きが無くなっちょる」

赤水が落ちる音に負けぬ大声で蜘蛛手が言った。中央付近で赤水と蓬川の清流がぶつかる回転模様が消え、池全体が灰色に塗りつぶされていた。

蜘蛛手が大学ノートを尻ポケットから引き抜いた。池の見取り図のようなものを素早く描いていく。そして水の流れを表していると思われる矢印をいくつか記した。しばらくすると大学ノートを尻ポケットに突っ込んで堤防を降りていく。水際で水面に浮かぶ何かを拾った。弁当箱サイズの白い物、発泡スチロールのようだ。それを手にU字溝のほうへと歩き、四つん這いになって堤防の急坂を登った。

上まで登るとスチロールをU字溝のなかへ放り込んだ。それは赤水と一緒に池へ勢いよく飛び込み、水の勢いに巻き込まれてその場で沈んだり浮いたりを繰り返している。蜘蛛手は両腕を組んで片手に顎を載せ、動きをじっと観察している。

「何してるんですか」

俺が大声で尋ねても反応しない。

しばらくするとまた堤防を降りてきて、別の発泡スチロール片を拾った。そして今度は右岸の草むらをかき分けて向こうへと歩いていく。蓬川の手前で立ち止まり、発泡スチロール片を川へ放り込んだ。それはすぐに池まで流れ出てきて、波立っている水面をゴムボートのように揺れながら移動していく。蜘蛛手はその様子を辛抱強く観察している。

十分ほどかけて池の中央まで流されたスチロールは、ふいに直角に舵《かじ》をきり、こちらへ向かってゆっくりと流れはじめた。蜘蛛手が驚いたように草むらのなかを戻ってくる。動きは緩くなっていた。蜘蛛手はそれを見ながらゆっくりと歩く。これは長くなる。俺は傍らの大石の上に座って財布からまたジオラマの写真を出した。

三十分ほどもかけてスチロールが辿《たど》り着《つ》いたのはU字溝の水が落ちる場所である。そこで水に潜ったり浮き上がったりを繰り返しはじめた。

「びしょびしょになってしもうた」

蜘蛛手が堤防の上まで戻ってきた。首を捻って何か考えている。雨後の草むらを歩いたためジーンズは太腿まで濡れており、脛から下は泥で汚れている。汚水なので臭うが蜘蛛手は気にしていないようだ。頭をぼりぼり掻いて「行くで」と堤防の外へ降りていく。

二人で軽トラに乗り込んだところで大学ノートを開いた。何か考えている。

「あんたどう思う。U字溝からの水量がこんだけ増えて、池の向こうのオーバーフローから大量の水が外へ流れておる。じゃけ、発泡スチロールはオーバーフローの方へ流されていくはずじゃのに逆にU字溝のほうに流れてくる」

「池の水は平面の二次元じゃないからでしょう。深さもある立体です。底の地形だってある。簡単にこっちからこっちへ流れるとか、そういうものじゃないんじゃないですか」

何気なく言うと、蜘蛛手の眼が輝いた。

5

夜の係長級会議が終わると蜘蛛手はいつもの海海寿司に誘った。

蜘蛛手、俺、緑川、鷹野、海老原の五人の寿司になり、大将から暑気払いのドジョウ汁も振る舞われた。食べ終わったあとの情報交換は、鷹野&海老原組が大量の情報を持参したため長いものになった。

海老原誠とは会議では顔を合わせるが酒席は初めてなので名刺交換した。蜘蛛手の直属部下ではないが生安の少年係である。かなり小柄だが眼光がヤクザのように鋭く髪をリーゼントにしている。「柳屋《やなぎや》のポマード一択です」と俺に笑った。蜘蛛手は軽トラ運転時などにときどき「海老原君はカエルの子、クジラの孫ではありません」という替え歌を口ずさんだが、つまりは体格差のことを言う歌のようだ。鷹野とはまさに凸凹コンビである。

「蜘蛛手係長がチロルって呼ぶのはチロルチョコのことです」

海老原が苦笑いした。

長い情報交換を終え、外へ出た。五人で『この世を花にするために』を歌いながら歩いていると、向こうからほろ酔いの二人、岡崎署刑事課長代理と強行犯係長が歩いてくる。

「おお、クモさん！　河岸《かし》を変えて飲み直しといきましょう」

課長代理が破顔しながら近づいてきた。そして蜘蛛手にヘッドロックをかけた。「ギブ？　ギブ？」と聞いている。「ノー、ノー」と蜘蛛手が痛みに顔を歪め、道路脇のフェンスをつかんだ。「ロープロープ」と言った。それでも課長代理はヘッドロックを解かない。蜘蛛手が唸り声をあげ、課長代理の股間をつかんでヘッドロックを外した。

「サーベル持ってきんさい。ここが新宿伊勢丹《しんじゅくいせたん》前じゃ思うて勝負せい」

長髪を振り乱し、赤い顔で叫んだ。ヘッドロックがよほど痛かったのか本気で怒っていた。それをみんなが笑いながら見ている。

俺は腕時計を見た。午前二時十分。午前三時に映美と待ち合わせている。まだ時間があるのでついていくことにした。しかし店に入って三十分ほどで蜘蛛手と強行犯係長が捜査の方向性で激論し、奥に座っていた俺は出るに出られない空気になった。電話しようにも彼女の番号は知らない。最後は近くに座る鷹野や緑川に「仕事を思い出したので先に出ます」と頼んで皿をいくつか床に除《の》けてもらい、テーブルの上を歩いて座敷から出た。

急いで走り、遊郭通りに着いたのは三時ちょうどだった。映美はいなかった。他の街娼たちに映美はいないかと聞いてまわった。「ついさっきまでいたけど」と言った。携帯電話番号を知らないかと聞くと「そんなもの持ってるわけないでしょ」と笑われた。

しかたなく深夜の乙川の橋を渡って、ひとりで署へ戻った。布団に横になってもしばらく気になった。しかし明日また会いにいけばいいと自分を納得させて眠りについた。

翌日の夜、また遊郭通りで映美を探したが見つからなかった。その次の日も行き、ほかの街娼に聞いたが見ていないと言われた。

6

それからさらに四日後の午後三時半頃。名古屋市内へ出て捜査に廻っていた俺たちのメール音が同時に鳴った。捜査員への一斉メール。岡崎市内の林道で映美の死体が発見されたという。蜘蛛手は蒼白になって軽トラを走らせた。

高速を使って現場に着くと、岡崎署刑事課と本部機動捜査隊の連中が大勢いた。捜一の丸富課長や等々力キャップの顔もあった。次から次に刑事たちがやってくる。黄色い規制線テープの外で鑑識作業が終わるのを待っている。死体は山の斜面にあり、樹が繁っているので薄暗い。

近くに立つ若い刑事に聞くと近所の人が発見して通報してきたらしい。死体は左右の腕が肩から切断され、無くなっているという。

辺りは鑑識待ちの刑事で一杯になってきた。鮎子に続く連続殺人、しかもバラバラ殺人である。

後ろで嗚咽が聞こえた。

振り返ると蜘蛛手が泣いていた。

まわりの刑事たちが遠巻きにして見ぬふりをしている。丸富捜一課長が近づいていき、蜘蛛手をかき抱いた。蜘蛛手は丸富の肩に顔を押し当てて泣き続けている。

緑川のジムニーが急ブレーキで止まった。ドアを開けて走ってきた緑川は死体を見て表情を強張らせ、眼を開いたまま手を合わせた。その姿勢のままいつまでたっても動かない。助手席から降りてきた夏目直美が黙ってその背中を見ている。

岡崎署の鑑識係員によると映美の死体は両腕がないだけではなく、両太腿の肉が大きくえぐられているらしい。そして首の近くにロープが半巻きになって落ちていたという。絞殺ではないかということだった。

その死体に視線をやりながら俺の胃は差し込むように痛んだ。これほど強い悔恨は警察官になって初めてだ。

やがて顔を知る検視官の草間《くさま》遼一《りょういち》が部下の警部補を連れて本部から臨場した。俺と眼が合うと形ばかりの黙礼をして規制線テープをまたいでいく。

蜘蛛手の嗚咽はまだ続いていた。

第九章　深夜のラブホテル

1

アブラゼミの声が雨のように降っている。俺たち捜査員は鑑識作業と検視が終わるのを規制線テープの外で待っていた。どの刑事も両腕を組み、飢えたアラスカオオカミのような獰猛《どうもう》な眼を光らせている。出遅れている組にも逆転首級《しゅきゅう》のチャンスが出てきた。

「おい。まだか」

腰を叩かれた。振り向くと嶋田実が立っていた。

「草間さんは長いからな」

俺は記者たちに聞かれぬよう小声で答えた。二十メートルほど後ろにマスコミ連中がいて地域課員にトラロープで制止されている。殺人事件の現場ではこのように内側に刑事たちを止めるテープ、外側にマスコミを止めるトラロープと、規制線が二重に張られることがある。

検視官の草間遼一は鬱蒼とした山の斜面で尾田映美の死体の横にひざまずいていた。

そして死体をルーペとピンセットで入念に調べている。その手元を二本の高輝度ＬＥＤ懐中電灯で影ができないように照らしているのは補助の警部補である。愛知県警の検視官室には警視の検視官四名と警部の検視官十名、計十四名の検視官が在籍する。この十四名の下に補助という名で警部補が十九名配属されている。警視四人は本部詰めの管理職で、臨場するのはほぼ警部検視官だ。そのさい部下の補助を必ず一人連れてくる。

草間遼一と補助はともにフル装備である。頭髪キャップ、医療用防護マスク、医療用ゴーグル、ゴム製の医療用長手袋。危険な感染症から身を守るためだけではない。科学捜査の発達は両刃《もろは》の剣《つるぎ》だ。自分たちの汗や唾、睫毛《まつげ》や皮膚の角質などが混入すると大ミスに繋がる。

注意喚起のためによく例に挙げられるのが二〇〇七年のドイツハイルブロン市の警察官殺害事件だ。この事件、犯人が遺したＤＮＡが欧州各国の四十数件の事件で次々と検出され、未解決事件として積み重ねられた。マスコミから〝ハイルブロンの怪人〟と名付けられたこの犯人を各国の警察は連携しながら必死に追う。しかしそのうち小学校への侵入窃盗事件など、どう考えても繋がりのない小さな事件で同じＤＮＡが次々と検出されはじめる。ドイツ警察当局は「明らかにおかしい」と様々な角度から再調査を始めた。その結果、驚くことに原因は鑑識用綿棒製造工場だということが判明した。工場労働者一人の体液一滴が作業工程で混入して大量出荷されていたのだ。それほど現代の科学捜査は精度も感度も高くなっている。

草間遼一が補助に何か言って、道具を受け取るのが見えた。櫛《くし》のようだ。その櫛を手に死体と頬ずりするほど顔を寄せ、毛髪を梳《けず》り、ルーペで観察している。しばらくすると今度は首筋へとルーペを移して凝視しはじめた。それも終わると今度は衣類をめくって体幹部を見たり太腿を見たりしている。やがて落葉を除けて地面を調べはじめた。こちら側が眩い陽光に照らされているため、余計に草間遼一たちのいる場所が暗く見えた。

草間がようやく立ち上がったのは四十五分以上たってからである。腰を痛めたのか両手を上げて背筋を伸ばし、補助から懐中電灯をひとつ手渡されて森の奥へ一人で登っていく。鑑識によると山の急坂を五、六メートルほど死体が滑り落ちてきたような痕があるそうだ。草間は少し上へ行ったところで樹の枝をチェックしたり地面の落葉を触って考え込んでいる。しばらくすると山を降りてきて、頭髪カバーやマスクを外しながらこちらへやってきた。

丸富が規制線テープを太腿で押して前へ出た。

「どうだった」

草間は首を捻りながらテープをまたいだ。その二人を囲むように、捜査一課三係、機動捜査隊、そして岡崎署の刑事たちがぞろぞろと集まってくる。百名以上いるだろう。

草間は苦り切った表情で丸富に向かい合い、頭髪キャップを脱いだ。

「傷みが激しすぎます。今年の夏は暑くてとにかく腐敗が速い。損傷部位が人為的加害によるものなのか動物の食害なのかも私では判別できません」

マスコミ陣を気にしながらの小声である。

「頚《くび》は？」

丸富の問いに、草間はさらに声を落とした。

「傷みすぎて、目視では圧迫痕の形状もわかりません。絞殺後にロープごと捨てられたのか、あるいは自分でロープを枝に掛けて縊死《いし》してロープと一緒に落ちたのかも判別できません。何本かの樹の枝に擦れたような痕がありましたがそれも殺害者が捜査攪乱のために付けたものかもしれません」

「死後経過時間は？」

草間は首を振った。

丸富が困ったように伊藤署長に向き直った。

「どうしましょう」

伊藤署長も表情を歪めた。そして丸富の背中に軽く触れて促し、二人で捜査員の集団から離れていく。十メートルほど行ったところで真剣な表情で話し込みはじめた。鳩首《きゅうしゅ》凝議から弾《はじ》かれ、等々力キャップら他の幹部たちは苛ついてそれを見ている。しばらくすると丸富だけがこちらに戻ってきた。誰かを探している。見つけると腕を伸ばした。

「篭谷君、鑑定処分を急いでくれ。今日中に司法解剖したい」

「わかりました」

篭谷が表情を強張らせた。岡崎署刑事課長代理である。振り向いて「おい」と強行犯係長を手招きして指示している。強行犯係長は若手刑事を連れて走り、覆面パトに乗り込んだ。タイヤを軋ませて出ていった。刑事たちがざわついている。

草間遼一が本部鑑識課のワゴン車の横で部下と話している。俺はそこへ近づいた。気付いた草間がにやけ顔で向き直った。

「あいかわらず偉そうな野郎だな。目上の人間を前にポケットに手ぇ突っ込んでる警察官がいるか」

「十年後には俺が上司かもしれんですよ」

「相変わらず口の達者なやつだ」

「大学はどこですか」

「今日通るなら愛知医大だ。しかし通るかわからんぞ」

県内には、名古屋大学、名古屋市立大学、藤田医科大学、愛知医科大学の四つの大学医学部があり、曜日によって司法解剖の輪番が決まっている。草間が言うとおり、もし今日のうちに司法解剖までこぎつければ愛知県警では異例中の異例のスピードだ。やはり幹部たちは連続殺人を強く意識しているようだ。

草間がワゴン車のスライドドアを引いた。

「そのうちまた飲もう。円頓寺《えんどうじ》に美味い土手煮の店を見つけた」

軽く片手を上げて、車に乗り込んでいく。

等々力キャップの号令で捜査員たちが集まった。みな険しい顔で指示を聞いている。等々力キャップと篭谷課長代理が地図を開いて地取りの割り当てを始めた。途中で本部から捜査一課五係の連中もやってきた。また地取りが始まるのだ。

2

午後十時半過ぎ。とくに有用な情報のないまま、捜査員たちは岡崎署訓授場に集められた。署の他部署からの借り上げと近隣署の借り上げも含めた二百五十余名の臨時全体会議である。蜘蛛手の意見を仰ぎたいが死体発見現場で姿を消したまま会議にも顔を見せていない。メールにも返信がない。この会議で映美に「話したいことがある」と言われて数日前に会う約束をしていたことを報告するかどうか迷っているうちに番がまわってきた。どうする。

決断して俺は立ち上がった。

「被害者の尾田映美と私は、数日前からかなり突っ込んだ話を交わしていました。相談を受ける日時の約束もして……」

そこで極まって言葉に詰まった。

「大変な悔いが……」

他の捜査員たちが驚いて見ている。

「かっこつけんじゃねえ」

榊惇一の声で我に返った。蜘蛛手なら今ここで情報を開示したりしない。

咳払いして続けた。

「前後の文脈から判断するに、彼女の相談内容は街娼としての仕事がこのごろ減っている愚痴だと推量されます」

そして豊田署の借り上げ刑事とともに行った鑑取りについて粛々と話し、着席した。榊惇一が振り返った。眼が合った。俺の方から逸らした。

捜査員たちの報告が佳境に入ったころ、訓授場内に携帯電話の着信音が響いた。場内が静まりかえるなか等々力が電話を取り、ボールペンでメモを取っている。電話を切って隣の丸富に何事か話し、マイクを握って立ち上がった。

「愛知医大法医学講座からの連絡です」

捜査員たちが一斉に背筋を伸ばした。壁時計は午後十一時五分。

等々力がメモを手に色付きレンズの遠近両用眼鏡を上へずらした。

「司法解剖の結果、絞頸《こうけい》ではなく縊頸《いけい》との鑑定です」

訓授場内が大きくどよめいた。

「繰り返します。愛知医大での解剖の結果、絞頸ではなく縊頸。この鑑定結果から自死の可能性がきわめて高いと思われます」

等々力が最前列の若手刑事を指さし「君。板書を」と言った。若手はガタンと立ち上がり、急いでホワイトボードに板書していく。絞頸とは紐などで絞め殺されたということで、縊頸とは首吊りである。

等々力が眼鏡を片手で動かしながら、メモの続きを読む。

「死後経過時間は解剖開始時間の午後七時三十分を起点として三日から六日と推定される。両腕および太腿や脇腹の損傷は、その断面からニホンザルやツキノワグマ、野犬などの獣によるものと推定される。そのほかの所見については後日提出する鑑定書に詳しく記載する」

捜査員たちは急いで手帳にペンを走らせている。殺気立っていた訓授場内の空気が少しずつおさまっていく。そこからは自殺前提で会議が進められた。

＊　　＊

「すまんな。俺たちは帰るぜ」

会議後、一課五係の連中は複雑な顔で名古屋の県警本部へと戻っていった。

だが三係と岡崎署員はそうはいかない。自死であっても土屋鮎子殺害事件との関わりが疑われるからだ。他部署から借りた捜査員のうち計三十七名、そして近隣署の十九名を再び特捜本部に正式に組み入れた。これで特捜本部は百四十八名態勢にまで戻し、四階柔道場の住人も二十二名増えて、六十三名となった。

その柔道場で捜査員たちは滝のような汗をタオルで拭っていた。開け放たれた窓からは下水溝の悪臭が流れ込み、そこにベテラン勢の加齢臭と若者の脂臭が混じって噎せ返っていた。

「動物園より臭えかもしれねえな――」

ブリーフ一枚の嶋田が、ときどきげらげら笑った。その声があがるたびに岡崎署員から舌打ちがあった。長引く捜査と共同生活でストレスが溜まり、本部三係と岡崎署刑事たちとの間に悶着《もんちゃく》含みの波が立つようになっていた。三係内のいざこざに加えて所轄とのこの人間関係、姿を現さなくなった蜘蛛手の心配など、俺にとって面倒なことが複層的に重なってきた。特捜本部が立ってから睡眠時間は一日三時間とれればいいほうで、プラスこの酷暑だ。そしてなにより土屋鮎子と映美の悲しすぎる死に様である。

特捜本部は他殺の筋も並行して追い続けていた。可能性があるかぎり捜査は動き続ける。

死体発見から三日後、映美本人から手紙を託されたという街娼が岡崎署に出頭した。その街娼は鮎子や映美と同じくテレビも携帯電話も持っていないので映美の死体が見つかったことを昨夜聞いて驚いて出頭したのだ。糊付けされた封を開けると中に一枚だけメモ用紙が入っていた。遺書であった。義務教育も満足に受けていない彼女の文章は平仮名だけで書かれていた。

《しにます。かなしくてこわい。やさしくしてくれたひとたちにありがとう》

捜査員たちは静かに鮎子と映美の境涯を囁き合った。そしてやるせなさが混じった溜息を幾度もついた。

3

映美の死体が発見された日から激しい夕立ちが続いた。つい数日前まで雨を求めて愚痴を言い合っていた捜査員たちは、今では毎夕の雷雨にスーツと革靴を濡らされてストレスを募らせた。厄介なことにその雨は気温を下げてはくれず、ただ湿度だけが高くなり、肺のなかにどろりとした膿《うみ》が溜まっていくような気分だった。

「蜘蛛手係長の涙雨じゃないか……」

捜査員たちは灰色の空を見上げてそう言い合った。

蜘蛛手の落ち込みは傍《はた》からみていて異様なほどだった。俺とまた捜査に廻るようにはなったが、得意の軽口は消え、顔色も悪く、いつも下を向いて歩いている。軽トラで移動しているときに身体が臭うのは風呂に入っていないからだろう。傷つけたくなくて、俺はそれを黙っていた。

そんなころ「緑川以久馬と夏目直美の二人は仕事の関係を超えて近づきすぎだ」と岡崎署の女性たちが怒っているという噂が聞こえてきた。俺も気を滅入らせた。ただでさえ夏目直美とのメールのやりとりは殆どなくなっていた。
ある日、迷った末に強いメールを送った。
〔緑川部長には女がらみの噂が多い。それ以上近づくな〕
送信ボタンを押してから後悔した。返答が来たのは翌日である。
《あなたは人間として最低です》
返せばなおさらこじれる。我慢して鬱鬱《うつうつ》と過ごした。
やがて連日の夕立ちが止まった。そして以前と同じく快晴となり、乾いた土埃が再び舞い上がりはじめた。もう八月下旬になっていた。

4

夜の捜査会議は係長級ではなく連日の臨時全体会議となった。しかも必ず延長となり、終了時刻は日毎《ひごと》に遅くなっていく。捜査員たちの報告内容に逐一詳細な質問が繰り返されるが、一向に進展を見せない。酷暑と捜査の遅れで、心身ともに誰もが疲れきっていた。

「おい蜘蛛手！」

突然大声があがった。「てめえ、やる気あるのか！」上座の丸富である。黒縁眼鏡の奥で血走った眼を剝いていた。蜘蛛手が腕を組んで眼を閉じているのを怒ったのだ。だがこういうとき蜘蛛手が眠っているわけではないのは、いつも隣にいる俺は知っていた。先ほども大学ノートを拡げて一人で黙って整理していた。

「蜘蛛手！」

また丸富が怒鳴った。訓授場内がざわつきはじめた。

蜘蛛手が椅子を鳴らして立ち上がった。荷物を紙袋に入れ、それを抱えて廊下へ出ていく。丸富が大股でそれを追った。俺も立ち上がりかけると、スーツの裾を後ろの嶋田が引いた。

「やめとけ。巻き込まれるぞ」

そして向こう隣の佐々木豪と小声で何か話している。

室内はざわついたままだ。上座の幹部たちが顔を寄せ、手元の書類の束を整えはじめた。

「これで終わります。散会！」

起立と礼が省かれたのは等々力が慌てたからだろう。捜査員たちが疲れた表情で出ていく。

嶋田が立ち上がった。腹のあたりで親指を立てて俺を見た。親指は最後方の出口をさしている。

そのまま肩で人混みを割って一人で廊下へ出ていく。佐々木は俺を気にしながら嶋田を追っていった。

俺は二センチほど踵を上げて訓授場内に視線を巡らせた。やはり鷹野大介と海老原誠のコンビは出ていなかったようだ。この五日ほど、朝も夜も会議に顔を見せない。蜘蛛手が夜食会をやらなくなったため細かな情報が入らなくなり、俺は混乱していた。捜査幹部たちの重心が蜘蛛手&湯口組から榊&小俣組へ移っているのは、会議後、向かいの幹部待機室に二人を呼んでいる様子から明らかだった。

廊下へ出ると捜査員たちの喧噪のなかで嶋田実と佐々木豪が額を突き合わせて密談している。

近づいていくと、嶋田は俺のほうへ横向きに顔を寄せた。

「三人だけで話したい。佐々木が知っとるお好み焼き屋がある。少し遠いが逆に都合がいい」

囁くように言って視線を佐々木へ流した。佐々木はスマホで地図を確認していた。

「おまえ先に行け。俺たちは時間差でついていく」

嶋田が言うと佐々木はすぐに階段を下りていった。少し置いて嶋田が続いた。俺はさらに少し置いてから動いた。一階へ下りるといつものように捜査員たちがロビーに群がっていた。嶋田実の大きな背中が玄関を出ていくのが見えた。俺は十五メートルほど遅れてガラス扉を押した。そして意識的に歩くペースを落とし、ゆっくりと国道へ出た。暗い道を向こうへ歩いていく佐々木豪が見えた。その二十メートルほど後ろから嶋田が続いている。俺は嶋田とさらに二十メートル空けて歩きはじめた。まわりを見たが三人以外に歩いている捜査員はいないようだ。

真ん中をゆく嶋田実がようやく立ち止まったのは三十分近くも歩いたころだ。

「佐々木。おい。もう大丈夫だろう」

声をあげて「この自販機で休もう」とコカ・コーラの赤い光へ近づいた。先を歩いていた佐々木豪が汗を拭いながら戻ってくる。自販機の前でそれぞれ手を膝について息を整える。早足で三十分ということは署から四キロ位か。みな汗まみれだ。ポケットから小銭を出して冷たい飲物を順に買った。

「この暑さなんとかならんか。ほんとに死んじまうぞ」

嶋田がワイシャツを脱ぎランニングシャツ一枚になった。俺と佐々木豪もワイシャツを脱いだ。

「脱げば脱いだで今度は蚊の襲来か」

嶋田実が迷惑顔で腕をパチンと叩いた。俺と佐々木もパチパチと叩きはじめた。

ふと気づいた。

「おまえ私服なのに警棒持ってるのか」

佐々木豪の腰ベルトに特殊警棒らしきケースが通してある。

「あ、はい」

頰を引きつらせた。表情を見て、指摘するべきではなかったと思った。俺は興味のない風《ふう》を装って飲物を口に含んだ。ペットボトルをゴミ箱へ捨て、三人で肩を並べて歩きはじめた。

十五分ほど行くと左手に大きな建物がいくつかあった。先ほどからネオンが見えていたラブホテル街である。三階建てくらいの西洋の城のような建物がいくつかと、背だけがひょろりと高いタワー型のものがひとつある。

「ここにラブホが何軒か固まってます。ずいぶん昔からあるものみたいです。あと高速インターの下と郊外にもいくつかあります」

佐々木が説明した。民家が近いからか名古屋市内のラブホテルよりネオンは暗めだ。

そこからさらに十分ほど歩いた。大きな黒松がせり出した辻を左に折れ、しばらく行ったところで佐々木が止まった。古民家を改装した店。木製看板に《お好み焼き　南雲《なぐも》》と筆書きがある。岡崎署から六キロといったところか。さすがにここまで夜食に来る捜査員はいないだろう。

佐々木豪が暖簾をくぐって、引戸をひいた。嶋田実と俺たちも続いて入っていく。テレビを観ていた女将がカウンターの中で立ち上がった。

「あら、佐々木君。もう来てくれないかと思ったわよ」

笑いながら煙草を灰皿で揉み消した。他に客はいない。

「今日はこの前と違う先輩を連れてきました。奥のテーブル、いいですか」

「なによ。私の顔見たくないってこと?」

「へんなこと言わないでください。仕事のこと話すんです」

「このあいだだって仕事の話だったけどカウンターで食べたじゃない」

「今日は殺人の話なんです」

女将の表情が止まった。そして黙ったまま手を奥へ向けた。若いころ名古屋の飲み屋で鳴らし、年齢がいって地元に戻ってきた風情である。

佐々木豪は頭を下げて奥へと行き、ひとつしかないテーブルに座った。その横に俺が座り、向かいに嶋田実が腰をおろした。壁のメニューにはお好み焼きと焼きそばが十種類ほど並んでいる。酒はビールと焼酎があるだけだ。

ビールを二本頼むと女将が盆に載せてやってきた。薄化粧で物腰が嫋《たお》やかだ。五十歳前後だろうか。

「カウンターのほうからは遠くて聞こえませんから安心してください」

嫌味かと思ったが表情を見るとそうではないようだ。エプロンのポケットから名刺を出して俺と嶋田に配った。《お好み焼き　南雲ユミ》と中央にあり、店名と住所、電話番号だけが記された簡素な名刺だ。

三人がそれぞれ豚肉入りや海老入りのお好み焼きを二枚ずつ頼んだ。女将はカウンターのなかに戻って準備を始めた。

嶋田実が三つのコップにビールを注ぎ、俺と佐々木に視線を往復させた。今日この席を作ったのは俺と同じく情報の閉塞状態に焦れているからに違いない。

「佐々木はこの前ここに来たのはいつなんだ」

嶋田が問うた。

「七月のはじめ、特捜本部が立つ前です。神子町交番の稲田部長と鴨野さんに誘われて。仕事終わってからここで待ち合わせということで。ここはあの交番から歩くと実は結構近いんです。僕は署から自分の車で来ました。そのとき開店三日目でしたから、まだできて間もない店です」

嶋田がビールをあおった。そして手のひらで唇の泡を拭いながら「湯口」と向き直った。

「おまえ自殺した街娼の尾田映美と親しかったんだろ。本当はどこまで聞いてんだ」

含ませた言い方にイラッときた。

「どういう意味だ」

強い口調に、女将がちらりとこちらを見た。

嶋田が腕を組み、眼で俺を咎めた。そのまま見ている。

俺は腹に蟠る息を、できるだけゆっくりと解放した。

「すまん。このところいろんなことで噂をたてられて、いいかげん疲れてる」

「おまえが悩んどるのはわかった。だが酷暑の捜査で走り廻って疲れとるのはみんな同じだ。俺たちの仕事っていうのは昇任試験の勉強じゃねえし、街娼と寝ることでもねえ」

こいつ――。

俺は感情を出さぬよう、隣の佐々木豪へ横眼を遣った。

「悪いが少し席を外してくれ。五分でいい。外で時間を――」

嶋田が手のひらをぐいと突き出した。「おい湯口。ちょっと待て。おまえ、岡崎に来てからおかしいぞ。佐々木は見習いといっても俺の相棒だ。俺とおまえがいくら古い付き合いでも、俺はおまえより相棒を優先する。いまみたいな言葉を吐くなら、てめえが帰れ！」

本気で怒った嶋田を久しぶりに見た。佐々木豪は俺の横でうつむいている。

「こいつも警察官だ。保秘に関しちゃ心配ねえ。まずは俺たちに言え。他のやつらに先を越されちまわないように俺たちから先に動くんだ。そのためには情報だ。映美と何があった。言え」

睫毛一本すら動かさない。

俺はしばらくその眼を見返し、仕方なしと息をつき、ゆっくりと話していく。映美が緑川への想いを俺に託していたこと。鮎子殺害について何か情報を持っていると言い、それを俺に伝えようとしていたこと。蜘蛛手にそのことを話したら黙っていろと言われたこと――。まずいと思われるディテールは丹念に削《そ》いでいく。

「おまえはやってねえんだな」

嶋田実の直球に、俺は首を振った。

「じゃあ緑川部長と尾田映美はやってたと思うか」

「それはない。『緑川さんに彼女がいるか聞いてくれ』と頼んできたんだ」

「関係があるからこそ女がおるか知りたくなったのかもしれんぞ」

「いや。ないな。そんな聞き方じゃなかった。俺もそこは観察していた。女子高生が初恋して、それを何とか成就したいという感じだった」

嶋田がふんと、蔑むように身体を起こした。

俺はポケットから手帳を出した。めくった。映美とのやりとり、話していたときの表情などが書いてある。

嶋田が覗き込んだ。

「おまえ、蜘蛛手係長と組むようになって本当にマメになったな」

反射的に手帳を閉じた。夏目直美とのやりとりなども符牒《ふちょう》を使って書いてあるからだ。

嶋田は後ろを振り返った。女将の場所を確認してから声を落とした。

「実はな。榊係長たちが緑川の筋を追っとるらしいんだ」

「どういう意味だ」

「緑川部長が鮎子殺しのタマだってことだよ」

「ちょっと待て。それはさすがにないぞ。ありえん」

「いや、確かな人物から聞いた。俺も榊係長は人間的に好きじゃない。だが刑事としての鼻はピカイチだ。それはおまえも知っとるはずだ」

テーブルに身を乗り出し、さらに声を抑えた。

「榊係長と組んどる小俣部長っていうのがまた食えねえ男らしい。俺たちとはレベルの違う刑事だと聞いた」

「誰からだ」

「これはＥＴだ。ここの刑事課長にもそれとなく聞いたら同じこと言っとった。榊と小俣の二人にロックオンされてるとしたら、緑川は相当やばい状況にあるぞ」

俺が唸っていると、嶋田実は佐々木豪に向き直った。

「佐々木はどう思う。緑川がどういう人間か、ここで一番詳しいのはおまえだ。映美と寝てたと思うか」

「湯口係長が言うように肉体関係はないと思います。僕も地域課時代に何度か映美さんとは話してますが、やはり緑川さんに近づきたいんじゃないかなという空気を感じたことがありますから」

「じゃあ鮎子はどうだ。緑川と土屋鮎子はどんな関係だったと思う。寝ていたと思うか」

「それは……どうでしょうか……」

「どうでしょうかってなんだ。聞いとるのは俺だ。隠すなよ。腹蔵なく話せ。緑川と土屋鮎子だ。どうだ。寝てたと思うか」

佐々木豪はテーブルに眼を落とした。

嶋田が上着から煙草の箱を取りだし一本くわえて火をつけた。深々と吸った。

映画やテレビドラマでは最終的に筋読みが一本だけに収斂《しゅうれん》し、直線コースを走って犯人逮捕となる。しかし現実の捜査は特捜本部が複数の容疑者を並行して追う。しかも現場刑事たちは自分だけが読む独自の筋も併せて追っている。互いに牽制し合うので誰もが夜闇を懐中電灯ひとつで歩くような状況になる。俺もさすがに今、混乱していた。

佐々木は何事か考えていたが、しばらくすると顔を上げた。

「あの人たちが風俗嬢たちと親密にしているという話は署内では有名なことです。蜘蛛手係長は大変な艶福家で風俗嬢の彼女が何人もいるようです。鷹野部長はあれで女性によくもてて、岡崎の有名キャバクラ嬢をキングコングみたいに両肩に一人ずつ載せて名古屋駅前を歩いていたのを地域課の人が非番の日に目撃したそうです。緑川部長も風俗嬢何人かと付き合っているという噂です」

「緑川は警務課のカレンダー女とも付き合ってたんだろ。それも本当なんだろ」

嶋田が言うと佐々木は視線をテーブルに落とし、小さく肯いた。

「手ぇだしすぎだろ。いいかげんすぎだろ。みんな怒ってねえのか」

「いえ……僕は緑川部長のことが好きです……」

佐々木豪が泣きそうになって首を振った。嶋田が大仰に煙を吐いて、煙草を灰皿で揉み消した。

「じゃあこれだけは教えてくれ。おまえは緑川が土屋鮎子と寝ててもおかしくないと思うか。知りたいのはそこだ」

佐々木がうつむいたまま肯いた。

嶋田実は俺に向き直った。

「よし湯口。とにかく情報を集めよう。蜘蛛手係長は？」

「だめだ。もう当てにならない」

「じゃあ一人でも情報を集めてくれ。俺も佐々木と一緒に集める。急ごう。グチャグチャになる前に」

たしかにこのままだと特捜本部上層部が容疑者の一人として緑川から聴取という最悪の事態もありえる。そうなれば県警全体が大混乱に陥る。

「わかった」と湯口は肯いた。そして「俺も上を突《つ》ついてみる。だが期待するな。相手は風俗嬢だぞ。何万人という男と肉体交渉があったんだ。緑川部長がちょっとばかし寝ていたとしても何の証明にもならん。必要なのはそれ以上の関係があったという確たる情報だ。他の男とは付き合いのレベルが違ったという情報だ」と言った。

嶋田実は中空を見て何秒か考え、肯いた。

榊惇一と小俣政男のコンビも肉体交渉の有無だけを問題にしているはずはない。何らかの傍証なりが幾つかあってのはずだ。

「焼けましたよ」

女将がカウンターのなかから声をあげた。いまから近づくから話を一旦やめるよう注意を促したのだ。そういうところは水の世界の者らしい。

焼き上がったお好み焼きを二度に分けて運んできた。鰹節《かつおぶし》や小海老が焼ける香ばしい匂いに食欲がそそられ、腹が減っていた三人はまたたく間にその六枚を平らげた。

俺はコップのビールを飲み干し、冷たくなった唇を拭った。

ビールを二本追加した。飲むうちに蜘蛛手と丸富の話になった。佐々木豪によると蜘蛛手と丸富は若いころ一宮《いちのみや》署の刑事課時代に一緒で、直接の上司部下だったという。蜘蛛手はそのときすでに図抜けた刑事で、あの性格ゆえ丸富と何度もぶつかったようだ。

「やっぱりそんなすごい人なのか」

嶋田が聞くと、佐々木が大きく肯いた。

「専門は窃盗ですが、窃盗に強いだけじゃなく、殺人事件の特捜本部に入って大きなヤマを一人で送致に持ち込んだことが三度もあるそうです」

しばらく蜘蛛手の話題が続いた。それが終わると自然に丸富の話に流れていく。

嶋田が口の端を歪めて丸富のこき下ろしを始めた。こうなると長い。

悪口雑言《あっこうぞうごん》の切れ目を待って、俺は話題を変えた。

「ところで嶋田。おまえ鷹野部長と海老原君の姿を最近見たか。会議に出てないんだ」

「飯も一緒に食ってないのか」

「ああ。別の指揮系統に組み込まれたんじゃないか。そんな気がしてならない」

「別のって誰のだ」

「わからん。特捜本部の正式な命令系統以外だ」

「さっぱりわからんぞ。監察官室か？」

嶋田はそう言って眉間に皺を寄せた。

俺は続けた。

「わからん。なんとなくそう感じるだけだ。これほど顔を見ないことは初めてなんだ」

嶋田が手に持つコップを思案げに見ている。そして女将に向かって瓶ビールを二本追加し、また俺に向き直った。

「よし。湯口は先に帰れ。俺と佐々木は焼きそばでも注文してしばらくここで時間をつぶす。さすがに今日はもう遅い」

そして腕時計を見て「一緒に署に戻るところは見られないほうが得策だ。湯口もまずはひとりで急いでやってくれ。関係ないふりをして情報を集めよう。それを突き合わせよう」と言った。

俺は「了解」と財布から千円札を三枚抜いた。それをテーブルに置き、静かに立ち上がった。上着をつかんで腕時計を見ると午前二時半を過ぎていた。

女将に会釈して一人で外へ出た。途端に全身が汗ばんだ。記憶のある黒松の辻を曲がる。先ほどまでぽつぽつあった民家の灯りはほとんど消えていた。狭く長い小路がさらに暗くなっていた。

息が上がらないように淡々と歩いた。十五分ほどでラブホテル街まで来た。どのホテルもテント素材の帆布で駐車場がこちらから見えないようにしてある。横を通るとき、ふと足が止まった。背の高いタワー型ラブホテルである。奥の車が気になった。フロントグリルしか見えないが、社外品らしきその派手なデザインに見覚えがある。暗くて見づらいが車体の色も似ている気がする。しかしたったいま話していた人物の車にたまたまこんなところで出くわすだろうか。

辺りを覗い、そっと敷地内に入った。駐車場は敷地内の何ヵ所かに五台分ほどずつパーティションで分けられており「A」「B」「C」「D」などとオレンジ色のランプが点いている。その車は右奥のB駐車場にあった。誰もいないことを確認し、防犯カメラの位置の見当をつけながら近づいていく。するとスエットパーカーを巻き付けてナンバープレートが隠してあった。ペンライトをつけて運転席側にまわった。車体の色も同じ。そしてドアに見知ったステッカーが貼ってある。間違いない。緑川以久馬のスズキジムニーだ。

ホテルの建物を見上げた。こんな時間に捜査だろうか。それとも客としてデリヘル嬢でも呼んでいるのか。あるいは――。

急いでスマートフォンを出した。

〔いまどこだ〕

メールを打った。

しばらく待ったが返信がない。

心臓の鼓動が速まっていく。

電話をかけた。

留守電である。

署の女性宿泊室で眠りについているなら留守電になっているのは当然だ。だが脳内は台風の夜の草むらのように騒いでいた。先ほどの夜の全体会議には鷹野大介&海老原誠組だけではなく緑川以久馬&夏目直美組もいなかった。まさかとは思う。しかし警察官を十年以上やっていると「まさか」の事柄ほど本当に起きることを何度となく経験してきた。こういうときにあまり動くと碌《ろく》なことはない。どうしようかと頭を巡らせていると、外からホンダの小型車が入ってきた。

咄嗟に身を屈め、ジムニーの横のＢＭＷの陰に隠れた。ホンダ車はなぜか駐車場ブースには入らず中途半端なところで停車し、アイドリングしている。運転席に男が一人いるだけで助手席には誰もいない。いや、よく見ると後部座席に髪の長い女がいた。男が電話で誰かと話しはじめた。後ろの女はスマホでネットでも見ているようだ。

男が電話を切った。後部座席を振り返った。女が一人で車を降り、玄関へと歩いてそのままホテル内に入っていく。それでも男は車の中にいる。先に部屋を取らせているのだろうか。しばらくすると男の電話が鳴ったようで耳元に当てて何か話している。すぐに電話を切り、サイドブレーキを落として駐車場から出ていった。なるほど。デリヘルだ。男は店の運転手で、ここまで女を乗せてきた。女は客が待つ部屋に入って運転手の男に電話を入れた。運転手はほかの女の送迎に向かった。そういうことだ。

考えた。

腕時計を見た。午前二時五十八分。

決断した。防犯カメラの位置を意識してＢＭＷの陰から出た。玄関へ近づいていく。自動ドアのカーペットを踏んだ。〝いらっしゃいませ〟という人工音声に迎えられた。

思ったより広いロビーだ。横に背丈ほどのフェイクの鉢植えが並んでおり、その裏にパーティションで仕切られた待合ソファのようなものが見えた。眼球だけ巡らせて壁から天井まわりまで確認した。右上にあるホテル名のパネル横と、左壁の油絵額縁の陰に防犯カメラがある。さらに探すと左の鉢植えの隙間にもレンズが光っていた。

奥へ入っていくとフロントカウンターの上に電光プラスチックパネルがあり、部屋の内部写真が一階から最上階まで三十ほど並んでいる。光が消えているのは客が入っている部屋だ。パネルの前まで近づき、もう一度ぐるりとチェックした。パネルの左端に数ミリ程度の小さな穴がある。これもカメラのようだ。

後ろで自動ドアの〝いらっしゃいませ〟という人工音声。振り返ると、二十歳くらいの女が一人で入ってくる。驚いて足を止めた。二、三秒ほどそのまま固まったあと、前屈みになって近づいてくる。右手に大きなトートバッグを提げていた。

「あの……もしかして鈴木《すずき》さんですか……」

かすれた小声だった。

「いや。違う」

「え、すみません……」

赤くなって頭を下げた。そしてきょろきょろしながらインターフォンのボタンを押した。

（いらっしゃいませ）

今度は人間の男の声がインターフォンから聞こえた。

女は俺を気にしながらそこに顔を近づけた。

「あの。五〇二の鈴木の連れですが」

緊張した声で言った。

（お待ちください）

インターフォンの男が言った。しばらく間があってインターフォンから（どうぞ。エレベーターでお上がりください）と男の声が聞こえた。内線で〝五〇二の鈴木〟に確認をとったようだ。女は俺に会釈し、エレベーターへ歩いていく。彼女もデリヘル嬢に違いない。乗り込むときにもういちど俺を見て緊張気味に会釈した。蜘蛛手が「年頃の女の二十人に一人は現役風俗嬢か風俗経験者じゃ」と言っていたその数字にリアリティを感じた。

俺は上着を羽織って襟元を整えた。万にひとつでも緑川以久馬と夏目直美が二人で居た場合、俺はどう対応したらいいのか。インターフォンを押した。

（いらっしゃいませ。どうされましたか）

先ほどと同じ男の声だ。パネル右上の隠しカメラを意識して強い視線をくれた。

（お客様、何か御用でしょうか）

インターフォンの男が気圧されたように聞いた。

内ポケットから警察手帳を抜き、カメラに向かって提示した。

「愛知県警の者です。少しお話を聞かせていただけませんか」

顔写真は見せ、名前はさりげなく隠した。ときどき使う手なのでどこに指をかければ名前が見えなくなるかわかっている。

「すぐ済みます。入れてください」

俺が言うと、慌てたように（何号室でしょうか）と聞いた。

「違う。そこに入りたい」

（そこって、どの……）

言ったあと気づいたようで（もしかして私がいるこの部屋ですか）と聞いた。

「そうだ」

（ちょっとお待ちください……）

椅子が軋む音が聞こえた。

（いま開けます。お入りください）

緊張した声。近くでガシャンと金属音が鳴った。見るとフロントの隅の鉄扉の鍵のようだ。その鉄扉が小さく押し開かれた。若い男が半身を出して頭を下げた。アルバイト学生だろうか。ジーンズにTシャツのラフな格好である。

恐縮したように頭を下げた。俺がそこまで行くと若者が下がった。俺は一歩だけ中へ入り、ドアを肘で押して開けたまま防犯カメラを探した。左上にひとつ、右上にひとつ。広さは八畳くらいか。煙草の臭いが酷い。壁や天井はタールで茶褐色に変色している。外観やロビーを見て比較的新しい建物だと思ったが、この部屋から判断するとかなり古い。客から見えるところだけ改装したのだろう。

「どうぞ……」

若者があらためて頭を下げて下がっていく。

俺は後ろ手にドアを閉めて中へ入る。古い事務机。固定電話が二台。灰皿に吸いかけの紫煙が揺れている。その横に煙草の箱が三つ。

デスク前にはロビーから見えていた客室電光パネルと同じものが、左には防犯カメラのモニター画面がずらりと二十四個並んでいる。ラブホテルを従業員側から見るのは初めてだ。

「どうぞ、こちらへ」

若者が緊張したまま奥の部屋へ手のひらを向けた。俺は注意深くその部屋へ入っていく。すると、革張りソファに作業服を着た白髪の老人が座っていた。

「市長……」

思わず声が出た。

「警察の方が来たとお聞きしましたが、あなたはたしか……」

横田雷吉が首を傾げた。

「県警本部の湯口です。例の殺人事件で岡崎署内の特捜本部に入っています」

動揺を悟られぬよう低い声で話した。

「私が蜘蛛手係長と一階の地域課にいたときに――」

「ええ。あのときの者です」

「そうですか。本部の方だったんですか。先日も玄関のところでお会いしましたし、岡崎署の方だと思ってました。とにかくどうぞ、そちらにおかけください」

俺は上着のボタンを留めながら向かいのソファに座った。給湯室らしき部屋から人が出てきた。クラウンを運転していた二十代前半くらいのあの男である。

「新崎《しんざき》君、飲み物を出してくれますか。暑いですから冷たいものを」

横田が優しく言った。男は後ろ向きによろけながら下がり、給湯室へと戻っていく。前回会ったときに感じたようにやはり歩き方に癖がある。何らかの障害があるのだろう。

「新崎です。彼の親父さんとは若い頃からの付き合いでした。その親父さんが十五年ほど前に亡くなって私が後見人になってるんです。少し気がきかないところもありますが、まっすぐで気持ちのいい男です」

横田は手元の鞄から名刺入れを出して一枚差し出した。「新崎ともどもよろしくお願いします」と言った。

俺も自分の名刺を渡した。手帳を開き、ペンのキャップを抜いて間を持たせた。入ってきたはいいが、まさか市長がいるとは思いもしなかった。緑川以久馬のジムニーが気になって、などと言えるわけがない。

「どうぞ。もしお吸いになるなら」

鷹揚《おうよう》とした所作で灰皿をこちらへ押した。

「いえ、私は吸いませんので」

「そうですか。私もずいぶん前にやめました。歳をとると肺のほうも衰えてきて咳《せ》きこむことが増えたんで思いきってやめました。ただ、自分が吸わないからといってどこでも禁煙禁煙というのは好きではないので」

　隣の部屋と同じように壁が煙草のヤニで変色している。そしてやはり隣の部屋と同じく壁には防犯カメラのモニター画面が並んでいる。数えると同じ二十四個。同じものが同じレイアウトで並べてあるようだ。外の駐車場やロビー、廊下などが映っている。おそらくこちらの部屋が従業員の休憩室になっていて、休んでいる間もアクシデントに対応できるようにモニターを見ているのだ。

　新崎が奥から缶コーヒーを持ってきた。ひとつを俺の前に、ひとつを横田の前に置いた。そして財布から自分の名刺を抜いて差し出し、壁際の折りたたみ椅子に所在なげに腰掛けた。名刺には《秘書　新崎悠人《ゆうと》》とあった。秘書というより昔でいう書生のように見えるのは横田と年齢が離れすぎているからだろう。新崎に名刺を渡していると、横田市長が缶コーヒーのプルトップを引いた。

「どうぞ、暑いですから湯口さんも飲んでください」

「市長のことは蜘蛛手係長からよくお聞きしてます」

「私も湯口さんのことをお聞きしてますよ。うちの菩提寺《ぼだいじ》も曹洞宗なんです。いろいろお話したら楽しそうですね」

　微笑んで崩した艶のいい頬からは、とても八十代を想像できない。

　数秒の沈黙のあと、俺は聞いた。

「市長はどうしてここに？」

「いや。お恥ずかしいことですが、ここは私の持ち物なんです。養父の弟がやっていたのですが亡くなって私が引き継いで。今日は税理士に渡す書類を取りにきまして」

　そして、ついと片眉を上げた。

「それで湯口さんがここに来たのはなぜでしょうか」

「今回の殺人事件のことで従業員の方たちにお話を伺おうと思いまして」

用意した答を言った。本当は防犯カメラを見せてもらおうと思ったのだ。緑川と夏目直美がホテルに入ったのかどうか、事件関係の映像を確認するふりをしてチェックするつもりだった。

「このホテルはすでに幾度も警察から話を聞かれていると思いますが。ねえ、川村《かわむら》君、そうでしょ？」

横田が俺の後方へ声をかけた。振り返ると、先ほどの大学生風の青年が顔をのぞかせた。

「はい……何度も……」

ひきつった表情で俺と市長を交互に見た。かなり緊張している。

「たしか防犯カメラの映像も提出してありましたよね」

「はい。最初の事件のときと、今回の自殺と、二度とも何ヵ月分かを提出しました」

「でしょう。まだ何か？」

市長が困惑したように俺に首を傾げた。

「リアルタイムの状況を聞いておきたいと思いまして。先ほどまで近くで仲間といたものですから」

「蜘蛛手さんと？」

「いえ。若いやつらです。夕飯を食って私ひとりだけ先に署に戻る途中で、たまたまこのホテルが眼について、何か聞いておこうと」

「こんな深夜に？」

「ラブホテルですから深夜でも大丈夫かと」

「なんだか妙ですな」

横田がソファに背をあずけた。

「捜査が長引いて少し焦っています。何か手がかりになることでもあればと」

自分でも無理筋だと思った。

横田は無表情で缶コーヒーを手にし、指先を動かした。

「警察と干戈《かんか》を交えるほど私は野暮ではありませんが、警察であっても順番を間違えると大変なことになりますよ」

ゆっくりと言い、缶コーヒーをひとくち含んだ。

俺は軽く頭を下げた。

「たしかに浅薄でした。上司と相談して出直します。今日はもう失礼いたします」

俺が立ち上がるのを、横田は止めなかった。

そして硬い表情で言った。

「上司？　順番と私が申したのは差押許可状のことではありませんよ。防犯カメラの映像でもなんでも私は任意で提出します。もしかしてこのホテルに何か嫌疑でもお持ちなんですか」

「いえ。そんなことはないです」

「どうも妙だ。いちいち説明が当を得ていない」

俺は黙った。横田も口を開かない。間が続いた。

機をみて俺は頭を下げた。

「失礼します」

立ち上がってそのまま出口へ向かった。背中に視線を感じる。鉄扉を押してロビーへ出た。ここは防犯カメラに映っている。自動ドアから外へ出た。ここもまだカメラに映っている。緑川のジムニーを横目で確認して道路へと出た。

アスファルトの輻射熱が業火のように下から炙ってくる。アスファルトの臭いがきつい。足元がふらついていた。振り返りたい気持ちを我慢して前へと歩き続ける。汗でシャツとズボンがべとりと皮膚に貼りついている。

岡崎署前の国道まで辿りついたときには完全に息が切れていた。街路灯の下にへたりこむようにして座った。忘れぬうちに書き留めておかなければいけない。小砂利が臀部《でんぶ》にザラついた。顔にまとわりつく虫を手で払った。手帳を出した。二度三度と深呼吸をしてからペンを立てた。

《大失態》

そして緑川を《M》と書こうとして途中でグチャグチャと塗りつぶした。ジムニーを《J》と書いたところでまた塗りつぶした。横田市長と秘書の新崎悠人、そしてアルバイト青年。三人の印象。急いで書いていく。市長はいつもより眼光が鋭かった。作業服の胸ポケットには《横田雷吉後援会》という刺繡があった。秘書の新崎悠人はポロシャツを着ていたので首筋の痣がすべて見えた。学生らしきバイトがドレッドヘアのパーマをかけていた。あのパーマは学生としては高いだろう。ヘビースモーカーだった。煙草代が上がっているのにたくさん吸えるのは深夜時給が高いのだろう——。そのほか思いつくまま書いていく。

喉が渇いて仕方ない。アスファルトに手をついた。小砂利が手のひらに刺さる。立ち上がった。かたわらの自動販売機で冷たい缶コーヒーを二本買った。そしてまた地面にへたり込んだ。一本を飲んでいる間にもう一本を首筋に当てて頸動脈を冷やした。続けて二本目も飲み干した。しかし喉の渇きはおさまらない。振り向きざまに自販機を思いきり殴った。夜蟬たちがギャアと獣のような声をあげて飛び去った。

百五十メートルほど先に岡崎署がある。ほとんどの灯りが消えている。ついているのは一階ロビーと三階の刑事部屋だけだ。アスファルトに顔の汗が落ちた。いや違った。雨が降ってきていた。

第十章　夜に彷徨《さまよ》う

1

訓授場内がざわついていた。朝の捜査会議の開始時刻を三十分以上過ぎているのに幹部たちが現れないからだ。その理由をすでに多くの捜査員は知っていた。

「また緑川の女問題か」

「いや。今回のは捜一の女が尻振ったらしい」

「おい、声がでかい――」

凄まじいスピードで情報が駆け巡っていた。全員が情報収集と分析のプロである。噂の断片を集め、繋ぎ合わせ、次第に真相に近づいてゆく。俺は動揺を顔に表さぬよう奥歯を強く嚙んで窓外《そうがい》を見ていた。岡崎の街は霧雨《きりさめ》に煙り、まるで中国の深山幽谷のようだ。その霧雨が窓ガラスに貼りついては集まり、雫となって垂れていく。

県警本部捜査一課の夏目直美と岡崎署生活安全課の緑川以久馬の両巡査部長が、昨夜岡崎市内のラブホテルで一泊し、それについて横田市長からクレーム電話がきたという噂は、起き抜けの柔道場ですでに広がりはじめていた。自宅から通っている緑川の携帯に岡崎署員が電話をかけても出ない。一方の夏目は署の女性仮眠所に早朝戻ってきたが、五分後にはまた出ていってしまったという。

昨夜、横田市長が「このホテルに何か嫌疑でも?」と俺に気色ばんだのは、先に緑川以久馬と夏目直美がホテルに入るのを防犯カメラで見ていたからではないのか。捜査だと思っていたら一般客のように部屋を取ったので疑問に思った。その後に今度は俺が現れて捜査を願い出てきた。いや、もしかしたら反対なのかもしれない。俺が従業員室にまで入ってきておかしなことを言う。不審に思い、俺が帰ってから防犯カメラを遡ってチェックした。どちらにしても市長は混乱する。偶然がいくつも重なって大変なことになっていた。

俺は先ほどから何度か夏目にメールを打っていた。しかしいくら待っても返信がない。「捜査で一緒にいただけだから何もない」という言葉が欲しいのに言い訳すらしてこない。

訓授場に幹部たちが入ってきたのは会議の予定開始時刻を一時間四十分も過ぎてからである。珍しく副署長の長谷川庸の顔もあった。皆一様に憔悴しきっている。

まず伊藤署長からこの件について保秘の徹底が申し渡された。しかし伊藤署長も他の幹部も「捜査本部の士気を乱す行為」と当事者氏名すら言わず、核心を避け、何があったかについてさえ言わなかった。「横田市長も外に出すことはしないと約束してくれたので、特捜本部内部で厳正に対処する」旨だけが伝えられた。

そのあと捜査会議が始まったが、緑川以久馬も夏目直美も姿を現さない。俺は手帳をめくって情報をまとめるふりをしながらひたすら会議が終わるのを待った。重苦しい時間だった。夏目と緑川が裸を貪り合うシーンが脳内で暴れ、渦巻き、前頭葉が破裂しそうだった。

ようやく会議が終わって幹部たちが訓授場を出ていくと、若い制服が顔を強張らせて走ってきた。

「蜘蛛手係長、湯口係長。署長室に呼ばれています」

蜘蛛手がめんどくさそうに足元の紙袋をガサガサと抱え、黙って廊下へ出ていく。その蜘蛛手の背中を見ながら、これから詰問されるだろう内容を考えた。しかし市長が何をどう話しているかわからないのでシミュレートしようがない。考えながら訓授場を出て、考えながら廊下を行った。考えながら階段を降り、考えながら署長室まで歩いた。蜘蛛手は先に中へ入ったようで既に廊下にはいなかった。

扉の前まで行き、覚悟を決めてノックした。「入れ」と丸富らしき甲高い声が聞こえた。

ドアを引いた。先日呼ばれたときと同じ光景があった。

漆色の長い会議用テーブルを間にはさみ、蜘蛛手と幹部たちが向き合って座っている。違うのは前回は奥の執務机にいた伊藤署長もそこに座っていることだ。そしてもうひとりの制服がファイルを開き、ボールペンを握っている。警務課の警務係長だ。柔道場の布団カバーのことで俺も一度話したことがある。他部署の者たちはアームカバーをして事務仕事をする警務課員を下に見ているが、トラブル時には彼らは憲兵の貌《かお》に変わる。

「早《は》よ座らんか」

丸富が言った。俺は頭を下げ、蜘蛛手の横に腰をおろした。

「きさまに関わると俺の部下まで馬鹿になっていく」と丸富が蜘蛛手に吐き捨てた。

「それについては異議なしじゃ」

「夏目も緑川も捜査目的でホテルに入っただけで、性的関係は持っとらんと言っとる。おまえはどう思う」

「二人がない言うとるなら、ないじゃろ」

「男と女が深夜に何時間もラブホテルの個室内にいて何もないと思うか。ホテル側からの証言では、最初に緑川が車から降りて部屋に入り、その十五分ほど後に夏目が徒歩でやってきて同じ部屋に入ったということだ。捜査だというなら、どうしてそんな人目を忍ぶような時間差まで使うんだ。二人とも帽子を目深にかぶっていたというのも変だろう」

「勤務時間外じゃろ」

「特捜本部が立って共同生活の最中だ。そんなときにラブホテルだぞ」

「じゃけあんたはボンクラじゃいうて馬鹿にされるんじゃ。二人が何もないと言うとるんならそうしちゃれや。それがわからんようなら警察辞めて家帰って糞して寝ときんさい。じゃが糞拭き紙は使わせんで。荒縄でごしごし擦りんさい」

久々の蜘蛛手節に、幹部たちが顔を強張らせた。

「わしも若いころ何遍も大失敗してそのたびに先輩たちに助けてもろうた。ここにおるみんなも先輩たちのおかげで今があるはずじゃ。緑川も夏目もただでさえ恥をかいて集団リンチ状態じゃ。ここはわしら年輩が包んでやらにゃいかん場面じゃろが。放《ほ》っといたれやボンクラが。宇宙人のくせして」

伊藤署長が椅子に背中をあずけ、息をついた。その横で丸富は眉間に皺を寄せたままだった。

蜘蛛手がテーブルに身を乗り出した。

「みなさん、お願いできんですかいね。何もなかったことにしちゃってくれんですか」

口調を変えて丁寧語になった。「時間差で入ったとか帽子で顔を隠しよったとか細かいことを知っちょるのは、ここにおる人間だけじゃ。それさえ漏れんかったら捜査じゃったと言い訳が立つ。それで収めてやってくれんですか。本部への報告もなし、謹慎もなしじゃ。緑川も夏目もまだ若い。これからの警察官じゃ。そうしちゃってくれんですかいね」

伊藤署長が「クモさんの言うとおり、ここは収めてやりませんか」と丸富の横顔に言った。

俺は強い不満があったが口に出すわけにはいかない。目の前のやりとりは人が一人殺された事件を追っている最中に二人がセックスしたということを確認し、皆で許してやろうとしているようなものではないか。

「ところで湯口」

丸富が視線を投げつけてきた。

「おまえはどうして昨日、あのホテルへ行ったんだ」

「俺は捜査の帰りでした。たまたまあそこを通りかかって、従業員の話を聞いておこうと」

「市長のニュアンスと随分違うぞ。深夜遅くに俺という刑事がずかずかと入ってきて話を聞かせろと要求したと言っている。しかもホテルに入る前に緑川の車の陰に隠れてこそこそ何かやっていたらしいじゃないか」

「それは――」

用意してあった言い訳を丸富は継がせなかった。

「何を企《たくら》んでいるのか知らんが、最近おまえはスタンドプレーが多い。ちっとばかり腕が立つから守ってきたが、俺ももう守らんぞ。相当厳しい状況にあるのは忘れるな」

ここでまた保身か……。

うんざりしながら眼を閉じた。

副署長の長谷川が、万がいちマスコミに情報が漏れた際の対応について注意事項を垂れはじめた。途中で俺に「眼を開けろ」と強く命じた。

長谷川の話がやっと終わったと思ったら今度は警務係長が話し始めた。ファイルノートを開き「警察官職務執行法」を抑揚なく読みあげていく。そして「愛知県警察の組織に関する規程」や「愛知県警察職員の勤務時間等及び勤務管理に関する規程」の総則、専念義務や勤務管理のこと、さらに雑則や附則まで読みあげていく。ときどき言葉を止めては署長と副署長に阿諛《あゆ》し、奉承を求めた。

「ええ加減やめんさいや。しつこい男じゃのう」

蜘蛛手が言うと警務係長は一瞬だけ表情を変えたが話はやめなかった。

＊　＊

署長室から出たときには午前十時半を回っていた。

「朝飯に行こうで。腹減ったじゃろ」

二人で一階へ下りていく。ロビーへ向かいながら交通課や地域課の島から無数の視線を感じた。

蜘蛛手が嬉しそうに俺を振り返った。

「みんなわしらのことを見ておる。スターになった気分じゃのう」

外へ出ると霧雨はあがっていた。雲の合間から覗く青空へ向かって蟬たちが徐々に騒ぎはじめていた。

道路を渡って小さな脇道に入り、喫茶店のドアを引いては中を覗いていく。警察関係者がいない店を探しているのだ。だが署が近く、しかも百名から成る特捜本部が立っている。どの喫茶店へ行っても二人組がいて、メモ帳を手に額を突き合わせていた。俺たちを見てあからさまに嫌な顔をした。岡崎署からどんどん離れ、結局十五分ほどの距離にある『男爵芋』という名の小さな古い喫茶店に入った。警察関係者どころか客自体が一人もいない。一番奥の薄暗い席に座った。

マスターが水を運んでくると蜘蛛手がモーニングサービスの小倉トースト付きでアイスコーヒーをふたつ頼んだ。

俺は黙ってコップをつかんだ。ひとくち水を飲んだ。体力の限界は高校でも大学でも野球部で何度も経験したが精神の限界は俺にかぎって存在しないと思っていた。しかし今、明らかにダムが決壊していた。俺は「うわ」と大声をあげて眼を開けた。しかし蜘蛛手もカウンター内のマスターもとくに驚いた顔をしていない。今の自分の声は幻聴のようなものだったのか。うつむいて膝の上で拳を握り締めた。しばらくすると、知らず涙が溢れてきた。

蜘蛛手が長い溜息をついた。

「やっぱり付き合《お》うておったか……」

俺が歯を食いしばると、蜘蛛手がまた溜息をついた。

「人の言を唯々《いい》と聞く気にもならんと思うが、泣きながらでも聞いちょってくれ。二人が付き合うておるんじゃないかという噂はわしも少し聞いておった。じゃが確信が持てんじゃった。緑川に注意するよう言うてあったんじゃが、何があったのかはわからん。もう少し強く言うておくべきじゃった」

余計に涙がこぼれてくる。

「あんたも知ってのとおり、わしら警察官の相棒っちゅうんは特殊なもんじゃ。同性同士でも夫婦のようになる。異性であったらなおさらじゃ。繊細な者はよけいそうなる。距離感が難しい」

俺は肯いて眼を閉じ、手のひらで涙を強く拭った。

「人のことは客観視できるけ、わしもこうしてあんたらの恋愛について話すことはできる。じゃが、わしも自分の色恋事となるとからっきし駄目じゃ。自分のことになると人間は状況が見えんようになって台風の夜の小鳥のようになってしまう。今回の鮎子さんの殺しも方程式は同じじゃ」

蜘蛛手がコップを指の爪で弾く高い音がした。そして「あんたはわしの相棒じゃけ、いま話しておく」と声をひそめた。

「わしはドリーと夏目がホテルに入ったことも、その後あんたがホテルに入っていったことも、昨日の夜、リアルタイムで知っておった」

驚いて俺は眼を開いた。顔を上げると蜘蛛手が小さく肯き、さらに声を落とした。

「実はあんとき、鷹野大介と海老原もホテルの駐車場におったんじゃ」

「どういうことですか……」

「攻め手がのうて、三日前から二人に命じて市長の行確《こうかく》をさせちょった」

行確とは行動確認の略、つまり尾行だ。

「今回の殺人、わしは横田市長が犯人じゃ思うちょる」

なんだって――。

「鮎子さんがノートに遺しておったイニシャルの『S』、あれは市長のSじゃ」

この男はいったい何を進めているのか――。

「市長に対するこの行確を知っちょるのは、わしと丸だけじゃ」

「どうして課長が」

「あん男はボンクラじゃが、わしがもっとも信頼しちょる男の一人じゃ。じゃがやつはわしと違うて管理職じゃけ、迷惑かけんように全部は話しちょらん。行確の話はしたが、細かいことは話しておらん。じゃけ、やつはさっきガタガタ煩《うるさ》かったじゃろ。全体が見えんのを苛ついておるんじゃ」

蜘蛛手がカウンターを振り返ってマスターが新聞を読んでいるのを確認し、上半身を乗り出した。

「昨日の夜、わしは生安の部屋で一人で電話やメールで指示を出しておった。『市長と秘書がホテルの事務所に入った』っちゅう電話を鷹野から受けて、何か動くかもしれんちゅう勘がはたらいた。それでドリーを応援に行かせようと電話したんじゃが、出らんじゃった」

俺は唾を飲み込んだ。

「鷹野と海老原は、市長を張り込んでおったら緑川と夏目がホテルに入っていって驚いた。そのあとあんたまでホテルへ一人で入っていった。何が何だかわからず、わしに指示を求めた。わしも状況が読めんけ『何もすな』と言うた。緑川も夏目もあんホテルが市長の経営するもんじゃとは知らんかったんじゃろ。鷹野もあの日わしが言うまで知らんかった」

「………」

「鷹野と海老原には敢《あ》えてドリーたちのことは聞いておらん。あんたは納得できんじゃろうが深くは聞かんことじゃ。聞けば鷹野たち二人も要らん人間関係に巻き込んでしまう」

「………」

「忘れることじゃ。時間は前にしか流れん」

俺は黙って眼を閉じた。そして額を親指で強く揉み込んだ。どうしていいかわからなかった。

＊　＊

喫茶店を出たのは十二時少し前である。雨雲は完全にどこかへ消え、蒼空《そうくう》が拡がっている。アスファルトから朦々と上がる蒸気。その蒸気のなかを二人で黙々と署へ歩いた。車が途切れるのを待って国道を渡り、軽トラの横を通って玄関へ向かった。すると駐車場の向こうから歩いてくる鷹野大介の大きな身体が見えた。その横にうなだれる緑川以久馬がいた。

蜘蛛手が俺を自分の後ろに下げようとした。抗って俺は前へ出た。鷹野がこちらに気づいた。そして緑川も気づいた。

「だめで。つまらんことすなや」

蜘蛛手が小声で言った。

俺の視界は露出オーバーの映画のように白くなっていた。その白い画面のなかを緑川がまっすぐ歩いてくる。いつもの優しげな風情はない。いったい何があったんだ。どうすればいい。謝ろうとしているのか。話し合おうとしているのか。あるいは――。

距離が縮まってくる。鷹野大介が後ろから何か言いながらついてくる。しかし緑川は止まらない。緊張が高まった。距離が三メートルほどになった。

「おい、ドリー」

鷹野大介が後ろから肩に手をかけた。緑川が振り返ってその手を払った。その瞬間、俺は二歩踏み込んで思いきり殴った。拳が頬骨に当たる硬い衝撃とともに緑川が仰向けに倒れた。

「痛え……話もなしかよ……」

殴られた頬を押さえ、表情を歪めた。そこへ俺は唾を吐きかけた。べたりと顔に貼りついた。緑川はそれを手の甲で拭いながら立ち上がった。

憤怒《ふんぬ》で赤くなったその顔に俺はまた殴りかかった。拳が空を切った。緑川の頭は拳の下に沈んでいた。体勢を立て直した俺はまた右拳を振った。今度は緑川の顔はその数センチ後ろへ移動していた。次の瞬間、鼻に強い衝撃。倒れるのを防ぐために左足を一歩退《さ》げたところで今度は右顎を殴られた。膝の力が抜けた。側頭部からアスファルトに落ちた。鼻と口のなかに血の臭いが広がっていく。立てない。顔を上に向けるのが精一杯だった。酒に酔ったときのように視界が揺れている。その視界に上から見下ろす緑川の顔が見えた。

「俺は負けず嫌いなんだ」

俺の脇腹を蹴った。彼がボクシング経験者であることを忘れていた。野球部の喧嘩自慢のパンチが当たるはずがない。

「もうやめろ……仲間同士で喧嘩するな……」

鷹野大介が緑川の腕をつかんだ。その隙に俺はふらつきながら立ち上がった。そして蜘蛛手の軽トラの荷台の金属バットを手にした。

「悪いが俺も負けず嫌いなんだよ……」

緑川が鬼の形相で鷹野の腕を払った。

鷹野が「おい、やめろ」とまた緑川を捕まえようとした。緑川は振り向きざまに鷹野の顔面を殴った。鷹野の顔色が変わった。緑川の髪を鷲づかみにした瞬間、緑川はアスファルトに叩きつけられていた。その体の上に鷹野の巨体がドーンと乗った。払腰だった。レベルが違う。彼だけは五輪級なのだ。

「なめとると殺すぞ、こら！」

鷹野がドスをきかせた。そして緑川の顔面に右肘を二度三度と落とす。緑川の頭がアスファルトでバウンドした。

「ええ加減にせい！」

蜘蛛手の怒鳴り声があがった。

「あんたら仕事に来ちょるのか合コンに来ちょるのか、どっちじゃ！」

俺の手からバットを奪い取った。

「みんな傷ついてほんまに死んでしまうで！」

バットを軽トラの荷台に放り投げ、鷹野のほうを見て向こうへ行けと手の甲で払った。鷹野が立ち上がり、緑川の手を引いた。肩を貸して署のほうへ連れていく。緑川は痛そうに胸を押さえ、片脚を引きずっている。「いきなり殴ってきやがった」と言う緑川の小声が聞こえた。

俺はその背中を睨みつけながら手のひらで顔に触れた。大量の血がついた。鼻血が出て、唇も切れたようだ。右拳からも血が出ている。緑川を殴ったときに歯が刺さったのだ。蜘蛛手が俺のその右手首を鷲づかみにした。国道のほうへ強く引いていく。

「昼飯の時間じゃ。さっきの喫茶店に戻るで。今日は飯の時間ばっかりじゃ」

太陽の眩しさに眼を細めながら国道を渡り脇道へ入っていく。黙って腕を引かれるしかなかった。

店に入るとマスターが驚いている。出ていったばかりの客が血だらけの顔で戻ってきたのだ。客が何組か入っていた。蜘蛛手は先ほどと同じ一番奥の席に腰をおろした。俺が向かいに座るとメニューを差し出した。

「なんか食いんさい」

黙っていると蜘蛛手が困ったようにカウンターを振り返った。そしてアイスコーヒーと野菜サンドをふたつずつ頼んだ。俺はポケットティッシュを出して一枚を鼻血止めにし、一枚で目尻のあたりと口のまわりを拭いた。鋭い痛みとともに、ティッシュが赤く染まった。歯が刺さった拳からの血も止まっていない。ティッシュを丸めて強く押さえた。

「わしの人生は恥ばかりだったけえの」

蜘蛛手がぼそりと言った。そして若いときの話を滔々《とうとう》と話しはじめた。いかに仕事で失敗を重ねたか。いかに恋愛でも失敗を重ねたか。多くが作話にちがいない。

「どうじゃ。一人でどっか行ってくるかい。岡崎を三日くらい離れてみたらどうじゃ」

そんなことをしたら職場放棄になってしまう。それでは、あの二人と同じになってしまう。

「他の奴らには『湯口は自分のマンションから通ってわしと一緒に仕事しちょる』と言っとく。誰も気づきゃせん。こういうときは先輩に甘えてもええんで。あんた特捜本部が立ってから睡眠二時間か三時間くらいで一日も休んでおらんじゃろ」

「それは蜘蛛手係長も同じですから」

蜘蛛手が首を振った。

「このまま仕事なんてできるわけがないじゃろ。三日やるけ、好きなように過ごしてきんさい。そんかわり七十二時間後には戻ってきんさいよ。それは約束せい」

蜘蛛手は財布を開き、中の札をすべて抜いて差し出した。

「こんなものは――」

押し返すと、蜘蛛手はテーブルに置いた。

「酒飲んで、しっかり食うて、よう眠ってきんさい」

言いながら腕時計を見た。

「いま一時じゃ。三日後の午後一時にこの喫茶店で会おうで」

立ち上がった。カウンターへ行き、小銭をじゃらじゃらと数えている。札はすべて俺にくれたので一枚もないのだ。払い終えると俺の肩を叩いて店を出ていった。陽盛《ひざか》りの小路を歩いていくその背中が見えなくなるまで、俺は頭を下げ続けた。

2

他の客が一人二人と帰っていき、やがて俺ひとりになった。エアコンの風の音とマスターが文庫本をめくる音だけが聞こえる。

横のマガジンラックから雑誌や新聞を抜いては開いた。しかし文字が追えず、内容が頭に入ってこない。緑川に話をつけに行こうと何度か立ち上がりかけては思い留まった。

スマートフォンの電話帳をスクロールした。しかし夏目直美にも嶋田実にも相談できないとなると他にここまで深刻なことを話せる者が一人もいない。まるで砂漠だ。俺は警察に入ってから十年以上、いったい何をしてきたのか。同期たちと一緒に酒は飲む。仕事の情報も流し合う。だが、今回のような想定外のことが起きたときに本当に肚をさらけ出せる人間がいない。自分独りで何でもできると過信していた。

警察を辞めてこの場から去りたいと思った。そうすれば面倒はなくなる。辞めて五年十年かけて忘れればいい。しかし本当に辞めてもいいのか。自分にとってこの仕事は野球の代替たりえる唯一の打ち込めるものだった。そもそも五年や十年で夏目を忘れられるのか。その程度の思いだったのか。様々な想念が胸と脳を往ったり来たりした。

腕時計を見た。誰か客が入ってきたら店を出ようと決めた。しかしその客がなかなか来ない。そして時間の経過が遅い。息を止めて耐えた。ようやく二時になり二時半になった。三時になり、三時半になった。四時になり四時半になった。――そのときドアベルがガランと鳴った。老爺が杖をついて入ってきて、窓際のテーブルについた。それを機に立ち上がった。カウンター内のマスターに頭を下げた。外へ出ると四方の屋根の向こうから蟬の声があがっていた。

アルコールが欲しい。斜め向かいの小さな台湾料理店に入った。紹興酒を瓶で二本頼んだ。スマホの電話帳を繰り返しスクロールし、ザラメを入れては胃の腑に流し込んでいく。口の傷にアルコールが染みる。それならと腫れはじめた右拳の傷口にも消毒薬代わりに擦り込んだ。歯が刺さった拳は化膿《かのう》すると長引いて難儀する。

二本の紹興酒はすぐに空き、三本目を頼んだ。黙々と電話帳をスクロールし続けた。しかし突然新しい友達ができるわけもない。すぐに三本目の紹興酒も空けてしまった。

「これ、もう一本ください」

紹興酒の瓶の口を持って振った。喉がアルコールで荒れ、声がかすれた。

店主が瓶を持ってきて顔を覗きこんだ。

「大丈夫ですか……」

台湾訛りか。揺れるようなイントネーションだ。出血や腫れで散々の俺の顔を見て先ほどから声をかけたくてしかたがなかったのだろう。俺は笑顔をつくった。メニューを開いて浅蜊《あさり》料理を頼み、四本目の紹興酒のキャップを捻った。

料理がくるころには半分が空いていた。それでも酔えないのでカウンターに並ぶサントリー角《かく》を頼んでストレートで飲んだ。それを三分の二ほど空けたところでようやく視界が少し霞《かす》んできた。しかし夏目直美と緑川が抱き合うシーンだけは何度も繰り返し脳内に浮かんできた。悲しみも苦しみも時間とともに強まってくる。いまこの時間、二人はまた一緒にいるのではないか。緑川を殺しにいきたいという想念が浮かんでは消えた。頭痛がしてきた。焼き切れそうになってサントリー角の残りを瓶ごと呑み干した。その空き瓶で額をコツコツと叩いた。

数人組の客がいくつか入り、店内がざわつきはじめた。しばらくすれば夕食に来る岡崎署の者たちもいるかもしれない。

「タクシー呼んでください」

厨房へ向かって手を上げた。店主が出てきて電話をかけた。勘定をしている間ずっと俺の顔を心配げに見ていた。ほどなくタクシーが来た。

「名古屋の地下鉄黒川《くろかわ》駅まで」

頼むと、年輩の運転手が相好を崩した。この時間に名古屋への長距離はまずありつけないだろう。栄《さかえ》や名古屋駅だと同業に会いかねないので場末を選んだ。下道に降りてから少し混雑し、黒川駅に着くのに一時間半ほどかかった。降車すると岡崎市街よりさらに暑く、うんざりした。上着を脱ぎ、ネクタイを引き抜いた。シャツのボタンを外しながら小路に入り、静かに飲める店を探した。適当なパブに入った。カウンターに座ってハイボールのダブルを五杯ほど続けて飲んだ。団体客の騒ぎが遠くの出来事のようにぼんやり見えた。忘れよう。すべて忘れるんだ。蜘蛛手はそのために時間をくれたのだ。

グラスを口に運ぶうちにウイスキーのピート臭が鼻につきはじめ、日本酒が欲しくなった。店を出た。酔客たちの息で粘りつく道を歩き、居酒屋に入った。日本酒を冷やで四合頼んだ。塩辛と海鼠《なまこ》を肴《さかな》にそれを飲んだ。空けると今度は四合瓶を二本頼んだ。酔い潰れて眠ってしまいたかった。しかしいくら飲んでも強く酔えない。店を移ろうと外へ出たところで気分が悪くなり道の上に嘔吐《おうと》した。アスファルトに跳ね返って靴が汚れ、ズボンの裾が汚れた。

歩く者たちが遠巻きに見ている。人がいないところを探して暗い裏道に入った。熱いアスファルトに仰向けに転がった。また吐き気がこみ上げてきた。上半身だけ起こして黄土色の胃液を何度も吐く。酸で鼻の奥が痺《しび》れてきた。その胃液の横でまた大の字になった。胃に強い痛みを感じながら夜空を見上げた。ふとデリヘルを呼んでみようと思った。上半身を起こして腕時計を見た。八時半を過ぎている。

しかし黒川駅周辺にはラブホテルがない。ならば千種《ちくさ》か。あるいは納屋橋《なやばし》か金山《かなやま》か。しばらく考えて金山に決め、国道へ出てタクシーを止めた。

「金山駅の裏にあるクラウンプラザホテルまで」

駅前には交番があるので避けなければならない。二十分ほど走って大きな交差点を折れた。正面に黄金色に光る金山駅が見えた。ＪＲと私鉄、そして地下鉄駅が集約されたビルである。タクシーはビル横の陸橋を渡った。ぐるりと駅裏へ回り込んでいき、ひときわ目立つ超高層建築クラウンプラザホテルのロータリーへと滑り込む。そして豪華な玄関につけた。

運賃を払っている間、ホテルのポーターが立ったまま待っていた。ポーターに首を振りながら降車した。停車しているタクシーの間を縫ってホテルの敷地を出た。人混みでごった返す駅裏を雑居ビルへ向かって歩いていく。顔を伏せて一階の古着屋に入り、黒い帽子と色の薄いサングラスを買った。その場で着用して陸橋を渡っていく。眼下では喧噪とともに電車が行き交っている。鉄と鉄がぶつかり、鉄と鉄が軋み、鉄と鉄が滑る音。赤錆の臭いがする熱い空気がゆらゆらと上がってくる。汗を拭いながら歩いた。

陸橋を渡りきったところを右へ。そこは名古屋市街にぽっかりと空いた場末地区だ。辺り一帯が薄暗い。ラブホテルが間を詰めて建っているがどれも低層階で、小さく、古く、汚れている。振り返り、サングラスの奥から視線をめぐらせて人が歩いていないことを確認した。すっと横道へ入った。そのまま一番近い適当なラブホテルへ飛び込んだ。

自動ドアをくぐって数歩、目の前がフロントだった。場末のラブホ特有の極小の造りである。電気パネルで二階の部屋を選び、横のエレベーターで上がった。部屋に入ると煙草の臭いが残っていた。換気扇をつけて強さを最大にし、エアコンの温度を十八度まで下げた。上着とワイシャツ、Tシャツを脱ぎ捨て、ズボンと靴下を脱いでベッドに仰向けに転がった。誰かと眼が合い、驚いて飛び起きた。鏡張りの天井であった。自分の怯懦《きょうだ》に虚《むな》しくなった。

ベッドにあぐらをかき、スマホを出した。

名古屋。デリヘル――。検索。

膨大な数が引っかかった。「熟女」も入れて絞った。それでも無数に出てくる。「人妻」も追加し、下へスクロールしていく。昭和風の服を着た女が並ぶ店、下着姿ではにかむ女が並ぶ店、両手のひらで乳房を隠した手ブラの女が並ぶ店――さまざまだ。しかしすべての店の売りは同じである。『癒やしの超熟女多数在籍』『年増の魅力でイッテください』『七十歳越え二名入店』。しばらく各店のページを徘徊《はいかい》した。

デリヘルを呼ぶのは初めてである。大学時代も警察官になってからも風俗に行ったことは何度かあるが、俺にはやはり合わなかった。しかも利用したのはデリバリーではなく店舗型の店である。恋人がいるときは絶対に利用しないので風俗経験自体が少ない。今日はいいのか。夏目はどうするのだ。そもそもいま恋人なのか。俺は何をしたいのか。土屋鮎子の気持ちを知りたい。だから超熟女の店を選ぶのだ。言い訳だろうか。違う。いや、言い訳だ。さまざまな気持ちが頭中で右へ左へと揺れはじめた。夏目直美の顔が何度も浮かんでは消える。素早く画面をスクロールした。止まったところで電話番号をタップした。デリバリーのピザを頼むときにやる要領だ。

（はい。セピア妻です）

若い女が出た。男が出ると構えていたので一瞬口ごもった。

（初めてのご利用ですね。写真指名などありますか）

電話番号が登録されていないので初見だとわかるのだろう。

「指名はいい」

（写真だけで指名できますよ。「この人がいい」という女性を選んでいただければと思います。初回はネット指名は無料になります）

「指名はいいと言ったはずだ」俺は緊張しているようだ。

女が電話の向こうで固まった。少しの間のあと女が続けた。

（ではおすすめの女性を紹介します。少しお待ちください）

向こうでがさがさと音がした。別の電話で誰かと連絡をとっているようだ。

（お待たせしました。今からですと初音《はつね》さんがすぐにお伺いできます。入店一ヵ月、六十六歳の新人さんですが、リピーター率が非常に高い女性です。小柄で細身、スタイルの大変いい女性です。いかがですか）

「任せる」

（ありがとうございます。そちらはご自宅でしょうかホテルでしょうか）

「金山のラブホテル、プチオレンジだ」

何かをめくる音が聞こえた。

（確認できました。金山のプチオレンジ。もう入室されてますか）

「二〇二号室」

（承知しました。コースはどうされますか）

「九十分で」

（承知しました。お客さまのお名前を教えていただけますか）

「山藤《やまふじ》だ」

高校野球部の同期の名を騙った。

（わかりました。では山藤様。ご確認として当店はデリヘルであり、本番行為等は一切ありませんのでご了承ください。二十五分から三十分後には初音さんが到着する予定です。よろしくお願いします）

電話を切った。ベッドに横になり、どんな女が来るのか考えた。六十六歳だと三十五歳の俺のダブルスコアに近い。スマホを摑んでもういちど店のページをスクロールしてみた。茶色のブラウスを着て、顔にはモザイクがあり、パーマがかかった髪型だけが少し見えた。

固定電話が鳴った。唐突だった。

跳び起きて受話器を取った。

（フロントです。ロビーにお連れ様がお見えです。お通ししてもよろしいでしょうか）

驚いて腕時計を見た。知らぬうちに三十分以上たっている。

「通してください」と電話を切った。立ち上がって洗面へ行き、顔を洗った。染みる傷をタオルで叩くようにして拭いていると呼び鈴のチャイムが鳴った。タオルに血が付いた。またチャイムが鳴った。ズボンをはき、シャツを羽織りながら大股で入口へ歩く。鍵を外してドアを引いた。

少し間があった後、想像より下の位置から白い女が顔を覗かせた。身長百五十センチ位か。白く見えるのはファンデーションが明るすぎるからだ。その白い顔に、眼球を縁取る粘膜だけが血色に赤く浮いている。六十六歳。たしかにそれくらいの年齢だ。

女はドアをすべては開けず、肩をすぼめるようにして中へ入ってきた。そして臍《へそ》のあたりに両手を揃えて頭を下げた。

「はじめまして。セピア妻の初音と申します」

嗄《しわが》れた小さな声だ。俺は黙ったまま部屋の奥へ戻り、振り返りながらソファに腰をおろした。初音は小刻みな歩幅でついてくる。俺の前で止まり、丁寧に頭を下げた。

「よろしくお願いします」

緊張しているのか眼を合わせない。両膝を床についてトートバッグから何かを出した。A４サイズほどのビニール製巾着袋である。ジッパーを開けながら「九十分コースと聞いていますが、よろしいですか」と聞いた。

「ああ。それでいい」俺はやはり緊張している。いや夏目直美に悪いと思っている。

「では初回割引のコース料金二万一千円と交通費千円、合わせて二万二千円になります」

長財布を開き、一万円札を三枚抜いた。初音は両手でそれを受け取り、巾着からピンで留められた千円札の束を出した。

「八千円のお釣りになります」

眼は合わせぬまま硬い笑顔を作った。笑うと、顔のあちこちに無数の皺が寄った。

「……そのお顔の怪我《けが》は……」

聞きながら上眼遣いになった。

なるほど。この怪我を怖がっているのか。

「犬に噛まれたんだ。トイプードルに」

初音が口に手をあてて可笑《おか》しそうに笑った。そしてようやく気を許したのか「シャワーを浴びましょうか」と微笑した。

「別でいい」

「そんなこと仰らないで」

　俺が持つ長財布をちらりと見た。派遣型風俗では一緒にシャワーを浴びるのがマナーなのだろうか。

　俺が立ち上がると初音も立った。

「じゃあ、ちょっと待っててくださいね」

　初音が自分の鞄を手にして浴室のほうへ入っていく。やはり互いの財布の金を抜かれるトラブルを避けようとしている。しばらくすると湯が落ちる音が響きはじめ、スリッパの音をたてながら初音が戻ってきた。

「湯船にお湯を溜めていますので一緒に温まりましょうね」

　俺の前まで来て両手を伸ばした。シャツのボタンに手をかけ、ひとつずつ丁寧に外していく。シャツを脱がせるとTシャツも脱がせ、その二枚を畳んでサイドボードの上に重ねた。ズボンのベルトを外した。初音の動きに合わせて片脚ずつ抜いていく。初音はそれも畳んでサイドボードの上に置いた。

　次はトランクスを脱がされるのかと思っていると、初音は自身のブラウスのボタンを外しはじめた。そして途中で手を止め「恥ずかしいので、少し灯りを落としていいですか」と上目遣いに聞いた。肯くと初音は照明コントロールパネルのところへ行き、ひとつずつ灯りを消していく。部屋全体が淡光になったところで戻ってきた。ブラウスを脱ぎ、スカートを脱ぎ、ブラジャーとパンツだけになった。体型は崩れているが想像していたより肌は白くて若い。ブラジャーを外すと乳房の先に黒い乳首が尖っていた。

初音が上半身を寄せてきた。そして俺の胸に頰を付けてトランクスのゴムに両手のひらを差しこんだ。降ろしながら俺の前にひざまずいていく。初音の眼前十センチほどのところに陰茎が柔らかいまま垂れていた。初音はそれを睾丸《こうがん》ごと両手で包み、亀頭を口に含んだ。そのままゆっくりと根元まで含んでいく。唾液の粘りが強い。舌と頰の内側を使って亀頭まわりを舐めている。しばらくすると口を離した。陰茎全体が唾液で光っていた。

初音は立ち上がりながら手を取った。

「お風呂へ行きましょう」

そう言って引いていく。臀部にボリュームがないところに年齢を感じる。

浴室に入った。蛍光灯の光にさらされた初音の顔と体を見て痛ましくなった。薄暗いベッドルームでは見えなかった彼女のすべてが照らし出されていた。首の下の染み。小さなイボ。臍の横の手術痕。繫った陰毛の二割くらいが白い。

中腰になってシャワー栓をひねり、ひざまずいた。洗面器にボディソープを入れ、シャワー栓の湯を当てて泡立てる。泡を両手で掬《すく》いながら立ち上がった。俺の大胸筋に塗りつけた。

「すごい筋肉……何かスポーツをやられてるの？」

「バーベルだ」

「ボディビル？」

「あまり喋りたくない。疲れてる」

初音が頰を引きつらせた。

「後ろを向いてください」

俺が後ろ向きになると手のひらで背中から腰、そして臀部まで洗っていく。

俺はやはり緊張している。そして初音も俺の顔の怪我に緊張している。

「前を向いてこの椅子にかけてください」

声はまた震えていた。

俺が座ると初音はその場に片膝をついて片足を取った。その足を自分の太腿に載せ、指先、踵、脹《ふく》ら脛《はぎ》、太腿と洗っていく。もう一方の足も同じように洗い終えると、洗面器にまたボディソープを入れて泡立てた。それを両手で掬い取り、陰茎と陰嚢《いんのう》に塗りつけた。上から見ると初音の頭頂部の髪は薄く、平たく潰れている。

「後ろを向いてください」

言われて椅子の上でぐるりと回った。初音が背中側からシャワーをかけて泡を流してくれた。

「お湯に入って待っててください」

初音が言った。俺は立ち上がり、湯船に片足を入れた。眼下に柔らかい陰茎が揺れていた。体を沈めながら初音に眼をやると洗い場で自分の体を洗っている。俺の視線に気づき、恥ずかしそうな仕草で蛇口を止めた。

「私も入らせてください」

陰毛を手で隠しながら湯船に片足を入れてきた。眼前に腹部の脂肪と手術痕が迫った。湯が溢れて洗い場に広がっていく。

胸まで浸かった初音が首を傾げた。

「今日は御仕事の帰りですか」

唇がめくれ、前歯の根が見えた。

「何の御職業か当てましょうか。私、当てるのが得意なんですよ」

辛くなって立ち上がった。何が辛いのか自分でもわからない。ざぶんという音で初音を撥ねつけるつもりだった。後ろから「拭いてさしあげますよ」と声が追ってきた。しかし振り返らず、洗面所のバスタオルを鷲づかみにして体を拭きながらベッドルームへ出た。八十六キロの身体をどさりとベッド上に捨てた。そのまま大の字になって天井の鏡と向き合った。そこにはいつもの湯口健次郎はいなかった。

バスタオルを体に巻いて初音が出てきた。髪を後ろでまとめているのはフェラチオに備えてのものかもしれない。

「そこへ行っていいかしら」

バスタオルを椅子の背に掛け、全裸になってベッドの上に両膝をついた。そして機嫌をうかがうように横に寝そべり、重たい頭を俺の腕に載せた。

「私じゃ、やる気にならない？」

聞きながら陰部に手を伸ばした。亀頭を手のひらに包んだ。風呂から上がったばかりなのにその手のひらは乾いており、麻袋のようにざらついている。嫌な感じの間。それに耐えきれなくなったのか初音が半身を起こし、顔を覗き込んだ。

「血が出てる。絆創膏《ばんそうこう》かなにかフロントに貰いましょうか」

口を指で触ろうとした。俺は顔を背けた。そこへ覆い被さるように初音が唇を押しつけてきた。俺は唇を閉じたままじっとしていた。初音が舌先をこじ入れてくる。臭いに気づいた瞬間、初音の両肩を思いきり突き放した。前の客の精液の臭いだ――。

薄灯りのなかで初音の顔が歪んだ。そして溜息をつきながらベッドの上に正座した。

「お客さん。どうして私を呼んだの」

「なぜこんな仕事をしてる」

初音に眼をやらず、天井に映る自分を見たまま問うた。

「人の仕事を〝こんな〟とか言わないでください」

「この仕事をしている理由を知りたいんだ」

「うちの店の社長は他にも二つ店を持っていていろいろ教えてくれる。若い子を使ってる店ではデリヘル嬢に説教する客がたくさんいるらしいわ。自分で呼んだくせに『こんな仕事は辞めたほうがいい』とか。説教することで男は優越感を得たいんじゃないかって言ってた。でも私たちみたいな年配に説教する人はいない。歳上の女が好きで呼んだわけだからすぐに触ってくる」

「触ってほしいのか」

「そうじゃなくて尋問みたいなことするから。どうしてそんなこと聞きたいの」

「俺は警察官なんだ」

会話の主導権を奪い返したかった。しかし初音は驚きもせず無表情に俺を見ている。

「岡崎で起きた高齢風俗嬢の殺人事件は知ってるか」

「テレビで観た。七十六歳の人ね」

「被害者は東大卒の元テレビアナウンサーだ」

「知ってる」

「その女が、五百円で独り暮らしの老人の家を廻って、こういう仕事を続けていた」

「それもテレビで言ってた」

「被害者はなぜそんなことをしたんだ」

「また〝そんな〟なんて言うんだ」

「君がこの仕事をしている理由は」

「好きだからよ」

「セックスが？」

「男の人がよ」

俺は得心したふりをして肯いた。心臓が速打ちしはじめていた。

「事件のことはお店の待機所でコンパニオンさん同士で話題にしてるわ」

「その話題で持ちきりか」

「そんなこともない。ときどき話に出るくらい。他人のことはどうでもいいのよ」

「俺には被害者の心の中が読めない」

「鮎子という人は、あの歳になってもわからなかったのよ」

「何を?」

「坂道が続いていると錯覚したんじゃないかしら」

言いながら初音はベッドから降り「服着ますね」と下着を手にした。

「いま警察では、ある男が犯人ではないかと目星《めぼし》をつけている」

威厳をこめたつもりの声が裏返った。蜘蛛手がひとりで言っている仮説に過ぎないし、そもそもこんな場所で風俗嬢に話してもいいのか。しかしなぜかまた口が動いた。

「警察は、ある男を犯人だとにらんでいる」

初音は黙ってブラジャーをつけ、スカートをはいた。そして背中を向けたまま自分の鞄から何かを出して椅子に座った。煙草のようだ。口にくわえ、火をつけ、煙を吐いた。

「あんた女にもてないでしょ」

一度も視線を向けずに言った。そのまま黙って煙草を吸っていた。

3

俺はベッドに仰向けになったまま天井の鏡に映る自分の裸を見ていた。まるでピンで刺された昆虫の標本のようだ。疲れきった眼。萎んだペニス。初音が吸う煙草の煙で呼吸が苦しかった。

彼女が立ち上がったのは五本目か六本目の煙草を灰皿で揉み消してからである。フロントに「一人だけ先に帰ります」と内線電話を入れ、俺に眼もくれず部屋を出ていく。ドアが閉まり、オートロックが掛かった。

下着をつけ、服を着た。冷蔵庫を開けて有料のウイスキー小瓶を二本とも引き出し、一本を一気に飲み干してフロントにチェックアウトを内線した。もう一本のウイスキーを上着のポケットに入れ、一階へ降り、室料を精算し、逃げるように外へ走り出た。

サングラスを掛けて顔を伏せながら左右を見た。頭のなかでサイケデリックな音楽が響いていた。ようやく強い酔いがまわってきたのだろうか。路地へ入った。先ほどのあの時間が本物の体験だったのかわからなくなってきた。

急いでラブホテル街を離れ、しばらく行ったところで街灯の下に座り込んだ。口のなかにまだ精液の臭いが残っている気がした。ウイスキー小瓶をポケットから出した。一口含み、それで口内をうがいしてアスファルトに吐き出した。そして残りを一息で飲み干した。一匹の蛾《が》がアスファルトの上を歩いていた。空瓶を投げつけた。まともに当たった。羽の鱗粉《りんぷん》が花火のように飛び散って、ゆっくりとアスファルトに落ちていく。ふわりふわりと、ゆっくりと。すべての鱗粉が落ちたところで深い孤独感が肩と背中にのしかかった。

蜘蛛手から「好きなように三日間過ごしてきんさい」と言われたのにわずか半日さえスマートに過ごすことができない。いや、九十分でさえだ。

立ち上がって灯りの少ない暗いほうへと歩いた。人がいないのを確認してから古いビルにもたれかかった。顔にまとわりつく蚊を叩きながらスマホを出した。

電話帳をスクロールするが、やはりこんな状況を相談できる相手がいない。

財布をポケットから抜き、名刺の束を指先でめくった。お好み焼屋の南雲ユミのものがあった。また名刺を探ると酒井侑子のものが出てきた。

思い出して財布の中をさらに探った。折り畳まれたメモ用紙が出てきた。ピンサロ嬢の双葉だ。しばらく悩み、決心して電話をかけた。十コールほどで留守電に繋がったので切った。

どうしようかと思った。暗い空をぐるりと見た。

光って見えるのは金山駅の金色と、ラブホテル街のくすんだようなネオンだけである。どちらへ行こうか。考えながら立ち上がり、またラブホテル街へと向かった。ホテルでひとりで眠り続けよう。それが俺みたいな馬鹿にはちょうどいい。

第十一章　蜘蛛手の推理

1

岡崎インターを降り、タクシーは県道を走っていく。俺は苛々していた。メールを打っているが返信がない。運転手に「急いでくれ」と頼んでも「わかりました」と飄々とハンドルを握っている。高速に乗る前に名古屋市内で大きな渋滞に巻き込まれ、すでに約束の時間を二十五分以上過ぎていた。

大きな交差点を曲がって市街地へ入った。しばらく行って右折した。ようやく前方に見慣れた景色が見えてきた。三日前まで繰り返し歩いていた岡崎署界隈である。

「あの横断歩道の手前で降ろしてくれ」

「岡崎署はもう少し先ですよ」

「横断歩道のところでいい」

「でも外は暑いですから。ね、刑事さん」

ルームミラーで親しげに視線を合わせてきた。乗車したときのやりとりで、久々に仕事に戻る緊張と昂揚《こうよう》があってうっかりあの事件を捜査している刑事だと名乗ってしまった。

「あの横断歩道の手前で降ろしてくれ」

強く言った。運転手がミラーのなかで眉間に皺を寄せた。メーターは一万四千円を少し超えている。出してあった一万円札と五千円札を突き出した。運転手が巾着を開いてお釣りを数えはじめた。

「釣りはいいからドアを開けてくれ」

「でも――」

「ほんとにいい。待ってる人がいるんだ」

運転手が驚いて後部ドアを開けた。同時に炎天下へ飛び出した。道路の右と左へ手をかざした。次から次へと走ってくる乗用車に太陽光が強く照り返している。思いきって車の間を走り、道路を渡った。クラクションが背中で響いた。全力で裏道へ走り込む。道筋はインターを降りてから頭のなかで繰り返し思い出していた。ここで右、あそこを左、そしてまた右へ入ってまっすぐ。上着を脱ぎ、ネクタイを引き抜いた。それを握り締めて走り続けた。ようやく台湾料理屋の電飾看板が見えてきた。その斜め向かいに喫茶店『男爵芋』があり、入口横の植栽で黄色い回転灯がまわっている。ドアを引いて中へ走り込んだ。

息を荒らげながら店内をぐるりと見た。客は一人もいない。マスターはカウンター内で文庫本を読んでいた。老眼鏡の上から俺を見た。親指で後ろの壁をさした。

「クモさんなら外だよ。『公園に来るように伝えてくれ』って」

再び外へ出た。確かに小さな公園があった。顔の汗を左右の肩で交互に拭いながら車止めの鎖をまたぐ。地面は白く乾ききっており、カブトムシの死骸が異臭を放っている。奥へと歩いていくとベンチに上半身裸で仰向けに寝る男がいた。そういえば初めて会ったときも署のロビーのビニールソファに寝そべっていた。

「係長。蜘蛛手係長――」

声をかけながら近づくと、眩しそうに眼を開け、ゆらゆらと上半身を起こした。胸に下がる成田山の木札が汗で濡れている。

「マラソンでもしてきたんかい。息をゼイゼイさせて」

「遅れてすみません。ひどく道が混んでて」

腕時計を見ると午後一時四十分を回っていた。

「ええで。わしも五分前に来たばかりじゃ」

ベンチの上のアロハシャツとTシャツをつかみ、いつもの汚い紙袋を抱えてビーチサンダルをつっかけた。

「この夏は海に行けておらんけ、身体を焼いておった」

上半身裸のまま喫茶店へ歩きはじめた。腹側だけでなく背中も赤くなっていた。五分前に来たというのは嘘だ。

喫茶店のドアを引き、三日前と同じテーブルに上半身裸のまま座った。俺が向かい合って座ると陽焼けした顔で子供のように笑った。

「よう戻ってきたの。今日から四十円に値上げしちゃる。戻らんかったら回状まわして破門所払《ところばら》いにしちゃろうと思うておった」

俺は照れながら頭を下げた。

「顔の怪我もだいぶ良うなったのう」

「ええ、なんとか」

腫れはほとんど引いていた。左眼の下だけは内出血の大きな痕が残っているので、運転手がいろいろ聞いてくるのを無視してタクシー内でファンデーションを傷跡に重ね塗りした。葉子がくれたファンデーションだ。これでかなり目立たなくなった。

すでに頼んであったのか、マスターが水と一緒にアイスコーヒーをふたつ運んできた。蜘蛛手はビーチサンダルを脱いで椅子の上にあぐらをかいた。そしてストローの袋を破って引き抜いた。そしてアイスコーヒーに差して美味そうに喉仏を上下させた。

「あんたがおらん間、わしは一人で推理を巡らせておった」

アロハシャツをタオル代わりにして裸の汗を拭いた。そしてそのアロハを背もたれに掛けてTシャツだけを着た。マスターがサンドイッチを二皿運んできた。蜘蛛手はひとつを手に取って食べはじめた。

「夏バテせんように、あんたも食いんさい。捜査はこれから本格化するで」

言われてサンドイッチをつかんだ。食べながら思った。三日前はこの喫茶店で何も手に付かなかった。ラブホテルで三日間、ひとりで座禅をしてはルームサービスを食べていた。ラブホ飯はバリエーションがあるので無理やり詰め込むうちに少しずつ食欲も戻ってきたのだ。葉子にも感謝しなくてはならない。毎日電話の話し相手になってくれた。一日三時間は話していた。

「わしの家には愛子がおるけ、デリヘルを呼ぶとき市内のいろんなラブホテルを使うちょる。市長のラブホテルも五回くらい利用した。従業員室にも去年、別の事案で入っちょる。あんたもあの晩、従業員室に入って、防犯カメラのモニター見て何か気づかんかったか」

「何か？」

「あのホテルは何階建てじゃ」

「九階か十階くらいですか」

「十一階建てじゃ。ロビーの部屋パネルも十一階まである。わしはデリを使うとき、一度くらい眺めのいい最上階の部屋をと思うておったんじゃが、十一階の三部屋はいつもパネルの灯りが消えておる。客はみんな最上階が好きで、先に埋まってしまうんじゃと思うておうた」

そこまで言うと、テーブルに身を乗り出して声を落とした。

「ところがじゃ。去年、別の事案で従業員室に入ってバイト学生と話しておるとき防犯カメラの映像を見たら十階までしかない。バイトに『十一階は客室じゃないんかい』と聞いたら『倉庫だと聞いてます』と言う。じゃがある夜、あの辺りを歩いておったら十一階に灯りがついておった。それも深夜二時半過ぎじゃ。その時間に倉庫を使うわけがないじゃろ」

「市長だと？」

蜘蛛手が人さし指を立てた。

「そのとおりじゃ。有名人じゃけ、どこへ行っても『市長さん』と声をかけられる。全国区の悲劇で、豊田へ行こうが豊橋《とよはし》へ行こうが名古屋まで出ようが同じじゃ。プライベートがない。わしは愛子がおって家で遊べんが、市長にとってはあちこちに愛子がおるようなもんじゃ。じゃけホテルのその十一階を鮎子さんとの逢い引きに使っておった。そしてその部屋で殺した」

強引すぎる。しかし蜘蛛手の表情は確信に満ちている。

「あんたが岡崎を離れた日、わしはホテルの防犯カメラの映像をうちの鑑識の倉庫から借り出した。そうしたらやっぱり一階から十階まで廊下の映像があるのに十一階のものはない。オーナーにとって不都合じゃけカメラを付けておらんのじゃ」

「しかし係長。従業員に『あの階は倉庫にしている』と言ってあるのに夜中に出入りしたら怪しいでしょう。八十歳過ぎのオーナーが深夜に倉庫へ行くわけがない」

「わしもそれは考えた。じゃが鑑識に借りた外の防犯カメラの映像もチェックしたらホテルの建物の裏側だけカメラを付けてないんじゃ。一昨日の午前中に現場へ確認に行った。そしたら裏に両開きの鉄扉の大きな裏口があった。おそらく市長はそこの出入りを映さんようカメラを設置しておらんのじゃ。わしは変装して客を装い、表から入って二階へ上がり、建物内をいろいろ見てみた。そうしたら廊下の立ち入り禁止区域の奥に、黒と黄色のペンキで虎模様に塗った大型エレベーターがあった。家具の搬入や改装工事用のもんじゃろう。そのエレベーターは扉の鍵がないと動かせんようになっておる。市長と鮎子さんは時間差で裏口から入って十一階へ上がり、逢い引きしておったんじゃ」

「少し論が強引ですよ」

「いや。そうでもないんじゃ。丸に言って、こっそり辺りの街頭防犯カメラを調べてもろうた。そうしたら青い自転車に乗って頬被りした女が近くで四回確認できた」

「ほんとですか……」

心臓が一気に鼓動を速めた。

「残念なことにホテルの近くにはカメラはない。青い自転車の女が映っておったカメラはホテルから直線距離で三百五十メートル離れた場所、五百メートル離れた場所のものじゃ。じゃがこれで補助線が一本増えた」

「市長が一人で歩く映像は?」

「それは見つからんじゃった。こんあたりのカメラの位置を市長はあらかじめ調べておるんじゃろ。完璧主義者じゃけえの。公安委員会と繋がっておるけ、簡単に調べられる」

尻ポケットから大学ノートを引き抜いた。

「それから市立図書館で半日かけてこんなもんを見つけてきた」

ノートを何枚かめくると折り畳まれた紙が挟んであった。それを俺の前でがさがさと広げた。

「時事通信社が出した二十世紀を振り返った写真グラフのコピーじゃ」

知った顔がいくつもある。自民党のかつての大物たち。大皿に豪華な料理が盛られ、ビール瓶が並んでいる。

蜘蛛手が写真を指で二度たたいた。

「これが横田市長じゃ。四十歳くらいかいね。その市長の部分だけをさらに拡大したのがこっちのコピーじゃ」

別の紙を広げた。右手で紫煙をくゆらせ、左手に煙草の箱を持っていた。

「ハイライトですか……」

粒子が粗いコピーだが箱のマークは確認できる。

「これで補助線がもう一本増えた」

今度は紙袋から何枚かの写真を出して机の上に並べていく。いつもの遺体写真ではなく地蔵池の写真だ。それをトランプのように一枚ずつテーブルに並べた。

「じゃが一番太い補助線がどうしても引けん。どうして地蔵池なのか。市内だけで八十三個もある溜池からどうして地蔵池を選んだんじゃ。それさえわかれば市長の一択で丸にも強く言えるんじゃが。遺体とはいえ、あの市長が、惚れた女をわざわざ汚い場所へ捨てる男とはわしにはどうしても思えんのじゃ」

「それは係長の想像ですよね」

蜘蛛手が眉間に皺を寄せた。

「その発言はわしと市長の友情に対して失礼じゃ。あの人が何をやって何をやらん男か、わしにはわかる」

俺は数秒考え、納得して頭を下げた。

「地蔵池がどれくらい汚いのか市役所へ行って調べてきた。そしたら担当者がいろんな資料を見せてくれての。あの池は岡崎にある八十三の溜池で一番汚い池じゃった」

「一番なんですか」さすがに驚いた。

「池や川の汚染度を測る指標として岡崎市は透水度や水素イオン濃度、浮遊物質量などの六項目を調べておる。そのうち三つの項目で地蔵池は一位、二つの項目で二位、一つの項目で四位、総合で一番汚い池じゃった。そんな汚い池になぜ捨てたのか。理由がわからん。悩んだあげく、わしは思いきって反対のことを考えてみた。市長はわしらと違うところを見ておったんじゃないかと」

「どういうことですか」

「夕立のあった日、あんたと一緒に池へ行ったじゃろ」

蜘蛛手は自分の残りのサンドイッチを俺の皿にすべて移し、空になった皿をテーブルの真ん中に置いた。

「この皿が地蔵池じゃ。そしてこのアイスコーヒーが工事現場から流れてくるU字溝の赤水じゃと思うてくれ」

コップを持ってアイスコーヒーを皿の隅から流し込んだ。もう一方の手で水の入ったコップを手にし、九十度違えた位置から静かに流し込んでいく。

「これが蓬川《よもぎがわ》の綺麗な水じゃ」

皿の真ん中でコーヒーと水がぶつかり、ゆっくりと渦を巻きはじめた。

蜘蛛手はストローの空き袋を小さく千切って指先でつまんだ。

「そしてこの紙片が発泡スチロールじゃ」

それを透明な水のところに浮かべてストローの先で突ついた。

なるほど——。

「市長は地蔵池じゃのうて、蓬川に遺体を捨てた。それが梅雨の時期じゃったけ、池の水の流れが今と違っておって、U字溝のところへ移動してしもうた。そのあと梅雨があがって水の流れが変わり、特捜本部は筋を読み違えてしもうた」

「それがあの夕立で……」

「水量が増え、梅雨時の流れが数時間だけ再現されたんじゃ」

蜘蛛手はそこまで話し、息をついた。

「じゃが蓬川に捨てたのだとしても、一番太い補助線はやっぱり引けん。堂々巡りのループになってしまうが、どうして蓬川なのか。八十三の溜池の半分くらいに蓬川のような綺麗な川が流れ込んでおる。これは市役所の係員と一緒に確認した。そのなかでどうして蓬川なんじゃ」

「『理由はない』ということで片づけられないんですか」

蜘蛛手は首を振った。

「理由がないなら死体は山奥にでも埋めればええ。そうじゃのうて、まわりは民家だらけで小学生がザリガニ獲りをするような川にどうして捨てたんじゃ。絶対に理由があるはずなんじゃ。この補助線が引ければ、丸を強く説得することができるんじゃが……」

蜘蛛手が両手で頭をかかえた。

しばらく下を向いたまま眼を閉じていたが、ふと顔を上げた。

「どちらにしても時間を与えればそれだけ市長に守りを固められてしまう。いまからラブホへ行こうで。何か取っかかりがあるかもしれん」

一瞬俺は怖じ気づいた。数日前に夏目直美たちが逢い引きしたホテルである。しかし刑事としての責任感と蜘蛛手への信頼感がそれを相殺した。

しかし、これだけは聞いておきたい。

「蜘蛛手係長。ひとつお聞きしていいですか」

「なんじゃ。深刻な顔をして」

「緑川部長が鮎子殺しのタマだという噂を聞いたんですが」

蜘蛛手が声をあげて笑った。

「さすがのあんたも小俣にはやられるんじゃな。あれは小俣部長の得意の攪乱情報じゃ。ドリーが殺しなんてするわけないじゃろ」

小俣の老獪と蜘蛛手の鋭さに、所轄のベテランの怖さを思った。

2

本当なら明るいうちに岡崎署に顔を出したくなかった。痣はファンデーションで隠してあるが、よく見れば変色はわかる。しかし蜘蛛手が「変装せにゃいかん」と言うのだ。たしかにまた警察があのホテルに入ったと知ったら横田市長は激怒するだろう。何よりこちらの動きを悟られてしまう。

「あんたとわしで、ゲイカップルになるで」

生安には変装用の服がたくさんあるという。署の一階ロビーを歩いていると交通課や地域課の眼がこちらに流れてくるのがわかった。

「しばらくは我慢せい。人の噂も七十五日じゃ」

蜘蛛手が歩きながら言った。

二人で二階へ駆け上がり、『生活安全課』のプレートが貼られた部屋へと入っていく。多くが出払って十数人しかいなかった。その全員が顔を上げて蜘蛛手に黙礼し、俺を好奇の眼で見た。

奥の机の男が立ち上がって右手を伸ばした。

「クモさん。ちょっと——」

天井から『課長代理』の札が下がっている。蜘蛛手は彼を見もせず「あとにせい。重要な仕事がある」と奥の会議室へ入っていく。代理は四十そこそこの若い警部だ。十歳も二十歳も上の与太者のような部下に俺も苦労した経験がある。申し訳なく思ったが、黙礼して会議室へ続いた。

蜘蛛手は大きなロッカーから様々な服を出しては会議用テーブルの上に並べていく。

「これなんかどうじゃ。あんたに似合いそうじゃ」

黄色のTシャツを広げた。胸に大きく『ドラゴンボール』の孫悟飯《そんごはん》のイラストが描いてある。

「嫌ですよ、こんな服」

「だったらこいつはどうじゃ」

紺色の無地だがボディビルダーが着るような肩紐の細いタンクトップである。俺が躊躇していると蜘蛛手が眉を曇らせた。

「あんた、もしかして恥ずかしいんかい。ゲイカップルならどんな格好するかを考えるのが大切で、あんたが恥ずかしいかどうかなんて関係ないんで」

蜘蛛手洋平という人物は九割がふざけた言葉でできているが、ときどきまともすぎる正論を言った。仕方なく俺はそのタンクトップを着て色の落ちたジーンズを組み合わせた。靴はほかにサイズが合うものがなかったので黒いショートブーツを選んだ。蜘蛛手はモトリー・クルーの黒いTシャツにナイキの帽子をかぶった。「あんたはこの帽子をかぶりんさい」と無地の白いものを差し出した。そして段ボール箱のなかから無造作にサングラス二本を手にし、一本を俺に渡した。会議室を出るとまた全員が顔を上げた。みな俺のタンクトップ姿に驚いている。

「荒又《あらまた》、あんた車貸してくれ。わしの車は面が割れちょるけ」

蜘蛛手が言うと《防犯係》のプラスチック札が下がった島の若者が「仕事ですか?」と怪訝そうに聞いた。

「もちろんじゃ」

「署の車を借りたらどうですか」

「ここんとこいろいろ揉めたけ、言いづらいんじゃ。頼む」

「新車なんです。まだ一ヵ月しか乗ってない」

「わしゃ運転には自信ある。交通課長から『クモさんは署で三本の指に入る優良ドライバーだ』と太鼓判押されたんじゃ」

「そんな言葉、誰が信じますか。捜査車両を何度もぶつけてるじゃないですか」

荒又はぐるりと皆を見た。しかしみな順に眼を逸らしていく。自分の車を貸すのが嫌なのだ。

「荒又、頼む。捜査の重要局面なんじゃ。豚足二日連続十本ずつ奢っちゃるけ」

蜘蛛手が両手を合わせると、荒又が顔をしかめた。

「傷つけたりしないですか」

「わしの運転を信じんさい」

「いや、参ったな……ほんとに大切に乗ってくださいよ」

荒又が渋々ポケットから鍵の束を出し、一本を外してこちらへ投げた。蜘蛛手はそれを片手でキャッチした。

「駐車場左奥の黒いプリウスです。新車ですからほんとにお願いしますよ。五年ローン組んでるんですから」

「わかっちょる。ビッグマックも二十個奢っちゃる」

片手を上げて部屋を出ていく蜘蛛手の背中を、荒又は頭を掻きながら見送っている。それを他の者たちは笑いながら見ていた。

駐車場へ行くと、たしかに左奥に黒いプリウスがあった。蜘蛛手はキーレスエントリーを何度も押してロックを外したり掛けたりを繰り返している。

「電子音が聖子のピコレのようじゃ」

ご機嫌の顔で言った。車体には小傷どころか曇りすらない。中に入ると新車特有の合成皮革とプラスチックの匂いがした。

「ええ車じゃ。三河が誇るトヨタの技術の粋が詰まっちょる」

エンジンをかけるや即座に冷凍庫のドアを開けたときのような冷気が顔にかかった。走行距離はまだ二百キロ弱。綺麗なはずである。蜘蛛手は鼻歌で駐車場を出た。乙川の橋を渡って右折する。一方通行をしばらく行き、狭い十字路で左へ曲がった。左側でバリバリバリッと音がした。民家のコンクリートブロックにボディを擦ったようだ。蜘蛛手が一度下がり、ハンドルを切り直して曲がっていく。何か別のことを考えているのか狼狽している様子はない。

そこからしばらくまっすぐ行くと左前方にラブホテル街が見えた。件《くだん》の背の高いホテルの駐車場へ入っていく。空いているところに蜘蛛手がバックで入れていくが上手くいかない。二度三度とハンドルを切り返したがやはり入れられない。そもそも軽トラでバックするときも蜘蛛手は後方を確認せずに勘で下がっている。普通車ではこの車庫入れは通じない。

「あんた替わってくれ」

蜘蛛手がサングラスをかけて車を降りていく。俺はサングラスをして降り、先ほど民家のブロック塀に擦った部分を確認した。左後部ドアから後ろへ向かって長さ一メートルほどの凹みがある。荒又がどんな顔をするだろうと気の毒に思った。運転席に乗り込んで駐車場に入れ、外へ出てドアをロックした。

「よし。行くかい」

蜘蛛手が歩きながら俺の手を握った。驚いて引っ込めようとすると強く握り直した。ゲイのカップルを装っているのだからしかたない。自動ドアが開き「いらっしゃいませ」という電子音声に迎えられた。

手を繋いだままフロントへ近づいた。電子パネルの一階から十階まで七割ほどの灯りが点いていて空室だが、十一階の部屋だけはすべて灯りが消えている。

「末尾に三のつく部屋が広くて豪華なんじゃ。オーナーが自由に使うなら十一階のその部屋を使うはずじゃ」

蜘蛛手が小声で囁いた。たしかに三のつく部屋は他の部屋より価格が高い。パネル写真を見るとかなり広く、壁に映画を映写するプロジェクターやサウナまでついているようだ。

「高すぎるけ、わしは三のつく部屋はいっぺんも使ったことがない。十一階のその部屋の真下の十階に入ってみようで」

俺は肯いた。一〇〇三号室のボタンを押した。電子音声で「いらっしゃいませ。御部屋番号の書かれたカードを持って左のエレベーターからお上がりください」と流れた。吐き出されたプラスチックカードを持って二人はエレベーターへと歩いていく。

二人で乗り込んだ。俺は故意に十一階のボタンを押した。警告ブザーが鳴ってドアは閉まらない。もういちど十一階のボタンを押した。やはり警告ブザーが鳴る。十階のボタンを押すとスムーズにドアが閉まった。

上昇しはじめると「廊下にも防犯カメラがあるけ、気いつけんさいよ」と蜘蛛手が囁いた。十階に着き、手を繋いだまま廊下へ出た。視線だけをめぐらせてカメラの位置を確認した。蜘蛛手がごく自然な動きで左の通路へと曲がっていく。《危険》《立入禁止》と二つの立て看板があった。その向こうに蜘蛛手が言っていた黄色と黒の虎柄の大型貨物エレベーターがあった。蜘蛛手が〝間違えた〟とばかりに立ち止まり、先ほどの位置まで戻っていく。自然な演技だった。

そのまま廊下をまっすぐ行くと一番奥が一〇〇三号室だった。中に入ってドアを閉めた。自動ロックが掛かった。蜘蛛手が閂《かんぬき》を掛け、サングラスを外して大型テレビの横に置いた。

「もう大丈夫じゃ。部屋のなかに防犯カメラはない」

俺もサングラスを胸元に引っ掛けた。空気が湿っている。前のカップルの精液や膣液の臭いがこもっている気がした。夏目と緑川もこの豪華なタイプの部屋を選んだかもしれない。そんな想像がよぎり、嫌な気分だった。しかしこれは仕事だ。被害者の気持ちを晴らさねばならない。俺は警察官なのだ。エアコンの温度を十九度まで下げ、強風にした。その下で冷たい風を受けて深呼吸した。

部屋の中央で蜘蛛手がぐるりと全体を見た。

「市長と鮎子さんはこの真上の部屋で何年も逢い引きしておった」

ベッドマットを両手で持ち上げた。それを押して奥へとずらし、木製枠の内側に入って屈み込んだ。ベッドの下をチェックしているようだ。

俺も手帳にメモしながら部屋の隅々までチェックしていく。コンセントの位置を確認してはプラスチックカバーを開いて盗聴器を探していく。階は違っても構造は同じだ。内部のコードを引っ張って、仕掛ける難易度を調べた。

浴室へ行くと六畳ほどの広さがあり、壁はすべて大理石タイルを使った豪華さだ。屈み込んで浴室の隅々まで見ていく。次に脱衣所。備え付けのバスタオルの籠を除け、屈み込んで洗面台の下の構造をメモしていく。一通り見終えたところでまたベッドルームへ出る。ぐるりと天井を見まわして横田と鮎子が一つ上の階で、腕枕で同じ天井を仰いでいたところを想像した。

そこで一息つき、冷蔵庫を開いて有料のスポーツドリンクを引き抜いた。

「蜘蛛手係長も何か飲みますか」

「ビール。できればキリン」

床に手をついて棚の下を覗きこみながら言った。

缶ビールを抜くとちょうどキリンだった。差し出すと蜘蛛手はこちらも見ずに手だけ伸ばしてつかんだ。立ち上がりながらプルトップを引き、見る間に飲み干した。そして「もう一本くれんかいね」と手を出した。また缶ビールを抜いて握らせた。蜘蛛手はそれも一息で飲み干した。

「もう一本──」

何事か考えながら手を出した。しかしビールはもうない。しかたなくウイスキーの小瓶を渡すと蜘蛛手はそれを握って立ち上がり、クローゼットを開けてガウンを引っ張り出した。奥へ上半身を突っ込んで中を見ている。床に這って下のほうを調べ始めた。そしてウイスキーの栓を捻り、ラッパ飲みしてクローゼットの奥を調べている。

俺はスポーツドリンクを手に窓に近づき、カーテンを払った。外の景色を見てぐらりと目眩《めまい》がした。あまりのことにしばらく言葉を失った。脈拍がどんどん速くなっていく。

「蜘蛛手係長──」

やっとのことで振り向いて声をかけた。しかし蜘蛛手はクローゼットの中に上半身を突っ込んだままだ。

「蜘蛛手係長」

もういちど言うと「なんじゃ」と上半身を抜いた。

「ここにありました」

「何がじゃ」

「見ればわかります」

一歩下がりながら湯口が言うと、蜘蛛手が怪訝な顔で立ち上がりやってきた。そして窓の外を見た。黙ってそのまま立ちつくしている。

その背中に俺は言った。

「これを被害者はジオラマで再現していたんです」

遠く離れて真正面に池が見える。地蔵池だ。そして池の向こうの森から蛇行して流れてくる蓬川がはっきりと見えた。

蜘蛛手が額を平手で叩き、首を振った。

「こればっかりはあんたの勝ちじゃ。わしの負けじゃ。あんたの言うとおりじゃった。あのジオラマにも意味があったんじゃ。ここから見ると蓬川が長良川に見えるんじゃ。長良川を真ん中に挟む郡上八幡の街じゃ。十一階のこの窓の前に立って鮎子さんは市長に故郷のことを語っておった」

「十一階にガサを」

「完全主義の市長が物証なんか残しておるはずがない。もう何にもありゃせん」

「だったら清掃業者を。専門業者に頼んで徹底的に掃除している可能性がある」

蜘蛛手が振り返って俺をまっすぐ見た。

「よし。署へ戻って当たろうかい。とにかく補助線の数を増やそうで」

ウイスキーを飲みほし、空瓶の口をぐるりと舐めてゴミ箱へ放り投げた。

3

サングラスをかけ、二人で急いでホテルを出た。駐車場へ行き、俺がキーレスエントリーでロックを外すと、横から蜘蛛手がキーを奪おうとした。

「係長はさっき酒飲んだでしょう」

「あの程度の酒でわしが酔うと思うかい」

「酔うか酔わないかじゃない。血中濃度の問題だ。昔の感覚でいたら大変なことになる。一発で馘《くび》ですよ」

警察官の酒気帯び運転は懲戒免職だけでは済まない。一罰百戒で懲役三年を目一杯食らう。助手席であっても認知しながら肯けば俺も免職だ。

「あんた拳銃も貸してくれんかったじゃないか」

「それとこれは話が別です」

「さっきぶつけてしもうたけ、荒又は二度とこの車を貸してくれんと思うんじゃ。お願いじゃ」

俺は無視してドアを引き、運転席に乗り込んだ。蜘蛛手が頭を垂れて助手席に入ってきた。相当に悔しいようで裏道を通って署に戻る間、唇を堅く結び、黙ったままだった。駐車場にプリウスを駐めて玄関を入り、二人で階段を上った。

三階の自動販売機で蜘蛛手は五百ミリリットルのミネラルウォーターを六本も買った。

「早くアルコールを抜くで」

俺も冷たい缶コーヒーを買い、二人で生安の部屋へ入った。何人かの課員が「おかえりなさい」と言った。

「蜘蛛手係長、プリウスの鍵を」

荒又が声をあげた。しかし蜘蛛手は誰にも礼を返さず、まっすぐに奥の会議室へと入っていく。俺も続いて入る。蜘蛛手はさっさとTシャツを替え、自分のアロハシャツを鷲づかみして出ていった。俺もタンクトップとジーンズを脱いで急いで着替えた。上着とネクタイを握って会議室を出ると蜘蛛手は机に座って書類をめくっていた。天井には《保安係長》という札が下がっているので彼の机だ。キーボードを叩きながら顔を上げた。

「県内の清掃業者を一店ずつ潰していこうで」

俺は肯きながら隣の机の椅子を引いた。蜘蛛手がＡ４の紙をこちらへ差し出した。愛知県の市町村名が並んだコピーである。赤ペンで俺と蜘蛛手の割り振りがしてあり、蜘蛛手は受話器を手にしてさっそくどこかにかけている。俺も検索しては電話をかけていく。岡崎市内の業者、近接市の業者、名古屋市の業者と順に潰していく。一時間が経過し一時間半が経過した。しかし「当たり」がない。その間に蜘蛛手は三リットル分のミネラルウォーターを飲み干して「しょんべんしてくる」とトイレへ立ち、さらに四本二リットル分を買ってきた。二時間半が経過したところで二人で一息入れた。

「岐阜や三重、静岡もあたっていきませんか」

「そろそろそうするかい」

また二人で割り振った。

俺のかけた岐阜県の八件目にその業者はいた。

相手と話しながらボールペンの背で蜘蛛手の腕を突ついた。蜘蛛手がこちらを見て察し、自分がいま話している業者に何か言って電話を切った。そして俺がメモする手元をじっと見ている。業者によると七月七日に電話で清掃を依頼され、七月八日から七月十日の三日間かけてあの部屋を清掃したという。走り書きしていくメモを見ながら蜘蛛手は椅子の背にもたれかかった。そして俺が電話を切るや、すぐに立ち上がった。

「よし、行くで」

「待ってください係長――」

俺は座ったまま蜘蛛手を見上げた。

「残念ですが日時が合いません。死亡推定日時は遺体が発見された七月二十一日の七日前から三日前、つまり七月十四日から七月十八日の間です。でも清掃依頼は七月七日。遺体発見日の二週間前です。一日二日ならともかく一週間となると誤差とはいえない。あのラブホは殺害場所ではない」

「じゃったら死亡推定日時のほうが間違っておるんじゃ」

「司法解剖の鑑定が、ですか」

「そうじゃ。わしのなかでは既に答は出とる。岐阜行ったあとで名市大《めいしだい》へ行こう」

サンダルをぺたぺた鳴らして出口へ歩いていく。

待っていたように荒又が立ち上がった。

「係長、プリウスの鍵！」

蜘蛛手は無視して廊下へ出ていく。俺も続いて出て一階まで階段を駆け下りた。蜘蛛手がなぜか交通課の島へと入っていく。振り返って俺を手招きした。そして三十歳くらいの男性課員から何かを受け取り、それを口にくわえた。アルコール検知器のようだ。頬を膨らませて息を吹き込み、男性課員に返した。男性課員は液晶画面に浮かんだ数字を見て指でＯＫサインをつくり、俺に笑いかけた。

蜘蛛手が若者の肩を叩いて俺に紹介した。

「彼は交通取締係の若きエース、松澤健吾《けんご》君じゃ。東京理科大出の秀才じゃ。大学院でピーマンについて勉強しておった」

松澤が笑った。

「係長、ちゃいますよ。リーマンですよ、リーマン予想」

「同じようなもんじゃないか。また豚足食いに行こうで」

蜘蛛手が片手を上げてロビーへと出ていく。署外へ出て、軽トラの横を通り過ぎ、躊躇なくプリウスの運転席の横に立った。そしてこちらに向けて右手を差し出した。キーを出して放り投げると舌舐めずりしながら乗り込んだ。

高速と下道を両方使い、二時間半ほどの道程だった。高速の単調な壁を見ているうちに猛烈な睡魔が襲ってきた。我慢して手帳を整理していく。

美濃《みの》メンテナンスというその清掃会社に着いたのは夕方過ぎ。女性社員が日本庭園の見える会議室に通してくれた。彼女が壁のスイッチを入れると庭が美しくライトアップされた。

「掃除屋っていうんは儲かるんじゃのう」

蜘蛛手が感嘆して椅子にかけた。たしかに会議室にも廊下にも深い絨毯が敷き詰めてある。調度も高級そうなものばかりである。しばらくすると作業服姿の男たちがぞろぞろと入ってきた。あのホテルを清掃した清掃員十五人のうちの八人と、派遣作業課長だという。

作業課長によるとこの清掃会社は三人一組で現場作業に派遣しており、あの作業には五グループ十五人が当たった。その十五人で十一階の三部屋および廊下、エレベーター内、一階ロビー、建物裏の荷物搬入エレベーター内、駐車場などのホテル敷地内を、三日がかりで掃除したらしい。

「これがうちの清掃作業のコースです」

課長が見せてくれたカラーパンフレットには五段階の清掃レベルが紹介され、ＡＢＣＤＥとレベル名が付けられている。一番下のＥレベルは大型家具の撤去と廃棄のみで、Ｄ↓Ｃ↓Ｂ↓Ａとレベルが上がるにつれて大がかりで念入りな清掃となる。

Ｃレベル以上は壁紙や絨毯も剝がす徹底清掃で、横田市長が選んだのは最上ランクのＡレベル。このＡレベルは危険な化学薬品などを扱う大学や企業の研究所などが依頼してくるくらいで、今回の場合はＣレベル清掃で充分だと業者は提言したという。しかし横田市長は「Ａレベルで」と繰り返した。さらに「五組十五人を派遣してほしい」と言うので「その広さなら一組三人で充分ですよ。念入りにするにしてもせいぜい二組六人です」と言ったが市長は首を振った。費用もかさむが「それでも構わない」と言った。

「こういう施設はよけいな汚れもあるので清潔にしたいのです」

業者としては稼げるにこしたことはないのでそれ以上は返さなかった。話しぶりから横田が市長だと知らないようだ。他県だからかもしれないし服装だったのかもしれない。清掃後に頼まれてリフォーム会社を紹介したが、あとでそのリフォーム会社に聞くと、床といわず天井といわず表面の古いコンクリート面を全部削ってくれと言われたという。その上からセメントを塗り直して新しい絨毯と壁紙を貼るという大がかりなことをやったらしい。作業者同士で「どうしてここまで」と愚痴がでるほどの徹底ぶりだったという。

「そのときの廃棄物はどうなってますか」

無駄だろうと思いながら俺は聞いた。

燃えるものは焼却処分され、できないものは県の埋立地へ持っていったという。その場でリフォーム会社にも聞いてくれたが同じ回答だった。湯口は県の廃棄物処理場に電話してみた。すると十九ヵ所どこの埋立地へ持っていったかは把握できないこと、もしわかったとしてもその処理場のどの位置に捨てたのかわからないこと、さらにその時期のゴミならすでにゴミの山の表面より五メートルから十メートル下にあるだろうから探すのは不可能だということだった。

そこからさらにいくつも質問を繰り返したがそれ以上の情報は出なかった。

「最後に、わしからもうひとつお聞きしてもよろしいですかいね」

蜘蛛手が言うと、作業課長が首を傾げた。

「ホテルの部屋に折り鶴はありませんでしたかいね」

「折り鶴?」

「新聞のチラシなんかで折った鶴じゃ。よく小学生なんかが作る」

「さあ……」

作業課長が後ろを向くと、一人の中年作業員が小さく手を上げた。

「ありましたよ」

蜘蛛手が一歩前に出た。

「どんなものでしたかいね」

「部屋の隅にゴミ袋があって、そこに大量の折り鶴が入っていました。こんなにたくさんどうしたんだろうと思いました。五十個か百個、あるいはもっとたくさんあったかもしれません。変なものが置いてあるなと思って。『どうしましょう』とホテルのフロントに降りてオーナーさんに聞きましたら『他のゴミと一緒に焼却処分してくれ』ということなので持ち帰って翌日に焼却場に持っていきました」

蜘蛛手が得たりと俺を見た。おそらく普通のゴミ回収より安全だと踏んで任せたのだろう。様々なことが繋がっていく興奮があった。

帰り、国道へ出たところで蜘蛛手はケンタッキーのドライブスルーへ入った。

「フライドチキンを十人前じゃ。それからペプシとメロンソーダ、Lサイズを二つずつ」

十人前は大きな樽が二つあった。その樽を二人のシートの間に並べ、飲物はそれぞれの足元に置いた。県道へ入り、二人で清掃会社での情報を細かく話しながらチキンを食べていく。

高速インターへ上がる前にコンビニに入った。

「新聞と飲み物を買うてきてくれんかいね」

油まみれの手で財布から千円札をつまんで渡した。まず洗面所で手を洗い、ミネラルウォーター二本、そして朝毎讀《ちょうまいよみ》と中日新聞、四紙の夕刊を買って車に戻った。蜘蛛手は一紙ずつ社会面を見てから破りとり、手についたフライドチキンの油を拭って丸め、後部座席へ放り投げた。

「マスコミはまったく進展なしじゃの」

そう言ってプリウスを出した。高速の道程を半分ほど来たころには二人でチキン十人分を平らげていた。ハンドルは油でべとつき、後部シートには手を拭いた新聞紙がちらかっている。ここまできたらもう何も言えなかった。

「このまま名市大へ行くで。発見時点で死後二週間というのが医学的にありえるか、先生に直接聞きたい。今から行ってもええか電話してくれ。法医学教室の赤城《あかぎ》先生じゃ」

片手運転しながら大学ノートを顎でめくった。それを見て俺は自分のスマートフォンに打ち込んだ。

「愛知県警の湯口と申します。殺人捜査のことで今から研究室にお伺いしてもよろしいでしょうか。四十分後くらいになると思いますが」

(構いませんが、ええと、湯口さんは初めてですね……異動されてきた方ですか?)

電話の向こうでガサガサと音が鳴っている。一瞬意味がわからなかったがすぐに彼が何を躊躇しているのか理解した。

「私は検視官ではありません。捜査一課の刑事です。岡崎市で起きた風俗嬢殺人のことでお伺いしたいことがありまして」

(ああ、あの事件ですか。なるほど。どうぞいらしてください。今日は九時頃まで研究室におります。お力になれるかわかりませんが)

「よろしくお願いいたします」

4

名古屋市立大学には約束した時間より十分ほど早く着いた。研究棟へと歩く。

一階の案内板を見てエレベーターで四階へ上がった。白い廊下が奥へまっすぐ続いている。扉のネームプレートをひとつずつ確認していくと『法医学教室』は七つめにあった。ノックすると「どうぞ」と声が聞こえた。

蜘蛛手がドラゴンズ帽を脱いで入っていく。部屋の両サイドに複数のスチール書棚が並び、外国語の学術書がびっしりと入っている。無機質な空間に眼鏡をかけた端正な顔立ちの男がいた。五十代後半だろう。

「赤城です。はじめまして。どうぞ、こちらへ」

軽く頭を下げ、奥の部屋へと招いた。その部屋も書棚が壁の三方を占め、学術書が並んでいた。テーブルに座って、名刺交換した。興味深そうに赤城はそれを見た。

「生活安全課の方にお会いするのは初めてです」

「わしは売春や性風俗の担当ですけ、今回の捜査本部に入っておるんです」

「ああ、なるほど。そういうわけですね」

「今日お伺いしたのは先生の解剖鑑定書について少し疑問がありまして――」

赤城が眉間に皺を寄せた。

「疑問？」

「死後経過時間のことです。先生の見立てじゃと死後三日から七日となっておりますが」

「ええ。ほぼ間違いありません」

「怒らんで聞いてほしいんですが、二週間くらい経っておるという可能性はないですかいね」

「それはないです」

言下に首を振った。

「わしは先生が間違っておるとは思ってません。そうじゃのうて、もしかしたら別の要因がからんで死体の腐敗速度が遅くなった可能性もあるんじゃないかと」

赤城が首を傾げた。

「先生があの遺体を死後三日から七日のものだと判断した大きな理由はおそらく夏の水温からきておると思うんです」

「ええ。腐敗速度を決める最大要因は温度です。陸上であれば気温、水中であれば水温です。ですから今回もあの日の水温を測ってもらってます」

「水中では大気中と比べると腐敗速度が二倍遅くなるそうですが」

「よくご存じですね」

「今回、少しだけ勉強しました。キャスパーの法則というそうで」

「あの法則はあくまで教科書的にはという注釈つきで考えてください。私たちのように実際にメスで死体を開いている人間からすると、他にも要因は無数にありますから」

「それでもやはり温度がとくに大きな要因だと」

赤城は肯いた。

「私は法医学者として東北大に十年ほどいて、それから岩手医大に五年、そのあとここに移りました。東北大での十年間でたくさんの鑑定に関わりましたが、岩手に移ったころ『おや?』と思うことが何度もあったんです。仙台と盛岡は同じ東北地方で平均気温は三度ほどしか違わない。それなのにまったく腐敗速度が異なるんです。そのときに温度をしっかり見きわめなくてはならないと肝に銘じました」

「僅か三度でもそんなに違いますか」

「はい。だから今回のあの遺体ですが、岡崎の七月中旬で二週間も経っていたら、あんなもんじゃないです。もっとドロドロに腐敗して融解しています。酷い状態になる」

「たしかにそこまで腐ってはおりませんでした」

「専門的な話になりますが、七月のあの時期の愛知県ですと、三日から四日で手や足の皮膚が手袋や足袋を脱ぐようにずるずると剝がれますが、ちょうど剝がれやすくなりかけた状態でした」

「では三日から七日というのはかなりタイトな数字ですかね」

「ええ。もうひとつの要因もプラスしてタイトに予想できました」

「もうひとつの要因？」

「蛆《うじ》です。一番大きな蛆の体長が十六ミリでした。このサイズになるには三日かかるんです。二日では無理です。蠅《はえ》は水に潜れませんから、死体が浮上してから最低三日は経過してます。つまりもし池に投げ込んだ直後に浮いたとしても三日は経っているということです。あらゆる場合を考えて三日としました」

「蛆の成長速度はそれくらい厳密だと」

「非常に有用なスケールです。気象庁のサイトで気温と雨量をチェックしましたが、死体発見前の七十二時間は西三河では霧雨程度で、まとまった雨が降っていませんでした。だから蛆に対する時間以外のファクターはないんです」

「しかし先ほど言いましたとおり、わしは二週間前に別の場所で殺害されてすぐに捨てられたと考えておるんです。一応気になるのでお聞きしますが、肺のなかの水はどうじゃったんですか。例のプランクトンの一種、珪藻《けいそう》類とか」

「それはときどき現場の刑事さんが仰ることですね。自殺だと生きているときに水を飲むから池の珪藻類が肺に入り込むけれども、池の外で殺した死体を池に放り込んでも呼吸していないから入らないと。でもそれは間違ってるんです」

「間違い？」

「肺は気道を通していつでもオープンなんです。死体であっても珪藻類は入ってきます。だから私は肝臓や腎臓を調べます。それでも汚染の危険があるので、最終的には骨髄も調べます。骨髄は汚染に強いんです。ただ本件の場合、体幹部にたくさんの刺創がありますから臓器のプランクトン検査は意味をなしませんのでやってませんが」

「そうですかい……素人知識で申し訳ないことを言うてしもうたみたいで」

「いえいえ。さまざまな場面がありますから。愛知県警の検視官の方たちはみな優秀ですよ」

「科学捜査の進歩は速いですけ、わしらのような古い警察官は大変です。それで、最初の話に戻しますが、もし赤城先生のほうで『死後二週間でもありえる』という見解が出れば、わしの筋読みが正しいことが証明されるんですが」

「容疑者が絞れてるんですか?」と赤城が興味深そうな眼をした。

「わしのなかで、というレベルですが」

「自信が?」

「もちろんです」

「根拠は?」

「動機です。人間のやる犯罪ですけ、動機こそが最高のリトマスになります。わしはそういう考えで仕事をしちょります」

「それは私と同じ考えですね」

「エビデンスを重視する医学者が動機というと違和感がありますが」

「いやいや。警察が動機の捜査をして、それを私たちの仕事が裏打ちできるよう手助けをする、私はそういう考えです。その動機を見きわめるのは、やはり警察官の経験と勘だと思っています」

「そう言ってくださると、わしら警察官も自信が持てます」

「それで蜘蛛手さん。今回の死体が死後二週間経っている可能性が医学的に裏打ちされれば、何が証明されるんですか」

「まず殺害現場だと思われる場所の証拠隠滅行為です。非常に大がかりな清掃作業が二週間ほど前に行われているんです。だから殺人はそれ以前のはずなんです。容疑者は用心深くて完全主義者ですけ、殺害後すぐに清掃作業があったとわしは考えます。ですから殺人は二週間プラス数日前で間違いないとわしは踏んでおるんです」

「なるほど。で、先ほど蜘蛛手さんが仰っていた腐敗速度が遅くなったと考える理由は？」

「溜池に森から大量の湧水が流れ込んでいるんです。蓬川という小さな川で、川幅は狭いですが水深があって水量が多い。ここの水は非常に冷たいんです。一昨日、わしは水温を測ってきました。真夏なのに四・九度しかなかったです」

「そんなに冷たいんですか……」

　赤城が腕を組み、片手のひらに顎を載せた。

「わしは名大の水工学の研究者に電話していろいろ質問しました。おそらく標高の高い山のものが地下を流れてきているのではと言うておりました。仕組みは完全には解明されておらんそうですが、夏でも氷が融けない洞窟なんかが全国にあるそうです」

「たしかにそういう洞窟があると聞いたことがあります」

「それでわしは地蔵池についても質問しました。そうしたら池や湖というのは水深によってもずいぶん水温が違うということでした。じゃけ、うちの若手にゴムボートから糸を垂らして測らせたんです。そうしたら深いところでは二十五メートル以上もあった。そして水底の水温は六・一度しかありませんでした。地蔵池は濁りが強い池ですから、池の底まで日光が届かんのも低水温の理由のひとつじゃと思うんです」

「それは興味深いですね」

「しかもこの六・一度というのは気温三十九度を超えた一昨日の水底の水温です。七月上旬の梅雨時は底の水温はさらに二度から三度くらい低かった可能性があります。これは冷蔵庫の中と同レベルです。わしの推理では、容疑者は蓬川に死体を捨てたんじゃと思うんです。それが池のなかのさまざまな水流、死体の浮力の変化なんかで、上下や横に移動して二週間後に発見場所にきた。どうですかいね」

赤城は黙って肯いた。眼に強い光を帯びていた。

蜘蛛手が続ける。

「死体は蓬川に捨てられ、そこから流れて池の底二十五メートルに沈んで冷たい水のなかで数日間ゆらゆら揺れておったんでしょう。何日間かはわからんですが、冷蔵庫の中の温度と変わらんような水温じゃった。ですけ、腐敗速度が緩やかじゃった。それが最終的に水温の高いところに流れて一気に腐敗が進み、浮かんできた。本来ならもっと早く腐敗ガスで浮かぶものが遅くなった。これなら死後二週間だと考えてもおかしくないですよね」

「ありえる推理ですね」

赤城はそう言って肯いた。

蜘蛛手が「もうひとつ」と指を一本立てた。

「わしが疑問に感じたのは死体の両膝、それから右手の甲にあった小さな損傷です。これについて先生は解剖鑑定書にこう書いています」

蜘蛛手が大学ノートをめくった。そして遠ざけながら眼を細めた。

「ええですか、こうです。《粗造《そぞう》な面を有する鈍体の擦過・打撲等によって生じたものと考えられるが、死後変化のため生活反応の有無が明瞭ではなく、生前・死後のいずれに生じたものかを判断することはできない》と」

「ええ、そう書きました。専門用語で成傷機転あるいは成傷機序といいます。つまりどのようにその傷が生じたのかということです」

「その成傷機転で生前の傷か死後の傷かの判断が難しかったと」

「そうです。水中で死後変化が大きかったので」

「うちの特捜本部の幹部連中は『被害者は刃物で襲われて逃げ惑い、背中を滅多刺しされて前向きに転倒、床か地面で両膝と手の甲に怪我をした』と判断しました。ですが、わしは最初から違うと思うておるんです。わしは生前の被害者を見知っておるんです。刃物向けられたくらいで臆するような女性じゃないんです」

「それは自信を持って言えることなんですか」

「わしは自信を持っています」

「ではそれを正解と仮定して言いましょう。あの傷は水底に沈んでいるときにできた傷の可能性がありえます。ただ、それを結論として述べるには少し死体が古かった。だから生前に生じたものとも確信できないですし、死後に生じたものとも確信できない。プロとして鑑定書には書けなかった。それで特捜本部の上と蜘蛛手さんの見解が分かれてしまったということですね」

「ええ。そうです」

「水に浸かった死体特有の損傷位置なので死後遺棄されたあとに水中でついた可能性があります。額、手の甲、膝、足の甲というのは定番のひとつなんです。頭は重いので、水に沈んだ死体というのは俯《うつぶ》せになったり仰向けになったりしてゆらゆらしていることが多いんです。への字か逆への字の姿勢です。今回の場合は損傷位置から考えて俯せになっていた可能性が高い」

「やはりそうですか。わしは特捜本部の上の見立てに疑問があって、何度も死体の写真を見て、法医学の本を借りて隅から隅まで読んだら、水底に沈んでいるときにこういった傷が石や水草に擦れて付くことがあるようで」

「俯せになって、手はお岩さんの幽霊のようにだらんとなるので手のひらではなく手の甲に傷がつくことが多いんです」

蜘蛛手は納得したように肯いている。

「我々は学者ですからわからないことをわかったとは書けないんです。たとえば刺創は四十七ヵ所としましたが、あれは最低数で、じつはこれも刺創かもしれないという箇所が他に五ヵ所はありました。ですが蛆は損傷箇所に好んで入り込みますから損傷を修飾して判別を難しくしてしまう」

「種々の要因がからまると」

「そうです。一面だけからは判断できないことが往々にしてあるんです」

蜘蛛手が何度か肯いて、大きく息をついた。

「いや、知りたかったことが知れて助かりました」

笑顔になって立ち上がり、右手を差し出した。

「死後二週間の可能性がありえることがわかったのは大きな成果です。ありがとうございました」

赤城も立ち上がった。そしてその手を握り返した。

「お役にたてたようで光栄です。事件が解決したら、またお知らせください。どんな解決に至るのかぜひお聞きしたいです」

研究室を出てドアを閉めたところで蜘蛛手はドラゴンズ帽をかぶりなおした。そして満面の笑みで俺を見た。廊下を歩きながら自分の見立ての正しさをまくしたてた。俺も興奮していた。

「あとはリヤカーじゃ」

「リヤカーがどうかしたんですか」

「少し待ちんさい。わしの推理が正しければ近づけるはずじゃ」

この日の夜の会議も午前零時半まで続いたが蜘蛛手は新しい情報をいっさい上げなかった。そのあと二人で深夜の捜査へ出た。

5

翌日。朝の全体会議が終わり、捜査員たちが訓授場を出ていく。俺も立ち上がって資料を畳んでいると、蜘蛛手が袖をつかんだ。そのまま訓授場の一番後ろの隅まで引っ張っていく。注意深く辺りの視線を窺い、椅子に座って紙袋のなかの資料を机に広げた。

「ここが勝負じゃけ、きっちり詰めようで。さっき会議の前に市長行確の鷹野と電話で話した」

俺も座って手帳を開いた。蜘蛛手がふと表情を歪めた。俺の後ろを見ていた。振り返ると人混みのなかから副署長の長谷川庸が寄ってくる。蜘蛛手は机の上の資料を伏せて「シマヘビが何の用じゃ」と呟いた。

長谷川はドアのほうをちらと見てから蜘蛛手に向き直った。

「蜘蛛手係長、会議室で丸富課長が呼んでますよ」

「湯口はええんかい」

長谷川が黙って首を振った。

「なんじゃ。今日は一人かい」

立ち上がって廊下へ出ていく。長谷川はその背中を見送り、俺を見て小さく鼻息を吐いた。そして無表情のまま去っていった。あんな男にマウントをとられる状況に腹が立った。

蜘蛛手は五分ほどで戻ってきた。両手に一枚ずつ紙を持ち、笑みを浮かべてひらひらさせている。横に座ると火照った顔で声をひそめた。

「リヤカーの線が繫がったで。こっそり科捜研に依頼しとったもんが返ってきた」

「リヤカーの何ですか」

「正確には大八車じゃ。《大八車の車轍痕《しゃてつこん》だと思量される》と鑑定が出た。間違いない。市長はあのラブホテルから大八車を使うて遺体を運んだ」

「すみません。話が見えません」

「地蔵池の向こう岸についておったものを写真に撮った」

「こんなに時間が経ったのに車轍痕が？　八月に入ってから何度か雷雨がありましたが」

「雷雨の前じゃ。日照りじゃった頃にわしが撮っておったじゃろ」

「七月ですか？」

「あんた一緒におったじゃないか。見ておったで、わしが写真に撮るのを。オーバーフローを過ぎたところで」

「もしかして猫の――」

「猫の足跡なんか撮るわけないじゃないか。あんた鋭いところと抜けたところが混在した男じゃの。足跡のすぐ横にまっすぐ引っ搔いたような痕があったじゃろ。市長は箒《ほうき》か何かで用心深うタイヤ痕や自分の足跡を消したんじゃろうが、九センチだけ痕が残っておった」

「大八車で」

「そうじゃ。市長はおそらく一度下見に行って、堤防を越えるためのスロープを確認した。スロープ途中の車止めの鉄柱二本、幅は百三十四センチじゃった。軽自動車は通れんがリヤカーは通れる微妙な幅じゃ」

「係長はリヤカーが遺体の運搬に使われたことをすでに想像して――」

「想像じゃない。推理じゃ」

「そのあと車轍痕を見つけたときも?」

「おそらくリヤカーじゃと思うたがタイヤのトレッドパターンが無い。じゃけ、ゴムタイヤじゃない台車のようなものかもしれんと思うた」

　滅茶苦茶な人間でありながら上から評価されるのは当然だ。

「ところがの――」蜘蛛手が溜息をついた。「五日前にはたしかに市長の家の倉庫に大八車があったんじゃが、一昨日の夜中にこっそり見にいったら消えておった。そしてアルミ製の新品のリヤカーだけが置いてあった。バザーでわしがラジカセを買うた愛知学院大の学生たちが使っておったあのアルミ製リヤカーじゃ」

「では市長が使った大八車というのは……」

「そのとおりじゃ。愛知学院の学生たちがアルミの前に使っておった大八車じゃ」

「だから写真を撮っていたんですか」

「あんときはまだ何もわからんじゃった。ただ、農家がこれだけ減ってリヤカーも減っておるわけじゃけ、祭に出ておるリヤカーのどれかが犯行に使われたものだという可能性もあると思うて。じゃけすべて撮っておったんじゃ」

　俺は唸るしかなかった。

「じゃがその大八車が市長宅から消えてしもうた」

「敷地内はすべて調べたんですか。裏庭とか」

「裏庭も見た。何もなかった」

「敷地外に持ち出した可能性は?　あるいはラブホ最上階の家具類と同じく清掃業者が引き取ったとか」

蜘蛛手が首を振り、大学ノートをめくった。

「それらしい出入りはないんじゃ。五日前から生安の若手八人が交代で屋敷の表裏を二十四時間張り込んでおる。五日前には大八車がアルミリヤカーと並んで倉庫にあったのを若手連中もわしも確認した。じゃが一昨日の深夜もういちど確認に行ったら無くなっておった。そのあいだおかしな者の出入りはなかった。燃やしたら煙が出るはずじゃが、張り込みの連中は煙も見ておらんし臭いもなかったと言うておる。ゴミ出しもすべてチェックしたが解体して出した形跡もない。市長と秘書には鷹野たちの行確がついておるけ、大八車を分解してクラウンに載せる時点でわかるがそれも確認しておらん。じゃけ、まだ市長宅の敷地内にあるはずなんじゃ」

「現物が見つかれば強力な物証ですよ」

「車轍痕だけじゃない。血液や毛髪、体毛、剝がれ落ちた皮膚の欠片なんかが車体から採取できる可能性がある。荷台もすべて木製じゃけ血液や体液が浸透しちょる可能性が高い。使用後に洗っておるじゃろうが浸透した血液なんかは残っておるかもしれん。八十二歳の市長の体力じゃと積みおろし時に大八車のあちこちに死体を擦っておる可能性もある。木の継ぎ目や年輪の凹みに鮎子さんの使っておった化粧の粉や皮膚の欠片くらいは落ちておるかもしれん。そうすればＤＮＡが採取できるし、スプリング８でファンデーションやら口紅やらの微量元素を調べられるかもしれん」

「だったらすぐにでもガサ入れを」

「フダが出るか微妙じゃ。丸も納得させにゃいかん」

「なぜ市長はそんな重要なものを祭に出したりしたんですか」

「殺人計画には必ず不測の事態が生じるけえよ。犯人にコントロールできることとコントロールできんことがある。冷静な男であっても何日も前から計画して云々とはいかないのが殺人じゃ。たいていの場合、その場での成り行きから殺人は起きる」

「市長の場合も？」

「鮎子さんと話しているうちにその場でやってしまったのか、あるいは二人で話し合って数日後にやったのかはわからん。じゃがやはり、そうではあっても殺人はどうしても不測の事態じゃ。実行委員会によると市長は毎年あの大八車を貸し出してくれるらしくて今年も六月中頃に借りる約束をしておった。いつもならもう少し後に農業祭実行委員会は動くんじゃが、今年は数日早かったようじゃ。七月八日に借りにいったら市長が『必要になったので貸せなくなった』と言うたらしい。大八車を処分して新しいリヤカーを購入しようと思っておった市長は焦ったと思うで。おそらく七月五日から七日か、そのあたりで鮎子さんの遺体を運んだんじゃ」

　言いながら大学ノートをめくっていく。

「実行委員会としては出店者の抽選も終わっておるけ、今さらそう言われても困る。しかし市長は『貸せない』の一点張りじゃ。実行委員会が『農作業に必要なら私たちのほうから人と軽トラを出して人海戦術で手伝わせますから』と粘ったらしい。それ以上抗ったら不審に思われるけ、翌九日で良ければという条件をつけて仕方なく市長は貸したんじゃろ。じゃけ八日の夜にもう一度念入りに大八車を洗うたはずじゃ」

「それを取り戻すためにアルミ製のリヤカーをすぐ購入した」

「昨日、祭の実行委員会に聞いたら七月二十七日に市長から『撮影のために大八車が必要なので新しいリヤカーを貸します』と連絡があって、愛知学院大の学生たちが昼過ぎに市長宅まで行って大八車を返してアルミ製リヤカーを借りたそうじゃ。わしも頭のなかがこんがらがってきた」

　蜘蛛手が眼を遠ざけながら大学ノートを何枚かめくり、白いページを開いた。そしてボールペンをノートに立てて「殺害が七月五日か六日。農業祭が七月十五日から八月十五日の一ヵ月間じゃの。それから――」と書き出していく。

・7月5日か6日　ラブホテル十一階で鮎子を殺害。
・7月5日〜7日　大八車で遺体を蓬川へ遺棄。
・7月7日　昼ごろ岐阜の清掃業者に清掃依頼の電話。
・7月8日　農業祭実行委員会が大八車を借りに行く。
「必要になったから貸せない」と市長。
実行委は何度も頭を下げて翌九日に借りる。
（市長は大八車処分の機会を逸する）
・7月8日〜10日　岐阜の清掃業者がラブホの部屋を徹底清掃。
・7月15日　農業祭始まる。
・7月21日　地蔵池で遺体発見。
岡崎署内に特別捜査本部設置。
・7月22日　名市大で司法解剖、死後七日〜三日と鑑定。
・7月23日　蜘蛛手&湯口が大八車の出店を視認。
・7月27日　愛知学院大生たちの店が大八車からアルミ製リヤカーに変更。市長宅に大八車戻る。
・7月30日　農業祭で蜘蛛手&湯口が大八車がアルミリヤカーに替わっているのを視認。
・8月15日　農業祭最終日。

「どうじゃ。なんとのう綻びが見えんかい」

ボールペンのキャップを閉めながら顔を上げた。

「市長は七月五日から七月二十七日の間にアルミ製のリヤカーを購入しておるはずじゃ。そうすればわしの筋読みが堅固に裏打ちされる」

「しかし市長本人が買いに行きますかね。有名人ですよ」

「間違いなく自分で行く。こんな危険な仕事を人になんか任すわけがない。いまから農協行くで」

蜘蛛手が大学ノートを閉じて立ち上がった。腕時計を見ると午前九時五分。いつもはここで柔道場に戻り二時間ほど仮眠するが、もちろん寝てなどいられない。

ＪＡあいち三河本店は車で十五分ほどの距離だった。警察手帳を提示すると店長が出てきて売り上げ台帳を調べてくれた。しかし七月の岡崎市内の店でのリヤカーの注文はないという。

「今はみんな軽トラを買いますからね。でもこの三河本店にも一台置いてあったんですよ。それが三月末に青森県の催しで大量注文があって、全国のＪＡのリヤカーが一度すべて捌《は》けてしまったんです。そのあとはこの店では注文も販売もありません」

「じゃあ愛知県内の他の店はどうですかいね。尾張地区も含めて」

蜘蛛手が聞くとすぐに愛知県統括センターに電話を入れてくれた。「他の支店でもないようです。七月も八月もリヤカー購入は一台もありません」

念のために岐阜県と三重県、そして静岡県の農協統括センターにも問い合わせてもらったが、やはり七月も八月も購入者がいないという。

蜘蛛手が頭を掻いていると、店長がホームセンターに聞いてみたらどうかと言った。

「カーマさんとカインズさんがリヤカーを扱ってると思いますよ」

蜘蛛手はその場で二つの本店に電話をかけた。するとカーマホームセンターの西尾店で七月十四日にリヤカー取り寄せの予約があり、七月二十四日に販売されたことがわかった。日付的にも合っている。

蜘蛛手は車で三十分ほどの距離を紅潮しながら飛ばした。

農機具担当店員は年輩の女性だった。蜘蛛手がＪＡでの状況を話すと、カーマも農協と同じ状況で、全国に百三十以上あるチェーン店に一時期は一台もリヤカー在庫がなかったと言った。そんな状況の七月十四日、男が買いに来てメーカーからの取り寄せをしてもらったという。

「購入者の名前なんかはわかりますかいね」

「はい、保証書がありますから」

机の本棚から一冊のファイルを抜き、開いた。

「佐藤《さとう》様……西尾市の佐藤義就《よしなり》さんという方です」

蜘蛛手が俺をちらりと見た。

「それはその佐藤さんが書いた書類ですかいね」

「そうです……あ、違います。これ、私の字です。そうでした。メモ帳を破ってそこに名前やら住所やら書いて私に書かせたんです。なんでも『眼が悪くて細かい字が書けない』と仰って」

「その佐藤さんという人、この人ですかいね」

懐から出した何かを女に見せた。市長の写真だ。両眼にペンで横線が入っているのは有名人ゆえの予断を無くすためだろう。

「いえ、もう少し若くて、ごつい感じの……」

「若いというと？」

「白髪じゃなくて黒い髪でした」

「ごついというのは？」

「髭を生やしてました」

「わしみたいに鼻の下に？」

「いえ。鼻の下だけじゃなくて、山男みたいに顎にも頬にも」

「その髭は黒かったですか白かったですか」

「黒かったです」

「もしかしてサングラスを掛けておったんじゃないですか」

「ええ、はい。たしかに……」

女は少しおどおどしはじめた。蜘蛛手の口調が厳しくなってきたからだ。

「ちょっと貸してくださるかいね」

写真を女の手から奪うように取り、テーブルに置いた。そしてそこにあった店のボールペンで素早く写真に何かを書いていく。それを女に見せた。

「この人じゃないですかいね」

「あ……ええ……似てる気がします……」

蜘蛛手がその写真を俺に渡した。ボールペンで髭とサングラスが描かれ、白髪が黒く塗りつぶしてあった。

ホームセンターの駐車場を出ると蜘蛛手は何も言わず市街地とは反対方向へ軽トラを走らせた。どこへ行くのかと思ったら畑が続くなかにぽつんと建つ喫茶店の駐車場へ入っていく。

エンジンを切り、サイドブレーキを引きながら蜘蛛手が言った。

「すまん。頭の中がグチャグチャなんじゃ。ちょっと整理させてくれ」

店内に入った。席はたくさん空いていたが蜘蛛手は一番奥のテーブルについた。他の捜査員を警戒してときどき窓の外に視線を遣っている。アイスコーヒーをふたつ頼んだ。紙袋から大学ノートを出し、何ページかめくった。そこには大八車の絵が描かれ、そのまわりに黒や赤のボールペンでびっしりと文字が書かれている。その文字の隙間にさらに細かい文字を書き入れていく。鬼気迫る表情だった。

夜の係長級会議で、蜘蛛手はまた一切の新情報を上げなかった。

6

翌朝、地階で水シャワーを浴び、十一時半の蜘蛛手とのロビーでの待ち合わせのために上着を羽織りながら階段を降りていくと、走り上がってくるダークスーツと踊場でぶつかりそうになった。相手が驚いたように立ち止まった。

「なんだ、おまえか」

丸富だった。黒縁眼鏡を指で差し上げてから、両手をポケットに突っ込んだ。

「おまえんとこの独自捜査の進展はどうだ」

秘書兼運転手である本部の庶務係若手刑事が後ろについている。状況を読んだその若手が振り返り、男二人女一人を両手で階段下へとさげていく。俺も知る本部記者クラブの連中。中日新聞、讀《よみ》賣《うり》新聞、朝日新聞である。丸富が俺の腰を押して踊場の隅へ連れていく。

「情報をくれ」

かなり声を抑えていた。俺は黙っていた。蜘蛛手と丸富がどこまで共有しているのか詳細は聞いていない。

丸富が俺の靴を強く踏みつけた。

「情報交換ならいいだろ」

「会議での共有情報以外は何も持ってないんで」

「嘘を言うな」

「横田市長の行動確認については聞いてます」

「市長の行確？　誰が？　どうして？」

生安若手たちによる市長の尾行は「丸も知っておる」と蜘蛛手が言っていた。丸富は情報交換しようなどとは思っていない。自分だけが欲しいのだ。俺は馬鹿らしくなって視線を壁にやった。その俺の胸を丸富が人差し指で強く押した。

「その顔の怪我はどうした。化粧品か何かで隠してるだろ」

「駅裏で不良グループにからまれました」

丸富が舌打ちした。そして振り返って記者たちに眼をやった。しばらくそのまま何か考えていたが、また視線を戻した。

「夏目の立場が相当危ういのはわかってるのか」

「さあ。そうなんですか」

「うちの会社は職場結婚を奨励しとるから内部恋愛に関しては寛容だ。ただ、それが三角関係四角関係でなければの話だ」

「課長が夏目を詰《なじ》るのはそれが理由じゃないでしょう」

「どういうことだ」

「会議での彼女の態度に腹立てて飛ばそうとしてないですか」

俺が笑うと「なんだと」と丸富が気色ばんだ。

そしてまた俺の靴を強く踏みつけた。

「おまえ、ここ何日か岡崎から消えとっただろ」

「ずっと岡崎にいましたよ」

「なめるなよ」

俺は黙って丸富の顔を見ていた。しばらくすると丸富は忌々しそうに階段を上がっていった。

ロビーへ降りて玄関へ出ると、蜘蛛手が日陰に座り込んでコノハ警部と話し込んでいた。

「係長。遅れてすみません。階段でうちの課長につかまってました」

後ろから声をかけると振り向いた。

「おう。来たかい。待っとったで」

立ち上がって尻の土埃を払い、腕時計を見た。「間に合うかのう」と言った。

「あんたリベンジしたいじゃろ。これから城攻めするで。急ぐで」

蜘蛛手は速足で軽トラへ歩いていく。緑川に会わせる気か。どう対すればいいのか。蜘蛛手もいるのだから、よもやまた殴り合いになることはあるまい。蜘蛛手は和解させたいはずだ。ならばなぜ「リベンジ」などと尖った言葉を使うのか。考えながら俺も横滑りに助手席に乗り込んだ。

「コノハ警部からの差し入れじゃ。あとで食べようで」

紙袋を俺の太腿に載せた。中を見るとラップに包まれたお握りが七つ八つ入っていた。

蜘蛛手がエンジンをかけ、ローギア発進でアクセルを踏み込んだ。ギアをトップまで上げながら県道へ入った。窓から吹きこむ熱い風がこれからまだ暑い夏が続くことを報せていた。

「近道するで。揺れるが我慢しちょってくれ」

ハンドルを切って未舗装の農道へ入った。土埃が巻き上がって後ろへ流れていく。左前方に大きな建物が見えた。岡崎市役所だ。緑川ではなく横田市長だ。リベンジとは横田へ意趣返しをさせてやるという意味だ。

スピードを緩めぬまま農道を抜けて市道へ入った。大きな橋を渡って左折し、市役所の駐車場へ滑り込んだ。しかし庁舎の近くに空きがない。駐車場入口付近まで戻り、空いているところへ前から突っ込んだ。

「急ぐで！」

蜘蛛手が軽トラを飛び出してサンダルを脱いだ。それを持って庁舎玄関へ裸足で走っていく。俺もその後ろから走った。蜘蛛手が帽子を脱いだ。長髪がなびいた。

エントランスに着くと自動ドアの前で両手を膝に置いて振り返った。俺も膝に手をついた。そのままの姿勢で何度か深呼吸してから玄関ホールの中へ入っていく。役所特有の匂い。強烈にエアコンが効いている。

蜘蛛手がサンダルを床に放り投げた。それを履きながら腕時計を見た。

「間に合うたようじゃ」

汗で濡れた長髪をかき上げて壁際のベンチまで歩き、履いたばかりのサンダルを脱いであぐらをかいた。俺はその横に座って両腕を組んだ。

「やつは人間コンピュータじゃ。昼飯のために必ず十一時五十分に降りてくる」

顔を拭いながら正面のエレベーターを睨んだ。エレベーターの脇には巨漢の若い警備員が立っていて、怪訝そうにこちらを見ている。

エレベーターが降りてくるのが扉上のランプでわかった。しばらくすると、はたして横田市長と秘書の新崎《しんざき》悠人が出てきた。

蜘蛛手が立ち上がった。

「いつもぴったりじゃ。さすが人間コンピュータじゃ。算盤《そろばん》のわしとは出来が違う」

サンダルを鳴らしながら歩いていく。俺も立ち上がった。

蜘蛛手が片手を上げて近づいていく。

「市長！」

横田雷吉が驚いたように立ち止まった。

「近くで仕事をしちょったら、ちょうど市長が昼飯へ行く時間じゃったけ寄らせてもらいました。約束の将棋のリベンジ戦、そろそろ時間を頂けませんかいね」

「ここまで来てくださるのは久々ですね。突然で驚きました。私はいつでもいいですよ」

後ろへ撫で付けた白髪が仕立てのいいスーツに映えている。海老原と同じ香りがたっているので柳屋のポマードだろう。

「明日の土曜日、自宅のほうに伺いますけ、準備しちょってください」

強引で慇懃《いんぎん》な蜘蛛手の言葉を、横田はいつもの柔らかな笑顔で流した。

「新崎君、明日は夕方から空いていたように記憶していますが――」

新崎が鞄から手帳を出して開いた。小声で何か言った。

「四時から空いているようです。では、明日の午後四時。自宅でお待ちしています」

横田はにこやかに言って、俺のほうに向き直った。

「今日は蜘蛛手さんと御一緒なんですね。いい先輩を持って幸せですね」

頭を下げ、新崎と歩いていく。市長だと気づいた市民が何人か声をかけている。一人ひとりに横田は頭を下げ、庁舎の外へ出ていった。

蜘蛛手の眼はその背中を追っていた。

「行こうかい」

外へ出て駐車場へ歩いていく。軽トラのドアを引きながら振り向いた。

「あんたも少しは溜飲下がったじゃろ。鮎子さんのヤサへ行くで。進展を彼女に報せてやりたい」

俺も同じ思いだった。国道へ入ると、いつものように大型ダンプカーが多かった。土埃に顔をしかめ、蜘蛛手が窓を閉めた。そして何か思いついたのか、軽トラックを左へ寄せ、ハザードランプをつけて路肩に駐めた。大学ノートを開き、眼を遠ざけながらボールペンで小さな文字を書き入れている。陽に灼《や》けた横顔に白髪と皺が目立った。自分はこのところ、この人に負担をかけすぎていたのではないか。

「ちょっとそこのコンビニ行ってきます」

俺は外へ出た。大型ダンプがクラクションを鳴らした。乾いた土埃で瞼《まぶた》の裏が痒くなってくる。手のひらでその眼をこすりながらダンプが途切れるのを待った。走って横断した。

コンビニに入ってしばらく棚を探したが目的のものが見つからない。棚を整理している外国人従業員にその商品があるかを尋ねた。

彼は一瞬考え、左手で奥を指した。

「左端の列の一番奥にあります」

流暢《りゅうちょう》な日本語で言った。そこへ回っていくと猫缶の横の金属製フックにいくつかぶら下がっていた。千五百円と書いてある。《1・0》《2・0》《3・0》と数字が印刷されているのは度数のことか。順番にかけてみた。数字が上がるにつれ度数も上がるようだ。迷って《1・0》のものを手にした。奥の冷蔵庫から炭酸水のペットボトルを二つつかんでレジへ行き、精算し、外へ出た。

軽トラに戻り、身を屈めて助手席へ乗り込んだ。

「どうぞ。飲んでください」

ペットボトルを横から差しだした。蜘蛛手は大学ノートに眼を落としたまま手で受け取った。

「それから、こいつも――」

ノートの上に置いた。

蜘蛛手が驚いたように俺を見た。

「こんなんがコンビニに売っとるんかい」

「飲物を買いに行ったら、たまたま置いてあったんです。いつも字が見づらそうなので」

俺は蜘蛛手から眼をそらしてペットボトルの栓を捻った。蜘蛛手がビニール袋を破り、不慣れな手つきで老眼鏡を掛けるのが視界の端にうつった。ノートを近づけたり遠ざけたりしている。

「小さい字までよう見える。これはいいもんを貰った」

「コンビニの安物ですから、またどこかでいいもの買ってください」

「いや、わしはこれが気にいった。大事に使わせてもらうで」

言いながらはにかんでいる。俺も恥ずかしくなって外の景色に眼を遣った。蜘蛛手が静かにノートを閉じ、老眼鏡をポロシャツの襟元に掛けた。サイドブレーキをおろして車を出した。

第十二章　真昼の本丸攻め

1

翌日、署を出たのはいつもの午前十一時半ちょうどである。

「市長んとこ行く前に、ちょびっとだけ地蔵池へ寄らしてくれ」

蜘蛛手がウインカーを出し、いつもの道に入る。今日も大型ダンプが多く、赤土の埃が大量に舞っていた。ワイパーで払うとガラスに土埃が擦れてガリガリと音をたてた。

昨夜から夏目直美にメールしようとしては躊躇した。夏目も緑川も会議に出てこないのであれ以来顔を合わせていない。昨夜、豚平へ蜘蛛手と二人で行ったとき教えてくれた。夏目は岡崎署の強行犯係の若手女性刑事と、緑川は岡崎署盗犯係のベテラン男性刑事と組んで捜査にあたっているらしい。本人たち二人が会議に出ないのは上の命令によるものか自身の意志なのかはわからない。おそらくそれぞれの相棒が会議に出て内容を伝えているのだろう。

一方、俺には新しくメールをやりとりするようになった女がいた。ピンサロで会った葉子である。名古屋金山のラブホテルで三日三晩ひとりで過ごしていたとき、着信をつけていたのでコールバックがあったのだ。俺は声を発せずにいたが、相変わらず彼女は鋭かった。「刑事さんでしょ。わかるわ」と冷静に繰り返すので「ああ」と話をした。自分で電話しておきながら俺ははじめ警戒したが、彼女の真摯な話しぶりに感銘を受け、途中からは年齢も立場も性別も関係なく五分五分で語り合った。

それからは毎日電話がかかってくるようになった。互いの境涯や、現在置かれている状況、様々なことを話した。源氏名の双葉でも本名の葉子でもどちらでも好きな方で呼んでくれればと彼女が言ったので湯口は葉子と呼んだ。本当に薬学部の学生であり、二十三歳のシングルマザーだということもわかった。一歳半の娘を静岡の母に預け、風俗に勤めながら卒業を目指し、引き取れる日を夢見ているという。薬学部の高い授業料を払うためには風俗で働くしかないのだと言った。

俺も途切れ途切れに夏目直美の件を話した。葉子は「なるようにしかならないわ。眼の前の現実を一生懸命生きるしかない」とアドバイスした。最後の夜には「会いたい」と言ってラブホまで訪ねてきた。朝まで二人で延々と語り合った。話し疲れて同じベッドに眠ったが二人とも身体は求めなかった。そして岡崎に戻る前に「これで傷を隠せるよ」とファンデーションをくれた。正確にはコンシーラーというものらしい。

そんなことを思い出しているうちに地蔵池に着いた。

「ほんまに長い夏になってしもうたのう」

蜘蛛手が額の汗を手のひらで拭った。いつもの桜の下に軽トラを駐め、二人で炎天下へと出た。カーラジオのニュースによると愛知県は午前十一時半の時点でまたしても気温三十九度を超えていた。熱中症による救急搬送は今夏全国で五万人を超えたという。

二人で堤防を登っていく。一番上に立つといつものように水面はぴたりと凪いで蟬時雨だけが降っていた。ゆっくりと岸へ降りていく。下に着くと二人で水辺に立った。

「わしゃ会議ではあんなこと言うたが、今の本音を言えば売春じゃとか性風俗とか、あってええんじゃろうかと思うちょる。鮎子さんが死んだ。映美さんも死んだ。やっぱりセックスは好きおうた者だけでするもんじゃないかと思うんじゃ」

「………」

「セックスを売った者、セックスを買った者、最終的に誰も幸せになっておらん。机上の計算では飯を食えるようになるかもしれん。じゃがそれは架空の永久機関みたいなもんで、途中でエネルギーが逃げておるんじゃ。性の商売でいえば人間同士の信頼みたいなものが削れてしまって、少しずつ消耗してしまう。じゃけ長くやるほど人生に不具合が起きていく」

気怠げに溜息をついた。

「実はあの夜、わしは映美さんに会《お》うての」

「あの夜？」

「あんたと一緒に遊郭通りで会うたじゃろ。彼女がなにか辛そうにしちょるのがわかったけ、あの後、もういっぺん一人で行った。二人で話した。何年ぶりかいね、あんなに一緒におったのは」

どういう関係なんですかと出かかった言葉を飲み込んだ。無粋すぎる。

蜘蛛手が片膝を地面につき、左右の手のひらで何かをすくいあげ、立ち上がった。コオロギだった。手のひらの上で芋虫のように体をよじっている。脚が一本もげて歩けないようだ。

「彼女とは、わしが岡崎署に来たときからの付き合いじゃ。生安に異動させられて腐っておったわしは、ずいぶん彼女に相談に乗ってもらった。それからは逆にわしが彼女を支えたりもした。男なしではおれん女じゃった」

大きな石に腰を降ろし、手のひらのコオロギを雑草の陰に静かに置いた。俺も近くの別の石に座った。

「あの日、彼女がわしに言うたんは、アングラのデートクラブのことじゃ」

「百万円のですか？」

蜘蛛手が驚いたようにこちらを見た。

「知っておったんかい」

「細かいことは聞いてませんが私は百万から二百万の女だったと」

蜘蛛手が苦笑しながら葦原の方を見やった。

「自慢しておったじゃろ」

たしかにあれは自慢だった。過去にしがみついていた。

「一晩百万の女じゃったのは嘘じゃないけえの。じゃが今じゃ時が流れ、ホームレスの男たちに『コンビニの握り飯ひとつでやらせてくれる』と吹聴される立場になった。五百円で売春を続けておった鮎子さんもそうじゃが、歳をとったら人間の価値は上がるはずなのに下がっていく。いったい人間というのは何じゃろうか」

「映美さんが言っていた『今回の殺人事件の情報を持っている』というのが、そのアングラのデートクラブだったんですか」

「そうじゃ。鮎子さんの名前が名簿にあったんじゃ」

「なんだって――」

「それで映美さんは驚いておったんじゃが、そのあと鮎子さんが死体で見つかって怖くなった。それで状況も段々と追い込まれた」

「だったらあのとき俺が聞いていれば……」

蜘蛛手は地面に視線を落としながら息をついた。

「彼女は最近は付き合う男ごとにデートクラブについて漏らしておったようじゃ。歳をとってだんだん抑制が利かんくなってきたんじゃの。それを聞いてちょっと前に付き合うたタチの悪い男が『こいつは金になる』と踏んで、映美さんのその頃の客筋をあちこち突つきはじめた。そうしておるうちに当時のデートクラブの名簿が出てきた。それで客を一人ずつ当たっていった」

「危ない……」

「エスタブリッシュメントの連中は極道より危険じゃ。保身のためならなんでもやる。その男は動いておるうちに消えてしもうた」

「彼女の前から？」

「だけじゃない。二ヵ月くらい前から行方不明じゃ。そっから映美さんは会うておらんらしいけ、シロナガスと海老原に当たらせたが見つからん。漁船経由で大陸へ逃げたか、あるいはこれじゃ」

蜘蛛手は右手で自分の頸を切る動作をした。

「馬鹿な男じゃ。顧客名簿とデート嬢名簿を映美さんに自慢して見せた。『こいつとこいつから幾ら貰うた』とか言うての。映美さんはその名簿に土屋鮎子の名前があるのを見て、引っ繰り返るほど驚いた」

「それはそうでしょう」

「そうこうしておるうちに男が映美さんに名簿を渡して消息不明になった。そして鮎子さんが死んだ。映美さんは慌てた。いったい何が起こっておるのかと当時の自分の顧客何人かと連絡をとった」

「そんなことしたら――」

「そうじゃ。余計に問題をこじらせた。あちこちから襟首つかまれた。わしはあの日の夜、デートクラブのその名簿を映美さんから貰うた。半世紀近く前の名簿じゃ。いろんな組織や人物が接待に使って、接待相手の客として、政財界の大物、芸能界の大御所、役者や歌手、芸人たちの名前があった。既に八割以上が鬼籍に入っておる。生きて現役の者もおるが彼らも今ではみんな八十歳から百歳の爺さんじゃ。そこに驚いたことに横田雷吉の名前もあったんじゃ」

「それは……」

「さすがにわしも驚いた」

「では、映美さんはその名簿で市長と鮎子さんの名前を見て驚いて……」

「彼女はそこまでは見ておらん。《土屋鮎子》の名前を確認しただけじゃ。あとは有名女優のことを言うておった。彼女は漢字を読むのが苦手なんじゃ。政治の世界にも疎い。それになにしろ男のほうは五百三十一人も登録があるけえの。女が百九十二人じゃ」

「そんなに。それがあれば市長に迫れる」

「いや、ただ名簿のなかに二人の名前があっただけじゃ。名簿には誰が誰を買うたとか、そういう線は引いてない。ただの名前のリストじゃ」

「特捜本部に共有したほうが。そうすれば」

「情報を上げて調べてもリスクしかない。市長と鮎子さんを繋ぐ証拠にはなるようなものじゃない。それよりもマスコミに名簿が流れたら、男女ともたくさん自殺者が出て殺人も起きるかもしれん。今回の捜査本部の情報もどこかから週刊誌に漏れた。共有する者が多ければそれだけ漏れる可能性が高まる。これ以上、引っかき回して人を殺してはいかん」

「………」

「おそらくじゃが、横田市長と鮎子さんはここで出会うた。衆議院議員と元女子アナウンサー、顧客と高級娼婦の関係じゃ。市長が愛知県に帰省するときに地元で呼べる女として最初は呼んだんじゃないかいね。名簿には当時の女優や歌手、様々おった。年齢層が男より若いけ、九割くらいが今でも生きておる。彼女たちの当時の値段も書いてあった。そのランクで映美さんは鮎子さんより三段階上じゃった。まさに桁が違うた。じゃけ、映美さんはわしにそんことばかり自慢しておった」

蜘蛛手の眼は潤んでいた。

「そのデートクラブは二十年ほど前になくなった。大物ばかり引き合わせていろいろ焦げ付いたんじゃろう」

「やはりそうですか」

「似たものは今でもあるで。ただ昭和と違うて権力は集中しておらんけ、小さなものが幾つも分散しておるようじゃ。大物たちへの貢ぎ物として女性を使っておる。アングラの酷い話じゃ。わしも一昨年、別の捜査で暗黒系セレブから直接『いま金あるなら買わんですか。蜘蛛手さんには安く斡《あっ》旋《せん》しますよ。マージンいただきません』と具体的な女優の名前を出して誘われた。乗らんかったがの」

「都市伝説じゃないんですね」

「時代が変わってもこういうもんは完全には無くならん。表社会の光が強いほど影は暗くなる。それは警察官をやっちょる者なら誰でもわかるじゃろ」

　俺は黙って肯いた。

「デートクラブで市長と鮎子さんが出会うたことは証明できんが、まあそれは仕方ない。じゃがなぜ二人が岡崎で出会ったのか、それは裏打ちがなければならん。じゃけ、鷹野と海老原に徹底的に洗わせた。それでデートクラブ以来再会した場がわかった。自然保護団体の岡崎支部じゃ。これは間違いない。そこで運命が交わった」

「それはいつ頃の？」

「七年前じゃ。そこで再会して恋に落ちたんじゃろう」

　二人とも老人だ。しかも何十年も前の金銭授受のあるアングラセックスワーク枠内の話だ。そして再会時にも鮎子はセックスワークの只中にいた。そんなものが恋と呼べるのか――。

「当時そのクラブにいるとき鮎子さんと映美さんはお互いに同じところに所属してることは知らな

かったんですか」

「映美さんが知ったのはほんの三ヵ月くらい前、この春のことじゃ」

「鮎子さんのほうは？」

「死ぬまで知らんかったじゃろ。映美さんからは言うておらんらしいけ。名簿の女たちの値段を見て、わしがひとつわかったことがある。鮎子さんの口座に残っておった例の五万五千円、八万円、十五万五千円っちゅう、百回以上の入金じゃ。あれは彼女がこのデートクラブで客を取ったときのもんじゃ。真面目な性格じゃけ、全部預金せんと気がすまんかったんじゃろ。この手のデートクラブは女の取り分は半分じゃ。つまり、あの倍の額『十一万』『十六万』『三十一万』が客の払うた額じゃ。四時間コース、八時間コース、泊まりコースじゃ」

「一万という半端は？」

「車代じゃ。入金時の五千円という数字に惑わされたが一万の半分と気づけば合点がいく。昔からこん世界は一万ちゅうんが車代の相場じゃ」

「やはり特捜本部に上げたほうが」

「なんべんも言わせなや。当時の総理大臣や警察官僚、幕僚幹部の名前まであるんで」

「ほんとですか……」

「静かに蓋を閉めたほうがええ。いつか日本にもまともな時代がくると信じようで」

蜘蛛手は下を見たままそう言った。

2

地蔵池を見たあとは気になっていた鑑を二件まわった。そのあと「飯を食おうで」と蕎麦屋へ入って笊《ざる》を三枚ずつ啜り、ぜんざいを一杯ずつ食べた。店を出たのは午後二時半。横田市長との約束の時間まであと一時間半ある。

駐車場を出て五十メートルほど行ったところでウインカーを出した。

「ちょっとコンビニに付き合うてくれ」

俺も飲物を買うために一緒に店に入った。冷蔵庫からミネラルウォーターを二本取って支払いを済ませていると、蜘蛛手が日本酒の一升瓶を三本ぶらさげてやってきた。

「手土産ですか」

蜘蛛手が肯きながら勘定した。

二人で車に戻り、湯口はペットボトルを差しだした。蜘蛛手が首を振った。

「わしはええ。こいつを飲むけ」

日本酒のアルミキャップを捻じ切り、音をたてて栓を抜いた。そして瓶を鷲づかみにしラッパ飲みを始めた。一本は自分のために買ったようだ。大きな喉仏が生き物のように上下に往復している。もう止めるだろう、もう止めるだろうと思っているうちにみるみる減っていく。ようやく口を離したのは半分ほど飲んでからである。ちらりと俺を見たのでそこでやめると思ったら、また口をつけた。喉仏の動きが先ほどより緩やかになっているのはさすがにきつくなっているからだろう。しばらくするとゆっくりと口を離した。

「気付けじゃ」

「まさかそれで運転しませんよね」

蜘蛛手は苦笑いしながら一升瓶を持って車外へ出ていく。助手席側へぐるりとまわってきた。俺は車内で窮屈に両脚をたたみ、運転席へ横移動した。

蜘蛛手が運転席の後ろから大学ノートを引っ張り出して開いた。老眼鏡をかけて両足をダッシュボードに載せ、ページをめくりながら飲みかけの日本酒をラッパ飲みした。

「市長の家、知らないんで教えてください。次はどっちでしょうか」

交差点が近くなるたびに俺は道を聞いた。そのときだけ蜘蛛手は老眼鏡の上から前を見て教えてくれた。ときどき一升瓶をあおったが、そのあいだも視線は大学ノートに落としていた。

市街を抜けたところで左折した。県道に入ると、左右には田圃と畑が広がり、リヤカーを曳く老人の姿が目立ちはじめた。土の匂いが窓から流れ込んでくる。道路前方に見えていた緑の山々が次第に近くなってきた。

しばらくすると蜘蛛手が「三百メートル先を左へ行ったところじゃ」と言ってダッシュボードに載せていた両足を降ろした。一升瓶を空けてしまっていた。さらに座席後ろに手を伸ばして二本目の一升瓶を引っ張りだし、栓を開け、ラッパ飲みしながら腕時計を見た。

「まだ二十分以上あるけ、その左の神社へ入りんさい」

大きな樹々が鬱蒼と繁る暗い境内へハンドルを切った。ひんやりした苔の香りが窓から流れ込んでくる。三十八度近い気温のなかでこの涼しさ。神社の樹々の能力は驚異的である。一番大きな樹の下を選んで軽トラを駐めると、蜘蛛手がドアを押し開いた。

「時間調整じゃ。ちょっと小便してくる」

境内のトイレに入っていく。

「いやあ、ぎょうさん小便が出るけ、びっくりしたで」

そう言って戻ってきた。あれだけ水分をとっているのだから当然だ。蜘蛛手はまた一升瓶の口を摑んであおった。そして満足そうに息をついて大学ノートに眼を落とした。

外には細かな蟬時雨が降り注いでいた。近くに小川でもあるのか瀬のせせらぎが聞こえてくる。眼を閉じて俺は頭を休めた。睡眠不足が続いていた。しばらくして腕時計を見ると、いつのまにか約束の四時を過ぎていた。

「蜘蛛手係長――」

声をかけると、視線はノートに落としたまま「なんじゃ」と聞いた。

「四時三分です」

「もうちょい引っ張るで」

焦らすつもりだ。俺も内ポケットから手帳を抜き出した。資料を大量に挟んだその手帳は不格好に分厚くなっている。ペンのキャップを抜き、気になる事項をひとつずつ再検証していく。何度か時計を確認したが蜘蛛手はいつまでたっても顔を上げない。

「そろそろ行くかいね」

そう言ったのは四時四十五分を過ぎてからである。赭顔《しゃがん》気味なのは酒のためか高揚のためか。大学ノートを閉じ、老眼鏡をたたんで前襟に掛けた。

そして「喉が渇いた」と本気か冗談かわからないことを言い、また一升瓶をあおった。二本目も残り三分の一ほどになっていた。

「よし、行こうで」

蜘蛛手の言葉で俺はエンジンをかけた。「そこを左に出てまっすぐじゃ」ゆっくりと走っていくと大きな集落があった。言われるまま細い未舗装道へと入っていく。

「あれじゃ」

蜘蛛手が指した先には土壁の外構に囲まれた巨大な日本家屋があった。屋根と塀、両方ともに鼠色の瓦が葺《ふ》いてある。中庭にある杉の巨樹が一本、快晴の空へとまっすぐ伸びている。

門前に横田雷吉市長と新崎《しんざき》悠人が立っていた。横田は和装、新崎はスーツ姿である。蜘蛛手によると新崎は隣の集落に一軒家を借りてもらってここへ通っているのだという。

軽トラを徐行させて近づいていく。軽く会釈して横田たちの前に停めた。横田が微笑みながら助手席の窓を覗きこんだ。そして蜘蛛手に会釈してから俺を見た。

「いつも使っていただいている駐車場はいま改装中なので、あちらに駐めてください」

向かいの空地へ手を伸ばした。指示されるまま生い茂る雑草のなかへと入り、そこに駐車した。蜘蛛手は飲みかけの一升瓶とまだ封を切っていない一升瓶、二本を提げて軽トラを降りていく。俺も外へ出た。太陽光が横から射している。腕時計を見ると午後五時十分。

肩を並べて門へと歩いた。

「大きな屋敷じゃろう。敷地だけで五百坪あるらしい」

五百坪といえば普通の民家の十倍くらいか。平屋だが現代建築の二階以上の高さがある。普請は無骨だが、巨大さと佇まいで横田家のかつての栄耀栄華《えいようえいが》を伝えていた。築二百年、あるいは三百年以上か。家の壁も外塀も漆喰《しっくい》があちこち剝がれているが、淪落《りんらく》ではなく格式と風韻を感じさせる。

門に端然と立つ横田の和服姿は白髪に似合い、じつに品がいい。

「今日は楽しみにしておりました」

朗らかに言った。一時間近く炎天下で待たされても誹《そし》る気配を見せない。中央政界の魑魅魍魎《ちみもうりょう》のなかで何十年も揉まれてきたのだ。笑みのまま俺を見た。

「湯口さんもようこそいらしてくださいました。古い家で驚かれたでしょう。いろいろ直したいんですが、これを直せる大工さんや左官さんが、ここ十年二十年でみな亡くなってしまって。だからもう朽ち果てるまで放っておくしかない。時代に取り残されてしまった家なんです。日本中が同じような状況になってます」

俺は建物を見上げ、あらためて溜息をついた。そしてなぜか鮎子を思い出した。『昭和堂』の他の経営者たちが「鮎子さんは古いんです。時代遅れなんです」と繰り返していた。

「どうぞ。お入りください」

横田が門をくぐっていく。入れ替わるように庭の中から雉虎柄の太った猫が出てきた。蜘蛛手が二本の一升瓶を俺に預け、猫を抱き上げた。

「ジロー。久しぶりじゃの。元気じゃったかいね」

頬擦りしながら新崎に続いて門をくぐった。そして猫を頭上に差し上げ、子供にするように股を広げさせて肩車した。猫は嫌がりもせず、体の力を抜いたままだ。

庭はバスケットボールコートほどの広さがあった。外からも見えた巨大な杉の樹が一本聳えるだけでほかに植栽はなく、砂利が疎《まば》らに撒いてあるだけだ。杉は大人二人でも抱えきれないほど太く、高さ二十メートルくらいありそうだ。

庭の右端には工事中の屋根付き駐車場があった。すでに母屋と同じ瓦が半分ほど葺かれている。あえて同じ岡崎産の灰色の瓦を使うところに横田のこだわりがみえた。屋根の下には車四台分ほどのスペースがあり、大量の土が掘り返されて傍らにセメント袋や砂袋が積んである。

一方、左側を見ると古い倉庫があり、中に並ぶリヤカーや耕耘機《こううんき》などが見える。その手前に山羊が一頭繋がれており、傍らで数羽の鶏が土を突つきながら歩いている。名古屋コーチンのようだ。雄鶏《おんどり》の背中に蜘蛛手が猫を載せた。驚いた雄鶏は「コケー」と羽根をバタバタとさせて五メートルほども走って逃げた。猫はしかし気にしたふうもなく、のそりと地面に降り、毛繕いを始めた。

横田市長に続いて新崎悠人と蜘蛛手が玄関の敷居をまたぐ。俺もその後ろから入った。そこは広さ二十畳ほどの薄暗い土間になっていた。黒い土は長い歴史に踏み締められてコンクリートのように硬い。頭上には巨大な丸太が縦横に組み合わさって屋根を支えている。

それを見上げていると蜘蛛手が振り返った。

「いま同じ材で建てたら五億や六億じゃきかんじゃろう。もしかしたらもう一桁違うかもしれん」

横田市長はすでに廊下に上がり、左の部屋へ入っていくところだった。新崎が框《かまち》の前の大きな丸石を平手でさした。蜘蛛手はそこでビーチサンダルを脱ぎ、一人で奥へ入っていく。続いて新崎も上がった。俺はもういちど頭上の丸太組を仰いでから革靴を脱ぎ、框に上がった。廊下には壁土と障子の匂いが籠もっており、床板は深みのある飴色《あめいろ》に変色している。

廊下の左側に並ぶ障子を新崎が左右へ大きく開いた。眼前に畳の間がさあっと広がった。部屋を数えると実に十二部屋続きの日本間だ。すべて八畳間のようなので九十六畳ということになる。閉まったままの襖が右手に並んでいるからさらに奥にも部屋があるのだろう。

促す新崎に礼を言って奥へ入っていく。縁側で横田と蜘蛛手が座布団に正座して向き合っていた。その向こうに先ほどの中庭がある。幾つか置いてある陶器製の豚から蚊《か》遣《や》り線香の煙が揺れていた。

「湯口さんもこちらへ。いま新崎が御茶を用意します」

横田市長が微笑みながら座布団をすすめた。

俺は頭を下げて縁側へと近づいていく。本物の藺草《いぐさ》を使った畳表を久しぶりに歩いた。

「失礼します」

蜘蛛手の横の座布団に正座すると、鶏たちが歩く庭全体が見渡せた。内側から見ると外塀は大石を組み上げて作ってあることがわかった。城郭要害のような造りだが、かつては実際にその意味もあったのだろう。

横田市長の座る傍らには狐色《きつねいろ》の木箱が十個ほど積んである。それぞれに落款と筆書きがある。ひとつだけ蓋が外してある箱の中身は陶器だ。木箱の横には鞘《さや》におさめられた日本刀が五本か六本並んでいた。

新崎がガラスコップを載せた盆を手に入ってくる。三人の脇で片膝をついてはコップを置いていく。そのたびにガラスと氷が当たる硬い音が鳴った。最後に漆塗りの大きな椀《わん》を真ん中に置いた。昔ながらの素朴な砂糖菓子が入っていた。

「福井から取り寄せた越前《えちぜん》麦茶です。どうぞお召し上がりください」

横田がそう言ってコップを手にした。「土日はお手伝いさんに休みをとってもらってます。新崎しかいないので至らないこともあろうかと思いますが、男ばかりで気楽にいきましょう」

麦茶をすすってそのコップを置いた。木箱から陶器の茶碗を出した。

「豊蔵《とよぞう》です。ぜひ見ていただきたかったものです」

蜘蛛手が老眼鏡をかけて受け取った。両手のひらで包むようにして顔の前で回していく。

「鼠《ねずみ》志野《しの》でこの景色はたしかに豊蔵しか出せんのう」

唸った。横田が微笑み、別の木箱を開けて黒い茶碗を出した。蜘蛛手は嘆息しながらそれを受け取った。そして「唐九郎《とうくろう》ですかい……」眼を細めた。

二人は古びた茶碗を木箱から出しては何事か語り合いはじめた。そのうち蜘蛛手の膝の上の猫がひょいと床に降り、座敷の奥へと歩いていった。

「これは春に手に入れたものです」

横田が短めの日本刀を鞘から抜いた。見たところ刃渡りは四十センチほどしかない。

蜘蛛手が傍らの和紙を手にした。それで挟むようにして刀を受け取り、斜めにして光を当て、感嘆の声をあげた。「この脇差《わきざし》もかなりええもんですね……」二本差しと言われるように武士は腰に二本の刀を差しているが、一本は普通の長さの日本刀で「打刀《うちがたな》」と呼び、もう一本は短めの「脇差」と呼ばれるものだと聞いたことがある。一尺、つまり三十センチに満たぬものは短刀というらしい。

しばらくすると横田が長い日本刀を手にし、鞘からゆっくりと抜いた。そして冷たい光を放つ刀身を横向きにして差し出した。蜘蛛手は脇差を和紙の上にそっと置いてから、その長い日本刀を別の和紙で挟んで受け取った。

唸りながら刀身を立てた。

「二代兼元《かねもと》じゃ……」

「ようやく手に入れました」

「二千万、いや三千万円は軽く……」

蜘蛛手が刀身を廻し、光の角度を変えて鑑賞している。

「横田さんの鑑定眼自体が国宝級じゃ……驚きじゃ……」

横田が次の日本刀を鞘から抜いた。そうやって一本ずつ刀身を抜き、頬を染めて二人で語り合っている。最後の刀を鑑賞し終えたときには一時間ほどたっていた。

「そろそろ新崎に将棋の用意をさせましょうか」

横田が言うと、蜘蛛手が老眼鏡を外して襟元に掛けた。

「いや、今日は将棋は結構ですけ」

横田が静かに刀を鞘におさめていく。

「別件で話したいことがありますけ」

「一時間近く遅刻してきたのは振り飛車の蜘蛛手の本領といったところでしょうか」

「市長はいつもの穴熊のようじゃの。用心深さも国宝級じゃ」

蜘蛛手が一升瓶を握って親指で栓を飛ばした。口をつけて傾け、ぐいぐいと飲んでいく。そのますべて呑み干してしまった。そして横にある三本目のアルミキャップを切り、捻って開けた。それもラッパ呑みしていく。一升瓶を床に置いて手のひらで口髭と唇を拭った。はじめから三本とも手土産にする気などなかったのかもしれない。

横田は庭で遊ぶ鶏たちを見ていた。糠《ぬか》の匂いがするのは鶏の餌箱だ。座敷の奥から猫が戻ってきて蜘蛛手の膝に乗った。

新崎悠人がなぜかずっと俺を見ていた。強い視線だった。俺は眼を合わせないようにした。横田は扇子でゆるゆると懐に風を送っている。硬くザラついた時間が続いた。三十分たっても誰も口を開かない。

やがて外の空気に粘りが出てきた。頭上の風鈴は一度も鳴らない。鶏たちが一羽ずつ小屋の中へ入っていく。

蜘蛛手が唐突に立ち上がり、猫を座布団に降ろした。

「小便してくる」と座敷の奥へと歩いていく。

横田が砂糖菓子をひとつ手にとり、口に入れた。時計を見ると六時半だ。空の向こうが藍色に変化し、その藍色が液体のようにゆっくり波打っている。

蜘蛛手が小用から戻ってくると新崎悠人が立ち上がった。全員のコップを盆に載せて歩いていく。しばらくすると新しい麦茶と氷を入れて戻ってきた。

蜘蛛手が手を伸ばし、その麦茶をすすった。

「横田さんが高いところが好きだとは、わしは知らんかった」

「なんのことでしょうか」

「ラブホテルの十一階のことじゃ。地蔵池がよう見える」

横田も麦茶のコップを手にし、両手のひらで包んだ。表情に変化はない。

「あんた、ホテルにカメラばかり仕掛けちょるが、防犯カメラにしては多すぎじゃ。あの数は覗きレベルで。もしかして変態爺《じじい》かい」

横田は反応しなかった。俺は蚊遣りの煙が作る模様を見ながら時間を潰した。やがて藍色の空が黒ずんで、暗黒となって上から地上を覆っていく。夏の虫が静かに鳴きはじめていた。

一時間たち、一時間半たった。蜘蛛手は何度も小用に立っては座敷の中を一人で黙って見てまわっている。横田は表情を変えないが、新崎悠人は苛立っていた。

蜘蛛手が座布団に座り直して一升瓶をあおった。

「横田さんは一流の人たちと交流があるけ、一流の女を抱いてきたんじゃろう」

「そうでもありませんよ」

「昭和の自民党は化け物だらけじゃけ、いろいろあったはずじゃ」

「闇の世界のことは私にはわかりません」

「あんたも闇の化け物じゃろが」

横田は静かに暗い庭を見ている。

「あんたはもう誰にも必要とされておらんのじゃ。昭和の遺物じゃ」

蜘蛛手の言葉に、横田の顔に焦れたような色が浮かんだ。

「新崎君――」

横田が静かに言った。新崎悠人が立ち上がった。頭を下げて部屋を出ていく。しばらくすると湯飲みを盆に載せてきて配った。温かい緑茶だった。しかし蜘蛛手と横田の二人はそれに手をつけず、下を見ている。来てからすでに四時間近くたっていた。壁時計はすでに九時に近い。

蜘蛛手が顔を上げた。

「わしは、あんたを友達じゃ思うて付き合うてきた」

「………」

「じゃが、もう友達ではいられんかもしれん。今日来たのは、それが言いたかっただけじゃ」

帽子を被りながら立ち上がり、足早に座敷を抜けて廊下へ出ていく。

俺も横田に黙礼し、蜘蛛手を追った。玄関まで出ると、蜘蛛手はすでに暗い門を出ていくところだった。俺は大股でその背中を追った。

追いついたのは軽トラックの横の小さな外灯の下である。

「蜘蛛手係長――」

呼び止めると、眉間に皺を寄せながら振り向いた。

「いまの状況、あんたなら手帳にどう書く」

「『読めない』ですね」

「わしもそれくらいしか言えん。向こうのほうが力は上じゃ。やれることを全部やるしかない」

第十三章　ガサ入れへの執念

1

嶋田実《しまだみのる》から俺にメールが来たのは、蜘蛛手と丸富《まるとみ》捜査一課長が横田市長宅のガサ入れの可否を内々に話し合った翌日である。俺は捜査途中、蜘蛛手とうどん屋で遅い昼食をとっていた。

嶋田はよほど慌てているようで、文面が乱れ一読目ではわからず、二読目で理解した。情報としては二つだけだった。

ひとつは夏目直美と岡崎署強行犯の内村希美《うちむらのぞみ》の女性コンビが郡上八幡のジオラマがらみで新情報を得たらしいこと。もうひとつは緑川以久馬と岡崎署盗犯巡査長のコンビが三年前に潰れた岡崎のデリヘル店長から重要証言を得たことである。しかし嶋田実はメールの末尾に〘後者については榊たちの「緑川犯人説」を伝え聞いた緑川が撒いた偽情報の可能性アリ〙と続けていた。俺はよほど横田市長犯人説を詳述して返信してやろうと思ったが、捨て置くしかなかった。そもそも俺自身も混乱していた。

この日も臨時全体会議になると通達されていたので予定の夜十一時が近づくと訓授場に捜査員が続々と集まってきた。幹部が来るのを待ちながら、皆それぞれ相棒と小声でやりとりしている。長引く捜査に捜査員たちは疲れきっていたが、是非曲直関係なく捜査に何らかの前進を望むのはみな同じである。ただ、自分たちの組が持つ情報をどこまで開示するか、ここまでくると鍔競《つば》り合いがいよいよ激しくなってくる。

蜘蛛手は老眼鏡をかけて一心不乱に大学ノートにペンを走らせている。俺も資料のコピーをめくっては今日仕入れた情報と突き合わせていた。内ポケットで携帯が震えた。液晶画面を見て驚いた。《ＲＤＮ》である。しばらくその名前を見ながら逡巡《しゅんじゅん》し、内ポケットに戻した。懐で携帯は震え続けている。留守電のアナウンスになってようやく切れたが、すぐにまた震えはじめた。引っ張りだして電源を切り、ポケットへ戻した。脈が速くなっていた。

「出てやりんさい」

蜘蛛手が言った。眼は大学ノートに落としたままだが誰からの電話かわかったようだ。

＊　＊

係長級会議が終わったあと『豚平』に集まったのは、蜘蛛手洋平と湯口健次郎、鷹野大介と海老原誠、嶋田実と佐々木豪、この三組六名である。いつもは若手同士が声をかけあうが珍しく蜘蛛手が一人ひとりに直接声をかけての呼集だった。

六人は二つのテーブルをくっつけて座った。豚足を六十本頼んで中ジョッキを続けざまにあおっていく。冷たいビールで汗が引いてきたころ、豚足が山と積まれた大皿が次々と運ばれてきた。

嶋田実が呆れたように俺を見た。

「このあいだが特別だと思ったら、毎回こんなに食ってるのか」

「無理すりゃ十五本くらい食えるようになった」

俺の言葉に嶋田が下手な口笛を吹いて一本を手に取った。その嶋田が八本目でギブアップしたときには店内の多くの客は帰って、喧噪が小さくなっていた。すでに午前二時二十分を過ぎているが隅のテーブルにはまだ一組三人の客が残っていた。

蜘蛛手が両手と唇についた脂を新聞紙で拭い、大学ノートを開いた。そして老眼鏡をかけ、その上からメンバーをぐるりと見て声を落とした。

「本格的に攻めに転ずるけ、あんたらも肚を据えていきんさいよ」

眼の焦点はメンバーの後ろにいる三人組の客の様子を覗っていた。市長の筋での丸富との地下連携もあるので相当にピリピリしていた。険しい眼で大学ノートをめくりはじめた。後ろの客が帰るまで話さないつもりだろう。察したメンバーもそれぞれ自分の手帳を開き、細かく整理しはじめた。蜘蛛手がようやく緊張を解いたのは二十分ほどして後ろの客が帰ってからである。厨房の大将たちとの距離を測り、嶋田実と佐々木豪に小声で言った。

「まずはあんたら二人にSの話をせにゃいかん」

嶋田が怪訝そうに「お抱えの内通者ですか」と聞き返した。

「そのエスじゃない。例の伊東秋太郎のIや江藤傳吉のEの件じゃ。鮎子さんの日記に書かれた九つのアルファベット、ひとつだけ対応人物が見つかっておらんじゃろ」

「ああ。たしかにSだけが」

「あれは市長のSじゃ」

「市長?」

「横田市長じゃ」

「岡崎の?」

「そうじゃ。横田雷吉じゃ。彼が土屋鮎子を殺した」

「何ですって――」

嶋田が眉間に皺を寄せて佐々木豪と顔を見合わせた。

蜘蛛手がボールペンでノートを叩いた。

「あの遺体は汚いところに捨てたもんじゃない。逆なんじゃ。綺麗な場所を選んで捨てたんじゃ。それがわかれば、わしが今から話す筋が見える」

嶋田が視線を蜘蛛手に戻した。

「どういうことですか?」

「水葬じゃ。横田市長は綺麗な場所に彼女を水葬した」

「それは市長が犯人という仮説からの演繹《えんえき》的推論ですか」

「違う。帰納法からのわしの筋読みじゃ。傍証を積み重ねた。以下機密。メモも取るな」

そして海老原の手元を睨みつけた。

「チロル。目障りじゃ。しまいんさい」

手帳は閉じてある。ペンも持っていない。それでも気になるようだ。海老原は頬を引きつらせてポケットに戻した。他の者も静かに筆記具をしまっていく。

「長うなるけ、もう一杯ずつビールを頼みんさい」

蜘蛛手が言うと、海老原が恐縮しながら女将に頼んだ。ジョッキが運ばれてきた。蜘蛛手はゆっくりと喉へ流し込んでいく。半分ほど空けてジョッキを置いた。

そしてもういちど厨房を見て距離を測り、小さな声で話しはじめた。――――まず半世紀近く前のアングラのデートクラブについて。俺と二人でラブホテルの十階へ行ったこと。そこから見えた地蔵池と蓬川の景色。市長が依頼した岐阜の清掃業者。名古屋市立大学法医学教授とのやりとり。地蔵池の水温と死亡推定経過時間について。大八車とアルミリヤカーのこと。八割方の内容を話した。

嶋田はときどき質問しては考え、別の質問をした。佐々木豪も興奮しながら蜘蛛手と嶋田実の顔を見比べている。

蜘蛛手はまた厨房を見て、声を落とした。

「昨日の夜、丸富と膝詰めで話した。大八車の件はわしが裁量権をもらったけ、あんたらにしばらく動いてもらう。丸も根っこのところで市長犯人説を確信できておらん。じゃけ、大量の根拠を積み上げげて丸にぶつける。丸が納得すれば、丸から他の幹部に話してくれる」

嶋田が険しい表情で俺を見た。嶋田には蜘蛛手と丸富の微妙な関係がわからないのだ。いくら能力を認められているといっても本部の捜査一課長から所轄生安の係長が裁量権をもらうなどということがありえるのか。一ヵ月一緒に過ごしてきた俺でさえ理解しえたのはごく最近だ。

蜘蛛手が察して、嶋田実に向き直った。

「横田市長は鮎子さんに『体を売ることはもうやめてくれ』と言うた。生活の援助も申し出たはずじゃ。じゃがセックスワークという仕事に人生をかけてきた彼女が肯くわけがない。市長の古い父権主義に激しく怒ったじゃろう。彼女は自分の人生は自分でコントロールしたかった」

そこまで話してジョッキで唇を湿らせた。そして続ける。

「逆に市長のほうは奥さんを亡くして、そこに数十年ぶりの奇跡的な再会じゃ。彼女への気持ちは増すばかりで、セックスワークをやめてほしいという要望は強くなっていった。その気持ちが愛情ゆえのものだと思っておる市長と、拘束されていると感じる鮎子さんの間に当然のように隙間風が吹き始めた。そうなると大学生のカップルと変わらん。『本物の愛だ』『本物じゃない』。そのうち『だったら死ねるのか』『だったら殺して』となる。古今東西、何度恋をしても何歳になってももの色恋戯曲の定番じゃ」

嶋田が残っていたビールを飲み干し、言った。

「係長はもしかしたら中心近くを射抜いてると思う。問題は立証できるかどうかです」

蜘蛛手は数秒考え、首を振った。

嶋田がしばらく唸ってから「ここ、中ジョッキふたつ！」と頼んだ。

運ばれてきたビールを蜘蛛手と嶋田は同時にあおった。

「このままじゃと何処《どこ》までいっても落とせんけ、這いつくばってでも大量の情報を集めたい。そうせんとガサまで辿りつけん」

蜘蛛手が老眼鏡をかけ直した。ノートを何ページかめくった。

そして嶋田と佐々木の二人に鮎子の客筋の暴力団関係者三人のデータ集めなどを分掌して指示していく。彼ら二人は特捜本部から大量の鑑取りを割り当てられているため、並行して消化するにはかなりハードなスケジュールとなる。しかし「ここまできたら眠る必要はない」と嶋田は強調した。捜査一課の面々は特捜本部に入ればいつも三時間から四時間程度しか睡眠は取らない。そして捜査がいよいよ佳境に入ると一気呵成《いっきかせい》の攻勢をかけるため、一時間ほどの仮眠だけで睡眠返上の状況に入る。それは早ければ一日で終わるが、五日たっても十日たっても続くことがある。一ヵ月二ヵ月ということもある。愛知県警一万四千人から選ばれた精鋭、捜査一課員であるとは、そういうことだ。そういう者が選ばれ、そういう者になっていく。

蜘蛛手は淡々と指示を出していく。嶋田&佐々木組だけではない。蜘蛛手&湯口組、鷹野&海老原組も同じように強行軍となる。

「ええか。大変かもしれんが、ここしか勝機はない。疑問の砂粒を一粒でも残すな。延々と続く広い砂浜のその一粒こそ真珠の欠片かもしれん」

2

蜘蛛手は丸富に頼み、ホームセンターから市長宅までの防犯カメラを秘密裡に調べてもらったが市長らしき人物は見つけられなかった。用心深くルートを選んで運んだようだ。

蜘蛛手グループが独自の筋で横田雷吉市長を追っていることを知っている上層部は丸富捜査一課長だけのはずだ。しかし捜一調査官や等々力キャップ、岡崎署長や岡崎署刑事課長ら他の幹部たちに丸富が説明しはじめていることはふとしたときの彼らの眼球の揺れでわかった。しかし向こうも警察官だ。こちらの視線の揺れを観察している。互いに肚の探り合いだ。

「おう。湯口」

丸富自身は顔を合わせるたびに俺の革靴を踏みつけた。蜘蛛手から日々刻々と情報は上がっているはずだが、それでも何か隠しているのではと焦れているのだ。しかし俺もすべてを知っているわけではない。蜘蛛手はときどき軽トラを道路脇に駐めては「ちょっと待っちょれ」と建物の陰に消えた。五分か十分のことだがいつも場所を変えている。反社など紹介できない人物に情報を貰っているようだ。俺自身も蜘蛛手には黙って警察学校同期のルートで横田市長の交友関係を洗ってもらっていた。名古屋在住のエス二人にも情報を集めてくれるように頼んである。

警察官は鍵となる重要情報は誰にも漏らさない。親しい間でさえそうである。これらは民間企業のサラリーマンたちが鎬《しのぎ》を削るのと同じだ。しかし警察官が違うのは喩えではなく本当に血で血を洗う争いになることだ。ときにビルの陰で胸倉を摑み合い、ときに数人で一人を呼び出して拳を入れることもある。

鷹野大介と海老原誠は市長が東京から岡崎に戻ってからの鑑を洗いながら特捜本部の通常分掌も

交代でこなしている。とんでもないオーバーワークに陥っているはずだが、蜘蛛手の指示があれば命がけでも遂行しようとしていた。

嶋田実&佐々木豪組も通常分掌にプラスして蜘蛛手から指示されたデートクラブ情報を必死に追っていた。名古屋市内へ出たり東京まで足を伸ばしたりして、政財界人や暴力団関係者と会っている。その動きに気づいた別の捜査員たちが「何をしているのか知らないが逸脱しすぎだ」とクレームを付け、険悪なムードが出てきてもいた。尾田映美に圧力をかけていた二人の男のどちらかと横田市長が今回通じていたのかを蜘蛛手は知りたいようだった。生安の若手たちが非番を返上して交替で横田市長の行確を続けていた。

やがて蜘蛛手は豚平での報告会で「特捜本部上層部の全員に情報が共有された」と伝えた。グループの面々は紅潮しながら肯いた。いよいよ大きく状況が動く。

特捜本部幹部は、丸富から間接的に伝わってくる蜘蛛手情報を他の捜査員たちの通常捜査の情報と突き合わせ、複雑に絨《から》まった糸をほぐしては編み直しているにちがいなかった。蜘蛛手たちの上げる情報は小さな欠片ばかりで、しかも一日にほんの数個でしかない。しかしそれが積み重なり、手のひらの上で重みを感じる程度の塊となり、徐々に横田市長犯人説を裏付けるものとなりつつあった。蜘蛛手グループの執念であった。

これらの情報が幹部だけでなく全捜査員にも共有されたのは九月四日。深夜の臨時全体会議冒頭である。

等々力キャップが蜘蛛手グループの筋読みを話していくと、天井の蛍光灯が揺れるほどの大きなどよめきがあがった。榊惇一がキッとした眼で振り返った。俺はその眼を静かに見返した。

会議が終わると捜査員たちは首を捻りながらぞろぞろと廊下へ出ていく。

「まさかだな……」

知らなかった者たちにはあまりに大きな捜査方針の転換だった。

「ありえんわ」

3

特捜本部が家宅捜索への道筋を正式に整えたのは横田雷吉の容疑が共有された二日後の九月六日だった。

翌九月七日。家宅捜索当日。

朝八時に捜査幹部と係長級で最終調整をした。そして午前十時にすべての捜査員を集めての全体会議が始まった。岡崎署の地域課や生安からの応援組も含め、ガサ入れ要員は全部で百三十三名である。横田市長は昼一時からシルバー施設落成のイベントに出る以外に今日の公務は無い。逆算して午前十一時三十分に自宅を急襲する。

マイクを手にした丸富が甲高い声で檄を飛ばした。

「このルビコン川、深さはわからん。だが絶対に渡りきるぞ。大八車ないしそれを解体したものが必ず敷地内にある。後になって『あそこも見ておけばよかった』と高校生のテストの山掛けみたいなことを言うなよ」

「うす」と野太い気勢があがった。いつもなら茶々を入れる中堅刑事たちも首まで赤くして丸富を見つめている。

等々力キャップが「行くぞ」と訓授場を出ていく。雪崩をうつように捜査員たちが続いた。階段下には前夜から異変を感じていた記者連中が集まり、制服の若者たちに抑えられていた。記者たちの眼には、階段を降りていく捜査員の集団が、川を渡るバッファローの大群のように見えているのではないか。

署の駐車場には白黒パト、覆面パト、ワゴン車、そのほかの捜査車両が、横に五列になって合わせて四十台以上並んでいた。訓授場で配られた配車表を手にして捜査員たちは乗り込んでいく。俺が乗るのは前から四台目を走る予定の覆面である。窓に《4》と書いた紙がテープで無造作に仮留めしてあった。

その覆面のドアに手を掛けたところで「おい湯口！」と呼ばれた。《2》の紙が貼られたトヨタアルファードの横で丸富が手のひらをしゃくっている。俺が近づいていくと丸富は助手席に乗り込んだ。三列目シートには本部調査官と等々力キャップが入っていく。続いて岡崎署の刑事課長代理と強行犯係長が二列目シートに乗り込んだ。俺はその後ろから乗車し、スライドドアを閉めた。

先頭の白黒パトが赤色回転灯を音を出さずに廻しはじめた。そのパトの助手席に蜘蛛手が乗り込むと、ゆっくりと国道へ出ていく。次にアルファード、九台の覆面パト、十一台の白黒パト、他の捜査車両と順に続いていく。

俺の横で岡崎署刑事課長代理が通信機を耳に当てている。

「予定どおりだ。ヒトヒトサンマル、ジャスト到着予定。繰り返す、ヒトヒトサンマル、ジャスト到着予定。そちらに動きないか。──────おし了解。──────おし。──────おし。引き続き待機せよ」

前方の陽炎のなかから大型ダンプカーが一台また一台と繰り返し現れる。しかしいつも横柄なダンプが今日は驚いたようにスピードを落としていく。土埃の舞うその横を警察車両が延々と続いていく。

「よし。見えてきた──」

助手席の丸富が地図を手にして窓外に眼を遣っている。

左前方に市長宅のシンボル、あの巨大杉が見えた。

先頭の白黒パトがその集落へ入っていく。アルファードが続いて入っていく。後ろから次々と警察車両が入ってくる。

白黒パトがゆっくりと市長宅の門の五メートルほど手前に停まった。助手席から蜘蛛手が降りた。太陽に手をかざして辺りを見まわしている。近くの建物の陰からスーツ姿の男が二人出てきて軽く敬礼した。昨夕から六人の捜査員が市長宅を囲んでいた。万が一のときは職質をかけて家に張り付ける算段だった。

アルファードはその白黒パトの後ろにぴたりと寄せ、エンジンを止めた。助手席の丸富が降り、俺もスライドドアを引いた。乾いた土を踏むと革靴の下で小砂利が硬い音をたてた。すでに気温は三十九・二度まで上がっていた。陽射しが背中を炙って痛いほどだ。後ろから続々と捜査車両が入ってくる。ドアを開けては閉める音がドミノのように後ろへ後ろへと続いた。近所の人たちが何事かと外に出てきている。

丸富が、調査官や刑事課長代理、等々力キャップらと何事か話している。そのなかにアロハシャツ姿の蜘蛛手も混じっていた。ザクリ、ザクリと、革靴の音が集まってくる。土埃のなかで百数十名の捜査員たちが巨大な屋敷を見上げた。

「よし、入るぞ」

丸富が一声あげて門へと向かった。肩を並べたのは蜘蛛手である。二人に続いて自然に二列縦隊になって門をくぐっていく。捜査一課調査官と等々力キャップ、岡崎署の刑事課長代理と強行犯係長、その次に俺と榊惇一の二人が続いた。後ろから続々と二列になって続いてくる。俺は濃厚濃密なこのソルジャー集団から逃げだしたいと思うこともある。しかしこうして統制された足音を聞くときに昂揚してもくる自分もいる。

丸富と蜘蛛手が玄関前で止まった。

蜘蛛手が呼び鈴を押す。

反応がない。もう一度、今度は長めに押した。しばらく待つと玄関の引戸が開いた。秘書の新崎悠人が頬を引きつらせて立っていた。スーツ姿だ。横田市長が仕事に出るのを車で送ろうとしていたのであろう。

蜘蛛手が両手で捜索差押許可状を広げ、提示した。腕時計を見て「午前十一時四十二分、捜索差押許可状執行。入れていただくで」と言った。

新崎悠人が蒼くなり、横へ体をよけた。

後ろに横田市長が立っていた。

「騒がしいと思ったら警察の方々ですか。今日はどうなさったのですか」

スーツの前を合わせながら小さく咎めた。

「家宅捜索じゃ」

「何を探すんです」

「あんたが知っておるじゃろ」

「さて。存じあげませんが」

「本来は捜査の密行性があるけ教えんのじゃが、あんたとわしの仲じゃや。教えちゃる。大八車じゃ」

「何の必要があるのか知りませんが、令状は用意されてますか」

「あるで」

許可状を横田に向けて広げた。

「容疑は」

「罪名を見てみんさい。殺人と死体遺棄じゃ」

横田は表情を変えなかった。

「わかりました。どうぞ。気がすむまで。公務執行妨害は法律違反なのでいたしません」

「さすが弁護士資格を持つ先生じゃ。失礼するで」

蜘蛛手と丸富が白手《しろて》をはめながら中へ入っていく。その後ろから捜一調査官と岡崎署刑事課長代理が続き、湯口も榊とともに白手をはめながら中へ入った。後ろから百数十人の捜査員の大群が続々と入ってくる。

「よし。始めろ」

丸富が大声で言った。あちこちで物を動かす大きな音があがりはじめた。

「便所も風呂もだぞ！」

等々力キャップが檄を飛ばした。

「可能性あるところはぜんぶ調べろ！　畳もめくれ！　床下に潜れ！　天井裏へ上がれ！　外の倉庫に行け！　見落としは絶対するなよ！　小さな木切れでも見つけたら持ってこい！」

あちこちの部屋から「うっす」と応える声が聞こえた。特捜本部は大八車は隠すために解体してあると確信していた。あのサイズのまま隠せはしない。

百枚以上ある畳が次々と上げられ、傍らに積み上げられていく。現代建築で使われているものと違い、本物の畳である。藁屑や埃が大量にあがり、捜査員たちが咳き込んでいる。これだけの数の藺草畳がある民家は日本中探してもそうそうあるまい。

「いけるぞ！」

「挙がる挙がる！」

気合の声をあげているのは巨大な箪笥《たんす》類を抱える捜査員たちだ。紅潮しながら外へ運び出している。天井裏へあがった連中は埃で真っ白になりながら作業していた。ときどきどこかの部屋から「こっちも探せ」などという声や物が崩れる音などが聞こえた。しかし「あったぞ」という声は一向にあがらない。屋敷を囲む塀の外には先ほど地域課の若手たちによってブルーシートが巻かれ、マスコミ陣はその外に追いやられていた。

「あんな大きな物が消えるはずがない！　絶対に探し出せ！」

等々力キャップの濁声が何度も響いた。

俺は畳を上げるのを手伝ってから、床下におり、土の表面におかしな痕がないかじっくりと調べた。何人もの捜査員が同じところを繰り返しチェックしていく。その後ろでは別の者たちが検土杖を土に刺しては引き抜くことを五センチ毎に繰り返している。

「あそこはどうじゃ」

蜘蛛手があちこち動いて若手に指示を与えている。

一時間経ち二時間経った。空には二機の報道ヘリコプターが爆音をあげながら旋回しはじめた。捜査員たちは消耗していた。この暑さのなかで百人以上の人間が動いているのである。しかしいつまでたっても勝鬨《かちどき》の声はあがらない。

床下から出てきた連中は土にまみれ、梁《はり》に上がった連中は埃にまみれ、それらが汗で泥になってこびりついている。黒く汚れたその顔に白い眼球だけが動き、汚水の鯉のように口で呼吸している。何度も冷たい缶コーヒーが配られたが焼け石に水で、みな困憊《こんぱい》して土の上に座り込んだり壁に手をつきはじめた。幹部たちがときどき集まってひそひそとやりあっている。幹部の顔やシャツもまた泥だらけだ。五百ミリリットル入りのミネラルウォーターが大量に配られ、ゼイゼイと喘《あえ》ぎながらそれを廻し飲む。

三時間経ち、四時間が経った。

捜査員たちの疲労は極限に達し、十人ほどが部屋の隅で横になったまま起き上がれずにいた。

「もっと大量の水が必要だ。これでは足りない」

熱中症を心配した幹部たちが金を出し合って何度も若手に買いに行かせた。数が数なので一店舗では足りず、市内のスーパーやコンビニを回ってはかき集めた。

二リットル入りのミネラルウォーターが一本ずつ配られると捜査員たちは貪り飲み、頭からかぶったり、背中からシャツのなかへ流したりした。そのまま座り込んでうなだれ、ボソボソと疲れた声で励まし合っている。やがてまた捜索が再開された。

「急げ。暗くなっちまうぞ！」

丸富が蒼白になって繰り返し檄を飛ばす。

午後五時を回ると、外の陽光は徐々に弱まってきた。

ガタガタと音をたてながら同じものを何度も引っくり返し、あちこちで諦めの声があがりはじめた。六時になるとまた飲物が配られた。捜査員たちは座り込み、泥だらけの首筋を拭いながら茜《あかね》色《いろ》に染まりかけた山々をぼんやり眺めている。

「終わりだ。帰るぞ」

丸富が力なく言った。

午後六時四十分過ぎだった。

誰もそれに返事をせず、俯いて背中を丸め、息絶え絶えで畳を元に戻していく。復旧する義務はないが負い目がそうさせていた。片隅で岡崎署の強行犯係長が横田市長に何かの紙を差し出し、繰り返し頭を下げている。おそらくどうでもいいガラクタの押収品目録交付書だ。愛知県警の完敗である。六人の捜査員が熱中症で入院する事態となった。

4

翌朝の新聞各紙は家宅捜索の失敗を大きく報じた。

現職市長の殺人容疑。そして警察のフライング。マスコミの好餌である。各新聞とも黒ベタや渦地紋の凸版見出しで、一面、社会面、第二社会面と、三頁にわたって記事を展開していた。大物弁護士や市民団体代表らのコメントも取って警察を徹底批判している。

「来週の週刊誌が思いやられるな……」

朝の全体会議で配られた新聞コピーをめくりながら捜査員たちは湿った息を吐いた。

その夜、係長級の捜査会議ではこんな情報が上げられた。今日の昼過ぎ、市議会議員の集まりで横田市長が「近く県警本部と岡崎署に愛知県警始まって以来の大人事がある」と発言したという。完全になめられていた。

蜘蛛手グループは地下に潜って独自捜査を続けるしかなかった。蜘蛛手は「丸とはもう関係ない」と言ったが間違いなく嘘だ。俺にはわかった。丸富の態度もおかしくなった。噂によると警察庁の刑事局長から「その捜査は中止」という電話が内々に愛知県警上層部にあったらしい。横田からの圧力に違いなかった。

蜘蛛手は食事のときも捜査会議のときも大学ノートと首っ引きになっていた。軽トラの運転最中にも路肩に駐めてはノートをめくる。その頻度は家宅捜索失敗前の何倍にも増えた。助手席の俺もまた同じくらい真剣に手帳をめくった。このまま終えるわけにはいかなかった。

第十四章　証拠は絶対にここにある

1

蜘蛛手が箸で冷凍サンマの腸を突ついている。珍しく俺より食べるのが遅いのは大学ノートばかりに眼がいっているからだ。家宅捜索の失敗から八日たち、マスコミの連日の報道によって〝横田市長は無実〟の方向に世間は完全に傾いていた。特捜本部幹部たちは腹中半分で蜘蛛手の筋を変えていないが、苦しげに名古屋城方面の空を仰いでもいた。県警本部内の政治的空気があって身動きが取れないのだ。

「なあ、あんたどう思う」

顔を上げた蜘蛛手の顔は睡眠不足と疲労でやつれていた。

「何がですか」

「どう考えてもあそこしかないんじゃ」

そう言って店内の客に視線を巡らせた。自分たちのあとに入ってきた者がいないことを確認し

「絶対にあそこじゃ」と声を落とした。

「大八車は絶対にあそこにある」

「あそこってどこですか」

「市長宅へ将棋に行ったとき作っておった駐車場があったじゃろ。ガサ入れんときはもうコンクリートが張ってあって屋根も完成しておった。大八車はあのコンクリートの下じゃ」

「待ってくれ。そいつは論が自分勝手すぎます」

「論ちゅうのはそういうもんじゃろ。自分の頭んなかで動かすもんじゃけ、飛躍しとるように見えるのは仕方ない」

「でもあまりに飛躍してるし、逆にあまりにあたりまえすぎる。あんなところに隠すはずがない」

「じゃあどこにある」

「わからない」

「だったらやるしかないじゃろ」

「あれだけのヘタ打った後です。よほどの確信がなければ上は動けない」

蜘蛛手の頰が引きつり、赤みを帯びていく。

そして「最終的に犯人を挙げればそれでええじゃないか」と頰を震わせた。

「ただのひらめきに上が納得するわけがない」

「納得させればええじゃろ」

「そんな簡単にはいかない。確証もなしに警察は動けない」

「必死に説けば大丈夫じゃ」

「でも上は――」

「上は上はと、うるさいで！」

蜘蛛手が箸を逆手に握った。そして丼飯にガツンと突き立てた。

「敷地内にあるのはわかっとるじゃろが！　何度でも調べるしかないじゃないか！」

「だから言ってることはわかってる！」

「わかっておったら真剣にわしの話を聞け！」

平手で思いきりテーブルを叩いた。大きな音がして食器が飛び跳ねた。醤油《しょうゆ》の瓶が倒れ、中身が流れ、蜘蛛手のアロハシャツを汚していく。蜘蛛手は気持ちを昂《たか》ぶらせたまま醤油瓶を立てた。他の客たちの視線が集まっていた。

「大丈夫ですか――」

カウンターの中から五十年配の大将が走り出てきた。布巾で蜘蛛手のアロハシャツをぬぐい、ジーンズをぬぐい、テーブル上に広がった醤油を拭いていく。そして両手をエプロンの前に揃えて前屈みになった。

「他のお客さんもおりますので……」

泣きそうな顔になっていた。

「すまんじゃった」

蜘蛛手が首の後ろを掻きながら謝ると「いえ。ゆっくりしていってください」とカウンター内へ戻っていった。

「いっぺん失敗しただけでわしを信用せんのかい」

蜘蛛手は声を低くして俺に向き直った。「あんただって市長の完全主義ぶりはわかっておるじゃろ。絶対に大八車の処置に困って苦しんでおるはずなんじゃ」

「それとコンクリートの下に大八車があるというのは直接的に繋がらない」

「じゃあ、どこにある」

「俺は捨てたと思う。もうどこにもないんですよ」

「絶対に捨てとらん。あれだけ自宅まわりを固めておったんじゃ」

「でもブツは出なかった」

「だからあのコンクリートの下じゃ。わしを信じられんのか」

「係長の能力については誰よりも知ってる。でもあれだけのヘタ打って、確信のないことで今さらどうやって上を納得させるんですか」

「命がけで話せばわかってくれるはずじゃ」

「今回は愛知県警本部長どころか警察庁まで納得させなきゃいけない。それができますか」

「やるしかない。やらんとこのまま迷宮入りじゃ」

「俺は上を納得させられるかどうか聞いてるんです」

「納得させると言うておるじゃろが！」

蜘蛛手がまた激した。まわりの客が驚いて振り返った。カウンターの中で大将が顔を引きつらせた。

俺は大将に黙礼した。

「なあ頼む。もういっぺんだけわしにチャンスをくれ」

言いながら蜘蛛手はテーブル下で貧乏揺すりを始めた。

「わしは今回ばかりは許すことができんのじゃ」

赤い眼が潤んでいた。

「誰だって失敗はする。悪いこともする。じゃがこの事件は、歳をくった弱い立場の街娼二人が追い込まれたんじゃ。これを糺《ただ》せんかったら警察は何のためにあるんじゃ。コンビのあんたに理解を得られんじゃったら誰にも話しようがない。頼む」

蜘蛛手が両手を膝についた。

俺はテーブルに視線をやってしばらく考え、顔を上げた。

「わかりました。協力します。歩調を合わせます。ただ、やるかどうかを決めるのは俺じゃないのはわかってますね」

　蜘蛛手が眼を潤ませたまま肯いた。

「ありがとう。感謝するで」

「係長はあの下に大八車がある確率はどれくらいだと」

「九十五パーセントじゃ」

「そこまで自信がありますか」

「死体運搬に大八車を使った。その推理に綻びはない。大八車はあそこの倉庫で確認した。そこまでは間違いない。そしてそこから持ち出されておらん。馘首《かくしゅ》覚悟で市長の家を張っておる生安の若手たちは優秀じゃ。見逃しはありえん」

　そう言ってサンマ定食の残りを箸で一気にかきこんでいく。湯飲みをつかんで冷たい番茶を飲み干した。ポケットからジャリ銭を出して二人分の定食代金を数えてテーブルに積んでいく。

「勘定ここに置いとくで」

　声をあげて立ち上がった。大将がカウンターから走り出てきて「服、すみませんでした」と頭を下げた。

「わしが悪いんじゃ。すまんかった。また寄らせてもらうで」

　片手を上げて店を出ていく。俺も手を上げて外へ出た。冷房で引いていた汗がすぐにシャツの下に滲んできた。

「フダ取れるかどうか裁判所へ行って直接聞いてみようで。感触を確かめてから上に話す」

　長髪をかき上げながら軽トラに乗り込んだ。しばらく駅前の道を南下していく。交差点を折れ、すぐにまた曲がった。そこでまた蜘蛛手がウインカーを出した。

「ここが地裁じゃ」

右手に四階建の簡素な鉄筋建物があった。岡崎署と目と鼻の先である。裁判所と知らずに何度も前を通っていた。軽トラを駐車場に駐め、サイドブレーキを引いた。建物玄関に《名古屋地方裁判所岡崎支部》《岡崎簡易裁判所》というふたつの看板が見えた。

「斜め向かいに喫茶店があるけ、そこで待っちょってくれ。押しかけたふうを作りとうない。まずは『こんなんどうじゃ』いうて軽く聞くくらいがええ」

一度しくじった家宅捜索をもう一度やりたいという請求である。強く出ると反発を買う可能性がある。二人で車を降りた。蜘蛛手が建物に入っていくのを確認してから道路への階段を下り、車が途切れるのを待って道を渡った。喫茶店に入り、裁判所が見える窓際の席に腰をおろした。

ウェイトレスが水を盆に載せてやってきた。白いポロシャツ。紺色のズボン。垢抜《あかぬ》けない髪型をしていた。メニューを差し出した。高校で初めて付き合った彼女に雰囲気が似ていた。

「大学生かい」

受け取りながら聞くと「いえ、大学院生です」とはにかんだ。

「大学院生というと何歳になる」

「二十三歳です」

「学費を稼がなきゃいけないんだな」

「はい」

「俺もバイトしながら浪人したんだ。頑張れよ」

敬意をこめて言うと、彼女は頰を染めて頭を下げた。ポロシャツからのぞく上腕に二つの青痣が見えた。ファンデーションを厚塗りしてあるが、自分も数日前までファンデーションで顔の痣を隠していたのでわかった。

視線に気付いてウェイトレスが慌てて手で隠した。

「あ、これ、家で箪笥にぶつけてしまったんです。おっちょこちょいだから……」

俺はじっと見ていた。前頭葉のあたりに浮かびかけているのだがその何かが出てこない。

「あの、注文は……?」

「ああ。そうだ。アイスコーヒーを」

メニューを返した。彼女はもう一度頭を下げ、緊張しながらカウンターへ戻っていく。その背中を見ながら上着の右ポケットから二冊の手帳を抜き出した。表紙に《岡崎1》と書いてあるほうを開いた。急いでめくっていく。何度かページを行き来し、その記述を見つけた。新崎悠人と初めて会ったときのメモ。ページをめくって彼の印象を時系列で追っていく。これは蜘蛛手に言わねばならない。

しかしその蜘蛛手は三十分たっても四十分たっても戻ってこない。手帳を整理しながら時間を潰した。二杯目のアイスコーヒーを飲みはじめたとき裁判所の玄関から蜘蛛手が出てくるのが見えた。首尾よくいかなかったのか首を捻っている。道路まで出てきて車が途絶えたところで渡ってきた。下ばかり見ているので窓際の俺に気付かない。店に入ってきて見まわし、頭を掻きながら向かいの席にどさりと座った。

「強情な女子《おなご》の裁判官での。『強制執行についての理解が乏しくないですか』じゃの『令状一通でガタガタ言うなという不遜さがあなたの態度には見てとれます』じゃの、うるさいんじゃ」

言いながら老眼鏡をかけ、大学ノートをめくった。

「疎明資料が必要じゃ。それから判子じゃ」

「請求するんですか」

「あたりまえじゃないか」

顔を上げて老眼鏡を外した。

「判事は駄目だと言ったんですよね」

「じゃがあの女子、駄目だと繰り返しておったが、わしがノートを見せてしつこく説明しておるうちに好奇心を持っておった」

「では、いけそうなんですか」

「市長のことじゃけ、また中央官界から圧力をかけるじゃろ。じゃがあの女子は間違いなく本物の裁判官じゃ。屈したりせん。あとはうちの社内のパワーバランスじゃ」

「判子は誰に？」

「署長か副か丸の三択じゃ。『竹下景子《たけしたけいこ》に全部』といきたいところじゃが、丸でええじゃろ」

「課長は前のガサの失敗がある。署長はどうですか」

「どうせ署長は丸に相談する。同じことじゃ」

「でも課長は今回失敗したら本当に飛びます。押すわけがない」

蜘蛛手は俺の顔を見て、無表情に首を振った。

そしてスマホを出してスクロールした。

「こん時間は名古屋の本部に戻っておるじゃろ」

液晶画面をタップし、受話器を耳に当てながら店の外へ出ていった。しばらくすると丸富が出たのか会話をはじめ、街路樹の下の花壇の脇に座り込んだ。顔をしかめたり髪を掻きむしったりしながら話している。そのうち立ち上がって歩道を行ったり来たりして話しはじめた。電話を切り、汗まみれの顔で戻ってきたのは三十分ほどしてからだ。

椅子に座ったその顔には朱がさしていた。

「いまから刑事部長を説得してくれるらしい。わしらも署に戻って請求書を書き直そうで」

立ち上がろうとする蜘蛛手を「係長」と止めた。

「なんじゃ」

蜘蛛手が座り直した。

「秘書の新崎君のことですが」

「彼がどうかしたかい」

「彼は折檻《せっかん》されてますよ」

「なんじゃて――」

「首筋に痣がありました」

俺は横眼でウェイトレスの位置を確認し、声を抑えた。

「俺は生まれつきの痣だと思ったんです。ちらっと見えただけだったので。でも次に会ったとき彼のその痣の色が薄くなってました。そして前と違って半袖を着てたので、別の痣も見えました。大人がそんなにあちこちいつもぶつけますか」

蜘蛛手が唸りながら上体を起こした。

「市長かい」

「DVだと思います。街中で毎夜喧嘩してるワルならともかく普通の成人男性が日常生活で痣ができるほどの暴力を頻繁に受けるなんてありえない。もしできるとしたらそれは親だけです。しかし彼の親は死んで、もういない。だとしたら親代わりの人物です。年齢も体格も違いますからバットとか角材とか、そういうものを使ってるのかもしれません」

蜘蛛手が両腕を組んだ。

「たしかに新崎君だけにはあの人は厳しいところがある。彼は少し知的障害をもっておっての。それを矯《た》めようと思うちょるようじゃ」

テーブルを見て考え込んでいたが、しばらくすると「その話はまた今度しよう。まずはフダじゃ」と立ち上がった。金を払い、外へ出た。

軽トラに乗り込んだところで俺は疑問を投げた。

「それにしてもうちの課長、よく判子にOKしましたね」

「やつは本物の警察官じゃ。圧力に屈するわけないじゃろ」

蜘蛛手の言葉に驚いた。しかしその横顔は真剣だった。

署に着くと二人で二階まで駆け上った。生活安全課の部屋には三十名ほどの課員がいてパソコンと向き合っていた。誰にも挨拶せず蜘蛛手はまっすぐに自分の机へと歩いていく。そして便箋にボールペンで殴り書きをはじめた。ガサ状請求の下書きだ。その間、俺は蜘蛛手からノートパソコンを借りて横の席に座り、この事件に対する世間の声を検索した。SNSでもネット掲示板でも〝市長の無実〟の声が九割五分以上を占め、日本の警察は無能だと別の冤罪事件まで列挙してあちこちに書かれていた。マスコミの論調が与って大きいだろうが、その論調を上手くコントロールしているのは横田市長である。彼の頭脳と政治力が改めて窺い知れた。

蜘蛛手が便箋を一枚破りとった。

「うちの刑事課長に添削してもらってくるけ、ちょっと待っちょってくれ」

立ち上がって廊下へ出ていく。蜘蛛手の筋読みに幹部が納得すればここまでの様々な情報を縦横斜めに編み直して疎明資料もできるだろう。世間の見方を無実へ傾けている横田市長、引っ繰り返そうとする蜘蛛手。一騎打ちの様相を呈していた。

蜘蛛手が戻ってきたのは四十分後である。

「刑事課長と一緒に署長室行ってきた。みんな丸から電話で聞いて知っておった。本部で丸が刑事部長を説得してくれたらしい。刑事部長が本部長を諾《うなず》かせた。一時間半後には丸が来るけ、一緒に裁判所へ行ってくる。この捜索で一気にかたがつく」

2

電気ドリルがコンクリートを砕く轟音《ごうおん》で視界が揺れていた。三人の土木作業員は炎天下で歯を食いしばりながらドリルに全体重をかけている。見ている捜査員たちも般若のように表情を歪めている。

俺の横から缶コーヒーが差し出された。

「係長もどうぞ」

炎天下だ。岡崎署の若手数人が冷たい飲物を配っていた。受け取ってプルトップを引いた。シャツの袖はコンクリートの粉塵《ふんじん》で真っ黒になっていた。

「そのあたりも縁まで剝がしてくれませんかいね」

蜘蛛手はあっちへ行ったりこっちへ来たりして作業員に大声で指示している。駐車場は四台分の広さなのでかなりの作業量だ。電気ドリルで剝がされたコンクリートの破片は横に大きな山となって積まれていく。

横田市長は縁側に座って両手でコップを持ち、静かに作業を見ている。ときどき横に座る新崎に話しかけている。

「あると思うか」

隣に立つ丸富が大声で聞いてきた。

「俺は蜘蛛手係長を信じます」

大声で返した。丸富の顔や首筋にも大量のコンクリート粉塵が貼りついていた。黒縁眼鏡のレンズは汗で曇り、その奥で目脂《めやに》だらけの瞼が震えている。丸富や岡崎署長らの努力で二転三転の末ようやくフダが下りた。相手は超大物である。今回また失敗すれば丸富や署長の責任問題では終わらない。刑事部長や愛知県警本部長まで連座しての大問題となるだろう。

今回は前回以上のマスコミが押しかけていた。その規制線テープはしかし三十メートル以上向こうに張られ、さらにブルーシートでも遮る厳戒態勢だ。県警本部や警察庁から厳しく言われているのに違いない。空のヘリコプターは前回より二機増え、四機飛んでいた。

コンクリートがすべて剝がされたのは一時間半後だった。電気ドリルのスイッチが切られ、舞い上がっていた粉塵が落ちていく。コンクリートの下には子供の拳大の砕石が敷き詰めてあった。

「ようし。ユンボの作業に入ってくれ」

等々力キャップが片手を上げげた。一人の作業員が油圧ショベルの運転席によじ登ってディーゼルエンジンをかけた。その音を聞き、離れて立っていた捜査員たちも集まってきた。

油圧ショベルが反転しては砕石を掘り返していく。ディーゼルエンジンが吐き出す黒煙で捜査員たちは咳き込んでいる。工事責任者が「作業員を休ませたい」と休憩をとっては水分を補給させた。この炎天下、立っているだけの捜査員でもきついのだから、作業をする人間には地獄だろう。

砕石を上げるこの作業には予想以上の時間がかかった。さらにその下の地盤が硬く、ドリルと油圧ショベルの同時並行作業となった。若手捜査員たちが何度も車で飲物を買ってきては作業員と捜査員に配る。捜査帽を持たぬ俺は朦朧としてミネラルウォーターを何度か頭にかぶった。

二時間ほどかけて地盤を七十センチほど掘り返したが何も出てこない。ユンボのエンジンが切られて静かになった。捜査員たちが吐息を漏らした。みな疲れきっていた。

「どうしますか」

工事責任者がタオルで汗を拭いながら丸富のところへやってきた。二人で話しはじめた。しばらくすると丸富が視線をめぐらせて人混みをかきわけた。そして蜘蛛手に近づいていく。等々力も加わって三人で話しはじめた。

しばらくすると丸富が片手を上げた。

「全体にあと一メートルくらい掘ってくれ」

「ちょっと刑事さん！」

工事責任者が大声をあげて丸富に近づいていく。

「何が埋まってるのか聞いてませんが、こんな硬い地盤の下に埋めてあるわけがないでしょう」

「いいからやってくれ」

「こっちのことも考えてよ。ありえないよ」

丸富が蜘蛛手を見た。蜘蛛手が身振り手振りをまじえて丸富に何か訴えた。しばらくすると丸富が油圧ショベルのほうを見て「あと一メートル掘ってくれ」と先ほどと同じことを言った。作業責任者がヘルメットを地面に叩きつけた。

そこから一メートル掘るのにさらに二時間ほどかかった。そこでまた「あと五十センチ掘って欲しい」と丸富が言った。工事関係者はうんざりした顔で肯いた。結局、作業は辺りが暗くなる夕刻六時半まで続いた。しかし地盤は掘るほどに硬くなるばかりで何も出てこない。

捜査員たちは肩を落としていた。一番落ち込んでいるのは蜘蛛手だった。かたわらの土の山に腰をおろして頭を抱えている。その長髪は使用後のモップのように灰色の泥で汚れていた。

3

夜の臨時全体会議では等々力キャップが悲痛な顔で頭を下げた。

「これより特捜本部は筋を読み直すことになりました……」

他の幹部たちは黙ってうつむいている。二度の家宅捜索の失敗によって特捜本部は崖っぷちに立たされた。全捜査員が別筋の鑑取りやブツ捜査に戻ることになった。横田市長からまた警察庁に話がいったようだった。

一方、愛知県警察本部では誰が横田市長の筋を強行して誰が家宅捜索までの道筋をつけたのかを調べ始めていた。本部刑事部刑事総務課の警視二名が名古屋から岡崎署まで直々に出張り、署長室横の会議室へ捜査員を呼び出しては聴取を始めた。この家宅捜索はもちろん本部も知っていたのにである。

「馬鹿げてる――」

現場捜査員たちは怒り心頭に発していたが、警察組織は時にただの役所に成り下がる。俺も一度呼ばれたが、蜘蛛手は四度も聴取を受けていた。

蜘蛛手の頬はげっそりと痩《こ》けていた。「体重が六キロ落ちてしもうた」と言うのは誇張ではないだろう。いつもカフェインの錠剤を囓っており、深夜の捜査の後は一人で生安の部屋に籠もって大学ノートを整理していた。彼の大学ノートはすでに二十一冊になっていた。

蜘蛛手を支える若手たちも水面下でしぶとく動き続けていた。とくに鷹野大介と海老原誠は蜘蛛手の指示で走り回っていた。通常分掌の仕事もやたらと増えているので消耗しきっていた。

「ドリーがいればな……」

ときどき豚足屋に集まると鷹野大介が疲れた顔でそうこぼした。緑川はグループとは離れ続けており、岡崎署盗犯の相棒と二人で別筋を追っているようだった。彼が蜘蛛手グループにいないというのはグループにとって大きなマイナスだった。

一方、蜘蛛手グループ以外の捜査員たちは自分たちがその前から睨んでいた筋も追っているようだ。どの捜査員も警察官としてのプライドを組織と同じくらい強く持っている。榊惇一と小俣巡査部長のコンビも何を追っているのか、拳銃を携行して捜査にあたっているという噂だった。

この日は夜の捜査会議の後に蜘蛛手が抱えるエスの飲食店経営者と会うことになっていたが、その経営者の身内に不幸があって流れた。

＊　＊

「今夜はわしも少し身体を休めるで」

蜘蛛手は一人で夜闇へ消えていった。

蜘蛛手の背中を見ながら俺はしばらく思案した。そしてあの店へ行くことにした。冷たいビールが飲みたかった。腕時計を見ると午前零時半である。上着を脱いで脇に抱え、夜の岡崎をひとり歩いた。

小路に入って記憶にある角をふたつ曲がり、小道を奥へ入っていく。十分以上歩いて汗まみれになったころ『台湾飯店』という朱色の電飾看板が見えた。引戸をひくと席が空いていない。酔客の奥から店主が出てきた。俺を覚えていて破顔した。

「お元気になりましたね」

彼には一番顔が腫れているところを見られていた。カウンター上の雑誌や灰皿を横によけて席を作ってくれた。

ビールを二本頼むと、すぐに持ってきてコップに注いでくれた。俺は一息でそれを流し込み、手酌で二杯目、三杯目と飲んだ。冷たさが腹から全身へ広がっていく。蛋白質を摂りたくて棒々鶏《バンバンジー》二皿と皮蛋《ピータン》二皿を頼んだ。それを食べながら二本のビールを空け、追加のビールを頼んだ。何度目かのトイレに立つと足元がふらついた。ビールで酔うなどということは珍しい。睡眠不足と疲れが原因だろう。酔いながら勘定して署へ戻った。午前三時。こんなに早く戻るのは久しぶりだ。

真っ暗な柔道場へ静かに入っていって驚いた。半分くらいの布団に人がいない。静かに服を脱いで横になった。考えてみると暗いうちに柔道場の布団に入るのは特捜本部が立ってから二度か三度しかない。暗闇で横になったままスマホを手にした。酔いにまかせて夏目直美に〔返信が欲しい〕とメールを打ち、眼を閉じた。一気に意識が溶けていった。

＊　　＊

眼を覚ますと蜘蛛手から《朝の会議は欠席する》とメールが入っていた。一人で会議に出て、終わるとそのまま訓授場で資料を整理した。ボロ雑巾のようにくたくたになっていた頭と身体が数時間のまとまった睡眠で久しぶりに恢復《かいふく》していた。

会議後いつものように午前十一時まで一眠りし、地階でシャワーを浴び、柔道場へ戻って新しい下着とシャツに着替えた。

何度かメールチェックしているが夏目直美からの返信はない。時間に余裕があると彼女のことを考えてしまう。自己嫌悪した。ネクタイを首に掛け、上着をつかんで柔道場を出た。階段を一階まで降りて玄関へ歩いていくと、ロビーのビニールソファに座る背広の視線を感じた。誰だろうと思ったら榊惇一と組んでいる岡崎署の小俣政男巡査部長である。軽くこちらに頭を下げた。俺は辺りに榊がいないことを確認し、訝しみながら近づいた。

小俣が太い猪首《いくび》を軽く下げ、立ち上がった。

「クモさんはタイヤがパンクしたんでＪＡＦ呼ぶって言って出ていきましたよ。ここで待つようにとの言伝《ことづて》です」

皺だらけのズボンのポケットから小銭入れを出し、横の自販機の前に立った。

「私はアイスコーヒーですが、同じでいいですか」

「自分で買うんでいいですよ」

「これくらい出させてください」

小俣が小銭を入れた。そして満たされたコーヒーカップを二つ持ち、ひとつを俺に差し出し、向かいのソファに座り直した。

俺は礼を言って受け取り、向かい側に座った。

小俣がコーヒーを啜りながら雑草のように伸びた眉毛を崩した。

「いつも顔合わせてるのに、話すのは初めてですね」

俺がどう答えていいのか躊躇していると「榊係長なら今さっき用事があって警務課へ行ったところです。あと十分は戻らない」と壁時計に眼を遣った。悪い人物ではなさそうだ。

「どうですか、そちらの筋は」

小俣が聞いた。

「蜘蛛手係長が相変わらず突っ走ってますよ」

軽く返すと小俣が太い声で笑った。

「でも実力者ですからね。クモさんに文句言えるのはこの署では署長くらいです。ただ頭が切れすぎるから、相棒がしっかりと手綱を引いたほうがいい」

最後に真顔に戻したのはライバル心か。彼も蜘蛛手も県警全体で古参刑事たちに名を知られる男なのだ。

「小俣部長のほうの筋はどうですか」

「何人か並行して追ってますよ。ぜんぜん進みませんけどね」

真意なのか韜晦《とうかい》なのか判断できない。しかし俺は肯いてみせた。

小俣が前屈みになって声を落とした。

「それより湯口係長。いい機会なんで話しますけども、以下、ここで留めておいてください。湯口係長がうちの生安の緑川と捜査一課の女の子を取り合ってるとか、警務課の喜多美雪を取り合ってるとか噂になってるのは知ってますか」

俺は発言の意図を考えながら、眼で肯いた。

小俣がさらに声を落とした。

「私は古い昭和男ですから陰口が嫌いでしてね。本人に話したほうがいいと判断します。あくまで私は噂を聞いた。そしてこのロビーでぶつぶつ独り言を言っている。そうしたらそれがたまたま湯口係長に聞こえている状態です。いいですね」

俺が黙っていると、眼を合わせたまま続けた。

「私は本部に上がったことはないドサ廻りですが、ずっと刑事畑なんで湯口係長の話は耳にしたことがあります。若いころ暴力問題起こしたこととか。だけども、私らのような歳になりますと、どんな男かということは面構えだけでわかるんです。まして人の真意を探るのが仕事のデカですからね。だから今回の緑川と女を取り合って三角関係とか四角関係とか、捜査一課長が湯口係長を飛ばそうとしているとか、話は五分の一とか十分の一で聞いてます」

彼がこのように言うということは榊惇一が噂を撒いているわけではないのだろう。抗弁しようとすると、小俣が平手を前に出して止めた。

「私は独り言を言いました。お互い忘れましょう」

これでは溜息をつきながらも肯くしかなかった。

「このように声をかけてもらえてありがたいと思います。でもひとつだけ聞かせてください。その件に関して榊係長は何と言ってるんですか」

小俣が一瞬きょとんとした後、ククと含み笑いしてカップからひとくちコーヒーを啜った。

「二人とも意識してますね」

そして玄関のほうを見て五センチほど尻を浮かした。

「クモさんが戻ってきたようです」

蜘蛛手が右手を上げて入ってきた。

「ボンド君。子守を押しつけて悪かったの」

小俣が立ち上がり、小銭入れを出した。

「クモさんもアイスコーヒーでいいですか」

「いや。ええです。これからガイシャが経営しておったデリヘル事務所へ行って、サンダーボール作戦を展開するところですけ」

「デリヘル事務所というと昭和堂?」

「もちろんじゃ」

「まだあそこを訪ねてるんですか」

「オレンジからジュースを搾り終わっても、わしは皮や種まで気になる質《たち》じゃけ」

小俣が肩を揺すって笑った。

蜘蛛手が片手を上げた。

「外にアストンマーチンが駐めてある。事件が解決したらまた豚足へ行こうで」

玄関を出ていく。小俣に黙礼して俺も外へ出た。

「先に飯食おうかい」

軽トラに乗るやマクドナルドへとハンドルを切った。いつものようにドライブスルーかと思いきや店内へ入っていく。そこで大学ノートをチェックしながらビッグマック十個とストロベリーシェイク四個を二人で平らげた。そのあいだ蜘蛛手は何人かに電話した。一人は鷹野大介のようだった。何かの指示を出していた。

　腹がくちくなったところで昭和堂へ向かった。手帳を見ると事務所へ行くのはこれで九度目である。従業員の老風俗嬢たちはすっかり蜘蛛手に打ち解けていた。麦茶を飲みながら客の奇矯な性癖の話で盛り上がった。一人が「今日出勤のコンパニオンの歳を足すと四百歳を超えてるわ」と言うと全員が笑った。

　その間に蜘蛛手はさりげなく新しい疑問点をいくつか質し、辞して外へ出た。軽トラを発進させたところで俺の内ポケットで携帯が鳴った。嶋田実だ。

　出ると、激しい呼吸音が聞こえた。

（湯口か……刺された……）

「なんだって？」

（ナイフで刺された……至急応援頼む……至急至急）

　声が小さくて聞きづらい。

「どこだ。場所は」

（清国町《きよくにちょう》三の五、サンシャインハイツ三〇四号室、辰田武郎《たつだたけろう》……シャブで踏み込まれたと勘違いしたようだ……いきなり……ナイフか包丁かどっちかわからん……でかい刃物……）

　かすれ声で言った。そして咳きこみながら（すまん……状況が……）と言った。

「落ち着け。傷の具合は」

（俺は太腿と手だ……佐々木がやばい、腹を刺された……。犯人は逃走。刃物を持ったままの可能性が高い……蜘蛛手係長の指示を……）

　正規分掌の筋ではないので対応を迷っているのだ。

「わかった。すぐ行くから待ってろ」

電話を切ると、鋭い眼光で蜘蛛手が見ていた。

「嶋田と佐々木が刃物で刺されました」

「どこじゃ」

「清国町三の五、サンシャインハイツ三〇四。犯人の辰田武郎は刃物を持って逃走中です」

「よし。消防署のすぐ近くじゃ。いま鷹野たちがちょうど近くにおるはずじゃ。わしらも六分で着く！」

アクセルを踏み込んだ。タイヤが軋みをあげて軽トラが尻を振った。凄まじいGが掛かって背中がシートに押しつけられた。スピードメーターは一気に八十キロを超え九十キロを超え百キロを超えていく。頬の肉が歪むほどのGがかかった。

「まずは救急車じゃ！」

蜘蛛手が大声をあげた。

一一九番通報した。

「次は鷹野じゃ！　現場に来い言いんさい！」

電話した。

「最後は丸じゃ！　出たらわしが話す！」

電話し、丸富が出たところで蜘蛛手の耳に電話を当てた。

「わしじゃ。蜘蛛手じゃ。いま、あんたんとこの嶋田実と岡崎署の佐々木豪が刃物で刺された。メモ取りんさい。現場は清国町三の五、サンシャインハイツ三〇四。救急車は手配した。西消防署のすぐ横じゃ。生安のわしの部下が近くにおる。そいつらは一分で現着するはずじゃ。わしと湯口もあと五分で着く。――――この電話切ったら、わしから特捜本部へ直電する。今日のデスクが出て、あんたに伝わる。そしたらすぐ緊配しんさい。この電話があったことは話すな。あんたは幹部じゃけ。――――着いたらもういっぺんあんたに電話する。――――すぐするけ。――――時間勝負じゃ。――――だめじゃ。あんたは嚙んどらん。――――嶋田もそんつもりでこっちに電話してきたんじゃ。わしが後で口裏合わせるけ。――――何？　ああ湯口は大丈夫じゃ。信頼できる男じゃ」

こちらに目配せし、電話を切らせた。そして「特捜本部へ直電せい」と言った。

すぐにかけ、蜘蛛手の耳に電話を当てた。

「至急至急。官姓名、岡崎署生安保安係長、警部補、蜘蛛手洋平。先ほど本部捜査一課の嶋田実巡査部長と岡崎署留置係の佐々木豪巡査がチンピラに刃物で刺されました。場所は清国町三の五、サンシャインハイツ三〇四。繰り返します。至急至急。場所は清国町三の五、サンシャインハイツ三〇四。犯人の辰田武郎は逃走中。刑事課に照会を。わしらはいま現場に向かっております。救急車は手配済み。犯人は兇器《きょうき》を持ったままですけ、緊配は全員に防刃衣着用を。以上。何かありましたらこの電話にどうぞ」

俺は電話を切ってポケットに放り込んだ。

「急ぐで」

車体のあちこちからガタガタと異音があがっていた。信号が赤に変わるところへ突っ込んでさらにアクセルを踏み込んだ。スピードメーターは百二十キロを超えていた。十字路で右から走ってきた大型ダンプがクラクションを鳴らした。蜘蛛手は派手にハンドルを切ってそれをかわした。

「近道するで」

左へハンドルを切った。車体がバウンドしながら歩道に乗った。俺は天井の手摺《てすり》につかまった。

「見てくれは悪いがこいつは４ＷＤじゃ」そのまま歩道の上を走っていく。民家の庭へ突っ込んだ。バケツや物干し竿《ざお》を吹っ飛ばした。

庭を突っ切ったところはコインパーキングだった。並んでいる車のボディを二台三台と音をたてて擦り、国道へ飛び出した。追い越し車線へハンドルを切り、車を抜いていく。四方から大きなクラクションが響いた。

二人の携帯メールが同時に鳴った。県内全域に緊急配備が敷かれたという一斉通知だった。メーターは百三十キロ近くになっていた。左にマンションが見えた。蜘蛛手は駐車場へハンドルを切ると同時にブレーキを踏み込んだ。

「ぴったり六分じゃ――」

車体が反時計回りに滑って金網フェンスに音をたててぶつかった。焦げたタイヤの臭いに包まれた。回転灯を回したままの救急車がすでに停まっていた。

二人で同時に車から飛び出した。

「三階です！」

走った。非常階段を駆け上がる。上のほうで男たちの怒声がいくつか聞こえた。三階に着くと外廊下の向こうから担架を持った数人の救急隊員が走ってくる。

「どいてください！」

救急隊員たちが走りながら大声をあげた。

「岡崎警察じゃ」

蜘蛛手が警察手帳を提示した。隊員たちは息を荒らげながら止まった。

担架の上で佐々木豪は眼を閉じていた。腹に当ててある分厚いガーゼは血まみれである。

「佐々木。わしじゃ。わかるか」

声をかけると眼を細く開け、蒼い顔で肯いた。

蜘蛛手がその髪を撫でた。

「あんたは誇りある愛知県警の警察官じゃ。こんなことでくたばるなや。みんな応援しとるで」

気になって俺は佐々木のベルトの特殊警棒のケースに触れた。警棒は中に入ったままだった。蜘蛛手がちらりと俺の眼を見た。

「すみません。そろそろ行かせてください」

点滴袋を持つ救急隊員が促した。蜘蛛手が肯いた。救急隊員たちは担架を手にエレベーターへ走った。

「湯口、すまん！」

廊下の向こうから別の救急隊員に肩を担がれた嶋田が歩いてきた。太腿を止血帯で縛られているが、ズボンは膝下まで血液でぐしょ濡れである。

「蜘蛛手係長、申し訳ありません！」

大声をあげて近づいてくる。

「傷はどうじゃ」

「俺は太腿だけです。そのあと刃物を取り上げようとして手を……それより佐々木が心配です。腹を刺されてます」

荒い息で途切れ途切れに言った。

「やつは腹だけかい」

「だと思います。でも二度か三度刺されました……俺の責任です……」

大粒の涙をぼろぼろとこぼしはじめた。

蜘蛛手がその肩を叩いた。

「犯人の辰田某ちゅうんは土屋鮎子殺害事件と関連はあるんかい」

「ないです。デートクラブの筋です。尾田映美の周辺を洗っていたんです。人着《にんちゃく》です」

嶋田が涙と鼻水を拭いながら紙片を差しだした。血のついたその紙には犯人の名前と組名、人相着衣が走り書きしてあった。

「ちょっと待ちんさい」

蜘蛛手がスマホを出して電話をかけた。相手が出たところで「捜査一課の丸富課長ですか。岡崎署生活安全課の蜘蛛手です」と言った。

「さっき特捜本部に直電したけ伝わっておると思いますが、本部の嶋田実と岡崎署の佐々木豪がチンピラに刺されました。清国町三の五、サンシャインハイツの三階三〇四。犯人人着、以下読み上げます。辰田《たつどし》武郎。辰年の辰、田圃の田、武道の武、一郎次郎の郎じゃ。四十二歳、菊田花元《きくたはなもと》組構成員――」

嶋田から手渡されたメモを読み上げていく。救急隊員の前で丸富の〝アリバイ〟を作っているようだ。丸富が何も知らないという前提で話している。

「すでにマル暴に照会しちょるはずじゃけ、辰田の詳細はそちらに聞いてみてくれ。いま現場には、わしと湯口、岡崎署生安の鷹野大介と海老原誠の四人がおる。嶋田は太腿と手、佐々木は腹を何ヵ所か刺された。二人とも意識はある。搬送先は消防のほうに確認してくれ」

そのあと何事か聞いて肯き「わかった。あんたの好きなように」と相づちを打った。そしてしばらく丸富の話を聞いている。

「それはいかん。そこんところは言われたとおりにしちょきんさい」

しかしまだ丸富がなにか言っているようで、顔をしかめている。

「お互い状況がわからんけ、電話で話しちょるとこんがらがる。あとで話そうで。切るで」

「さあ、行きましょう」

嶋田に肩を貸す救急隊員が促した。その背中を見送ってから二人で廊下を曲がっていく。鷹野大介と海老原誠が立ってこちらを見ていた。二人とも靴の上からコンビニのビニール袋をかぶせて足首のところで結んである。鷹野大介が「中には誰もいません」と言った。

俺は靴痕跡を気にしながら外廊下の端を注意深く歩き、鷹野たちの横に屈み込んで玄関の中を観察した。玄関に大きな血だまりがある。壁には手のひらや指の形で血の痕が幾つもついている。住人たちが外廊下に出てきて不安そうに囁きあっている。マンション全体に喧噪が広がっていた。

複数のサイレンが近づいていた。下から車の急ブレーキやドアを閉める音が聞こえた。

「蜘蛛手係長！」

声をあげながら制服警官が二人、拳銃を手にして廊下を走ってくる。警邏中の地域課のようだ。

「大丈夫ですか！」

年輩警官が息を切らしながら問うと蜘蛛手が首を振った。

「わしらは大丈夫じゃ。怪我をした佐々木豪と捜一の嶋田実はいま救急車で運ばれていきました。あとは医者に任せましょう。地域課のほうで規制線をお願いします」

胸の階級章は蜘蛛手より一階級下の巡査部長だが、話しぶりからすると蜘蛛手より歳上なのだろう。もう一人の若い警察官がその後ろで警察無線を握って話している。

サイレンの音が大きくなった。四方でサイレンが渦巻いている。岡崎署や機動捜査隊、管内中から警察車両が集まってきているようだ。

外階段から岡崎署刑事課と鑑識係らしき集団が走り上がってきた。すぐに立入禁止の規制線テープが張られ、活動服の男が「下がってください！　現場を壊さないで！」と両手を広げて前に出てくる。それに応じて刑事課の係長が「鑑識以外は下の駐車場へ！　いったん外の駐車場へ！」と大声をあげた。皆ぞろぞろと非常階段を降りていく。俺たちも降りていく。一階には先ほどとは違う若い鑑識課員がいて、靴カバーや頭髪カバーを配っていた。

駐車場へ出ると人で溢れていた。

「佐々木君は大丈夫ですか――」

かすれた声が聞こえた。神子町交番の鴨野次郎だった。人だかりに阻まれて途中で立ち止まりながら蒼白の顔で近づいてくる。

「大怪我だと聞いたんですが……」

地域課の巡査部長が両手で鴨野の手を包んだ。

「病院へ行きましたから心配なさらんでいいですよ」

「そんならいいですが……受令機聞いておったら大変なことになっとって……」

「ちょっと休ませろという神様の配慮でしょう」

「せっかく刑事課に引っ張られるチャンスなのに」

「それも大丈夫。彼は普段から素直ないい警察官です。みんなが認めてる。安心してください」

鴨野が頭を下げ、土埃に汚れたハンカチを出して顔の汗を拭った。そして「蜘蛛手係長、迷惑かけてすまなんだです」とまた頭を下げた。

蜘蛛手が笑った。

「なにを言うとるんですか。お互いさまじゃないですか」

榊惇一をはじめ一課三係の連中も続々とやってきて険しい視線を走らせている。白黒パト四台、覆面が十台ほど、ワゴン車が四台と、警察車両が道路まで溢れ、その横で制服の若手が笛をくわえていた。かたわらに鴨野次郎のものだと思われる鉄製の自転車が倒れている。本部の機動鑑識班が到着したところで蜘蛛手と二人で抜けた。俺は署に電話し、嶋田実と佐々木豪の搬送先を聞いた。岡崎市民病院だという。

「軽く見舞いに行って、わしらもタマを追うかい」

軽トラで岡崎市民病院へ向かった。街中のあちこちでパトカーの赤色灯がまわって喧噪状態になっている。国道で大きな検問をやっていた。蜘蛛手がクラクションを鳴らすと警杖を手に近づいてくる小柄な制服がいた。帽子をとって笑顔になった。短い丸刈り頭である。笑顔で窓越しに拳を突き出して蜘蛛手とフィストバンプした。

「現場はどんな感じですか」

声を聞いて驚いた。女だった。太い首、制服の下の肩の筋肉など、男だと思った。

彼女の問いにひとつずつ蜘蛛手が答えていく。眉間に皺を寄せて聞いていた彼女が後ろで検問中の男たちを顎でさした。

「うちの若いのはみんな優秀ですからここは蚤《のみ》一匹通しませんよ」

「鬼の都築《つづき》がおったら極道も避けて通るじゃろ」

蜘蛛手が声をあげて笑った。そして俺に「交通取締係の都築聡子《さとこ》係長じゃ。わしの飲み友達で、極真空手をやっちょる。スポーツ競技者同士じゃけ、仲良うしんさい」と紹介した。都築聡子係長が眼線をくれた。澄んだ眼を持つ人物だった。

三人で改めて敬礼して検問を抜けた。

「それにしても犯人はええ根性しちょるのう。警察官刺してただで済むと思っちょるんかいね。馬鹿たれが――」

繁華街の通りまでくると、二人組になって聞き込みをしている制服や私服があちこちにいた。みな防刃ベストを着ている。

病院に着くころには陽が暮れかけていた。遠くに残照に染まった山並が見える。駐車場に軽トラを駐めていると懐で電話が鳴った。取り出すと嶋田実だった。

「どうだ、傷の具合は」

（腿を十六針、手を八針縫われた。俺としてはもう大丈夫なんだが、一晩入院させられることになっちまった）

「思ったより大きい傷だな」

（たいしたことねえ。ラグビーでしょっちゅうだった）

「佐々木はどうなんだ」

（いま手術中だと思う。腹を三ヵ所刺されたみたいで、けっこう大変な傷だったようだ。俺がもうちょっとしっかりしてれば……）

「そう言うな。とにかく今日は休め」

（タマは？）

「すぐ確保できるはずだ。街中警察官だらけだ」

（あの野郎、一発ぶん殴ってやりてえ）

「実はいま蜘蛛手係長と病院の駐車場にいる。見舞いに来たんだ」

（なんだ。だったら言えよ。でも俺は大丈夫だ。それより佐々木を見てきてくれ）

「わかった。おまえも大事にしろ。このところ睡眠不足で疲れきってただろ。一日休んで明日からまた猪突《ちょとつ》といこうぜ」

（ありがとう）

「ところで、おまえにひとつ聞いておきたいことがある。佐々木はどういう状況で刺されたんだ」

（玄関を開けてすぐ、相手が刃物で切りつけてきた。俺が刃物を奪おうとして揉み合いになった。太腿を刺されて俺は倒れた）

「佐々木は？」

（入口に立ってた）

「何もせずに？」

（ああ。俺が倒れて見上げたら佐々木が蒼くなって立ってた。パニックになって「うおお」と叫んで犯人に抱きつこうとして何度か刺された。そのまま犯人は走って逃げてった）

「対応できなかったんだな」

（おそらく根性を見せようとして抱きついちまったんだ）

「警棒は？」

（抜いてない。パニック起こしたんだ。怖くて）

「……黙ってろよ」

（さっき聴取に来た岡崎署の刑事には『二人で取り押さえようとして刺された』と言っておいた）

「それ以上は言うな」

（わかっとる。おまえにしか言ってない。おまえも黙ってろ）

「わかった。明日また会おう」

電話を切った。蜘蛛手は内容を察したのか何も言わなかった。

蜘蛛手と二人で病院へ入り、救急受付で聞き、エレベーターで三階へ上がって薄暗い廊下を行った。ナースステーションの前に広い待合のようなスペースがあった。そこに三人掛けのビニール製ソファが二十ばかり並び、十人ほどが数人ずつばらばらに座っている。それぞれ親族の手術が終わるのを待っているのだろう。鷹野大介と海老原のコンビもいた。

二人が同時に立ち上がった。

「どうじゃ、佐々木の具合は」

蜘蛛手が聞くと、鷹野が表情を硬くした。

「いま手術中です。さっき看護師に聞いたんですが、思った以上に傷が深いようで、肺や肝臓も傷ついてるかもしれないと言ってました」

「そうかい。心配じゃの……」

「右胸を一ヵ所、臍の横を一ヵ所、脇腹を一ヵ所、傷は三つあるそうです」

説明を続ける鷹野の声が聞きづらくなった。

斜め後方、十メートルほど離れたソファで女が泣いており、その泣き声が大きくなってきたからだ。身内が倒れたのだろうか。若い女性とは思えないラフな服装で、髪も乱れ、家から飛び出してきた風情である。

鷹野が声を落とした。

「佐々木の奥さんです」

俺は驚いた。

「たしか子供が……」

「三ヵ月です」

ゆったりした服を着ているのはそのためか。声をかけるにはあまりに状況が繊細だ。

蜘蛛手が数歩離れてスマホでどこかへ電話しはじめた。しばらく話し、切って戻ってきた。佐々木の奥さんに女性警察官の付き添いを付けてくれと署に電話したという。

「付き添いが来たら、わしらもいっぺん署に戻るで」

心配なので皆で佐々木の奥さんが見える場所に座り、捜査の進捗について小声で話した。ときどき鷹野大介が立ち上がってナースステーションへ手術の状況を聞きにいった。

四十分ほど経ったころ私服の女性警察官が二人やってきた。俺は激しく動揺した。ひとりは夏目直美だった。向こうも俺を見て表情を強張らせている。

空気を読んだ蜘蛛手が鷹野大介の太い腰を叩いた。

「あんた女子二人に状況説明してから海老原と署に戻りんさい。わしらは先に行って配備につく」

そして俺と二人でエレベーターへ向かった。

軽トラの運転中、蜘蛛手は黙っていた。横顔が尖っているのは佐々木が思った以上の重傷だったからだろう。ラジオを付けるとちょうどニュースをやっていた。特別緊急配備が敷かれ、全国広域で一斉手配されたようだ。

二人のメールが同時に鳴った。佐々木豪殺人未遂事件の特捜本部が鮎子殺害特捜本部に併設されたと書いてある。本部から捜査一課の三個班、捜査四課の二個班が追加投入され、さらに豊田署や刈谷署、安城《あんじょう》署、西尾署、豊川署、蒲郡署など、近隣署から応援捜査員を三百六十三名借り上げたという。岡崎署はもちろん全署員態勢なので、総勢千名態勢だ。

署に着くと、ロビーは制服と私服が入り乱れ、大量の警察官で溢れていた。

「この紙、五百枚コピーとって！」

「危ないだろ！　押すな！」

「早くこっちの仕事も助けてください！」

「こっちもお願いします！」

それぞれ声をあげ、慌ただしく出たり入ったりしている。

訓授場に入ると立錐《りっすい》の余地もなかった。普段からパワー不足の冷房機が用を為《な》すはずもなく、すべての窓が開けられて熱い外気がゆるゆると流れこんでいた。

「本部長が来たみたいだぞ」

誰かが俺の後ろで囁いた。振り返ると、人をかき分ける制服警官の後ろから二宮和雄《にのみやかずお》愛知県警本部長と花田竹太郎刑事部長が入ってくるのが見えた。岡崎署長や丸富捜査一課長らが寄っていって腰を折った。二宮本部長と花田刑事部長も頭を下げている。

すぐに捜査の分掌が告げられていく。俺たちの組も地取りの割り当てをもらい、すぐにまた外へ出た。捜査の合間に蜘蛛手は丸富に電話しては状況を聞いていた。佐々木の手術はまだ続いているという。夜十時半過ぎに五度目の電話をしたあと蜘蛛手は長髪を掻きむしった。

「いったい何時間かかっとるんじゃ――」

午前一時半過ぎから幹部だけの捜査会議が岡崎署であり、その報告の長文メールが全捜査員に一斉送信されてきた。手術はまだ続いていると書かれていた。捜査員たちは夜を徹して犯人を追っていた。

佐々木豪が死んだという報が入ったのは午前四時過ぎである。その瞬間、愛知県全域から警察官たちの大きな嗚咽があがった。

第十五章　「殺したのはあんたじゃ」

1

早朝六時半から岡崎署で開かれた捜査会議には、緊急配備で現場を抜けられない約五百名を除く五百五十人超が集まった。もちろん全員は訓授場には入れない。多くの人間が廊下や階段、そして一階ロビー、署外玄関前にまで溢れていた。岡崎署の一般職員も徹夜で手伝っていた。

訓授場上座に座る二宮愛知県警本部長や花田刑事部長ほか、岡崎署長、丸富捜査一課長ら幹部たちは、一人ずつマイクを握り、眼を充血させて犯人逮捕への発破をかけた。

仕事の分掌表が配付され、丸富が再び立ち上がった。

「紹介したい方がいます」

隣に座る制服警官を促した。見たことがない年配者が立ちあがり、皆に向かって深々と腰を折った。丸富がマイクで佐々木豪の父親だと紹介した。瀬戸署地域課の夜勤を抜けてやってきたという。我慢していた者たちが嗚咽をあげはじめた。その涙が訓授場全体に拡がっていく。

「全員起立！」

丸富の言葉でみな立ち上がった。

それを確認してから丸富が続けた。

「県民を守るため、身を挺《てい》して殉職した佐々木豪警部補に、黙禱《もくとう》！」

場内が静まりかえった。

しばらくすると丸富が「やめ」と言った。

「佐々木豪警部補の厳父、佐々木仁巡査部長に敬礼！」

左右の革靴がぶつかるザッという音が訓授場全体に響いた。

「よし。すぐに捜査に戻れ！　犯人を逃すな！」

その檄で全員が外へと飛び出していく。徹夜だがその疲れを誰も見せなかった。

2

被疑者確保の報が無線とメールで全捜査員に報せられたのは午後三時十分過ぎ、俺たちが暴力団関係者に話を聞いているときだった。場所はすぐ近くだった。

「すぐ近くじゃ！　あの建物の向こうじゃ！　走れ！」

蜘蛛手が小路へ走り込んでいく。俺も走った。入り組んだ裏道を走り抜け、二分ほどで現場についた。

マンション駐車場で制服警察官三人が男を俯せにして抑え込んでいた。男のTシャツは破れ、肩から背中にかけて藍色の刺青が見える。その近くに別の制服がひとり立っていた、右手に拳銃を提げたまま無線機で何か話していた。

「放せ！　てめえら殺すぞ！」

刺青男は俯せにされたまま威嚇していた。手首には四本の手錠が打たれ、二メートルほど先に大きなサバイバルナイフと特殊警棒が落ちていた。抑え込む警官の一人は額から大量出血して、その血が十字を切るように顎まで流れ落ちている。別の一人も腕から大量に出血していた。住民たちが不安げに遠くから見ている。四方八方からサイレンの音が近づいている。

「どこだ、ばかたれは！」

二人の私服が革靴の硬い音をたてて走ってきた。

岡崎署のベテラン刑事と、本部五係の若手だ。ベテランが鬼の形相で腰から手錠を抜き、手首に叩き込んだ。

「この極悪人が！」

五係の若手も口元を歪めて六本目の手錠を打った。

仲間を殺した犯人を確保したとき、警察官たちはそこにいる皆で手錠を打ち込む。俺も腰から手錠を抜いた。

「待ちんさい――」

後ろから蜘蛛手の声。振り返ると、少し離れたところで誰かに電話している。その表情で誰と話しているのかわかった。

「どこだ！」

二人の刑事が髪を振り乱して走ってきた。反対側からは白黒パトが二台滑り込み、交通課の四人が走り出てきた。さらに白バイが猛スピードでやってきて若者がヘルメットを叩きつけて走ってくる。その後ろから覆面パトが突っ込んできて機捜らしき刑事二人が飛び出した。その後ろからも制服組、私服組が次々と走ってくる。遠くでも近くでもサイレンの音が渦巻いていた。

「ちょっと待ってくれ」

俺は彼らの前に立ち、両手を広げた。

榊惇一が出てきて俺の手を払った。

「どけ」

「俺の話を――」

言いかけた俺の襟首を、榊がつかんだ。

「口は閉じろ。男は行動がすべてだ」

他の者たちも「なんだ」「どうした」と険しい顔で寄ってきた。

俺は両手で榊の手を外し、ぐるりと皆を見た。

「今あそこで岡崎署の蜘蛛手係長が地域課の鴨野次郎さんと電話してます。岡崎署の方は知っていると思いますが、鴨野さんは佐々木君のお父さんと警察学校の同期で、佐々木君を息子のように可愛がってました。昨夜から自転車で被疑者逮捕のために走りまわっています。来春三月に定年です。今回のワッパは鴨野さんにお願いしませんか。あと何分かすれば、ここに来るはずです」

「なるほど」

誰かが言った。

「そういうことなら鴨野さんにお願いしよう」

別の誰かが言った。

他の者たちも「それがいい」「鴨野さんを待とう」と口々に言って蟬時雨の降る植栽の縁石に腰を降ろしていく。そして土埃とアスファルトの臭いにゴホゴホと噎せている。道路のほうから続々と車がやってきて制服や私服が入り乱れて走ってくる。先に来た者たちがそれを制して鴨野のことを話している。

蜘蛛手が電話を切りながら歩いてきた。

「説明してくれたかいね」

「いま話しました」

「佐々木の親父さんも来る。わしらはわしらの捜査に戻ろうで」

軽トラを駐めたままになっている先ほどの聞き込み現場の方へ歩いていく。俺も向かおうと手錠を腰に戻していると、榊惇一が険しい表情で近づいてきた。俺は身構えた。しかし榊は俺の腰を軽く叩いて樹陰へと入っていった。

軽トラにつくと、蜘蛛手は運転席で老眼鏡をかけて大学ノートに何かを書き込んでいる。俺が助手席に乗り込むと車を出した。ハンドルを大きく切った。その道は市役所へと続く道だった。

3

「ここはいつ来てもビーバーか白くまくんみたいに涼しいのう」

岡崎市役所東庁舎のホールを歩きながら蜘蛛手が言った。そして奥へ行きながら各課受付に並ぶ人混みへ軽く手を上げている。そのまままっすぐ歩いていってしまうので意味がわからなかったが、数秒考えて理解した。おそらくあの雑踏のなかに市長を行確させている部下たちが変装して紛れ込んでいるのだ。

職員用エレベーターの脇には先日の大柄な警備員がいてこちらを向いて立っている。二十代前半だろうか。百二十キロは優にありそうだ。蜘蛛手はサンダルをペタペタ鳴らして歩いていき、その警備員の横でエレベーターのボタンを押した。

警備員がむっとしてプラスチックプレートを二度叩いた。

「おい、おっさん。これは職員専用だ。書いたるだら、ここに」

蜘蛛手は無表情のまま警察手帳を出した。

「捜査じゃ」

「あ……」

警備員は一歩二歩と下がって大きな身体を縮め、腰を低くし、頭を下げた。

ドアが開いたところに蜘蛛手が乗り込んだ。俺も続いた。

「四階のボタン押しんさい。直行じゃ」

ボタンを押した。すぐにエレベーターが昇っていく。ドアが開いた。左右へ廊下が伸びていた。案内板の矢印に従って歩いていくと《市長秘書》というプレートのある机に女性がひとりで座っていた。その奥に木製の重厚なドアが見える。

蜘蛛手が帽子の鍔を後ろへ回しながら女性秘書に近づいた。

「横田市長に会いにきた」

「アポイントはとられてますか」

「友達の蜘蛛手が来たと市長に内線入れんさい」

「友人かどうかは私では判断しかねます」

「岡崎署の蜘蛛手じゃ」

ポケットから警察手帳を抜き出して開いた。

秘書が顔を引きつらせた。

「どういったご用件でしょうか……」

「ただの挨拶じゃ。近く逮捕させてもらいますという」

「それは……」

「あんたのボスは殺人犯じゃけえよ」

「でも……」

「入るで。めんどくさい」

振り向いて俺に顎をしゃくった。そして一人で奥へと行く。

「ちょっと待ってください――」

秘書が立ち上がった。蜘蛛手はノックもしないでドアを引き、躊躇なく中へ入っていった。

「俺も入りますよ」

俺が警察手帳を提示して聞くと、秘書は小さく二度肯いた。

市長室に入ると、そこには市長の執務机の前で仁王立ちしている蜘蛛手の背中があった。肩と同じ幅に両足を広げ、両拳を握りしめている。

「おや、湯口さんも一緒でしたか」

蜘蛛手の陰にいる横田が横へ椅子を動かしながら笑いかけた。

「突然だから驚きました。どうぞ。こちらへ」

立ち上がり、右奥のソファへと歩いていく。

「新崎君、何か冷たい飲物を用意してください」

言いながら静かにソファに腰をおろした。市長室にいるからだろう。いつもより身体が大きく見える。背丈ほどある観葉植物がいくつか置かれ、壁には《王将》という大山康晴《おおやまやすはる》の書が掛けられている。ワインレッドの深々とした絨毯が部屋の主の権力を顕していた。

蜘蛛手が尻ポケットの団扇を抜いてテーブルの上に放り投げ、向かいのソファにどさりと座った。

「さすが市長室じゃ。貧乏警察と違うて綺麗なもんじゃ」

「今日はどうされましたか」

朗らかな笑みのまま横田が言った。

「あんたが一番わかっちょるじゃろが」

横田が小首を傾げた。

「わしらの大切な仲間が死んだんじゃ」

「佐々木さんという警察官の殉職のことですね。この上に記者クラブがあるんですが、そこの記者さんから朝刊に間に合わなかった訃報があるとお聞きしました。私も心を痛めています」

「あんたが直接手をくだしたわけじゃない。じゃが、あんたからの流れでこうなった。三人目の犠牲者じゃ」

横田が肩をすくめてみせた。

蜘蛛手の表情が歪んでいく。

「あんた今日、態度悪いで。これ以上わしを怒らせな」

空気が重くなったところに新崎悠人が戻ってきた。盆の上に三つのコップを載せている。三人の前にひとつずつ置いていくと、氷が鳴り、麦茶の香りが立った。

新崎悠人はそのまま横田の脇に立っている。俺をじっと見据えるその眼には何かあったら飛びかかるという強い意志があった。俺は右足を五センチほど斜め前に出していつでも対応できるようにして視線をそらした。

「土屋鮎子を殺したのはあんたじゃ」

蜘蛛手が言った。

横田は微笑みながらコップを手にし、一口だけ含んだ。静かにコップをテーブルに戻した。

「蜘蛛手さんは今回のことで何か勘違いされてるようですね」

「勘違いなんかじゃないで」

「自信の根拠がわかりません」

「場数じゃ。あんたが政治家として経験を積んできたように、わしも三十年以上この仕事で禄《ろく》を食《は》んじょる。経験を軽んじんほうがええということくらい、あんたの歳ならわかるじゃろう」

「しかし殺人云々なんてまったく覚えがないことです」

「あんた呆《ぼ》けたんかい。呆けておらんなら覚えとるはずじゃ」

横田が静かに息をついた。

「では蜘蛛手さんが仰るように、仮に私が殺人犯だとしましょう。証拠はあるんですか」

「さあのう」

「『さあ』で私を容疑者にするんですか。あまり失礼なことばかり仰るなら、公安委員会を通して県警本部長に厳しくクレームをつけますよ。それとも首相を通して警察庁長官に話をもっていきましょうか」

蜘蛛手が険しい視線で横田を睨みつけた。

「よう言うてくれたの。わしは権力をかさにきるやつが大嫌いじゃ。あんたが脅すんなら、わしも脅しちゃる。あんたのせいで三人も死んだ。許すことはできん。今この場であんたを思いきり殴らせてもらうで」

横田が眉をひそめた。

「わしは職を失おうが刑務所に入れられようがどうでもええけえの。それよりあんたを殴るほうが優先じゃ」

「蜘蛛手さん。それ、本気で仰ってるんですか」

まったく動じていなかった。

「本気も本気じゃ。権力で脅すより腕力で脅すほうが全然ましじゃとわしは思うちょる。いや、ましどころか、あんたを野放しにするくらいなら職を失ったほうがええ。わしはそういう男じゃ。それはあんたも知っておるはずじゃ」

「べつに権力をかさにきてるわけじゃないですよ。そうではなくて、それぞれの立場というものがあります。その立場を、あなたは今回は越えすぎている」

「立場？　なんじゃそれは」

「社会的な立場です」

「そいつは残念じゃ。わしゃ、そんなこと考えたことは生まれてこのかた一度もないんじゃ」

「蜘蛛手さん――」

改めて言い、横田がまっすぐに見据えた。

「勝てると思ってらっしゃるんですか」

「あたりまえじゃ。そうでなきゃ今日ここへは来ん」

「友人にあまりこういうことは言いたくありませんが、将棋と実社会は違うんですよ」

「その言葉、あんたにそのまま返しちゃるで。申し訳ないが、これはあんたの負け戦になる」

横田の両眉尻がゆっくりと上がっていく。

「地位。経済力。頭脳。あなたには勝てる要素がなにもない」

それを聞いて蜘蛛手がニヤつきはじめた。

「前のふたつはあんたの言うとおりじゃ。じゃが最後のひとつは違うで。申し訳ないが頭脳だけはわしのほうが上じゃ」

横田が唇の端を歪めた。

「それはまた自信がおありのようですね。蜘蛛手さんにしては珍しい」

「今日のあんたは脅しが多い。焦っておるからじゃ」

「焦ってなんていませんよ」

「佐々木が死んだことがどれほど大きなことか、あんたまだわかっておらんようじゃの。こうして涼しい部屋でふんぞりかえっておられるのも今のうちじゃ」

　横田が隣に立つ新崎を見上げた。

　そしてゆっくりと蜘蛛手に視線を戻した。

「警察官は殉職すると二階級特進するそうですね。巡査だった彼は警部補になると記者さんから聞きました。おめでたいことです。それに全国の警官から香典という名のカンパが五億円ぐらい集まるという話でした。彼には奥さんがいると聞きましたが、五億もあったら一生お金には不自由しないでしょう」

　蜘蛛手の表情が歪んだ。

「もういっぺん言ってみんさい。あんた金で何でも買える思うちょるんかい」

「そうは思ってないですよ」

　横田は困惑したようにまた新崎を見上げた。

　蜘蛛手が身を乗り出した。

「五億貰おうが百億貰おうが佐々木は帰ってこんので！　ええかげんにせい！」

　テーブルの端を思いきり蹴った。コップがすべて引っくり返って麦茶が飛び散った。新崎が一歩踏み出した。それを俺は眼で牽制した。

　横田が息をついた。

「蜘蛛手さんが嫌味を言うから一言返しただけです。私だって殉職された佐々木さんのことは心から悼んでます。先ほども新聞社の人たちにおくやみを述べたばかりです。まあ、お互い言葉が過ぎましたね。申し訳ありません」

　しかし蜘蛛手の眼は般若のように険しいままだった。

　横田をまっすぐ指さした。

「わしゃ、あんたを絶対に落とすで。覚悟しときんさい」

立ち上がって絨毯を歩き、荒々しくドアを閉めて出ていった。俺もそれを追って部屋を出た。

俺がエレベーターに乗ると蜘蛛手が赤い眼で俺を見た。

「こっからが本当の勝負じゃ」

一階に着き、ドアが開いた。

「警備御苦労じゃった」

蜘蛛手が声をかけると警備員の若者が振り返り、慌てて直立し、敬礼した。

蜘蛛手がその顔を見上げた。

「あんた、名前なんていうん」

「は。小池《こいけ》と申します。小池和樹《かずき》といいます」

「いくつじゃ」

「は。二十四歳になります」

「ええ体格しちょるが何キロあるんじゃ」

「一二八キロ、いや……今は一三五キロ位あります」

「なんかスポーツやっとったんかい」

「あ、はい。大学までずっと柔道をやってました」

「ほう。柔道かい。わしの部下に鷹野大介がおるんで」

「え、鷹野さんが岡崎署に勤務してるんですか？」

「そうじゃ。柔道は引退して、いまは生活安全課で事件をやっておる」

「僕、中学時代からずっと鷹野さんのファンなんです……」

「じゃあ今度、やつも交えて一緒に豚足でも食いに行こうかい」

「ほんとですか！」

「ええで」

「ありがとうございます！」

「ところであんた。その体活《い》かして警察官にならんかい。柔道もたっぷりできるで」

「え……」

「どうじゃ」

「なりたいです！」

「警察官になったらわしゃ鷹野と一緒に仕事することになる」

「ぜひお願いします！」

「それでの、実は頼みがあるんじゃが——」

　声をひそめながら少し体を寄せた。

「なんでしょう？」

　小池も声を落とした。

「極秘任務じゃ。今日これから横田市長が帰るまで、このエレベーターから出入りする人間をすべて誰何《すいか》して名前と住所を控えてほしいんじゃ。嘘を言う可能性もあるけ、必ず免許証か何か身分証の提示を求めんさい。拒否したらわしの名前をあげんさい。岡崎警察署の蜘蛛手に言われてやっておると言えばいい」

「もしかして新聞に書いてあった殺人事件の容疑の？」

「あんた詳しいの。だったら話は早いじゃないか」

「でも新聞にはあれは警察のミスで、市長が怒ってると……」

　蜘蛛手の眼が険しくなった。

「あんた市会議員になりたいんかい」

「いえ、そんな……」

「警察官になりたいんじゃろ」

「ええ、はい。もちろんです」

「だったら、わしらの味方せい」

「あ、はい」

「犯人は市長じゃ。間違いない」

「ほんとですか……」

蜘蛛手が「声が大きいで」と人差し指を唇に当てた。小池はまわりを気にしながら小刻みに何度か肯いた。

蜘蛛手がさらに声を落とした。

「じゃけ、さっき言うたようにしておいてくれ」

「出入りした人間の名前と住所を控えておけばいいんですね」

「拒否した者はスマホで写真撮影しておきんさい。問題になったらわしが責任とるけ心配すな。今回の殺人事件が解決するかどうかはあんたの働き如何にかかっておる。頼むで。あんたの電話番号教えんさい」

蜘蛛手がスマホを出した。

そして小池が言う番号を打ち込んでいく。

「いまワン切りしたけ、番号を登録しちょってくれ。岡崎署生活安全課保安二係の蜘蛛手じゃ」

「ありがとうございます。頑張ります」

「よろしく頼むで」

蜘蛛手が肩を叩くと、小池は顔を火照らせた。

「よし、行くで」

俺を促して蜘蛛手は出口へ歩いていく。平日の昼間なのに市役所ロビーにはけっこうな数の人がいた。その多くが年配者だった。

外へ出ると西陽が眩しく、蜘蛛手が帽子の鍔を前へ回した。

「あっちへ行こうか」

駐車場の隅へと歩いていく。そしてまわりに誰もいないことを確認し、植栽横のコンクリートの縁石に座った。スマホを出して老眼鏡をかけ、スクロールして耳に当てた。

「丸かい。わしじゃ。どうじゃ、佐々木刺した極道は。――――ほう。そうかい。――――ところで朝言うておったあれ、今日の夕方やるけ」

言って、しばらく向こうの言うことを聞いている。

「大丈夫じゃ。わしとあんただけのことじゃけ。いま、やつに会うてきたんじゃが傲岸不遜そのものじゃ。このままじゃと千日手《せんにちて》になる。そうなったら迷宮入りしてやつの勝ちじゃ。――――大丈夫じゃ。本部から六個班が投入されとって、他の署から四百人だか五百人だかの応援が入って、うちも全署員態勢だったんじゃ。こんだけ警察官がおったら誰が動いたとかブンヤも指せやせん。しかもやつは政治家じゃ。敵は他にいくらでもおる。――――それでええ。そうじゃ。――――そうじゃ。それでええ。記者連中に少しほのめかしてやりんさい。まったく情報がなかったらあいつらも書けんけ。塩胡椒《こしょう》を振る程度でええ。少しでええんじゃ。――――そうじゃ。頼むで」

耳から離し、電話を切った。そして腕時計で時間を確認し「知り合いんとこ行くけ、付き合うてくれ」と立ち上がった。

4

軽トラが着いたのは商店街と交差する細い裏道だった。木造モルタルの古い二階建の前でエンジンを切った。蜘蛛手が老眼鏡をかけ、大学ノートをめくった。何かを確認しているようだ。

辺りには夕闇が垂れ込めはじめていた。農業祭のときのような人通りはなく、ただ暑い空気だけがどんよりとあった。店舗の九割以上が閉まってシャッターが降りたままだ。

「ちょっと待っちょってくれ。すぐ戻る」

老眼鏡を外して襟元に掛けながら軽トラを降りた。そのまま建物の外階段を上っていく。二階の窓には《兎村《うさむら》探偵事務所》というプラスチックプレートが貼ってあった。

俺は内ポケットから手帳を出し、先ほどあったことをペンで記していく。市長の『塩撒いとけ』という言葉を書きながら、また怒りが込み上げてくる。しばらくすると蜘蛛手が戻ってきた。

「山奥の適当な池に行くで」

エンジンをかけ、軽トラを出した。

「ここからの流れを教えてください」

「いま警察が動いたら市民の反感を買って市長の思うつぼじゃ。じゃが動かんかったら完敗して終わる。じゃあどうする。向こうに動いてもらうしかない。どうやってやつを動かすか。方法はひとつしかない。カードはその一枚だけじゃ。そのカードを切る」

しばらく行って市街地を抜けた。山沿いを走り、両側に雑木林が繁る未舗装道に入ったときにはすっかり陽は落ちていた。街灯がまったくない暗闇にヘッドライトの光だけが伸びて十五メートルほど先で消えている。あとはただただ黒い闇だ。異世界を走っているような気分になってくる。十分ほど走り、不気味な竹林を抜けたところで軽トラを駐めた。

　桜の巨樹が囲んでいるので溜池の堤防だとわかった。数えきれぬほどの夜蟬が騒いでいる。人里から離れているので地蔵池と違って堤防の外は深い草むらに覆われていた。

　蜘蛛手はヘッドライトを消さず、アイドリングしたまま軽トラを降りていく。右手にスマートフォンを、左手に旧型の携帯電話を持っていた。俺はペンライトを点けながら車外へ出た。

「飛ばし携帯じゃ。さっき買うてきた」

　蜘蛛手がフラップを開いた。老眼鏡をかけ、スマホの電話帳を見ながらその旧型携帯電話に番号を打ち込んでいく。相手が出ると喉仏を二本の指でつまみ、声色を高く変えた。

「もしもし。岡崎市の風俗嬢殺人についての情報があります」

　初めて聞く蜘蛛手の標準語だった。

「私は警察関係の者です。岡崎市の横田雷吉市長の逮捕が近づいています。――はい。そうです。あの殺人事件です。正義感からこの電話をしました。――はい。そうです。本部の丸富捜査一課長もそれは知っています。特捜本部は決定的な証拠をつかんでいます。――はい。明日、その証拠に関する情報で警察が大きく動いて逮捕が秒読みに入ります。以上、お伝えしました。失礼します」

　言ってプツンと切った。

「どこにかけたんですか」

「県警本部の記者クラブじゃ。一八四、イヤヨも押したが、こういうことはリスクをできるだけ小さくせにゃいかん。絶対に糸が手繰れんようにの」

　軽トラの運転席シートの下から何かを引っ張り出した。汚いタオルだ。それを手に荷台横へ行き、ガソリンタンクの蓋を開けた。タオルの端をこよりのように捻って中へと突っ込んでいく。そしてそれを引き抜き、携帯を包むようにして拭いはじめた。

「指紋を消すにはガソリンが一番なんじゃ」

堤防を登っていく蜘蛛手の足元をペンライトで照らしながら俺も続いた。上までいくと携帯を地面に置き、タオルをしぼってその上にガソリンを垂らした。

「念には念じゃ」

呟きながらライターで火をつけた。黒煙をあげて携帯が燃えはじめた。異臭とともにプラスチック部分が小さな泡を吹いて溶けていく。炎のなかで金属基板が歪むのが見えた。やがて火が小さくなり、消えた。

蜘蛛手が手元の草を束にしてむしり、それを鍋つかみのようにして黒焦げの塊を持った。助走をつけて池の中央へ向かって投げた。草だけがぱらぱらと目の前で舞い、しばらくすると暗闇のなかでぽちゃんと音がした。

「この池はもう溜池として使っておらんけ、水抜きはない。完全犯罪じゃ」

腕にたかる蚊を叩きながら堤防を降りていく。

軽トラに乗り込んで再び林道の悪路に揺られた。

県道へ出た。

「確認しておきたい資料があるけ、署に寄るで」

カーラジオをつけた。女性歌手の甘ったるいバラードが流れてきた。大学野球部のコーチがカラオケでよく歌っていた。曲が終わるとニュースになった。佐々木豪殺害についての続報をいくつか話した。すべてのニュースが終わって天気予報になった。今日も列島各地で酷い暑さになったが、小笠原諸島《おがさわらしょとう》の南から大きな台風が近づいており、明日から九州と四国の天気が崩れそうだという。

番組が切り替わるときにちょうど署に着いた。

駐車場に軽トラを駐め、蜘蛛手が降りていく。

「十五分くらい待っちょってくれ」

玄関から仕事を終えた者がぱらぱらと出てきては互いに軽く片手を上げて闇のなかへ消えていく。どの背中にも仲間の死を背負って過ごした長い一日の疲労と寂寥があった。彼ら彼女らの姿をぼんやり眺めながら、特捜本部が立ってからのことを考えた。はじめはスピード解決すると思われていた事件だったが、泥沼に足を取られるように捜査は難航に難航を重ねた。そして家宅捜索の二度の失敗。さらに佐々木豪の死にまで行き着いてしまった。

さまざまな出来事を思い返しているうち、知らずうつらうつらと眠りに落ちかける。そのたびに首ががくんと折れて覚醒した。一昨夜が三十分睡眠、昨夜は徹夜。そのままこの時間まで働いていた。そして今日も徹夜となるだろう。

蜘蛛手が戻ってきたのは三十分ほどたってからである。片手に紙袋を提げていた。

「遅うなってすまん。コノハ警部が握り飯をくれたで。いつもありがたい」

運転席に乗り込みながら、俺の膝に袋を置いた。中を覗くとラップに包まれたお握りが七つ八つ入っている。

「あれは佐々木の親父さんじゃないかいね」

窓外を見て蜘蛛手が言った。署長と警務課長、そしてもう一人の制服が三人で署の玄関から出てくる。たしかに佐々木豪の父親だ。

玄関で署長たちに繰り返し頭を下げている。その篤実な所作に胸が痛んだ。署長たちと別れ、眼の前のタクシーへと近づいていく。彼のために呼ばれたタクシーのようだ。

「ちょっと挨拶してくる」

蜘蛛手が軽トラから降りて走っていく。タクシーの横で頭を下げ合い、二人で話を始めた。五分ほどすると蜘蛛手がタクシーの中に首だけ突っ込んで運転手に話しかけている。タクシーは誰も乗せぬままドアを閉めて走り去った。

蜘蛛手がひとりで軽トラのほうに戻ってきた。そして厳しい顔で助手席のドアを引いた。

「あんたも来てくれ」

肯いて俺は軽トラを降りた。

俺にも佐々木の父は丁寧に腰を折った。

「瀬戸署の地域課におります佐々木仁と申します。息子がたいへんお世話になりまして」

眼窩《がんか》全体が黒くなって落ちくぼみ、心身の疲れが極限に達しているのがわかった。

俺が恐縮しながら頭を下げると、蜘蛛手が横で長い溜息をついた。

「親父さんが言うには、息子さん、いろいろ相談しちょったそうじゃ」

「相談――?」

佐々木仁が潤んだ眼を向けた。

「ええ。捜査本部の手伝いをさせていただいてから、息子はもう喜び勇んで仕事をしておりました。私は心配で何度か電話をしたんですが、こんなことを教えてもらった、あんなことを教えてもらったって、それは喜んでました。湯口係長からはじめに御指導いただいたということも息子から聞いてました」

「指導というほどでは。たった一日ですから」

「いえ。よほど豪にとって印象に残ったのでしょう。湯口係長の話は何度もしていました。ただ、豪にとって重荷になることがあったようで、それをもっと聞いてやっていればと今になって後悔するばかりで……」

「何かあったんですか」

「幹部の方から、ある人物の情報を集めろと命じられていたようなんです」

「幹部？」

「息子もはっきり言わなかったんです。下命のひとつだから、警察官だからしかたないとぶつぶつ言ってました。ところが一週間ほど前に『騙されてた。あれは職務上のことでもなんでもなかった。自分の女の身辺についていろいろ調べてたんだ』とかなり激した電話がかかってきましてね」

じわりと汗ばんだ。幹部とは緑川以久馬のことだろう。普通は巡査部長を幹部とは呼ばないが、巡査の佐々木豪からすれば幹部である。緑川が女がらみで誰かのことを調べていた。俺のことしかないではないか――。

佐々木の父が察したように重たい息をついた。

「私にも具体的な話はしなかったのでよくわからなかったんです。ところがヤクザに刺される三日ほど前、深夜に泣きながら電話があったんです。あまりに泣くので『男のくせにいつまでも泣いてるんじゃない』、『詳しく話さんと俺もわからん』と怒ったんです。そうしたら初めて名前を言いました。その幹部が親密にしている女性が署内にいて、その女性がどうやら湯口係長のことを気にされてると」

間違いない。胸郭のなかで心臓が揺れた。

「その幹部は捜査本部が起った初日からずっと湯口係長の言動を豪に報告させていたんです」

「幹部というのは？」

思いきって聞いた。

「副署長さんです」

混乱していると、蜘蛛手が溜息をついた。

「わしも驚いたが、長谷川のやつ、いま喜多美雪と不倫しておるようなんじゃ。喜多があんたに憧れとるのを知って嫉妬しちょったんじゃろ。じゃけ佐々木にあんたの言動をチェックさせておったようじゃ」

思いもしないところから思いもしない名前が幾つも出てきて脳内で糸が煩雑に絡まった。類推するに、捜査一課に早大野球部出身の人がいて云々と長谷川に以前から話していたのだろう。そして今回、三係が出張ってきて嬉々とし、長谷川に言ったのではないか。長谷川はもともと俺を知っていたし、反《そ》りも合わない。疑心暗鬼になって動いた。何度か佐々木豪が相談したそうな愁訴を送ってきたことを思い出した。彼は挟まれて苦しんでいたのだ。

佐々木仁が静かに息をついた。

「ここだけの話にしてください。私も警察官ですから口は堅いほうです。四十二年間の奉職のなかで言っちゃならんことは腹におさめて仕事をしてきました。しかし息子も死んだことですし、なにより湯口係長にご迷惑がかかるようなことを息子がやらされていたということに、さすがに気分を害しまして。ですから湯口係長と蜘蛛手係長だけには話して……」

言葉を詰まらせて下を向いた。

「長谷川の野郎！」

俺が拳を握ると蜘蛛手がその手首を強く握った。厳しい眼で俺を睨みつけた。しばらく睨み合いになった。最後は仕方なく佐々木仁に頭を下げた。

「豪君に負担をかけて本当に申し訳ないです。許してください」

佐々木仁は首を振った。

「湯口係長が謝る必要はありません。でも正直にいえば副の長谷川さんと喜多美雪という女性には言いたいことがあります。しかし御存知のとおり、警察というのは外部に対して完全に閉じているからこその組織です。私が行動を起こしてそれが何かの拍子に外に漏れてしまったら、組織全体に迷惑をかけてしまいます。だから私は静かに耐えます。豪本人だって『お父さん、愛知県警の迷惑になるようなことはしないでくれ』と言うでしょう。でも最後に湯口係長たち捜査一課の人たちに接することができて幸せだったと思います」

俺は黙ってまた頭を下げた。

「私と妻が二人して好きな写真がありましてね。豪が産まれたばかりのころの写真です。ベビーベッドで寝ている彼の横に私の制帽を置いて写したものなんです。葬儀のときはそれを引き伸ばして飾ってやろうと思ってます。警察官の息子として生まれ、警察官になって、警察官として殉職することができました。……こんなに幸せな警察官がいるでしょうか……」

佐々木仁が大粒の涙をこぼしはじめた。ハンカチを出して声を震わせた。

「唯一の後悔は、本当はこんなことを組織人である私が言ってはいけないのでしょうが、私服じゃなければって思ったんです……制服で対応していれば腰に警棒がある。剣道部出身の豪がヤクザの刃物ごときに慌てることもなかったんです。地域課で地に足をつけて勤めておればよかったんです……いろいろ考えてしまいます……」

泣き続ける父を前にして、俺たちは黙っていた。

父は二つのことを知らないのだ。

昨年暮れ、職質相手が地域課の先輩を角材で殴り倒して逃げたとき、佐々木豪は足がすくんで警棒を抜くことすらできなかったことを。そして今回も警棒を抜けず、パニックを起こして抱きついたときに刺されたことを。しかし警察官として死よりも怖ろしいレッテル「勇気のない男」という恥が父親に伝わらないように多くの先輩、多くの上司が細心の注意を払ってくれているのだ。その優しさこそ警察が一家たる所以《ゆえん》なのだ。警察官であるかぎり互いが互いを守り合う。しかしその警察一家に居たがために、彼は急《せ》かされるように勇気を証明しなければならなかった。彼は警察官という仕事に向いていなかったのだ。警察官という名の拘束具を纏《まと》う仕事に。

佐々木仁が頭を下げた。

「通夜の準備がありますのでそろそろ。いつまでも泣いていたら豪に怒られてしまいます」

蜘蛛手が電話でタクシーを呼んだ。佐々木仁はそれに乗った。見えなくなるまで何度も振り向き、頭を下げていた。

蜘蛛手が息をついた。そしてどこかに電話をかけて耳に当てた。

「岡崎署の蜘蛛手じゃ。どうじゃ。――――他はどうじゃ。――――よし。わかった。いつか一緒に働けるのを楽しみにしとるで。よろしくの」

言いながら切った。先ほど市庁舎で会った大柄な青年警備員だろう。

俺を振り返った。

「明日の朝、このまま一気に決着をつける。わしも本当はわかっちょる。頭脳においてもやつの方が上じゃ。長引けばわしに勝ち目はない」

これまで見たことがない獰猛な眼をしていた。

第十六章　最後の賭け

1

佐々木豪の父と別れた後、やりきれなさを抱えたまま二人で軽トラに乗り込んだ。運転しながら「これから深夜にかけて最後の仕込みをし、明日の早朝、暗いうちに決着をつける」と蜘蛛手は言った。そして今夜の計画の流れを時系列で話した。

「そんなに上手くいくでしょうか」

「かなり向こう有利で動いておる。さっき丸と話したが、市長は本当に警察庁から圧力をかけたようじゃ。じゃけ県警組織としてはもう動けん。わしと丸の二人で何とか隘路を開くしかない。最後の賭けじゃ」

交差点を曲がって県道を走っていく。

岡崎市内は今日も凪がなく、重さのある空気がねっとりと淀んでいた。車窓を流れる夜の灯りをぼんやり眺めながら俺は佐々木豪のことを考えた。彼は自分が死んだことをどう思っているのだろう。警察社会が孕む伝統的なマチズモに浸りきって「死は後悔していない」と考えているとしたらあまりに悲しい。残された父母のことも、若い妻のことも、生まれてくる子供のことも、彼の頭のなかから抜け落ちていたことになる。その陥穽にはまっている警察官はしかし驚くほど多い。俺自身もまさにその只中にいる男だ。

「それが警察官というものだ」

ベテラン勢にそう言われれば「そのとおりです」と答える。そして後輩たちへ言い繋ぐ。「それが警察官というものだ」と。間違ってはいない。現場のそうした〝男較べ〟のような体質が警察組織を内から堅固にかため、凶悪犯罪や広域暴力団、反政府組織やカルト教団とも戦ってくることができたのだ。しかし、と俺は思った。

二人のメールが同時に鳴った。内ポケットから抜き出すと横田市長を行確している生安の若手である。横田に夕熊町《ゆうぐま》での酒席が入り、帰宅はおそらく九時くらいになるだろうと書いてある。

読んだ蜘蛛手が片手でハンドルを叩いた。

スーパーで大きな西瓜《すいか》をふたつ買い、さらにホームセンターに寄って大型消火器をふたつとキャンプ用シートを買った。

「これで万端じゃ」

県道を二十分ほど走って軽トラが入っていったのは市長宅の向かいの空地である。いつもとは逆側から入っていくとかなりの広さがある矩形の空地であることがわかった。集落の何軒かを潰したのか。あるいはもともと農地だったのか。宅地でいえば二十軒から三十軒分ほどにもなろうか。そのほぼ半分を腰から胸ほどもある草むらが覆っており、軽トラが隠れるので都合がいい。辺りには廃車らしき車が何台も放置されており、瓦礫《がれき》の山もいくつかある。軽トラが一台駐まっていても誰も不審には思うまい。

蜘蛛手がエンジンを切ると、虫たちの声が車を包み込んだ。駐めた場所は市長宅から百メートルといったところか。腕時計を見ると午後八時を十分ほど過ぎたところである。

蜘蛛手が座席後ろのスペースに片手をねじ込んだ。手探りで何かを引っ張り出した。双眼鏡である。

「暗視スコープじゃ。中東の傭兵《ようへい》部隊やアフリカで夜行性動物を研究する学者も使いよるプロ仕様じゃ」

「どうしたんですか、こんなもの」

「うちの保安係の裏備品じゃ。外を見てみんさい」

覗いてみた。全体が薄い緑色に見えるが、たしかに明るい。暗闇が夕方くらいには見える。

「市長が帰ってきたら教えてくれ」

蜘蛛手は老眼鏡をかけて大学ノートを広げ、ペンライトを点けて弱光にダイヤルを調整した。光がノートに反射し、蜘蛛手の顔に眼鏡の影を作った。

俺は助手席のドアを少しだけ開け、両足を出して地面に着けた。そして革靴を半分脱ぎ、靴に籠もった昼の熱を逃す。窓枠に両肘をついて暗視スコープを覗くとあちこちで蛾が舞っていた。しかし蛾にしては大きいなと、よくよく見るとコウモリである。野良犬が首を左右に揺らしながらそれを見上げている。肉眼だと犬が暗い空をぼんやり仰いでいるようにしか見えない。鮎子や映美が過ごした人生はこの暗視スコープの中の景色のようなものだったのかもしれない。彼女たちには他の者が見えない暗い景色が見えていたに違いない。

俺はスコープを構え直し、草むらの隙間から市長の家の内を窺った。

生安若手からメールがあったのは午後八時四十分過ぎ。横田市長が夕熊町の料亭を出たという。

九時十分頃、クラウンらしき車が市長宅前の細い道に入ってきた。

「帰ってきたようです」

暗視スコープを覗きながら俺は言った。

蜘蛛手がペンライトを消し、ノートを閉じる音がした。

「間違いないかいね」

「いま確認しています」

クラウンは横田家の前で停まった。運転席から男が降りた。新崎《しんざき》悠人だ。歩き方でわかる。

「秘書が降りました。間違いありません」

新崎が左後部座席へまわってドアを引いた。横田市長が出て門へ入っていく。その後ろから鞄を抱えた新崎が続いた。しばらくすると手ぶらの新崎がひとりで戻ってきて車を駐車場へ入れ、また門をくぐって中へと消えた。

「二人とも家へ入っていきました」

そう言って振り返ると、蜘蛛手が眼を光らせていた。

「三十分くらい経ってから行くで。市長は帰宅したらシャワーで汗を流してビール一本と日本酒一合を飲む。それから風呂を沸かして本格的に湯船につかるんじゃ。酒を飲んじょるときに急襲する」

俺はスコープを持ち直して門を注視した。万が一、また外出したら困る。

蜘蛛手がノートを閉じたのは、ぴたり三十分後である。

「さて、行くとするかい」

静かにドアを開けた。俺も革靴を履き直し、車外へ出た。蜘蛛手が荷台の西瓜を両手に提げてこちら側へまわってきた。

「あんた、こいつを玄関から持っていってくれんかいね」

「市長に渡せばいいんですね」

「そうじゃ。新崎じゃのうて市長本人に直接渡してくれ。会話をできるだけ長引かせちゃってくれ。五分、いや三分でええ。その間にわしはこのＧＰＳ発信機を仕掛ける」

蜘蛛手は手に四角いものを持っていた。煙草の箱の半分くらいのサイズだ。「行こうで」と草むらをかきわけて歩いていく。俺は後ろから続いた。

市長宅の巨大杉の夜蟬が近づいてくる。いよいよその声が上方から聞こえる場所まで来ると、蜘蛛手が止まり、振り返った。

「頼むで。できるだけ長引かせんさい」

囁いてから門へと近づいていく。サンダルを脱いでそれをジーンズの尻ポケットにねじ込み、こちらを見て顎を振った。先に入れというのだ。俺は門を入って中庭を注意深く歩いた。振り返ると蜘蛛手も門の中に来て、左の暗がりへ腰を屈めて入っていく。前を見てもういちど振り返ったときには蜘蛛手の姿は消えていた。

玄関に立ち、深呼吸してから呼び鈴を押した。しばらくするとインターフォンのスピーカーから割れた声が漏れた。

「どなたですか」

新崎悠人の声だ。

「愛知県警の湯口です」

インターフォンの向こうが静かになった。手で受話器を押さえたのか後ろの雑音が消えている。しばらくすると「お待ちください」と言って受話器を置く音がした。

ややあって木製の引戸がガラガラと開いた。新崎である。「どうぞ」と土間へ通してくれた。

俺は両手の西瓜を持ち上げた。

「蜘蛛手係長からです。市長にお届けしろと」

新崎が困ったようにそれを見ている。後ろから「これはこれは、湯口さん」と浴衣姿の横田が出てきた。にこやかな顔をしている。

「どうぞお上がりください」

両膝をついて、スリッパを並べた。

「俺はスイカを届けにきただけですから」

それとも長引かせるために上がったほうがいいのだろうか。

「そんなこと仰らないで、どうぞ」

横田がまた柔らかにスリッパを勧めた。しかしすぐにその顔から笑みが消えた。視線は俺の後ろへ移っていた。振り返ると蜘蛛手が立っていた。

「そんスイカは、あんたへの餞別《せんべつ》じゃ」

「餞別？」

「あんたに、さよならの道を敷いてやろうと思うての」

横田が苦笑しながら首を振った。

「私がどこへ行くんですか。この歳で東京に戻ろうなんて気持ちはさらさらないですよ。老後は地元でゆっくり過ごさせてもらいます」

「ゆっくりはしてもらう。じゃが刑務所の中でじゃ」

横田が大きく息を吸い、蜘蛛手から視線を逸らさぬままゆっくりとその息を吐いた。

「いまの言葉、覚悟があって発言したんでしょうね」

「男に二言はないで」

「別件逮捕なんていったらマスコミも世間も黙っていませんよ」

「心配すな。きっちり本件で逮捕して、正規の手続きで起訴しちゃるけ。容疑はもちろん殺人と死体遺棄じゃ」

「しつこい人だ。本当に職を失いますよ」

「あんたを刺す時点でわしは辞職する肚《はら》は決めちょる。こんだけ長う付き合うてきて、それがわからんかい」

横田の表情にちらと変化があった。驚きではない。怒りでもない。怯えでも悲しみでもない。

「どういう結果になってもわしは肚は括っちょる。友達を刺すんじゃ。自分も何かを捨てにゃ申し訳がたたん。じゃけ、わしの一番大切なもんを捨てる。愛知県警じゃ。わしのすべてじゃ。捜査本部が解散したら辞めるつもりじゃ」

予想だにしていなかった言葉に俺は息が詰まった。この世代の警察官たちのように俺は仕事に打ち込んできただろうか。愛知県警を愛してきただろうか。

横田の顔を、蜘蛛手はじっと見据えている。

「わしは本当の友達じゃ思うて付き合うてきた。あんたが市長だからじゃない。金持ちだからでもない。大臣だったからでもない」

「そんなことはわかってます」

「わかっちょらんじゃろが！」

蜘蛛手が激した。

「本当に心の底からわかっておったら、そんな態度はとれやせん。あんた、わしを馬鹿にしちょるんかい」

大粒の涙を落としはじめた。

「あんたの奥さんが亡くなり、わしも女房に逃げられた。将棋を指しながら二人で茶漬けを食った。漬け物の尻尾を囓って酒を飲んだ。裏の川で置き針してウナギを捕った。あんたのその飾らん性格がわしは好きじゃった。じゃが、わしはいま、あんたのことが嫌いになりそうじゃ。みんなただの思い出になっちまうんかい。男の別れがそれでええんかい」

子供のように片腕で涙を拭っている。横田は床に両膝を突いたまま視線を落とした。

蜘蛛手が涙目の顔を上げた。

「横田さん……最後の助言じゃ。本当はこんなこと言うちゃいかんのじゃが、卑怯なことはしたくない。明日、朝の十時からこの屋敷にもういっぺん家宅捜索が入る。近隣署も合わせて捜査員百九十名、鑑識六十名、本部の科学捜査研究所も一緒に来て総掛かりで徹底的にやる」

横田は視線を落としたままだった。

「それからゴミ捨て場じゃ。あんたラブホの十一階を岐阜の清掃会社に掃除させたじゃろ。そのとき出た絨毯やらベッドやら調度を処分した。それが捨てられた不燃物の捨て場にも三百五十人の捜査員を投入して全部さらって、徹底的に調べる」

横田を見据えたまま蜘蛛手が続ける。

「鑑識の神様じゃ言われとる伊藤清市《いとうせいいち》さんも出張ってくる。あの人が出てくりゃ、どんな小さいことも見逃さんで。睫毛じゃろうが皮膚の角質じゃろうが、なんでも来いじゃ。あんたも去年、NHKの特集で見て感動した言うておったよの。地元愛知県警に日本一の鑑識がおるのが誇りじゃいうて。そのとおりじゃ。あの人はわしらの誇りじゃ。じゃが、あの人だけじゃのうて、一人ひとりの仲間がわしらの誇りじゃ。この暑い日に町中を自転車で走りよる地域課の先輩たちも、警務課でわしらの保険手続きやら何やらやってくれよる女子たちも、みんな誇りある仲間じゃ。そしてもちろん刺されて死んだ佐々木豪もじゃ。ええかい。仲間がひとり死んだんじゃ。愛知県警をなめなや。あんたが娑婆《しゃば》の空気吸えるのも今夜限りじゃ」

蜘蛛手は震える手でジーンズのポケットから何かを引っ張りだして床に放り投げた。それは床板を滑っていき、横田の前で止まった。皺だらけのカラー写真だった。

「そん写真、なんかわかるかい」

蜘蛛手が聞くと、横田は視線を写真へ移した。

「あんたが昔吸っておったハイライトじゃ。鮎子さんのジュエリーボックスの二重底に一本だけ隠してあった」

横田は黙って見ている。

「彼女と付き合うておりながら、あんた何がなんでもそれを世間に隠そうとしたじゃろ。風俗嬢と付き合うておることを知られとうなくて。あんたはその歳になっても立場に恋々《れんれん》としておるくだらん男じゃ。わしはそこは軽蔑するで。彼女はあんたのことが好きじゃけ仕方ないことじゃ思うておった。じゃけあんたがおらんときに煙草の箱から一本だけ抜いて、何年も大切に持っておった。いったい何年前のものなのか、枯草みたいな匂いがしたで。ときおり取り出してはあんたを思いだしておった。彼女がどんだけあんたのことを好いておったかわかるかい」

横田が無表情の顔を上げた。

その能面を蜘蛛手がじっと見た。

「わしも恋愛で苦しんだことがある。今でもときどき嫉妬に狂う。浅瀬でぽちゃぽちゃ遊んでおるうちは恋愛とはいえん。足の着かんところで溺れたところからが恋愛じゃ。あんたら二人は深い海で愛しおうておった」

横田がゆっくりと首を振った。

「私はその女性とお付き合いしたことはないし、殺してもいません」

表情からは何も窺えない。

蜘蛛手はしばらく横田の顔を見てから踵を返し、サンダルの音をたてて玄関を出ていった。

俺は西瓜をふたつ掲げた。

「これ、どうしますか」

「そちらで召し上がってください」

横田は、蜘蛛手の残像の方を見たまま言った。そして落ち着いた所作で膝をあげ、奥へと戻っていく。新崎が困惑しながらそれに続いた。

俺も蜘蛛手を追って玄関を出た。

暗い門をくぐったところで人の気配を感じた。

「湯口さん――」夜闇から声がかかった。驚いて立ち止まると二つの影がある。眼をこらした。街灯が逆光になっていて顔が見えない。

一人が近づいてくる。

「俺です。上田《うえだ》です」

県警本部記者クラブの記者だった。

「ちょっとお尋ねしたいことがあって。いま出てきた人に聞いたら、後ろから本部の俺が出てくるからそいつに聞けと。それから中に入って市長に直接聞いてこいって」

「蜘蛛手係長が？」

「蜘蛛手さんっていう方なんですか。岡崎署の生安だって言ってましたが、刑事じゃない人に聞いても仕方ないし――」

「おまえ蜘蛛手係長をなめとるのか」

俺の口調に、上田が気圧されたように半歩下がった。記者連中は生安畑や交通畑をひとつ下のランクに見ているところがある。地域課のことは警察官とさえ思っていないふしがある。

「俺たちはみな同じ愛知県警の警察官だ。二度とくだらんこと言うな」

俺の言葉に上田が肩をすぼめ。

「それでどうした。何かあったのか」

「実は風俗嬢殺しで横田市長の逮捕が近づいているという情報がありまして」

「誰だ、そんなこと言っとるのは」

「誰がとはこちらも言えないのですが、最初に情報握ったのがうちの社の本部のクラブ員で。さっきそいつが丸富課長に会って聞いたら、どうやら本当のようで」

「課長が何か言ったのか」

「ええ。まあ……」

曖昧な返事をした。

俺は舌打ちした。そして険しい顔を作って「他の社はつかんでるのか」と聞いた。

「日経さんも知ってるみたいです。実は今日、僕は休みでたまたま西尾市の女房の実家にいて、キャップから電話があったんで車を飛ばしてきたんです。こいつは岡崎支局のやつです」

後ろの若者を親指でさした。たしかにときどき岡崎署内でみかける。

「どうして日経も知ってるんだ」

「うちのキャップが借りがあったんで耳打ちしたようです。そろそろ来るかと」

腕時計を見た。

そして、こちらの表情を窺うように上目遣いになった。

「逮捕が近いのが本当かどうかだけでも教えてもらえませんか」

「課長に聞いたなら俺に聞く必要はないだろ」

「聞いたといっても具体的には――」

「じゃあ、市長に聞いてきな。本人に」

言い捨てて軽トラへ向かった。

「湯口さん――」

後ろから上田がすがった。俺は振り向かなかった。何度か呼ばれたがその声が次第に遠ざかっていく。今のところ蜘蛛手の想定どおりに進んでいるようだ。それにしても――と俺は反省した。上田が困惑していたのは今まで俺が彼らに賛同しているように見えたからだろう。体育会出身なので長幼の序は尽くしてきたつもりだが、交番で鴨野次郎に会ったとき、あるいは署内で三郷地域課長に会ったとき、きっと自分は第三者から不遜に見えたのだ。だから蜘蛛手はあんなに怒ったのだ。今、はっきりと理解できた。

街灯の光が届かなくなったところで民家と民家の間の路地へ入った。そして上田たちと充分に離れたところで暗い空地へサイドステップした。丈の長い草むらをかき分ける。虫の声が四方で湧いている。青草の香り。土の香り。倒れた枯草を踏むたびにパキパキと音が鳴った。

空地の奥へ入っていくと軽トラの中でペンライトの光が揺れていた。草むらを分けて近づいていく。蜘蛛手は大学ノートを開いて頭を掻いていた。俺は荷台にふたつのスイカを置き、助手席のドアを引いた。

「明日の家宅捜索というのはもちろんブラフですよね」

聞きながら乗り込んだ。

蜘蛛手が老眼鏡の上から眼を覗かせた。そして紙袋からお握りを取り出した。

「握り飯を食うて、そのあとでお待ちかねのスイカといくかい」

「市長がスイカを受け取らないって、わかってたんですか」

「わしが食いたいけ買《こ》うただけじゃ。人間ちゅうのは駆け引きがストレスじゃけ、こういうときのプレゼントは拒否する。鷹野と海老原と緑川を呼んであるけ、スイカはひとつ残しておくで」

俺が言葉を止めると、蜘蛛手が短く息をついた。

「大丈夫じゃ。緑川は来《こ》やせん。あいつの性格はわかっておる。声をかけんと、もっと臍を曲げる。難しい人間なんじゃ」

俺は外の暗がりに眼をやった。

「あんたの気持ちはわかる。じゃが、緑川は何も知らんかったんじゃ。喧嘩売るつもりだったわけじゃない。じゃけ許しちゃってくれんかい。あんたら二人が喧嘩しちょるとわしもつらい。このヤマがどんな結果になっても、緑川と手打ちしちゃってくれんかいね。あんたも――」

聞きたくなくて眼を閉じた。虫の音に集中し、耳を澄ました。蜘蛛手の声が小さくなってくる。草むらからあがる虫の声が大きくなっていく。リーリーリー。コロコロコロ。チリチリチリチリ。子供のころ住職の伯父が「ジージーと鳴くのはオケラの声だ」と教えてくれた。空地で孤独に遊んでいた少年時代の自分を思い浮かべた。

横でラップがカサカサ鳴る音で我に返った。

蜘蛛手がお握りを出してかぶりついた。

「やっぱりコノハ警部の握り飯は最高じゃ」

膝にこぼれた米粒を指先でつまみながら言った。

「前のコノハ警部はつれないやつじゃったが、いまのコノハ警部は優しうしてくれる」

「中に入ってる人が変わったんですか」

「前は交通安全協会の人が入っておったが、最近、変わったんじゃ。新しいコノハ警部になってから握り飯をくれるようになった」

「どうして？」

「あんたに食べてほしくてに決まっておるじゃろ。わしはおまけじゃ」

「どういうことですか」

「元気出してほしいんじゃろ」

「誰がですか」

「岡崎署の若手男女が持ち回りで握っとるようじゃ」

なるほど。そういうことか。

「食いんさい。今夜は長うなる」

ラップに包まれたお握りを二つ、俺の膝に置いた。

そのとき一台の車が空地に入ってきた。草むらのなかに隠れると、ヘッドライトが消え、エンジンが止まった。ドアが開き、誰かが出てきた。

「おそらく鯨君じゃ」

蜘蛛手が言って車外へ出ていく。俺も出た。

草むらを近づいてきた影は、はたしてバッグを肩にかけた鷹野大介だった。車のなかに一人残っている影は海老原であろう。蜘蛛手と鷹野が軽トラの後ろの地面にあぐらをかいた。スーツの俺は革靴を脱いで並べ、その上にあぐらをかいた。

「首尾よくいきましたか。市長が気づいたら終わりですよ」

鷹野の言葉に、蜘蛛手が小さく笑った。

「大丈夫じゃ。絶対に気づかれん位置に付けたけ」

「ちょっと見てみましょうか」

鷹野がバッグからノートパソコンを出し、膝の上で起動した。しばらくすると何度かキーボードを叩き「映りました。大丈夫です」と液晶画面を蜘蛛手に向けた。横から覗くと地図が映っている。

鷹野が画面を拡大していくと、真ん中に赤い星印が光っている。

「これがアルミリヤカーに仕掛けたＧＰＳの位置ですか」

俺の問いに、蜘蛛手が肯いた。

「今晩のうちに市長は隠してある大八車を燃やすはずじゃ。記者連中を勢子《せこ》に使《つこ》うたけ、市長は我慢できずに間違いなく動く。大八車がばらしてあっても量的に素手や自転車じゃ運べやせん。車もセダンでは無理じゃ。じゃけ必ずアルミのリヤカーを使う。市長宅を囲んでおる生安の張り込み陣は今夜は少し離れた位置に隠れて暗視スコープで見ておる。どこかの門から市長が出てきたらわしら二人にすぐ連絡がくる手筈じゃ。丸が記者たちを充分あおっておるはずじゃけ記者連中は自分が勢子に使われてると知らずに動いてくれる」

「勢子ってなんですか」

「猟のとき藪《やぶ》に隠れた獲物を追い出す役のことじゃ。罠を仕掛けて敵を迎え撃つ邀撃《ようげき》捜査をやる。泥刑が指し手がなくなったときに使う常套《じょうとう》手段じゃ」

鷹野大介がバッグをごそごそとやり何かを引っ張りだした。鉱員がつけるようなベルト付きライトである。それを頭に巻き、パソコンの液晶を自分のほうに向けて素早くキーボードを叩き始めた。

蜘蛛手が折り畳まれた紙をガサガサと土の上に広げていく。ペンライトで照らした。大きな地図だった。

「彼が燃やしておる現場を押さえて、一気にたたみこむ。その場で自供させる。それしかない」

「もし動かなかったら」

「わしの負けじゃ。すべて終わりじゃ」

「ひとつ教えてください」

「なんじゃ」

「市長を疑ったのはどこからだったんですか」

「花火大会の襷《たすき》をかけて市長が署に来たことがあったじゃろ」

「俺が一階の待ち合わせに遅れて行ったときですか」

「そうじゃ。市長が将棋以外で署に来たんを、わしは初めてみた。犯罪の後は警察が気になる。もしかしたらと思うた」

「それだけですか」

蜘蛛手が肯いた。

あまりに大胆な推理である。

「八月に入ってからも来たじゃろ。ぼた餅を持って街作り協議会への差し入れじゃいうて。あれでわしは七割がた彼に傾いた」

やはりこの人は捜査の天才だ。

「もうひとつ聞いていいですか」

「うるさいやつじゃのう」

「さっき泣いたのも演技だったんですか」

「そう思うかい」

考えていると「わしはそういう男じゃないで」と言った。

そして老眼鏡をかけ、地図をペンライトで照らした。

「あんたならどこで燃やす。表はブンヤがたむろしちょるし民家も多い。リヤカー曳いとるんじゃけ、住民に見咎められたとき『野良仕事だ』ちゅうくらいの言い訳は必要じゃ。裏は畑と農道じゃけ、裏から出る」

赤ペンの尻で地図を叩いていく。

「田圃はまだ水がある。じゃけ畑へ行く。人の畑で燃やすことはない。不法侵入じゃの他の罪状で責められるリスクは避ける。青ペンで囲んだところが横田家の畑じゃ。元地主じゃけあちこちぎょうさん点在しておる。どうじゃ、このあたりじゃろうか」

蜘蛛手が指さしたのは家から二百メートルほどの場所だった。

「もう少し離れるでしょう。近すぎます」

蜘蛛手が肯いた。

「たしかに火で明るくなるけの。煙も出る」

「あまり遠くへ行くのも移動中に人に見られる可能性が高くなります」

じっと地図を見つめる蜘蛛手。しばらくすると「ここじゃ」と言って自宅から北西へ五百メートルほど離れた一角に赤ペンで×印を打った。

「裏口から出て、ブンヤ連中から見えんこの道をずっと行ける。それにこの畑のまわりは人家がない。雑木林に遮られて県道からも死角じゃ」

俺もしばらく地図全体を見て他の地点もシミュレートしてみた。しかし他の地点はどれもウィークポイントがある。

「そうですね。蜘蛛手係長の言う畑しかないですね」

「ピンポイントでここじゃ。今ごろ市長は記者たちに詰問されとる。明日の朝刊が気になっておる。今はまだ起きておる人間がおるけ、見られるリスクを避ける。ということは近所の人たちが寝静まっていて朝刊が配られる前、つまり明日の早朝、夜明け前に動く。畑の横、この雑木林んなかに軽トラ駐めて待とうで」

蜘蛛手が顔を上げ、鷹野大介を見た。

「鯨は署に戻って丸と待機しちょってくれ。ほかの者には絶対に話すなや。失敗したときの傷が大きすぎる。これは、わしと丸の二人が進退を賭ける勝負じゃ。ほかの者に迷惑はかけられん」

鷹野が厳しい表情でノートパソコンの画面を俺に見せ、そしてGPS追跡ソフトの説明をはじめた。

鷹野大介が署へ引き揚げたあと俺たちは軽トラに乗り込んだ。目的の畑に隣接した雑木林へ移動するのだ。

2

途中でコンビニへ寄り、二リットルのミネラルウォーターを四本、弁当を四個、サンドイッチを四個、大福四個、日本酒一升、そして虫除《むしよ》けスプレー二缶を購入した。日本酒は「わしは酒を飲まんと眠くなってしまうけ」と言うのでしぶしぶ認めた。

畑からも県道からも見えない雑木林の陰に軽トラを駐め、荷物を持って林の中へ入っていく。手頃な場所にビニールシートを拡げ、二人で座ったのは午後十一時少し前である。シートの下には柔らかい腐葉土があってまるで絨毯のようだ。その絨毯は一夏分の熱をたっぷりと溜め、腐葉土の匂いを含んでいた。

パソコン画面を開き、GPSのチェックをしながら互いに虫除けスプレーを体中に噴霧し合った。そしてホームセンターで購入した消火器を二本並べて脇に置く。まだまだ市長は動かないだろうが何時でも対処できるようにしておかねばならない。

頭上から夜蟬の声が降りそそぎ地上には虫の声があがっている。

蜘蛛手が暑さに顔をしかめ、額の汗を腕で拭った。一升瓶の栓を抜いてラッパ飲みをはじめた。その横顔がパソコンの青色光でぼんやり照らされている。

俺は先ほど驚きとともに聞いた言葉について質した。

「係長。今回の結果がどうなっても会社を辞める必要はない」

何度か間を置いて強く言った。蜘蛛手がここで辞めるなんて馬鹿げている。しかし蜘蛛手は何も答えずにパソコンを見つめていた。ときおり一升瓶を握って呷《あお》り、何か考え込んでいる。

ようやく口を開いたのは三十分ほど経ってからである。しかし話しはじめたのは自身の進退ではなかった。

「市長と鮎子さんは、よう考えれば東大の先輩後輩じゃ。学年は重なっておらんにしても客とコールガールの関係のときに東大の話題も話せて楽しかったんじゃろう。何十年も経ってこの岡崎で再会して恋に発展していくのは早かった。じゃが岡崎には鮎子さんと二人で老後を過ごしたいと夢見ておる老人が他にもたくさんおった。みんな横田市長と変わらん年代か、あるいはそれ以上の年齢じゃ。その夢は彼らの生きる希望になっておった。鮎子さんは繊細な人じゃけ、それに対して応えよう、寄り添おうとしちょったじゃろう。彼女のそういった言動は横田市長にとって理解不能じゃった。それに――」

夜の雑木林に蜘蛛手の訥々とした語りが続いた。言葉の抑揚に合わせて辺りの闇が幻想的に蠢いている。奥からは梟の声が響いていた。はじめ蜘蛛手は横田を責めるように話していた。それが次第に横田の気持ちを代弁するようになっていく。許せないとあれだけ言いながら、それでも彼を許したいと思っているようだ。

「わしゃ、いっぺん市長に『あんたは昭和の遺物じゃ』と言うてしもうた。自分で言うて自分で酷いこと言うたと後悔した。必要なくなった過去のものなんてこの世にあるんじゃろうか」

語り続ける蜘蛛手の横で、夜空を見上げた。そこには名古屋市内では見ることができない幾百万の星が瞬いていた。特捜本部が立ってから毎夜この岡崎を歩きまわってきた。しかし星を見たのは今夜が初めてである。いつも下ばかり見ていた。

蜘蛛手もその空を仰ぎ見た。

「これこそが岡崎の宝なんじゃ……断じて近代的な公園なんかじゃない。まして鉄とコンクリートでできたタワーマンションであるはずがない。わしも古いかいねえ」

頭上の樹々から夜蟬の声が降り、地には虫たちの声が永遠の地平まで広がっている。

蜘蛛手がポケットから小さな箱を出した。カフェインである。四錠を口に放り込んだ。俺も四錠貰った。さすがに二晩連続の徹夜は応える。しかし体が疲れていても、頭だけは逆に冴《さ》え冴《ざ》えとしていた。

「あんた、他に気になる女ができたんかい」

蜘蛛手がパソコンを見たまま、横顔でそう言った。

「あんたより二十年近く長く生きてきた立場からひとつだけアドバイスするで。これから四十歳になったとき、五十歳になったとき、あるいは六十歳七十歳になったとき、その女が隣におるところを想像してよく考えんさい。夏目だって言い分もあるじゃろ。ホテルでは本当に何もなかったという噂も聞いたで」

蜘蛛手はそう言ってパソコン上の地図をスクロールした。そのまま黙って画面を見ている。

俺はゆっくりと手をつき、立ち上がった。枝々をよけ、枯葉を踏みながら暗い木立のなかへ入っていく。いつの間にか梟の声が二羽になっていた。

大きな樹の下で立ち止まった。頭髪に絡んだ蜘蛛の巣を払い、顔にたかる藪蚊を払った。樹の幹に手をついてしばらく考えた。葉子と夏目直美の顔が交互に浮かんだ。葉子とはあれから毎日のように電話で話し、メールをやりとりしている。彼女と話すのがこの苦しい捜査中の癒やしになっていた。スマホを出した。どちらかへメールを打つか。考えぬいた。ゆっくりと打ち込んでいく。

〔今夜、仕事が一段落する。週末に会えないか〕

文面を見て数秒考え、送信ボタンは押さず下書きフォルダに保存した。

スマホをポケットに戻してしばらくそこでぼんやりとした。蜘蛛手のところに戻ると、先ほどと同じ姿勢のままパソコン画面を見つめていた。

3

午前零時を過ぎる頃から遠くの民家の灯りがぽつぽつと消えていく。二人は黙ってパソコン画面を見続けた。梟の声。夜蟬と虫たちが鳴き続けている。

午前一時になった。

パソコン上のＧＰＳは止まったままだ。

二人でコンビニ弁当をふたつずつ食べ、黙ってまたパソコン画面を見た。

午前二時を過ぎた。

蜘蛛手の眉間に深い皺が寄っていた。

午前三時を過ぎたところでサンドイッチと大福を二人で食べた。

「動きませんね」

俺が言っても蜘蛛手は黙ってパソコンを見ている。貧乏ゆすりをし、明らかにいらついていた。

何度か鷹野大介から俺にメールが入った。

《動きはありましたか》

〔まだです〕

同じやりとりを繰り返した。

一度だけ蜘蛛手に電話がきた。丸富だった。厳しい表情でいくつか言葉を交わしてすぐに切った。そして俺を見た。

「二十人くらいの捜査員が何か動きがあると気づいて夜の繁華街や住宅街を歩きまわっておるそうじゃ。何人かは丸のところへ来ていろいろ聞いてきたらしい。丸はとぼけたが、かなり殺気だっておるようじゃ」

午前四時を過ぎ、四時半になった。

県境に連なる山の稜線《りょうせん》がオレンジ色に染まったのは午前五時十分過ぎである。頭上の小枝が微かに鳴り、地面では枯葉を踏む小さな音が聞こえてきた。雑木林に棲《す》む小動物たちだ。山の稜線が少しずつ光量を増し、やがて巨大な太陽の頭部が現れた。雑木林のなかでカラスの鳴き声があがり、しばらくするとバサリバサリと音がして五羽十羽と飛び立っていく。

「わしの負けじゃ……」

蜘蛛手が蒼白の顔で立ち上がった。

「そうでもないようです」

俺はスマホをポケットに放り込み、パソコン画面を凝視した。

「動きはじめました。裏門から出てこちらに向かってます」

蜘蛛手が地面に這い、画面を覗き込んだ。

「朝刊の内容を確認してから動きはじめたんじゃ――」

呼吸を荒くした。その胸を自分の拳で何度か叩き、あぐらをかいた。俺も気を鎮めながら画面を見続けた。二人のスマホがポケットで震えた。引っ張り出すと市長宅を囲む生安課員からの『裏門から出ました』というメールである。

本当にここへ来るのか。

別の所へ動いたらこちらも移動せねばならない。しかしパソコン上のGPSポインタは、蜘蛛手の頭脳の凄みを証明するかのように読み通りのルートでこちらへ向かってくる。ゆっくりと、しかし確実に近づいてくる。五分。十分。十五分。二十分。腕時計を確認してはパソコン画面を見ることを繰り返す。身体の力を意識的に抜いて気持ちを落ち着けた。やがてGPSポインタは雑木林を挟んだ向こう側の畑でぴたりと止まった。

俺は音をたてぬように立ち上がった。

蜘蛛手が見上げて「焦りな」と小声で咎めた。

「火を付けるはずじゃ。それまで待ちんさい」

俺は立ったまま静かに深呼吸した。

焦げるような臭いが微かに漂ってきたのは五分ほどたった頃だ。蜘蛛手を見ると、鋭い眼で俺を見上げていた。

蜘蛛手も立ち上がった。

ひとつずつ消火器を手にした。手で枝を払って雑木林のなかを急ぐ。進むにつれて焦げ臭さが強くなってくる。蜘蛛手が歩きながら電話を耳に当てた。「わしじゃ。市長はアルミリヤカーを曳いて予想どおりの地点に来た。いまから身柄を確保するけ、車を何台か寄越すよう丸に言うてくれ。その他はすべて丸に任せる」と小声で話し、切った。相手は鷹野大介だろう。

百メートルほど行くと林が途絶え、延々と広がる畑地帯が開けた。三十メートルほど先の柿畑で大きな炎があがっている。その火に男が金属製タンクを逆さにして液体をかけていた。ガソリンだろう。燃やしているのはしかし大八車ではなく何十枚かの畳である。そしてガソリンタンクを持っているのは横田市長ではなく新崎悠人だった。その後ろに畳を運んできたアルミ製リヤカーがあるが、どこにも横田市長の姿はない。

新崎がこちらに気づいて、動きを止めた。

蜘蛛手が頭髪を掻きながら近づいていく。

「朝早くから代理のゴミ処理、ごくろうさんじゃった。考えてみりゃ、市長はもともと畳屋の息子じゃ」

消火器の安全ピンを引き抜き、炎に向かって噴射した。凄まじい勢いで白い粉が飛びだしていく。俺もその横から噴射した。炎の勢いが小さくなっていき、三十秒もすると煙だけが燻った。ガソリンの強い臭い、畳の焦げた臭い、畑の土の臭い、それらが混じった刺激臭。畳はまだ四分の一も燃えていない。

蜘蛛手が消火器を土の上に投げ捨て、新崎に向き直った。

「大八車をばらして畳の藁の中に隠してしまうとは考えたもんじゃ。市長は今ごろ家でビールでも飲んで祝杯をあげておるんかいね。じゃが、そうはいかんで」

どくんと、液体の音がした。新崎がガソリンタンクを握る手を放したのだ。タンクはゆっくりと横向きに倒れた。どくりどくりと音をたてて土の上にガソリンが広がっていく。その音がまるで心臓の鼓動のように聞こえた。

蜘蛛手が息をついた。

「さすがのわしも今回は負けたと思うた。迷宮入りして捜査本部が解散してほとぼりが冷めれば、市長は本格的に大八車を処分でき――」

唐突に蜘蛛手が黙った。狼狽したように新崎悠人の顔を見ている。いや、顔ではなく胸のあたり、シャツを見ていた。そこには赤い斑点がいくつも付いている。血のようだ。

「いかん――」

蜘蛛手が踵《きびす》を返して雑木林のほうへ走っていく。

「蜘蛛手係長！」

声をかけたが振り返らない。新崎悠人が蒼白の顔でアルミリヤカーに手を伸ばした。荷台の上から何かを手にし、両手で握った。血に濡れた日本刀だった。獣のような声をあげて斬りかかってきた。右後ろにステップして危ないところで避けた。新崎がよろけながら体勢を立て直した。そして叫んだ。「仕方なかったんだ！　市長は嘘をついてたんだ！　鮎子さんを殺してたんだ！」涙をぽろぽろこぼしていた。

また斬りかかってきた。後ろへ逃げようとした俺は何かにつまずいて引っ繰り返った。新崎が上から日本刀を振り下ろした。間一髪で避けたが太腿に痛みが走った。ズボンが大きく裂け、血が噴き出した。新崎が一歩踏み込みながらまた日本刀を振り下ろした。横に転がって逃げた。しかし今度は腕に激痛があった。新崎が唸りをあげて日本刀を振りかぶった。

パーンと乾いた音が響いた。

「武器を捨てろ！」

大声があがった。

新崎がそちらを振り返った。

夏目直美が腰を落とし、両手で拳銃を構えていた。上はTシャツ一枚、そこにショルダーホルスターを巻いている。

「武器を捨てろ！」

また大声で命じた。新崎が表情を歪め、俺を振り向き、また上から刺しにきた。パーン、パーンと銃声が響いた。夏目が空に向かって威嚇発砲していた。

「今度は撃つぞ！　武器を捨てて両手を頭の後ろに組みなさい！」

夏目はぴたりと新崎に銃口を向けていた。後ろから若い女が走ってきて夏目の横で拳銃を抜き、構えた。「武器を捨てろ！」コンビを組む岡崎署の強行犯女性刑事だ。

新崎が「ちくしょう」と俺に向き直り、日本刀を打ち下ろそうとした。夏目がまた発砲した。新崎の足もとの土が飛び散った。新崎が驚いて日本刀を握ったまま両手を上げた。ひどく息が荒くなっている。

「湯口係長！　市長宅へ早く！」

夏目が拳銃を構えながら後方へ顎を振った。

「ありがとう！」

俺は立ち上がった。走った。太腿と腕の刀傷が強く痛んだ。雑木林に入り、その中を全力で走った。顔面に枝や葉が当たった。蔓草《つるくさ》に足をとられた。何度か転びそうになった。軽トラが道へ出るところだった。

走りながら「蜘蛛手係長！」と叫んだ。

蜘蛛手がこちらを見た。

軽トラのタイヤが土煙をあげて転回した。俺に向かって走ってくる。急ブレーキを踏んで土の上を滑った。

「乗りんさい！」

俺は思いきりドアを引き、助手席に飛び込んだ。蜘蛛手がアクセルを踏み込んだ。軽トラが尻を振って県道へ出ていく。市長宅のある集落のほうへハンドルを切った。一気にクラッチを繋いでいく。エンジンが異音をあげて速度を上げていく。強力なGで背中がシートに押しつけられる。

「何があったんですか！」

エンジン音に負けぬよう大声で問うた。

「鮎子さんのノートの《S》は市長のSじゃのうて新崎のSじゃ！」

「なんだって――」

「五百円の客じゃ！　売春を辞めんどころか新崎まで客にしはじめた！　じゃけ市長は新崎に暴力をふるっておったんじゃ！」

混乱した。蜘蛛手が「わからんかい！」と大声を出した。

「市長はおそらく新崎が子供のころから手を出しておった！　市長は二人にいっぺんに裏切られたんじゃ！」

市長は鮎子を愛していたから。そんな単純な図式には収まらないのだ。もっと渦を巻く感情なのだ。地蔵池の水面を回るあの渦のように。愛だけで刺し続けたわけではないのだ。悲しみだけでもない。憎しみもあった。嫉妬もあった。頭の中はさらに混乱していく。スピードメーターは百二十キロを超えていた。車体がガタガタと大きく揺れている。

蜘蛛手の横顔が苦しげに歪んだ。

「市長は昨日の夜、鮎子さんを殺したことも含め新崎にすべてを話したんじゃ！　おそらくそこで言い争いになったんじゃ！　鮎子さんの殺人報道を見ても新崎は市長を信じていた！　じゃけ裏切られたと感じた！　みんなが裏切ってみんなが裏切られた！」

スピードメーターの針は百三十キロ前後で揺れている。

「新崎君は何をしたんですか！　あの血は何ですか！」

「わからん！　じゃがあんだけの血が飛びちったことは確かじゃ！」

車体の揺れはますます激しくなっていた。

太腿の傷の出血が酷く、革靴まで赤く濡れていく。上着を脱いで袖を肩から引き千切った。それで太腿の付け根近くを強く縛った。もう一方の袖も引き千切り、腕も縛った。電話を懐から出して一一九番へかけた。怪我の状況を急いで説明し「しばらくで横田市長宅に到着する！　そこに救急車を寄越してくれ！」と頼んだ。電話を切るとすぐに鷹野大介に電話し、いま蜘蛛手と市長宅へ向かっていること、畑には日本刀を持つ新崎悠人がいて夏目直美たち二人が拳銃で制しているが応援には防刃チョッキを着用させるように言った。

市長宅の杉の巨樹が見えてきた。蜘蛛手がハンドルを切って集落へ入っていく。スピードを緩めぬまま未舗装の道を走り、そのまま市長宅の門へ突っ込んだ。ブレーキを踏み込んだ。軽トラがスピンして杉の巨樹に横腹をぶつけて止まった。土埃があがるなか二人同時にドアを蹴り飛ばして外へ出た。

俺は荷台の金属バットを手にした。縁側の引戸のガラスを叩き割った。蜘蛛手がその隙間に手を入れて鍵を外した。両手で思いきり横へ開いた。

靴のまま二人で飛び上がった。

座敷へ走り込んだ。

血の海——。

真っ赤に染まった身体が横たわっている。

「市長！」

蜘蛛手が大声をあげた。両膝を突き、赤い何かを抱きあげた。横田の頭だった。

よく見ると、横たわった身体には首から上がない。背中に無数の刺傷。腹部に短刀が刺さっており、その柄を両手が握り締めていた。

おそらく鮎子殺害のときと同じだ。横田市長は新崎に頼み、前から抱かれたまま背中を刺してもらったのだ。しかしそれで死にきれず、切腹を試みた。その介錯《かいしゃく》を新崎に任せたのだ。凄絶な死だ。

蜘蛛手は横田の頭を抱きながら座り込んで泣き続けている。頬ずりで顔も髪も血に濡れていた。

俺は黙ってそれを見ていた。

介錯を頼んだのは愛する者にとの思いなのか。あるいは自身への懲罰の意味なのか。おそらく横田自身もわかっていない。新崎もわかっていない。俺にわかるわけがない。ここには混乱しかない。

蜘蛛手は横田の頭を胸に泣き続けていた。

庭に中型セダンが突っ込んできた。急ブレーキをかけて軽トラにぶつかった。セダンから榊惇一が飛び出した。

「湯口！　大丈夫か！」

庭を走ってくる。小俣政男と一緒だった。縁側に飛び上がった。二人とも拳銃を握っている。血だらけの惨状を見て表情を歪めた。蜘蛛手は血の海の真ん中で泣き続けている。

俺は動くことができなかった。遠くでパトカーのサイレンと救急車のサイレンが重なっている。

縁側で風鈴が鳴った。風が座敷を吹き抜けた。台風が近づいているというニュースを昨日聞いたことを思いだした。

第十七章　雪の降る名古屋で

愛知県警察本部の玄関を出ると、黒い夜空に雪が舞っていた。十二月に入って急に寒くなり、名古屋ではすでにこの冬二度目の雪である。前の道路はシャーベット状になっていて、車が通るたびに飛沫を撒き散らしている。冷たい風のなかを歩きながら俺はコートの襟を立てた。

「草間さんは雨男だ」と揶揄するたびに「ばかやろう」と返されるが、今日はさしずめ雪男だ。よりによってこんな寒い日に呼び出すとは。昼前まで雪は降っていなかったのだ。

中日新聞社の前を歩き、左へ折れる。名古屋城の外堀の橋を渡るときひときわ冷たい横風が頰を打った。コートの前を合わせ直しながら背中を丸めた。

交差点を渡り、さらに右へ渡ってすぐの小路を右へ入っていくと、そこに円頓寺商店街のアーケードが続いている。ほとんどがシャッターを閉めている寂れた商店街だ。

メールに《奥へ五十メートルくらい行った左側》と書いてあったのですぐに店は見つかった。いかにもの場末の構えだ。コートを脱ぎ、脇に抱え、頭の雪を払いながら《どて煮、達磨屋》と染め抜かれた大きな暖簾を分ける。引戸をひくと赤味噌と日本酒の匂いが強く匂った。

三人の客がカウンターにいるが、草間遼一の顔はない。

「いらっしゃい」

カウンターのなかの店主が微笑みながら奥へ手を向けた。襖が一枚ある。その向こうが個室になっているようだ。コートを掛け、奥まで行って襖をひいた。狭い個室内で検視官の草間遼一が盃を手にしていた。俺を見上げ「おう」と嬉しそうに盃を上げた。

「遅いな、あいかわらずの生意気野郎め。先にやってたぞ」

盃を一息で飲み干して卓に置いた。デザインの凝った大きな黒い盃だ。

俺は向かいに座りながら両手をこすり合わせた。

「本格的に寒くなりましたね」

「今日は仕事はとくになかったのか」

「ええ。おかげさまで平穏無事な一日でした」

「一緒に飲むのは半年ぶり、いや一年近くやってなかったか」

「このあいだは四月の半ばでしたから。お堀で桜が舞っているころですよ」

襖が開いて大将が顔を出した。

「俺も熱燗もらえますか。二本、いや四本ください」

頼むと肯きながら伝票に書いている。草間が「それから、どて煮を二人前、あと煮魚がいいな。何か見つくろって」と言うと「いい鱈が入ってるよ」と笑顔で襖を閉めていった。

俺が徳利を手にすると草間が盃を持った。

「刑事部長まで飛ぶとは思わなかったな」

熱燗を受けながらしみじみと草間が言った。十一月末の定期異動のことだ。

「ETを守るためって噂になってますが、そいつは本当ですか」

「間違いなくそうだ。素直に取れ。彼は小細工をする人間じゃない」

彼とは丸富善行のことではない。本部刑事部長だった花田竹太郎のことだ。丸富に今回の秋の異動はなく、捜査一課長にそのまま留任した。

襖が開き、大将が入ってきた。盆に載せた徳利四本と盃をテーブルに置いて出ていった。

「さあ飲め」

草間が徳利を持った。草間とは四年前に仕事で一緒になり、それ以来の付き合いである。年齢は草間が七歳上、階級もひとつ上の警部である。俺は盃に受けてそれをぐいとあおった。熱い酒が喉から胃の底へと流れて身体を内から温めていく。大将がすぐに戻ってきた。皿を持っている。大きな魚の煮付けである。テーブルの真ん中に置いて襖を閉め、出ていった。

草間が自分の盃に手酌した。それに口をつけ「花田さんのことはよく知っている」と言った。

「あの人が中村署の副だったとき、二度、仕事で一緒になった。彼の会社に対する気持ち、後輩に対する気持ちは本物だ」盃を置きながら俺をじっと見た。

「俺たちの会社はな。保身と挺身《ていしん》のせめぎ合いなんだよ。みんな競争心が強いし、逆に外の人間ではわからんほど組織愛が強い。そして仲間に対する情も深い。自分の弱さに向き合いつつ保身と挺身のせめぎ合いをしながら働いてるんだ」

俺は壁に視線を遣ってしばらく考え、納得して草間に肯いた。草間の言う挺身とは、身を捨ててほかの仲間を守ることだ。今回、刑事部長の花田竹太郎が左遷されたのは、丸富捜査一課長が出した退職願を自分のところで止めたからだ。岡崎署の伊藤啓二署長が左遷されたのも、蜘蛛手係長の辞表を伊藤啓二が止めたからだと噂されている。

「花田さんと伊藤署長は話し合って互いに歩調を合わせたんじゃないか。丸富課長と蜘蛛手係長が辞職したら、県警全体の士気に関わるってな。成員みんながそっぽ向いて、会社が終わっちまうって思ったに違いないんだよ。自分たちが懲戒くらって飛ばされたほうが組織のためになるってな。馬鹿な人たちだ。出世はもう見込めんだろう」

俺は盃を手にし、そのまま揺れる酒を見ていた。そういう意図もあったのかと眼が洗われる思いだった。二人ともただ部下を守っただけなのかと思っていた。それでも驚くべき挺身ぶりだが、部下だけではなく組織全体も身を捨てて守ったのだ。警察官たる魂の堅固さがわかる。それを一万四千人の部下たちに見せたのだ。

「悔しいのか、おまえ」

考えこんでいる俺を草間が笑った。

「いや。そんなことはない」

草間がにやついた。

「おまえの辞表も効いてるっていうのは本部でも静かな噂になってるぞ」

やはり知っていた。それを言いたくて今日は呼んだのか。

草間が腕時計を見た。

「実は後でもう一人来ることになってる」

「誰ですか」

「おまえの知ったやつだよ」

「本部の人ですか」

「そうだ」

「もしかして榊係長とか？」

「違う違う」

「誰だろう」

「来たらわかるさ。いちど家に戻って着替えてから来るらしい」

「着替えるってどういうことだ」

「わからんな。服が汚れたとかそういうのじゃないか」

制服組でも職場で私服に着替えてから帰途につく。家で着替えてからとはどういうことだろう。

検視官室の人間だろうか。五人ほど口を利く仲の者がいる。検視官なら仕事で服が汚れることもあるかもしれない。

どの検視官だろうと俺が考えていると草間が立ち上がった。

襖を開けて大将を呼んだ。そして熱燗を追加で四本、鶏串と豚串を六本ずつ、刺身の盛り合わせをひとつ頼んだ。

「ほら。魚を食え。美味そうだぞ」

草間が座り直しながら煮付けの大皿を押した。

「蛋白質が重要なんだろ。あいかわらず」

そう言って笑った。

そこからまた岡崎署での殺人事件の話になった。猛暑で捜査員たちが消耗するなかでの長期戦となって、最後は丸富捜査一課長と蜘蛛手係長の二人が進退をかけた邀撃《ようげき》捜査を仕掛けた。

それは成功した。しかし被疑者である横田雷吉市長を割腹に追い込むという大失態をおかしてしまった。横田の秘書である新崎悠人の介錯も殺人罪に問われている。横田の遺書には土屋鮎子への思いと、殺人の経緯、そして新崎に対する強い執着も書かれていた。死んで詫びる以外に私の人生に決着はつかなかったと。

「この仕事をしているかぎりいろいろある。とにかく飲め。おまえには今日は酔ってもらいたい」

草間が徳利を手にした。

俺はそれを受け、一気に飲み干した。そこにまた草間が注いでくれた。それも飲み干した。互いに差し合ううちに空きっ腹でほろ酔いになってきた。

二人で刺身を食い、鶏串と豚串を肴にしてさらに熱燗を何本か頼んだ。一時間も過ぎる頃には一升瓶を頼み、冷やで飲みはじめた。

「おまえは生意気だがいいやつだ」

草間が酒臭い息を吐いた。

彼は大学の体育会サッカー部出身だ。俺も気分がよくなり、草間の酒を受け続けた。アテも美味い。また来たくなる居酒屋だ。

がらりと襖が開いた。

そこに立つ人物を見て俺の酔いは一気に醒めた。夏目直美だった。夕方まで三係で一緒に仕事をしていたのになぜいちど家に帰ったのかわかった。ワンピースに着替えていた。「係長、すみません。遅れました」と俺に言った。

「ほら。早く座れ」

そう言うしかなかった。

草間が奥へずれ、夏目が俺の向かいに座った。あれ以来、仕事は上司部下の関係で続けていたが、互いに緊張があり、私語はほとんど交わさなかった。

草間が「大将！」と襖越しに大声で呼んだ。

「ここ、熱燗五本！　それから彼女のどて煮」

大将の「はいよ」という声が聞こえた。草間は完全に酔って頭を掻いている。そして「彼女によると緑川君とは何もなかったらしいぞ。恋人がいるからできないとホテルで言ったんだってよ」と言った。

「警察官同士じゃないか。酒を酌み交わして、まずはゆっくり話せ。ハートは同じだ。わかりあえるさ。なあ、そうだろ」

俺もそんな気がしてきた。酔いがそう思わせているのかもしれない。あるいは雪がそう思わせているのかもしれない。なにしろ今年の夏は暑すぎた。少し頭を冷やしたほうがいい。

本書は小説現代二〇一六年六月号～二〇一七年五月号連載「刑事が抱いた夜」を改題し、大幅に加筆・修正いたしました。

増田俊也（ますだ・としなり）

1965年愛知県生まれ。2006年『シャトゥーン　ヒグマの森』で「このミステリーがすごい!」大賞優秀賞を受賞しデビュー。2012年『木村政彦はなぜ力道山を殺さなかったのか』で大宅壮一ノンフィクション賞と新潮ドキュメント賞をダブル受賞。近著に『七帝柔道記Ⅱ　立てる我が部ぞ力あり』『猿と人間』など。現在、名古屋芸術大学芸術学部客員教授。

警《けい》察《さつ》官《かん》の心《しん》臓《ぞう》

2025年3月24日　第1刷発行

著　者　増田《ますだ》 俊也《としなり》
発行者　篠木和久
発行所　株式会社講談社
〒112-8001 東京都文京区音羽 2-12-21
電話　出版　03-5395-3505
販売　03-5395-5817
業務　03-5395-3615

本文データ制作　講談社デジタル製作
印刷所　株式会社 KPS プロダクツ
製本所　株式会社国宝社

N.D.C.913
542 p　19cm
ISBN 978-4-06-522773-2